KB012596

단아한 그녀의
최강 연애 코치

단아한 그녀의 최강 연애 코치 2

초판 1쇄 찍은 날 | 2019년 1월 3일
초판 1쇄 펴낸 날 | 2019년 1월 18일

지은이 | 요안나
펴낸이 | 예경원

편집 | 박수희 · 주승아

펴낸곳 | 예원북스
등록번호 | 제396-2012-000132호
등록일자 | 2012. 7. 25
YRN | 제1-0244호

주소 | 경기도 고양시 일산동구 호수로 646-24 위너스 21- Ⅱ 206A호 (우) 10401
전화 | 031-819-9431 팩스 | 031-817-9432
http://cafe.naver.com/yewonromance
E-mail | yewonbooks@naver.com

ISBN 979-11-89701-49-9 04810
ISBN 979-11-89701-47-5 (세트)

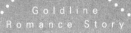

Goldline
Romance Story

딴따한 그녀의 최강 연애 코치

2

요안나 장편 소설

LINE

C · O · N · T · E · N · T · S

▶ 들어가는 말

이 소설은 2016년 카카오페이지에서 웹소설로 연재된 글을 수정·보완한 작품입니다.

제12장 울게 하소서

어떻게 입을 떼어야 할까 고민하던 찰나, 테이블 위에 오른 그의 휴대 전화가 울리기 시작했다. 발신인을 확인한 그의 얼굴색이 묘하게 변해 갔다.

"잠시만."

"네."

'네, 진 사장님.'으로 통화를 시작한 그는 '잠시만.'이라는 입 모양을 해 보이고는 자리를 떴다. 제대로 준비하지 못한 멘트 때문이었을까, 아니면 가슴 벅찬 이야기를 털어놓을 만한 순간은 아니었던 걸까. 단아는 투명한 잔 안에 담긴 노란 국화꽃을 말끄러미 바라봤다.

이윽고 통화를 마친 그가 다시 자리로 돌아왔다.

"내일은 못 만날 것 같은데……."

그의 목소리에서 복잡한 감정이 묻어났다.

미안함을 가장한 아쉬움과 안타까움.

"괜찮아요."

가라앉은 마음이 좀처럼 일어날 기미를 보이지 않았다. '그럼, 언제 볼까요? 수업은 언제 더 해 주실래요?' 하는 물음은 혀끝에서만 맴돌 뿐이었다. 그는 녹차를 한 모금 머금고는 단아를 응시했다.

"요즘 이도현 얘기 안 하네?"

딸그락, 소서 위에 잔을 내려놓는 소리에 단아는 괜히 흠칫 놀랐다. 마치 그가 금기시한 단어라도 내뱉은 것처럼 불편했다.

"일본으로 출장 갔어요. 다음 주 월요일에나 한국에 들어올 거라고 했어요."

"그럼, 한단아는 출근해서 뭐 해? 내일 종일 근무하는 거 아니야?"

"자료 정리해요. 인턴은 뭐, 잡무가 주요 업무니까요."

그는 진중한 얼굴로 고개를 한 번 끄덕였다.

"한단아는 커서 뭐 될래? 경제연구소 연구원 같은 일 하고 싶어?"

데이트 시작 전부터 애기라고 부르더니, 이제는 커서 뭐 될 거냐고 묻고 있다.

"아뇨. 그냥 하고 싶은 공부하는 게 좋아요. 여건이 되는 한 계속 공부하고 싶어요."

연애 코칭 이외에 다른 이야기를 해 본 적이 있던가?

이도현이 좋아하는 것, 이도현이 되고자 하는 것, 이도현과 함께 할 수 있는 것.

그간 그와의 만남은 전부 이도현을 위한 것이라 해도 과언이 아니었다. 그런데 지금 이도현이 아닌 한단아에 관한 이야기를 하고 있다. 가라앉았던 기분이 묘하게 달아올랐다.

"공부 말고, 다른 건 생각해 본 적 없어요. 연구소에 들어가면 제가 원하는 공부가 아니라, 회사가 원하는 연구를 해야 하는 거잖아요."

조금 전 잔 속에 담긴 국화꽃을 바라보던 그녀의 눈빛에서 고아한 떨림이 느껴졌다. 그 떨림의 정체를 털어놓을지도 모른다 느낀 순간, 전화벨이 울리고 말았다. 발신인은 언제나 까다롭게 굴어서 디자인 하우스를 꼼짝 못 하게 만드는 원단 수입업자였다.

"강준 씨는 커서 뭐 할 거예요?"

전화를 시작으로 굳었던 그녀의 표정이 차츰 부드러워지고 있었다.

"마음을 짓는 일."

의식주와 관련한 일은 모두 짓는다고 표현한다. 옷을 짓는 일은 그 옷을 입는 사람의 마음을 짓는 일과 다름없다. 강이 만드는 남성복은 일터에선 그들의 전투복이 되고, 파티에선 연미복이 되고, 로맨틱한 순간에는 동화 속 왕자 버금가는 로맨틱한 옷이 된다.

옷을 입은 사람이 마음먹기에 따라 옷의 역할과 기능도 달라지는 것.

그러니 강은 마음을 짓는 일을 하고 있는 거나 다름없었다. 그리고 그 마음을 짓는 일에 단아는 더할 수 없이 소중한 존재가 되어 가고 있었다.

사람이 사람을 오롯이 사랑하는 마음에서 나오는 옷들.

그녀를 이해하고, 그녀를 헤아리고, 그녀를 만족시키기 위해 만드는 옷들.

이제껏 옷을 만들어 왔지만, 이렇게 신중하게 고심해서 만든 옷은 없었던 것 같다. 그녀로 인해 사람을 이해하고, 마음을 감싸 안는 법을 배워 가고 있는 강이었다.

"말 되네요. 사랑을 이뤄 주는 일을 하시니까요. 마음을 짓는 거네요."

빙그레 웃음 지은 그녀는 아주 조심스런 목소리로 물어 왔다.

"그럼, 주말에도 바쁘세요?"

"주말에도 출근해야 할 것 같은데."

"그럼요…… 저…….."

뜸을 들이는 모습을 보아하니, 스스로 생각하기에도 무리인 듯 느껴지는 말을 하려는 것 같았다.

"말해, 뭔데."

"저, 그럼 강준 씨 사무실 가서 공부해도 돼요? 조용히 있을게요."

무슨 말을 하려나 했더니.

주말에도 보고 싶다는 말을 그렇게 말하는 그녀 때문에 심장이 쿵쿵 울렸다.

"와서, 조용히 공부만 해야 해. 나도 정리해야 할 일이 산더미니까."

그녀는 조용히 미소 지으며 고개를 끄덕였다.

말도 잘 듣지, 한단아.

그저 웃어 주기만 하면 된다는 말을 곧이곧대로 듣는 건지 그녀의 입가에 진한 미소가 그려졌다.

금요일은 너무도 더디게 흘러갔다. 온종일 연구소 책상에 앉아서 그간 정리한 자료를 살펴보고 있는데, 누가 시곗바늘을 붙잡아 놓기라도 한 듯 시간이 가질 않았다. 그렇게 금요일 밤이 되었고, 겨우 자기 전에 그의 목소리를 들을 수 있었다.

— 오늘 일 열심히 했어?

"네, 바빠 죽는 줄 알았어요. 월요일에 사수 오면 보여 줘야 할 자료가 많아서, 그거 다 정리했거든요."

— 사수면, 이도현?

굳이 그 이름을 입에 올리지 않으려고 사수라 했는데, 그는 콕 집어 그의 이름을 또박또박 뱉어 냈다.

"네."

— 일본으로 출장 갔다며. 연락은…… 자주 해?

하루에 한 번은 전화가 왔고, 시도 때도 없이 잘 있냐, 아픈 데는 없냐, 밥은 먹었냐 하는 메시지가 왔다.

"그냥 뭐 일 때문에 통화해요."

— 한단아.

"네?"

— 너 거짓말하면 티 나.

갑자기 가슴이 좁아지는 기분이었다. 그의 목소리가 딱딱하게 굳어 있었다. 군이 이런 걸 왜 거짓으로 답하느냐는 듯 나무라는 목소리였다.

"티 났어요? 그냥 안부 전화 정도예요. 일 때문에 전화하는 것도 맞고요."

— 참, 로마는 언제 가?

"6월 첫째 주말이요."

— 나도 그때 이탈리아에 있을 거야.

"정말요? 이탈리아 어디요? 로마로 가세요?"

— 피렌체.

"여행 가세요?"

— 아니, 일 때문에.

안 그래도 로마에 가 있는 동안 그와 떨어져 있을 생각에 마음이 불편했었다. 그런데 한 나라 안에 있을 거라고 생각하니 괜히 안심이 되었다.

"그럼 우리 이탈리아 가서도 만날까요?"

휴대전화 너머에서 그의 낮은 웃음소리가 들려왔다. 달콤한 그의 웃음소리를 낭만 가득한 이탈리아에서 듣는다는 상상만으로도 심장이 동당거렸다.

— 봐서.

꼭 이런 순간에 이렇게 튕긴다니까. 누가 연애 코치 아니랄까 봐, 밀당은!

"그럼 저도 봐서요."

— 얼른 자라. 내일 보자.

그러면서 꼭 단아가 튕기는 순간은 묵살해 버리는 그였다.

정말 얄미워!

통화를 마친 단아는 가만히 침대에 누워 그의 얼굴을 떠올려 보았다. 처음 로마에 도현과 함께 간다고 했을 때, 이게 꿈인가 싶었다. 그러다 요즘 그와 함께 로마로 향한다는 사실이 여간 불편했던 게 아니었다. 그런데 이탈리아에서 그를 만날 수 있을지도 모른다고 여기니, 생각이 수만 갈래로 갈라졌다.

오늘 밤에는 아무래도 꿈에서 로마의 휴일을 한 편 찍지 않을까 싶다.

조용히 공부만 하러 오겠다는 그녀는 양손 가득 도시락을 싸 들고 왔다.

"이게 다 뭐야?"

"출출할 때 먹으려고 가져왔죠. 일단 이거 먼저 드세요."

그녀는 종이컵에 검은색 액체를 가득 채워서 강에게 건넸다.

"홍삼 달인 물이요."

강은 의심 없이 그녀가 건넨 물을 벌컥벌컥 들이켰다.

"이제 조용히 공부만 해."

"넵!"

그녀는 소파에 앉아 책을 펼쳐 들고는 무언가 열심히 필기하기 시작했다. 강도 내내 그녀를 향해 있던 시선을 PC 모니터로 옮겨 갔다.

지난주, 감기몸살로 업무를 하루 보지 못한 탓에 주말까지 정리해야 할 것들이 몇 가지 있었다. 오전에 빨리 처리하고, 오후에는 공부 핑계를 대고 소파에 앉아 있는 그녀를 데리고 나가야지 싶었다.

이렇게 집중력이 좋은 사람이었나 싶을 정도로 강은 업무에 몰입했다. 앞으로 업무 효율성이 떨어질 기미가 보이면 한단아를 집무실 소파에 앉혀 놔야겠다.

"점심 드시고 하실래요?"

그녀의 조심스러운 물음에 강은 손목에 있는 시계를 한 번 확인했다. 벌써 오후 1시가 다 되어 가고 있었다.

"그러자."

세 음절에 마법을 걸어 놓은 것도 아닌데, 그녀는 '그러자.' 이 한 마디에 예쁜 미소를 그려 냈다.

좋다, 한단아. 너 내 옆에서 공부만 할래?

그녀가 도시락을 펼치고는 빙그레 웃었다.

"이게 다 뭐야?"

"그냥 집에 있는 거 싸 왔어요."

"너희 집 식당 하니?"

"아뇨!"

정색하는 모습이 귀엽다.

불고기, 밥, 찐 양배추에 쌈장을 넣어 한입 크기로 말아 놓은 쌈밥, 백김치와 깍두기, 노란색, 하얀색이 예쁘게 회오리 치고 있는 계란말이, 꼬치에 가지런히 꽂힌 한입 크기의 메론, 바나나, 배, 방울토마토.

예쁘게도 싸 왔네.

"공부하러 온 거야, 소풍을 온 거야?"

그녀는 입안에 밥이 있다며 손가락으로 가리켰다. 강은 홍삼 달인 물을 종이컵에 따라 그녀에게도 건넸다.

"자, 공부하는 사람도 힘내야지. 마셔."

그러자 그녀는 손사래를 치며 고개를 절레절레 저었다.

"왜? 공부도 체력이 좋아야 하지. 마셔, 어서."

종이컵을 내민 순간 그녀의 손이 푸드득 움직였고, 그 바람에 홍삼 달인 물이 그녀의 옷 위로 쏟아져 버렸다.

"안 마신다니까요. 저 쓴 거 안 좋아해요! 이 옷은 어떡해요, 진짜!"

"벗어. 옷 세탁해야겠다."

"무슨 옷을 다짜고짜 벗으래요?"

"따라와, 갈아입게."

그는 단아를 데리고 지하 1층에 재봉실에 있는 피팅룸으로 향했다. 흰색 가운을 하나 건네며 갈아입고 나오라는 말에 그녀는 눈을 가늘게 뜨고 나무 랐다.

"세탁은 어디서 해요?"

"직원들 쓰는 거 있어."

"회사에 별게 다 있네요."

디자인 하우스에 세탁 시설이 없을 리가.

"다 갈아입었어?"

"네, 버린 옷만 챙기면 돼요."

그런데 재봉실 밖에서 인기척이 느껴졌다.

"여기 써도 돼?"

"어, 실습하는 건 언제든지 써도 된다고 대표님이 그러셨는데?"

이야기 소리를 들어 보니, 얼마 전 들어온 실습생들인 듯했다. 문을 잠그면 될 일인데, 강은 본능적으로 단아가 있는 피팅룸 문을 벌컥 열고 들어갔다.

"지금 뭐 하시는 거예요?"

"쉿! 조용히 해!"

그녀의 입을 막고 선 강은 밖에서 들려오는 소리에 신경을 곤두세웠다.

"근데, 너 이거 쓸 줄은 알아?"

"그, 글쎄."

아, 저 멍청한 실습생들 누가 뽑았니?

재봉틀을 앞에 두고 하는 소리에 강이 어금니를 으득 간 순간이었다.

"야, 근데 대표님 진짜 잘생겼지?"

"완전! 선배들이 냉미라고 부르더라?"

냉미? 강과 단아의 눈이 동시에 마주쳤다.

"냉미남."

밖에서 키득거리는 소리에 손으로 막고 있는 입에서도 웃음이 터져 나왔다. 강은 입 모양으로 '혼난다.' 하고 말하자, 단아는 눈썹을 한 번 추켜올렸다.

"야, 근데 있잖아. 냉미, 여자 있어?"

"에이. 남자 좋아한다는 소문 있던데?"

"그럼, 냉미가 만나는 여자는 누구지?"

그들에게서 단아에 관한 이야기가 흘러나오려는 듯했다. 이렇게 어설픈 순간에 타인의 입에 의해서 밝혀질 만한 무게의 진실은 아니었다. 머릿속이 아득해졌다.

한단아 정신을 빼 놓으려면 어떻게 해야 할까?

생각보다 본능적인 움직임이 훨씬 빨랐다. 강은 그녀의 입을 막고 있던 손으로 턱을 움켜잡고는 입술을 겹쳤다. 그녀가 움찔하는 게 느껴졌다. 일부러 품 안으로 그녀를 확 끌어당겨 안았다. 가슴 한가득 그녀가 들어왔다. 강은 그녀가 꼼짝 못 하도록 끌어안은 채 키스를 퍼붓기 시작했다.

가볍게 시작한 키스는 밀폐된 공간에서 점점 짙어지기 시작했다. 그녀가 몸을 바르작거릴 때마다 몸속에서 열기가 치솟아 올랐다. 밖에 있는 직원들 눈을 피해 그녀에게 아찔한 키스를 퍼붓고 있기 때문일까, 왜 이렇게 열이 오르지.

강은 다른 때보다 훨씬 더 빠르게 내달리는 몸을 어찌할 수가 없었다. 급기야 다급한 손이 그녀가 입은 가운 깃을 젖히려던 순간이었다. 탁 하고 재봉실 문이 닫히는 소리가 들려왔다. 재봉틀 사용법을 몰라서 실습생들이 자리를 뜬 것 같았다.

강의 입술은 아쉬운 듯 그녀의 입술에 가벼운 입맞춤을 더했고, 그의 손은 가운 깃을 꽉 움켜잡고 있었다.

"하아, 하아."

입술을 떼어 내자, 그녀가 받은 숨을 내뱉었다. 꽉 움켜잡고 있었던 탓인지, 가운 깃이 은근히 벌어져 있었다. 강은 얼른 손을 뻗어 그녀의 가운을 여며 주었다. 그런데 몸이 제멋대로 움직이고 말았다.

당장에 이곳을 빠져나가서 집무실로 향해야 하건만, 입술은 또다시 그녀의 입술을 찾았다. 이렇게 통제가 안 되는 경우는 없었는데. 몸이 끝도 없이 내달렸다.

이상한데, 아무래도.

그 순간 그녀가 홍삼을 한사코 거절하던 모습이 머릿속을 스치고 지났다. 강은 입술을 떼어 내고 무서운 눈으로 그녀를 노려보았다.

"한단아."

목소리가 제대로 발산하지 못하는 열기로 쉬어 있었다.

"네?"

그녀의 입가가 촉촉이 젖어 있었다. 올려다보는 눈빛은 곧 강을 굴복시킬 것처럼 뇌쇄적이었다.

"그거 홍삼물 맞아?"

어금니가 맞물리고 으르렁거리는 소리가 울렸다. 그 음산함에 그녀가 어깨를 움찔 떨었다.

"묻잖아. 홍삼물 맞냐고."

"맞아요, 홍삼물!"

"순도 100퍼센트 홍삼물?"

"아, 그게…… 엄마가 달이신 거라……. 비수리랑 뭐가 또 들어갔다고 하셨는데."

"비수리? 그게 뭔데?"

"그, 글쎄요. 그게 뭘까요."

어설피 말을 돌리는 그녀를 노려보며 강은 피팅룸 문을 열고 재봉실로 나갔다. 테이블 위에 올려 두었던 휴대전화를 집어 들고, 포털 사이트에 세 글자를 입력했다.

비수리.

『비수리는 쌍떡잎과의 식물로……』

"왜요? 코치님. 비수리가 뭔데요?"

그녀는 말간 얼굴로 강을 올려다보았다. 이 순간 자신은 순진한 제자라는 듯 '코치님'이라 부르고 있었다. 키스 직후, 발그레한 뺨을 한 그녀는 흰색 가운을 걸치고 눈앞에 서 있었다.

그러니까 이런 한단아가 나한테 뭘 먹였다고? 너 진짜 모르고 준 거야?

『비수리는 쌍떡잎과의 식물로 야관문이라는 이름으로 더 유명하다.』

"비수리가 대체 뭔데요?"

헷갈린다, 한단아.

강은 의뭉스러운 눈길로 그녀를 내려다보았다. 그러니까 한단아는 어머님이 뭔가 좋은 걸 끓이셨기에 가져왔다는, 스승을 헤아리는 마음이 이다지도 기특한 제자인 것인가?

"자, 봐 봐. 뭔지."

아니면 앞에 선 남자와 같은 흑심을 품고 있는, 붉은 욕망을 들끓게 만들려는 깜찍한 속셈을 갖고 있는 요물일까?

강은 그녀의 앞으로 휴대전화를 내밀었다.

"비수리는……."

그녀는 카랑카랑한 목소리로 글자들을 또박또박 읽기 시작했다.

"야관문이라는 이름으로 유명하다? 야관문이 뭔데요?"

"허!"

휴대전화를 향해 있던 그녀의 순수한 눈동자가 강에게로 향했다. 강의 입에서 헛웃음이 흘러나왔다. 그럼 그렇지. 한단아가 그게 뭔지 알 리가 없나.

강은 단아의 손에서 휴대전화를 뺏어 들었다.

"모르면 됐어. 애들은 몰라도 돼."

"틈만 나면 애 취급이야."

그녀는 가운 깃 안을 들춰 보며 구시렁거렸다.

"이런 발육 좋은 애가 세상에 어디 있다고. 나 참, 어이가 없어서."

들춰 올렸던 가운 깃을 퉁 퉁겨 내린 순간, 그녀의 가슴골이 아스라이 드러났다.

진하디진하게 우린 야관문부터 요염하게 벌어진 가운 깃까지. 이 모든 게 계산된 행동이 아니라면, 한단아는 타고난 요물이란 말인가?

"이것 좀 여미고, 좀."

강이 오른손을 뻗어 그녀의 가운 깃을 여며 주려 한 순간이었다. 다가오는 손길에 그녀가 놀랐는지 슬쩍 몸을 트는 바람에, 손은 그녀의 가운 깃이 아닌 가슴을 움켜잡고 말았다.

놀란 두 사람은 멀거니 서로를 바라보기만 했다.

"미, 미안."

"저기, 미안하시면 이건 놓고 말씀하시죠?"

놀랐으면 손이 떨어져야 하는데, 반듯한 주인과 달리 사특한 강의 손은 여전히 그녀의 가슴 위에 올라 있었다. 강은 얼른 손을 떼어 내며 두 손을 들어 올렸다.

"미안, 실수야. 가운 깃이 벌어져서 여며 주려고 한 것뿐이다. 오해하지 마."

단아는 홱 돌아서서 가운 깃을 여미고는 허리끈을 질끈 동여맸다. 얼굴은 화끈화끈 달아올랐고, 가슴은 둥당거렸다. 샤워할 때 말고는 손 댈 일도 없는 가슴이었다. 그곳에 그의 손이 잠시 닿은 순간, 머릿속이 펑 하고 터지고, 심장이 멎는 것만 같았다.

그러니까 키스 이상의 진도를 나가게 되면 이보다 더한 상황이 온다는 건데.

단아는 가만히 제 왼쪽 가슴에 손을 올렸다.

그건 대체 어떻게 견뎌야 하지? 수련이 더 필요하다, 한단아.

"옷은 부분 세탁하면 될 것 같으니까 집무실로 가 있어. 세탁해서 갖다줄 테니까."

등 뒤에서 당황한 그의 목소리가 들려왔다. 그도 이 상황에 적잖이 놀랐나 보다.

뭐, 연애 코치가 이런 거에 놀라?

단아는 천천히 뒤로 돌아섰다.

"왜, 왜?"

"그러는 코치님이야말로 왜 그러세요?"

직원들이 냉미남이라고 부를 만큼 얼음장 같았던 그의 얼굴이 곧 폭발할 활화산처럼 달아올라 있었다.

"뭐가?"

당황한 말투와 달아오른 얼굴이 몇 해 전 단아가 수학 과외 선생 노릇을 했던 남자 고등학생을 떠오르게 했다. 가슴께를 힐끔힐끔 훔쳐보던 여드름투성이 남학생. 그 설익은 사춘기 소년의 감정이 왜 앞에 선 이 남자의 얼굴에서 읽히는 걸까?

"설마⋯⋯?"

"설마, 뭐?"

언제 그랬느냐는 듯 그의 얼굴은 평정을 되찾아 가고 있었다.

"설마, 여자 가슴 처음 만져 보시는 거예요?"

"한단아! 넌 뭐 그런 걸 다 물어보냐?"

"어? 이건 대답이 아닌데요?"

아무래도 수상하다. 타이밍이 안 맞아 실수로 스칠 수도 있는 거다. 일종의 충돌 사고였다고나 할까. 그런데 사고 수습 과정에서 보인 그의 얼굴은 이렇게 외치고 있었다.

'내 평생 이렇게 음탕한 사고는 처음이야!'

여자 경험이 많은 코치라면 이런 상황에 저렇게 당황할 리가 없는데 말이다. 어디선가 월미도 테마파크 타로이스트의 목소리가 들려오는 듯했다.

「남자가 그쪽한테 거짓말을 했었나 봐요? 어떤 이유에서건 남자가 본인 마음을 숨기고 있어요.」

"흐훗."

저도 모르는 사이에 웃음이 흘러나왔다.

그러니까, 설마, 혹시, 만약, 예컨대⋯⋯ 연애 경험이 없으신 겁니까?

분명 코치를 떠올리며 타로 점을 봤다. 그렇다면 딱 맞아떨어지지 않는가?

연애 경험이 없으면서 그런 감정에 능한 척 거짓말을 했다. 그래서 그도 끌리는 감정을, 그의 진심을 숨기고 있다. 그가 연애 경험이 전무하다는 말을 털어놓는 순간에는 속았다는 사실에 상처를 받는다?

단아는 장난기 가득한 미소를 머금은 채로 그를 올려다보았다. 상황이 꽤 잘 맞아떨어지고 있었다.

"올라가서 공부하고 있어. 옷 세탁해서 가져갈 테니까."

일부러 근엄한 목소리를 내고 있는 그를 뒤로하고 단아는 집무실로 향했다. 공부에 도통 집중이 되지 않는 하루지만, 새로 깨달은 사실은 그 어떤 학문적 성취감보다 단아를 흡족하게 했다.

대표가 코치로서 일선에 나가는 일이 드물었던 이유가, 그가 자신은 일종의 관리자 모드라고 했던 게 혹시 그런 이유였을까.

연애 경험이 없으니, 코치를 안 하셨겠죠. 일손이 부족해진 탓에 나서신 거 아닌가요?

키득거리는 웃음이 계속해서 터져 나왔다. 언제나 하늘처럼 우러러보던 코치가 갑자기 귀엽게 느껴지기까지 했다.

그의 집무실 소파에 앉아서 눈에 들어오지도 않는 자료를 뒤적인 지 1시간쯤 되어 갈 무렵, 그가 잘 세탁된 옷을 가지고 집무실로 돌아왔다.

"자, 갈아입어. 나도 일은 거의 다 정리했으니까, 나가자."

"나가요? 어디요? 또 데이트해요?"

"까분다. 데이트 수업."

자주 봐서인지 그의 표정이 속속들이 읽히는 기분이었다. 수업이라고 강조하는 그의 속눈썹이 미세하게 떨렸다. 그 작은 떨림이 마치 나비효과처럼 단아의 가슴에는 파란을 일으켰다.

"수업. 받아야죠. 열심히."

강은 소파 테이블 위를 정리하는 그녀를 흘끔거리며 집무실 책상을 정리했다. 한단아, 또 무슨 뚱딴지같은 생각을 하고 있는 거야? 가위 들고 바느질하려는 사람처럼 단아는 또 엉뚱한 상상을 하고 있는 얼굴이었다.

"오늘은 그럼, 요즘 연인들이 제일 많이 하는 거 해 봐요, 우리."

요즘 연인들이 제일 많이 하는 게 대체, 뭘까? 한단아. 너 또 나 테스트하냐?

강은 매서운 눈길로 그녀를 노려보았다.

"인사동 가실래요?"

정신을 차리고 보니, 강은 단아에게 이끌려 인사동 한복판을 걷고 있었다. 두 남녀가 나란히 인사동 길을 걷는 동안, 외국인 관광객이 함께 사진을 찍자며 수차례 덤벼들었고, 그럴 때마다 단아는 함박웃음을 지으며 친절하게 굴었다.

"한단아, 이제 갈아입자."

"싫어요. 한복이 얼마나 예쁜데."

단아가 이건 꼭 해 보고 싶다고 우기는 바람에 강은 한복 대여점에서 빌린 곤룡포를 입고 있었고, 단아는 연분홍색 당의와 하늘색 한복치마를 입고 있었다. 가채까지 올린 그녀의 얼굴은 그야말로 기가 막혔다.

인사동 길에 한복을 입은 이들은 많았지만, 단아처럼 아름다운 이는 없었다. 강은 그녀를 내려다보며 외국인 관광객이 사진 찍자고 덤벼들 만하다고 고개를 주억거렸다.

"강준 씨, 진짜 왕 같아요. 한복발 죽인다!"

그럼, 나 어렸을 때 한복만 입었다. 뜬금없이 출생의 비밀을 밝힐 수는 없으니 강은 희미한 미소를 머금을 뿐이었다.

"어머! 이 총각 한복 태 나는 것 좀 봐. 모델이야? 응? 모델?"

"우리 사진 한 방 같이 찍자. 옆에 아가씨는 여자 친군가? 아니면 어디 홍보 모델이야? 우리 사진 한 방만 찍어 줘요."

단체 티를 맞춰 입은 아줌마 예닐곱 명이 강의 곁을 둘러쌌고, 단아에게는 세 개의 휴대전화가 쥐여졌다. 단아가 멋쩍은 미소를 지으며 강을 바라보자, 그는 자포자기한 얼굴로 얼른 찍으라며 고갯짓을 한 번 했다.

"자, 찍습니다. 모델은 아니고요. 제 남자 친구예요."

단아가 천연덕스럽게 건넨 말에 앞에 선 강의 얼굴이 붉어졌다.

"어머, 아가씨. 속 좀 썩겠어. 남자 친구가 너무 잘나서."

"아니에요. 우리 오빠가 얼마나 착한데요. 저밖에 몰라요."

능청을 떠는 단아에게 강은 넋이 나간 얼굴을 했다.

"총각, 이거 요 앞에서 나눠 주더라. 난 뭐 이런 거 쓸데가 없어서. 호호호."

호들갑스러운 아줌마들이 고맙다는 인사를 하며 강의 손에 무언가를 쥐여 주었다. 강은 그게 뭔지도 모르고, '아, 예. 감사합니다.' 하고 고개 숙여 인사했다. 아줌마들이 지나간 자리에 강은 얼이 빠진 얼굴로 서 있었다.

섬이나, 인사동이나 아줌마들은 사람 혼을 쏙 빼놓는 공통점이 있다.

"와, 어딜 가나 아줌마들한테 인기 짱 드시네요?"

"한단아."

"네?"

"내가 네 남자 친구야?"

"그럼, 제가 여기서 정색하고 이 남자분한테 지금 연애를 배우고 있습니다. 제 코치님이신걸요. 할까요?"

그는 어이가 없다는 듯 픽 웃어 버렸다. 단아도 그와 함께 웃음을 터뜨린 순간이었다.

"강준아."

등 뒤에서 누군가 그의 이름을 부르는 소리가 들려왔다. 그는 단아의 등 뒤로 시선을 고정한 채, 귀신이라도 본 얼굴을 했다.

"여기서 뭐 하니?"

"어머니."

두 사람 곁으로 다가온 임복녀 여사는 곤룡포를 입고 있는 아들을 신기한 눈으로 올려다보았다. 얼굴이 새빨개진 모습이 적잖이 당황한 듯 보였다. 사춘기 이후로 1년에 딱 두 번, 구정과 추석 명절에 한복을 입는 것도 고사했던 아들이 웬 아가씨와 인사동 한복판에서 한복을 입고 돌아다니고 있었다.

"이 아가씨는……?"

"안녕하세요? 한단아입니다."

"아! 그때 우리 삼성동 호텔에서 봤었죠?"

"네."

연분홍색 당의를 입은 아가씨 역시 당황한 얼굴로 꾸벅 인사를 하고는 시선을 내리깔았다.

그러니까 아가씨가 우리 강준이한테 곤룡포를 입히고 인사동 한복판에 서 있게 만든 장본인이구나?

임 여사의 눈빛이 반짝 빛났다.

"방금 강의 마치고 나왔더니, 목이 좀 마르네. 시원한 오미자차 한 잔 했으면 좋겠는데."

이 재미있는 상황을 그냥 넘기고 싶지 않았다. 나중에 불러서 물어본들 입 무겁고 차가운 아들놈에게서 뭘 알아내기란 쉽지 않을 것이다. 임 여사는 손부채질을 하며 목이 타는 내색을 비쳤다.

"어머니, 나중에."

역시나 나중에 보자는 말을 꺼내 보이는 아들에게 매서운 시선을 보내려는 순간이었다.

"근처에 허름하지만 조용한 찻집이 있어요. 오미자차는 있을지 모르겠는데, 괜찮으시겠어요?"

마음에 쏙 드는 단정한 물음이었다.

"그래요. 가 보죠, 한번."

단아의 안내로 세 사람은 쌈지길 뒷골목에 있는 허름한 전통찻집 안에 자리했다.

"한복은 어디서 났어요?"

"근처 한복 대여점에서 빌렸어요."

입에 풀칠이라도 했는지 묵묵부답인 아들 대신 단아라는 아가씨가 나긋이 대답했다.

아들놈 키워 봐야 아무 소용 없다더니, 야속한 놈.

어미가 내미는 한복에는 심드렁하더니 아가씨가 하는 말은 들어주고 싶었는지, 곤룡포를 입은 모습이 볼만했다.

"우리 강준이가 좀 까칠하죠? 엄마인 내가 봐도, 애가 얼마나 차가운지 몰라."

"겉으론 차가워 보이지만, 마음은 따뜻해요."

"우리 강준이가 아가씨한테는 잘해 주나 봐요? 엄마한테는 영 야속한 아들인데."

짓궂은 질문에 당황한 듯 고운 얼굴이 새빨갛게 물들었다. 어쩔 줄 몰라 하는 순수한 모습에 임 여사의 가슴이 콩닥콩닥거렸다.

"어머니, 그런 거 아니에요."

강의 역성에 임 여사는 나무라는 눈길을 한 번 보냈다.

"우리 강준이가 하는 일 때문에 속상한 일 생길 수도 있어요. 나도 같은 일을 해 와서 아들이 하는 일이 얼마나 고된지 잘 알고. 게다가 강준이는 사람들 입에도 오르내리는 일이라, 옆에 있는 사람도 견디기 힘든 일이 있을지도 몰라요."

사람 옷 짓는 일이 쉬운 일은 아닌 거다. 오죽하면 의식주를 일컬을 때, 옷이 가장 먼저 나올까. 그만큼 한 사람의 인생에 있어서 의복이 갖는 의미가 크다는 거다.

이제 한복은 돌잔치나 결혼식 같은 특별한 날에만 입는 옷이 되어 버렸다. 특별한 날에만 입는 옷을 짓는 것도 여간 고된 것이 아니지만, 매일 입는 옷을 만들어 매 계절마다 새로이 선보여야 하는 일도 고될 터.

고민이 생기면 내색 않고 속으로 곪는 성격인 아들을 품어 줄 수 있는 참한 아가씨가 곁에 있었으면 하는 게 임 여사의 바람이었다.

"강준 씨가 그런 말을 했어요. 자기는 마음을 짓는 일을 하고 있다고. 저는 그런 강준 씨 응원하고 싶어요."

임 여사의 얼굴에 해사한 미소가 걸렸다. 일에 대한 이야기가 나오면서부터 강은 손에 땀이 흥건히 배어나도록 긴장했다.

"아들, 엄마가 단아 양 잡아먹을까 봐 긴장했어?"

"아니에요, 그런 거."

"근데 아들, 아까부터 손에 꼭 쥐고 있는 건 뭐야?"

두 여자의 시선이 강을 향해 왔다.

그러게. 제가 손에 꼭 쥐고 있는 이건 대체 뭘까요?

긴장한 탓에 손에 무언가를 쥐고 있다는 사실도 잊고 있었다. 강은 자연스레 오른손을 활짝 펼쳐 보였다.

"어머나!"

"그게 뭐예요?"

손바닥 위에 오른 물건을 확인한 어머니는 화들짝 놀란 얼굴로 아들을 바라보셨고, 옆에 앉은 단아는 의뭉스러운 눈길로 강의 손 위에 오른 물건을 관찰했다. 정사각형 포일 포장 안에 들어 있는, 500원짜리 동전 모양의……

놀란 그녀는 두 손으로 입을 가린 채 딸꾹질까지 해 댔다.

"저기, 어머니 그게요. 한단아, 오해하지 마! 어머니, 오해하신 거예요. 이거 제 거 아닙니다. 아까 어떤 아주머니들이 같이 사진 찍자고 하시기에 사진 한 번 찍어 드렸더니 제 손에 쥐여 주고 가신 겁니다. 길에서 무슨 캠페인 하면서 나눠 주고 있다고요. 아까 정신이 없어서 뭔지도 모르고 받은 겁니다."

웃음을 참으시는 어머니의 얼굴이 새빨갛게 물들었다.

아, 곤룡포 입고 손에 쥔 물건이 하필 콘돔이다.

"한단아, 오해하지 마. 이거 내 의지로 갖고 있는 물건 아니다."

"어머, 얘 당황해서 말 많아지는 것 좀 봐. 아가씨, 내 아들이지만, 남자는 다 조심해야 해. 손에 꼭 쥐고 있었으면서 제 것 아니라고 하면 누가 믿겠어?"

"어머니!"

버럭 소리를 내지른 순간 사위가 쥐 죽은 듯이 조용해졌다.

"왜 어머니께 소리를 치고 그러세요. 강준 씨가 손에 꼭 쥐고 있었던 건

맞잖아요."

이것 봐라? 한단아, 너 우리 어머니 앞에서 나 놀렸냐? 어머니, 애 지금 하는 짓 보셨어요?

휘둥그레진 눈으로 어머니께 시선을 옮겨 간 순간, 어머니는 시무룩한 얼굴로 입을 여셨다.

"단아 양, 얘가 이래요. 어미 마음도 몰라주고, 이렇게 야속한 놈이라니까."

"강준 씨가 많이 당황했나 봐요. 아까 길에서 아주머니들이 쥐여 주고 가신 건 맞거든요."

"무심한 이놈은 아가씨가 챙겨요. 난 우리 남편이나 보러 가야겠네."

일어날 채비를 하시는 어머니께 강은 멋쩍은 듯 말을 건넸다.

"모셔다 드릴게요."

"됐다, 나도 차 있다. 고얀 놈."

고얀 놈. 누가 그런 걸 손에 쥐고 있으래. 얼른 손주 만들어 오라니까.

"아가씨, 그럼 우리 나중에 봐요."

"네, 살펴가세요."

인사동에서 한복 바로 입는 법에 관한 특강을 마친 후에는 예약 손님을 맞으러 가야 하는 임 여사였다. 빠듯한 일정에도 마음은 날아갈 듯했다.

아가씨, 다음엔 내가 만들어 준 한복 입어요. 그땐 내 식구 되어 있으면 좋겠네.

멀어지는 어머니의 뒷모습을 바라보며 강은 한숨을 한 번 몰아쉬었다. 안 그래도 짓궂은 장난을 좋아하시는 어머니가 단아를 꼼짝 못 하게 하면 어쩌나 걱정했는데, 그 장난에 놀아난 건 단아가 아닌 자신이었다. 게다가 어머니의 농에 장단을 맞추는 단아의 모습에 기가 찼다.

그런데 뿌듯한 이 기분은 대체 뭘까?

사랑하는 두 여자가 마주 앉아서 자신을 바보 만들고 있는데, 묘하게 가슴이 두근거렸다.

"강준 씨 어머님은 항상 한복 입고 다니시네요?"

"어, 거의."

"근데 어머님도 연애 코치 하셨어요? 같은 일 해 오셨다고 하셨잖아요. 강의 마치고 나오셨다고 하신 것 같은데?"

"흐흠."

강은 헛기침을 하며 단아를 근엄한 시선으로 내려다보려 애썼다.

"깊이 알려 하지 마. 다쳐."

그녀는 뜨악한 얼굴로 강을 올려다보았다.

"옷이나 갈아입으러 가죠, 더운데."

다행히 그녀는 더 이상의 질문은 하지 않았다.

이른 저녁 식사를 하고 그녀를 집에 바래다주는 길, 그녀는 시무룩한 얼굴을 했다.

"불토에 이렇게 일찍 집에 들어가네요."

"한자 잘못 배웠네. 흙토지, 왜 불토야."

어떻게 그렇게 재치 있는 어머님에게서 당신 같은 아들이 나왔을까요? 그리고 어떻게 저는 이다지도 재미없는 당신이라는 남자에게 빠진 걸까요?

단아는 어이없다는 시선으로 그를 바라보았다.

"그럼, 불화는 지키실 거예요?"

"하는 거 봐서."

"그럼 내일은요? 일요일은 쉬어요, 아님 수업해요?"

"내일은 수업 없어."

일말의 기대감에 젖어 있던 가슴에서 바람이 쉬익 빠져 버리는 듯했다.

"그 대신."

"그 대신?"

"나 만나러 나와."

어느새 그의 차는 단아의 집 앞에 도착해 있었다. 그는 운전석에서 내려 보닛을 돌아와 평소와 같은 얼굴로 조수석 문을 열어 주었다.

수업은 없는데, 그 대신 만나러 나오라는 말. 제 뜻대로 해석해도 되는 거죠?

"얼른 내려. 걷느라 힘들었을 텐데, 들어가서 푹 쉬고. 도시락 맛있었다."

희미한 미소를 머금은 그의 얼굴이 무척이나 근사했다.

"그럼, 조심히 가세요."

"그래, 얼른 들어가."

단아는 대문을 열고 들어가려다 말고 돌아섰다.

"전화, 해도 돼요?"

그는 차에 삐뚜름히 기대서서 진한 미소를 머금으며 고개를 끄덕였다. 가슴이 찌릿찌릿했다.

"그럼, 이따 자기 전에 전화할게요."

집 안에 들어선 단아는 멍한 얼굴로 소파에 주저앉았다. 헤죽헤죽 웃음이 비어져 나왔다. 가로등에 비쳤던 그의 진한 미소가 머릿속을 떠나질 않았다.

"웬일이야? 이렇게 일찍 들어오고?"

"어? 어."

"엄마! 누나 이상해! 멍청해졌어!"

부엌에서 나온 이 여사는 단정의 등짝을 내리치며 나무랐다.

"이건 누나한테 말본새가 아주."

"냅둬, 엄마. 하루 이틀도 아니고. 한단정이 한단아한테 친절하면 어디 아픈 거지."

"네가 어디 아픈 거 아니고?"

이 여사는 걱정스러운 눈길로 단아를 바라보았다. 단정의 도발에 발끈하기는커녕 실없이 웃고 있는 모양새가 어딘지 모르게 이상했다.

"아프긴. 나 일찍 자요."

"저녁은 먹었어?"

"네, 먹었어요."

이 여사는 단아의 뒷모습을 걱정스러운 눈길로 바라봤다.

"어머니, 누나가 연애하는 거 같지요?"

"너, 뭐 아는 거 있어?"

"아, 어머니. 제가 알고 있는 걸 그냥 말씀드릴 수는 없고요."

딱! 단정의 이마에 이 여사의 손바닥이 내려앉았다.

"스읍. 어디서 감히."

수작 부릴 생각 하지 말라는 신호에 단정은 얌전히 입을 다물었다.

방에 들어온 단아는 하염없이 벽시계만 바라봤다.

언제쯤 전화해야 좋을까. 아직은 운전 중일 것 같고. 자기 전에 전화한다고 하지 말고 좀 이따 전화한다고 할 걸 그랬나. 일찍 잔다고 할까.

머릿속에는 온통 그에게 언제 전화하면 좋을까 하는 생각뿐이었다.

"씻고 나와서 하자."

샤워를 하는 동안에는 콧노래가 절로 흘러나왔다. 보드라운 거품으로 몸을 문지르는데, 가슴을 스쳤던 그의 손길이 떠올라 갑자기 얼굴이 화끈 달아오르기도 했다.

아, 한단아. 중증이다. 이러다 음란마귀 되겠어.

샤워를 마친 단아는 머리에 수건을 뒤집어쓴 채로 책상 위에 올려 두었던 휴대전화를 집어 들었다.

[부재중 전화 1통]

[문자 메시지 1통]

모두 그에게서 온 것이었다.

[나 집에 도착했다. 전화 못 받나 봐.]

문자에서 아쉬움이 느껴지는 건 착각일까. 단아는 얼굴에 스킨로션도 찍어 바르지 않고 그에게 전화를 걸었다. 신호가 채 울리기도 전에 그가 받았다.

"어? 어떻게 바로 받으세요?"

— 그러게.

서늘하지만 달콤한 목소리에 심장이 간질간질거렸다.

— 뭐 했어?

"씻었어요."

— 아.

그의 짧은 대꾸에 무슨 말을 해야 할까 고민하던 찰나였다.

— 그렇게 씻었다는 말 함부로 하는 거 아니다.

"왜요?"

— 상상력을 자극하게 되니까.

"그래서. 지금 상상하셨어요, 설마?"

— 되바라진 질문은 하지 말라고 했을 텐데.

꼭 대답하기 곤란하면 근엄한 척하지. 단아는 귀엽게 구겨져 있을 그의 얼굴을 떠올리며 웃음을 터뜨렸고, 단아의 생각처럼 그는 미간을 구기며 물었다.

"왜 웃어?"

수화기 너머에서 그녀의 웃음소리가 들려왔다.

— 그냥요.

"바로 씻고 나온 거면, 머리는 말렸어?"

— 아니요. 아직요.

"감기 걸려. 머리부터 말리고 전화해."

— 잠시만요. 질문 있어요.

전화를 끊기 싫은 마음을 아는 건지, 그녀는 질문이 있다며 시간을 끌었다.

— 내일 저 어떻게 하고 나가요?

"뭘?"

— 치마 입어도 돼요?

"돼."

누구한테 보여 주려고 이렇게 입고 나왔느냐며 으름장을 놓던 그였는데,

치마를 입어도 된다는 말에 가슴이 풍선처럼 부풀어 올랐다. 그러니까, 내가, 코치가 아닌 강준 씨한테 잘 보이기 위해서, 공식적으로 치마 입어도 되는 날이네요, 내일은?

— 화장은 하지 마.

"왜요?"

— 화장 안 하는 게 더 예뻐.

다시 한 번만 말씀해 주시면 안 돼요? 저 이거 녹음하면 안 될까요?

매 순간을 기억하고 간직하고 싶게 만드는 남자라니. 인생이 이토록 쫄깃하고 달콤해질 수도 있다는 사실에 저절로 웃음이 났다.

— 얼른 머리 말리고 자. 내일 일찍 보면 되잖아.

"네, 근데요."

결국 단아는 머리카락을 수건에 친친 감은 채로 말리질 못했고, 강은 소파에 앉아 밤이 새도록 이어지는 그녀의 질문에 대답을 해 주었다. 그녀는 자신을 처음 봤을 때 우스웠냐는 질문을 시작으로 두 사람의 만남을 차례대로 회상했다.

"뭐 저런 옷을 입은 여자가 다 있나 싶었지."

쿡쿡거리는 그녀의 웃음소리가 무척이나 듣기 좋았다.

"제대로 입혀 놓고 보니까, 봐 줄 만해서 좀 놀랐어."

평생 누군가와 이렇게 오랫동안 통화했던 적은 없었다. 말 길게 하는 걸 좋아하지 않는 강의 성격상 전화는 언제나 '용건만 간단히'였다. 그런데 휴대전화 배터리가 방전될까 무서워 충전기를 꽂은 채, 생전 쓰지 않는 블루투스 이어폰까지 귀에 꽂고 통화를 이어 가고 있었다.

"배우는 건 자신 있다더니, 정말 빨리 배우더라."

아무렴, 가르친 보람 팍팍 느껴지도록 그녀가 강을 녹아들게 만들었으니 말 다 했다.

"어떡하죠? 해 떴는데."

단아는 동이 터 오는 풍경을 바라보며 빙그레 미소를 머금었다. 밤새도록 이야기를 한 탓인지, 두 사람의 목소리가 약간은 쉬어 있었다.

— 좀 자고, 이따 보자. 병나겠다.

"네. 일어나시면 전화 주세요."

— 그래. 너도 일어나면 연락하고.

"네."

대답을 마쳤는데도 그는 전화를 끊지 않고 가만히 있었다.

"먼저 끊으세요."

휴대전화 너머에서 낮은 웃음소리가 들려왔다. 먼저 끊어라, 안 끊는다, 하나, 둘, 셋 하면 같이 끊자. 이렇게 승강이를 하는 게 꿈이었는데.

— 같이 끊자. 하나, 둘 하면.

지난번에는 이거 한번 해 보자는 말에 까분다며 차갑게 전화를 끊어 버린 그였는데. 오늘은 그가 먼저 아쉬운 마음을 드러냈다.

"하나, 둘."

또다시 정적이 흘렀다.

— 왜 안 끊어?

아쉬워서요.

차마 그렇게 대놓고 말하지는 못하고, 단아가 아랫입술을 꾹 깨문 순간이었다.

— 단아야.

"네?"

— 지금 7신데…….

심장이 콩닥콩닥거렸다.

— 준비하고 나올래? 일찍 볼까?

"네!"

물색없이 활기찬 대답이 바로 쏟아져 나왔다. 휴대전화 너머에서 그의 기분 좋은 웃음소리가 들려왔다.

— 1시간 후에 출발한다.

밤을 꼴딱 새우고 나왔는데도 몸이 가뿐했다. 아침 햇살은 몽롱했고, 그를 기다리는 가슴은 세차게 두근거렸다. 그의 차가 골목 안으로 들어서자 반가움에 함박웃음이 지어졌다.

조수석에 올라탄 단아를 그가 자상한 목소리로 나무랐다.

"전화하면 나오지, 왜 나와 있었어."

"그냥요. 근데 전화 안 받으시던데요?"

"내가?"

항상 차에 올라타면 휴대전화를 올려 두었던 곳이 텅 비어 있었다.

"놓고 왔나 보네, 집에."

"어떡해요?"

"일단 집으로 가서 전화기만 갖고 나올게. 차에서 잠깐 있을래?"

단아는 가만히 고개를 끄덕였다. 그가 살고 있는 주상복합건물 지하 주차장에 차가 멈춰 서자, 단아는 노곤한 얼굴로 물었다.

"화장실 좀 잠깐 써도 될까요?"

"그럼 같이 올라갔다가 내려오자."

그녀는 고개를 끄덕이며 아스라한 미소를 지었다. 그녀의 얼굴에는 고단함이 가득했다. 대학원에, 인턴에, 시간 날 때마다 디자인 하우스를 들락거리는 그녀는 요즘 단 하루도 편히 쉬는 날이 없어 보였다.

이렇게 불러내지 말 걸 그랬나.

그런 생각이 들다가도 옆에 있는 그녀의 존재감에 심장은 들끓었다. 한시라도 떨어지고 싶지 않은 사람이 생길 줄은 꿈에도 몰랐다. 집에 들어선 강은, '편히 써.'라고 말하고는 곧장 침실로 향했다. 그런데 침실에도, 드레스룸에도 휴대전화는 코빼기도 보이질 않았다.

강은 거실로 나와 테이블 위를 살폈지만, 그곳에도 휴대전화는 없었다.

"단아야, 전화 좀 걸어 볼래?"

"네."

그녀가 자신의 휴대전화를 집어 든 순간이었다.

『입주민 여러분, 안녕하십니까? B동 지하주차장 A16구역에서 휴대전화를 분실하신 분이 계시면 정문 경비실로 와 주십시오. 갈색 가죽 케이스로…….』

"주차장에서 떨어뜨렸나 보네."

일단 전화가 멀쩡한지 확인부터 해야 했다.

"좀 기다릴래? 경비실 가 봐야 할 것 같은데."

"그럴게요."

빙긋이 미소 짓는 그녀를 집에 남겨 두고, 강은 곧장 경비실로 향했다. 다행히 휴대전화는 망가진 데 없이 멀쩡했다.

"나가자, 이제. 다행히 멀쩡하네."

현관에서 외친 말에 아무런 반응이 없었다.

"한단아?"

집 안으로 들어선 강은 소파에 기대어 지그시 눈을 감고 있는 그녀를 발견했다.

많이 피곤했나 보네.

강은 가만히 그녀의 곁에 앉아 새근새근 고른 숨소리를 내며 잠이 든 모습을 바라보았다.

"어디 가긴 글렀네."

이미 깊은 잠에 빠진 것 같은 그녀를 번쩍 안아 들어 침대로 옮겼다. 그러고는 그녀의 옆에 가만히 누워 잠든 얼굴을 유심히 살폈다.

"아무리 피곤해도 그렇지. 남자 집에서 막 자냐, 한단아. 너무 무방비한 거 아니야?"

검지로 그녀의 코끝을 톡 두드리자, 그녀의 눈꺼풀이 슬쩍 뜨이는가 싶더니 도로 꾹 감겼다.

그래, 자라. 오늘은 곱게 재워 줄 테니까.

잠도 전염이 되는 건지, 아니면 피곤한 탓이었는지 그녀를 바라보던 강의 눈도 스르륵 감겨 버렸다.

눈을 떠 보니 사위가 환했다. 제 방인 줄 알았는데, 눈앞에 있는 남자의 얼굴을 확인한 단아의 눈동자가 휘둥그레졌다. 꿈인가 싶은 순간, 그도 천천히 눈꺼풀을 들어 올렸다. 아무 말 없이 두 사람은 서로를 바라보기만 했다.

"한단아."

그의 목소리가 잠에 취해 쉬어 있었다.

"……기다려."

"……네?"

그의 커다란 손이 머리를 쓸어내리더니, 뺨을 감싸 쥐었다.

"조금만 기다려, 알았지?"

그의 팔이 단아의 어깨를 감싸 안았다. 이마에 그의 입술이 닿았다. 다시 스르륵 눈이 감겼다.

꿈을 꾸는 건지, 꿈처럼 달콤한 현실인 건지.

꿈이면 깨지 않기를.

달콤한 현실이면 눈을 뜬 뒤에도 이어지기를 바랄 뿐.

눈을 떠 보니, 어스름한 저녁이었다. 정신을 차린 지 오래였지만, 단아는 꼼짝도 못 하고 가만히 누워 있었다. 목 아래로 그의 왼쪽 팔이 들어와 있었고, 그의 진회색 이불이 가슴께까지 올라 있었다. 그의 몸은 이불 밖에 있었지만, 오른쪽 팔로 단아의 등허리를 감싸 안은 채였다.

그의 목덜미가 눈에 들어왔다. 목선에서도 그의 남성미가 느껴졌다. 심장이 콩닥콩닥 뛰었다. 단아는 슬쩍 고개를 들어 그의 얼굴을 바라봤다.

"피곤하셨나 보네."

곤하게 잠든 얼굴조차도 멋있었다. 긴 속눈썹이 만들어 낸 그늘은 숨이 턱 막히게 할 만큼 섹시했다. 단아는 목에 힘을 주고 고개를 빳빳이 세워 그의 눈꺼풀 위에 슬쩍 입을 맞췄다. 보드라운 속눈썹이 입술을 간질였다. 그는 미동도 없이 가만히 있었다.

「기다려. 알았지?」

나른하게 울려 퍼졌던, 낮고 잔잔했던 그의 목소리가 귓전을 맴돌았다.

꿈이었나.

기다리라 말하는 그의 깊은 진갈색 눈동자에는 진중함과 애틋함이 서려 있었다. 그의 진심이, 그의 사랑이 오롯이 느껴진다는 착각이 일 만큼 맑고 또렷한 눈빛이었다. 그런데 잠에서 깨고 보니, 그게 꿈인지 현실인지 구분이 되질 않았다.

꿈이 아니라면…… 얼마든지 기다릴 수 있는데.

단아는 가만히 그의 콧잔등에 입을 맞추었다. 날렵하고 매끄러운 느낌에 복잡한 머리가 사르륵 녹아들어 미소가 저절로 지어졌다. 용기를 내어 그의 입술을 머금으려는 순간, 그의 눈이 번쩍 뜨였다.

"또 나 덮치게?"

단아는 믿지 않는 눈길로 그를 노려보았다.

"그렇게 째려보면 어쩔 건데?"

"……!"

말이 끝남과 동시에 그는 단아의 목덜미에 입술을 묻었다. 그리고는 크게 숨을 들이마셨다가 내쉬었다.

"가야지, 이제."

한숨 섞인 그의 목소리에 심장이 떨렸다. 가야 한다고 하면서 그는 단아를 더 꼭 끌어안았다.

"놔주셔야 가죠."

또랑또랑한 대구에 그의 낮은 웃음소리가 들려왔다. 그리고는 턱 밑에서 은근한 압력이 느껴졌다. 말랑말랑하고 따뜻한 느낌이, 그의 입술인 듯했다. 그는 그저 입술을 댄 채로 가만히 있었다.

맥박이 뛰는 곳에 닿아 있는 그의 입술. 빠르게 뛰는 단아의 심장을 그는 입술로 느끼고 있었다.

"단아야."

목덜미에서 그의 숨결이 느껴졌다.

"네?"

바스락거리는 소리와 함께 그의 얼굴이 코앞까지 다가왔다.

"꿈꾼 거 아니야."

심장이 뭉클하고, 가슴이 좁아 드는 것만 같았다. 벅차오르는 감정이 주체가 되질 않아서 단아는 어깨를 좁히며 고개만 끄덕였다. 남들 앞에선 차가운 모습만 보이는 남자가 지금 이 순간에는 그 누구보다 더 따뜻해 보였다.

이마에 한 번 쪽, 그의 입술이 닿았고 콧잔등에 한 번 쪽, 그의 입술이 자리했다.

단아는 가만히 눈을 감았다. 두근두근. 폭신한 그의 침대, 이불에서 느껴지는 그의 체취와 무스크 향 그리고 등을 감싸고 있는 그의 단단한 팔뚝과 자신의 손이 올라 있는 그의 단단한 가슴까지.

존재하는 모든 게 단아를 두근거리게 했다. 그리고 온 신경이 입술을 향해 갔다.

이제 곧 따뜻하면서 뜨겁고, 부드러우면서 날카로운 그의 키스가 쏟아질 거라고 생각했는데, 그의 단단한 목소리가 들려왔다.

"한단아."

"네?"

아쉬운 마음에 단아는 눈을 꼭 감은 채로 가만히 대답했다.

"너 지금 내 방, 내 침대 위에 있어."

"알아요."

"알면 그런 표정 하지 말아야지."

감았던 눈을 천천히 뜨자, 코앞에 그의 얼굴이 있었다. 미간에 미세한 주름이 잡혀 있었고, 눈동자는 한없이 떨렸다.

"어떤……!"

어떤 표정이냐고 물으려는 순간, 그의 커다란 손이 단아의 어깨를 밀어젖혔다. 등이 침대에 딱 붙어 버렸다. 그가 단아의 머리 옆에 양손을 짚은 채로 내려다보았다. 눈빛이 무서우리만큼 강렬했다. 그 뜨거운 눈빛에 피부가 녹아내릴 것만 같았다.

몸을 움직여 보려 했지만, 두 다리는 그의 다리 사이에 갇혀 있었다. 잘못 움직였다가는 무서운 얼굴을 하고 있는 그를 자극하는 꼴이 되어 버릴 것만 같았다.

"감당할 수 있어?"

적당히 쉬어 있는 그의 목소리에 심장이 쿵 내려앉았다.

"감당할 수 있을 만큼만 하라고 했잖아."

그는 한숨을 한 번 내쉬고는 몸을 일으켜 무릎을 꿇고 앉았다. 단아도 팔꿈치로 침대를 짚으며 헤드 보드 쪽으로 붙어서 몸을 일으켰다. 또다시 무서운 얼굴을 하고 있는 그에게 무슨 말을 해야 할까 고민하던 찰나.

"가자, 데려다줄게."

그가 은은한 미소를 머금으며 손을 내밀었다. 따뜻했다가, 뜨거웠다가, 뭉클하게 했다가, 무서웠다가, 또다시 가슴을 두근거리게 하는 남자에게 단아는 슬그머니 손을 내밀었다. 커다란 손이 따사로이 단아의 손을 감싸 쥐었다.

그렇게 손을 꼭 잡은 채로 그의 집에서 나와 차에 올라탔다. 집으로 가는 동안 그는 아무 말 없이 조용했다. 집 앞에 차가 멈춰 서자, 그는 무언가 할 말이 있는 듯 뜸을 들였다.

"무슨 하실 말씀 있으세요?"

조용한 물음에 그는 빙긋이 미소를 머금은 채로 앞 유리창을 향해 있던 시선을 단아에게로 옮겨 왔다.

"한단아."

"네."

"단아야."

"왜요?"

이름을 불러 주는 것만으로도 이토록 감동적인 남자라니.

단아는 말끄러미 그를 바라보았다. 그는 긴장한 듯 기어로브를 만지작거리고 있었다. 단아는 조심스레 손을 뻗어 그의 손등 위를 자신의 손으로 덮었다. 그러자 그의 표정이 한결 가벼워졌다.

"너어."

"네, 저요."

"대답, 한 거다."

기다리라는 게 꿈이 아니었다는 말. 그 말에 고개를 끄덕인 단아였다. 그에게서 가슴 설레는 불안함과 긴장감이 느껴졌다. 그는 지금 꿈이 아니었다는 말에 대한 대답이 아닌, 기다리라는 말에 대한 대답을 원하는 것이다.

"저, 기다릴게요."

용기를 불어넣듯 단아는 크게 숨을 들이마셨다.

"얼마든지 기다릴 수 있어요, 얼마든지. 그러니까 그렇게 불안한 얼굴 하지 마세요."

다른 이들 앞에서는 빈틈 하나 보이지 않는 남자가 이런 불안한 얼굴을 하는 건 옳지 않다. 물론 여자는 내 앞에서만 그런 모습을 보이길 바라기는 하지만, 순간의 희열을 위해 그를 불안하게 하고 싶지 않았다.

이런 말을 내뱉기까지 그가 얼마나 고심했을지, 그간 그를 지켜봐 와서 아니까.

"그런 표정 하나도 안 어울려요."

가라앉은 분위기를 바꿔 보려 일부러 장난스럽게 말을 건넨 순간, 그의 품으로 휩쓸려 들어갔다. 단단하지만 따뜻한 그의 품은 차갑지만 따스한 미소를 지닌 그의 얼굴 같다. 마치 그게 순서라는 듯 자연스레 입술이 겹쳤다.

여기 집 앞인데…….

심장이 콩닥콩닥거렸다. 혹시 가족 중에 누가 보면 어쩌나 하는 걱정이 되었지만, 그런 생각을 싹 물리고도 남을 만큼 그의 키스는 달콤하고, 집요하고, 뜨거웠다.

입술이 떨어진 순간, 두 사람의 입에서 동시에 더운 숨이 터져 나왔다.

"얼른 들어가. 내일 저녁에 볼까?"

그가 안전벨트 버클을 풀며 물었다.

"네. 아, 내리지 마세요. 그냥 제가 내릴게요."

단아는 조수석 문을 열고 서서 빙긋이 웃었다.

"얼른 들어가."

"먼저 가세요. 가시는 거 보고 들어갈게요."

"들어가, 어서. 대문 닫히는 거 보고 갈 테니까."

밀려오는 뿌듯함에 미소가 진해졌다. 휴대전화 붙들고 '먼저 끊어라, 안 끊는다, 같이 끊자.' 하는 것만큼이나 달콤한 승강이였다. 들어가라, 먼저 가라. 가는 거 보고 들어갈게. 너 먼저 들어가는 거 보고 간다. 남들 연애하면서 하는 건 다 해 보는 기분이었다.

이토록 감동적인 남자라니. 이다지도 바람직한 만남이라니.

단아는 몇 번이고 뒤를 돌아보았다. 그는 빠끔히 열린 조수석 창으로 단아를 바라보고 있었다. 대문을 살짝 쿵 닫은 단아는 다리에 힘이 풀려 버려서 풀썩 주저앉았다.

사랑이, 내게도 사랑이 오려나 보다.

월요일 아침 주간 회의. 강의 얼굴에는 피곤함이 가득했다. 눈 밑에는 다크 서클이 드리워 있었고, 매끄러웠던 그의 피부 결이 까칠했다. 회의실에 앉은 이들 모두, 강의 그런 얼굴 때문에 더욱 긴장해 있었다.

오늘은 또 얼마나 까칠하려나, 또 얼마나 차갑게 굴어서 사람을 꽁꽁 얼리려나 싶었는데.

"회의는 이만하죠. 다들 수고했어요. 앞으로 일정이 더 빠듯해질 테니까, 체력 관리들 잘하고. 이번 주부터 디자인 팀 시작으로 회식 한 번씩 하죠. 일정은 이 비서 통해서 공지할 테니까, 그렇게 아시고. 그럼 이상."

그런데 누군가 그의 까칠함을 대패로 밀어 버린 듯 그의 목소리는 부드러웠다. 회의가 끝나자마자, 제이슨은 곧장 강의 뒤를 따랐다.

"최 대표, 혹시 어디 아픕니까? 회사에서 한 건강검진 결과 나왔던데, 어디 아프대? 뭐 죽을병이라도 걸린 거야, 자기?"

앞서 걷던 강이 우뚝 멈춰 섰다. 강에게서 이렇다 한 대답이 나온 것도 아닌데, 제이슨은 이미 울먹거리고 있었다.

"그래, 걸렸다. 죽을병."

복도를 울리는 나지막한 목소리에 제이슨은 그 자리에 그대로 굳어 버렸다. 세상 시크하기로는 둘째가라면 서러울 강, 자신의 병을 밝히는 데 있어서도 무척이나 쿨한 그다.

우리 강이? 설마 우리 강이? 왜! 대체 왜! 이토록 멋진 남자여서 신도 탐하는 것이란 말입니까?

유유히 집무실로 걸어 들어가는 모습을 바라보며, 제이슨은 곧장 단아에게 전화를 걸었다. 하지만 수업이 있는 건지, 그녀는 전화를 받지 않았다.

[한단아 씨, 할 이야기가 있어. 문자 메시지 보는 대로, 전화 좀 부탁해.]

이제야 서로에게 조심스레 다가가는 두 사람이었다. 그런데 하늘도 무심하시지. 순하디순한 한단아에게도 강을 허락할 수 없었던 겁니까? 신이시여, 당신의 욕심이 너무 과하다고 생각하지 않으십니까?

점심도 거르고 옥상 정원에 앉아 애꿎은 하늘을 바라보며, 한숨을 내쉬고 있을 때였다. 손에 꼭 쥐고 있던 휴대전화가 부르르 진동했다.

"여보세요, 단아 양?"

— 네, 제이슨 코치님. 무슨 일이세요?

"어디야? 학교야?"

— 이제 회사 가는 길이에요. 목소리가…… 우시는 거예요? 무슨 일 있으세요?

제이슨은 애써 평정을 되찾으려 애썼다.

"잘 들어, 단아 양. 놀라지 말고, 잘 들어."

— …….

가라앉은 분위기 때문인지 휴대전화 너머에서 아무런 소리도 들려오지 않았다.

"우리 최 대표가 한단아 씨한테 무슨 짓을 했어도, 다 용서해 줘. 우리 최 대표 그렇게 나쁜 사람 아니야. 아니 정말 멋지고, 좋은 사람이야. 사람이 한 번 실수를 했을 뿐인데, 그게 그 남자 인생에서 얼마나 중요한 순간에 저지른 실수인지를 아주 조금 늦게 깨달았을 뿐이야. 듣고 있어?"

— 네, 듣고 있어요.

"덮어 줘, 우리 최 대표. 용서해 줘, 우리 최 대표. 알았지?"

— 제가 덮어 주고 용서해야 할 만큼 큰 잘못을 한 건가요?

"마음씨 고운 단아 씨는 충분히 이해할 수 있는 정도의 이야기야. 살아 있을 때, 용서해 줘. 죽을병이래."

— 그게 무슨 말씀이세요?

휴대전화 너머에서 단아의 목소리가 튀어 올랐다.

"우리 최 대표, 많이 아프대. 흑."

주체할 수 없는 울음이 터져 나왔다.

— 어디가요? 얼마나요? 많이요? 어떻게 아프신 건데요?

그녀의 질문도 쉴 새 없이 터져 나왔다.

"알잖아, 우리 최 대표 성격. 그런 거 시시콜콜하게 말할 사람 아닌 거. 그러니까 단아 씨. 우리 최 대표 꼭 용서해 줘."

휴대전화 너머에서 훌쩍이는 소리가 들려왔다.

야속한 사람. 사랑하는 이에게 떠나는 그 순간까지 입을 다물 수도 있는 성정을 지닌 그였다. 끝까지 그녀에게는 아프지 않은 척, 멋진 모습만 보이려 할 테지.

그런 그의 뜻을 들어줘야 하는 것도 당연하지만, 비극 속 가련한 여주인공이 되어 버린 그녀의 마음을 헤아려 주고 싶은 게 제이슨의 마음이었다.

제이슨에게 단아는, 난생처음 사랑하는 남자를 양보하고 싶은 여자니까.

"……그럴게요."

전화를 끊은 단아는 뺨을 타고 흐르는 눈물을 손등으로 슥 닦아 냈다. 손등에 묻어난 눈물이 반짝반짝 빛날 만큼 날씨는 무척이나 맑았다. 맑은 하늘이 야속했다.

그래서 기다리란 말을 한 거였나. 그래서 그렇게 애틋한 얼굴을 한 거였나.

뺨을 타고 주르륵 흐르는 눈물을 단아는 또다시 슥 닦아 버렸다.

회사에 출근해 보니, 오늘따라 일도 많지 않았다. 이미 도현이 준비하라고 했던 자료도 다 정리해 놓은 상태였고, 그는 오늘 오후 회의를 마치고 저녁에나 귀국한다는 메시지를 보내왔다. 차라리 도현이 사무실에 없는 게 나았다. 이렇게 울상을 한 얼굴을 보면 무슨 일이 있는 거냐며 꼬치꼬치 물어올 테니까.

길고 긴 오후 업무 시간이 끝나고, 퇴근 시간이 다가왔다. 저녁에 보자던 그는 단아의 퇴근 시간에 맞춰서 회사로 오겠다고 했다.

어떤 얼굴로 봐야 하지?

비상등을 켠 그의 차가 멈춰 설 때까지 단아는 어떤 얼굴을 해야 할까 고민했다. 차 문고리를 잡은 손이 달달달 떨렸다.

"늦어서 미안. 차가 좀 막혔네."

"아니에요. 겨우 5분인데요."

떨지 않으려고 했는데, 말끝이 파르르거렸다. 분위기 좋은 레스토랑에서 저녁을 먹고 후식도 먹었지만, 가슴 한가운데에 묵직한 돌이 얹힌 듯 불편했다.

"한단아."

집으로 향하는 길, 그의 나지막한 부름에 심장이 죄어 왔다.

"오늘 무슨 일 있었어?"

"아뇨."

일은 강준 씨한테 있잖아요.

"근데 저녁 먹는 내내 왜 말이 없어……. 걱정되게."

"누가 누굴 걱정해요."

울음이 툭 터지고 말았다.

나쁜 사람. 언제까지 숨기려고.

"왜 말씀 안 하셨어요? 왜 속이셨어요? 대체 왜!"

강은 서둘러 길가에 차를 세웠다. 단아는 눈물범벅이 된 얼굴로 강을 바라보고 있었다. 손등으로 눈두덩을 비벼 대는 모습에 철렁한 가슴이 한없이 내려앉았다.

어떻게 알았어? 때가 되면, 준비가 되면 말하려고 했는데.

내가 널 속인 만큼…… 멋지게, 그런 건 아무것도 아니게 느껴질 만큼 멋지게 고백하려고 했는데…….

대체 어떻게?

"혹시 오늘 이도현 출장에서 돌아왔어?"

"지금 그 이름이 여기서 왜 나와요!"

그녀는 소리를 빽 지르더니 말을 이어 갔다.

"아프다면서요. 그것도 아주 많이 아프다면서요."

"하…… 제이슨 정말."

"그래요. 제이슨 코치님이 말해 줬어요. 코치님 많이 아프다고 말씀해 주셨어요."

손바닥으로 뺨에 묻은 눈물을 닦아 낸 그녀는 잔뜩 걱정스러운 얼굴로 물었다.

"죽을병이라고 했다고……. 아니죠? 아닌 거죠?"

강은 한숨을 한 번 내쉬고는 입을 열었다.

"가슴속에서 계속 열이 나. 심장이 미친 듯이 뛰어. 하루에 골백번도 더 가슴이 덜컹거려서 힘이 들 정도야. 혼자서는 밥 넘기는 것도 힘들고, 잠도 안 와. 도무지 일에 집중할 수가 없고. 기분이 좋았다가, 나빴다가. 기뻤다가, 우울했다가. 말도 많아지고, 하고 싶은 것도 많아졌어. 갑자기 세상 전부가 다르게 보여."

그녀는 참지 못하겠다는 듯 울음을 터뜨렸다.

"이게 다…… 이렇게 된 게 전부 다."

끅끅거리며 울고 있는 단아를 강은 물끄러미 바라봤다.

"한단아, 너 때문에. 이거 죽을병인가?"

"그게 무슨 말씀이신데요, 저 때문에 아프다는 거예요?"

"아이고."

강은 고개를 뒤로 한 번 젖혔다가 그녀를 다시 바라봤다. 그리고 웃어 버리고 말았다.

"왜 웃어요. 하나도 안 웃긴데."

눈물을 머금고 있는 그녀를 살포시 끌어당겨 품에 안았다.

"한단아만 있으면 나 안 죽는다고. 그러니까 울지 마, 뚝."

끅끅거리는 그녀의 울음이 멈췄다.

"죽을병 아니에요?"

"응, 아니야."

"그럼, 제이슨 코치님은 왜 그런 건데요?"

"하아, 그래. 제이슨……. 제이슨은 내가 수습할 테니까. 걱정 말고."

"네."

얼마나 서럽게 울었는지, 단아는 집 앞에 도착할 때까지 딸꾹질을 해 댔다.

"다 왔네요."

단아의 목소리에서 아쉬움이 묻어났다.

"시간을 되돌렸으면 좋겠어요."

"뭐?"

짧은 물음이 튀어 올랐다.

"그렇게 좋은 레스토랑에서 강준 씨랑 마주 보고 앉아서 밥 먹은 거 처음이었는데. 후식도 엄청 맛있었는데……. 계속 걱정만 하느라 집중을 못 했어요. 더 맛있게 먹고, 더 많이 이야기하고, 더 많이 웃을걸."

그와 함께하는 시간이 행복해 죽겠는데, 순간이 아쉬워서 가슴이 아려 왔다.

더 웃을걸. 더 예쁘게 웃을걸. 멋진 그의 얼굴을 더 많이 눈에 담을걸.

모든 순간을 아쉽게 만들어 버리는 남자. 감동 주는 방법도 여러 가지다.

"시간을 되돌릴 수는 없잖아. 하지만."

단아는 가만히 그를 바라봤다.

"또 가면 되지, 나중에."

자상한 목소리에 빙그레한 미소가 흘러나왔다.

"미안해, 내가 제이슨한테 괜한 소리를 해서. 오후 내내 걱정했어?"

대답 대신 고개를 끄덕이자, 정수리에 커다란 손이 올라왔다. 쓰담쓰담. 커다란 손으로 부드럽게 쓰다듬어 주는 느낌이 무척이나 황홀했다.

"앞으로 너 걱정시키는 일 없을 거야."

단아는 믿음을 가득 담은 눈길로 고개를 끄덕였다.

"얼결에."

그는 한숨을 한 번 내쉬고는 성긋이 웃었다.

"나 너한테 고백했다."

심장이 쿵쿵 울렸다.

"근데."

그는 무슨 말을 하려는지 한참 뜸을 들였다.

"못 들은 걸로 할래?"

쿵쿵거리던 심장이 툭 바닥으로 떨어졌다.

"기다리라고 했잖아. 이렇게 얼렁뚱땅 하고 싶지 않았는데……."

"어디서 백마라도 빌려 타고 오시게요? 왕관이라도 쓰고요?"

"한번 그래 볼까?"

"됐어요. 위험하게 말은 무슨. 전 이것도 충분한데……."

"내가 안 충분해서 그래. 기다리라는 말은 유효한 거다?"

옷차림만으로도 완벽주의자처럼 보이는 남자다. 아무렴. 고백도 완벽하게 하시겠다니 기다리는 수밖에.

"오래 걸려요?"

"오래 안 걸리게 할게."

그녀는 알겠다며 고개를 끄덕거렸다. 발갛게 달아오른 두 뺨이 예쁘게 솟아오르도록 짓는 그녀의 미소에 강도 진한 미소를 머금었다. 대문 안으로 그녀의 모습이 사라지고 난 후, 강은 엄청난 일을 벌이고 만 제이슨에게 전화를 걸었다.

— 어, 최 대표. 무슨 일 있어?

과하게 친절한 목소리에 기가 막혀 왔다. 가끔 핀트가 나가는 제이슨.

어젯밤 침대에 배어 있는 단아의 체취 때문에 잠을 설치고 말았다. 밤을 꼴딱 새우고 까칠한 얼굴로 출근을 했더니 아프냐고 묻기에 곧이곧대로 대답할 수는 없어서 내뱉은 대답을 제이슨은 덥석 물어 버렸다. 그것도 아주 심각하게.

"잠깐 얼굴 좀 볼까? 할 이야기도 있고."

입으로 쌓은 업보가 가장 크다 했던가. 언젠가 제이슨이 가장 좋아하는 바(Bar)라고 했던 곳에서 두 사람이 나란히 마주 앉았다. 제이슨의 앞에는 블랙 러시안 한 잔이, 강의 앞에는 무알콜 피나콜라다가 놓여 있었다.

"제이슨."

"말해."

"미안하다."

대뜸 사과부터 건네는 강의 태도에 제이슨은 눈을 휘둥그렇게 떴다. 이제 디자인 하우스를 접어야 한다든지, 아니면 내가 떠날 때까지 비밀로 해 달라든지. 무거운 말이 흘러나올 것만 같은 순간이었다. 하필 바 안을 채우고 있는 음악은 재즈 버전으로 편곡된 'lascia ch' io pianga' 였다.

울게 하소서.

기가 막힌 선곡에 제이슨은 눈시울을 붉혔다. 이토록 아름다운 BGM이라니.

"사람이 사람에게 끌리는 감정은 자연스러운 거잖아. 나도 제이슨한테 안 끌렸다고 할 수는 없어. 당신이 가진 재능, 열정, 그리고 무엇보다 따듯하고 여린 마음."

갑작스러운 고백에 울음이 터져 나올 것만 같았다. 천하의 최강이 이런 고백을 다 한다. 사람이 죽을 때가 되면 변한다더니.

"우리 앞으로 평생 좋은 동료이자, 가장 친한 친구로 지냈으면 좋겠는데."

"응?"

제이슨은 고개를 슬쩍 기울이며 의문을 표했다.

"미치겠네, 정말. 사실 지난밤에 한단아 때문에 한숨도 못 잤어. 어제 집에 종일 와 있었거든. 그래서 일일이 대답하기가 곤란해서 그랬던 거야."

"뭐?"

"나 죽을병 아니라고. 뭐 상사병으로 죽기도 한다지만."

턱 관절이 고장 난 듯 입이 쩍 벌어졌다. 장난을 장난 아니게 심각한 수준으로 받아들였다는 사실에 제이슨은 쥐구멍에라도 숨고 싶어졌다.

"누가 뭐랬나?"

이럴 땐 낡이지 않은 척 뻔뻔하게 구는 것도 방법이다.

"한단아가 나 죽냐고 엉엉 울던데?"

"이 여자 안 되겠네! 내가 모른 척하랬는데."

"뭘 말하기는 했나 보네?"

"헙."

당황스러워서 입을 꾹 다물었더니, 마주 앉은 아름다운 남자가 픽 웃음을 터뜨렸다.

우주 최강 하트 브레이커 같으니라고. 그렇게 웃으면 나 또 설레잖아.

"친구로서 부탁이 있는데."

오늘을 꼭 기억하리라. 최강과 제이슨이 꽁냥꽁냥 절친 먹은 날.

"드레스 작업 먼저 시작할 거야. 수작업으로만 진행할 거라, 시간이 꽤 걸릴 것 같은데."

"수작업을 도와 달라는 거야?"

"아니, 작업은 나 혼자 할 건데……."

"그럼?"

"언제까지 수석 디자이너 자리에 있으면서, 최강 뒤에 있을 거야?"

심장이 쿵쿵 울렸다. 최강과 함께라면 늘 그의 뒤에 자리해도 상관없었다.

"9월에 있을 SS 쇼에 CD(Creative Director)로 나와 같이 런웨이에서 인사하는 건 어떨까 하는데. 브랜드가 확장되면 내가 신경 써야 할 부분도 그만큼 많아지는 건데, 나와 철학이 같은 친구가 중심을 잘 잡아 준다면, 더할 나위 없이 좋겠지."

쇼를 마친 뒤 런웨이에서 박수를 받는 것은 디자이너로서 느낄 수 있는 가장 감동적인 순간인데, 그 감동을 함께하자는 거다.

"나 지금 승진했다는 소리야? 설마 그래서 디자인 팀 회식하자고 한 거야?"

"승진 턱은 내가 대신 내 줄 테니까, 걱정 말고."

"치, 프러포즈용 드레스 만드시느라 시간 없으니, 승진시켜 놓고 나한테 일 더 시키겠다는 거 아냐?"

"아직 프러포즈한다고는 안 했고, 승진시켜 놓고 일 더 시키겠다는 말은…… 역시 제이슨은 날카로운 면이 있어."

어울리지 않는 능청을 떨어 댄 강은 멋쩍은 표정으로 피나콜라다를 한 모금 머금었다. 브랜드 확장과 함께 회사가 클 수도 있지만, 기울 수도 있는 법이다. 강은 자신을 그 자리에 서게 함으로써 회사가 기울더라도 자력으로 일어설 수 있는 커리어를 만들어 주고 싶은가 보다.

누군가 그랬다. 최고를 꿈꾸되 최악을 준비하라고.

최강은 그 모든 걸 준비해 가고 있는 거였다.

너란 남자, 망해도 따르고 싶은 남자. 격하게 아낀다, 정말.

제이슨은 크리스털 잔을 반쯤 채우고 있는 블랙 러시안을 단숨에 들이켰다.

"조건이 있어."

"어디 감히 직원이 승진에 조건을 달아?"

날카로운 강의 눈빛에 제이슨은 잠시 멈칫했다.

"농담이야. 조건이 뭔데."

"어우, 진짜! 농담 좀 그런 식으로 하지 마! 가슴 철렁하게!"

"그래서 조건이 뭐냐고."

이튿날 아침, 강은 눈을 감고 침대에 가만히 누워 있는데도 세상이 빙그르르 도는 기이한 경험을 하게 된다.

「오늘 승진 턱 낸다, 내가. 콜?」

유쾌했던 제이슨의 제안에 강이 가볍게 '콜!'을 외친 게 화근이었다.

"음, 으음."

등 뒤에서 누군가의 목소리가 들려왔다.

설마!

살면서 이렇다 할 사고 한 번 친 적 없는 강이었다. 필름이 끊긴 적? 당연히 없다. 그런데 어마어마한 흑역사가 창조되려는지, 등 뒤에서 누군가의 앓는 소리가 들려왔다.

오, 신이시여! 차라리 이 모든 게 꿈이기를.

그때 누군가 도어록의 비밀번호를 누르는 소리가 들려왔다.

여기 내 집인가?

눈을 번쩍 떠 보니 다행히 집이었다. 그런데 불행히도 옆에는 헐벗은 제이슨이 누워 있었다. 그리고 침실 문을 두드리는 소리가 들려왔다. 심장이 얼어붙을 것만 같았다.

현관문 도어록의 비밀번호를 아는 이는, 어머니, 아버지 그리고 한단아.

"일어나셨어요? 왜 아침부터 부르고 그러세요? 저 출근해야 하는데, 진짜."

한단아다! 그리고 그녀가 구시렁거리는 소리도 들렸다.

"한동안 안 그러더니, 똥개 훈련도 아니고. 아침부터 오라고 하고. 대답도 없고. 뭐야, 진짜."

"으, 응? 무슨 소리야?"

잠에서 깬 제이슨이 부스스한 얼굴로 고개를 들었다.

"옷 입어, 얼른."

"흐응. 나 화장실."

침대를 기어 나간 제이슨은 끙 하는 소리를 내며 침실 문을 향해 걸어갔다.

"그쪽 아니야!"

목소리를 낮춘 절규는 한발 늦었다. 제이슨은 이미 침실 문을 열어젖힌 후였고, 그 앞에는 단아가 서 있었다.

"어?"

눈앞에 펼쳐진 광경에 단아의 눈이 커다래졌다.

흐트러진 침대, 헐벗은 그, 그리고 역시 헐벗은 채로 침실 문을 열고 있는 제이슨 코치.

"꺅!"

"아악!"

단아가 소리를 꺅 지르자, 제이슨도 소리를 악 질렀다. 이를 지켜보던 강은 얼른 침실 문가로 다가갔다. 제이슨을 침실 안으로 밀어 넣은 강은 쾅 소리가 나도록 침실 문을 닫아 버렸다.

"어떻게 온 거야, 아침부터?"

"오라고 하셨잖아요, 아침부터!"

그녀는 양손으로 두 눈을 가리고 있었다.

"옷부터 입으세요, 제발 좀."

"최 대표. 얘기 중에 미안한데, 화장실에 휴지가 없는데?"

침실 안에서 제이슨의 목소리가 들려왔다.

"미치겠네, 진짜."

"정말 차이는 방법도 가지가지네요."

"뭐? 차여? 누가 차여?"

두 눈을 가리고 있는 그녀의 손가락 사이로 눈물방울이 또르르 흘러내렸다.

"저요, 저! 고백은 더 멋지게 하겠다고, 무르겠다고 하더니. 새벽부터 전화해서 제자가 빠져 갖고 코치 이름 부르고 까분다고 하더니! 아침부터 오라고 부르더니!"

서러운 울음을 삼키는 듯 그녀의 어깨가 들썩였다.

"이게 뭐야, 이게. 차라리 오지 말걸. 말로 하면 되잖아요. 어젠 실수였다고, 너한테 그런 감정까지는 아니라고 말로 하면 되는 거잖아요! 사람을 어떻게 이렇게 비참하게 만들어요? 어떻게 이러실 수가 있어요!"

강은 들썩이는 그녀의 어깨를 커다란 손으로 감쌌다.

"오해야, 단아야. 응? 오해야, 오해."

"최 대표오, 휴지는……."

"뜨거운 밤 함께 보내신 분이 뒤처리가 곤란하신 것 같은데요? 가 보시죠. 여긴 신경 쓰지 마시고."

그녀는 어깨에 오른 강의 손을 홱 뿌리치더니 현관을 향해 걷기 시작했다. 설움이 복받친 듯 뒷모습이 바들바들 떨렸다.

"한단아!"

"엄마야!"

강은 단아를 번쩍 안아 들어서는 소파를 향해 저벅저벅 걸어갔다. 품에 안긴 그녀는 놀란 듯 아무 말도 하지 못하고 굳어 있었다.

"기다려. 다 설명할 테니까. 여기 꼼짝 말고 앉아 있어. 알겠어?"

소파에 그녀를 얌전히 내려놓은 강은 그녀의 앞에 무릎을 꿇고 앉아서 다시 한 번 확인하듯 물었다.

"여기 잠깐 기다리라고, 가지 말고. 다 설명해 줄 테니까."

"……."

"대답해, 어서."

그녀는 고개를 홱 돌리고는 슬며시 끄덕였다.

"하아."

한숨을 내쉬며 일어서서 그녀를 가만히 내려다보았다. 어젯밤 기억이 드문드문 나기 시작했다.

보고 싶어 죽겠는데, 술김에 당장에라도 달려가고 싶은데, 부모님과 함께 살고 있는 그녀의 집을 막무가내로 찾아갈 수는 없었다. 그래서 그랬나, 아침 일찍 보러 오라는 억지를 부렸다. 출근해야 한다는 말에 코치 이름 함부로 부르는 되바라진 제자라며 으름장도 놓았다.

미치지 않고서야. 얼마나 보고 싶었으면.

오른쪽으로 고개를 돌리고 있던 그녀가 흘끔 강을 올려다보았다. 그러다 그녀의 시선이 정면을 스친 순간이었다.

"엄마야! 옷 좀 입고 나오세요!"

"어, 어! 미안!"

단아는 침실로 향해 가는 그의 뒤태를 물끄러미 바라봤다. 눈앞에서 미켈란젤로의 다비드 상이 살색 타이즈를 입고 돌아다니는 착각이 일 정도였다. 그의 몸은 완벽 그 자체였다. 게다가 빨래 건조대에 널려 있던 아빠와 단정의 팬티와는 비교도 안 되게 그의 속옷은 어마어마했다.

멀리서 보면 입었는지, 안 입었는지 구분도 되질 않는 살색 드로즈.

세상에. 저거 옆은 망사야?

단아는 음험한 두 눈을 꾹 감아 버렸다. 워크숍으로 갔던 섬, 그 장독대 아줌마들이 머릿속에 불현듯 떠올랐다.

아줌마, 저 정도면 실하다고 하는 것 맞지요?

"하아."

울음 끝에 걸려 있던 한숨이 툭 하고 새어 나왔다. 이토록 파란만장한 아침은 살다 살다 처음이다.

이윽고 화장실에서 휴지를 애타게 찾던 제이슨 코치와 망사팬티를 입고 있던 그가 멀쩡한 옷을 걸치고 거실로 나왔다.

"어제, 내가 승진했거든. 그래서 한턱 쐈는데, 술이 좀 과했네."

"와, 그 회사 대표님은 승진시켜 놓고 술을 사게 해요? 악덕 업주네요? 신고하세요."

"우리가 고생한 이야기하다 보니까 좀 이야기가 길어져서 여기 와서 술을 더 했는데, 그냥 잠만 잤어! 진짜야! 우리 아무 일도 없었어, 진짜!"

"누가 뭐랬나요. 하실 말씀 다 하셨으면, 전 그럼 이만."

소파를 박차고 일어선 순간, 강이 그녀의 손을 잡아챘다.

"왜요? 더 하실 말씀 있으세요, 코치님?"

"코치님?"

"제자가 되바라져서 코치 이름 막 부르고 버릇없다면서요? 앞으로 깍듯하게 모실게요, 코치님. 아침부터 좋은 구경하게 해 주셔서 감사합니다. 덕분에 눈요기 제대로 했네요. 근데 제가 하루살이 같은 인턴이라, 얼른 출근해야 하거든요. 이만 가 보겠습니다."

인사를 꾸벅 한 순간, 그의 한숨 소리가 들려왔다.

"보고 싶어서 그랬어."

누군가 음소거를 눌러 버린 것처럼 갑자기 정적이 흘렀다.

"보고 싶은데, 새벽에 불러낼 수는 없고. 아침에라도 봐야 살 것 같은데,

불러낼 핑계가 없어서…….”

강은 머리를 한 번 쓸어 넘겼다. 단아에 대한 감정은 통제 불능이었다. 당장에 안 보면 죽을 것 같은 기분이 술기운에 짙어지고 말았고, 억지를 부렸다.

“다시 한 번 말씀해 주세요.”

“보고 싶어서.”

“다시요.”

“보고 싶어서, 미칠 것 같아서.”

제13장 뜨거워지는 그대가 좋아서

"좋은 아침."

등 뒤에서 들려온 자상한 목소리의 주인은 출장에서 돌아온 도현이었다.

"잘 다녀오셨어요?"

"잘 지냈어, 나 없는 동안?"

대답 대신 조용히 고개를 끄덕인 단아는 도현을 따라 엘리베이터에 올라 탔다.

"근데 잘 지냈다는 사람이, 얼굴이 왜 그래?"

"제 얼굴이 왜요?"

단아는 엘리베이터 거울에 비친 얼굴을 이리저리 돌려 보았다.

아침부터 운 거 티 나나?

「한단아가 못 견디게 보고 싶어서.」

「그럼 통 쳐요.」

「통?」

「마포대교랑 퉁 쳐요.」

거울에 비친 얼굴을 바라보던 단아의 입가에 진한 미소가 그려졌다.

두 남자의 '아침나절 팬티 바람 활극'은 단아의 '오밤중 납치 사건 & 마포대교 러닝'과 샘샘, 퉁 치기로 한 것. 맹숭맹숭했던 모범생 한단아의 인생이 이토록 다채로워질 줄이야.

"며칠 새 더 예뻐졌네."

"네?"

옆에 선 도현의 존재를 잠시 잊고 말았다.

"뭐라고 하셨어요?"

"으이그."

도현이 커다란 손을 뻗어 단아의 머리를 헝클어뜨렸다.

"예뻐졌다고, 더."

산뜻한 대답을 건넨 그는 먼저 엘리베이터에서 내렸다. 머리 헝클지 말라며 나무랄 틈조차 없었다. 자리에 앉자마자, 그에게서 업무 관련 이메일이 쏟아지기 시작했다. 그런데 대부분의 이메일이 하던 일을 그만 마무리 지으라는 내용이었다.

의아한 얼굴로 PC 모니터를 바라보고 있자니, 파티션 너머에서 그의 목소리가 들려왔다.

"나, 실장님 방에 좀 다녀올 테니까 이메일 보낸 순서대로 마무리해."

"아직 진행 중인 일인데요?"

단아는 의자에서 벌떡 일어나 도현을 바라봤다. 출장 보고를 하러 가는 사람치고, 양손이 너무 가벼웠다.

"아무것도 안 가지고 가세요?"

책상 위에 놓인 랩톱을 가리키며 건넨 말에 도현은 빙긋이 웃으며 대답했다.

"묵직한 거 갖고 가는 중이니까, 염려 말고."

오늘따라 도현이 풍기는 분위기가 뭔가 달랐다. 언제나 자신감에 찬 모습이기는 했지만, 자신감 그 이상의 아우라가 느껴졌다. 실장 방에 다녀오겠다던 그는 불과 10분 만에 자리로 돌아왔다. 일주일간의 출장 보고치고는 무척이나 짧은 시간이었다.

"한단아 씨."

"네?"

다정하게 '단아야.' 하고 부르던 그가 갑자기 딱딱하게 이름을 부르니 괜히 긴장이 되었다.

"나 오늘 저녁에 한단아 씨한테 소원 빌 생각인데."

"무슨 소원이요?"

"잊었어? 소원이 열 개나 되는데?"

"아, 혹시사요?"

"봐줬다. 그중 다섯 개만. 하나는 지금 빈다. 오늘 저녁에 시간 좀 내 줄 수 있어?"

단아는 쉽사리 대답을 건네지 못하고 망설였다. 그와 단둘이 저녁을 먹는 일은 만들고 싶지 않았다. 아니, 정확히 말하자면 누군가에게 미안할 일을 만들고 싶지 않은 거였다.

"우리 둘, 할 이야기가 있다고 생각하지 않아?"

틀린 말은 아니었다. 오늘 저녁은 어쩌면 도현을 정중히 거절할 수 있는 자리일지도 모른다. 그가 격한 고백을 해 온 것은 아니었지만, 이제 그 정도의 감은 생긴 단아였다.

"네, 저녁 식사 같이해요."

"그럼, 수고. 급히 마무리 지어야 할 일이 한둘이 아니라. 사무실에서는 조용히 일만 하는 걸로."

고개를 한 번 끄덕인 단아는 조용히 자리에 앉았다.

눈은 PC 화면을 보고 있었지만, 머릿속에는 온통 도현에게 어떻게 말을 꺼내는 것이 좋을까 하는 염려가 자리했다.

❖

"이모! 회사까지 오시지 말라니까. 내가 그냥 가도 되는데, 여기까지 오셨어?"

임 여사는 뒷좌석에 오르는 주미를 고운 시선으로 바라봤다. 소꿉친구의 딸, 잠시 모델 일을 했던 주미는 임 여사가 만든 한복의 시착 모델이 되어 주곤 했었다. 지금은 어느 회사의 리셉션 인턴으로 일하고 있다고 했다.

"저녁 뭐 먹을까?"

무뚝뚝한 아들과 달리 주미는 애교가 넘치는 아이였다.

"글쎄, 이모 먹고 싶은 거. 어머, 어머! 오늘 둘이 같이 들어가네? 메시지 보내 봐야지!"

"누구?"

"저기, 저 둘. 한 명은 나랑 같은 인턴이고, 한 명은 이 회사에서 제일 유명한 남자 직원."

주미가 가리키는 곳으로 시선을 옮겨 간 임 여사의 눈가가 가늘어졌다.

"왜 그래, 이모? 아는 사람이야?"

눈치 빠른 주미는 임 여사의 표정만 보고도 알아챘다는 듯 물었다.

"한단아 양?"

"어, 맞아요. 단아 씨."

"저 아가씨 어때? 막 남자관계 복잡하고 그런 거 아냐?"

분명 인사동에서는 아들인 강의 곁에 서서 고운 미소를 짓던 아가씨였다. 그런데 지금은 호텔에서 마주쳤던 그 청년과 함께 퇴근을 하고 있었다.

"푸하하. 이모, 저 아가씨가 남자관계가 복잡한 거면, 세상에 남자관계 안 복잡한 여자가 없을걸!"

"그게 무슨 소리야?"

"얼마나 순진하고 착한데? 듣자하니까 일도 잘한대. 회사에서는 붙들고 싫어 한다고 하더라. 저 아가씨 있는 부서 실장이 여직원 싫어하기로 유명한데, 단아 씨는 은근 챙기나 보더라고. 근데 이모, 단아 씨는 어떻게 알아?"

"우리 강준이랑 같이 있는 걸 봤는데……."

"어? 진짜요? 에이! 천하의 최강이 웬일이야? 남자가 아니라 여자랑 같이 있었다고?"

임 여사는 주미에게 눈을 한 번 흘겨보였다.

"어머! 우리 임 여사님! 한단아 씨 마음에 들었나 봐? 웬일이야? 사람 깐깐하게 보는 이모가?"

"뭐, 사람 보는 눈은 비슷비슷하지. 아가씨 참 선해 보이더라."

"그러니까. 그렇게 선한 아가씨니까, 이모 아들 주기는 아깝지. 강이 걔 완전 싸가지……."

"스읍!"

"인정할 건 이제 인정하셔. 최강 차가운 거 모르는 사람도 있나? 아무것도 모르는 아가씨 상처만 주면 어떡해?"

"어효. 저 청년은 어떤데?"

"저기 지금 단아 씨랑 같이 퇴근하는 남자? 뭐 여자를 많이 만나 봤다는 소문이 있기는 한데. 얼굴 잘났지, 능력 좋지, 매너 좋지, 집안도 훌륭하지. 뭐 하나 빠지는 게 없지. 요즘 단아 씨한테 엄청 공들인다는 소문이 돌더라? 연애 같은 거 잘 모르는 순진한 단아 씨한테는 저런 남자가 더 잘 어울리…… 아야!"

임 여사에게 팔뚝을 한 대 얻어맞은 주미는 밉살스럽게 얼굴을 구겼다.

"저 아가씨한테 가서 나나 우리 강준이 아는 척하지 말고, 괜한 소리도 하지 말고. 알겠어?"

"알았어. 이모 손 진짜 맵다."

이제 짝을 찾았나 싶었는데, 임 여사의 입에서 탄식이 흘러나왔다.

"어효."

"근데 천하의 최강을 휘어잡기에는 우리 단아 씨 너무 순진한데?"

도현의 차가 멈춰 선 곳은 특별할 것 없는 한식당이었다. 저녁 시간 홀 안은 사람들로 붐볐다. 예약 없이 식당을 찾은 탓에 둘은 입구에 서서 자리가 날 때까지 십여 분을 기다려야 했다.

가까스로 자리를 잡고 앉은 곳은 구석진 곳에 있는 2인용 테이블이었다.

"미안, 저녁 식사 하자고 해 놓고. 오늘 바빠서 예약을 못 했어."

"괜찮아요."

단아는 핸드백을 의자에 걸며 고개를 한 번 주억거렸다.

"일단 배고프니까, 밥부터 먹자."

"네."

식탁 위에는 삼치구이와 불고기로 이루어진 흔한 백반이 차려졌다.

"있잖아, 여자하고 이런 식당 와 보는 거 처음이야."

식사를 마친 뒤, 스테인리스 컵에 담긴 물을 마시던 단아는 말끄러미 그를 바라봤다.

"여자 꼬시려고 보기 좋은 레스토랑만 가 봤지."

"되게 솔직하시네요?"

"한단아한테는 솔직할 거라고 했잖아."

근사한 레스토랑이 아니라 다행이라고 여겼다. 그가 이런 곳에서 의미심장한 고백을 해 오지는 않을 거라는 선입견을 가졌는지도 모른다.

"앞으로 한단아한테는 계속 그럴 거야. 누구처럼 허황된 눈속임으로 너 꼬여서 나중에 아프게 하는 일 없을 거야."

"누구처럼요?"

"최강준."

도현의 입에서 흘러나온 이름에 단아의 심장이 단번에 튀어 올랐다.

"그 남자랑 아직도 만나?"

"……."

"대답이 없는 걸 보니, 그런가 보네."

그는 씁쓸한 미소를 머금은 채로 단아의 얼굴을 살폈다. 앞에 앉은 여자가 어떤 감정을 느끼고 있는지 구석구석 살피는 다정다감한 눈길은 솔직했다.

"강준 씨가 절 속이고 있다는 거예요?"

"그쪽이 널 속이고 있건, 어쨌건. 그건 그쪽하고 해결해야 할 문제니까 내가 관여하지는 않을 거야. 하지만 한단아한테는 사력을 다할 거야. 내 진심을 전하기 위해서."

단아는 아랫입술 안쪽 살을 잘근 깨물었다. 도현은 자신이 예상했던 것과는 전혀 다른 방향으로 움직이고 있었다. 고백을 해 오면 정중히 거절할 생각이었다. 그런데 '강준'이라는 이름이 흘러나온 순간 머릿속이 뒤엉켰다.

"이제 소원을 빌어야겠는데?"

그는 특유의 다정한 미소를 지으며 눈을 한 번 찡긋거렸다. 얼마 전까지만 해도 저 미소 한 번을 얻어 내려 마음 졸였던 단아였다.

"무리해서 들어 드릴 생각은 없는 거 아시죠?"

"들어 봐, 일단."

"소원이 뭔데요?"

"두 번째 소원인가?"

단아는 고개를 한 번 끄덕였다.

"인턴 그만둬."

"네?"

"아까 실장님 방에 들고 간 묵직한 거, 내 사직서야."

예상치 못한 순간이 꼬리를 물기 시작했다.

"그러니까 날 서포트하러 온 한단아가 인턴 자리에 남아 있을 이유가 없잖아. 그만둬도 돼. 그리고 난 아버지 밑으로 들어갈 거야."

"도현 씨 아버지라면……."

"그래. 그때 네가 실장 방에 차 심부름했던. 네가 그것보다 더한 일을 겪기 전에 내가 먼저 아버지 밑으로 숙이고 들어가겠다는 뜻이야."

당황한 나머지 단아는 그의 다정한 시선을 피해 버렸다.

"나 봐, 단아야."

"그냥 말씀하세요."

"사람 눈을 안 보면 그 사람 진심을 알 수 없잖아. 내 눈 보고 들어. 나 지금 내가 살아온 평생 중에 가장 진지해. 여자한테 이렇게 절박한 마음으로 진심을 털어놓는 것도 처음이야. 내가 저녁 식사 장소 예약도 없이 널 급히 불러낸 이유가 뭐라고 생각해? 그만큼 조급하다는 거야. 당장 너한테 말하지 않으면, 애먼 놈한테 뺏길 것 같으니까."

떨리는 시선이 그에게로 향해 갔다.

"그래, 그렇게 봐. 내가 어떤 눈으로 너에게 말하고 있는지."

생전 처음 보는 도현의 모습이었다. 이제껏 여유 넘쳤던 그가 잔뜩 긴장한 얼굴로 한숨을 한 번 몰아쉬었다.

"세 번째 소원은 과거의 모습으로 날 판단하지 말아 달라는 거. 나도 충분히 후회하고 있으니까."

그는 멋쩍은 듯 미소 지었다.

"앞으로 너한테 보일 내 모습으로 날 판단해 달라는 거야……. 알아. 너 이미 나한테…… 예전 같은 마음은 아니라는 거."

심장이 불안하게 덜컹거리기 시작했다. 아무리 마음을 접었다고 한들, 한때 가장 소중히 여겼던 짝사랑이었다. 그런데 그런 그가 이렇게 안타까운 얼굴을 하고 있으니, 마음 한편이 불편했다.

"착한 한단아가 이런 나를 가엽게 여길 것도 알고. 그런데 가엽게 여기지 마. 그냥 한 여자를 마음에 품기 시작한 남자로, 그래서 온 우주의 힘을 빌려서라도 그 여자 마음을 잡고 싶어 하는 평범한 남자로 봐 줬으면 좋겠어."

"그건."

"소원 다 듣고 대답해. 그리고 이거 무조건 들어줘야 하는 거 아닌가? 내가 마신 술을 도로 다 뱉을 수도 없고."

"일단 말씀하세요."

"네 번째, 마음껏 방황해. 하고 싶으면, 그 남자랑 사랑 같은 거 해 봐도 돼. 그래야 비교가 되지. 내가 너한테 얼마나 잘하는지."

"저기, 도현 씨."

"끝까지 듣기로 했잖아? 마지막 다섯 번째, 방황의 끝은 나였으면 좋겠다."

그는 테이블 위로 팸플릿 하나를 올려놓았다. 펜실베이니아 대학교 경영대학원, 와튼 스쿨의 안내 책자였다.

"공부, 계속하고 싶다며. 네 마음이 결정되고 나면, 좋은 곳에서 나랑 같이 공부하자."

단아는 입을 꾹 다문 채로 테이블 위에 놓인 팸플릿을 바라봤다.

"기다릴게."

웃음기 하나 없이 그의 목소리는 진중했다. 그리고 그는 초조한 듯 떨리는 눈동자로 앞에 앉은 이의 얼굴을 신중히 살피고 있었다.

그에게서 이런 진중함을 발견했던 적이 있었나?

언제나 베일에 휩싸인 듯한 분위기를 지녔던 그였다. 얇은 막으로 둘러싸인 자신만의 공간에서 근사한 모습을 유지했던 그가 장막을 걷은 채 마주 앉아 있었다.

"오래 안 걸릴 거라는 거 알아. 기다릴게. 그 남자랑 사랑을 하든, 뭘 하든. 끝나면 나한테 와……. 가슴 아픈 일이 생기면 언제든 와서 기대도 돼."

그는 멋쩍은 듯 웃으며 말을 이었다.

"근데 네가 다른 남자 때문에 힘들면, 내 기분도 썩 좋지는 않을 것 같다."

"저는요, 도현 씨."

"세상에서 제일 잔인한 게 뭔지 알아?"

단아는 가만히 고개를 가로저었다.

"어렵게 결정 내리고 털어놓은 진심을 한순간에 물거품으로 만드는 일. 한 발짝 물러서서 기다리겠다는 여지도 허락하지 않겠다고 잘라 내는 일."

그는 단아를 옴짝달싹 못 하게 하려고 작정을 한 듯했다.

"한단아, 그렇게 잔인한 여자는 아니잖아?"

단아는 크게 숨을 한 번 들이마시고는 입을 열었다.

"저 잔인할 수 있어요. 나쁠 수도 있고요. 저밖에 모르는 사람일 수도 있어요."

"그러지 않을 거잖아."

"더 잔인해질 수도 있어요."

"어떻게?"

"기다리겠다는 도현 씨한테 원하는 대로 하라고 하면서, 절대 도현 씨한테 가지 않는 거요."

그의 얼굴에 얼마간의 미소가 머물렀다.

"장담 못하는 게 인생 아냐? 어떻게 될지는 두고 봐야 아는 거지. 아까 분명히 말한 것 같은데, 한단아가 나한테 오는 거 오래 걸리지 않을 것 같다고."

"그러니까 그게 무슨 뜻인데요."

"최강준이 어떤 사람인지는 알아?"

"알 만큼 알아요."

"네가 아는 게 전부는 아닐 텐데."

"한 사람의 전부를 오롯이 알 수 있는 사람이 있을까요?"

뜻하지 않게 날카롭게 벼린 목소리가 튀어나왔다. 계속해서 여기 없는 사람을 이상한 방향으로 몰아가는 도현의 태도가 고까워서였을 것이다.

"죄송해요. 말이 좀……."

"됐어. 심하게 말한 거 없어, 너."

그는 이내 여유로운 모습으로 돌아와 있었다. 뭐라 말을 건네려는 순간 핸드백 속에 넣어 두었던 휴대전화 벨소리가 들려왔다.

"잠시만요."

단아는 핸드백에서 꺼낸 휴대전화의 화면을 한 번 흘끗거렸다.

"받아. 안 받는 게 더 이상하지 않아?"

"받을 생각이었어요……. 여보세요?"

— 불화는 지키실 거냐고 물을 때는 언제고, 화요일 밤이 깊도록 전화 한 통 없네, 요정?

진지한 고백을 앞에 두고 휴대전화 너머에서 들려오는 목소리에 가슴이 요동쳤다.

"아직 초저녁이거든요? 밤은 무슨."

— 어디야?

"저녁 먹고 있었어요."

— 누구랑?

"회사 선배님이랑요."

— 이도현이랑 같이 있어?

"네."

순간 어색한 정적이 흘렀다.

"좀 이따 다시 전화드릴게요."

— 그래, 그럼.

그는 곤란해하는 단아의 목소리를 알아차렸는지, 더는 묻지 않고 전화를 끊었다.

"그렇게 미안한 표정할 거 없어. 더 잔인해질 수도 있다고 하지 않았어? 그 남자한테서 전화 한 통 왔다고 그런 얼굴을 하면 내가 기꺼이 더 밀어붙이고 싶잖아."

"죄송해요."

복합적인 의미의 사과였다.

고백을 건넨 남자 앞에서 다른 남자의 전화를 받으며 두근거린 예의 없는 심장에 대한 사과.

그럼에도 불구하고 그의 마음을 받아들일 수 없는 것에 대한 사과.

"미안할 거 없어. 나랑 만나서 그 남자한테 미안하지? 나한테는 안 미안해도 돼. 나한테는 그래도 돼, 단아야."

"사람이 사람한테 진심을 전한 순간인데, 그 앞에서 저버리는 행동을 했어요……. 저도 사람이면 당연히 미안해야죠. 왜 안 미안해도 되는 건데요?"

그는 근사한 미소를 머금은 채 대답했다.

"난 한단아의 모든 걸 다 이해할 수 있으니까. 너의 모든 걸 다 헤아려 줄 수 있으니까. 나한테 미안해하지 않아도 돼. 가자, 데려다줄게."

"아니에요. 혼자 갈게요. 잠깐 들를 데가 있어요."

"그러니까 그 들른다는 데, 내가 데려다줄게. 요즘 여자 혼자 다니기 얼마나 무서운 세상인데? 고집 피우지 말고, 말 들어. 유치하게 그 남자 도발하려고 이러는 거 아니야. 너 혼자 보내기 걱정돼서 그러는 거지. 통화해 봐, 다시. 어디로 가야 하는지. 계산하고, 가게 앞에 있을게."

그는 빙긋이 미소 지으며 계산대로 걸어갔다. 어떻게 해야 하나 망설이고 있는데, 손에 쥔 휴대전화가 짧게 울렸다.

[어디쯤 있어?]

짧은 문자 메시지에서 그의 불안이 느껴졌다. 내가 대체 무슨 재주로 남자 둘을 이렇게 불안하게 만드는 걸까?

전화를 걸자, 그는 신호 한 번이 채 울리기도 전에 전화를 받았다.

— 어디야?

"저녁 다 먹고 일어났어요."

— 집에 들어가게?

그의 물음이 조심스러웠다.

도현의 마음을 사로잡고자 시작한 연애 코칭이었다. 그는 연애 코치, 자신은 제자.

이제 마음이 통했다 할지라도 과거 짝사랑이었던 도현과 자신이 함께하고 있다는 사실에 분위기가 서먹했다.

"아니요, 강준 씨 보러 가도 돼요?"

— 사실 일이 덜 끝났어. 잠깐 너 집에 데려다주면서 얼굴 보려고 했는데……. 괜찮으면 논현동으로 올래? 택시 타고 와. 택시 번호 보내 주고. 도

착할 때쯤 내가 내려가 있을게.

택시를 타고 가겠다고 고집을 부렸지만 도현은 끝내 단아를 자신의 차 조수석에 태웠다. 어두운 밤, 논현동 그의 회사 건물 앞에 도현의 차가 멈춰 섰다.

"고마워요. 조심히 가세요."

"난 네가 다른 남자 만나러 간다고 해도 이렇게 데려다주는데, 저놈이 나랑 뭐 했냐고 화내면 나한테 일러. 차 문은 못 열어 주겠다. 밖에 서 있는 저 남자, 나 한 대 칠 것 같은 표정인데?"

"내일 봬요, 그럼."

단아는 인사를 꾸벅 하고는 차에서 내렸다. 그러고는 한달음에 그가 서 있는 곳으로 달려갔다.

"많이 기다리셨어요? 손이 차요."

꽉 움켜쥔 주먹을 그녀의 작은 손이 감쌌다. 울분이 치밀다가도, 그녀의 손길에 화가 누그러들었다.

"왜 저 차를 타고 와?"

운전석에 앉은 이는 분명 이도현이었다.

"같이 밥 먹고, 제가 여기 온다니까, 가는 길이라고 데려다준 거예요. 별 의미 없어요. 요즘 세상 험하다면서 누구든 밤에 혼자 다니는 건 위험하다고요."

빠르게 말을 내뱉는 그녀의 목소리가 미묘하게 떨렸다.

"그래서 택시 타고 간다고 했는데, 근처에 볼일 있다고 여기 내려 준 거예요. 정말이에요."

도로를 향해 있던 강의 시선이 단아에게로 내려왔다. 밤빛을 담은 그녀의 눈동자가 말갛게 빛났다.

"너 무슨 일 있었지?"

"아무 일도 없었어요."

"한단아."

"네?"

"거짓말하는 거엔 영 소질이 없는 한단아."

"……."

"나한테 말 못 할 일이라도 있었어?"

"……."

"이도현한테 거절 못 할 고백이라도 받았어?"

"……거절했어요."

누군가 심장을 꽉 움켜쥔 것처럼 가슴이 저몄다.

"거절했다는 사람이 이도현 차를 타고 와?"

강은 그녀의 손목을 잡은 채로 건물 안으로 들어갔다. 여기저기 야근을 하고 있는 직원들이 가득했다. 심지어 강의 집무실에도 디자인 팀 일부 직원들이 모여 그를 기다리며 회의를 진행하고 있었다.

여유가 없었다.

공간적 여유도, 시간적 여유도, 심적인 여유도.

직원 휴게 공간에 아무도 없는 것을 발견한 그는 성큼성큼 발걸음을 옮겨 갔다. 빠르게 걷는 강 때문에 그녀는 거의 달리다시피 했다.

어두운 공간, 두 사람의 숨소리만이 뒤섞였다.

"강준 씨……."

그녀의 목소리가 희미했다.

"거절했어요. 분명히 했어요."

강이 그녀의 앞으로 성큼 다가섰다. 향긋한 그녀의 체취가 가슴 깊이 찌르고 들어왔다. 다급한 손길이 그녀의 허리를 휘감았다. 뭐라 말하려는 그녀의 입술을 단번에 머금었다. 파르르 떨리는 그녀의 손길이 강의 허리춤을 움켜잡았다.

거센 입맞춤에 그녀의 몸이 뒤로 구부러졌고, 자연스레 그녀의 등허리가 휴게실 테이블 위에 닿았다.

"으음……."

가냘픈 허리를 감싸 안고 있던 손이 그녀의 무릎을 움켜잡았다. 입술은 그녀의 입술이 아닌 목덜미를 배회하고 있었다. 허벅지를 따라 오르는 뜨거운 손을 그녀의 작은 손이 저지했다.

"강준 씨……."

떨리는 그녀의 목소리에 가슴이 쿵쾅거렸다.

"미치겠어. 너 때문에 정말, 내가. 미쳐 버리겠다."

그녀는 작은 손으로 단단한 등을 쓸어내렸다. 심장이 녹아내리는 듯했다.

"기다려 달라고 했는데, 자꾸 내가 여유가 없어져. 거절했다고 하는데, 이렇게라도 확인하고 싶어져……. 미안해. 거칠게 몰아붙여서."

"좋은데……."

그녀의 작은 목소리가 조용히 울렸다.

"뭐가 좋아?"

"얼음처럼 차가운 강준 씨가 나 때문에 이렇게 뜨거워지는 거요. 안달이 나서 죽겠다는 얼굴로 나 안고 키스해 주는 거. 난 너무 좋아요."

어이없는 웃음이 픽 새어 나왔다.

거짓말 못하는 한단아. 솔직해도 너무 솔직한 거 아니야?

"더 해 주세요."

"뭘?"

"뭐긴 뭐예요. 하던 거 계속해 달라는 거죠."

그녀는 두 팔을 강의 목에 두른 채로 끌어당겼다. 절대 몰랐다. 자신이 이렇게나 남의 말을 잘 듣는 사람인지.

강은 입술을 내려 그녀의 입술을 파고들었다. 방금 전까지만 해도 미치도록 좁아졌던 가슴이 그녀의 손길, 말간 얼굴, 나긋한 말씨, 뜨거운 입술로 속절없이 녹아내렸다.

나도 좋다. 널 이렇게 내 품 가득 안고, 키스를 퍼부을 수 있는 거.

강은 그녀가 숨이나 제대로 쉴 수 있을까 싶을 정도로 꽉 끌어안은 채로 몰입했다.

"흐음."

"하아."

말캉말캉하게 부풀어 오른 그녀의 입술에 자잘한 입맞춤을 더했다. 이 순간, 자신이 어디에 있는지, 무엇을 하다가 왔는지는 까마득히 잊은 강이었다. 그저 순간이 영원하길 바랄 뿐.

딸각. 딸각딸각딸각.

그런데 그때, 누군가 휴게실 문고리를 세차게 흔드는 소리가 들려왔다. 천국을 거닐던 두 사람은 허겁지겁 테이블에서 몸을 일으켜 세웠다. 자연스레 문을 열고 나가야 하나, 아무도 없는 척을 해야 하나 고민하던 찰나, 밖에서 짤랑거리는 소리가 들려왔다. 누군가 열쇠를 가지고 온 것.

강은 얼른 휴게실 불부터 켰다. 열쇠를 돌리는 소리가 들려온 직후, 누군가 문고리를 돌리려는 순간 강은 아무렇지 않게 휴게실 문을 열어젖혔다. 문밖에는 제이슨과 유리 그리고 그 외 디자인 팀 직원들이 서 있었다.

"손님이 와서 이야기 중이었어."

강은 서늘히 말하고는 뒤에 선 단아를 향해 물었다.

"이제 가야지?"

"네, 막 가려던 참이었어요. 바쁘신데 시간 내 주셔서 감사합니다."

웬일이야? 한단아가 이렇게 자연스럽게 연기를 다 하고?

"잠깐 손님 배웅하고 올 테니까, 편히들 쉬어요."

의미심장한 표정을 짓고 있는 직원들을 뒤로한 채 강은 얼른 휴게실을 빠져나왔다. 단아도 재빨리 그의 뒤를 따랐다.

"데려다줄게, 가자."

"네. 근데 저 되게 자연스러웠죠?"

"그러게. 웬일이야? 한단아가 이런 자연스러운 연기를 다 하고?"

"누구 제잔데요. 제가 배우는 건 빠르다고 했잖아요."

방싯 웃는 그녀의 얼굴을 바라보며 강은 환한 미소를 지었다. 일과가 아무리 고되어도, 그녀의 미소 한 번이면 시름이 덜고, 그녀와의 키스 한 번이면 힘이 불끈 솟아올랐다.

"한단아."

"네?"

"오랜만에 과제를 내 줘야겠다."

그녀의 표정이 묘하게 굳었다.

언제부턴가 여자 아닌 제자 대우를 하면 얼굴색까지 달리하는 그녀다. 예쁘게도.

"무슨 일이 있어도, 하루에 한 번은 반드시 나와의 키스에 몰입하도록."

그녀는 새빨개진 얼굴로 고개를 끄덕이며 발밑을 내려다보았다.

밀폐된 공간에서 헝클어진 모습에 나른한 목소리로, 저로 인해 뜨거워진 남자가 너무 좋다며 발칙한 고백을 해 올 땐 언제고, 부끄러운 거야? 사랑스럽게.

"제가 또 과제 수행 능력이 뛰어난 편 아니겠어요?"

고개를 숙인 채 속삭이는 그녀의 목소리에 웃음이 흘러나왔다.

한단아, 정말 너무 예쁘다.

배웅하고 오겠다며 잠시 사무실을 떠났던 강은 결국 그녀를 집 앞까지 데려다주었다. 헤어지는 게 아쉬워서 다시 붙들고 입을 맞추고, 한참이나 끌어안고 있다가 겨우 들여보냈다.

"최 대표님, 잠깐 저 좀 보시죠?"

근엄한 CEO 코스프레를 하며 회사 로비를 걸어 들어가고 있는데, 제이슨이 강의 손을 붙들고 화장실로 뛰어갔다.

"뭐 하는 거야, 또?"

"그러는 최강은 대체 뭘 하고 다니는 거야?"

제이슨의 야단에 거울 앞에 선 강은 실소를 금치 못했다. 얼굴 전체가 반짝반짝거렸다.

"한단아 오늘 대국민 걸 그룹 오디션이라도 보러 간대? 이게 뭐야, 얼굴이. 둘이 얼마나 비벼 댔으면, 얼굴에 이 반짝이 좀 봐! 그런 얼굴로 손님이랑 이야기 중이었다고 시치미 떼면 누가 믿어? 내가 둘러대느라고 얼마나 고생했는 줄 알아? 좋은 건 니들이 다 하고, 부끄러움은 왜 내 몫인 건데!"

강은 멋쩍은 미소를 지으며 제이슨이 건넨 물티슈로 얼굴을 닦아 냈다.

"그래도 좋아? 그렇게 좋아? 직원들 앞에서 블링블링 걸 그룹 메이크업으로 도배된 얼굴을 보였는데도 좋아?"

"트렌드에 뒤처지지 않았으니 됐지."

떡 벌어진 입을 다물지 못하고 제이슨은 어이없는 웃음을 흘렸다. 화장실에서 옥신각신하던 두 사람은 곧장 강의 집무실로 향했다. 최종 점검 회의라 모두들 긴장해야 했지만, 강을 흘끔거리는 시선에는 묘한 분위기가 가득했다.

강은 지엄한 목소리를 내려 애썼다.

"자, 이제 마무리 단계니까 다들 힘내고. 부스 BGM은 내일 도착한다고 했나?"

"대표님! 보고드려야 할 일이 있습니다."

다급히 집무실로 뛰어 들어온 이는 구매실장이었다.

"무슨 일입니까?"

"드레스셔츠 몇 벌에 쓰일 원단이 독점 계약을 맺었다는 통보가 왔습니다."

"뭐?"

가끔 있는 일이었다. 거대 의류 기업에서 특정 원단을 자신들에게만 공급하도록 외국의 원단 제조업체와 독점 공급 계약을 맺는 일 말이다. 소식이 늦으면 박람회에서 공개된 옷을 판매할 수 없는 최악의 상황에까지 이르고 만다.

"어느 업체랑 독점 계약을 했다는 겁니까?"

"우리나라에서 새로 론칭될 SPA 브랜드라고 합니다."

"몇 벌이지, 총?"

"드레스셔츠 두 벌에 해당하는 원단입니다."

작품이 되어야 하는 남자의 가슴에서 캔버스 역할을 하는 게 드레스셔츠였다. 여백의 미, 그렇기에 원단이 전부인 거나 마찬가지였다.

"디자인 팀. 한 벌은 내가 맡을 테니까, 다른 한 벌 맡아 줘. 내일 오전까지 디자인 나와야 하고. 늦어도 내일 저녁에는 가봉까지 끝나야 해. 차선책으로 구매 팀은 대체할 수 있는 원단이 있는지 알아봐 주고."

직원들을 각자 위치로 돌려보낸 강은 이 비서를 불러들였다.

"SPA 브랜드에서 이런 고급 원단을 쓸 이유가 없을 텐데……. 어떤 회산지 알아봤나?"

"의류업과는 전혀 연관이 없던 회사입니다. 거대 금융그룹에서 파생된 투자회사라고 들었습니다."

원단 공급을 어렵게 만들 수도 있다고 했던 수입업자. 그리고 강이 주문을 넣은 원단의 독점 계약. 우연치고는 너무 절묘한 태클 아닌가? 투자회사라…….

누락시켰던 디자인들을 검토하고, 새로운 시안을 만드는 데 밤을 꼬박 새웠다. 집에 들어가서 잠시 눈을 붙이고 싶을 만큼 고단했지만, 저녁까지 가봉 작업을 마치려면 한시라도 쉴 틈이 없었다.

재킷을 입지 않는 순간, 드레스셔츠는 남자의 전부가 된다. 한 남자의 가슴을 대변하는 옷을 허투루 만들 수는 없는 일이었다.

밤새 집중을 한 탓에 머리가 지끈거렸다.

"똑똑똑."

기적을 낸 이는 제이슨이었다.

"어, 제이슨. 뭐 나온 것 좀 있어?"

"유리 씨가 이 어려운 걸 해냈네?"

제이슨은 강에게 태블릿을 내밀었다.

"훌륭하네! 이대로 진행해. 오전에 재단 팀에 작업 마치라 하고 오후에 가봉한 다음, 이따 저녁 때 다 같이 보자고. 그리고 이건 내 디자인. 이것도 같이 작업해야 하니까 하루가 빠듯하네."

"해결되는 일의 양은 정해져 있는데, 터지는 일은 정해진 게 없으니."

"수고 좀 해 줘. 부스 BGM 작업이 더뎌서 나갔다 와야 할 것 같아. 오후에 가봉 작업 때는 들어올 테니까, 그렇게 알고."

제이슨은 고단한 얼굴로 집무실을 나서는 강을 물끄러미 바라봤다.

돌아선 강의 어깨가 얼마나 무거울지 가늠할 수 없었다. 디자이너는 한 마리 백조처럼 고고한 듯 보이지만, 여유를 꿈꾸기 어려운 직업이다. 사람은 매일 옷을 갈아입으니까. 트렌드는 시시각각 변하니까. 트렌드 세터의 욕구를 충족시키고 그들의 우위에 서야 하는 게 디자이너니까.

늘 유행의 첨단을 살펴야 하는 일상이 고된 것도 사실.

"우리 강, 숨통 좀 트여 줘야겠네."

제이슨은 휴대전화를 집어 들어 메시지를 하나 전송했다.

띠링.

제이슨에게서 온 문자 메시지에 BGM 관련 회의를 진행 중이던 강은 미간을 구겼다. 분명 외부 회의에 간다고 했는데, 문자를 보낼 상황이면 다급한 문제가 발생했을지도 모른다. 회의실 안에는 비트가 빠른 EDM(Electronic Dance Music)이 흘러나오고 있었다.

문자 메시지를 확인한 강의 심장도 그와 비슷한 속도로 내달렸다.

[힘내시오, 최 대표.]

아침 해가 빛나는 한강을 배경으로 아찔한 운동복 차림의 한단아가 환한 미소를 머금은 채 휴대전화 화면을 가득 채웠다.

그래, 힘은 나는데……

응원인 듯, 응원 아닌, 응원 같은 짓을 벌이는 제이슨. 이게 또 애매하게 고문인 듯, 고문 아닌, 고문 같은 짓에 가깝다는 걸 모르는 걸까?

응원에 힘입어 한단아한테 고문당하러 무작정 한번 가 볼까?

BGM 관련 회의를 마친 강은 곧장 단아가 일하고 있는 경제연구소로 향했다. 잠깐이라도 그녀의 얼굴을 봐야 할 것 같았다.

[뭐 해?]

[당연히 일하죠.]

[나올 수 있어?]

답문 대신 그녀에게서 전화가 왔다.

— 지금 어디신데요?

휴대전화 너머에서 그녀의 구둣발 소리가 들려왔다.

"회사 건물 지하 1층에 있는 커피 전문점."

— 지금 바로 갈게요.

통화를 마친 뒤 5분도 채 안 되어서 그녀가 커피전문점 문을 열고 들어섰다. 그녀의 얼굴엔 장난기 어린 미소가 활짝 피어 있었다.

"이런 식이면 곤란한데요?"

"뭐가?"

"아무리 보고 싶어도 좀 참으셔야죠. 이렇게 다짜고짜 찾아오시면 저 먹고살기 힘들어지거든요?"

"어떻게 바로 나왔어?"

"자리 정리 중이었어요."

"자리 정리? 인턴 그만두는 거야, 혹시?"

나 때문에? 내가 이도현이랑 같이 있는 거 신경 쓸까 봐?

"네, 그만둬요. 아, 이제 용돈 벌이는 뭐로 하나?"

"나랑 같이 일할래?"

"허? 됐거든요! 무슨 연애 코칭을 해요, 제가? 아! 잘생긴 의뢰인 들어오면 한번 해 볼까요? 저는 잘생긴 공룡상이 이상형인데."

"트리케라톱스같이 생긴 놈 있으면 연락 줄게. 간다."

강은 자리에서 일어나는 시늉을 하며 헛기침을 한 번 했다.

괘씸한 한단아, 보고 싶어서 시간을 쪼개고 쪼개서 달려왔는데, 뭐가 어째? 공룡? 이놈의 공룡상들을 다 멸종시켜 버리겠다!

"제가 지금 급하게 자리 정리를 해야 하는 중임에도 내려온 건 과제 수행이 시급해서인데요."

"무슨……?"

「하루에 한 번은 반드시 나와의 키스에 몰입하도록.」

바로 어제 내준 과제였다. 강은 도로 의자에 앉아 발그레진 그녀의 얼굴을 물끄러미 바라봤다.

"밝히기는, 한단아."

"어머? 저한테 그런 과제 내 준 게 누군데요?"

강은 빙그레 미소를 머금은 얼굴을 테이블 맞은편에 앉은 그녀에게 내밀었다.

"미쳤어요? 여기서?"

그녀는 사방을 두리번거리며 펄쩍 뛰었다. 작은 커피 전문점 안에는 손님이 강과 단아 둘뿐이었고, 아르바이트생은 계산대 뒤에 앉아 졸고 있었다. 이러려고 그런 건 아닌데, 구석진 자리에 앉은 덕에 유리문에서조차 그들의 자리는 보이지 않았다.

"원래 미치는 게 사랑인 거야."

말이 끝남과 동시에 그가 손을 뻗어 오는가 싶더니 단아의 뒤통수를 커다란 손으로 감쌌다. 눈을 감을 새도 없이 입술이 닿았다. 단아는 실눈을 뜬 채로 그의 얼굴을 바라봤다. 두 눈을 지그시 감은 채로 키스를 하고 있는 그의 입술에서 쌉싸름한 커피 향이 느껴졌다.

한 손으로는 그의 팔뚝을 움켜잡고, 다른 한 손으로는 둥근 테이블을 그러쥔 채로 단아는 말캉하고 찌릿한 촉감에 몰입했다.

또로롱—

가게 입구에 달린 풍경 소리에 두 사람은 화들짝 놀라 입술을 떼어 냈다. 서로를 바라보는 두 사람의 입에서 쿡 하고 웃음이 터져 나왔다.

"립스틱 번졌다."

그는 엄지로 단아의 입술 주위를 슬쩍 닦아 주었다.

"강준 씨도 여기 묻었어요."

단아도 손을 뻗어 산호색 립스틱이 묻은 그의 입술을 슥 문질렀다. 부드럽게 부풀어 오른 입술을 매만지는 두 사람의 얼굴은 키스를 나눌 때보다 더 붉게 달아올랐다.

"저 이제 들어가 봐야 해요."

"갑자기 인턴은 왜 그만두는 거야?"

"도현 씨가 회사를 그만둔대요."

강의 미간이 슬쩍 구겨졌다.

"어제 일하고 연장선인가?"

단아는 가만히 고개를 내저었다.

"도현 씨가 연장선이라고 한들, 저는 상관없는 일이에요. 마음 쓰지 마세요."

누군가를 깊이 짝사랑하고 마음 졸이는 그녀의 모습에서 알아봤다. 결코 연정을 가벼이 여기는 여자가 아니라는 것을.

그녀는 여전히 자신의 얼굴에 닿아 있는 강의 손을 따사로이 움켜잡았다. 불안해하지 말라는 듯, 자신을 믿어 달라는 듯. 무한한 신뢰를 내비치는 그녀에게 이제는 강이 고백을 할 차례였다.

기다려, 한단아.

인턴을 그만둔 그녀는 대학원 공부에 충실했다. 피티 워모가 코앞으로 다가온 탓에 강은 그녀를 만나기 위해 시간을 쪼개고 쪼개야만 했다.

"최 대표, 드레스 완성되면 말할 거야?"

"연애 코치가 아니라, 디자이너였다는 말?"

제이슨은 마치 제 일인 양 강의 마음을 헤아려 보려 애썼다.

"그러려고 했었어. 여자라면 누구나 반할 만한 아름답고 고결한 디자인의 드레스를 내밀면서, 그날 너를 놓칠 수가 없어서 코치라는 말을 해 버렸다고. 사실 나는 남자를 위한 옷을 만들던 사람인데, 너로 인해 여자를 위한 옷까지 만들 수 있는 디자이너가 되었다고. 내 평생 남성복 디자인 말고는 꿈꿔 본 게 없는데, 너로 인해 내가 새로운 삶을 그릴 수 있게 되었다고. 내 평생 모델 해 줄 생각 있나? 하고 물으려고 했지."

솔직한 마음을 털어놓는 강의 모습에 제이슨은 가슴이 두근거리고 말았다.

"그래서?"

"그래서 기다려 달라는 말도 했는데, 못 기다리겠네, 내가."

"오늘이라도 당장 말할 기세네?"

"어, 그러려고."

제이슨의 두 눈이 커다랗게 뜨였다.

최강이 드디어…….

디자인 하우스를 나선 강은 곧장 그녀가 있다는 학교로 향했다. 도서관 계단을 내려오는 그녀의 모습이 눈에 들어오자 강의 얼굴에 환한 미소가 그려졌다. 마음을 정하고 나니, 순간순간이 떨려서 미쳐 버릴 것만 같았다.

옷 잘 챙겨 입고 다니랬더니, 학교에선 그런 복장이 편하다며 다시 청바지와 티셔츠로 돌아온 그녀였다. 달라진 게 있다면, 헐렁했던 과 티가 오픈 숄더 디자인의 저지 티셔츠로, 어정쩡한 청바지가 유려한 하체 곡선을 드러내는 스키니 진으로 바뀌었다는 것뿐.

"오늘 일찍 오셨네요?"

"보고 싶어서."

"참 신기해요."

"뭐가, 또?"

"질리지가 않아요. 보고 싶다는 말."

"벌써 질리면 써? 앞으로 수천만 번은 더 듣게 될 텐데?"

"닭살스러운 멘트도 많이 느셨네요? 넘나 바람직한 것!"

"그 말투는 뭐야?"

강은 멋쩍게 물었다.

"넘나 사랑스러운 것!"

두 손으로 꽃받침을 만들어 턱을 받치는 단아의 모습에 강은 웃음이 터지고 말았다.

"그래, 맞다. 넘나 사랑스러운 것!"

강은 미리 예약해 둔 레스토랑으로 차를 몰았다.

지난번 제이슨의 '죽을병' 사태 때 그녀가 걱정스러운 얼굴로 식사를 마쳤던 그 레스토랑 주차장에 들어서자 잔뜩 들뜬 그녀의 목소리가 들려왔다.

"어? 여기 또 왔네요?"

"또 오자고 했잖아."

"고마워요."

"뭐가?"

"내가 한 말은 하나도 잊어버리지 않잖아요. 다 기억해 주고 말한 대로 해주려고 노력하잖아요."

"겨우 이 정도로 감동받지 마. 아직 시작도 안 했어."

"순간순간이 감동이라는 말, 제가 안 했었죠? 존재 자체가 감동이라는 말도 안 했던 것 같다."

강이 멋쩍은 미소를 머금자, 그녀는 또다시 장난스럽게 대꾸했다.

"어? 내 얘긴데? 내가 강준 씨한테 존재 자체로 감동인 거 아닌가?"

"졌다, 한단아."

"언제는 이겼나, 뭐."

상큼하게 웃는 그녀의 뺨을 강이 손등으로 쓸어내렸다.

"너는 지금 내 맘 모르지?"

내가 얼마나 떨고 있는지, 평생에 이렇게 긴장했던 적이 없는데. 네가 조금이라도 마음 아파할까 봐 얼마나 마음 졸이고 있는지. 내 진심이 왜곡될까 얼마나 두려운지.

"아! 되게 배고픈 거죠?"

"그래, 고프다."

한단아가, 네 마음이, 네 전부가 고프다.

꽃같이 예쁜 단아의 미소를 바라보며, 강은 마음을 가다듬고 또 가다듬었다. 생각했던 말들이 흐트러져서 사라져 버릴까 두려워 수백 번을 되뇌었다. 그녀를 놀라게 하는 일은 식사 뒤로 미루었다.

"산책 좀 할까?"

식사를 마친 뒤, 두 사람은 디자인 하우스 근처 공원으로 향하기 위해 차에 올랐다.

"길이 좀 막히네요."

"그러게. 오늘따라 늦게까지 길이 막히네."

도로 주변을 두리번거리던 강은 반대편 차선 옆쪽에 자리한 건물 옥상 전광판을 보고 돌처럼 굳어 버렸다. 온종일 설렘에 두근거리던 심장이 불안하게 날뛰었다. 강의 휴대전화가 요란하게 울리기 시작했다. 발신인은 제이슨이었다.

"여보세요?"

— 봤어, 최 대표?

휴대전화가 블루투스로 연결된 탓에 차 안 전체에 다급한 제이슨의 목소리가 쩌렁쩌렁하게 울렸다. 조수석에 앉아 있던 단아가 불안한 눈빛으로 강을 바라봤다. 강은 블루투스 해제 버튼을 누르고 휴대전화를 귀에 가져다 댔다.

"어디야, 지금? 어, 그래. 곧장 들어갈 테니까. 그래. 회의실에서 봐. 팀원

다 소집하고. ON한테는 내가 들어가면서 연락해 볼게. 그래, 좀 이따 봐."

전화를 끊은 강의 얼굴이 무섭게 굳어 갔다.

"산책은 다음에 해야겠다."

그녀를 처음 품에 안았던 공원에서, 그녀가 코치로 부르는 것을 그만두면 안 되냐고 물었던 그 공원에서 고백을 하려 했었다.

산책이 미뤄졌다.

디자인 하우스에 들어선 강은 곧장 회의실로 향했다. 회의실에는 제이슨을 비롯한 디자인 팀 전체와 마케팅 디렉터가 자리하고 있었다.

"어떻게 된 일이야?"

"대체 이게 무슨 일이야?"

강의 뒤를 이어 회의실에 들어온 이는 ON이었다.

"전광판에 대체 뭐가 떴다고? 강남역에 뿌려졌다는 전단지는 뭐야?"

디자인 팀 막내인 유리가 자신의 랩톱을 프로젝터에 연결했다.

"오늘 저녁 6시부터 강남과 서초 일대, 그리고 수원부터 서울까지 경부고속도로 서울 방면 전광판에 게재된 광고입니다."

『예술이 부럽지 않은 SPA, D-07』

피티 워모의 메인 테마이자, 강이 디자인한 슈트가 옷걸이에 걸린 채로 화면을 가득 메우고 있었다.

"어떤 도둑놈이 겁도 없이 내 그림이랑 최강 디자인을 훔쳐 간 거야?"

ON의 목소리가 치솟아 올랐다.

"원단 프린트는 어때요? ON 화백 그림하고 똑같습니까?"

그리 묻는 강의 목소리는 모골이 송연해질 정도로 차가웠다.

"달라, 아주 미묘하게 달라. 그래서 저 원단 프린트가 내 그림이라고 말하기엔 어려울 수도 있겠어. 그런데 원단 프린트를 제외한 나머지는 완벽하게 똑같은 거 아냐? 누구야, 대체?"

강은 이마를 한 번 쓸어 넘겼다.

"오늘부터 디자인 하우스 보안 강화하세요. 전 임직원을 포함한 모든 방문객의 휴대전화 카메라에 실링 스티커 붙이는 일은 충실히 지켜졌는지 보고서 올리고. 모델, 외주 업체, 실습생까지 방문객 리스트 전수조사하세요."

"알겠습니다, 대표님."

"그리고 저 슈트는 빼고 갑니다."

메인 중의 메인이 빠져 버렸다. 회의실에 앉은 모든 이의 얼굴이 침울해졌다.

"은유리 씨, 리젝했던 디자인 다시 올려요. 피렌체까지 며칠 안 남았지만, 아직 충분히 시간 있어. 다들 기운 차리고 다시 시작합시다. 저 SPA 브랜드는 좀 알아봤나?"

마케팅 디렉터 진석원의 표정이 어두웠다.

"대표님, 따로 드릴 말씀이 있습니다."

"지금 이 자리에서 하세요."

"따로 들으시는 편이 좋을 것 같습니다."

"지금. 바로."

석원은 강경한 강의 태도에 어쩔 수 없이 입을 뗐다.

"새로 론칭할 SPA 브랜드의 실소유주는 우리나라 투자회사입니다. 지난번 드레스셔츠 관련 원단 독점 공급을 체결했던 회사이기도 합니다."

"그래서요?"

"거기 대표 이름이 이도현이라고 합니다. 얼마 전까지 경제연구소 연구원으로 있었으며…… 대학원에 재학 중이라고 합니다. 회의에 들어오기 직전 대표님께 퀵으로 론칭 파티에 참석해 달라는 초대장을 보내왔습니다."

머릿속이 아득해지는 것만 같았다.

"말씀 중에 죄송합니다. 그런데 단 한 번도 보안 절차를 지키지 않았던 방문객이 있었던 것 같은데요."

조심스러운 목소리를 낸 이는 유리였다. 그리고 지금껏 한 번도 보안 규정에 따른 방문객 등록 절차를 거치지 않았던 단 한 사람은 단아였다.

❖

"말씀하신 대로 초대장은 퀵으로 보냈습니다."

"수고했어요, 정 비서."

도현은 PC 모니터에 시선을 고정한 채로 고개를 한 번 끄덕였다. 그런데 도 비서는 자리를 뜨지 않은 채 도현을 물끄러미 바라보고 있었다.

"왜? 더 할 말 있습니까?"

"한단아 씨는 꽃을 또 돌려보내셨습니다."

도현의 얼굴이 단번에 일그러졌다.

아직도 그놈한테 속고 있는 거야?

"그래요, 내일 또 보내도록 해요."

"사장님, 외람된 말씀 드려도 될까요?"

"해 봐요, 어디."

"여자가 원하는 건 돈지랄하는 정신 나간 재벌 후계자가 아닙니다."

"뭐?"

저도 모르게 헛웃음이 튀어나왔다. 뭐든 해도 좋다고 허락한 아버지가 이것만은 양보할 수 없다며 정다은 비서를 보내왔다. 발칙한 언사를 서슴지 않는 정 비서의 모습에 도현은 기가 찼다.

"그쪽 사장이 원하는 건 시키는 대로 일 잘하는 비서야. 입은 꾹 다물고."

"하달하시는 업무는 빈틈없이 진행하고 있습니다. 다만 충언을 드려야 할 것 같습니다. 역사 속에서 꺼져 버린 왕들은 대부분 충신의 진언에 귀 기울이지 않는 습성이 있었지요. 그럼, 이만 물러가겠습니다."

저 여자 또라이 아냐?

도현은 어이없는 표정으로 정 비서의 뒷모습을 바라봤다.

역사가 어쩌고 하더니 이만 물러가겠습니다? 사무실에서 사극 찍나, 혼자?

안 맞아도 너무 안 맞는다. 이래서 아버지 밑으로 들어오는 걸 꺼려 했던 도현이었다. 하지만 진심으로도 되지 않는 일을 되게 만들려면 든든한 뒷배가 필요했다.

최강, 이제껏 일궈 온 당신 전부가 뿌리째 흔들리는 모습을 보고도 한단아 곁에서 버틸 수 있으려나?

남자는 자신이 여자에게 최고가 될 수 없다 느껴지는 순간에 이별을 고하는 법.

하나씩 잃게 해 줄게, 잘난 최강준 씨.

어제 저녁 식사를 마치고 귀가한 뒤, 그에게선 아무런 연락도 없었다. 회사에 다급한 일이 생긴 게 분명해 보였다.

"올해 왜 이렇게 더워? 벌써부터 이렇게 더우면 한여름에는 대체 어떡하라고."

푸념을 늘어놓는 이는 함께 인턴 교육을 받은 리셉션 주미였다. 붙임성이 좋다 싶더니, 직원 한 명이 갑작스레 그만둔 덕에 정직원이 되어 있었다.

"단아 씨는 왜 그렇게 휴대전화를 자주 봐? 기다리는 연락 있어?"

"아, 그냥요."

"아쉽다. 우리 다 같이 정직원 돼서 회사 다닐 줄 알았는데, 근데 봉사왕은 요즘 뭐 한데?"

도현과는 로마 대학교 세미나 관련해서 이메일을 주고받는 게 전부였다.

또 하루도 빠지지 않고 배달되는 꽃바구니는 꼬박꼬박 돌려보냈다.

"저도 잘 모르겠어요."

주미와 함께 점심 식사를 마친 뒤 차를 마시던 중이었다. 누군가와 마주 앉아 이야기를 나누고 있는데도 시간은 더디게 흘러갔다.

그 어렵다는 아인슈타인의 상대성 이론이 이런 건가? 그와 함께 있을 때는 1시간이 1분처럼 느껴지는데, 그가 곁에 없을 때는 1시간이 억겁처럼 느껴졌다.

"단아 씨, 전화 온다."

단아의 휴대전화에 반짝거리는 이름은 '강준'이었다.

"여보세요?"

— 연락 못 해서 미안. 일이 좀 많이 바빠서.

"괜찮아요. 바쁜 일은 다 끝내셨어요?"

— 아직 진행 중이야. 잠깐 볼까?

"네!"

단아의 얼굴에 꽃다운 미소가 피어올랐다.

"남친?"

눈썹을 들썩이는 주미의 물음에 단아는 빙긋이 미소만 머금었다.

"만나자고 하나 보네?"

"네."

"나도 이제 들어가 봐야 해. 조심해서 가요. 우리 또 봐, 단아 씨! 자주 보자! 알았지?"

경쾌한 발걸음으로 버스 정류장을 향해 달려가는 단아의 뒷모습을 바라보던 주미는 회심의 미소를 지으며 임 여사에게 문자를 하나 보냈다.

[우리 이모, 곧 며느리 보시겠네?]

❖

"제가 가도 되는데. 바쁘신데 일부러 나오신 거죠? 식사는 하셨어요?"

"이틀 밤새고 집에 가는 길이야. 밥은 좀 자고 일어나서 먹으려고."

"이틀이나 못 주무셨어요?"

가뭇하게 올라온 수염, 피곤에 절어 있는 눈동자가 고단해 보였다.

"걱정 마, 한단아 보면 힘 나니까."

강은 아스라한 미소를 머금은 채로 조수석에 앉은 그녀를 바라봤다. 예쁜 얼굴에 걱정이 한가득이었다.

「은유리 씨, 함부로 이야기하지 마. 그 방문객은 최 대표뿐 아니라, 우리 디자인 하우스에 중요한 손님이야.」

「아무리 중요한 손님이라고 해도, 원칙을 지키지 않은 건 잘못한 거 아냐? 최강, 지금 일어난 일로도 충분히 클레임 걸고 계약 파기할 수 있어.」

단아를 두둔하고 나선 건 제이슨, 제이슨을 반박한 이는 ON이었다. 이유야 어찌 되었든, 단아를 디자인 하우스로 부르는 일은 당분간 피해야 할 것 같았다.

"아무리 그래도 식사는 하셔야죠. 어디 가지 말고, 집으로 가요."

"안 그래도 한단아 집으로 가고 있어."

"거기 말고요, 강준 씨 집이요. 주무시는 동안 전 가만히 책만 볼게요. 강준 씨 그냥 두면 저녁 또 거를 거잖아요. 혼자서는 밥도 못 넘긴다고 했던 말 잊으셨어요?"

강의 입에서 웃음이 흘러나왔다.

"그래, 얌전히 책 봐."

가슴이 뭉클 달아올랐다. 내가 흔들린다 해도, 너는 내 옆에 있을까?

SPA 브랜드의 실소유주 이도현.

디자인 하우스에 보안 규정을 지키지 않고 드나든 단아.

제3자가 보기엔 충분히 가능성 있는 디자인 유출 시나리오였다. 하지만 한순간이라도 단아를 겪어 본 이라면 그녀를 의심할 여지가 없다는 걸 알 것이다.

집에 들어서자마자, 그녀는 깊게 숨을 들이쉬며 빙그레 미소 지었다.

"흐음. 좋은 냄새."

"한단아."

"네?"

"꼭 책 봐야 해?"

"엄마얏!"

강은 그녀를 번쩍 들어 안고는 곧장 침실로 향했다. 넓은 침대 한가운데 그녀를 눕힌 강은 그 위에 자신의 몸을 포개어 엎드렸다. 몸 아래서 그녀가 바르작거리는 게 느껴졌다.

"가만히 있어, 한단아. 나 지금 엄청 참고 있으니까."

놀랐는지 그녀가 딸꾹질을 시작했다.

"뭐, 뭘 참으시는데요?"

"이런 거."

강은 딸꾹질이 흘러나오는 그녀의 입술을 다급히 머금었다. 스리슬쩍 벌어진 말캉한 틈을 가르고 들어가 화들짝 놀란 그녀를 어르고 달랬다. 어깨를 꽉 움켜쥐고 있던 그녀의 부드러운 손길이 강의 목을 끌어안았다.

그녀의 머리카락을 매만지던 강의 손 역시 유려한 곡선을 따라 움직이기 시작했다. 그녀의 납작한 배를 쓰다듬던 강의 손길이 옆구리를 따라 올랐다.

"흐응."

고개를 비튼 그녀가 불안한 눈으로 강을 올려다보았다.

"무슨 일 있으시죠?"

어떻게 알았을까, 한단아. 나한테 무슨 일이 있는지.

디자인 하우스 상장을 앞두고 공모에 들어간 게 얼마 전 일이다. 피티 워모가 끝난 후, 여름에 상장이 예정되어 있었다. 그런데 디자인 도용과 원단

수입 업체를 비롯한 외주 업체와의 마찰 때문에 강의 경영 능력을 의심하는 투자자들이 생겨나기 시작했다.

"피곤해서 그래. 좀 잔다."

강은 단아의 옆으로 몸을 누이며 그녀를 꼭 끌어안았다.

"책 같은 거 너무 많이 보지 마. 눈 나빠져."

으름장을 놓으며 그녀를 더 꼭 품에 안았다.

"그냥 옆에 있으라고 하면 되죠, 핑계는."

그녀의 팔이 강의 등허리를 감싸 안았다.

"그래, 옆에 있어. 나 좀 편히 자게."

이틀 밤을 새웠는데도 잠이 쏟아지지 않았었다. 직원들 앞에서는 냉철한 척 얼굴을 구겼지만, 두려웠는지도 모른다. 이제껏 모든 것을 다 쏟아부은 디자인 하우스가 한순간에 사라져 버릴까 봐.

그녀의 향긋한 샴푸 냄새가 코끝을 간질였다. 긴장 가득했던 머릿속이 말랑말랑해지는 기분이었다.

다행이다, 한단아. 네가 내 쉴 곳이 되어 주어서.

"한단아!"

강의 목소리가 빈집을 쩌렁쩌렁 울렸다. 침대 옆이 허전했다. 화장실에 갔나 했는데, 그녀가 온데간데없었다. 그리고 몇 번을 전화해도 휴대전화 너머의 그녀는 대꾸가 없었다. 가슴이 따끔따끔 아파 왔다.

네가 날 떠난다면, 네가 내 곁에서 사라진다면, 네가 날 저버린다면.

이틀 동안 수면 시간이 3시간밖에 되질 않았다. 제대로 된 식사는 그녀와 함께한 저녁이 전부였다. 디자인 도용으로 인해, 한 번 맛본 상실감은 강의 전부를 불안하게 만들어 버렸다. 망연자실하게 소파에 기대어 앉았는데, 도어록 해제음이 들려왔다.

"일어나셨어요? 더 주무실 줄 알았는데."

절망 속에서 그녀의 목소리가 울려 퍼졌다.

"불은 켜고 계시지 왜 이러고 계세요? 어디 아프세요?"

강은 가만히 고개를 가로저었다.

"어제 저녁 드시고 식사 제대로 안 하셨다면서요. 냉장고엔 달걀밖에 없고, 식재료는 햇반밖에 없어서……. 마트에서 간단히 장 봐 왔어요. 잠시만 기다리세요."

부엌으로 향하는 그녀를 강은 거세게 끌어안았다. 두 손에 들고 있던 비닐 봉투를 내려놓은 그녀는 자신의 몸을 두르고 있는 강의 팔을 꼭 붙잡았다.

"씻고 나오세요. 맛있는 거 해 놓을게요."

지금 당장은 눈앞에 한단아가 있으니까. 강한 힘이 실렸던 팔이 스르륵 풀어졌다. 샤워를 마친 강이 부엌에 들어서자 그녀는 시무룩한 얼굴을 하고 있었다.

"왜?"

"이거 태웠어요. 제가 인덕션 레인지는 처음 써 봐서. 불 조절을 잘 못해서."

프라이팬 위에 반은 잘 익고, 반은 새까맣게 탄 삼치 한 마리가 있었다. 탄 건 삼치인데, 마치 제 가슴이 새까맣게 타들어 간 듯 그녀는 울상을 지었다.

"안 탄 쪽으로 먹으면 되겠네."

강은 단아의 머리를 쓰다듬으며 빙긋이 웃었다.

식사를 하는 내내, 그녀는 된장아욱국을 한술 뜨는 강의 얼굴을, 밥을 떠넣는 강의 입을 흘끔흘끔거렸다.

"맛있어, 엄청 맛있으니까. 너도 얼른 먹어."

마음을 짓는 일이 옷뿐일까? 사랑하는 사람을 위한 요리도 마음을 짓는 일.

옷을 만드는 내내, '마음에 들어 할까? 잘 어울릴까?'를 걱정하는 강처럼, 그녀는 음식을 하는 내내, '맛있게 먹어 줄까? 잘되려나?' 하고 걱정했을 것이다. 그 마음이 오롯이 느껴져서 강의 얼굴에 따사로운 미소가 그려졌다.

"한단아, 제법이네. 지난번 콩나물국도 기가 막히게 끓이더니, 아욱국도 맛있네."

"저희 집에 가족 행사가 많은 편인데, 아버지가 형제는 없으시고 고모들만 있어서 엄마 혼자 음식 하실 일이 많았거든요. 커서는 엄마랑 저랑 둘이 했고요. 어깨 너머로 배운 거예요. 엄마 돕다가."

"남동생은 안 돕고?"

"어휴, 말도 마세요. 걔한테 뭐 시키려고 하면, 고모들이 어찌나 싸고도는지. 동생이 지가 벗은 양말 손수 세탁 바구니에 갖다 놨다고, 땅 짚고 다닌 더러운 양말을 귀한 손으로 만지게 하냐면서 아주 난리도 아니었다니까요. 걔요, 집에서 양말도 벗은 그대로 둬요. 전 중학교 때부터 교복 블라우스 빨아 입고 다녔는데, 웃기죠?"

"한단아 서러웠겠네."

"어릴 땐 되게 서러웠는데, 이젠 뭐 덤덤해졌어요. 고모들만 집에 안 오면 살 것 같아요. 강준 씨는요? 어렸을 때 어땠어요?"

"어머니가 많이 바쁘셔서, 혼자 밥 차려 먹는 일이 많았어. 그래서 혼자 밥 먹는 거에는 이골이 난 줄 알았는데, 이젠 아니네."

마주 앉은 단아를 바라보며 강은 은근한 미소를 머금었다.

"내가 식욕도 돋우는 매력이 있나 보네요? 강준 씨 어머님은 어떻게 연애 코치 같은 걸 하시게 된 거예요?"

"사실 우리 어머니 한복 짓는 일 하셔."

"한복이요? 잠시만요. 어머님은 강준 씨가 같은 일 한다고 하셨는데? 혹시! 아……. 연애 가르친다는 말씀은 드리기 어려우셨던 거구나."

강은 아스라한 얼굴로 단아를 바라봤다.

걱정하겠지. 착한 한단아. 제 일처럼 마음 아파하고 신경 쓰겠지. 최악의 경우 모든 게 무너지는 순간이 오더라도, 너만은 그걸 몰랐으면.

강은 아랫입술을 내밀고 한숨을 폭 내쉬었다.

"앞머리가 자꾸 눈을 찌르네요?"

"그러게. 머리 다듬으러 갈 시간이 없었어. 앞머리만 좀 다듬어도 될 것 같은데."

"앞머리 정도는 혼자 집에서 잘라도 되지 않을까요? 그냥 살짝 다듬기만 하면 될 텐데?"

그녀의 눈동자가 반짝반짝 빛났다.

식사를 마친 두 사람은 욕실 거울 앞에 서서 승강이를 하고 있었다.

"무릎을 좀만 더 구부려 보세요. 앞머리가 안 보이잖아요."

뭐에 홀린 건지, 강은 수건을 목에 두른 채로 부엌 가위를 들고 있는 단아에게 앞머리를 내맡긴 상태였다.

"잘할 수 있는 거 맞지?"

"앞머리 조금 잘라 내는 건데 당연하죠! 이 정도 가지고 뭘."

싹둑 소리와 함께 가위가 대범하게 움직였다.

"어?"

그녀의 얼굴이 정지 화면처럼 굳었다. 그리고 거울 속에는 수건을 두른 잘생긴 영구가 있었다.

"어, 어? 이상하다? 분명히 눈썹에 대고 잘랐는데?"

"머리카락을 잡아당긴 상태에서 눈썹에 대고 자르면…… 손을 놓았을 때 당연히 위로 올라가겠지, 한단아야."

"어떡해, 어떡해!"

단아는 작은 손으로 짧은 앞머리를 밑으로 쓸어내리며 울상을 지었다. 급기야 커다란 눈망울에 눈물이 고이고 말았다.

"머리는 금방 자라. 걱정 마."

"어떡해요."

"울지 마."

이까짓 앞머리 때문에.

"방법이 있어요."

그녀의 얼굴에 결연한 빛이 어렸다.

그냥 두고 가라는데도 그녀는 부엌을 깨끗이 정리한 뒤 귀가했다. 그녀를 데려다주고 텅 빈 집 안에 들어선 강의 얼굴엔 또다시 그늘이 자리했다.

잃기 싫다. 그 어느 때보다 간절하다. 피티 워모를 기점으로 디자인 하우스 매출이 큰 폭으로 증가할 수도 있다. 그럼 투자자들의 불안을 잠재울 수도 있을 것이다.

문제는 피티 워모 메인 테마 슈트의 부재.

겨우 3시간 눈을 붙인 강은 또다시 책상 앞에 앉았다. 머릿속이 텅 비어 버린 것만 같았다. 그때 집에 들어간 그녀에게서 전화가 걸려 왔다.

— 제가 클라우드 아이디랑 비번 하나 알려 드릴게요. 이게 속설이기는 한데…… 그래도 한 번.

머리 잘 자라게 하는 방법이 있다는 그녀의 말에 강은 알려 준 대로 클라우드에 접속했다.

"한단정 특별 소장본. 미국, 동유럽, 러시아, 한국. 뭐야 이게? 세계지리 공부라도 하라는 거야?"

강은 아무 생각 없이 한국 폴더를 클릭했다. 우리나라 좋은 나라니까. 그런데 하위 폴더 제목을 본 강은 제 눈을 의심해야만 했다.

"태양의 애무, 또! 침대영, 검은사내들, 욕정 홍길동 : 사라진 오르가슴."

숨이 턱 막혀 왔다. 강은 부들부들 떨리는 손으로 그녀에게 문자 메시지를 보냈다.

[이게 뭔데, 대체?]

뭔지 알고도 묻는 질문이다.

[야한 생각 많이 하면 머리가 빨리 자란다고 하던데……]

이런 거 안 봐도, 한단아 생각만 해도 충분한데?

[한단아, 너 이런 데 취미 있어?]

역시나 그녀에게서 바로 전화가 왔다.

— 아니거든요! 그거 남동생 PC에서 옮긴 거예요! 전 절대 그런 거 안 봤어요!

"평생? 한 편도?"

— ·······.

"아, 한 편은 봤구나?"

— 실수였어요! 예전에 집에 PC가 한 대일 때, 직박구리 폴더라고 숨겨진 폴더가 하나 있었는데, 정말 실수로 누른 거예요. 제목이 너무 이상해서.

"제목이 이상하면 누르지 말았어야지."

— 호기심 왕성한 사춘기의 실수였어요. 이제 그런 거 안 봐요.

"아, 이젠 안 봐? 자주 봤나 봐?"

— 아니거든요!

"그래서 그 이상한 제목은 뭐였는데?"

— 벗기고 싶은 유니폼이요.

기어들어 가는 그녀의 목소리가 깜찍했다. 벗기고 싶은 유니폼이라니. 대체 어떤 환상의 조화일까?

"그래서 주인공이 무슨 유니폼을 입고 있었어?"

— 아, 몰라요! 안 봤다니까요! 누르자마자 깜짝 놀라서 껐어요.

"내 앞머리 걱정은 하지 말고, 얼른 자. 한단아 머리가 빨리 자라는 이유가 이것 때문이었나?"

— 제 머리가 얼마나 안 자라는데요? 머리 빨리 자라게 한다는 단백질 샴푸도 샀거든요!

그럼, 나한테도 단백질 샴푸를 사 주든지. 이런 음험하고 사특한 공유는 대체 뭐냐? '좋아요'라도 눌러 줄까?

"자라, 끊는다."

통화를 마친 강은 물끄러미 모니터를 바라봤다.

"벗기고 싶은 유니폼……. 벗기고 싶은……. 벗기고 싶을 정도로 섹시한…… 슈트?"

갑자기 머릿속이 산뜻해졌다. 그리고 생각지도 못했던 디자인이 머릿속에 하나둘 떠올랐다.

재우고, 먹이고, 달래고…… 예술가의 뇌를 움직이게 할 줄 아는 기발한 여자다.

한단아, 널 내 옆에 평생 둘 수 있도록.

온 힘을 다해 모든 걸 지킬 거다.

디자인 하우스에 보안 관련 강경책이 내려졌다. 일부 IT회사에서 그러는 것처럼 회사 내에서는 카메라나 녹음 기능을 사용할 수 없는 공용 휴대전화를 직원들에게 한 대씩 지급했다. 임원도 예외가 없었다. 강은 휴대전화를 반납하기 전, 그녀의 목소리를 듣기 위해 전화를 걸었다.

— 웬일이에요?

"다짜고짜 웬일이냐니?"

— 이렇게 일찍 전화 주신 적 없잖아요. 아, 이것 참 곤란하다. 아침부터 내 목소리가 그렇게 듣고 싶으셨던 거예요? 하, 나란 여자, 이 마성의 매력을 어쩔.

심각하게 돌아가고 있는 디자인 하우스, 휴대전화 너머에서 들려오는 장난스러운 목소리에 피식 웃음이 터졌다.

"그래, 너란 여자 때문에 미치기 직전이다, 정말."

— 그럼 제가 사람 하나 구하는 셈치고, 오늘 저녁에 가봐야겠네요?

"안 그래도 그 이야기 하려고 전화했는데……."

— 네.

"오늘 저녁엔 못 볼 것 같아."

— 많이 바쁘신가 봐요.

목소리에 걱정이 가득했다.

— 바쁘셔도 식사 거르지 마세요. 스트레스 때문에 밥 안 넘어가는 것 같으면, 저랑 영상통화해요. 제가 앞에 앉아 있는 것처럼.

"한단아."

— 왜 또 진지하게 부르고 그러실까요.

"앤트맨이 입었던 옷을 한단아한테 입혀야 할까?"

— 헐?

"작게 만들어서 주머니에 넣고 다니다가, 시간 날 때마다 키워서 보게."

— 그래도 개미는 너무하다.

"여왕개미 시켜 줄게."

— 여왕 대접은 해 줄 거고요?

그럼, 평생을 여왕 대접하면서 살고 싶은데……. 그러려면 단아야, 내가 지금 지켜야 할 게 참 많다.

"단아야."

— 그렇게 불러 주는 거 너무 좋아요. 한단아, 한단아 하고 성까지 붙여서 부르는 거 정 없게 들리잖아요.

"단아야, 하고 부르는 건 정 있게 부르는 거고?"

— 정뿐이겠어요?

심장 위로 깃털이 노니는 기분이었다.

"오늘 하루 잘 보내고."

— 네, 강준 씨도 일에 집중해요. 너무 내 생각만 하지 말고. 그럼 못써요.

"그래, 몹쓸 놈 되기 전에, 끊는다."

— 강준 씨.

장난스러웠던 그녀의 목소리가 차분히 가라앉았다.

"넌 또 왜 이렇게 진지하게 불러?"

― 힘내요.

"뭘 안다고……. 넌 대체 뭘 안다고 힘내라고 하는 거야."

― 센 척하지 마요. 목소리만 들어도 알겠는데, 걱정 짊어지고 있는 거.

눈시울이 뜨거워지고, 목이 콱 메어 왔다. 힘내라는 그 한 마디에 뭐든 해낼 수 있을 것만 같은 투지가 끓어올랐다. 그리고 그와 동시에 그녀를 향해 뛰는 심장도 들끓었다.

"힘낼게, 고마워."

― 언제든 기운 빠지면 전화해요. 제가 또 사람 심장 쫄깃하게 만드는 재주가 있지 않겠어요?

단아는 휴대전화 너머에서 아무런 소리도 들려오지 않아서 미간을 찌푸렸다.

― 안 되겠다. 이따 늦어도 보자.

"그럼요. 과제도 해야 하는데."

― 진짜, 밝히기는.

다행스럽게도 축 가라앉아 있던 그의 목소리가 유쾌함을 되찾은 뒤, 통화가 마무리되었다. 무슨 일인지 꼬치꼬치 물을 수는 없지만, 그의 회사에 문제가 생긴 듯했다.

도움이 되고 싶은데, 힘내라는 말을 하는 것 외에는 할 수 있는 게 없다.

오후 5시, 집으로 향하는 길. 늦더라도 보자던 그에게서 문자 메시지가 한 통 왔다.

[아무래도 오늘 철야해야 할 것 같아. 그래도 저녁은 먹어야 하니까, 7시쯤 회사로 올래? 회사에 문제가 생겨서 보안이 강화됐어. 너무 놀라지는 말고. 집무실로 바로 올라와.]

"가야죠, 누가 부르시는데. 당연히 가야지."

문자를 마주한 단아의 얼굴에 환한 미소가 걸렸다.

한편 강의 휴대전화를 손에 든 채로 표독스러운 얼굴을 한 이는 유리였다. 임직원 모두 보안실에 휴대전화를 맡겨야 하는 상황. 대표의 휴대전화를 손에 넣는 것은 생각보다 쉬웠다.

이른 저녁 식사를 하러 나가면서, 유리에게 한꺼번에 디자인 팀 휴대전화를 찾아오라는 지시가 내려진 것. 휴대전화 여러 대를 챙기며 혼란스러운 틈을 타 유리는 강의 휴대전화를 슬쩍했다.

"두고 봐, 한단아 씨. 오늘 무슨 일을 보게 될지. 죗값은 치러야지? 잡것이 감히 대학원 동기한테 디자인을 유출해?"

벌써 직원들 사이에서 소문이 파다했다. 투자회사 오너인 이도현이 디자인 하우스를 들락날락하는 여자의 대학원 동기라는 것, 그리고 얼마 전까지만 해도 이도현을 도와 경제연구소에서 인턴으로 일했다는 것까지.

"이만하면 사이즈 나오는 거 아냐?"

그런데 얼마 전 승진해서 높은 자리에 임하신 덕분인지, 제이슨도 정신을 못 차리고 한단아라는 여자를 두둔하고 나섰다.

"기가 막혀서."

유리는 어금니를 으득 갈았다.

"선배님, 어떻게 됐어요?"

조심스러운 목소리는 재봉 팀 막내 중 한 명인 경란이었다. 안타깝게도 번지수 한참 잘못 찾아서 제이슨에게 눈독 들이고 있는 가여운 어린 양. 제이슨이 단아를 두둔하고 나섰다는 소문까지 은근히 퍼지면서 경란도 눈에 쌍심지를 당겼다.

"실수 없게 해. 그 여자가 대표님한테 애먼 소리해서, 둘 사이 벌어지면 여기도 못 올 테니까. 그럼 디자인 유출도 더는 못하겠지."

"근데 유리 선배, 이 방법이 통할까요?"

"남녀 사이에 가장 중요한 게 뭔지 알아?"

"글쎄요."

"믿음, 신뢰. 그게 깨지면 끝이야. 그 여자에 대한 믿음이 얼마나 대단한지 모르겠지만, 닦달하는 그 여자한테 질려서 대표님 믿음이 깨지는 거, 그게 목표야. 어쨌든 둘 사이에 트러블을 만들어야 해. 잘해, 알겠어?"

"네, 선배도 잘해요!"

식사를 마치고 7시 10분 전, 유리는 강의 집무실로 향했다. 물론 그의 휴대전화에 있던 문자 메시지 발송 흔적은 말끔히 지웠다.

"대표님."

"무슨 일이야?"

"저 가봉 작업을 해야 하는데, 오기로 했던 모델이 펑크를 냈어요. 지금 회사에 남아 계신 분 중에 도와주실 분이 대표님밖에 없어서요. 죄송하지만 부탁을 드려도 될까요?"

유리는 심각한 얼굴로 강의 표정을 유심히 살폈다. 아무리 표정 변화가 없는 대표라지만, 사안이 위중한 만큼 동요하는 듯 보였다.

"그래, 어려운 일 아니니까."

유리를 내보내고 옷을 갈아입은 그는 머쓱한 얼굴이었다. 일부러 드레스 셔츠를 가지고 올라오지 않은 덕분에 그는 재킷과 드레스 팬츠만을 입고 있었다.

"실례합니다. 가봉 중이시라고 연락을 받아서요."

집무실 문을 두드린 건 경란이었다.

"들어와요."

대표의 서늘한 목소리에 경란은 잔뜩 경직된 얼굴을 했다. 유리는 어색한 표정 짓지 말라며 경란에게 눈짓을 한 번 보냈다. 그러자 경란이 '방금 도착.'이라는 입 모양을 해 보였다. 한단아라는 여자가 오고 있다는 뜻이었다.

"대표님, 머리 자르셨나 봐요? 앞머리가 많이 짧아지셨네요?"

경란이 호들갑 떠는 틈을 타 유리는 미간을 구기며 목소리를 높였다.

"어머! 대표님, 잠시만요. 재킷에 시침핀이…… 그대로 벗으셔야겠어요.

경란 씨, 이것 좀 밖에서 살살 털어 봐요. 군데군데 부러진 시침핀이 박혀 있어. 이러면 곤란한데."

"네, 그럴게요."

경란을 내보낸 유리는 아무렇지 않게 그의 앞에 무릎을 꿇고 앉았다. 그러는 동안 그는 자신이 벗어 두었던 드레스셔츠를 집어 입고 있었다.

"팬츠 옆 선 잡겠습니다."

강은 집무실 문을 등지고 서 있는 상태였고, 유리는 그 앞에 무릎을 꿇은 채로 집무실 문가를 살폈다. 경란이 일부러 문을 살짝 열어 두고 갔기에 문가를 서성이는 존재를 단번에 알아차릴 수 있었다.

유리는 그의 무릎 양옆을 짚으며 일부러 고개를 치켜들었다. 바지 옆 재봉선을 만지는 척하며 몸을 앞뒤로 살랑살랑 흔들어 보인 그녀는 천천히 몸을 일으켜 그와 마주 보고 섰다.

"어떻게 그런 생각을 하셨어요? 벗기고 싶은 남자."

일부러 밖까지 들리도록 '벗기고 싶은 남자'를 큰 소리로 덧붙였다.

"영감을 준 누군가가 있어서."

그의 대답은 조용조용했다. 그리고 재봉선을 다잡는 유리와 팬츠를 한 번 내려다본 그는 빙긋이 웃으며 덧붙였다.

"이제 제법 스킬이 좋아졌는데?"

지극히 업무적인 칭찬이었지만, 듣기에 따라 오해하기 충분한 말이었다.

"누구한테 배운 건데, 당연하죠."

집무실 밖에서 그 모습을 바라보고 있던 단아는 숨이 멎어 버린 듯했다. 문을 두드리려 했는데, 웃옷을 입고 있는 그의 모습이 보였다.

허리에 아스라이 걸쳐진 바지, 그리고 그 앞에 무릎을 꿇고 있는 여자.

지금, 두 사람 뭐 하는……?

껄끄럽게 마주쳤던, 그가 총애하는 부하직원이라 했던 그 여자였다.

벗기고 싶은 남자? 스킬이 좋아졌다고?

발밑 땅이 무너지고, 하늘이 갈라지는 듯했다. 도현이 했던 말이 불현듯 머릿속을 스치고 지났다.

「최강준이 어떤 사람인지는 알아?」

"어떻게 됐어? 봤어?"

"네, 제가 복도 모퉁이에 서서 봤는데요. 사색이 되어서 나갔어요. 근데 휘청휘청하는 게, 좀 안쓰럽긴 하던데요?"

디자인 하우스를 위한답시고 벌인 일이었지만, 유리에게는 1타 2피인 셈이었다.

디자인 유출을 막는 것. 그리고 최강이 그 여자에게서 벗어나 혼자가 되는 것.

실연의 아픔을 겪는 이는 공략하기 쉬운 법이니까.

— 고객님의 전화기가 꺼져 있어…….

벌써 며칠째 단아와 연락이 되질 않았다. 집 앞으로 찾아가도 그녀의 방 불은 언제나 꺼져 있었다. 밤을 꼬박 새우며 그녀의 집 앞에서 기다려 봐도 그녀의 모습은 보이질 않았다.

"한단아, 지금 대체 나한테 뭐 하는 거야?"

하늘로 솟았는지, 땅으로 꺼졌는지 그녀의 존재가 사라져 버렸다. 어렵게 시간을 내어 그녀의 강의실로 찾아가 보았지만, 그곳에서도 그녀의 모습은 찾을 수 없었다.

"아파? 어디 아픈 거야? 아파도 연락을 해야지."

머릿속에 온갖 망상이 자리했다. 혹시 무슨 사고라도 난 건 아닐까 하는 생각이 들 때면 심장이 터질 듯이 날뛰었다. 피렌체로 향하기 전날 밤, 강은 그녀의 집 앞에서 밤을 새우고라도 공항으로 향할 생각이었다.

골목 어귀에 차를 대고 한참을 기다리자, 그녀의 집에서 누군가 나오는 게 보였다. 강은 얼른 차에서 내려 무작정 그의 앞으로 향해 갔다. 그녀의 동생이었다.

"실례합니다, 한단정 씨."

"어? 숙취 해소제? 맞죠?"

"단아, 집에 있습니까?"

"누나 집에 없는데요."

"어디 갔습니까?"

"팀플이랬나, 세미나랬나. 뭐 그거 준비 때문에 당분간 집에 못 올 거라고 했어요. 그리고 내일 바로 출국한다고 했는데."

도서관에서 밤을 새우는 일이 허다한 그녀였기에 동생은 대수롭지 않은 일이라는 듯 굴었다.

"세미나 준비로 집에 못 온다고요?"

하지만 강의 심장은 차츰 뜨거운 온도를 잃고 차갑게 굳어져 갔다. 세미나 준비를 누구랑 하고 있는지 뻔하니까.

"저, 그럼 수고하세요."

단정은 인사를 꾸벅 하고는 뒤돌아서 걷기 시작했다.

"둘이 무슨 일이 있긴 있나 보네."

작게 읊조린 단정은 단아에게 카톡을 보내기 시작했다.

[그 최강준이란 남자 집 앞에 왔어. 누나가 일부러 피하는 것 같아서, 집에 없다고 했어. 나 친구네 집에서 잘 거니까 거실에서 자지 말고 내 방 가서 자.]

요 며칠 누나의 행동이 이상하기는 했다. 모범생 누나가 수업을 빠지기 일쑤였고, 넋이 나간 얼굴로 쉼 없이 떠들어 대는 TV를 바라보며 멍하니 앉아 있곤 했다. 그리고 절대 방 불을 켜지 않았다.

책을 보거나, 공부를 해야 하면 거실 소파나 부엌 식탁을 이용했다. 밖에선 방 주인이 집에 없는 것처럼 보이게 하면서, 혼자 남겨지는 걸 못 견뎌 하는 아이러니한 모습.

실연이네.

단정은 그렇게 생각했었다. 그런데 집 앞에 선 남자는 누나처럼 안쓰러운 얼굴로 누나의 안부를 물었다.

아무리 망나니 같은 남동생이라지만, 누나의 신변이 우선.

일단은 누군가와 마주치고 싶지 않아 하는 듯한 누나의 뜻을 존중해 줘야 할 것 같았다.

단정이 보낸 메시지를 본 단아는 조용히 방으로 향했다. 창가 옆에 서서 조심스레 바라본 골목에 그가 서 있었다.

"……!"

순간 그가 고개를 돌렸고, 눈이 마주친 것 같은 착각이 일었다. 심장이 천천히 쪼개어지고 흩어졌다.

꾹 다문 잇새로 짠 맛이 느껴졌다. 엄마가 걱정할까 봐 눈물 한 방울 흘리지 않았는데, 허망한 얼굴로 창문을 올려다보는 그의 눈빛에 심장이 저며 왔다.

용기가 나질 않았다. 변명이든, 거짓이든. 그게 뭐였냐고 물었을 때, 돌아올 그의 대답이 두려웠다. 그런데 눈앞에 그가 자리하고 있다는 사실에 단아는 무작정 집 밖으로 뛰쳐나갔다. 대문 밖으로 나왔을 땐 이미 그의 모습이 사라지고 없었다.

"여기 왔을 리 없잖아."

하지만 휴대전화 속에 단정이 보낸 메시지는 진짜였다.

여기 왔던 그의 존재뿐 아니라, 그날 그의 모습까지도, 모든 게 다 헛것이었다고 부정하고 싶었는지도 모른다.

밤을 꼬박 새운 단아는 고단한 얼굴로 인천 공항으로 향했다.

"한단아, 얼굴이 왜 이래?"

교수님은 이틀 먼저 출국하셨고, 하필 이런 때에 단아는 도현과 나란히 로마행 비행기에 몸을 실어야 했다.

"긴장했는지 잠을 좀 설쳤어요."

"하루 이틀 설친 얼굴이 아닌데? 괜찮겠어?"

"괜찮아요. 걱정 마세요."

이코노미석이었던 비행기 좌석은 도현이 그랬는지 비즈니스석으로 바뀌어 있었다. 그리고 탑승 안내 사인이 들어오자 저쪽 대기 의자에서 낯익은 실루엣이 움직이는 게 눈에 들어왔다. 단아는 얼어붙은 듯 발걸음을 뗄 수가 없었다.

차가운 얼굴로 단아를 쏘아보고 있는 남자, 그리고 그 옆에는 그날 저녁 색기 가득한 목소리를 흘리던 여자가 있었다.

"여기서 뵙네요, 최 대표님?"

도현은 반가움을 가장한 목소리로 인사를 건넸다. 그러고는 빠르게 덧붙였다.

"동행도 있으시고."

그와 동시에 도현의 팔이 슬쩍 단아의 등허리를 감쌌다. 단아는 한 발짝 옆으로 물러나며 그의 손을 피했다. 유치한 기 싸움에 끼어들고 싶지 않았다.

"피렌체에 일이 있어서 갑니다."

"아, 저희는 로마에 세미나가 있어서요."

도현과 자신을 바라보는 여자의 눈빛이 형형했다. 지금 그의 옆을 차지하고 있는 건 자신이면서 여자는 단아를 잡아먹을 듯 쏘아봤다.

왜 하필 그는 저리도 멋지게 차려입었는지, 옆에 선 여자는 왜 저렇게 그와 잘 어울리는 복장을 하고 있는지. 그림처럼 어우러진 두 남녀의 모습을 더는 보고 싶지 않았다.

"도현 씨, 얼른 들어가요. 빨리 앉고 싶어."

"그래, 들어가자."

눈치 빠른 도현이 이상한 낌새를 알아차린 건 순식간이었다.

강의 시선을 피하는 단아, 강과 나란히 선 여자를 보고 흔들리던 단아의 눈빛. 그리고 배신감 어린 눈으로 단아를 샅샅이 훑어보던 강.

도현은 회심의 미소를 지었다.

제14장 최강 디자인 하우스 대표님?

　두 사람은 로마를 경유해서 피렌체로 향하는 듯했다. 짓궂은 운명의 장난인지, 하필 단아와 도현이 앉은 좌석의 바로 앞에 두 사람이 자리했다. 보고 싶지 않은데, 듣고 싶지 않은데 두 사람의 모습이 자꾸만 눈에 들어왔다.

　좌석 위로 솟아 있는 그의 머리, 좌석 옆으로 이따금씩 보이는 그의 팔뚝. 그리고 숨을 멎게 할 듯한 머스크 향.

　그의 향기를 차지할 수 있는 사람은 세상에 단 한 명뿐이라고 생각했었다. 그건 당연히 자신이라고 여긴 단아였다.

　"대표님, 계속 못 주무셨잖아요. 눈 좀 붙이세요. 무슨 일 있으면 제가 깨워 드릴게요."

　"그래, 고마워."

　애교 가득한 여자의 목소리에 자상한 그의 대답이 이어졌다.

　범접할 수 없었던 그날, 두 사람의 분위기와 다시는 떠올리고 싶지 않은 야릇하고 묘했던 장면이 머릿속에 떠올랐다.

　그럴 거면 왜 불렀어요? 내가 그런 관계엔 서툰 걸 아니까, 그런 식으로 날 떼어 내고 싶었던 거예요? 늘 서늘한 척 굴던 남자가 잠시 잠깐 다정해지더니, 나처럼 어리숙한 여자는 질렸던 거예요?

당장에 자리에서 일어나 따져 묻고 싶었다. 손끝이 부들부들 떨렸다. 차가운 얼굴로 '어, 그래. 그랬어. 너같이 아무것도 모르는 여자, 정말 질려.'라고 아무렇지 않게 이야기한다면, 내가 버틸 수 있을까?

단아는 연신 한숨을 내뱉었다.

"열나네, 한단아."

도현은 단아의 이마를 짚으며 걱정스런 목소리를 냈다. 단아는 그의 손을 가만히 뿌리치며 조용히 대꾸했다.

"괜찮아요."

목소리를 내는 게 어색했다. 그가 듣고 있을 테니까.

"자, 담요 좀 덮어. 아프면 안 돼. 세미나 끝나면, 같이 로마 좀 둘러볼까?"

"……좋아요."

당신만 그러란 법은 없잖아.

어리석은 생각을 하면서 심장이 찢겨 나갔다.

잠시 눈을 붙였던 단아는 화장실에 가기 위해 자리에서 일어났다. 그의 자리가 비어 있는 걸 보고 일부러 좌석에서 더 먼 곳에 있는 화장실로 향했다. 그런데 하필 화장실 문 앞에서 그를 딱 마주치고 말았다.

"한단아."

그의 목소리가 그 어느 때보다 더 차가웠다.

"제가 속이 좀 안 좋아서요."

단아가 화장실 문을 밀고 들어가려는데, 비행기가 갑자기 난기류를 만났는지 덜컹, 흔들렸다.

"……!"

그는 한 손으로 비행기 벽체를 짚으며 단아를 품 안으로 끌어당겼다.

"어디가 어떻게 안 좋은 거야? 약은 먹었어?"

걱정스러운 목소리에 치가 떨렸다.

단아는 그를 밀쳐 내고 화장실로 들어가 버렸다.

화장실 문을 열고 나갔을 때, 그가 또 서 있으면 어쩌나 하는 걱정을 했는데 다행히 그는 자리로 돌아가 있었다. 그리고 무슨 비밀을 나누는지, 옆에 앉은 여자와 조용한 목소리로 끊임없이 이야기를 해 댔다.

신경 쓰고 싶지 않은데, 온 신경이 그곳으로 향했다.

"세미나 끝나고 로마에서 나한테 시간 내겠다고 한 말, 지켜 꼭."

조용히 읊조리는 이도현의 목소리를 앞에서 가만히 듣고 있던 강은 주먹을 꾹 움켜쥐었다. 뭐가 어디서부터 어떻게 꼬인 건지 머릿속이 복잡했다.

고백받은 거, 분명히 거절했다던 그녀였는데…….

머릿속이 복잡했다. 품 안에 있던 여자는 자취를 감추었다가 다른 남자 곁에 서서 나타났고, 회사는 여전히 난항 중이었다.

피티 워모가 끝나 봐야, 디자인 하우스의 향방을 가늠할 수 있는 상황.

「이런 상황에 TV 광고나 좀 할 것이지, 큰돈 들여 외국 나가면 매출이 얼마나 늡니까?」

돈밖에 모르는 투자자들은 박람회나 쇼에 굳이 참여해야 하느냐며, 질을 좀 낮추고 많이 팔라는 소리를 해 댔다. 귀국하는 길에 강의 손에 굵직한 계약이 있어야만 했다. 품질을 버리고, 싸게 많이 파는 건 강이 원하는 디자인 하우스가 아니었다.

「피티 이마지네 워몬지, 피 터지는 뭔지. 돌아오면 전문 경영인부터 세우세요.」

마치 주동 세력이 있는 듯, 투자자들은 한 방향으로 움직였다. 겉으론 내색하지 않고 강한 척하고 있었지만, 겁이 났다.

모든 걸 다 바친 디자인 하우스가 남의 손에 변모하고, 급기야 공중 분해되는 일이 일어날까 봐.

힘내라는 말 한 마디로 온 우주가 제 편을 들고 있는 것 같은 착각을 일게 하던 여자를 놓칠지도 모를까 봐.

그녀의 세미나 일정과 피티 이마지네 워모의 일정이 완벽하게 들어맞았다.

「강준 씨, 일 마치면 정말 로마로 올 거예요?」
「그러니까 이탈리아 남자한테 반하지 말고, 얌전히 기다리고 있어.」
「와! 신난다! 우리 젤라또 꼭 먹어요! 서로 다른 맛 사서 반씩 나눠 먹기!」

강의 얼굴에 쓴웃음이 머물렀다.

제발 기다려, 한단아. 어떻게든 계약 성사시키고 갈게. 얼굴 보고 이야기하자, 우리.

고도의 집중력을 필요로 하는 일을 하고 있다는 게 참 다행이었다. 단아가 무섭도록 몰입한 덕분인지 로마 대학교에서의 세미나는 순조롭게 마무리되었다. 그런데 문제는 앞으로 남아 있는 이틀의 시간이었다.

단아는 호텔 로비에 앉아 멍하니 창밖을 바라보았다.

6월의 로마는 반짝반짝거렸다.

"여기 있었네, 방에 전화해도 없고. 한참 찾았잖아."

"아…… 도현 씨."

그를 피하려 방에서 나왔었다. 일부러 로비 구석에 자리를 잡았는데, 그는 용케도 단아를 찾아냈다.

"가자, 세미나 마무리 파티."

"……."

"고집 부려도 소용없어. 네가 어떻게 안 가. 세미나 리더였는데, 지킬 건 지켜야지. 그거 되게 예의 없는 거다, 한단아."

"가요, 갈게요."

파티에 참석하지 않는 건 교수님에 대한 예의도 아니었다.

"이거 입어. 너 참석 안 할 생각으로 수수한 정장만 챙겨 왔지? 주인공이나 다름없는 자린데, 예의는 차려야지."

단아는 곤란한 표정을 지으며 그가 건넨 봉투를 바라보기만 했다. 누구나 알 만한 이탈리아 명품 브랜드의 로고가 종이봉투에 크게 자리하고 있었다.

"산 거 아냐, 빌린 거야. 부담 갖지 말고 입어."

그가 빌렸다는 옷은 허리가 잘록하게 들어가고, A라인으로 퍼지는 스커트가 무릎까지 오는 주황색 칵테일 드레스였다.

쇄골이 완전히 드러났지만, 깊게 파이지는 않아서 부담스럽지 않은 디자인이었다.

"네가 제일 예쁘다."

연회장에 들어선 도현은 단아의 귓가에 그리 속삭이며 빙그레 미소를 머금었다. 괜히 멋쩍어서 고개를 숙인 순간, 도현이 손을 뻗어 왔다. 그는 흘러내린 단아의 머리를 어깨 뒤로 넘겨 주며 웃었다.

"이 드레스는 어깨가 포인트야."

세심하고 자상하게 자신을 챙기는 도현의 모습에 심장이 아렸다. 그리고 자꾸만 강의 얼굴이 눈앞에 선연히 떠올랐다. 옆에 살뜰히 챙기는 남자가 있음에도 불구하고, 모두들 세미나 리더 자격을 훌륭히 해낸 단아를 치켜세우고 있어도. 그래서 은근한 미소를 머금고 예의를 차려야 함에도 가슴이 뻥 뚫린 듯 헛헛하고, 자꾸만 울컥거렸다.

"어디 아파?"

"아뇨."

"어디 사람 없는 데 가서 바람 좀 쐬자."

가만히 기다리겠다는 약속을 지키겠다는 듯이 공항에서 그 두 사람과 마주친 이후로 도현은 아무것도 묻지 않았다. 작은 분수대 앞에 멈춰 선 단아와 도현은 분수대 난간에 걸터앉았다.

두 사람 사이에는 큐피드처럼 생긴 대리석 조각에서 물이 흘러내리는 소리만이 존재하는 듯했다. 단아는 빨간 장미가 피어 있는 정원을 멍하니 바라보았다. 어스름한 저녁, 정원 분위기는 아늑했다.

"아직 유효해."

"네?"

멍하니 정신을 놓고 있느라 옆에 도현이 있는 것도 깜빡 잊었다.

"기다리겠다는 말 아직도 유효하다고."

"……."

"너 기다리고 있다고, 나."

언제나 자상했던 그의 평소 모습처럼, 그는 거칠게 몰아붙이지 않고 점잖게 굴었다.

"도현 씨."

"거절은 거절한다."

장난스럽게 인상을 구기는 모습이 픽 하고 웃음이 터지고 말았다.

"드디어 웃었네, 한단아. 대체 얼마 만에 웃는 거야?"

"아……."

웃는 것도 잊고 살았구나. 그렇게 인생의 한 순간에 겪을 수 있는 해프닝이었다고 잊을 수 있다면 얼마나 좋을까.

그를 떠올리면 여전히 울컥거리는 심장과 자꾸만 뜨거워지는 눈시울이 야속했다. 아무 일도 없었던 것처럼 잠잠해져라. 그 무엇도 느끼지 못하는 것처럼 차가워져라. 수만 번 되뇌어도 소용없는 다짐.

"애써 괜찮은 척하지 마. 힘들어지면 기대도 된다고 했잖아."

단아는 붉은 장미를 바라보던 시선을 옮겨 도현을 바라봤다. 그 한식당에서처럼 진중한 얼굴, 다정한 목소리.

흔히들 자신이 좋아하는 사람보다 자신을 좋아해 주는 사람을 만나야 행복하다고 한다.

한때 좋아했던 사람, 평생 나한테만큼은 솔직하겠다며 진심으로 다가오는 자상한 남자.

이 정도의 사랑을 하며, 떨림은 접고, 뜨거움을 식히고, 그저 예쁨을 받으며 사는 건……. 사람들은 그게 더 행복한 거라 말하는 걸까.

가만히 그의 눈동자를 바라보고 있을 때였다.

"……!"

순식간에 단아의 입술 위로 도현의 입술이 내려앉았다. 씁쓸하고 달콤했던 로제와인 맛이 느껴졌다.

단아는 얼른 그의 가슴을 밀쳐 내고 자리에서 일어났다. 도현도 단아를 따라 바로 일어섰다.

"미안, 분위기에 휩쓸려서 그만."

충분히 진심이 느껴지는 사과였다.

"미안해. 내가 성급했어. 기다린다고 해 놓고, 내가 성급했다."

"아니에요. 지금 이걸로 분명해졌어요. 다른 사람은 안 될 것 같아요. 그 사람이 아니면 안 될 것 같아요. 고마워요. 덕분에 확실해졌어요."

도현이 성급했던 것처럼 자신도 성급했던 거다.

기다린다고 했는데. 기다리겠다고 했는데. 기다리라는 말에 고개 한 번 끄덕였다고, 세상 다 가진 것 같은 표정을 지었던 그였는데.

순간 비행기 안에서 걱정스러운 얼굴로 괜찮으냐고 물었던 그의 목소리가 가슴을 울렸다.

무서워서 피했나 봐요. 어떤 이유에서건, 어떤 상황에서건 잃을지도 모른다는 두려움이 더 커져 버려서. 더 소중히 지키고 싶은데, 그러지 못하면 어쩌나 하는 걱정을 하던 차에 맞닥뜨린 상황을 어찌할 수 없어서 숨어 버린 거라고. 이별을 감당할 수 없을 것만 같아서, 바보같이 피했다고.

이런 합리화라도 하지 않으면, 명백해진 사실로 인해 어렵사리 생겨난 용기가 연기처럼 사라져 버릴 것만 같았다.

"도현 씨, 미안해요. 나 먼저 들어가 봐야 할 것 같아요."

"어딜 가는데. 못 가."

그는 단아의 팔목을 꽉 움켜잡으며 미간을 구겼다.

"잠시 화장실요. 갈게요."

거짓말을 한 것은 미안하지만, 그렇지 않으면 안 놔줄 게 뻔한 표정이었다.

단아는 다급히 화장실로 향하는 척 파티장을 빠져나와 택시에 올라탔다.

"Aeroporto di Roma—Fiumicino, per favore.(로마 피우미치노 공항으로 가 주세요.)"

가까스로 로마발 피렌체행 비행기에 몸을 실었다. 피렌체 공항에 도착한 단아는 곧장 제이슨에게 전화를 걸었다.

— 단아 씨?

"제이슨 코치님, 지금 어디 계세요?"

— 우리 지금 호텔로 가는 길.

"어느 호텔인데요?"

— 한단아 씨…… 지금 혹시 어디야?

그가 머물고 있다는 호텔은 피렌체 공항에서 택시로 30분 거리에 있는 도심에 자리하고 있었다. 거리 곳곳에 잘 차려입은 패피들이 가득했다. 옷 잘입은 동양인의 뒷모습을 발견할 때마다 단아의 심장이 쿵쿵쿵 뛰는 속도를 높여 갔다.

호텔 로비에 들어서자, 저 멀리서 제이슨과 함께 서 있는 그의 모습이 눈에 들어왔다. 자신을 발견한 그의 얼굴에 노기가 서려 있었다.

무서운 표정을 한 얼굴임에도, 그와 마주하고 있다는 사실만으로 안심이 되는 상황은 아이러니했다.

"어떻게 온 거야. 이 밤에 혼자 온 거야? 이도현은?"

"혼자 왔어요……."

가슴이 빠르게 뛰었다.

"숙소는? 아니, 이탈리아가 얼마나 위험한데, 넌 여자 혼자 여길 와?"

화를 내는 듯한 그의 목소리에 왈칵 눈물이 치솟았다.

"당장 봐야 할 것 같아서."

"하아."

복잡한 감정이 어린 한숨이 그에게서 터져 나왔다. 그와 동시에 몸이 휩쓸려 갔다.

그리웠던 그의 품 안, 오롯이 혼자 차지하고 싶었던 남자의 가슴, 심장이 찢어질 것 같은 아픔과 황홀함이 공존했다.

"방에 올라가서 얘기하자."

뼛속까지 고단함이 차오르고 있었다. 이럴 때 힘내라는 그녀의 고운 목소리를 한 번만 들을 수 있다면.

호텔 방으로 걸음을 옮기고 있을 때, 제이슨이 강을 붙잡았다.

"단아 씨, 지금 여기 와 있대."

머릿속에서 무언가 폭발한 듯 그때부터 사고가 멈춰 버렸다. 로비에서 만난 그녀를 품에 안고, 무작정 방으로 올라왔다. 으스러지도록 안아도 부족했다. 가슴 한가득 들어오는 그녀의 뿌듯한 존재감으로도 성이 차질 않았다.

"강준 씨……."

그녀의 눈가에 눈물이 그렁그렁 차올라 있었다. 이성적 사고는 불가능해진 지 오래. 강은 그녀의 입술을 거세게 파고들었다. 파르르 떨리는 작은 손이 강의 어깨를 움켜잡았다.

"흐음."

흐느낌과 비슷한 신음이 입안을 울렸다. 그 소리조차 안타까워 숨을 깊게 들이마시자, 그녀는 볼이 홀쭉해질 정도로 딸려 왔다. 강은 제게로 기대 오는 그녀의 몸을 번쩍 안아 들었다.

침대는 무척이나 가까운 곳에 있었다. 그리고 그 위를 차지한 건 순식간이었다. 거친 움직임이 멎질 않았다. 그동안의 여유는 명백한 사치였다. 그녀를 놓칠 뻔했다는 생각이 들자, 멍청한 자신이 원망스러워서 화가 치밀어 오르기까지 했다.

가녀린 손길이 강의 가슴을 슬쩍 밀어냈다.

"하아, 하아."

그녀의 밭은 숨소리가 공기 중으로 흩어졌다.

"네 앞에서 더없이 멋지고, 좋은 모습만 보여 주고 싶어서 여유 부렸어. 근데 이제 더는 못해 먹겠다."

그녀의 눈꼬리에서 눈물이 흘러내렸다. 강은 눈물이 흘러내리는 길을 따라 입을 맞췄다.

"왜 그랬어? 왜 연락도 없이 사라졌어? 내가 널 잃을까 봐, 널 잃는 줄 알고, 얼마나!"

강은 그녀의 목덜미에 얼굴을 묻은 채로 설움을 삼켰다.

가장 힘든 순간에 자신을 더없이 초라하게 만드는 여자. 그럼에도 미치도록 원하게 만드는 여자가 원망스럽기까지 했다.

"나도…… 나도 두려웠어요. 강준 씨가 날 하잘것없는 사람으로 보는 건 아닌가 해서. 당신처럼 잘난 남자가 날 갖고 노는 건가 해서, 그래서."

강은 천천히 고개를 들어 그녀를 내려다보았다.

"이제 상관없어. 나 이제 알 것 같거든요. 강준 씨 아니면 안 될 것 같아요. 내가 그렇게 하찮게 보이면, 날 제대로 보게 만들 거야. 그러니까 이제 그런 거 상관없어요."

부드러운 손길이 강의 목을 꽉 끌어안았다.

"내가 널 그렇게 볼 리가 없잖아."

뜨거운 입술이 그녀의 보드라운 목덜미를 배회했다.

"하잘것없다니, 하찮다니······."

눈물을 삼키는 듯 그녀의 목울대가 크게 움직였다.

"내 인생 전부를 걸어서 지키고 싶은 사람이야, 너. 그래서 네가 만약에 잠깐 나한테 흔들렸다가 이도현한테 갔다고 해도, 그렇다고 해도."

그녀의 몸이 긴장감으로 굳어 가는 게 느껴졌다.

"네가 행복하면, 그러면 그게 전부라는 생각까지 했어. 그렇게······ 내가 죽을 것같이 힘들어도, 너만 괜찮으면 된다는 생각까지 했다고, 나."

"그런 억지가 어디 있어요?"

뾰로통한 물음에서 울음기가 묻어났다.

"그래. 억지야. 멋지고 쿨한 척하려고 억지 부린 거야. 나 이제 한단아 못 놔줘, 절대로. 무슨 일이 있어도."

"나도 강준 씨 절대로 무슨 일이 있어도······ 안 놓을 거예요."

강의 손이 매끄러운 새틴으로 휘감긴 그녀의 허리를 끌어안았다.

"근데."

"응?"

"왜 이런 드레스를 입었어?"

"오후에 세미나 끝나고 파티가 있었어요. 거기 가느라."

코랄과 토마토색의 중간. 오픈 숄더 디자인의 칵테일 드레스는 이탈리아 명품 회사의 이번 시즌 신상이었다.

"어디서 났어?"

"빌렸어요."

"한단아."

"네?"

"내가 평생 너한테 속을 일은 절대 없을 것 같다. 거짓말은 진짜 못해."

강은 그녀의 등과 매트리스 사이로 손을 넣어 지퍼를 내리기 시작했다.

"감히 이도현이 준 드레스를 입고 날 만나러 와?"

지퍼가 내려가는 소리에 단아의 심장이 함께 내려앉았다. 울먹이며 가슴 절절한 고백을 할 때는 언제고 그는 잡아먹을 듯 무서운 얼굴을 하고 있었다.

"각오해, 한단아."

"뭐, 뭘요?"

그가 풍기는 차갑고도 뜨거운 분위기에 숨이 턱 막혀 왔다.

"일단 씻어."

그는 단아를 번쩍 안아 들어서는 욕실 안에 집어넣고 문을 닫아 버렸다. 심장이 입 밖으로 튀어나올 것만 같았다. 지퍼를 내린 바람에 드레스는 가슴 언저리에 아스라이 걸려 있었다.

"한단아."

매혹적인 중저음이 욕실 문 밖에서 들려왔다.

"빠져 갖고. 과제 며칠이나 안 한 줄 알아?"

「하루에 한 번은 반드시 나와의 키스에 몰입하도록.」

심장이 쿵쿵거렸다.

"밀린 과제 이자 쳐서 할 거다. 밤을 새워도 부족할 테니까 빨리 씻고 나와."

단아는 대답도 하지 못하고 얼굴을 붉힌 채로 수전을 돌렸다.

샤워를 마치고 나가자, 그는 무서운 속도로 단아에게 돌진해 왔다. 눈을 꾹 감은 순간, 머스크 향이 단아를 스치고 지났다.

어?

"씻고 나올 테니까, 기다려."

쿵 하고 욕실 문이 닫히자, 헉 하고 한숨이 흘러나왔다. 여유 없다고 사람을 몰아붙일 때는 언제고.

단아는 배스 가운 하나를 걸친 채로 호텔 방 안을 서성거렸다. 침대 모서

리에 앉아도 보고, 소파에도 앉아 봤지만 야릇하게 피어오른 열감으로 가만
있을 수가 없었다.

그가 욕실에 들어간 지 20분쯤 지났을까. 욕실 문이 열리는 소리가 들려
왔다. 화들짝 놀라 고개를 돌린 곳에 머리칼이 촉촉이 젖은 그가 서 있었다.
두 발이 카펫에 묶이기라도 한 듯 움직이질 않았다.

상기된 얼굴, 그만큼이나 붉은 입술. 거친 숨을 몰아쉬는 그가 성큼성큼
다가왔다.

"……!"

커다란 손이 허리를 거세게 끌어안았다. 단아는 단단한 그의 가슴 위에
손을 올린 채로 숨을 골랐다.

"며칠이나 안 했지?"

"그, 글쎄요. 일주일?"

"일주일?"

되묻는 그의 목소리가 튀어 올랐다.

"정확히 2주. 14일이야."

"그럼, 키스 열네 번이네요."

"이자도 친다고 했는데?"

"요즘 이자율이 낮아서 1번만 늘려도 높게 쳐 드리는 건데요."

"누가 이자를 키스로 받겠대?"

"그럼요?"

단아는 내내 그의 목덜미를 바라보고 있던 시선을 옮겨, 그의 눈을 바라
봤다. 단단한 눈동자가 촉촉한 윤기를 머금고 있었다. 한없는 사랑이 담긴
눈길. 그의 시선을 받고 있다는 사실만으로 울컥했다.

"겪어 보면 알겠지. 어떤 이자인지."

그의 얼굴이 서서히 가까워졌다. 단아는 두 눈을 슬그머니 감았다. 말캉
하고 부드러운 놀림에 입안이 녹아내리는 것만 같았다.

"몇 번인지 세."

"한 번."

다시 입술이 닿은 순간, 두 발이 바닥에서 멀어졌다. 단아를 번쩍 안아 든 그는 침대로 걸어가고 있었다. 그리고 침대 위에서 세 번째 키스가 이어졌다. 움직임은 점점 더 농밀해졌다. 네 번째 키스와 함께 호텔 방 안이 어두워졌다.

"……네 번."

다섯 번째 키스와 함께 배스 가운 허리끈이 풀려 나갔다. 살갗이 예민해졌다. 평생에 숫자가 이렇게 야릇하게 느껴진 건 처음이었다. 그리고 여섯 번째 키스, 배스 가운이 침대 아래로 떨어졌다.

"여섯 번……."

갑자기 한기가 몰려왔다. 그가 벌떡 몸을 일으켜 몸에 두르고 있던 배스 가운을 벗어 던졌다. 일곱 번째 키스, 단아는 그의 목에 팔을 감았다. 그는 오래도록 입술을 떼지 않았다. 그러는 동안 그의 뜨거운 손은 분주히 움직였다.

"하아."

"안 세네?"

"일곱 번이요."

"이제부턴 세지 마."

"왜요?"

"셀 수 없을 정도로…… 정신 나갈 정도로 많이 할 거니까."

벌써 정신이 아득해지는 것 같았다. 단아는 그의 손길에 한없이 떨었고, 그의 온도에 녹아내렸다. 그로 인해 채워진 순간. 세상이 먹먹해졌고, 오직 들려오는 건 그의 숨소리뿐이었다. 깃털 같은 입맞춤이 잔뜩 찡그린 단아의 얼굴 위에 내려앉았다.

"사랑한다."

가슴이 벅차올랐다. 더 이상 차오를 수 없을 것만 같은 순간에 들려온 그의 나직한 음성에 울음이 터졌다. 단아는 그의 다부진 어깨를 끌어안으며 속삭였다.

"나도. 나도 사랑해요."

너울거리는 움직임 속에서 그는 끊임없이 사랑한다고 속삭였다. 뒤틀리는 고통도 그의 뜨거운 고백 앞에선 아무것도 아닌 것처럼 느껴졌다.

풀썩, 그의 몸이 단아에게로 무너져 내렸다. 차가웠던 남자가 저로 인해 뜨거워지는 모습에 심장이 터질 듯 뛰었다.

이대로 세상이 멈춰 버렸으면.

스르륵 두 눈이 감겼다.

살그머니 두 눈이 떠졌다. 아랫배가 욱신거렸고, 갈증이 일었다. 손톱 밑까지 열이 오르는 것 같았다. 몸살이 난 것처럼 몸이 찌뿌듯하기도 했다.

"잘 잤어?"

기분 좋게 차가운 손이 단아의 얼굴을 부드럽게 어루만졌다.

"몇 시예요?"

"이제 5시."

"왜 안 주무시고요."

"방금 깼어. 너랑 비슷하게 눈 뜬 거야."

같은 곳에서 잠들었는데, 비슷하게 눈을 떴다는 말. 듣기 좋았다.

"몸은 좀 어때?"

"여기저기 막 쑤셔요."

"미안해."

"왜 미안해요?"

"나만 너무 좋았나 싶어서……."

새벽녘 아스라한 빛 사이로 그의 수줍은 미소가 엿보였다.

"그런 거 아닌데……."

그녀는 빙그레 웃으며 이불을 꼭 쥐고 얼굴까지 올렸다.

"있잖아요."

이불 안에서 그녀의 목소리가 울렸다.

"응, 말해."

이 순간, 그녀가 피렌체 하늘에서 별을 따 달라고 하면 구름에 사다리를 거는 시늉이라도 할 강이었다.

"이상하게 생각하지 말고요."

"무슨 말을 하려고 이렇게 또 뜸을 들여?"

"저요."

"그래. 너 뭐."

강은 이불을 뒤집어쓴 그녀를 그대로 끌어안았다.

"나."

"숨넘어가겠다. 얼른 말해."

"또 해 보고 싶어."

강은 그녀가 뒤집어쓰고 있는 이불 안을 파고들었다.

피렌체에서 24시간을 꼬박 호텔 방 안에 있었다. 식사는 룸서비스로 해결했고, 누군가 단아가 입을 옷을 가져다주기도 했다. 그는 간간이 제이슨 코치의 부름으로 밖에 나갔다 오기도 했지만, 30분도 채 되지 않아 방으로 돌아왔다.

그가 또 잠시 방을 비운 사이, 단아는 호텔 방 안에 있는 책상 앞에 앉았다. 책상 위에는 서커스 댄서 복장을 한 도자기 인형이 놓여 있었다.

"호텔 장식품인가?"

심드렁한 눈으로 도자기 인형을 바라보고 있는데, 그 밑에 놓인 스케치북이 눈에 들어왔다.

"어? 이거……."

분명 그 스케치북이다. 조깅하다 그의 집으로 업혀 갔을 때, 그가 급하게 숨긴 스케치북.

"뭔데 못 보게 하는 거지."

손끝이 간질간질거리는데, 절대 보지 말라고 했던 그의 목소리가 떠올랐다. 단아는 책상 위에 엎드리며 읊조렸다.

"보지 말라니까 더 보고 싶잖아. 뭐야, 대체."

"뭘? 뭘 보고 싶은데?"

관음적 고민에 빠져 있느라 그가 호텔 방문을 열고 들어온 것도 몰랐다.

"이거요."

단아는 조심스레 책상 위에 놓인 스케치북을 가리켰다.

"그거 맞죠? 그때 숨기셨던 거."

"궁금해?"

그는 근사한 미소를 머금으며 물었다. 단아는 마치 주인에게 빨리 밥그릇 내놓으라 보채는 강아지라도 된 양 고개를 세차게 끄덕였다. 책상 가까이 다가온 그는 도자기 인형을 조심스레 들어서 옆으로 옮겨 놓았다.

"이것도 강준 씨 거예요?"

"어."

"이런 걸 출장길에 들고 다니세요?"

"원래 안 들고 다녔는데, 누구랑 닮아서. 그 누가 갑자기 연락을 끊어 버려서, 부적처럼 들고 온 거야."

단아는 물끄러미 도자기 인형을 바라보았다.

"이거 산 지…… 얼마나 되셨어요?"

"글쎄. 5년은 안 됐고."

"저 만나기 전부터 갖고 계셨어요?"

그는 고개를 끄덕이며 미소 지었다.

"이거 보고 싶다며?"

"네!"

그는 단아를 일으켜 세우더니, 그녀가 앉아 있던 자리에 자리를 잡고 앉았다. 그리고는 무릎을 탁탁 쳐 보였다. 단아는 빙그레 웃음을 머금으며 그의 무릎에 앉았다. 허리를 끌어안는 그의 손길은 부드러웠다.

"자, 보자."

스케치북 겉장을 넘기자, 후드티를 입고 안경을 쓴 여자의 모습이 나타났다. 다음 장에는 커다란 남성복을 입은 여자의 모습이. 그다음 장에는 예쁘게 웃고 있는 여자의 얼굴이.

종이를 넘길수록 여자의 표정은 다채로워졌고, 생동감이 넘쳤다. 그리고 그림 아래에는 각기 다른 날짜가 적혀 있었다.

"이거, 혹시 저예요?"

어깨 위에서 그의 고개가 끄덕끄덕 움직였다.

"처음 저 만난 날부터, 그리신 거예요?"

"어."

눈물이 왈칵 차올랐다.

"도자기 인형은 나랑 하나도 안 닮았던데요?"

"닮았다고 생각했어. 한눈에 닮은 걸 알아봤지. 근데 지금 보니까, 우리 단아가 훨씬 예쁘네. 그리고 쟨 딱딱하잖아. 넌 말랑말랑하고."

그의 짓궂은 손길이 단아가 입고 있는 티셔츠 안으로 들어왔다.

"정말, 못 말려."

단아는 그의 손을 저지하며 스케치북을 계속해서 넘겨 보았다. 눈물이 뺨을 타고 또르르 흘러내렸다.

"나한테 한눈에 반했구나?"

"들켰네."

"순 거짓말. 내가 그때 얼마나 엉망이었는데."

"진짜야. 난 우리 한단아 한눈에 알아봤는데. 이 여자 보물이구나 하고."

"내가 강준 씨한테 보물이에요?"

"더없이 소중한 보물이지."

단아는 고개를 돌려 그의 얼굴을 바라봤다.

"말로만 그랬으면 안 믿으려고 했는데. 스케치북 때문에 믿어야겠네요."

"보여 주길 잘했네. 증거 자료 좋아하는 한단아니까."

"근데요."

"응?"

그녀는 대뜸 얼굴을 붉히며 말을 얼버무렸다.

"왜? 말해."

"그런 표정은 그리지 마요."

"그런 표정? 어떤?"

귀까지 빨개진 모습이 무슨 상상을 하는지 뻔해 보였다.

"내가 막, 그러니까."

그녀는 두 손으로 얼굴을 감싸며 수줍어했다.

"그때가 제일 예쁜데, 어떻게 안 그려?"

찌릿, 그녀가 매서운 눈으로 강을 노려보았다.

"누가 보면 어떡해요?"

"나 혼자만 보면 되지."

"싫어요. 부끄럽게."

"또 해 보고 싶다고 밝히던 한단아는 어디 갔나?"

인상을 쓰는데, 하나도 안 무섭다.

"다신 안 해요, 그럼!"

이건 좀 무섭다.

"그래. 그런 표정은 안 그릴게. 대신 조건이 있어."

"말해 봐요."

"한단아 누드화 그리게 해 주면, 안 그릴게."

"미쳤어, 미쳤어! 정말 미쳤나 봐!"

"농담이야. 안 해."

발끈하는 모습이 귀여워서 강은 그녀의 허리를 꼭 끌어안았다. 첫눈에 반했다는 말로 인해 기세등등해진 그녀의 표정이 너무나 사랑스러웠다.

"내가 정말 이도현 씨랑 잘됐으면 어쩌려고 그랬어요?"

"안 될 줄 알았지."

"어제는 막 끌어안고 놓치는 줄 알았다고 그랬으면서."

"안 놓쳤잖아, 결국."

강은 그녀의 목덜미에 얼굴을 묻으며 숨을 깊게 들이마셨다.

"단아야."

"네."

"무슨 일이 있어도 내 옆에 있을 거지?"

"당연하죠."

"내가 빈털터리가 돼도?"

"내가 먹여 살리면 되죠."

그의 나직한 웃음소리가 귓가에 울려 퍼졌다. 회사 일이 아직 해결이 안 된 걸까?

단아는 허리를 감싸고 있는 그의 손을 꼭 잡아 주었다.

"걱정 마요. 나 어디 안 가요. 찰거머리처럼 강준 씨 옆에 붙어 있을 거야."

"그래. 무슨 일이 있어도…… 나 믿고, 내 옆에 있어."

힘이 빠진 목소리에 가슴이 철렁거렸다. 단아는 가만히 그의 손등을 쓰다듬었다.

"고맙다, 한단아. 나한테 달려와 줘서."

목덜미에 묻혀 있던 그의 입술이 뺨을 타고 넘어와 입술을 머금었다.

무슨 일이 있어도, 곁에 있을게요. 힘내요.

응원하듯 단아는 그의 목을 끌어안았다.

디자인 하우스 식구들은 먼저 한국으로 향했고, 강은 단아와 함께 로마를 거쳐 서울로 들어가는 일정을 택했다. 피렌체로 달려왔던 그녀 역시 예정되었던 일정보다 하루 늦게 서울행 비행기에 올랐다.

"그땐 왜 로마 들러서 가셨어요? 피렌체 직항도 있는데."

"로마에서 미팅이 있었어."

"아……. 근데 왜 그 여직원만 같이 가셨어요?"

단아의 얼굴에 얼마간의 불안한 기색이 비쳤다.

"미팅에 같이 참석했으니까……. 한단아."

"네?"

"남자인 날 일으켜 세우고, 무너뜨릴 수 있는 여자는 이 세상에 오직 하나, 한단아 너뿐이야."

그녀의 얼굴에 이내 예쁜 미소가 그려졌다.

"좀 자."

로마로 올 때만 해도 그녀를 잃을지도 모른다는 불안감에 떨어야 했는데.

"아까워서 못 자겠어요. 서울 가면 강준 씨 또 바쁘잖아요. 이렇게 계속 강준 씨 얼굴 보고 싶어."

지금은 꿈이라도 꾸고 있는 듯 행복하다.

"음악이나 들을까, 그럼?"

단아는 좋다며 고개를 끄덕였다. 강은 태블릿을 꺼내어 이어폰 한쪽은 그녀의 귀에 한쪽은 자신의 귀에 꽂았다.

"어?"

음악이 흘러나오자 그녀는 화들짝 놀란 얼굴로 강을 바라보았다.

"왜? 이 음악 싫어?"

"강준 씨, 혹시 정치할 생각 있어요?"

"정치? 아니!"

"이거 정당 음악 아니에요?"

"무슨 소리야?"

"픽미, 픽미, 픽미, 픽미, 픽미! 4월 총선 때, 동네에서 하루 종일 이 음악만 나와서 진짜 짜증났거든요. 식구들끼리 저 사람은 절대 안 뽑겠다고 막 그랬었다니까요."

강은 어이없는 웃음을 터뜨렸다.

"당신의 소녀에게 투표하세요. 몰라?"

"에? 정치하고 소녀는 거리가 좀 먼데요?"

"한단아. 너 TV는 보니?"

"세상에 TV 안 보는 사람도 있어요?"

"주로 뭘 보는데?"

"뉴스 룸, 썰전, 그것이 알고 싶다, 궁금한 이야기 Y……. 저 TV 많이 봐요! 근데 TV만 보면 속이 터질 것 같아요."

"그런 것만 골라서 보니까 그렇지. 예능도 좀 봐."

"보라면 봐야죠. 누가 시키는 건데."

장난기 머금은 그녀의 미소를 바라보는 강의 얼굴에도 미소가 그려졌다. 복잡하고, 지치고, 고단해도 이 미소 한 번이면 만사가 해결될 것 같은 느낌. 그녀가 자신에게 달려와 준 것처럼 행운의 여신도 자신의 편이길, 강은 바라고 또 바랐다.

"그래서 그 여자가 피렌체까지 왔다니까! 미친 거 아니야? 여자가 자존심도 없나? 그런 꼴을 보고도?"

디자인 하우스 옥상, 유리와 경란은 이를 바득 갈며 마주 서 있었다.

"선배님, 그럼 혹시 그날 선배님이랑 대표님이랑 그러고 있는 거 봤다고 말은 했을까요? 우리가 부른 거잖아요."

유리는 경란을 경멸하듯 쏘아보았다.

"입조심해. 부르긴 누가 불러? 당분간은 잠자코 있어. 피티 워모 결과가 안 좋아서 초비상이니까."

뭐라 대꾸하려던 경란은 인상을 찌푸리며 중얼거렸다.

"제이슨 CD님 이번에 독립하실 수 있겠죠? 꼭 독립하셨으면 좋겠어요.

언제까지 최 대표 밑에 있을 수는 없잖아요."

유리는 미심쩍은 눈으로 경란을 살폈다.

"제이슨 CD님이 독립을 해?"

뭔가에 홀린 듯 경란은 고개를 끄덕거렸다.

"아티젠(Arty Generation: 예술적 가치가 높은 제품을 소비하는 계층)이고 나 발이고. 슈트에 그림이 말이 돼요? 그 슈트는 애초에 넘기길 잘했어요."

"뭐?"

순간 유리는 제 귀를 의심했다.

"뭘 넘겨?"

"이제 와서 하는 말인데, 솔직히 제이슨 CD님이 뭐가 부족해요? 왜 최 대 표 밑에 계속 있어야 해요? 전 여기 망하면 제이슨 CD님 따라서 갈 거예 요."

유리는 입을 다물지 못하고 경란을 응시했다.

"이런 싸가지 없는 년을 봤나? 미쳤냐? 디자인 넘긴 게 너야?"

"어머. 언제 제가 넘겼다고 했나요? 점심시간 끝나 가네요. 그럼 저는 일 이 많아서."

순해 빠진 막내 재봉사라고만 생각했는데, 유리는 뒤통수를 세게 얻어맞 은 기분이었다. 디자인을 넘긴 건 당연히 한단아, 그 여자라고만 생각했었 다. 그런데.

"거기 안 서?"

버럭 소리치며 경란을 붙잡으려는 순간, 등 뒤에서 날카로운 여자의 목소 리가 들려왔다.

"이런 여우 같은 곰을 봤나?"

프린트가 화려한 파자마 슈트를 입은 그녀는 김라온, ON이었다.

"그러니까, 최강 때문에 만만한 부하 여직원이랑 손을 잡았는데, 얕잡아 본 탓에 뒤통수 맞고, 제대로 사고 치셨네? 거기 둘, 어느 부서 누구?"

"저 여잔 누구예요?"

ON과 한 번도 마주친 적 없는 경란은 삐뚜름한 시선으로 그녀를 노려보았다.

강은 ON이 데리고 들어온 두 여직원을 물끄러미 바라봤다. 그 시선은 얼음송곳처럼 날카로웠다.

"뭘 어쨌다고?"

나직한 물음에 유리는 정수리가 쭈뼛 서는 것 같았다.

"말했잖아. 한단아라는 여자를 불러서 저 선배라는 여자랑 너랑 뭘 하고 있는 걸 보여 줬고, 그 옆에 잘난 후배는 슈트 디자인을 얻다 넘기셨대. 참, 잘난 직원 두셨어, 최강."

"김라온. 입 다물어."

강의 목소리가 차갑게 울렸다.

"은유리 씨, 직접 말해. 무슨 일이 있었는지. 언제, 왜, 어떻게 한단아가 여길 왔고, 그 여자가 뭘 보게 했는지. 가감 없이 말해."

유리는 입을 꾹 다문 채 고개를 푹 숙이고만 있었다. 단아와 연락이 끊겼던 날 밤, 그날 있었던 일을 강은 곰곰이 떠올려 보았다. 저녁 무렵, 슈트 가봉을 위해 유리와 경란, 두 사람이 집무실로 올라왔었다. 고단했던 그날 저녁의 일과가 머릿속을 아득하게 만들었다.

"……나가."

강은 어금니를 꾹 문 채로 읊조렸다.

"당장 내 눈 앞에서 꺼지라고, 둘 다!"

불같이 야단치는 소리에 유리와 경란은 울상을 지으며 집무실을 나섰다. 그 모습을 지켜보던 ON이 뾰족한 목소리를 냈다.

"설마 그냥 넘어갈 건 아니지?"

"미쳤어?"

"그 한단아라는 여자는 피렌체에 왔던……. 맞지?"

강은 대답 없이 한숨을 집어삼켰다. 꼭 움켜쥔 주먹이 부들부들 떨렸다.

"그때 무슨 이야기 못 들었나 봐? 여기 와서 뭘 봤는지 모르는 걸 보면?"

"그런 이야기는 안 했으니까."

"그 여자가 대충 어떤 오해를 했는지는 감이 잡히고. 근데 아무 말도 안한 걸 보면, 속 깊은 순애보야? 아니면 남 잘 믿는 호구야?"

강은 삐뚜름한 시선을 ON에게 보냈다.

"알았어! 째려보기는. 난 너 안 무섭거든! 저 둘 어떻게 할 건지 연락 줘."

집무실 문이 닫히는 소리에 강은 고개를 떨궜다.

「나도 두려웠어요. 강준 씨가 날 하잘것없는 사람으로 보는 건 아닌가 해서. 당신처럼 잘난 남자가 날 갖고 노는 건가 해서, 그래서.」

심장이 타들어 가는 기분이었다. 그녀는 애먼 오해를 하고 숨어 버렸던 거다. 확신이 없어서. 못난 남자 때문에, 사랑에 대한 확신을 갖지 못해서.

그런데도 그녀는 로마에서 피렌체까지 달려와 품에 안겼다.

아무것도 묻지 않고. 그래도 전혀 상관없다는 듯이.

착하고 고운 심성을 가진 그녀가 얼마나 깊은 속병을 앓았을지 상상조차 할 수 없었다. 지금도 역시, 그녀가 그런 생각들로 괴로운 건 아닌지.

강은 집무실을 박차고 나와 차에 올랐다. 그녀에게 무작정 전화를 걸었다.

— 여보세요?

휴대전화 너머에서 들려오는 그녀의 목소리는 여느 때처럼 맑고 유쾌했다.

"어디야, 지금?"

— 집이요.

"뭐 하고 있었어?"

— TV 보고 있었어요. 저한테 예능 좀 보라고 하셨잖아요.

"단아야. 정말 널 어떡하면 좋을까."

― 뭘요, 또.

그녀는 얼버무리듯 대꾸했다.

― 근데, 강준 씨 목소리가 왜 그래요? 무슨 일 있어요?

휴대전화 너머에서 들려오는 그의 목소리에 힘이 하나도 없었다.

"힘내요. 목소리가 왜 그래……."

― 집 앞으로 갈게.

"지금요?"

― 30분.

"알겠어요. 준비하고 있을게요."

통화를 마친 단아의 입가에 미소가 걸렸다. 힘이 빠져 축 늘어진 그를 어떻게 위로해야 할까 걱정이 되면서도, 그의 얼굴을 볼 수 있다는 사실에 웃음이 흘러나왔다.

텔레비전에서는 예능 파일럿 프로그램 재방송이 시작되고 있었다. 단아는 텔레비전을 틀어 놓은 채로 욕실로 향했다. 간단히 샤워를 마치고 나와, 머리에 수건을 두른 채로 집 안을 돌아다니는데 단정의 목소리가 들려왔다.

"누나, 와서 티브이 좀 봐 봐."

"왜? 나 바빠. 나갈 거야."

"누나, 그 남자 TV에 나올 만큼 유명한 사람이었어?"

"누구?"

단아는 머리에 둘려 있던 수건을 풀어 물기를 톡톡 털어 내며 소파에 앉았다. 고개를 숙여 머리카락으로 시야를 가리고 있는 탓에 텔레비전 화면이 보이지 않았다. 도현 씨 아버지가 유명하다고는 했는데. 뭐 투자회사 차린다더니, 경제 뉴스에 나왔나?

그 순간, 귀에 익은 목소리가 들려왔다.

『과장된 경향이 없지 않아 있습니다. 전 단지 디자이너일 뿐인걸요.』

단아는 고개를 들어 올리며 젖은 머리카락을 쓸어 넘겼다. 텔레비전 화면속에 귀에 익은 목소리만큼이나 눈에 익은 얼굴이 있었다.

『ON 화백님과는 대학 동아리 동기시라고요?』

미소 띤 얼굴로 대답을 하는 이는 그의 사무실에서 마주쳤던 세련된 모습의 여자였다.

『여성복 브랜드 론칭을 준비 중이시라고 들었는데요. 이에 대한 최강 디자인에 거는 여성들의 기대가 굉장히 커요. 그동안 남성복에 대한 철학은 수많은 인터뷰에서 들었고, 여성복에 대한 철학은 어떠신지 여쭤도 될까요?』

매혹적인 미소를 짓고 있는 그의 얼굴이 화면에 가득 찼다.

『내 여자에게 입히고 싶은 옷을 만들 겁니다.』

그리 말하는 그의 모습이 낯설게 느껴졌다.

『그분이 혹시 ON 화백님이신가요?』

심장이 쿵쿵 울렸다.

『아니요. 아닙니다.』

『그럼 어떤 분이신지 여쭈어봐도 될까요?』

『여성은 존재 그 자체로 아름답다고 생각했습니다. 그 아름다움을 가리는 옷을 디자인하는 것은 절대적 미를 저버리는 행위라는 생각도 했고요. 그런데 그런 생각을 뒤집어 놓은 여자가 나타났습니다. 제가 만든 옷을 입혀 보고 싶은 유일한 여자죠.』

『의외로 로맨틱한 구석이 있으시네요?』

MC의 짓궂은 질문에 그는 쑥스러운 듯 미소 지었다.

『그럼 다음 시즌에는 최강 디자인 하우스에서 나온 여성복 라인을 기대해도 될까요?』

『아직 구체적인 계획은 없습니다. 지금으로썬 6월에 있을 피터 이마지네워모와 다음 시즌에 집중할 생각입니다.』

최강……. 이름조차 낯설었다.

재봉틀이 많던 작업실, 옷을 만들어 주며 뿌듯해하던 그의 표정. 그리고 모델같이 생긴 사람이 들락거리던 그곳.

"어떻게 넌 한 번도 의심을 안 했니."

"뭘? 내가 누날 의심해야 할 일이 있는 거야?"

단아는 넋이 나간 얼굴로 텔레비전 화면을 하염없이 바라보았다. 눈을 한 번 꾹 감았다 뜬 단아는 머리를 가볍게 털어 내고 휴대전화를 집어 들었다. 검색창에 '최강' 두 글자를 입력해 보았다.

"포털에도 검색되는 사람이었네."

그의 화려한 프로필부터 신문, 잡지, TV 인터뷰까지.

처음, 메이크 오버 수업에서 그가 보인 패션에 관한 철학.

그는 명백한 디자이너였다. 그리고 한복을 짓는 일을 하신다는 그의 어머니.

그저 남들 연애 가르치는 직업을 부모님께 숨기는 것으로만 생각했었다.

"단정아."

"왜? 무섭게 왜 이래? 넋 나간 얼굴로."

"누나 사람 보는 눈 되게 없다. 그치?"

"뭐야? 저놈이 누나한테 뭐라고 했어? 로마 갔다 오고 나서 잠잠해지나 싶더니. 왜? 무슨 일인데?"

"아니야, 아무것도."

"아니긴 뭐가 아니야? 누나 지금 얼굴이 사색인데!"

대꾸를 하려는 순간 휴대전화 벨이 울렸다.

"여보세요?"

— 집 앞에 왔는데.

"10분만 기다려 주세요."

— 그래, 천천히 나와. 그럼

휴대전화가 손끝에서 스르륵 미끄러졌다.

"뭐야? 그놈이야? 이 새끼를 내가 그냥."

"한단정."

"왜? 말해. 반쯤 죽여 놓을까?"

"나오지 마, 너. 가만히 있어."

그에게 10분이라고 말했지만, 단아는 아주 천천히 머리를 말리고, 옷을 갈아입었다. 그렇게 10분이 1시간이 되어 대문을 나섰을 때, 그가 아스라한 미소를 머금은 채 서 있었다.

"차는요?"

"근처 공영주차장에 있어. 근데 얼굴이 왜 그래? 어디 아파?"

열이라도 재려는 듯 이마에 오른 그의 손을, 단아는 낚아채듯 붙잡았다. 그저 남자치고 선이 고운 손이라고만 생각했는데, 지금 보니 여기저기 작은 상처가 나 있었다.

"이런 게 왜 지금에서야 눈에 들어올까요."

"뭐가? 내 손도 멋져?"

"그래요, 멋져요. 근데요."

"근데 뭐?"

힘이 하나도 없던 그의 목소리가 얼굴을 마주한 순간부터 한껏 들떠 있었다.

단순하기는. 내 얼굴 봐서 그렇게 좋아요?

"제가 뭐라고 불러 드려야 할까요? 최강 디자인 하우스 대표님, 아니면 당신 어머님만 그렇게 부르던 최강준 씨?"

환한 미소를 머금고 있던 그의 얼굴이 파리하게 굳어 갔다.

"단아야."

안타까운 부름에 가슴이 타들어 갔다.

"첫눈에 반했다면서? 남성복밖에 안 만든다는 사람이 연애 코치인 척 연기하면서 딴 남자랑 잘되라고 옷을 해 바쳤어요?"

「제가 만든 옷을 입혀 보고 싶은 유일한 여자죠.」

그리 대답했던 그의 목소리가 귓전을 스쳤다.

"그러면서 끝까지 이 손으로 직접 옷을 만들어 줬어? 잠도 설쳐 가면서?"

단아는 꼭 붙든 그의 손을 내려다보았다. 시야가 흐려지고 이내 눈물방울이 바닥으로 투두둑 흘러내렸다.

"당신 바보야? 아니면 나쁜 놈이야?"

와락, 그의 품 안에 안겨 들었다. 단단한 그의 팔이 몸을 감쌌다. 미세한 떨림이 느껴졌다.

"바보야. 한단아 앞에만 서면 세상이 멈추고, 멈췄던 세상이 한단아를 중심으로 돌아간다고 생각하는 바보야. 그래서 한단아밖에 모르는 바보야."

"사과를 해야죠. 미안하다고! 나 속였잖아요."

설움이 북받치는데, 사과 대신 한단아밖에 모른다는 뜨거운 고백을 건넨 그의 목소리에 심장이 터질 듯 뛰었다.

"안 미안해. 그 대가로 한단아한테 평생 쥐여 살 거니까."

울음이 차올랐다. 두 뺨 가득 눈물이 흘러내렸다.

"그냥 말하지. 사실대로 말하지 그랬어요. 내가…… 얼마나 많이 고민했는지 알아요? 연애 코치라는데, 제자랑 눈 맞으면 곤란해질까 봐 얼마나 걱정했는데."

"넌 그때 이도현한테 빠져 있었잖아."

아스라한 그의 목소리에 심장이 저몄다.

"울지 마요. 우는 건 나 하나로 충분히 민망하고 창피하니까."

"안 울어. 내가 왜 울어? 한단아가 이렇게 내 품 안에 있는데?"

"첫눈에 반했다면서. 눈치라도 주지."

"여러 번 눈치 줬는데, 한단아가 못 알아챘지."

"눈치 주기는. 맨날 근엄한 코치 코스프레했으면서. 첫눈에 반했다는 거 진짜 거짓말이죠?"

"왜, 나도 이도현처럼 네 모습이 변해서 반한 것 같아?"

대답은 없었지만, 충분히 그렇게 생각하고 있는 단아였다.

"처음부터 넌 나한테 단 하나밖에 없는 특별한 사람이었고, 운명 같은 존재였어. 계속 보고 싶고, 계속 곁에 두고 싶어서 난 비겁하게 너를 속이는 방

법을 택했고. 운이 좋았는지, 네가 날 따라와 주었고. 그래서 내가 너와 함께
할 수 있었던 걸, 난 운명이라고 생각했어."

그는 크게 숨을 들이마시고는 한숨 쉬듯 말했다.

"그런데 아니더라."

심장이 왈칵 치솟았다.

"아니라니. 그게 무슨 뜻이에요?"

"운명은 바꿀 수 있잖아. 넌 그렇게 바뀔 수 있는 존재가 아니야, 나한테."

반짝거리는 두 눈이 그를 올려다보았다.

"내가 너고, 네가 곧 나인 것 같은. 네가 없는 나를 이제는 상상조차 할 수
없고, 떠올리고 싶지도 않고. 내가 빈털터리가 되고 모든 걸 다 잃어도 너만
은 갖고 싶다는 욕심을 버릴 수가 없어, 이제……. 그냥 네가 행복했으면 했
던 그 바람이 욕심이 돼서 네가 나와 함께 행복하면 좋겠다고 바라게 된 거
야."

"그 욕심, 맘껏 부려요. 나 강준 씨만 욕심낼 수 있는 여자니까."

단아의 눈가에서 또르르 눈물이 흘러내렸다.

"근데 왜 또 울어."

"너무 좋아서요."

으앙! 하고 울음을 터뜨린 그녀는 방언이라도 터진 듯 쉴 새 없이 떠들었
다.

"난 진짜 내가 혼자 살다 죽을 줄 알았어요. 재미있고, 신나는 이 세상에
서 나 혼자 심심하게 사랑 한 번 못 해 보고 죽는 줄 알았어요."

"허이구."

강은 사랑스럽다는 듯 단아를 끌어안은 채로 그녀의 뒷머리를 쓸어내렸
다.

"그게 얼마나 외로운 상상인 줄 알아요? 이 세상에 나 혼자만 남겨질지도
모른다는 생각. 끝 간 데 없는 외로움하고 절친 먹어야 할지도 모른다는
게!"

"인간은 누구나 외로워. 한 번도 외로움에 대해 생각해 보지 않은 사람은 절대 행복할 수 없어. 그런 사람들은 곁에 머물고 있는 소소한 행복을 알지 못하거든. 그동안 고민이 깊었던 만큼, 한단아는 내 옆에서 죽을 때까지 행복할 거야."

"나보다 먼저 죽지 마요."

"별소릴 다 한다, 진짜. 같이 죽자, 그럼."

"웃자는 소리에 죽자고 덤비는 건 여전하시네요."

한번 시작된 울음이 멈추질 않았다. 자신보다 더 긴 시간 사랑을 숨기고 다른 남자와의 행복을 빌어 주었을 그의 마음을 떠올릴 때마다 가슴이 아렸다.

"나, 뭐든 허투루 해 본 적 없어요. 오죽하면 짝사랑도 그렇게 징하게 했겠어요? 이제 강준 씨만 볼 거예요. 강준 씨한테 최선을 다할 거야."

"이럴 땐 최선을 다한다는 말 말고 다른 말이 나와야지."

강은 그녀를 내려다보며 빙긋이 미소 지었다.

"사랑해요."

"그래, 그런 말. 마음에 딱 드는 그런 말."

당장에 입술을 내려 키스를 퍼붓고 싶었다. 집으로 데려가 맘껏 그녀의 향기에 취하고 싶었다.

"단아야, 여기서 뭐 하니?"

그녀를 품고 싶은 생각에 고민하는 찰나, 등 뒤에서 중년 여성의 목소리가 들려왔다.

"어, 엄마!"

집 앞에서 남자 품에 안겨 엉엉 울고 있는 딸, 그런 딸을 달래고 있는 남자. 딸을 울린 놈.

강을 바라보는 눈길이 곱지만은 않았다.

"누구……?"

단아의 소개를 바라는 듯했지만, 강이 더 빨랐다.

"안녕하세요? 최강입니다."

"누구냐는 질문이 이름을 묻는 건 아니었는데, 내 딸 왜 울렸어요?"

질문에 날이 서 있었다.

"단아와 진지하게 만나고 있습니다. 제가 실수를 좀 해서 울렸습니다. 죄송합니다."

그는 허리를 깊이 숙이며 머리를 조아렸다. 그가 이렇게 긴장한 모습은 처음 보는 단아였다. 그도 그럴 것이 평생에 이렇게 긴장해 본 적은 없는 강이었다.

"들어가자."

강의 사과에도 아랑곳하지 않고 이 여사는 단아의 손을 붙잡고 대문으로 향했다.

"어, 엄마. 잠깐만!"

"뭐 더 할 이야기 있어? 뭐 하는 청년인데 이 시간에 여기 있어요? 직장 안 다녀요?"

강은 재킷 주머니에서 명함 지갑을 꺼내려 손을 넣었다.

"됐고. 그쪽 명함 받고 싶지 않으니까 이만 가 봐요. 남의 집 귀한 딸내미 울렸으면, 오늘은 더 볼 생각하지 말고. 나중에 만나든지."

"엄마, 잠깐만!"

"들어와, 어서! 어디 물색없이 대문 앞에서 질질 울고 있어? 동네 사람들이 뭐라고 하겠어. 얼른 들어와!"

단아는 입 모양으로 '미안해요.' 하고 속삭이며 엄마 손에 이끌려 대문 안으로 들어섰다.

"아파, 엄마."

"뭐 하는 놈이야? 뭐 하는 놈인데 훤한 대낮에 저러고 돌아다녀? 너는 왜 그러고 거기서 울고 서 있어? 대체 무슨 일인데?"

현관에 들어서자 엄마는 집 안이 쩌렁쩌렁 울리도록 소리쳐 물었다.

"어머니, 누나가 대어를 낚은 것 같습니다."

이 여사의 옆으로 딱 붙어선 단정은 묘한 미소를 머금고 있었다. 퍽, 이 여사의 등짝 스매싱이 단정에게 날아들었다.

"넌 가만히 있어! 입만 뻥끗해 봐. 죽을 줄 알아, 아주! 연애는커녕 남자 한 번 제대로 만나 본 적 없는 애가, 대체 어디서 얼마나 어떤 나쁜 놈을 만났으면 집 앞에서 울고 있어."

억장이 무너진다는 듯 이 여사는 가슴을 퉁퉁 쳐 댔다.

"그런 거 아니야, 엄마."

"그런 거 아니면 왜 그러고 서 있어? 뭐 하는 놈이야, 대체?"

"어머니, 이 사람이었습니까?"

단정은 대뜸 휴대전화 화면으로 이 여사의 눈앞을 가로막았다. 이 여사의 눈동자가 휴대전화 화면을 향해 갔다.

"어, 맞네. 이놈 맞네, 맞어."

"디자이너 최강. 남성복 디자이너로는 우리나라 최고랍니다. '옴므 바이 (Homme by) 최강'이라는 브랜드를 갖고 있는 회사의 대표랍니다."

단아의 얼굴이 새빨갛게 달아올랐다.

"따라 들어와."

단정의 간섭을 원천봉쇄하려는 듯 이 여사는 단아에게 안방으로 따라 들어오라며 고갯짓했다.

"만난 지는 얼마나 됐어?"

"오래되진 않았어요. 봄에 처음 만났어요."

"어떻게."

"우연히."

차마 연애 코칭 사기를 맞았다는 말을 엄마한테 곧이곧대로 할 수는 없는 노릇이었다.

"엄마."

"근데 왜 울고 있었어? 싸웠어?"

"뭐 좀."

"그래서 미안하다고 찾아온 거야?"

"어."

"일하다 말고?"

"어? 어."

내내 굳어 있던 이 여사의 표정이 어슴푸레 풀어졌다. 딸 울린 놈이라고 잡아먹을 듯했다가, 만사 제치고 달려왔다는 말에는 마음이 동했나 보다.

"튕겨. 될 수 있는 대로 튕겨. 한 번에 잡히면 귀한 줄 모르는 거야."

"알겠어요."

엄마, 그런데 어쩌지. 나 그 사람 앞에서 삽질이…… 프로삽질러 수준이었는데.

"그렇다고 완전히 튕겨 나가게는 하지 말고. 적당히 사람 애간장 녹여 가면서 해."

"어."

"나중에 집에 좀 데려와. 어떤 사람인지 좀 엄마도 제대로 보게."

"너무 빨라."

"어차피 얼굴 본 거, 뭐. 빠르긴 뭐가 빨라."

안방을 나서는 이 여사의 얼굴에, 이제는 어렴풋한 미소가 걸려 있었다. 방문을 벌컥 열자, 문 앞에 단정이 웅크리고 앉아 있다가 옆으로 고꾸라졌다.

"으이그. 그게 그렇게 엿듣고 싶냐, 이놈아! 철 좀 들어라, 철 좀."

안방에서 나온 단아는 제 방으로 향하며 손에 꼭 쥐고 있던 휴대전화를 살폈다.

[어머니, 화 많이 나셨어?]

문자를 확인하자마자 단아는 강에게 전화를 걸었다.

"화 무지무지 많이 나셨어요. 귀한 딸 울렸다고 아주 노발대발하시면서 쫓아가겠다고 하시는데! 제가 말리느라고 죽는 줄 알았어요."

— 내가 다시 갈까? 이제 차에 탔는데.

"엄마가 나중에 집에 데려오라셨어요."

— 그래? 어머니 뭐 좋아하셔? 언제 갈까?

"강준 씨 좋아하시는 것 같던데요?"

휴대전화 너머에서 나직한 웃음소리가 들려 왔다.

— 나 좋아하는 거 같지는 않으시던데? 귀한 딸 울린 나쁜 놈으로 보시는 거 아니야?

"그것도 맞고. 근데 강준 씨 갑자기 왜 왔어요? 그냥 일하다 보고 싶어서 온 거예요? 바쁜 거 아니었어요?"

— 실은 할 얘기가 있어서 왔어.

"무슨 얘기요?"

— 왜 아무것도 안 물었어?

"뭘요?"

— 네가 연락 끊었던 날, 논현동 왔었잖아.

"아……."

단아는 잠시 머뭇거렸고, 잠시간의 침묵은 강의 가슴을 죄는 듯했다. 강은 잠자코 그녀의 목소리가 이어지길 기다렸다.

— 처음엔 무서워서 못 물었어요. 강준 씨가 나 정말 갖고 논 걸지도 모른다는 생각에.

"미안해. 그때 모델 한 명이 펑크를 내서, 가봉 작업 중이었어."

— 아……. 미안하니까, 나도 뭐 말해도 돼요? 화내면 안 돼요.

"내가 화낼 일 했어, 한단아?"

— 로마에서 파티 끝 무렵에…….

"이도현이랑 무슨 일 있었구나."

한숨이 새어 나왔다.

— 들어 줘요, 끝까지.

"말해. 듣고 있어."

— 강준 씨 일, 떠올리고 싶지 않아서 로마에서 계속 세미나에만 몰두했

어요. 세미나 리더여서, 마무리 파티에는 빠질 수 없었어요. 파티 끝 무렵에, 나 그런 생각했어요.

"어떤 생각?"

— 자기가 사랑하는 사람보다 자길 더 사랑해 주는 남자를 만나야 행복하다고 하던데, 적당한 사람을 만나서 적당한 행복을 찾는 게 맞는 건가 하는 생각.

"이도현이랑…… 그런 생각을 했다는 거네."

가슴이 한없이 답답해졌다.

— 해 봤어요, 그런 생각. 그런 게 정말 행복한 건가 하는 생각. 그런데요.

"그런데?"

— 그때, 도현 씨가 저한테 키스했어요.

"한단아……."

— 끝까지 들어 준다고 했잖아요.

"말해."

— 그때 느꼈어요.

"뭘, 대체 뭘 느꼈는데?"

다른 남자와의 키스에서 한단아는 대체 뭘 느낀 걸까?

— 강준 씨가 아니면 안 된다는 걸요. 강준 씨가 나를…… 날 진지하게 바라보고 있지 않다면, 그렇게 만들고 말겠다고 생각했죠.

피렌체로 달려온 그녀를 품에 안고 보듬느라, 스쳐 지나갔던 말들이 가슴 깊이 아로새겨졌다.

「나 이제 알 것 같거든요. 강준 씨 아니면 안 될 것 같아요. 내가 그렇게 하찮게 보이면, 날 제대로 보게 만들 거야. 그러니까 이제 그런 거 상관없어요.」

가슴 가득 뜨거운 감동이 차올랐다.

"단아야."

— 네.

"아끼고 아껴서 건네려고 했어. 내가 널 사랑한다고, 멋지게 고백하려고 했어. 너한테 고백해 놓고 물러 달라고 했던 날, 기억해?"

— 그럼요.

"널 속였던 게 미안해서, 내가 할 수 있는 한 최대한 멋지게 하고 싶었어. 쉽게 내 마음을 털어놓을 수 없을 만큼, 남자가 한 여자를 마음에 품었다는 그 고백의 무게가 얼마나 무거운지, 그걸 알게 해 준 여자야, 넌. 확실하다 싶다가도, 아닌 것 같고. 그렇게 수천 수만 번을 고민하게 만들 만큼 절박하고 힘들게 만든 여자이기도 했고."

— 나 참 쉬운 줄 알았는데, 되게 어려운 여자였나 보다?

장난스러운 단아의 목소리로 강의 입가에 미소가 그려졌다.

"그래, 어려워. 한단아가 난 너무 어려웠다."

— 지금도 어려워요?

"어렵다, 너 정말. 네가 딴 남자랑 키스했다는 말에 세상이 무너지는 것 같았어. 근데 그 순간에 내가 아니면 안 된다고 느꼈다는데 내가 울어야 하나, 웃어야 하나. 어렵다, 정말."

— 나 미안하단 말 안 할 거예요.

"왜?"

— 난 그 순간부터 평생 강준 씨만 바라보기로 했으니까.

강의 얼굴 위로 미소가 번져 갔다.

— 근데요. 저 계속 강준 씨라고 불러요? 아니면 강…… 씨?

"계속 그렇게 불러. 집에서 가족들만 부르는 이름이야."

— 나한테 가족만 부르는 이름을 가르쳐 준 거예요?

뿌듯한 듯 웃는 소리가 들려왔다.

"이따 잠깐 올래?"

— 디자인 하우스로요?

"그래. 디자인 하우스로. 과제도 해야지. 오늘 못 했잖아."

— 와! 그러고 보니까, 제이슨 코치님, 이 비서님 다 나 속인 거예요?

"나한테 월급 받는데 내가 시키는 대로 해야지."

— 다 죽었어!

디자인 하우스 건물 앞에 선 단아는 허탈하게 웃고 있었다. 유리창 안으로 옷더미를 안고 이리저리 왔다 갔다 하는 이들이 보였다.

"아무리 아는 만큼 보인다고 해도, 장님도 아니고 이게 뭐니, 한단아?"

혼잣말처럼 읊조린 말에 누군가의 목소리가 들려왔다.

"단아 씨? 여기 무슨 일이야?"

단아의 입가에 회심의 미소가 그려졌다. 이게 누구십니까?

"안녕하세요? 제이슨 코치님. 잘 지내셨죠?"

"그럼. 우리 최 대표 많이 힘들었는데, 단아 양 얼굴 보고 좀 풀린 것 같더라."

"아, 대표님이 힘드셨구나. 옷이 잘 안 팔려요?"

"아우, 말도 마! 이도현 그 개자식이! 어머!"

그는 귀신이라도 본 양 겁에 질린 얼굴이었다.

"안 거야?"

"어쩐지 다들 옷을 너무 잘 입는다 싶었죠. 사람 그렇게 놀리면 못써요."

"미안, 미안! 정말 미안! 완전 미안!"

제이슨은 두 손을 기도하듯 모아 쥐고 머리를 조아렸다.

"그러지 마세요. CD님이시라면서요? 직책 높으신 분이 회사 앞에서 이러시는 거 꼴사나워요."

"흠. 내가 여기서 우리 강 다음으로 높아."

으스대듯 우쭐하는 모습이 귀엽기까지 했다. 순수한 양반.

"근데요, 코치님. 아니……. 이제 뭐라고 불러야 하죠?"

"아유. 그냥 편하게 불러. 내가 땅굴 파서 북한까지 갈 것 같은 두 사람 이어 주려고 얼마나 고생했는지 알아?"

"그리고 아까 하시던 말씀…… 무슨 뜻이에요? 도현 씨가 왜요?"

"아니야. 아무것도. 그냥 둘이 인천발 비행기 안에서 나란히 앉아 있었다고 해서, 내가 노파심에 한 말이야. 새겨듣지 마. 들어가자, 최 대표 목이 빠지게 기다릴라."

단아를 데리고 디자인 하우스 건물로 들어서며 제이슨은 안도의 한숨을 한 번 내쉬었다. 도현이 강을 무너뜨리기 위해 혈안이 돼 있다는 사실을 알릴 수는 없었다. 힘겹게 이어진 두 사람, 착하디착한 한단아는 미안해하고, 아파할 테니까.

"어? 잠시만요."

그녀의 핸드백 안에서 휴대전화가 요란하게 울리기 시작했다.

"모르는 번혼데……."

"모르는 번호면 받지 마."

"여름방학 때, 용돈이라도 벌려고 면접 봤거든요. 거긴지도 몰라서."

뭐든 열심히 하는 모습이 제이슨의 눈에도 어여뻐 보였다.

"네, 한단아입니다."

그런데 전화를 받은 그녀의 표정이 굳어 가기 시작했다.

"네, 도현 씨……."

로비 중앙 계단에서 강이 내려오는 게 보였다. 단아를 발견한 그는 함빡 웃음을 머금고 있었다. 그리고 강을 바라보며 휴대전화를 귀에 대고 있던 단아의 눈이 휘둥그레졌다.

"……뭘 어쨌다고요?"

심장이 나뒹구는 기분이었다. 단아는 수화기 너머에서 들려오는 도현의 목소리에 순순히 대꾸했다.

"알겠어요. 이따 연락드릴게요."

서둘러 전화를 끊었다. 그리고는 아무 일도 없었다는 듯이 환히 웃어 보였다. 여전히 함빡 웃음을 머금은 채 단아를 내려다보고 있는 강. 걱정스런 얼굴로 단아를 바라보고 있는 제이슨.

"둘이 무슨 이야기 했어? 제이슨 표정이 왜 그래?"

"제이슨 코치님을 앞으로 어떻게 불러야 할지 논의 중이었어요."

단아의 너스레에 강은 크게 웃음을 터뜨렸다.

"나한텐 앞으로도 계속 코치라고 불러. 내가 둘 이어 주려고 단아 씨한테 족집게 코칭을 얼마나 많이 했는 줄 알아? 이 삽질러들아! 두 사람 볼 때마다 목구멍에 고구마 걸린 기분이었어! 내 덕에 사이다 마신 줄 알아."

제이슨이 금세 화르르 타올라서 부들부들 떨었다.

"그래, 그 노고는 내가 치하할 예정이고. 덕분에 사이다 마셨으니까, 병따개라고 부르든지. 누구 마음대로 한단아한테 코치 소리 들으려고?"

서늘한 강의 시선에 제이슨이 움찔했다.

"농담 좀 진지하게 하지 마세요. 제이슨 코치님 놀랐잖아요."

벙찐 제이슨이 단아와 강을 번갈아 보았다.

"둘이 나 갖고 노니? 병따개? 참내. 이런 붕딱 같은 시추에이션을 봤나."

"그냥 계속 코치님이라고 부를게요. 내가 여기 직원도 아닌데, CD님이라고 부를 수도 없고. 그렇다고 오빠라고 할 수는 없잖아요?"

"우리 단아, 여우 짓이 많이 늘었네?"

강은 그녀의 머리를 쓰다듬으며 빙그레 웃었다.

"올라가 있어. 잠깐 재봉 팀 갔다가 올라갈 테니까."

"넵, 얌전히 올라가 있을게요. 누구 말은 엄청 잘 들으니까. 천천히 일 보시고 오세요."

강은 따스한 눈길로 단아를 보듬었다. 알겠다며 고개를 끄덕인 그는 계단으로 향했다. 강의 모습이 시야에서 사라지고 나자, 나직한 제이슨의 목소리가 조용히 들려왔다.

"저렇게 웃는 거, 나 며칠 만에 보는지 모른다. 한단아 씨."

"……죄송해요."

"뭐가 죄송해? 단아 씨 덕분에 저렇게 웃는 건데……. 좀 전에 이도현이랑 통화한 거지?"

"네."

"괜한 생각 하지 마. 그럼 내가 아주 혼내 줄 거니까."

단아는 제이슨을 향해 빙긋이 웃어 보였다.

"걱정 마세요."

그의 집무실에 혼자 앉아 있으려니, 그동안 이곳에서 있었던 일들이 주마등처럼 스치고 지났다. 물티슈로 화장을 지워 주던 그의 손길, 로미오와 줄리엣을 타이핑하던 순간, 소파 위에서의 첫 키스. 서늘한 듯 뜨거웠던 그의 눈빛.

기억을 더듬고 있는데, 누군가 집무실 문을 두드리는 소리가 들려왔다.

"네, 네?"

얼결에 대답을 한 순간, 문이 열렸다.

"아, 단아 씨 와 있었네요? 잠시만요, 화백님, 대표님은 잠시 재봉 팀에 내려가셨는데 회의실에서 기다리시겠어요?"

그렇게 묻는 이 비서의 옆에는 TV에서 보았던 그 화가가 서 있었다.

"제가 다른 데 가 있을게요."

단아가 자리에서 뻘떡 일어나자, ON이 손사래를 치며 말했다.

"앉아 있어요. 최 대표가 문 열었을 때 앉아 있기를 바라는 사람은 내가 아니라 그쪽인 것 같으니까……. 근데."

ON에게로 단아와 이 비서의 의뭉스러운 시선이 고정되었다.

"둘이 앉아 있으면 더 재미있겠네. 차는 됐어요. 고마워요."

ON은 이 비서에게 환한 미소를 지으며 고개를 한 번 까딱했다. 집무실 문이 닫히자, ON은 단아의 앞으로 다가왔다.

"앉죠."

"네."

"한단아 씨, 맞죠?"

"네, ON 화백님이시죠?"

그녀는 대답 대신 빙긋이 미소 지으며 고개를 끄덕였다.

"로마에서 피렌체까지 날아왔었죠?"

이번엔 단아가 대답 대신 고개를 끄덕였다.

"지금 최 대표가 버틸 수 있는 이유네요. 그 친구 유연함이 부족한 성격이잖아요. 똑 부러지기는 하지만. 이런 상황에서도 평정심 유지하면서 버틸 수 있는 거, 다 그쪽 덕분이에요. 지금 단아 씨가 몇 명 먹여 살리고 있는지 알아요?"

"저 아니어도 잘 해낼 사람이에요."

"어? 이거 뭐지? 내가 연적이 될 수도 있는데, 빈틈을 보이는 건가?"

"아뇨! 그건 아니고요."

"어우, 발끈하는 것 좀 봐. 귀여워. 이래서 최 대표가 정신 못 차리고 빠졌나? 농담이에요. 걱정 마요. 나랑 치정극 벌일 일은 없을 테니까."

갑자기 발끈한 게 머쓱해서 단아는 얼굴이 새빨갛게 달아오르고 말았다. 그때 집무실 문이 벌컥 열렸다.

"왔으면 전화를 하지, 왜 여기 있어?"

목소리의 주인공은 강이 아닌 다른 남자였다.

"어? 누구랑 같이 있는 줄은 몰랐네?"

남자는 당황한 얼굴로 ON과 단아를 번갈아 보았다.

"누가 있으면 어때?"

ON은 도도하게 일어나 그에게로 다가갔다. 그리고는 남자의 목을 끌어안고 진한 키스를 퍼붓기 시작했다.

"누구 보는 데서는 이러지 말라니까."

"정신 못 차리고 대표 집무실 문 벌컥 연 건 누군데?"

단아는 눈동자를 다른 데로 굴리느라 정신이 없었다.

"이쪽은 내 남자, 진석원 씨. 저쪽은 최 대표 여자, 한단아 씨."

둘은 머쓱하게 목례를 나눴다.

"디자인 하우스 마케팅 디렉터, 진석원입니다."

"아, 안녕하세요? 한단아입니다."

"아이고, 어색해라. 자긴 가 있어. 난 최 대표 얼굴이나 보고 갈 테니까."

"그래, 그럼. 내려와서 전화해."

둘은 또다시 단아가 있음에도 아랑곳하지 않고 진한 키스를 나누었다. 또다시 단아의 눈동자는 허공을 헤맸다. 석원이 나가고 나자, ON은 말치레를 해 왔다.

"미안해요, 우리가 좀 불 같아서. 둘도 그러지 않나?"

"그, 글쎄요."

센 언니의 단도직입적인 질문에 단아의 눈동자가 벌써 세 번째 허공을 굴러다녔다.

"디자인 하우스 힘들다는 얘기는 들었어요?"

"……대충 알아요. 강준 씨한테 직접 들은 건 아니고요."

도현과의 짧았던 통화를 떠올리며 단아는 한숨을 집어삼켰다.

"위로하고 싶죠? 힘이 되어 주고 싶고? 물론 한단아 씨 존재 가치로 충분하기는 하지만, 남자를 위로할 수 있는 방법은 아주 간단해."

그녀는 야릇한 표정을 지으며 단아를 응시했다.

"한단아 씨가 살짝만 터치해도 최 대표 사르륵 녹을 것 같은데?"

ON은 참지 못하겠다는 듯 웃음을 터뜨렸다.

"얼굴 빨개진 것 좀 봐. 설마 둘이 손도 한 번 안 잡아 본 건 아니죠?"

"그건 아니고요."

"그럼, 두 사람 어디까지 갔어요? 최 대표 키스할 때도 저렇게 까칠한 얼굴로 인상 쓰고 있어요?"

ON의 물음에 대꾸한 건, 서늘한 목소리의 강이었다.

"누구 얼굴이 까칠하다는 거야?"

"호랑이도 제 말 하면 온다더니."

"무슨 일이야?"

"와, 단아 씨. 저 표정 좀 봐요. 이 방에 단아 씨 혼자 있을 줄 알고 온갖 음흉한 상상 다 하면서 왔는데, 내가 있어서 심통 난 것 좀 봐."

"알면 됐고. 무슨 일로 온 거냐고 물었는데?"

"자식, 친구한테 까칠하기는. 우리 자기 보러 왔다, 왜?"

"그럼 네 자기나 보러 가지, 내 자기는 왜 앉혀 놓고 괴롭히고 있어?"

'서늘한 얼굴, 나직한 목소리로 '내 자기'라 하는 강을 ON은 얼이 빠진 얼굴로 바라봤다.

"으익! 최강, 최고로 이상해! 어우, 너 진짜 안 어울려."

"왜요, 멋진데……."

수줍은 단아의 목소리에 ON은 몸서리를 쳤다.

"어오, 난 확 질렀으면 질렀지, 이런 간질거림은 못 견디겠다. 나, 가요."

ON이 나가고 나자, 강은 빙그레 웃으며 집무실 문을 닫았다. 이탈리아에서 돌아온 이후, 밀폐된 공간에서 둘이 함께하는 건 처음이었다. 그저 문을 닫았을 뿐인데, 분위기가 순식간에 반전되었다.

강은 한숨을 폭 내쉬며 단아의 옆에 털썩 앉았다.

「한단아 씨가 살짝만 터치해도 최 대표 사르륵 녹을 것 같은데?」

이 순간, 하필 단아의 귓가에 ON의 목소리가 들려왔다. 남이 한 말 곧이 곧대로 들으려고 그런 건 아니다. 단아가 손을 뻗어 그의 뺨을 어루만지려던 순간.

"엄마야!"

그가 단아를 번쩍 안아 자신의 무릎 위에 앉혔다. 단아의 목덜미에 얼굴을 묻은 그는 깊게 숨을 들이마시며 속삭였다.

"흐음. 좋다. 내 여자 냄새."

배 속이 간질거렸다. 단아는 그의 목에 슬쩍 팔을 감아 보았다. 그러자 목덜미에 묻혀 있던 그의 입술이 자연스레 단아의 입술을 찾아들었다. 머릿속이 아득해지는 듯했다. 잠시 입술이 떨어지자 밭은 숨이 터져 나왔다.

"여기서 키스했을 때 기억해?"

"그럼요. 그걸 어떻게 잊어요. 첫 키스였는데."

"내가 그때 얼마나……."

"……!"

그는 단아를 번쩍 안아 들어 소파 위에 눕혔다.

"이렇게 하고 싶었는지 알아?"

소파를 짚고 있는 그의 팔뚝에 핏줄이 붉거졌다. 내려다보는 그의 뜨거운 눈빛 때문에, 단아는 녹아내릴 듯했다.

"누구 오면 어떡해요."

"아무도 안 와, 걱정 마."

"그렇다고 여기서 그건 좀."

"여기서 뭐? 내가 뭘 할 것 같은데?"

곧 터질 것처럼 단아의 얼굴이 새빨갛게 달아올랐다. 강은 아랑곳하지 않고 자신의 입술로 붉게 부푼 작은 입술을 머금었다. 단아는 위로하듯 그의 목덜미를 어루만졌다. 그러자 안 그래도 깊은 키스가 더욱 격렬해지기 시작했다.

소파를 짚고 있던 그의 손이 단아의 허리를 강하게 끌어안았다. 숨이 턱 막혀 왔다. 밖에서 누가 들을까 싶어서 야릇한 소리를 삼키느라 온몸이 떨려 왔다.

"하아."

한숨과 함께 그는 몸을 일으키며 단아를 도로 자신의 무릎에 앉히고 끌어 안았다. 아무런 말없이 두 사람은 서로의 머리카락을 어루만지고, 손깍지를 끼고, 짧은 입맞춤을 계속해서 나누었다.

"며칠 출장을 좀 다녀와야 할 것 같아."

그의 목소리에서 미안함과 아쉬움이 묻어났다.

"어디로 가요?"

"두바이. 무산됐던 몰 입점 건이 있는데, 다시 이야기나 나와서."

"얼마나 가세요?"

"일단 예정은 3일. 가서 회의만 짧게 하고 올 거니까."

"잘생긴 얼굴 보고 싶어서 어떡하죠?"

단아는 아랫입술을 삐죽 내밀고 그를 따사로이 바라봤다.

"내가 반드시 앤트맨 슈트를 손에 넣고야 말 거야. 한단아한테 입혀서 데리고 다녀야지."

강의 진지한 농담에 단아는 꺄르륵 웃음을 터뜨렸다.

"듣기 좋다, 한단아 웃음소리."

"계속 웃을까요?"

"억지로 웃지는 말고. 어색하니까."

서늘히 대꾸하는 강에게 단아는 밉지 않게 눈을 흘겼다.

"나 올 때까지 얌전히 있어."

"맨날 얌전히 있으래. 내가 안 얌전해요?"

"지금 전혀 얌전하지 않은데? 초저녁부터 어디 앉아 있는 거야, 대체? 야하기는."

"누가 앉혔는데요? 더 야하면서."

"그럼 우리 둘 다 야하니까, 야한 짓 좀 더 하자."

말이 떨어지기가 무섭게 입술이 맞부딪쳤다.

대리석 바닥을 울리는 구두 소리가 신경 쓰였다. 엘리베이터 앞에 선 단아는 한숨을 한 번 몰아쉬었다.

「최 대표, 나 때문에 꽤 골치 아플 텐데? 투자금 회수로 자금 달려서, 직원들

월급은 제대로 줄 수 있으려나 몰라?」

「……뭘 어쨌다고요?」

「좀 만날까?」

어제 도현과 통화를 마치고 여기까지 오기까지, 단아는 롤러코스터를 타면서 아무렇지 않은 척 연기를 하는 기분이었다. 또 연기를 해야만 하는 순간, 손에 쥔 휴대전화가 부르르 진동했다.

"여보세요?"

— 나 이제 공항. 비행기 타기 직전이야.

"잘 다녀와요. 도착하면 전화하고요. 식사 거르지 말고."

— 알겠어. 잔소리는.

"치, 안 그럼 또 끼니 거를까 봐 그러죠."

— 이제 보딩 콜 한다. 벌써 보고 싶네, 한단아.

"나도 보고 싶어요, 많이. 아주 많이. 출장 갔다 오면 얼굴 실컷 보여 주기예요!"

— 당연하지. 이제 끊는다.

통화 종료 문구가 깜빡이는 화면을 바라보며, 단아는 굳은 결의를 다지듯 크게 숨을 들이마셨다.

무슨 일이 있어도, 지킬 거예요. 내가 지켜 줄게요, 강준 씨.

엘리베이터에 오르려는데 등 뒤에서 인기척이 느껴졌다.

"일찍 왔네? 약속 시간엔 절대 늦는 법이 없지. 한단아는."

도현의 뒤에는 차가운 얼굴의 여 비서가 한 명 서 있었다.

"어디 다녀오시는 길인가 봐요."

"외부 회의. 올라가자, 일단."

싸늘했던 전화 목소리와 달리 그는 예의 다정한 모습이었다. 도현의 집무실은 그와 많이 닮아 있었다.

은은한 펄이 들어간 아이보리색 벽, 책이 꽉꽉 들어차 있는 앤티크 책장.

투자자의 일터라기보다, 작가의 서재처럼 보이는 공간. 푹신한 소파에 늘어지게 기대서 책 한 권 읽고 싶게 만드는 편안한 분위기였다.

험한 돈 이야기가 오가는 공간이기에 더 아늑하게 꾸미려고 노력한 듯했다.

"내가 왜 보자고 했을 것 같아?"

하지만 집무실 분위기와 달리 그의 목소리는 딱딱했다.

"왜 보자고 하셨는데요?"

탁, 하는 소리와 함께 얇은 책 한 권과 두꺼운 파일 하나가 테이블 위에 놓였다.

"투자 설명서네요?"

"그래, 최강 디자인 하우스 투자 설명서야."

"그럼 이건요?"

"내가 최강을 어떻게 괴롭히고 있는지에 관한 기록이랄까?"

"괴롭히시는 이유는요?"

"그 남자가 최강준이 아닌 최강이라는 것부터 알려 주려고 했는데, 그건 알게 됐나 보네. 그렇게 속았는데도, 좋은 건가?"

도현이 쓸쓸히 물었다. 단아는 안타까운 마음을 외면하고 대꾸했다.

"대답해 주세요. 괴롭히시는 이유."

"왜 괴롭힐 것 같아?"

"제가 물었잖아요. 말꼬리 잡지 마세요."

"알면서 묻는 것 같으니까 그런 거야."

그는 한숨을 한 번 몰아쉬고는 두 눈을 꾹 감았다. 복잡한 상념에 젖은 듯 그의 미간이 구겨졌다.

"이렇게까지 해야 하는 나도 썩 유쾌하지 않다는 걸 알아줬으면 좋겠어."

그의 얼굴에 아스라한 미소가 번졌다. 하지만 그는 이내 미소를 거두고 단단한 시선으로 말을 이었다.

"그 파일, 앞으로 그 남자를 어떻게 무너뜨릴 건지에 대한 내용이 들어 있어. 그 남자한테 디자인 하우스가 어떤 의미인지 알지?"

"……알아요."

그가 모든 걸 다 바쳐 일궈 온 전부. 도현은 그걸 망가뜨리려 하고 있다. 단아의 얼굴이 파리하게 굳어 갔다.

"네가 그렇게 계속 그 남자 곁에 있겠다면, 그 남자는 널 제외한 모든 걸 다 잃게 될 거야."

숨이 턱 막혀 왔다.

"내 손으로 한 사람 인생을 망가뜨리는 일은 없었으면 좋겠어."

"그럼 그렇게 안 하시면 되잖아요."

도현의 얼굴에 또다시 아스라한 미소가 걸렸다. 한때 좋은 감정을 품고 있던 사람이 이토록 쓰린 표정을 짓고 있음에, 단아의 마음도 편치만은 않았다.

"단아 네가 결정하면 돼."

"대체 뭘요?"

"예전처럼…… 남자는 나 하나밖에 모른다는 듯 설레는 눈길로 날 바라봐 주고, 나 하나로 충분하다는 듯 웃어 주고…… 사랑한다고 해 준다면, 그거면 돼."

진심을 담은 목소리, 말갛게 젖은 눈동자. 그리고 타이밍이 어긋나 버린 서로의 마음. 가슴이 아릿했다.

"단아 널, 그 남자보다 훨씬 더 많이 사랑해 주고, 아껴 주고, 위해 줄 자신 있어."

"저는 자신 없어요. 강준 씨 없이는…… 이제 아무것도 해낼 자신 없어요. 그게 무슨 뜻인지 아세요?"

떨림 하나 없는 목소리로 물었다.

"그게 무슨 뜻인데?"

"그 사람 위해서라면 저, 뭐든 할 수 있다는 의미와 같아요. 그 사람이 없으면 안 되니까, 그 사람 위해서 뭐든 하겠다는 거예요."

"알아, 그래서 이러는 거야. 착한 한단아는 사랑하는 남자 위해서 뭐든 다 할 수 있는 여자니까. 최 대표, 자존심 세지? 디자이너로서 자존감도 높고. 생각해 봐, 전부를 잃은 자존심 세고 자존감 높은 남자가, 사랑하는 여자 고생시킬 게 뻔한데도 곁에 두려고 할지."

도현이 하는 말에 휩쓸리는 모습을 보이고 싶지 않아서, 단아는 한숨이 새어 나오려는 입을 꾹 다물었다.

"그 전에 나한테 와. 그럼 그 남자 자존심과 자존감은 지켜 줄 테니까. 전부를 잃은 남자가 사랑하는 여자를 버리는 그림보다는, 능력 있는 남자가 실연의 상처 한 번 겪은 그림이 더 낫잖아."

"전혀요. 뭐가 낫다는 건지 모르겠어요."

"모르겠으면, 지켜봐. 앞으로 어떤 그림이 그려지는지."

말이 전혀 통하지 않는 상황, 대체 도현에게 뭘 기대하고 이곳에 왔는지……. 단아는 무감한 목소리를 내려 애썼다.

"이렇게까지 하실 필요 없잖아요. 그 사람 무너뜨리면서까지 이러실 필요는……."

"단아야."

아련한 그리움을 품은 도현의 목소리에 단아는 두 눈을 꾹 감아 버렸다.

"진짜, 왜 이러세요? 제가 정말…… 나쁜 사람 같잖아요."

"나 사실 겁나."

스르륵 감고 있던 두 눈을 뜬 단아는 아스라한 목소리를 낸 도현을 물끄러미 바라봤다. 도현은 초조한 듯 이마를 한 번 쓸어 넘겼다.

"……뭐가 겁나시는데요?"

"살면서 단 한 번도 난, 누군가에게 혹은 무언가에…… 이렇게 미쳤던 적이 없었어. 나 편한 대로는 살아왔지만, 누군가를 겁주고, 깊이 상처 줬던 적은 맹세코 없었어."

도현의 눈동자에 어린 진심을 알아차린 단아는 가슴이 미어졌다. 그럼에도 그가 원하는 것은 줄 수 없으니까.

"그래서 겁나. 너한테 미쳐 있는 내가 무슨 짓을 저지를까…… 나조차도 겁이 나. 그러니까 나 막아 줘. 네가 나 붙잡아 줘."

단아의 입술 끝이 파르르 떨렸다.

"한때 좋은 감정 가졌던 사이잖아. 아직 아무것도 시작 못 한 사이기도 하고. 나랑 해 보자, 뭐든. 네가 원하는 건 다."

"알아요. 도현 씨 좋은 사람인 거 충분히 알아요. 근데요, 도현 씨가 원하는 거, 저는 해 드릴 수 없어요."

단아는 결연한 얼굴로 말을 이었다.

"강준 씨 무너뜨리면 그 옆에서 버틸 거고요, 다시 일어날 수 있게 지킬 거예요."

"하아…… 단아야."

"자꾸 저한테 착하다고 하시는데요, 저 되게 이기적이에요. 처음 해 보는 사랑, 아무도 못 건드리게 제가 꼭 지킬 거예요."

도현이 뭐라 말을 덧붙이려는 순간, 단아가 자리에서 일어났다.

"부탁이에요. 제 마음 변하지 않으니까, 그만하셨으면 좋겠어요. 저한테 선택하라고 하셨죠? 전 강준 씨 선택했어요, 이미."

"네가 피렌체에서 그 남자랑 뭘 했든, 난 상관없어."

도현은 단아가 하는 말은 듣고 있지 않다는 듯 딴소리를 했다.

"전 상관있어요. 세상에 태어나서 가장 큰 용기를 낸 순간이 피렌체로 날아가던 때였고, 가장 큰 행복을 얻은 곳이 피렌체였어요."

"그런 고백은 나한테 할 필요 없잖아."

"그럴 필요 없는데, 하게 만드시잖아요."

머리가 지끈지끈 아파 왔다. 단아는 미간을 구기며 덧붙였다.

"그러니까요. 안 변해요, 제 마음. 무슨 짓을 하셔도 안 변해요. 무슨 그림이 그려질지 지켜보라고 하셨죠? 앞으로 제가 어떻게 할지, 그건 도현 씨가 지켜보세요."

선전포고와 같은 말을 남긴 단아는 도현의 사무실을 박차고 나갔다. 도현은 단아가 떠난 자리를 물끄러미 바라봤다.

"착해 빠져 갖고. 안 착하기는."

최강, 그 남자를 건드렸다는데도, 화내고 소리 지르기는커녕 나긋한 목소리로 설득하는 여자.

"더 빨리 깨달았더라면, 내가 널 조금만 더 빨리 알아봤더라면."

테이블 위에 놓인 투자 설명서와 두꺼운 파일을 도현은 물끄러미 응시했다. 최강을 무너뜨릴 계획이 들어 있다는데도, 그녀는 저 파일을 거들떠보지도 않았다. 그런 초연함이 도현을 더 안달 나고 초조하게 만들었다.

"이도현, 어디까지 가 볼래?"

투자 설명서를 집어 든 도현은 어금니를 꾹 깨물었다.

도현의 사무실을 빠져나온 단아는 곧장 디자인 하우스로 향했다. 어제 ON과 함께 인사를 나눈 진석원 이사를 만나기 위함이었다.

"무슨 일로 절 찾아오셨죠?"

"그동안 디자인 하우스에 무슨 일이 있었던 건지 자세히 들을 수 있을까요?"

"대표님 허락 없이는 말씀드릴 수 없습니다만."

"……강준 씨는 모르게 들었으면 좋겠어요."

"제가 지금 한단아 씨 충분히 의심할 수 있는 상황이라는 거, 알죠?"

"알아요. 이도현 씨가 디자인 하우스 어렵게 하고 있는 거죠?"

"그걸 알면서 대표님 몰래 회사 정보를 달라고 하면, 제가 어떻게 해야 하는지…… 이거 좀 곤란한데요."

단아는 크게 숨을 들이마시고는 말을 이었다.

"임시 주총이 있을 예정이라고 들었어요. 경영권 교체와 관련한 이야기가 흘러나올 거란 말도 들었고요."

"어떻게 알았어요? 아직 상장 진이라…… 비상장 주식을 갖고 있는 주주들만 아는 이야긴데?"

"학부 때 선배 통해서 들었어요. 지금 증권회사에 있거든요."

"이도현 씨도 디자인 하우스 주주 중 한 명인데, 그 선배가 이도현 씨는 아니죠?"

단아는 가만히 고개를 저었다.

"강준 씨, 아니 최 대표님 성격상 혼자 다 짊어지고 무너질 사람이란 거, 이사님도 아시죠?"

울컥한 마음에 단아의 말끝이 흐려졌다.

"제가 도울 수 있게 해 주세요. 그 사람 무너지는 거 막을 수 있게."

석원은 간절한 눈빛을 하고 있는 단아를 물끄러미 바라봤다. 방금 그녀가 내뱉은 말처럼 최강 대표는 혼자 무너졌으면 무너졌지, 절대 주변 사람을 괴롭게 할 인물이 아니다. 임시 주총장에도 강은 혼자 모든 책임을 떠안고 들어갈 생각인 듯했으니까.

최강 대표가 사라진 디자인 하우스는 알맹이 빠진 빈껍데기에 불과하다.

"내가 한단아 씨 믿어도 되는 겁니까?"

"믿어 주세요."

"증명해 봐요, 그럼."

"어떻게 증명하면 될까요?"

두 사람의 기가 막힌 러브 스토리는 이미 라온을 통해 들은 석원이었다. 또 한밤중에 칵테일 드레스를 입고 로마에서 피렌체까지 날아온 단아와, 그런 그녀를 호텔 로비 한가운데서 끌어안고 있는 강을 이미 두 눈으로 확인한 바 있었다.

경영학 전공했다는 아가씨가 강을 돕고 싶어 하는 마음이 어여쁘기는 하지만, 마케팅 이사인 자신도 손을 못 대는 문제를 눈앞에 있는 순진한 아가씨가 대체 어떻게 하려는 건지.

"한단아 씨가 우리 디자인 하우스 일에 발 들였다는 걸 알면, 최 대표가 가만히 있지 않을 텐데요. 나 이 디자인 하우스 창립 멤버예요. 최 대표나 제이슨처럼 나도 디자인 하우스에 내 전부를 걸고 있는 거나 마찬가지고. 최대표한테 미운털 박혀 봤자 나한테 좋을 게 없는데."

"그러니까 임시 주총이 있을 때까진 모르게 해 주세요."

"그럼, 나중에 최 대표가 알게 되면 한단아 씨가 다 책임질 겁니까?"

"책임질게요, 뭐든."

"그럼 먼저 증명해요. 최 대표가 한단아 씨를 믿고 있다는 것부터. 그럼 나도 한단아 씨 도울 테니까."

석원의 눈동자가 야릇하게 빛났다. 피티 워모를 위해 피렌체로 향하며, 석원은 이대로 디자인 하우스를 포기해야 하는 건 아닐까 생각했었다. 강의 얼굴이 세상 포기한 얼굴이었으니까.

그런데 피렌체에서 돌아온 이후, 그는 완전히 다른 사람이 되어 있었다. 고압적이고 대쪽 같았던 사람이 부드러운 카리스마를 품은 것. 이 모든 변화가 앞에 앉은 여자 때문이라는 말인데.

석원의 입가에 희미한 미소가 걸렸다.

"어떻게 증명하면 되는데요, 이사님?"

다음 날, 단아는 아침 일찍부터 디자인 하우스를 찾았다.

"자, 증명하라고 하셨잖아요. 이 정도면 됐죠?"

단아가 내민 휴대전화 화면을 바라보던 석원은 입에 물고 있던 커피를 뿜고 말았다.

"그런 반응 보이시면 어떡해요."

단아는 머쓱하게 휴대전화를 가방 속에 넣었다.

"그거 나한테 메시지로 좀 보내 줘요."

"네?"

"일종의 증거 자료랄까."

단아는 미심쩍은 얼굴로 석원을 바라봤다.

"못 미더우면 말고. 나도 그럼 이 선에서 끝낼 테니까."

"보내 드릴게요."

강이 엄지와 검지를 앙증맞게 모아서 깜찍한 하트를 만들어 볼에 붙이고 있는 사진.

출장 간 강과 영상 통화 할 때, 그의 애정표현을 캡쳐해 오라고 했더니, 이런 대어를 낚아 온 한단아다. 잡지 화보 촬영 좀 하자는 말에 길길이 날뛰던 그였는데, 손가락 하트를 하며 환하게 웃고 있는 사진이라니.

디자인 하우스가 다시 일어서면 마케팅적 측면에서 강을 구워삶을 수 있는 위인이 될 여자다.

"자료 보죠, 그럼."

단아가 보낸 메시지를 확인한 석원은 그녀에게 묵직한 파일을 내밀었다.

"대외비니까, 여기 내 사무실에서만 보도록 해요."

"네, 그럴게요."

그녀는 석원이 건넨 자료에 무섭도록 집중했다.

"사회 환원 사업을 많이 했네요?"

"최 대표 뜻이에요."

"외부엔 안 드러내고요?"

"그것도 역시 최 대표 뜻이고."

"혼자 멋있는 척은 다 하네요, 정말. 이렇게 숨기면 누가 알아준다고."

"그러니까요. 답답합니다, 저도."

"주총장은 돈을 쓴 투자자들이 모이는 곳이기도 하지만, 자신의 투자가 가치 있는 곳에 쓰였기를 바라는 사람이 모이는 곳이기도 하죠."

단아의 눈빛이 결연히 빛났다.

"요즘 시장을 움직이는 힘은 스토리고요."

반짝반짝 빛나는 단아를 바라보는 석원의 눈에도 진중함이 어렸다.

"단아 씨는 어떻게 했으면 좋겠어요?"

◆

입국장을 빠져나온 강은 서둘러 게이트로 향했다. 한시라도 빨리 단아를 보고 싶은 마음에 가슴이 널을 뛰었다. 짧은 일정이었던 두바이 출장은 일이 잘 풀리면서 일주일이나 연장되었다. 속전속결로 계약서가 오고 갔고, 다음 시즌이 오픈 타깃이 되었다.

일이 잘 풀려서 묵직한 계약서를 들고 귀국했지만, 일주일 넘게 단아를 보지 못한 탓에 가슴이 허우룩했다.

얼른 집에 가서 옷만 갈아입고 나와야지.

강은 집으로 향하며 그렇게 생각했다. 그런데 현관문을 열고 들어서자, 구수한 된장찌개 냄새가 풍겼다.

"어머니, 오셨어요?"

현관 신발장 앞을 언제나 깔끔히 정리해 놓는 습관이 있는 강의 성격을 아시는 어머니는 당신 신발도 항상 신발장에 넣어 놓곤 하셨다. 그래서 그랬는지 현관 앞은 텅 비어 있었다. 두바이에서 비행기에 오르기 전 단아와 어머니께 차례로 전화를 드린 강이었다.

강은 곧장 부엌으로 향했다. 그런데 식탁 위에 저녁상만 차려져 있을 뿐 부엌은 텅 비어 있었다. 식탁 한쪽에는 메모지가 한 장 놓여 있었다.

【하나, 둘, 셋!】

"하나, 둘, 셋? 이게 뭐야?"

"짜잔!"

단아가 식탁 밑에서 고개를 빠끔히 내밀며 키득키득 웃었다.

"뭐예요? 안 놀라네?"

"거긴 왜 기어 들어가 있어? 애처럼."

나무라는 강의 말에 단아는 입을 삐죽 내밀고 식탁 아래서 빠져나왔다.

"죄송해요, 실없는 장난쳐서. 애처럼."

"유치하기는."

"연애도 하고 그럼 좀 유치해지는 거지."

강은 뾰로통한 표정을 지으며 돌아서는 단아를 와락 끌어안았다.

"세상 혼자 진지하신 분은 진지나 드시죠? 밥상 앞에서 이게 뭐 하는 짓이에요?"

"다행인 줄 알아."

"……뭐가요."

"식탁 위에 뜨거운 찌개 냄비가 있는 걸. 안 그럼 식탁 위에서 내가 지금 당장 먹어 치울 게 음식이 아니라, 한단아 네가 됐을 테니까."

단아의 입꼬리가 뺨을 타고 예쁘게 솟아올랐다.

"어우, 짐승."

"한단아 안을 수 있으면, 괴물이라고 해도 좋아."

"식사부터 하세요. 기내식 허술했을 텐데."

"싫어. 먹고 싶은 것부터 먹을 거야."

"편식을 좀 하시네요?"

"걱정 마, 몸에 좋은 것만 먹으니까. 지금은 내 심신에 한단아가 제일 좋고."

강은 탐스러운 머리카락을 쓸어 단아의 왼쪽 어깨로 넘겼다. 그리고는 그녀의 오른쪽 목덜미에 입술을 묻고 음미했다. 취하고 싶은 달콤한 내음, 끝없이 맛보고 싶은 보드라운 결.

입술을 찍어 낼수록 그녀의 숨소리가 가쁘게 차올랐다.

"하아."

단아의 어깨가 파르르 떨렸다. 목덜미에 입술을 묻은 강에게서 정염으로 달뜬 목소리가 흘러나왔다.

"내가 가려고 했는데. 옷만 갈아입고, 우리 단아 보러 가려고 했는데."

"신경 쓰이는 일 있으면, 습관처럼 식사 거르잖아요. 챙겨 먹는다고 하면서도, 제대로 안 먹잖아요."

"그래서 나 집 밥 먹으려고 와 있었어?"

단아는 가만히 고개를 끄덕였다.

"왜? 실컷 먹여서 잡아먹게?"

단아는 고개를 홱 돌리며 나무라듯 강을 쏘아보았다. 그런데 째려본 게 무색하리만큼 그는 아련한 미소를 머금고 있었다.

"왜 그런 표정이에요?"

"너무 좋아서."

임시 주총이 내일 모레로 다가와 있었다. 그의 아련한 얼굴에서 단아는 옅게 피어나는 불안을 감지했다. 단아는 몸을 돌려 그를 마주 안았다.

"보고 싶었어요."

"나도 많이 보고 싶었어."

"강준 씨 생각 정말 많이 했어요."

그리고 강준 씨 도우려고 나, 정말 많이 노력했어요.

"나도 한단아 생각 정말 많이 했어."

단아는 그의 허리춤을 안고 있던 손을 옮겨 그의 목을 휘감았다. 그러고는 까치발을 들고 그의 입술을 슬쩍 머금었다. 위로와 응원이 담긴 따뜻한 입맞춤. 짧은 키스 후에 입술을 떼어 낸 순간, 몸이 번쩍 허공으로 떠올랐다.

"그래도 밥은 먼저 먹으려고 했는데, 안 되겠다. 시작은 네가 했다, 한단아."

제15장 사랑, 참

침실 문이 닫히는 둔탁한 소리가 들려왔다. 단아는 강의 목에 팔을 두른 채로 아찔한 키스에 몰입했다. 깜짝 놀라게 해 주려 한 장난에 심드렁한 반응을 보인 게 무색하리만큼 그는 단아의 입술을 집요하게 파고들었다.

숨이 턱 막혀 왔다. 온몸에 열이 올라서 허공에 떠 있는 다리가 비비 꼬일 것만 같은 순간, 차가운 이불이 등허리에 닿았다.

그는 단아에게서 입술을 떼지 않은 채 슈트 재킷을 벗어 던졌다. 단아는 손을 뻗어 강의 드레스셔츠 단추를 풀어 내려가기 시작했다. 드레스셔츠가 바닥으로 떨어지자, 그는 상체를 일으켜 세우고 있는 단아의 어깨를 지그시 눌렀다.

푹신한 침대 위로 자연스레 몸이 누여졌다.

"하아."

잠시 입술이 떨어지자, 밭은 숨이 쏟아져 나왔다. 그는 앞치마 위로 얼굴을 묻으며 숨을 고르는 듯했다. 그러나 느릿해지는 그의 숨결과 달리 손길은 다급하게 움직였다. 순식간에 앞치마와 함께 돌돌 말린 원피스 더미가 침대 모서리에 걸렸다.

"……왜 이렇게 급해요."

단아는 떨리는 손으로 그의 머리카락을 쓰다듬었다.

"제어가 안 돼."

목덜미를 오고 가는 그의 입술 때문에 온몸에 오스스 소름이 돋아났다.

"천천히……. 시간 많아요."

단아는 부드럽게 그의 어깨를 쓸어내리며 속삭였다.

"좀 이따 가야 하잖아. 저녁은 혼자 먹어도 되니까……."

강이 단아의 허리를 꽉 움켜잡았다.

"밤새도록 여기 있을 거예요. 부모님 여행 가셨어요. 단정이는 친구들이랑 있는다고 했고. 나 집에 가면 무섭게 혼자 있어야 하는데…… 가요? 여기 있지 말고?"

애교 섞인 물음에 강의 입에서 희미한 웃음소리가 울렸다.

"식사부터 하시는 게 어때요?"

강은 그녀의 목덜미에 얼굴을 묻은 채로 도리질 쳤다.

"누가 안 먹겠대?"

"그럼, 일어나요."

"맛있어 보이는 것부터 먼저 먹을 거야."

뭐라 대꾸를 하려 오물거리는 단아의 입술을 강은 단번에 머금어 버렸다. 식사부터 하라고 했던 단아도 강의 어깨를 꼭 끌어안고 있었다. 서로의 체온을 오롯이 느끼는 스킨십에 전율이 흘렀다.

아무것도 안 두려워요, 나.

그러니까 당신도 두려워하지 말아요.

내가 이렇게 당신 곁에 있을게요.

단아는 굳게 다짐하며 흔들리는 강의 어깨를 힘주어 끌어안았다. 피렌체에서보다 더 강렬하고 농밀해진 움직임에 숨이 턱 막힐 지경이 된 순간, 강의 얼굴이 단아의 목덜미를 파고들었다.

거친 숨소리가 고요한 방 안을 밀도 높게 채워 갔다.

단아는 힘이 쭉 빠져 버린 손을 들어 강의 머리카락을 쓰다듬었다. 부드러운 머리카락이 손가락 사이사이를 스칠 때마다 마음이 평온해졌다.

이 사람, 여기 있어.

여기 있잖아, 내 옆에.

이렇게 멋지고 강한 모습이잖아.

수백 번 되뇌어도 미세하게 피어오른 불안감은 자꾸만 고개를 치켜들었다.

무슨 일이 있어도 당신 믿고 기다리라고 했던 말, 곁에 있어 달라고 했던 말. 난 꼭 지킬 거예요.

그러니까 당신도.

단아는 조심스레 입을 열었다.

"강준 씨."

"음."

짧은 대꾸에서 고단함이 묻어났다.

"이제 저녁 먹을까요?"

"5분만."

피식 웃음이 터져 나왔다. 언제나 어른처럼 점잖게 굴었던 그가 품에 안겨 어리광을 피우고 있었다. 단아는 가만히 그의 등을 쓸어내렸다.

"······한단아."

"응?"

"가만히 있어. 날 자극하려는 거 아니면."

단아의 손이 너른 등 한가운데서 멈춰 섰다.

"착하네."

나른한 그의 목소리 때문에 단아는 또다시 열이 오르는 듯했다.

"이제 밥 먹자."

강은 몸을 일으키며 빙그레 웃었다. 매혹적인 미소는 언제나처럼 근사했다. 식사를 하는 동안에도 강의 얼굴에는 은은한 미소가 머물렀다. 그러나 그 미소를 마주하고 있는 단아의 마음은 복잡다단했다.

자신의 손으로 일군 모든 것을 잃게 될지도 모르는 순간을 겸허히 맞을 준비를 하는 듯한 그의 의연함 때문에. 혼자 고뇌할 그를 위로하려 찾은 그의 집이었는데, 속앓이는 단아가 더 깊은 듯했다.

식사를 마치고, 거실 소파에 앉아서 손을 꼭 잡은 채로 예능 프로그램 재방송을 보았다. 그는 가면을 벗은 가수의 얼굴을 보고 뜻밖이라며 놀라운 표정을 짓기도 했다. 원래 이게 자연스러운 그의 일상인지, 아니면 초연해지려 노력하는 건지…….

"한단아."

"네?"

"왜 TV는 안 보고 내 얼굴만 쳐다보고 있어? 내가 그렇게 좋아?"

"아까 강준 씨도 맛있는 거 먼저 먹는다고 했잖아요. 난 보고 싶은 거 보는 건데요?"

그가 피식 웃음을 터뜨렸다.

"못 봤으니까 실컷 보려고요."

말이 떨어지자마자, 그가 단아의 어깨를 밀치고는 소파에 눕혔다.

"못 했으니까 실컷 하고 싶은데, 난?"

단아는 손을 뻗어 강의 얼굴을 보드랍게 어루만졌다.

"머릿속에 그런 것만 들어 있나 봐. 어떻게 기승전―그거예요?"

"그게 뭔데? 뭔 줄 알고 그러는 거야, 한단아? 두바이에 있는 동안 바빠서 운동을 못 했거든."

그는 단아의 머리 양옆을 짚은 팔을 구부리며 팔굽혀펴기를 시작했다.

"운동 못 했으니까, 실컷 해야겠다고 한 건데?"

단아는 얄밉게 말을 돌리는 그를 밉지 않게 노려보았다. 그러자 팔을 굽히며 가까이 다가온 그의 입술이 단아의 이마에 닿았다.

또다시 멀어졌다가 가까워진 그의 입술이 이번에는 입술에 한 번 내려앉았다. 강은 이제 팔굽혀펴기에는 관심 없다는 듯 소파와 그녀의 등 사이에 손을 집어넣어 가녀린 허리를 바짝 끌어당겨 안았다. 단아는 고개를 비틀어 입술을 떼어 내고는 뾰로통하게 물었다.

"운동하신다면서요?"

"할 거야, 격한 운동. 한단아랑 같이."

"훗!"

목덜미가 아릿했다.

"왜 깨물어⋯⋯!"

정신이 아득해질 정도로 깊은 키스가 시작되었다. 단아는 위무하듯 그의 등을 와락 끌어안았다.

반짝반짝 빛나는 햇살이 슬쩍 벌어진 암막 커튼 사이로 새어 들어왔다. 강은 은은한 빛에 휩싸인 공간에 누워 있는 단아를 다정한 눈빛으로 내려다보았다. 고단했는지 그녀는 새근새근 고른 숨소리를 내며 잠들어 있었다.

뺨에 붙은 머리카락을 집어 귀 뒤로 넘겨 주려는데, 그녀가 슬그머니 눈을 떴다. 그리고는 빙그레 웃는다.

세상 다 잃어도 너만 이렇게 웃어 주면, 난 더 바랄 게 없다. 강은 어여쁜 미소를 짓는 그녀의 이마에 슬쩍 입을 맞췄다.

"아침은 내가 할게."

"강준 씨 요리도 할 줄 알아요?"

"우유에 시리얼 말아 줄 테니까, 군소리 말고 먹어."

베개에 얼굴을 묻는 그녀가 키득키득 웃었다.

듣기 좋다, 한단아 웃음소리.

"씻고 나와, 부엌에 있을 테니까."

식탁 앞에 선 단아는 휘둥그레진 눈으로 강을 바라보았다.

우유에 시리얼이라고 해 놓고…….

"아침에 농수산물 시장 다녀오셨어요?"

"아니."

"강준 씨 집에 이런 재료는 없었는데요?"

"아니야. 집에 있던 거야."

"에이, 나 아침 해 주려고 장 보고 왔구나?"

단아는 함박웃음을 지으며 물었다. 식탁 위에는 신선한 채소와 어우러진 리코타 치즈 망고 샐러드와 달걀옷을 곱게 입은 뒤 꿀 바르고 누워 있는 프렌치토스트, 그리고 갓 짜낸 자몽주스가 있었다.

"음, 맛있다!"

단아는 새콤달콤한 샐러드를 입에 물고 방긋 웃었다. 그런데 그 미소 끝이 개운치 않았다.

"단아야."

"음?"

"어떤 세상에 살든, 어떻게 살아가든 포기할 수 없는 단 하나만 말해 보라고 하면…… 나는 내 일, 디자이너로서 가질 수 있는 삶의 가치라고 했을 거야."

자몽주스가 담긴 유리잔을 만지작거리는 단아의 손가락 끝을 강은 슬며시 움켜잡았다.

"널 만나기 전까지는 그랬는데…… 디자이너 최강이 아닌 인간 최강준 곁에 있는 것들이 이제야 눈에 보여. 소중하지만 알아차리기 어려웠던 것들. 난 지금까지 눈에 보이는 성취감만 좇으며 살았는지도 몰라. 그래서 그게 제일 중요하다고 생각했었나 봐. 근데 이젠 아니야."

어제부터 그가 내비쳤던 의연함이 담대히 그 모습을 드러냈다.

"단아, 네 덕분에."

코끝이 찡해졌다. 단아는 빙그레 미소를 머금으며 손끝을 붙들고 있는 그의 커다란 손을 꽉 움켜잡았다.

"한 번밖에 못 사는 인생이에요. 우리 소중한 걸 놓치지 말고, 소소한 것에 감사하면서 살아요."

빙그레 웃는 단아를 바라보는 강의 가슴이 벅차올랐다. 이제껏 일상의 평범함에 감사하는 법을 몰랐다. 그런데 그녀가 가르쳐 주었다. 소소한 일상이 주는 삶의 가치 말이다.

"다 먹어. 새벽부터 일어나서 만든 거니까."

오후 내내 강의 곁을 지키던 그녀는 저녁이 다 되어서야 집으로 돌아갔다. 끊임없이 재잘거리던 목소리, 유쾌한 웃음소리가 사라지고 나자 집 안이 절간처럼 조용했다. 지킬 수 있다고 수백 번 다짐했음에도 어딘가 깊숙이 숨어 있던 불안감과 공허함은 시시때때로 고개를 치켜들고 강을 비웃었다.

"한단아…… 단아야……."

세상에 그녀밖에 존재하지 않는 듯했다. 그래서 그녀가 시야에서 사라지고 나면 곧 죽을 것처럼 외로웠다.

그녀가 있고 없음에, 천국과 지옥을 오가는 기분.

사랑 참, 놀라운 거구나.

차 안 공기가 서늘했다. 때 이른 무더위에 온도를 낮게 설정한 에어컨 탓도 있었지만, 서늘한 기운의 근원은 도현인 듯했다.

"대표님."

도현을 부르는 정 비서의 목소리는 차분했다.

"더 보고할 게 남아 있나?"

되묻는 도현의 목소리는 차갑기만 했다.

"공자가 그런 말을 했어요. 복수를 할 때는 두 개의 무덤을 파야 한다고요. 하나는 상대방의 것, 다른 하나는 나의 것."

"무슨 말이 하고 싶은 거야?"

두 사람이 탄 차는 최강 디자인 하우스의 임시 주주총회가 열릴 역삼동 비즈니스호텔로 향하고 있었다.

"대표님께서 스스로 그 무덤 안에 들어가시는 일은 없었으면 합니다."

"무슨 뜻이냐고 물었을 텐데? 사람 피곤하게 하지 말고, 본론만 간단히 말해."

"최강 대표를 사지로 내몰고 나면, 그 여자가 대표님 곁으로 올 거라고 생각하세요?"

도현은 차분히 묻는 정 비서에게 고개를 돌렸다.

"제가 보기엔 두 사람, 절대 안 흔들려요. 세상 피곤하게 살지 마시고 포기하세요, 그만."

"정 비서. 그쪽은 참 사람 피곤하게 하는 거 알아?"

"잘 어울리는 상하관계네요. 세상 피곤하게 사시는 대표님과 사람 피곤하게 만드는 부하직원이라니."

여유로운 미소를 머금고 있는 정 비서를 도현은 뜨악한 표정으로 바라봤다.

두 개의 무덤?

도현은 짜증스럽게 넥타이 매듭을 매만졌다.

"누굴 불렀다고요?"

임시 주총이 예정된 역삼동의 한 비즈니스호텔 로비, 콘퍼런스 룸으로 향하던 강의 발걸음이 우뚝 멈춰 섰다.

"누굴 부른 거냐고 물었습니다. 지금."

"경영 자문이 올 예정입니다."

"진석원 이사!"

강의 목소리가 치솟아 올랐다. 1시간이나 여유를 두고 주총장에 온 이유가 이거였나 싶었다.

"진 이사, 이야기 좀 합시다."

"준비된 룸이 있습니다."

석원은 당연한 수순이라는 듯 강을 데리고 16층에 위치한 객실로 향했다.

"급히 준비하느라 소회의실 예약이 어려웠습니다."

"그렇게 급히 경영 자문을 불러야 할 이유가 있었습니까? 진 이사도 내가 못 미더워요? 이런 식으로라면 그들이 원하는 답을 보여 주는 거나 마찬가지란 말입니다!"

"일단 들어 보시고 결정하시는 편이 좋을 것 같습니다."

"듣고 자시고 할 것도 없어요. 내가 세웠고, 내가 일으켰고, 내가 여기까지 이끈 회삽니다. 누구보다 내가 더 잘 알고……."

"압니다, 대표님. 저희도 디자인 하우스를 대표님이 아닌 다른 장사치가 운영하는 걸 원하지는 않습니다."

강은 이제껏 자신에게는 보여 주지 않았던 임시 주주총회 수정 공고안을 보고 버럭 소리를 질렀다.

"그럼 지금 이게 대체 뭐 하는 짓입니까? 대표인 나한테 한마디 상의도 없이!"

디자인 하우스 측 참여 인원에 '경영 자문'이라는 문구가 들어가 있었다.

"이미 주주들에게 공지된 내용입니다."

강이 불같이 화를 내는데도 불구하고, 믿는 구석이 있는 듯 석원은 담담했다. 소파에 털썩 주저앉은 강은 허탈한 한숨을 내쉬었다. 이미 공지된 바와 같이, 강은 경영 자문이라는 사람과 주총장에 들어가야만 했다.

"그래서 경영 자문이 와서 대체 뭘 어떻게 하겠다는 겁니까?"

석원은 손목에 있는 시계를 한 번 확인하고는 조용히 대답했다.

"곧 올 겁니다. 설명은 그분이 오시면 들으시죠."

더 이상 누군가를 끌어들이고 싶지 않은 강이었다. 일이 잘못될 경우, 모든 과오를 책임지고 물러나야 할 사람도 자신뿐이어야 한다고 여겼다. 디자인 하우스 직원들은 어떻게든 지켜야 한다고 생각한 강이었다. 그런데 계획에 없던 석원의 돌발 행동에 눈앞이 캄캄해지고 말았다.

띠리링—

적요한 객실 안, 초인종 소리가 들려왔다.

"온 것 같습니다."

석원의 나지막한 목소리가 울렸다.

"지금이라도 돌려보내는 건 안 되는 겁니까? 주주들한테는 그 경영 자문이 굳이 함께할 자리는 아니었다고 시작에 앞서 공지하면 되잖습니까?"

"일단 만나 보시고 말씀하시죠."

불같이 화를 내는 강에게 석원은 여유로운 미소를 머금은 채로 일축했다. 강은 객실 입구를 등진 채 소파에 앉아 있었고, 석원은 문을 열어 주기 위해 객실 현관으로 향했다.

"일찍 오셨네요?"

"버릇이 돼서요. 약속 시간보다 좀 빨리 다니는 게……."

귀에 익은 목소리가 들려오자, 강은 고개를 돌려 객실 현관을 바라봤다.

터키색 스트라이프가 잔잔히 들어간 진회색 블라우스, 유려한 하체 곡선을 따라 떨어지는 부츠컷 디자인의 드레스 팬츠.

강이 만들어 준 옷을 입고 서 있는 그녀는 단아였다.

"어떻게 여길?"

"우리 대표님 많이 놀라셨나 보네. 소개가 늦어서 죄송합니다, 대표님. 이쪽은 오늘 임시 주총장에 경영 자문 역할로 대표님 곁에 서게 될 한단아 씨입니다."

"이제 제가 알아서 할게요, 이사님."

단아는 석원을 올려다보며 빙긋이 웃었다.

"그럼 부탁해요, 단아 씨."

석원이 방에서 나가고 나자, 단아는 성큼성큼 강이 서 있는 곳으로 다가섰다.

"반가워요, 최강 대표님. 저 이렇게 뜻하지 않은 곳에서 보니까 무지 반갑죠?"

"이게 대체 무슨 일이야?"

반가움과 놀라움이 뒤섞인 물음에 단아는 빙그레 미소를 머금었다.

"내가 당신 지키려고 온 거예요."

말문이 턱 막혀 버린 강은 흔들리는 눈빛으로 단아를 내려다보았다.

"불안해하지 말아요. 다른 사람은 몰라도, 내 눈에는 다 보여. 어제 강준 씨 그 넓은 집에 혼자 두고 나오면서 내가 얼마나 마음 쓰였는지 모르죠?"

"하아…… 한단아."

강은 품 안으로 단아를 끌어당겨 안았다. 옅은 풀꽃 향기가 폐부 깊숙한 곳까지 찌르고 들어왔다.

긴장감 가득했던 가슴이 녹아내렸다. 복잡했던 머리가 산뜻하게 맑아졌다.

"……너, 정말……."

"와, 내 매력 말 안 한 지 꽤 됐다, 그쵸? 내가 또 이런 능력도 있는 여잔 줄은 몰랐죠?"

강은 그녀의 어깨를 감싸 쥐며 내려다보았다.

"어쩌려고 이래?"

"나 믿어 줘요."

단아의 눈동자가 말갛게 젖어 들었다.

"강준 씨가 내 짝사랑 이뤄 주겠다고 노력했던 것처럼…… 그때 내 마음 다칠까 봐 고백도 못 하고 전전긍긍하면서, 나 상처 받을까 봐 지켜 주고 보살펴 준 것처럼."

숨을 고르는 단아의 속눈썹이 파르르 떨렸다.

"모든 걸 다 잃어도 나만은 지키고 싶다고…… 내 곁은 지키겠다고 다짐하는 것처럼 보였던, 어제 강준 씨 모습처럼."

강은 보드라운 단아의 뺨을 어루만졌다.

"지금은 내가 강준 씨 지켜 줄 수 있게 해 줘요. 내가 강준 씨 곁에 있을게."

대답 대신 강은 얼굴을 내려 단아의 입술을 머금었다. 부드럽게 감기는 느낌은 세상을 다 얻은 듯한 착각마저 들게 했다. 이렇게 존재 자체만으로도 감사한 여자인데, 네가 내 곁에 있다는 것만으로도…… 난 더 바랄 게 없는데.

품 안 가득 그녀를 끌어안았다. 귀하고, 소중하고, 예뻐서. 당장 옆에 있는 침대로 데려가 그녀를 취하고 싶은 마음마저 들었다.

"여기 오늘 우리가 써도 되나 봐요. 내일 체크아웃하면 된다고 진 이사님이 알려 주던데요? 우리 주총 끝나면 올라와요, 응?"

강은 저도 모르게 웃음을 터뜨리고 말았다.

"그래, 그러자."

"어? 허락한 거예요! 나 주총장 같이 들어가는 거?"

"설마 한단아가 나 망하게 하겠어?"

"강준 씨 망하면 내가 먹여 살린다니까요?"

강은 단정히 빗어 묶은 단아의 머리를 다정하게 어루만졌다.

어여쁘고, 어여쁜 한단아. 이토록 긴장되는 순간에도 날 편안하게 만들어 주는 사랑스러운 여자.

내가 뭘 더 바라겠어, 너 말고.

도현은 이미 다른 주주들과 함께 콘퍼런스 룸에 자리하고 있었다. 임시 주총이 시작되면 도현이 포섭한 주주들은 그의 뜻대로 움직일 것이다. 도현 쪽 사람의 요청으로 열린 임시 주총이었고, 그 시나리오도 다 짜여 있었다. 그런데도 께름칙한 기분을 지울 수가 없었다.

머릿속에는 자꾸만 사무실을 박차고 나갔던 단아의 모습이 아른거렸다. 그리고 가슴은 한없이 아려 왔다.

"임시 주총이 끝나고 바로 본가로 가셔야겠습니다."

옆에 앉은 정 비서의 조용한 목소리가 들려 왔다.

"왜?"

"오늘이 어머니 기일이라고 연락이 왔습니다. 꼭 들어오시라고……."

기억에도 없는 친어머니의 기일이었다. 도현을 낳고 얼마 되지 않아 바람이 나서 도망가던 길에 교통사고로 죽은 어머니.

그런 어머니의 기일을 아버지는 끔찍이 챙기셨다. 다른 남자와 바람나서 도망간 여자인데도.

도현의 입가에 조소가 어렸다. 아버지가 싫은 또 하나의 이유였다. 남편이랑 자식 버리고 도망가다가 죽은 여자가 뭐가 좋다고.

사랑 따위 몰랐다. 모르고 사는 편이 편하다고 생각했다. 한 번 만나고 불편하면 헤어지고 마는 인스턴트식 만남을 선호했었다.

한단아를 알기 전까지는.

갑자기 목구멍에서 쓴 물이 올라왔다. 조금만 더 빨리 깨달았더라면……. 가슴이 갑갑해졌다. 눈에 보이는 건 아무것도 아니라는 듯 도현을 순수하게 바라봐 준 여자는 한단아가 처음이었다.

심장이 불안하게 날뛰었다. 남자가 돼서 비겁하게 세상을 살고 싶지는 않았다. 그런데 쳐 죽일 놈이 되더라도 그녀의 사랑만큼은 받고 싶었다.

그녀는 도현에게 좋은 사람이라고 했었다.

좋은 사람.

그래, 날 좋은 사람으로 만들어 주는 널 내 곁에 두고 싶은 게…… 내가 되게 괜찮은 남자일지도 모른다는 생각이 들게 만드는 너를 내 곁에 두고 싶은 게…….

나한테는 큰 사치이고 욕심인 걸까?

혀뿌리에서 쓴맛이 느껴졌다.

단아야…… 한단아…….

그녀의 이름을 속으로 수없이 되뇌고 있을 때였다. 도현은 자신이 헛것을 보고 있다고 생각했다. 눈앞에 그녀, 단아가 서 있었다. 그런 마음 다 알고 있다는 듯 희미한 미소를 머금은 채로 말이다.

단아의 등장으로 도현은 주변이 먹먹해지는 것만 같은 착각이 들었다. 그녀는 당연하다는 듯이 강의 옆자리에 앉았다. 도현은 손에 들고 있던 식순과 공고안을 살폈다.

【경영 자문】

이름이 비어 있던 곳을 채운 사람이, 한단아라고?

머릿속이 아득해졌다. 역시나 임시 주총장은 도현의 시나리오대로 흘러갔다. 도현은 그저 먹먹해진 가슴이 버거워 한숨을 몰아쉬며 앉아 있었다. 그런데 그때 그녀의 차분한 목소리가 들려오기 시작했다.

"한 아이의 엄마가 있습니다. 쾌적한 환경을 만들기 위해 엄마는 집안을 끊임없이 살핍니다. 그런데 아이가 하늘나라로 가고 맙니다. 여기 고등학교를 갓 졸업한 청년이 있습니다. 밤낮으로 일해 꿈을 이루려 했지만, 그는 사지로 몰렸습니다."

그녀는 숨을 한 번 고르고 말을 이었다.

"도덕적 해이. 사회 곳곳에 만연해 있는 책임 회피 현상. 삭막한 세상을 바꾸려 노력하는 이들은 정말 아무도 없는 걸까요? 제 손에 들고 있는 이 편지는 작년 10월 중소기업 구매부에 입사했다는 한 청년으로부터 받은 것입니다. 내용을 한번 살펴보겠습니다."

손에 들린 종이를 들여다보는 그녀의 눈빛은 진중했다.

"'감사합니다. 좋은 옷을 입고 면접에 임한 덕분인지 취업에 성공했습니다.'"

그녀는 편지로 향했던 시선을 거두어 청중을 바라보았다.

"취업을 하는 데도 어마어마한 돈이 드는 이상한 세상입니다. 말끔한 정장 한 벌 구입하는 데 드는 돈은 취업 준비생에게 무척이나 큰돈입니다. 최강 디자인 하우스는 설립 이후, 취업준비생을 위한 슈트 무료 대여 행사를 진행하고 있습니다. 아무런 조건도 없습니다. 면접에 가야 하는 사람이면, 누구나 빌려 입을 수 있습니다. 청년들에게 힘을 실어 주고자 시작한 사회 환원 사업은 판매율 상승으로도 이어졌습니다. 수년 전 당사의 옷을 입고 취업에 성공한 이들이 충성도 높은 고객이 된 것입니다."

어느새 주주들은 단아에게 몰입해 있었다.

"패션계가 열정 페이로 논란에 휩싸였습니다. 일만 고되고 배우는 것도 없는데, 수습 혹은 실습생이라는 미명하에 부당한 대우를 받는 이들의 이야기입니다. 지금 보고 계시는 자료는 최강 디자인 하우스의 인사 통계 자료입니다. 이직률이 제로에 가깝습니다. 직원을 회사의 주인으로 대우하는 것이 그 비결이었습니다. 그 결과 디자인 하우스는 고른 품질의 옷을 꾸준히 선보일 수 있었습니다."

단아는 여유로운 눈빛으로 주주들을 훑어보았다.

"올 초, 디자인 하우스는 새로운 사회 환원 사업을 시작했습니다."

스크린에 화마와 맞서 싸우는 소방관의 모습이 나타났다.

"바로 소방복 지원 사업입니다. 소방복은 구조 대상자의 생명과 직결되어 있는 옷입니다. 누군가의 생명을 구하기 위한 작업을 디자인 하우스에서 시작하고 있는 것입니다. 그 누군가는 제가 될 수도, 여러분 혹은 여러분의 가족이 될 수도 있습니다."

청중을 훑던 시선이 도현에게 닿았다.

"높은 수익만을 추구하려 투자하셨다면, 투자를 철회하셔도 좋습니다. 이윤 추구만을 좇는 기업을 원하신다면 경영권 교체를 외치셔도 좋습니다. 하지만 사회적 책임을 다하는 정직한 회사에 투자하고자 하신다면, 사람이 사람답게 일하는 회사를 지지하신다면, 더 나은 세상을 만들고자 노력하는 기업 이상의 가치를 원하신다면……."

단아는 간절한 눈빛으로 도현을 바라보며 마지막 말을 내뱉었다.

"좋은 사람이 만드는 좋은 회사, 좋은 세상을 만들기 위한 노력을 소신껏

해 가고 있는 이들. 현재의 경영진을 믿고 함께해 주시길 부탁드립니다."

고개를 숙여 인사를 한 단아는 강의 옆자리에 착석했다. 주위를 의식한 듯 희미한 미소가 담긴 눈짓을 주고받는 두 사람의 모습이 도현의 눈에 들어왔다. 그리고 주주들은 술렁이기 시작했다.

영정 사진을 바라보는 도현의 눈동자는 텅 비어 있었다. 어머니가 좋아하셨다며, 아버지는 늘 노을 질 저녁 무렵에 제사를 지내셨다.

"제사 간소화하죠."

서늘한 도현의 목소리에 아버지는 미간을 구겼다.

"쓸데없는 소리 말고, 끝났으니 돌아가거라."

서재로 향하시던 아버지가 멈춰 섰다.

"그리고."

도현은 물끄러미 그 뒷모습을 바라봤다.

"듣기 싫은 소리인 줄 안다만, 넌 참 애비를 많이도 닮았구나."

"무슨 말씀이세요?"

"35년 전에 내가 했던 실수를 반복하고 있으니."

도현은 성큼성큼 걸음을 옮겨 아버지의 앞을 가로막아 섰다.

"무슨 말씀이시냐고요! 실수를 반복하다니요?"

"네 엄마, 내가 다른 사람 마음 아프게 하고 앗아 온 사람이었다. 나는 미웠어도 자식은 귀했는지, 네 누나 손 붙들고 백일도 안 된 너를 속싸개에 싸 안고 나가다가. 우는 네 누나랑, 품에 있는 너 빼앗고, 배신감에 내쫓았는데."

"……그래서요?"

"그렇게 시집왔으니 나만 보고 살 착한 여자라고 생각했지. 아무것도 모르는 순진한 아가씨였으니, 잘해 주면 그게 전부라고 여길 거라는 되도 않는 착각을 했지, 내가."

도현의 입에서 한숨이 흘러나왔다.

"그 말씀을 지금에서야 하시는 이유가 뭔데요, 대체?"

"내가 죽은 그 사람 챙길 때마다, 네가 밖으로 나돌았던 거 안다. 그런데 그동안에는 말할 수 없더구나. 아들이 죽은 어미 미워하는 게, 못난 내 과오들키는 것보다 낫다는 어리석은 생각을 했었다."

"그런데 왜 지금 말씀하시냐고요! 왜 하필 오늘 같은 날에……."

"생때같은 내 아들이 나처럼 외로운 인생은 살지 말았으면 해서 그런다……. 도현아."

생전 들어 보지 못한 자상한 부름인데, 울분에 찬 도현은 대답도 하지 못하고 이제 자신보다 체구가 훨씬 작아진 아버지를 노려보았다.

"그 아가씨 때문에 하는 것들, 이제 그만두거라. 반항은 했어도 착한 아들이었던 거, 애비 다 안다. 보듬어야 할 때 보듬어 주지 못하고, 알려 줘야 했을 때 알려 주지 못해서. 이렇게 장성하도록 애정 한 번 제대로 주지 못해서 미안하구나."

치밀어 오르는 분을 삭이지 못하고 도현은 크게 한숨을 내쉬었다.

"싸늘하게 군 나한테도 주눅 들지 않던 그 아가씨, 애비도 며느리로 욕심은 났다만…… 욕심난다고 다 가지려고 들면 탈이 나는 법이다."

서재 방문이 닫히는 소리가 들린 뒤, 도현은 바닥에 털썩 주저앉았다.

평생 어머니를 미워하게 만들어 놓고. 평생 사랑 같은 거에 목숨 걸지 못하게 만들어 놓았으면서, 그러다 만난 첫사랑을 포기하라는 거네요, 아버지?

당신처럼 외로이 살까 봐 두려워서……?

"어머, 도련님. 여기 왜 이러고 계세요?"

어머니의 부재를 대신해 도현을 키우다시피 한 아주머니께서 화들짝 놀라 부엌에서 뛰어오셨다.

"아니에요. 신경 쓰지 마세요. 다음에 올게요."

"도현 군."

아주머니의 목소리가 아스라이 울렸다.

"다음엔 꼭 저녁 먹고 가요. 누나도 외국에 있고, 아버지 집에서 많이 적 적해하셔."

한때 아주머니가 어머니였으면 얼마나 좋을까 하는 생각을 했었다. 아버지는 여자 보는 눈도 없이 왜 어머니 같은 여자와 결혼을 해서 평생을 혼자 저렇게 헤매나 했다.

"그럴게요."

빙긋이 웃는 아주머니를 뒤로하고 집을 나선 도현은 정 비서가 기다리고 있는 차에 올라탔다.

"윤 기사는 어디 갔어?"

"제가 퇴근하라고 했어요. 오늘 아들 생일이래요."

"하!"

도현은 저도 모르게 헛웃음을 흘렸다. 단 한 번도 도현은 자신의 생일을 아버지와 마주한 적이 없었다.

"사무실로 갈까요? 디자인 하우스 일은……."

윤 기사 대신 운전대를 잡은 정 비서는 무심히도 물었다. 도현은 아무런 대꾸 없이 잠자코 있었다.

"침대 데워 줄 여자가 아니라 마음 데워 줄 위로가 필요한 순간이면, 그 정도는 해 드릴 수 있어요."

도현은 기가 막힌다는 얼굴로 정 비서를 쏘아보았다.

"정 비서, 혹시 또라이 같다는 말 안 들어 봤어?"

"입바른 소리 잘한단 말은 들어 봤는데……. 신선하네요, 또라이라……."

고개를 절레절레 내젓는 도현을 보고 정 비서는 빙긋이 웃었다.

"자, 그럼. 사무실 말고, 고배주 한잔하러 가시죠? 보기 좋게 물먹고 차인 우리 이도현 대표님을 위해서."

침대 위에 마주 누운 두 사람은 빙그레 미소를 머금고 있었다.

「경영권 교체 건은 부결되었음을 선언합니다.」

임시 주총장을 울리던 소리가 아직도 귓가에 선했다.

디자인 하우스는 여전히 최강의 것.

강은 단아의 말랑말랑한 뺨을 보드랍게 어루만졌다. 임시 주총이 끝나자마자, 두 사람은 약속한 것처럼 이 방으로 다시 올라왔다.

"꿈에도 몰랐다, 한단아가 올 줄은."

"저도 꿈에도 몰랐어요. 코치님이 디자이너였을 줄은."

"두 눈으로 보고도 못 믿겠더라, 한단아가 날 대변해 주는 모습."

"저도 믿겨지지 않더라고요. 너무 완벽한 코치였으니까."

"고마워, 날 위해 그렇게 노력해 줘서."

"고마워요. 내 사랑 이뤄 주겠다고 본인 마음 아프도록 힘써 준 거."

"결국 지키긴 했는데, 내가 한 게 아무것도 없는 것 같다."

"결국 사랑을 하기는 하는데, 코치를 사랑하게 되어 버렸네."

두 사람의 입에서 동시에 웃음이 터져 나왔다.

"그리고 강준 씨가 한 게 왜 없어요? 이 회사 차리고 키운 사람이 누군데? 난 사람들 앞에서 정리해서 발표한 게 다지."

"근데…… 네가 전부를 한 것 같은 건 왜일까?"

강은 단아의 맨 어깨를 쓰다듬으며 빙긋이 웃었다. 그러자 그녀의 뺨이 붉게 달아올랐다.

"그럼, 더 예뻐해 주든지."

"얼마든지."

❖

"와, 그동안 특급 대우 받고 있는 줄도 몰랐네."

휴대전화 카메라에 실링 스티커를 붙인 단아는 빙그레 웃으며 강의 집무실로 향했다. 경영 자문이라는 타이틀을 달고 나서 디자인 하우스 직원들은 단아에게 묵례를 건네며 알은체를 해 왔다. 심지어 호들갑을 떨며 그녀를 반기는 이도 있었다.

"아웅! 우리 깜찍이 단아 씨 왔엉? 뭐 줄까? 커피? 홍차? 주스? 뭐, 뭐, 말만 해. 내가 다 갖다줄게."

"올 때마다 이러지 마세요."

"우리 단아, 한단아 양. 우리 보물 단지."

제이슨은 손바닥으로 단아의 양 볼을 톡톡톡 두드리며 아기 다루듯 했다.

"아구구, 이뻐 죽겠네, 아주. 내 눈에도 이렇게 이쁜데 우리 최 대표 눈에는 을마나 이쁠까?"

"그런 줄 알면, 손 떼지?"

등 뒤에서 소름이 쫙 끼치는 중저음이 들려왔다.

"있지, 단아 씨. 최 대표는 앞으로 1시간 동안 급히 두바이랑 회의해야 해. 나랑 놀자!"

단아는 제이슨에게 손목을 잡힌 채로 끌려가며 강을 향해 돌아보았다.

"어! 저기!"

싸늘했던 목소리와 달리 그는 고개를 절레절레 저으며 웃고 있었다. 도움을 요청하는 단아의 손짓에 강은 빙그레 웃으며 '다녀와.' 하고 입 모양으로 말했다.

제이슨에게 끌려간 곳은 온통 거울로 둘러싸여 있던 그 방.

"여긴 쇼룸이야. 여기서 쇼 리허설도 하고, 회의도 하고."

"저 여기 처음 왔을 때, 대표님 사이코패슨 줄 알았잖아요. 사방이 온통 거울인 거 너무 이상하지 않아요?"

제이슨은 웃음 터뜨리며 손사래를 쳤다.

"그래, 그럴 만하지. 참, 참! 우리 모델 오디션 볼 건데, 경영 자문님 참석 가능하십니까? 바쁘신 분이셔서, 시간을 뺏는 건 아닐지."

"공사가 다망하지만, 그 중요한 일에 제가 빠질 수가 있나요, 제이슨 CD 님. 어렵게 이 한 몸 자리해 보도록 하겠습니다."

이윽고 쇼룸 안으로 그림 같은 남자들이 쏟아져 들어오기 시작했다.

"입 다물어, 단아 씨."

"네."

제이슨의 귓속말에 단아는 입을 꾹 다물고 하늘에서 실수로 떨어뜨린 천사 같은 이들을 넋 놓고 바라봤다. 얼굴도 예술, 몸매도 예술, 워킹도 예술.

예술품에 영혼을 실은 천사들이 눈앞에서 걸어 다녔다. 그중 유독 단아와 제이슨이 있는 곳을 뚫어져라 응시하는 모델이 한 명 있었다. 단아가 앉아 있는 테이블 앞에서 턴을 한 번 한 남자는 빙그레 웃는 여유까지 보였다.

"어머나."

저도 모르게 감탄사를 내뱉은 단아는 얼른 입을 꾹 다물었다. 제이슨이 눈을 부릅뜨고 단아를 노려보고 있었기 때문이다. 단아는 어설피 웃어 보였다.

여자에게는 조인성의 미소를 보고 가슴 설렐 권리와 송중기의 목소리를 듣고 심장 떨릴 의무와 BTS의 퍼포먼스를 보면 나이를 불문하고 무조건 오빠라고 소리 질러야 하는 책임이 있습니다만?

"또 그러면 최 대표한테 이른다?"

"그러지 마세요. 이렇게 가까이에서 모델들 보는 거 처음이어서 그래요."

대답 소리가 생각보다 크게 흘러나왔는지, 순간 단아에게 매혹적인 미소를 흘리고 간 모델과 눈이 마주치고 말았다.

"지금 저 모델 눈에서 꿀 떨어지는 거 봤어?"

제이슨은 단아의 귀에 대고 나지막이 속삭였다.

"그, 글쎄요. 꿀은 무슨."

"감히 우리 사모님을 탐하는 눈빛으로 바라보는 저 모델은 아깝지만 제외."

"아까운데 왜 제외시켜요? 핏 좋은데요? 워킹도 좋고? 그냥 가요."

"저놈이 단아 씨 좋다고 덤벼 봐. 우리 최 대표 눈 돌아가는 거 보고 싶어?"

"아니. 뭐, 그건 아니고요."

"그러니까 제외. 끼가 다분해. 저 웃는 것 좀 봐. 저렇게 웃음이 헤퍼서야."

제이슨은 혀를 끌끌 차며 고개를 저었다. 모델 오디션이 끝나고, 제이슨과 단아는 마케팅 이사인 석원과 함께 모델 셀렉을 진행했다.

"얜 제외."

문제의 꿀남 포트폴리오를 바라보며 제이슨은 미간을 구겼다.

"이 사람 괜찮았는데…… 아깝다."

"제가 보기에도 괜찮았는데요, 제이슨 CD님."

"진 이사님, 이 모델은 무조건 탈락입니다. 오늘 세 명은 건졌네요. 이 사람. 이 사람. 그리고 이 사람."

캐스팅 회의를 마친 제이슨과 단아는 강의 집무실로 향하기 위해 쇼룸 문을 열었다. 그런데 쇼룸 앞에 눈에서 꿀이 떨어지고, 끼가 다분하며, 헤픈 미소를 짓고 있는 남자 모델이 서 있었다. 단아는 화들짝 놀란 얼굴로 그를 올려다보았고, 제이슨은 잔뜩 얼굴을 구긴 채로 모델을 쏘아보았다.

"제이슨 CD님 맞으시죠?"

모델은 환히 웃으며 제이슨을 향해 인사를 건넸다.

"그런데요?"

"저…… 기억 안 나세요?"

단아는 입술을 아래로 찍 늘이고는 묘한 표정으로 제이슨을 바라봤다.

"누구……?"

"저 강남역 패밀리 레스토랑에서 아르바이트하던…… CD님이 모델 하는 건 어떻겠냐고 지나가는 말로 그러셨는데, 기억 안 나시죠?"

조심스레 묻는 남자의 뺨이 붉게 물들어 있었다. 그리고 마주 선 제이슨은 놀라서 입을 다물지 못하는 듯했다.

"아, 기억나……. 기억나요. 내가 그런 말 흔히 내뱉는 사람은 아니라."

"기억해 주셔서 감사합니다."

남자는 허리를 굽혀 인사했다.

"제 이름은 지교원이고요. 오늘 오디션 떨어져도 괜찮아요. CD님 뵀으니까 그걸로 됐어요. 언젠가 꼭 CD님이 디자인 한 옷 입고 런웨이에 서고 싶습니다."

교원은 눈물까지 글썽였다. 그런 모습을 보이는 게 머쓱했던지 그는 뒤돌아서 대뜸 달리기 시작했다.

"와, 제이슨 CD님 안 되겠네?"

"뭐가?"

"떨어뜨릴 거예요, 정말? 제외? 리얼리?"

"근데 단아 씨."

제이슨의 목소리가 새삼 진지했다.

"나만 느꼈나?"

조심스러운 제이슨의 질문에 단아는 고심하듯 미간을 좁혔다. 단아가 뭐라 대꾸를 하려는 순간.

"둘이 무슨 작당 모의를 하는데, 그러고 있어?"

서늘한 물음 끝에 웃음이 묻어나는 강의 목소리가 들려왔다.

"날개를 숨기고 지상에 내려온 천사들에 관한 이야기랄까요."

단아의 엉뚱한 대답에 강은 대번에 미간을 구겼다.

"한단아, 오디션 데리고 들어갔어?"

"어머, 여보세요? 네. 보내 주신 자료는 잘 봤습니다."

제이슨은 오지도 않은 전화를 받는 척 자리를 피했다.

"따라와."

강은 어금니를 꾹 문채로 읊조렸다. 집무실에 들어선 강은 무서운 얼굴로 집무실 문을 잠가 버렸다.

"왜 이러세요."

"왜 이러세요오?"

"아니, 장난이었는데."

"장난이었는데에?"

강은 검지와 중지를 넥타이에 걸고 매듭을 끌어 내렸다. 그러고는 멀찍이 떨어져 서 있는 단아의 허리를 강하게 끌어당겨 안았다.

"아까 뭐라고 했어?"

"글쎄요. 제가 잘 기억이 안 나서……."

"날개를 숨기고 지상에 내려온 천사들?"

단아는 뜨겁게 내리쬐는 그의 시선을 피하려 했지만 허사였다.

"그럼 난?"

단아의 머릿속 뉴런들이 일제히 비명을 지르는 것 같았다.

생각해 보자, 떠올려 보자. 날개를 숨기고 지상에 내려온 천사들보다 창조적인 표현을!

"타락한 대천사……?"

"뭐? 타락?"

"아니, 날개를 숨기고 지상에 내려온 천사 중에 제일 잘생겼으니까 대천사고요. 그리고."

단아는 그의 허리춤을 잡고 있던 손을 그의 목덜미로 옮겨 갔다.

"그리고?"

"이런 거 좋아하니까."

단아는 까치발을 들고 강의 조각 같은 입술을 머금었다. 그는 입을 꾹 다문 채로 버티는 척하다가, 말캉한 놀림에 금세 무너져 내렸다. 뜨거운 입맞춤이 쉴 새 없이 계속되었다.

강은 단아의 허리를 꼭 끌어안고 소파로 발걸음을 옮겨 갔다. 푹신한 소파에 걸터앉은 강은 자신의 무릎 위에 단아를 앉혔다. 그러는 동안에도 두 사람의 입술은 떨어지지 않고 진득한 마찰음을 냈다.

단아는 대담하게 두 다리로 강의 허리를 감싸며 끌어안았다. 강은 목을 비틀어 슬며시 입술을 떼어 냈다.

"넌 그럼 타락한 대천사를 사랑하게 된 요정인가?"

단아는 고개를 절레절레 저으며 매혹적인 미소를 지었다.

"그럼 뭔데, 넌?"

"대천사를 타락하게 만든 요……부?"

강의 입에서 피식 웃음이 터져 나왔다.

"이렇게 남자가 정신을 못 차리고, 제가 올 때마다 집무실 문을 잠그시니. 이를 어쩌면 좋을까요?"

그래 봤자 단아가 강의 집무실에서 함께할 수 있는 시간은 고작 10분 남짓이었다. 사업 확장으로 바빠진 강의 얼굴을 보려면 이 방법밖에는 없었기에, 단아는 강에게 짬이 생길 때마다 디자인 하우스를 찾았다.

"그러게……. 어쩌면 좋을까."

강은 단아를 꼭 끌어안으며 속삭였다.

"한가해지면 우리 어디 여행이라도 갈까?"

"여행 좋죠."

"그리고……. 있잖아, 단아야."

이상하게 뜸을 들이는 강을 단아는 말끄러미 바라보았다.

"음? 왜요?"

"오늘 저녁은 같이 먹자."

"무슨 거한 저녁을 먹으려고, 이렇게 어렵게 입을 떼실까요?"

"이도현이랑 같이."

"네?"

단아의 얼굴이 싸늘하게 굳어 갔다.

"그 사람이랑 왜 같이 저녁을 먹어요?"

"그럴 만한 일이 생겨서."

"왜요? 이도현, 그 사람이 혹시…… 또 강준 씨 괴롭혀요?"

새하얗게 질린 얼굴을 한 단아를 강은 포근히 감싸 안았다.

"아니야, 그런 거. 좋은 일로 보는 거야."

단아 덕분에 강이 경영권을 사수하기는 했지만, 모든 일의 시작은 자신이라고 자책하기도 했던 그녀였다.

"정말 좋은 일로 보는 거 맞아. 너만 허락한다면 같이 식사하는 자리라도 만들어 달라고, 이도현이 그랬어."

"……."

단아의 눈동자에 또다시 눈물이 고였다.

"나 때문에…… 그래서 이도현 때문에 그렇게 고생을 하고…… 마주 앉아서 밥이 넘어가요?"

주주총회 후 한 달, 강은 한 명의 직원을 해고했다. 해고된 직원은 재봉팀 경란이었다. 경란은 디자인을 사고파는 브로커에게 강의 디자인을 넘겼고, 급속도로 퍼진 디자인은 공교롭게도 이도현이 투자한 SPA 브랜드 디자인 팀에까지 흘러들어 간 것이다.

우연치고는 기가 막히지만, 디자인 표절이 부끄러운 일인 줄도 모르고 만연한 곳이기에 가능한 일이었다. 일이 꼬이려면 이렇게도 꼬이고, 얽히려면 저렇게도 얽히는 법이라는 듯이.

"결국은 이 여자 내가 차지했다고 그놈 앞에서 으스대고 싶은데?"

"유치하게 그런 식으로 앙갚음하시려고요?"

"한단아를 내 여자로 만든 게 유치한 일이야?"

뾰로통하게 불었던 단아의 얼굴이 어느새 미소를 그려 냈다.

"평생 나한테 쥐여 살 거라며. 완전 속았어요. 내가 강준 씨한테 휘둘리고 있잖아."

"인생 길다. 두고 봐. 누가 더 많이 휘두르나."

두 사람은 코끝을 부딪치며 유쾌한 웃음을 지었다.

똑똑똑—

힘없는 노크 소리가 들려오자 단아는 얼른 강의 무릎에서 일어나 옷매무새를 바로 했다. 강은 집무실 문을 열며 물었다.

"무슨 일……."

눈앞에는 조심스러운 얼굴의 유리가 서 있었다. 유리는 집무실 안에 앉아 있는 단아를 보고 당황한 듯했다.

"손님이 와 계신 줄 모르고……. 죄송합니다. 여기 시안 직접 가져다 드리라고 해서요."

"고마워요, 가 봐요."

강은 서늘히 답하고는 집무실 문을 닫았다.

"어때요, 저 직원은?"

"뭐 똑같지."

단아는 심드렁하게 대답하는 강을 나무랐다.

"좀 무섭게 굴지 말고. 직원들한테 부드럽게 대해요."

"직원 전부한테 다 부드럽게 대해도, 은유리 씨한테는 그렇게 못 해. 내가 그때 얼마나 마음고생했는 줄 알아? 대체 왜 자르지 말라고 한 건데?"

절대 유리를 자르지 말라며 단아는 강에게 통사정을 했다. 경영 자문이 하는 말이라며 으름장을 놓기까지 하는 단아 때문에 유리를 디자인 하우스에 남겨 두기는 했지만 그게 영 마뜩잖은 강이었다.

"무언가 부족할 때, 시야가 좁아지기 마련이에요. 저 직원, 강준 씨 디자인 하우스에서 일하려고 고향 떠나서 올라왔다고 했잖아요. 혈혈단신 홀로 서울살이 하면서 설움도 많았을 거예요. 그 설움 뭐로 버텼을 것 같아요?"

강은 단아의 옆에 앉으며 그녀를 말끄러미 바라보았다.

"강준 씨랑 디자이너라는 직업. 그런데 갑자기 내가 나타나서 강준 씨를 차지하려고 하니까, 유리 씨 입장에서는 어떻게든 막고 싶었을 거예요."

"누가 누굴 두둔하는 거야?"

"그 덕에 제가 굴 파고 들어갔다가, 피렌체까지 날아갔잖아요?"

단아는 빙긋이 미소를 한 번 머금고는 말을 이었다.

"암튼요. 시야가 좁아진다고요. 그때 유리 씨 눈에는 그것밖에 안 보였던 거예요. 근데 강준 씨를 내가 차지한 마당에 디자인 하우스에서 나가라고 하면…… 강준 씨 손으로 키운 사람, 사지로 내모는 거나 마찬가지예요. 일 잘하는 착한 직원이었다면서요?"

"환상의 커플이네. 내 여자 뺏어 가려던 남자랑 같이 밥 먹자는 나나, 나 벗겨 놓고 쇼하던 여자 이해한다는 한단아나."

"그러니까 우리가 이렇게 됐죠. 둘이 똑같으니까."

강은 기분 좋은 미소를 머금은 채로 단아의 이마에 입술을 찍어 냈다.

"이제 갈까, 저녁 먹으러?"

테이블 앞에 앉자마자 도현은 계속해서 물을 들이켰다. 자꾸만 갈증이 일고 속이 타들어 가는 듯했다.

"그래서요? 강준 씨 어릴 때 한복만 입었어요? 엄마얏!"

재잘거리는 단아의 목소리가 들려오는가 싶더니, 그녀가 제 발에 걸린 듯 휘청거리는 모습이 눈에 들어왔다.

"샌들 끈이 풀렸네."

강은 한쪽 무릎을 굽히고 앉아서 단아의 왼쪽 발을 자신의 허벅다리 위에 올렸다. 그리고는 샌들 버클을 여며 주며 단아의 발등을 슬쩍 어루만졌다.

"사람들이 봐요."

"보면 좀 어떻다고."

강은 빙긋이 웃으며 단아를 올려다보았다. 서로가 사랑스러워 미치겠다는 얼굴을 하고 있는 두 남녀 곁으로 도현이 성큼성큼 다가갔다.

"못 봐 주겠네, 정말."

도현의 목소리가 들려온 곳으로 시선을 돌린 단아는 어떤 얼굴을 해야 할지 몰라서 당황했다. 그와 마주했던 마지막이 그리 유쾌하지는 않았으므로.

"오랜만이야."

도현의 사무실을 박차고 나와 임시 주총장에서 그를 만난 후, 딱 한 달. 짧다면 짧고, 길다면 긴 시간이었다.

"오랜만이에요."

단아의 목소리가 흘러나온 순간, 도현이 그녀의 팔을 잡고는 거세게 끌어당겼다. 낭창한 몸이 도현의 품 안으로 들어간 건 순식간이었다.

재빨리 도현을 밀쳐 낸 단아는 그의 뺨을 있는 힘껏 올려붙였다.

"아야."

단아는 오른손을 털어 내며 미간을 찌푸렸다. 요령 없이 휘두른 탓에 손이 얼얼했다.

"잘했어, 한단아. 내가 한 대 더 칠까?"

강은 단아의 어깨를 끌어당겨 안으며 도현을 노려보았다.

"아뇨, 강준 씨. 그러지 마요. 디자이너가 손 다치면 어쩌려고요."

도현은 턱을 이리저리 움직이며 빙그레 웃었다.

"이제야…… 나한테 화내네, 한단아?"

단아는 쓸쓸한 미소를 머금고 있는 도현을 물끄러미 바라봤다.

"저 화나게 하려고 일부러 그러신 거예요?"

도현은 고개를 끄덕이며 대꾸했다.

"어. 안 그러면 두 사람 또 내 앞에서 착한 얼굴로 앉아 있을 것 같아서."

"착한 얼굴?"

"아무리 도발해도 얼굴색 하나 안 변하는 남자랑, 내가 아무리 못된 짓을 한다고 해도 날 좋은 사람이라고 생각한다는 여자랑."

도현은 두 사람의 얼굴을 번갈아 보았다.

"나한테 화라도 내야 내가 좀 마음이 편하지."

"핑계 대지 마. 한단아 안아 보고 싶어서 그런 거 아냐?"

삐딱한 강의 물음에 도현은 헛웃음을 터뜨렸다.

"뭐 그런 것도 없지 않아 있고."

"이 자식이 진짜!"

도현의 도발에 강이 발끈해서 다가섰다.

"지금 우리 상당히 주목받고 있거든요? 식사부터 하시죠. 여기 엘본 스테이크가 그렇게 맛있다면서요?"

단아의 나긋한 말투와 사근사근한 미소는 금세 두 남자를 녹여 버렸다. 세 사람은 레스토랑 입구에서 아침 드라마에 조금 못 미치는 치정극을 벌이고 나서야 테이블에 앉았다.

"괜찮아요. 그냥 내가 먹을게요."

작게 썬 스테이크 조각을 단아의 턱 앞에 바치고 있는 강의 모습을 보고 도현은 물을 한 모금 들이켰다.

"적당히 해. 자꾸 염장 지르면 내가 뺏는 수가 있다?"

"자신 있으면 덤벼."

강의 서늘한 대답에 단아는 미간을 찌푸렸다.

"그러다 진짜 뺏기면 어쩌려고요?"

"내가 한단아 뺏길 것 같아? 너 저놈이 오라고 하면 갈 거야?"

"단아야. 난 네가 원한다면 평생 기다려 줄 수 있어."

"괜한 수고하지 마시고요. 두 분은 이미 겪어 봤는데, 가려면 다른 데로 가야죠."

단아의 대답에 도현은 풉 하고 웃음을 터뜨렸고, 강은 얼이 빠진 얼굴로 손에 들고 있던 포크를 떨어뜨렸다.

"적당히 해, 단아야. 최 대표 잡겠다."

"그러게요. 우리 그이가 웃자고 하는 말에 좀 죽자고 덤비는 경향이 있기는 해요."

'우리 그이'라는 말에 도현의 얼굴은 묘하게 굳었고, 강은 바보같이 허허 웃음을 흘렸다.

"최 대표, 억울하지 않아? 이 여자, 남자 둘을 앉혀 놓고 가지고 노는데?"

"단아야, 난 평생 네가 가지고 놀아도 돼. 한단아 전용 장난감 돼 줄게."

"나 어렸을 때, 엄마가 장난감 무지 안 사 줬는데, 이런 고퀄 장난감을 만나려고 그랬나?"

단아는 강의 뺨을 양손으로 감싸 쥐고 장난스럽게 웃었다.

"진짜 못 봐 주겠네. 천천히 식사하고 들어가려고 했는데, 본론부터 빨리 꺼내는 게 좋겠다."

"본론이요?"

단아는 고개를 갸웃하며 강을 바라보았다. 강은 옅은 미소를 머금은 채로 도현에게 고개를 한 번 까딱할 뿐이었다.

"디자인 하우스에 대한 우리 쪽 투자를 늘리기로 했어. 그 대신 조건이 있어."

"치사한 조건만 댔단 봐요. 내가 공정거래위원회에 신고할 거예요."

"이렇게 똑 부러지는 경영 자문이 있는데, 그럴 리가."

도현은 고개를 절레절레 저었다.

"새로 론칭한 SPA 브랜드, 우리 디자인 하우스에서 맡기로 했어."

강의 말에 단아의 눈이 휘둥그레졌다.

"일종의 전략적 제휴 관계인 거지. 나는 자금을 끌어모아서 디자인 하우스에 대한 투자자들의 투자를 돕고, 최 대표는 우리 쪽에서 세운 SPA 브랜드의 경영권을 인수해서 퀄리티 높은 브랜드로 만드는 거."

"무슨 뜻인지는 알겠는데요, 갑자기 두 분 왜 이렇게 친해지신 거예요? 불안하게."

강에게서 모든 것을 빼앗으려 했던 도현이었다. 그리고 그런 도현 때문에 마음고생 심하게 한 강이었다.

그런데 대체 왜?

"한단아 위해서."

도현은 아련한 눈길로 단아를 바라보았다.

"앞으로 최 대표가 자금 문제 겪는 일은 없을 거야. 말 그대로 편히 디자

195

인에만 신경 쓰면 돼."

단아는 멍해진 얼굴로 도현을 바라봤다.

"잠깐, 나 전화 통화 좀 하고 올게."

강은 두 사람에게 양해를 구하고 자리에서 일어났다. 도현은 멀어지는 강의 뒷모습을 물끄러미 바라보며 입을 열었다.

"참 이겨 먹으려야, 이길 수가 없어. 최 대표 일부러 자리 피해 주는 것 같지? 이긴 자의 여유인가?"

"……."

단아 역시 레스토랑 입구 쪽으로 사라지는 강의 뒷모습을 물끄러미 바라볼 뿐이었다.

"사실 최 대표가 당연히 거절할 거라고 예상했었어. 그런데 단번에, 아주 흔쾌히 오케이를 하더라고."

단아는 이해가 되지 않는다는 얼굴로 입을 꾹 다물었다. 뭐라 물어야 할지 머릿속이 복잡했다.

"조건을 달기는 했어. 소방복 지원 사업에도 투자해 달라고. 그래서 나도 그러겠다고 한 거야."

"일종의 면죄부예요?"

"한 여자의 마음을 빼앗기 위해 저지른 헛짓거리를 용서받기 위한 면죄부라면…… 맞아. 좋은 사람이 하는 좋은 일에 뜻을 같이하면 내가 정말 한단아가 말했던 것처럼 좋은 사람이 되지 않을까 싶어서."

도현은 한숨 쉬듯 웃었다.

"잘됐네요. 어쨌든."

단아는 고개를 떨어뜨린 채 조용히 속삭였다. 어쩐지 도현과 시선을 마주하는 게 미안했다. 도현의 마음을 받아들일 수 없는 건 명백하니까.

"이제 일어날까?"

이윽고 강이 자리로 돌아왔다. 사랑하는 여자를 향한 무한한 믿음을 담은 눈동자, 그리고 그 속에서 느껴지는 그의 깊은 마음까지.

단아는 가슴이 뭉클해져서 대답 대신 고개만 끄덕였다.

레스토랑 지상 주차장에 선 세 사람은 어색한 작별인사를 나누었다.

잘 가라. 그래, 잘 지내라.

그렇게 단아와 강이 발걸음을 돌리려던 순간이었다.

"부탁이 있는데."

도현의 조심스러운 목소리가 밤공기 속으로 조용히 울려 퍼졌다.

"마지막으로 한 번만 안아 봐도 될까, 단아야?"

강은 두 사람에게 등지도록 돌아서며 말했다.

"이번에는 내가 한 대 칠 것 같아서. 안 보는 게 낫겠다."

단아는 가만히 고개를 끄덕였다. 도현은 단아의 앞으로 성큼 다가서 가녀린 어깨를 살포시 끌어안았다. 심장이 저민 줄도 모르고, 도현은 애써 미소를 머금었다. 그리고는 단아에게만 들릴 정도의 낮은 목소리로 속삭였다.

"저 남자가 내 제안을 받아들인 이유는 좋은 일 때문도 아니고, 사업적 이득 때문도 아니야. 순전히 한단아 너 때문이야."

"……네?"

"단아 네가 마음속 깊이 품었던 사람이 나쁘게 기억되는 건 싫었대. 네가 나쁜 사람을 사랑이었다고 여긴 걸 조금이라도 자책하게 될까 봐서. 그런 작은 상처조차도 용납이 안 되더래. 내가 먼저 멋진 척하고 제안했는데, 최 대표에 비하면 난 전혀 멋지지가 않더라."

지나간 사랑에게서 듣는 지금 사랑의 애절함.

가슴이 조여와서 단아는 가만히 도현이 하는 말에 귀를 기울였다.

"여기 오기 전까지는…… 저 남자가 울리면 나한테 오라고 실없는 소리라도 한번 하고 싶었는데…… 잘 지내라."

단아는 가만히 고개를 끄덕거렸다. 저도 모르게 눈물이 핑 돌고, 가슴이 찡했다.

"잘 가요. 도현 씨도 좋은 사람 만나요."

작별을 고하는 말에 단아를 안고 있던 팔에서 스르륵 힘이 풀렸다.

"이제 나 정말 차였네."

도현은 장난스러운 얼굴로 자상하게 말했다.

"이도현 씨, 적당히 하지? 한번 안아 보라고 했지, 누가 품에 안고 꼬시랬어? 뭐라고 떠든 거야, 대체?"

강은 단아의 팔을 끌어당기며 빙그레 웃었다. 말은 서늘하게 했지만, 그의 입가엔 어스름한 미소가 걸려 있었다.

"그래. 한 번 더 꼬셔 보려고 했는데, 한단아가 안 넘어오더라. 두 사람 눈꼴시니까, 얼른 가. 한단아 업고 뛰기 전에."

강은 싸늘하게 눈을 한 번 흘기고는 단아의 어깨를 끌어안고 자신의 차가 세워져 있는 방향으로 저벅저벅 걸었다. 차에 오르자, 도현의 차가 주차장을 빠져나가는 모습이 눈에 들어왔다.

"고마워요."

뜻하지 않게 울먹이는 목소리가 들려왔다.

"지금 이 상황에 되게 안 어울리는 감사 인사인데? 왜, 옛사랑 품에 두 번이나 안기게 해 줘서 고마워?"

"치, 심술은."

"이 자식이 밥만 먹자고 했으면 밥만 먹을 것이지."

"나 오늘, 강준 씨한테 고마운데…… 도현 씨한테도 되게 고마운 거 있죠."

"저 자식한테 네가 왜 고마워? 뭐가 고마워? 내 사업에 투자해서?"

단아는 고개를 절레절레 저으며 빙그레 웃었다.

"아뇨."

강은 미간을 찌푸리며 단아를 노려보았다.

"강준 씨 너무 잘났잖아요. 사실 강준 씨 옆에 있으면 아주 가끔 내가 되게 볼품없어 보일 때가 있어요. 근데 저렇게 잘난 남자가 날 좋아해 줘서 강준 씨 긴장하게 만들었잖아요. 그래서 이기적이라고 해도 할 말 없지만, 난 그게 고마워요. 도현 씨의 존재가 강준 씨를 긴장하게 만든 거."

"한단아."

시큰둥한 부름에 단아는 고개를 갸웃하며 예쁘게 웃었다.

"왜요? 왜 또 이렇게 진지하게 부르실까?"

"너, 아직 날 잘 모른다."

"알 만큼 아는데요? 강준 씨 오른쪽 옆구리에 작은 점이 두 개 연달이 있는 것도 아는데."

"한단아 말 한마디에 내가 울고 웃고 한다는 거. 미치도록 긴장했다가, 한없이 편안해졌다가. 누가 옆에서 너 좋다고 애쓰지 않아도 나 충분히 네 옆에서 희로애락 겪고 있으니까, 쓸데없이 볼품없다느니 그런 말 하지 마."

벅찬 고백에 단아는 또다시 가슴이 뭉클했다.

"큰일 났어, 한단아."

짐짓 심각한 얼굴을 하는 강을 단아는 불안한 눈빛으로 바라봤다. 강은 그런 단아의 이마를 사랑스럽다는 듯이 쓸어 넘겼다.

커다란 손이 주는 부드러운 위안으로 이내 단아의 마음은 스르륵 녹아내렸다.

"한단아는 딱 하루만큼씩 예뻐진다. 앞으로 함께할 또 다른 하루마다 너는 계속 예뻐질 것 같은데."

단아는 예쁘게 웃음을 터뜨렸다.

"이게 큰일이에요?"

"그럼 큰일이지. 대체 한단아는 얼마나 예뻐질 작정이야?"

듣기 좋은 소리만 골라서 해 주는 남자.

"그럼 강준 씨는 날마다 날 감동시키는데, 대체 언제까지 감동적일 건가요?"

"그거 알아? 내가 어떤 종류의 감동에 가장 자신 있는지?"

단아는 고개를 갸웃하며 강을 바라봤다. 그러자 강은 단아의 귓가로 다가와 속살거렸다. 짧은 귓속말에 단아의 얼굴은 새빨갛게 달아올랐다. 레스토랑 주차장을 빠져나온 차는 곧장 강의 집으로 향했다. 그러는 동안 강이 속살거린 문장이 단아의 귓전을 끊임없이 맴돌았다.

「침대 위에서 주는 감동. 오늘 밤 격하게 받을 준비됐나? 그리고 나 옆구리에 점 세 개다. 오늘 다시 세.」

한없이 부드러우면서도 격렬한 움직임은 언제나처럼 감동, 그 자체였다. 순간을 영원토록 아름답게 만드는 재주가 있는 남자.

단아는 가쁜 숨을 고르며 가지런한 치아를 싱그럽게 드러내고 웃는 강을 바라보았다.

"기특한 한단아."

커다란 손이 단아의 머리카락을 쓸어 넘겼다.

"뭐가요?"

강은 지그시 미소를 머금은 채로 아무 말 없이 단아를 바라보기만 했다.

뭐든 배우는 건 자신 있다더니. 기특한 한단아.

"야해요, 강준 씨."

"뭐가 야해? 기특하다는 말이 야해? 이 여자 음란해서 안 되겠네. 대체 어떤 쪽으로 상상을 하면 기특하다는 말이 야해지는 거야?"

"꼭 알면서 그렇게 대놓고 묻더라."

"대놓고 말하지 않으면 마음속에 있는 말을 어떻게 알아?"

강은 그녀의 허리춤을 간질이며 짓궂게 물었다.

"왜 야해? 어? 뭐가 야해? 어?"

"간지러워요."

자지러지는 단아를 품 안으로 끌어당기려는 순간, 침대 아래에서 휴대전화 벨소리가 들려왔다.

"어? 이 벨소리 엄만데?"

엄마의 전화와 강의 전화를 헷갈린 이후, 단아는 벨소리 지정을 각기 다르게 해 두었다.

"9시네. 얼른 가야겠다. 일단 전화부터 받아."

"네."

단아는 갑자기 세차게 뛰는 가슴을 진정시키려 한숨을 한 번 내쉬었다. 남자 품에 안겨 있다가 엄마 전화를 받으려니 괜히 찔려서.

"여보세요?"

— 어디야?

"어, 밖에."

— 밖에 어디?

"어, 서점. 책 찾다가 시간이 이렇게 된 줄도 몰랐네."

— 어디 서점인데 이렇게 조용해?

"어, 서점에 있다가, 지금 막 화장실로 왔어."

— 물 내려 봐.

"지, 지금 막 화장실에서 나왔어."

— 근데 왜 걷는 소리가 안 들려? 너 오늘 구두 신고 갔잖아.

"어, 엄마? 감이 멀다? 여보세요? 엄마? 여기 코엑스 지하야. 좀 이따가 전화할게."

전화를 끊은 단아는 한숨을 내쉬며 가슴을 쓸어내렸다.

"난 평생 한단아한테 속을 걱정은 안 해도 될 것 같다. 이렇게 거짓말을 못해서야. 일어나. 데려다줄게."

"티 많이 났어요? 화장실이라고 하니까, 엄마가 물을 내려 보라잖아요. 어우, 섬뜩해."

단아가 몸을 부르르 떨어 댔다.

"추워? 왜 이렇게 떨어?"

강은 은근슬쩍 단아를 품으로 끌어당겼다.

"아, 좀 놔 봐요. 옷 좀 입게엥."

콧소리를 잔뜩 실어 교태를 부리며 강의 가슴을 밀어낸 순간.

— 한단아, 전화 안 끊겼다.

소름 끼치도록 잔잔한 목소리가 방 안에 스산하게 울려 퍼졌다. 단아는 깜짝 놀라 꼼짝도 하지 못하고 굳어 버렸다. 그사이 강은 베개 위에 던져진 단아의 휴대전화를 집어 들었다.

'어.쩌.려.고.요!?'

단아가 입 모양으로만 묻자, 강이 빙그레 웃었다.

'끊.어.요. 그.냥!'

강은 오른손 검지를 입술에 가져다 대며 조용히 하라는 시늉을 해 보였다. 그리고는 단아의 휴대전화에서 흘러나온 스산한 목소리의 주인공에게 깍듯한 인사를 건넸다.

"안녕하셨어요, 어머니?"

제16장 우리 그냥 연애하게 해 주세요

휴대전화 너머에서도 적잖이 당황했는지 아무런 소리도 들려오지 않았다.

"단아, 지금 저와 같이 있습니다."

— 말 안 해도 다 들어서 알아요.

"죄송합니다만, 생각하시는 그런 거 아닙니다."

— 내가 오해라도 했다는 말인가요?

"사실 지금 제 사무실에 같이 있습니다. 제가 디자인 일을 하고 있는데, 단아가 제 뮤즈 역을 하고 있습니다. 일종의 영감을 주는 대상이랄까요."

— 그래서 인형놀이 하듯이 옷 입혔다, 벗겼다 한다는 소리예요?

"아닙니다, 절대."

— 아까 분명히 우리 단아가 그쪽한테 옷 입게 가만히 있으라고 한 것 같은데?

"사무실 안에 에어컨을 좀 세게 틀어 놨더니 단아가 추웠나 봅니다. 제가 만들어 놓은 카디건 하나 걸치려고 그랬던 겁니다."

— 그럼, 그쪽 사무실에 있다고 하면 되지. 왜 거짓말을 했죠, 단아는?

강은 한 치의 망설임도 없이 덧붙였다.

"사실 어머님 드릴 옷을 만들고 있었습니다. 단아가 비밀로 하고 싶었나 봐요."

단아는 뜨악한 표정을 지으면서도 쌍 엄지를 척 치켜들었다.

— 내 옷?

흠칫 놀라 되묻는 목소리가 단아에게도 들렸다.

'엄.마.생.신! 다음 달, 다음 달!'

단아는 입모양만 뻥끗거리며 강에게 힌트를 주었다.

"네, 다음 달에 어머니 생신이라고 저한테 도와 달라고 했거든요. 이거 말씀드렸다고, 단아 지금 옆에서 표정이 상당히 안 좋은데요."

— 그랬어요? 얘는 미안하게 뭐 그런 부탁을. 단아 좀 바꿔 줘요, 이제.

"네, 어머니. 그럼 다음에 뵙겠습니다."

— 다음에 언제?

"불러 주시면 언제든 찾아뵙겠습니다."

— 단아랑 상의해서 알려 줄게요. 조만간 봐요, 그럼.

"네, 어머니. 그럼 단아 바꾸겠습니다."

단아는 가슴을 쓸어내리며 휴대전화를 건네받았다.

"엄마?"

— 거짓말도 그 정도면 귀여운 수준은 된다.

화들짝 놀란 입이 다물어지지 않았다.

— 이번 주말에 데려와, 일단. 나머진 집에 와서 이야기하고. 끊는다.

전화가 끊겼는데도 단아는 휴대전화를 뺨에 붙인 채로 굳어 버렸다.

"왜? 어머니 뭐라시는데?"

"거짓말도 그 정도면 귀엽대요."

"나 되게 자연스럽지 않았어?"

"제 눈엔 자연스러워 보였는데, 엄마한테는 아니었나 봐요. 이번 주말에 강준 씨 우리 집에 오라는데 어떡해요?"

단아는 울먹이며 강을 바라보았다.

"어떡해. 우리 강준 씨 엄마한테 찍혔나 봐. 어떡해요."

강은 울상을 하고 있는 단아의 얼굴을 부드럽게 감싸 쥐었다.

"걱정 마. 내가 중년 여성들에게 주목을 받았으면 받았지, 미움받는 캐릭터는 아니니까."

단아는 저도 모르게 웃음을 터뜨리고 말았다.

"주목받고, 덤으로 놀림도 받는 거 아니고요? 그때 그 섬에서도 그랬고, 인사동에서도 그랬고……. 이번에 우리 엄마한테까지 그러면 쓰리 아웃 아닌가요?"

"왜 아웃이지? 주자 3루. 홈인을 앞두고 있는 거지."

"뭐 그렇게 생각하시는 게 편하면, 그러시고요."

"이것 봐라? 지금 당장 어머니 봬야 하는 건 내가 아니라, 한단아 너야. 집에 가서 어버버거리지 말고, 잘해! 나 미운털 박히면 다 한단아 탓이다!"

단아의 집까지 운전해 오는 짧은 시간 동안, 강은 그녀를 철저히 교육시켰다.

"내가 했던 말 잘 곱씹으며 요령껏 대답할 것."

"네."

"정 어려우면 '예. 아니오.'로만 짧게 대답할 것. 말 길어지면 거짓말하는 거 들키니까."

"울 엄마는 내 얼굴만 봐도 나 거짓말하는 거 알 텐데."

"들어가자마자 세수하고 얼굴에 팩 붙여. 표정 안 보이게."

"와! 코치님, 천재!"

"스읍! 코치니임?"

강은 미간을 구기며 단아를 노려보았다.

"아니 옛날 생각나서 저도 모르게 그만."

"시키는 대로 잘해."

"걱정 마세요. 저 배운 건 잘하는 타입이잖아요?"

장난스럽게 웃는 단아를 바라보며 강은 한숨을 한 번 내쉬었다. 이제 본격적인 연애를 시작하는 마당에 그녀의 부모님께 밉보여서 좋을 게 하나 없었다.

"얼른 들어가. 어머님이랑 이야기 끝나면 나한테도 전화 주고."

"네, 그럼 이따 전화할게요."

차에서 내린 단아는 어금니를 꾹 깨물었다.

아, 들어가기 싫어 미치겠다. 집이 이렇게나 공포스러웠던 적이 있을까?

침대 위에서 옷을 입네, 마네 승강이를 벌였던 일이 떠오르자 얼굴이 홧홧거렸다. 현관문 앞에 서서 한참 동안 숨을 고르고 있는데, 벌컥 문이 열렸다.

"안 들어오고 뭐 해, 누나?"

"지금 막 문 열려고 했거든?"

늦은 밤, 단정은 외출을 하려는 듯 보였다. 대문을 향해 걸어가던 단정은 슬그머니 돌아서서 여전히 현관문을 바라보고 있는 단아를 향해 조그맣게 속삭였다.

"누나, 한 건 했더라?"

오싹, 등줄기를 타고 식은땀이 흘러내렸다.

"뭐, 뭘?"

"엄마 지금 그 사람 인사 온다고 했다고 동네방네 소문내고 난리다, 아주. 토요일 저녁에 고모들까지 부르겠다던데?"

"뭐? 고모들?"

단아는 이제 정신이 혼미해지는 듯했다. 어떻게든 단아의 흠을 잡고 싶어서 안달인 그 고모들?

단정보다 공부를 잘하는 것도 못마땅해하던 고모들이었다. 집안 일으킬 남자보다 여자한테 학비가 더 들어가는 건 말도 안 된다며 고릿적 생각으로 단아의 유학을 막아서기까지 했었다.

엄마가 단단히 벼르고 계신가.

단아는 성큼성큼 발걸음을 옮겨 안방으로 들어갔다.

"그래요, 고모. 이번 주 토요일. 아니 우리 단아가 디자이너를 만난다니까……. 어머, 고모. 무슨 말을 그렇게 해요? 와서 보고 이야기해요."

통화를 마친 이해라 여사는 잔뜩 얼굴을 구겼다.

"참내. 당신 딸이 디자인학과를 나왔으면 나온 거지. 이제 디자인 회사 갓 입사했다면서. 잘난 척은."

"……엄마."

"왔어? 저녁은?"

"먹었어."

"토요일 저녁에 뭘 해야 하나. 내일부터 부지런히 장 봐야겠네. 겉절이도 좀 담그고."

"고모들 불렀어?"

"그래, 불렀어."

"그냥 엄마, 아빠만 보시지. 연애 시작한 지 얼마 되지도 않았는데……."

단아의 등짝에 이 여사의 손바닥이 차지게 내려앉았다.

"연애 시작한 지 얼마 되지도 않았는데, 응? 너는, 어?"

"……고모들은 왜 불렀어."

"자랑하고 싶어서 불렀다. 니들이 무시하는 내 딸이…… 공부만 잘했지 사회생활 영 못할 거라고 했던 내 딸이 잘난 남자 만난다고 자랑하고 싶어서."

단아가 설움을 받을 때마다 엄마 역시도 속앓이를 하셨을 터.

"그래도 너무 이르잖아."

또다시 딸의 등짝을 내려치려던 이 여사는 이내 손을 내리시고는 한숨을 한 번 내쉬었다.

"넌 이른 짓 안 했고?"

"그 사람, 엄마 아빠 뵙는 것도 어려울 텐데, 고모들까지 있으면."

"그런 상황 못 견딜 놈이면 너 연애고 뭐고 때려치워."

"엄마!"

"가서 자, 얼른. 엄마도 피곤해."

단아를 방 밖으로 밀쳐 낸 이 여사는 안방 문을 닫아 버렸다.

"미치겠네, 진짜."

"미칠 일도 많다, 세상에."

"너 언제 들어왔어?"

"잠깐 편의점 갔다 왔어. 걱정 마. 엄마 말은 저렇게 해도 누나 독거노인 만들 생각은 없으신 거 같으니까."

"이 새끼가 진짜!"

"그 남자는 알아? 누나가 동생한테 이렇게 욕하는 거?"

"순한 내가 욕하는 정도니, 넌 대체 얼마나 개차반인 거냐?"

"아이고, 누님. 무슨 그런 섭섭한 말씀을."

단정은 음흉한 표정을 지으며 조용히 덧붙였다.

"그 남자가 누나 술버릇은 알 것 같고. 잘 때 이 가는 건 알아? 스트레스 심하면 변비 생겨서 얼굴 누렇게 뜨는 것도? 시험 기간에는 운동화 짝짝이 로 신고 나갈 정도로 정신 빼놓고 다니는 것도? 생리할 때 식빵 한 봉지 앉 은 자리에서 다 먹어 치우는 것도?"

"야, 한단정!"

빽 소리를 지른 순간, 단정은 제 방으로 유유히 사라졌다. 고모들보다 저 놈이 더 문제일 것 같다.

아놔! 맘 편히 연애 좀 하자, 좀!

우리 그냥 연애하게 해 주세요. 제발요.

주말은 어김없이 찾아왔다.

"고모들이 뭐라고 해도 넌 입 꾹 다물고 있어. 겁도 없이 내 딸한테 침 발라 놓은 놈이 어떻게 하는지 볼 거니까."

"아, 엄마."

엄마는 당최 중간이 없다. 모 아니면 도다. 자식의 심리 파악을 위한 책은 지천으로 널렸던데. 저런 엄마의 심리 파악을 위한 책은 있나?

엉뚱하게 26년을 함께한 엄마의 마음을 헤아리고 있을 무렵, 집 안으로 고모들이 들이닥쳤다.

큰 고모, 하나밖에 없는 딸은 의사에게 시집갔다.

"얼마 전에 우리 사위 개인병원 오픈했잖아. 손님이 어찌나 많은지, 사위 얼굴 보기도 힘드네, 아주."

둘째 고모, 아들이 둘인데 전부 유학 가 있다.

"큰 애는 이번에 박사 학위 마치면 미국 IT 대기업 들어간다고 했고, 둘째 는 아직 공부 끝내려면 멀었지."

문제의 막내 고모, 자매 중 가장 부유한 집으로 시집갔으며 단아와 나이 가 같은 막내딸을 공주 키우듯 키웠다.

"어우, 얼마나 잘난 남자를 만나기에 우릴 다 불러요? 이따 우리 공주도 온댔어. 우리 공주 얼마 전에 디자이너로 취직했잖아. 걔가 보면 딱 안다니 까."

고모들은 와다다다 자기 할 말만 쏟아 냈다. 이야기는 대체 누가 듣고 있 는 건지 알 수가 없었다. 이윽고 초인종을 누른 건 막내 고모의 딸인 공주였 다.

"어머! 단아 너 디자이너 만난다며?"

"어."

"몇 살인데?"

"서른둘."

"야, 그 나이면 자리도 제대로 못 잡았겠다. 어쩌니? 고생길이 훤하다, 너."

단아가 뭐라 대꾸를 하려고 하자, 이 여사는 아무 말도 하지 말라는 눈치를 주었다.

"우리 딸, 회사는 잘 갔다 왔어?"

"어, 엄마. 너무 힘들었어. 우리 대표님 막 나만 부려먹어."

"대표 총각이랬나? 우리 공주 마음에 들어서 괜히 괴롭히는 거 아니야?"

"그런가? 나 마음에 들어서 그러나?"

"어이구, 기특해라. 우리 공주는 벌써 이렇게 돈도 버는데. 올케, 단아는 언제까지 공부한대?"

"공부가 끝이 있나요."

이 여사는 빙그레 웃으며 대꾸했다. 두고 보자는 듯이.

"저녁 시간 다 됐는데, 왜 이렇게 안 와? 요즘 젊은 사람들 시간관념이 이렇게 없어."

큰 고모가 영 마음에 들지 않는다는 듯이 고깝게 말했다.

"왔대요, 지금!"

단아가 휴대전화를 바라보며 빙그레 웃었다.

"나가서 데리고 들어와."

엄마의 말에 고개를 끄덕인 단아는 얼른 대문 밖으로 나갔다. 어스름한 저녁 빛을 받고 있는 그를 마주한 순간, 등줄기를 타고 전율이 흘렀다.

"너무 멋있다!"

"다들 오셨어?"

"괜찮겠어요?"

"걱정 마. 괜찮아."

심장이 쿵쿵 울렸다. 기대 반, 걱정 반.

현관 안으로 들어서자 엄마와 아빠가 제일 먼저 두 사람을 맞았다.

"안녕하세요? 최강입니다."

강은 허리를 깊이 숙여 예를 갖춰 인사했다.

"우린 처음 보죠? 나 단아 아빠."

손을 내밀어 보이는 단아의 아빠, 창호에게 강은 또다시 고개를 숙이며 정중히 악수에 응했다.

"들어와요. 현관 앞에서 뭐 하는 거야?"

큰 고모의 목소리가 거실 안쪽에서 들려왔다. 네 사람은 자리를 옮겨 고모 셋과 함께 거실에 마주 앉았다.

"잘생겼네."

그의 외모에 놀란 큰 고모, 사위가 엄청나게 못생겼다.

"선물을 뭘 이렇게 많이 들고 왔어?"

강이 들고 온 선물 꾸러미에 놀란 둘째 고모, 아들 둘이 고모 생일에 전화 한 통 없었댔다.

"디자이너라고 하더니 옷은 잘 입네요?"

여전히 고까운 눈으로 강에게 질문을 던진 이는 막내 고모였다.

그리고.

"뭐야? 벌써 왔어?"

화장실에라도 다녀오는지, 거실로 달려오며 소리친 이는 공주였다. 대차게 벌써 왔느냐며 외칠 때는 언제고, 공주는 막내 고모 옆에 앉자마자 화들짝 놀라 차렷 자세로 발딱 일어섰다.

"대표님!"

강의 시선이 잔뜩 굳어 있는 공주의 얼굴로 향했다. 누군지 전혀 모르겠다는 강의 표정에 막내 고모가 넌지시 덧붙였다.

"우리 애가 디자이너라 그런지, 아는 사인가 보네? 근데 대표……님?"

"엄마, 좀 가만히 계세요. 저 이번에 디자인 팀 수습으로 입사한 허공주입니다."

공주의 인사가 끝나자 막내 고모의 얼굴이 새빨갛게 달아올랐다.

"공주네 회사 대표?"

큰 고모의 물음에 공주는 긴장한 얼굴로 고개를 끄덕였다.

"미안해요. 내가 수습 직원은 모르는 경우가 많아서 못 알아봤네요."

중저음의 매혹적인 목소리에 고모들은 전부 넋을 잃었다.

"그럼, 얼마 전에 임시 주주총회에서 경영권 교체 부결시켰다는 사람이…… 혹시 단아예요?"

"이게 무슨 소리니?"

넌지시 되묻는 이 여사의 목에는 이미 힘이 빡 들어가 있었다.

"회사 상장을 앞두고 좀 어려움이 있었습니다. 단아가 투자자들 설득하는 데 큰일을 했고요. 지금은 제가 경영 고문으로 깍듯이 모시고 있습니다."

"제가 뭐 한 게 있나요. 원래 건실했던 회사인데……. 임시 주총에서 프레젠테이션 한 번 한 게 전부예요. 별거 없었어요."

"단아야, 지나친 겸손은 미덕이 아니다."

내내 입을 다물고 있다가, 한마디 건넨 이는 단아의 아빠였다.

"그럼요. 저한테 영감도 주고, 회사도 지켜 주고……. 단아, 저한테 보물이나 다름없습니다."

고모들 앞에서 이런 황홀한 고백을 하시면, 저 진짜 너무 좋잖아요! 26년 묵은 체증이 쑥 내려가는구나!

"일단 식사부터 해요."

거실로 잔칫상 버금가게 잘 차려진 사각 교자상이 옮겨졌다. 식사를 하는 내내 고모들의 얼굴은 어두웠고, 단아의 엄마 아빠는 싱글벙글이었다. 강의 밥그릇 위에 고기며, 굴비며, 반찬을 나르느라 이 여사의 젓가락질이 분주한 것도 당연했다.

"부모님은 뭐 하시나?"

의사 사위 둔 큰 고모의 질문이었다.

"아버지는 염색공이시고, 어머니는 한복 짓는 일 하십니다."

"큰 이모, 대표님 어머님 아버님 두 분 다 국가 지정 무형문화재로 등재되어 있으셔. 그분들 한복은 보통 사람은 입지도 못해. 아야!"

공주는 옆에 앉은 막내 고모에게 허벅지를 꼬집혔는지, 괴성을 질러 댔다.

"훌륭하신 부모님 슬하에서 바르게 자란 청년이네."

창호는 또다시 흐뭇한 미소를 지으며 덧붙였다.

"저기요, 대표님. 혹시 오늘 제 디자인 보셨어요?"

"어떤 디자인이었죠?"

"레이스 블라우스요. 어땠나요? 괜찮은가요?"

공주의 질문에 모든 이의 시선이 강에게로 향했다. 특히 막내 고모는 내심 무언가를 기대하는 듯했다.

"업무 이야기는 회사에서 하죠."

강은 은근슬쩍 대답을 돌렸다.

"우리 딸 디자인이 왜? 뭐가 마음에 안 들어요?"

"엄마, 그러지 마."

"넌 좀 가만히 있어. 솔직히 말해 봐요. 우리 딸 디자인은 어떤데?"

강은 조심스레 단아의 엄마에게로 시선을 돌렸다. 마치 허락을 구하는 눈빛이었다.

"솔직히 말해야 발전이 있죠."

엄마의 말에 고개를 한 번 끄덕인 그는 건조한 목소리로 말했다.

"카피는 쉽죠. 좋은 거 베껴 왔는데, 인기를 얻지 못하는 게 이상한 거 아닐까요? 대신 그만큼 쉽게 망할 겁니다. 자신만의 디자인 스타일을 찾아요. 명품 카피를 카피 아닌 척 만드느라 애쓰지 말고."

강의 카리스마에 모두가 얼어붙었다.

"남자가 이 정도 강단은 있어야지."

얼음판에서 기분 좋게 트리플 악셀을 선보인 이는 당연히 창호였다.

저녁 식사를 마친 뒤, 고모들은 쌩하니 집으로 돌아갔고 창호는 콧노래를 부르며 강을 배웅했다.

"자네 낚시할 줄 아나?"

"가르쳐 주시면 열심히 배우겠습니다."

고개를 꾸벅 숙이며 대답하는 강의 어깨를 토닥거리며 창호는 너털웃음을 터뜨렸다. 고모들이 있을 때만 해도 얼굴이 화사했던 이 여사는 걱정스러운 얼굴로 강을 바라보았다.

"우리 단아 아직 어려요."

"무슨 말씀이신지 압니다. 서두르지 않겠습니다."

이 여사는 해사한 미소를 지으며 강을 바라봤다. 뭐 하나 빠지는 구석 없이 마음에 든다는 표정이었다.

"그럼 두 사람 토요일인데, 영화라도 한 편 보고 와요. 11시까지는 단아 들여보내 주고."

대문을 나서며 단아는 통쾌한 듯 몸서리를 쳤다.

"고모들 표정 봤어요?"

"내가 좀 말이 셌지? 실수한 것 같은데……."

"실수는 무슨! 완전 잘했어요! 우리 엄마가 시누이 시집살이를 얼마나 했는데요. 오늘처럼 통쾌한 설욕전은 없었을걸요."

단아가 손뼉까지 쳐 가며 까르륵거릴 때였다.

"누나?"

이 여사는 미리 단정에게 실컷 놀고 늦게 들어오라 했다. 처음 인사 오는 자리에서 입방정을 떨까 싶어서. 물론 공주가 그 자리에 올 거라고는 생각 못 했지만.

"이제 가시나 봐요?"

"또 보네요. 다음엔 식사 한번 같이 하죠."

강의 너그러운 대꾸에 단정은 너스레를 떨어 댔다.

"그럼요. 누나한테 숙취 해소제 전해 준 빚은 갚으셔야죠."

그런데 강의 표정이 미묘하게 변해 갔다.

"지난번부터 자꾸 숙취 해소제 이야기를 하는데, 무슨……?"

단아의 얼굴 역시 묘하게 굳어 갔다.

숙취 해소제는 이 남자가 아닌가 봐?

"그날 집에 다시 오셔서 숙취 해소제랑 휴대전화 번호 주고 가셨잖아요. 누나 깨어나면 전화 달라고. 그래서 제가 두 남자 중에 형님이 진짜, 진심이라고 그랬죠. 다른 한 남자는 술이 과했는지 쌩하니 간 것 같더라고요. 글러 먹었지."

"그러니까 단아가 술 마시고 필름이 끊겼던 그날, 숙취 해소제를 건넨 남자가 진짜라고 했다?"

낮게 깔리는 강의 목소리에 단아는 얼음처럼 굳어 버렸다.

"제가 그랬죠. 남자는 남자가·알아보는 법이잖아요? 그때 누나 걱정하시는 모습에, 제 가슴이 다 찡하더라고요."

단아는 어금니를 꽉 깨문 채 낮은 목소리로 읊조렸다.

"한단정, 입 다물어라."

아, 어머니. 어머니의 혜안을 저는 언제쯤 따라갈 수 있을까요? 그리고 어머니 아드님의 저 입방정은 언제쯤 고칠 수 있을까요?

"애석하게도 그건 내가 아니었는데."

그날 밤, 강은 제이슨이 운전하는 차를 타고 집으로 향했고, 중간에 차에서 내린 이는 도현이었다. 지금 단정은 최강은 글러 먹었고, 도현이 진심이었다고 강의 면전에다 대고 말한 것. 분위기가 말도 못하게 어색해졌다.

"하하. 하하핫! 에이, 설마 그날 기억 못하시는 거 아니에요? 아, 맞다. 엄마가 들어올 때 고무장갑 사 오랬는데. 저 그럼 마트 좀 갔다 올게요."

갑자기 뒤돌아서서 달리는 단정의 뒷모습을 바라보며 강은 미지근한 웃음을 터뜨렸다.

"한단아."

"네?"

"너 동생한테 진짜 많이 당하고 살았겠다."

"그죠? 나 완전 측은하죠?"

"측은한 건 측은한 거고."

강의 목소리가 딱딱했다.

"나 지금 한단아 동생한테 농락당해서 기분이 상당히 안 좋은데."

단아는 어깨가 저절로 움츠러드는 기분이었다.

"이도현이랑 해 보고 나랑은 안 해 본 거, 오늘 하자."

"네? 뭐요? 세미나 준비요? 아님 공부요?"

단아가 당황스럽게 쏟아 내는 질문에도 아랑곳하지 않고, 강은 어디론가 차를 몰았다. 하늘이 새까맣게 물든 밤, 두 사람이 탄 차는 한강 시민공원에 멈춰 섰다.

"여긴 왜요?"

"이도현이랑은 하고, 나랑은 안 한 거. 한밤중에 한강에 차 세워 놓고 영화 보기."

"유치하게 정말."

"말했을 텐데? 나 한단아 남동생한테 멘탈 털려서 지금 제정신 아니라고?"

단아는 콧소리를 내며 대꾸했다.

"영화 뭐 볼까요?"

"공포 영화. 무조건 공포 영화."

"저 진짜 공포 영화는 싫은데."

"싫어? 그때 이도현이랑은 공포 영화 본 거 아니었어?"

옛사랑의 추억을 예쁘게 만들어 주고 싶다는 둥, 멋있는 척은 다 해 놓고. 단정의 도발로 강은 지금 질투 대마왕이 되어 있는 듯했다.

"내가 말을 안 했더니! 얼마나 짜증났는지 알아? 네가 우리 도현 씨, 우리 도현 씨 할 때마다?"

"그러는 분은 코치 행세 했잖아요!"

"한마디도 안 져, 한단아!"

도긴개긴.

엎치나 메치나.

최강이나 한단아나.

잔뜩 토라진 강의 모습에 단아는 웃음이 터질 것만 같았다. 긴장한 모습으로 집에 인사 왔다가, 동생한테 애먼 소리 듣고 폭풍질투를 하다니. 이 남자 미치도록 사랑스러워서 어쩐다?

단아는 그런 강을 달래려 애교 듬뿍 담긴 목소리를 내 보았다.

"그땐 공포 영화 보면서 잤지만, 강준 씨랑 보는 공포 영화는 엄청 달콤할 것 같은데."

"콧구멍에 그만 힘주고, 뒷좌석으로 가자."

강은 트렁크에 넣어 두었던 태블릿 PC를 꺼내서 뒷좌석에 올라탔다. 단아는 이미 조수석 바로 뒤로 자리를 옮긴 후였다.

"공포 영화 보는 거다?"

"그럼요!"

호기롭게 대답을 하기는 했지만, 단아는 등줄기를 타고 식은땀이 주륵 흘러내리는 것을 느꼈다.

강은 태블릿 PC를 콘솔 박스 위에 고정했다. 이윽고 음산한 음악과 함께 영화가 시작되었다. 바짝 긴장한 단아는 강의 팔뚝을 꼭 끌어안았다.

"이그, 겁은 많아 가지고."

강은 단아가 끌어안은 팔을 들어 파르르 떨리는 그녀의 어깨를 감싸 안았다. 그저 어깨만 감싸 안으려 했다. 차 안에서 정말 영화만 보려고 했다. 그런데 오른쪽 가슴 안에 그녀가 들어오자 왼쪽 가슴이 세차게 두근거리기 시작했다. 강은 단아의 어깨를 감싸고 있던 오른손으로 그녀의 턱을 그러쥐었다.

흔들리는 말간 눈동자가 강을 향해 왔다. 폐부 깊숙한 곳으로 단아의 향기가 찌르고 들어왔다. 어김없이 몸속에서 열기가 치솟아 올랐다. 그러쥔 턱을 슬쩍 잡아당기며 강은 단아의 입술을 한가득 머금었다.

"흐음."

잔뜩 긴장한 하루였다. 단아의 집에 들고 갈 선물을 고르느라 이틀을 소비했고, 여유를 가장하고 앉아 있었지만 등에 닿은 드레스셔츠는 축축이 젖어 있었다.

그런데 놀랍게도, 키스 한 번에 긴장감이 풀리고, 잔뜩 뾰족해졌던 마음이 풀어 헤쳐지기 시작했다. 뒷좌석은 충분히 넓었기에, 단아의 등은 어느새 좌석 시트에 닿아 있었다.

"으음. 누가 보면 어떡해요?"

"선팅 짙어서 안 보여."

"흔들리는 건요……."

"뭐?"

"차 막 흔들리면 사람들이 이상하게 볼 텐데?"

강은 헛웃음이 터지고 말아서 단아의 목덜미에 얼굴을 묻고 키득거렸다.

"웃지 마요, 정말. 공연음란죄로 잡혀가면 어쩌려고 그래요?"

"대체 이 작은 머리로 야한 생각을 얼마나 많이 하는 거야? 누가 뭐 여기서 더 한대?"

"아니…… 지금 자세가……."

"자세가 뭐? 머릿속에 있는 그대로 말해 봐."

단아는 입을 꾹 다물었다. 강은 늘씬한 허리춤을 더듬어 블라우스 안으로 손을 집어넣었다.

"얼른 말해. 더 올라가기 전에."

커다란 손이 납작한 배 위를 배회했다.

"지금 자세가……."

"말이 짧다?"

강은 손끝으로 단아의 갈비뼈를 슬쩍 어루만졌다. 단아는 상체를 비틀며 미간을 찌푸렸다.

"얼른 말해. 머릿속에 있는 그대로. 안 그러면 공연음란죄로 잡혀가든지 말든지 계속한다?"

"덮쳤잖아요! 홀라당 벗겨 먹기 직전이라고요!"

"머릿속만 야한 게 아니라 입도 음험해, 한단아."

"누구 때문에 이렇게 됐는데……."

"설마 이도현 때문이야?"

"여기서 그 이름이 왜 나와요! 강준 씨 때문이지. 내가 뭐 머릿속으로 그런 끈적하고, 야릇하고, 음란한 생각만 하고 살았는 줄 아세요?"

"아, 여태껏 안 그랬지만 요즘에는 끈적하고, 야릇하고, 음란한 생각 자주 하나 봐, 나 때문에?"

"적당히 놀려요. 당해 주는 것도 한계가 있으니까."

눈을 흘기는 단아를 강은 사랑스러워 죽겠단 얼굴로 바라봤다.

"앙탈은."

강은 단아가 뭐라 대꾸하기 전에 얼른 입술을 머금었다. 짓궂은 장난에 화르르 달아올랐던 그녀는 언제 그랬느냐는 부드럽게 강의 입술을 머금었다.

부드럽지만, 격렬하게.

달콤하지만, 거칠게.

두 사람의 키스는 끊임없이 이어졌다.

달콤한 일상이 계속되던 어느 날, 강은 미안해 죽겠다는 얼굴로 단아 앞에 나타났다.

"다음 주에 콘서트 같이 못 볼 것 같다."

피 터지는 티켓팅, 일명 피켓팅에 참여해 겨우 구한 연석!

"가기 싫어서 수 쓰는 거죠?"

단아는 미간을 구기고 강을 올려다보았다.

"한단아 오빠들이 재결합했다고 해서 나도 풍선 들고 같이 흔들어 주고 싶었는데, 급히 출장이 잡혔어."

단아의 얼굴이 갑자기 어두워졌다.

"혹시 두바이요? 몰 오픈에 문제 생긴 거예요? 콘서트 신경 쓰지 말고, 마음 편히 다녀와요."

잔뜩 어리광을 부렸다가, 기특하게 내조하는 모습을 보였다가. 한단아랑 있으면 심심할 틈이 없네. 강은 단아를 품에 끌어당겨 안았다.

"문제 생긴 건 아니고, 오픈 날이 좀 앞당겨졌어. 그래서 가는 거야."

"잘된 거 맞죠? 완전 축하해요."

"고마워. 한단아 덕분이야, 다."

"맨날 내 덕이라더라. 내가 한 게 뭐 있다고."

"아버님이 그러셨지? 지나친 겸손은 미덕이 아니라고."

"하긴 내가 우리 강준 씨 불끈불끈 힘 솟게 하는 재주는 있으니까."

야릇한 미소를 머금은 단아의 입술에 강은 슬쩍 입술을 찍어 냈다.

"아프지 말고. 공부 열심히 하고 있어. 쓸데없이 이도현이 불러내면 나가지 말고."

"그때는!"

임시 주총 전에 몰래 도현을 만났던 일을 들키고 난 뒤, 강은 가끔 이렇게 단아를 놀려 먹었다.

"그때는 뭐? 이도현이 무슨 협박을 해도 만나지 마. 예를 들면 꽃등심 사 주겠다든지, 스테이크 먹여 주겠다든지."

"네, 네. 꽃등심이 아니라 꽃사슴을 잡아다 주겠다고 해도 안 나갈 테니까 걱정 마세요."

단아는 말끄러미 강을 올려다보았다. 얼음처럼 차갑게 굴던 남자가 요즘은 툭하면 실없는 장난을 쳐 댄다. 토라진 척하지만 애정이 담뿍 담겨 있는 강의 장난기가 좋아서 단아는 일부러 더 발끈하고 당해 준다.

"출국 날짜는 잡혔어요?"

"내일 낮 비행기로 가서, 다음 주말에나 올 거야."

"흠. 오늘 목요일인데……. 그럼 우리 열흘이나 못 보네요? 강준 씨 일이 잘되는 건 좋은데, 못 보는 건 미치게 아쉽다."

"나도 너 못 보는 건 미치게 아쉽다. 같이 갈래?"

"강준 씨 일하는 동안, 나 호텔 방에만 갇혀 있으라고요? 열심히 일 보고 와요. 나 논문 준비도 해야 하고, 바빠요. 그래도 말이라도 고마워요."

강은 단아의 앞머리를 쓸어 넘기며 빙그레 웃었다.

"아쉬워 죽겠네."

"저기 있잖아요."

몸을 비비 꼬는 단아를 내려다보며 강은 장난기 어린 말투로 되물었다.

"있긴 뭐가 있을까?"

"엄마, 아빠는 선산 가셔서 내일 오시고요. 단정이는 이 틈 타서 오늘 친구네 집에서 자고 온다고 했거든요."

단아의 말끝이 파르르 떨렸다.

"라면 먹고 갈래요?"

라면은 필요 없었다.

"미치겠다, 진짜. 온통 한단아 향기로 가득하네."

작은 침대에 누운 강은 품 안에서 꼬물거리는 단아를 꼭 끌어안았다. 격한 숨을 몰아쉬고 있는 단아를 품에 안고 있자니 욕심이 생겨났다. 분명 서두르지 않겠다는 말씀을 드렸었는데, 단아의 흔적으로 가득한 집에서 사는 상상을 하는 것만으로 갑자기 마음이 조급해졌다.

"단아야."

강은 부풀어 오른 가슴을 가라앉히려 넌지시 그녀를 불렀다.

"응?"

"나 그날 되게 아쉬웠다. 당연히 네 방 구경할 수 있을 줄 알았는데, 안 보여 줘서."

품 안에서 키득거리는 웃음소리가 들려왔다.

"좋은 만큼 아쉬운 것도 많아져서, 네가 나한테 기대하는 만큼 너도 섭섭하단 생각을 하지 않을까 걱정돼."

맨 등을 쓰다듬는 손길에 단아는 지그시 두 눈을 감았다.

"아쉬운 것보다 좋은 게 훨씬 많고, 섭섭한 것보다 만족스러운 마음이 훨씬 크니까 걱정 말아요."

동그란 이마에 단정한 입맞춤이 내려앉았다.

"하긴. 출장 가는 건 아쉬운데, 그 어느 때보다 힘 나. 한단아가 사력을 다해 응원해 줘서."

나른한 웃음소리가 들려 왔다. 강은 단아를 꼭 끌어안은 채로 두 눈을 감았다.

시간이 죽어라 가질 않았다. 거북이가 시곗바늘을 이고 느릿느릿 가는 것도 아닌데.

단아는 하루에도 수십 번, 휴대전화를 들여다보았다.

"병이다, 병."

긴 한숨 끝에 손에 쥔 휴대전화가 부르르 진동했다.

— 야, 한단아!

전화를 받자마자 들려오는 목소리, 고등학교 때 친구인 민경이었다.

"어."

— 야, 넌 친구가 식전 댓바람부터 전화했는데, 놀라지도 않고 반갑지도 않냐.

"그래, 반갑다."

— 주말인데, 뭐 해?

"그냥 있다."

— 나올래? 같이 점심 먹자.

생전 전화 한 통 없다가 갑자기 연락 온 게 이상하다 싶었다. 약속 장소로 나가자, 민경에게 불려 나온 친구 세 명이 더 있었다. 대학을 졸업하고 다들 먹고사는 데 바쁘고, 단아는 공부를 계속하느라 경조사 때가 아니면 만나기 힘든 친구들이었다.

열아홉까지는 서로 죽고 못 살았던 유정, 보영, 지원 그리고 민경.

"와! 오랜만이다. 잘 지냈어?"

"허어? 한단아?"

다들 휘둥그런 눈으로 단아를 바라봤다.

"우리 마지막으로 본 게 작년 주희 결혼식 때였나?"

"어, 맞다. 맞다! 1년 동안 한단아 뭔 일 있었어? 너 왜 이렇게 변했어?"

"뭐, 그냥."

"기집애, 남자 생겼구나?"

단아는 빙그레 미소를 지으며 고개를 끄덕였다.

"다들 모여 있었네."

그때 등 뒤에서 민경의 목소리가 들려왔다. 역시나 오랜만에 만난 민경은 청첩장을 내밀었다.

"스물여섯이라 다들 너무 이르지 않느냐고 하는데, 이 사람 없으면 안 될 것 같아서."

"결국 청첩장 주려고 만나자고 한 거냐?"

"겸사겸사. 문자로 보낼까 하다가, 니들은 당연히 얼굴 한 번 보고 줘야 할 것 같아서. 기억나, 우리 고등학교 때 약속한 거? 결혼 전에 남편감 테스트하기로 했던 거."

결국 테스트를 빙자한 예비 신랑 자랑이 하고 싶었나 보다. 민경의 부름으로 예비 신랑은 한달음에 달려왔고, 꽃등심까지 쏴 주었다. 행복하게 웃고 있는 친구 커플의 모습을 보고 있자니, 보기 좋단 생각이 들면서도 한편으론 가슴이 시려서 미칠 것만 같았다.

그때 주머니에 넣어 두었던 휴대전화가 부르르 진동했다.

"여보세요?"

— 일이 생겨서 지금 한국으로 출발해. 자세한 건 가서 이야기할게.

"지금요?"

— 어, 비행기 타기 직전이야. 그럼, 끊는다.

전화를 끊자마자 유정의 목소리가 들려왔다.

"누구야아? 한단아 목소리가 휴대전화 너머까지 마중 나가게 하는 사람은? 남자 친구?"

한 번도 친구들에게 제 입으로 '사귀는 남자'에 대한 이야기를 해 본 적 없는 단아는 쑥스러움에 고개를 떨궜다.

부어라, 마셔라 정도까지는 아니어도, 2차로 간 맥주집에서 생맥주 잔과 수다는 끝도 없이 이어졌다. 민경의 결혼 소식에 얼마 전 남자 친구와 헤어졌다는 지원은 술이 좀 들어가기 시작하자 어두운 얼굴로 휴대전화만 바라보았다.

"이봐, 남자들이 결국은 이렇다니까."

"뭐가?"

잔뜩 골을 부리는 지원에게 조심스레 되물은 건 보영이었다. 지원은 들고 있던 휴대전화 화면을 모두에게 보이며 실소를 터뜨렸다.

"한 달 좀 넘었나? 증권가 찌라시에서 이 디자이너 경영권 지켜 준 사람이 연인이라고, 재원 중에 재원이라고 하더니. 봐라. 이태리 모델하고 호텔 들어가는 거 외신에 보도돼서 난리 났나 본데? 남자들이란."

『남성복 디자이너의 뜨거운 일탈. 그녀만을 위한 옷을 만들겠다고 한 그, 그녀는 누구인가?』

스캔들이 난 상대 모델이 꽤 유명한지, 그들의 스캔들을 다루는 기사는 우후죽순처럼 늘어났다. 화제는 이미 바뀌었지만, 단아는 친구들의 대화에 집중할 수 없었다.

그때 맥없이 휴대전화가 울렸다.

"여보세요?"

— 저, 한단아 씨 전화 맞죠?

"네, 그런데요. 누구시죠?"

갑자기 심장이 덜컹거렸다.

— 저 디자인 하우스에서 일하는 유리예요. 그때 뵀던.

"아……. 그랬죠. 무슨 일이에요?"

— 잠깐 만날 수 있을까요? 꼭 만나 주세요. 제가 단아 씨 있는 곳으로 갈 게요. 네?

친구들과 모여 있던 술집 근처 작은 커피숍, 단아는 유리와 마주 앉았다.

"그땐 정말 죄송했어요. 감사했고요."

"왜 보자고 했어요?"

그리 묻는 단아의 목소리는 건조하기만 했다.

"대표님 아마 지금 비행기에 있으셔서 연락 안 되실 텐데. 그죠?"

단아는 가만히 고개를 끄덕였다.

"그날 대표님은 브랜드 론칭 세미 파티에 참석하신 거고요. 그 여자는 그 호텔에서 촬영 중인 서바이벌 모델 오디션 심사위원으로 거기 간 거래요. 호 텔 입구에서 두 사람이 우연히 마주치는 게 찍힌 거지. 기사에서 말하는 그 런 거 아녜요."

절박한 얼굴로 설득하는 유리를, 단아는 물끄러미 바라보았다.

"이 얘기 해 주려고 연락한 거예요?"

"……네. 오해하실까 봐. 저 때문에 두 분 헤어질 뻔했다가 겨우 다시 만 났는데."

고개를 푹 숙인 채로 읊조리는 목소리에 단아는 옅은 미소를 머금었다.

"고마워요. 근데 유리 씨 몇 살이에요?"

"스물여섯이요."

"나도 스물여섯인데. 앞으로 친구처럼…… 이런 정보 종종 부탁해요?"

화들짝 놀란 듯 유리는 두 눈을 동그랗게 뜨고 단아를 바라보았다.

"왜요? 어제의 적이 오늘의 친구가 되는 건 싫은가? 스캔들 때문이기도 하지만, 나랑 뭔가 풀고 싶어서 불러낸 거 아녜요?"

유리의 눈가에 핑 눈물이 고이는 게 보였다.

"정말 미안했어요. 내가 진짜, 미쳤었나 봐요. 그때는 대표님이 너무 간절했어요. 아무것도 아닌 저를 디자이너 자리에까지 앉혀 주신 분인데."

"알아요. 그 남자 매력 넘치는 거. 그렇게 질질 흘리고 다니는 그 사람 잘못도 있죠. 그리고 아무것도 아니긴. 유리 씨 능력으로 거기까지 간 거죠."

너스레를 떠는 단아를 보고 유리는 그제야 얼굴색이 밝아졌다.

단번에 그가 달려올 줄 알았다. 절대 아니라며 납작 엎드릴 줄 알았다.

그런데.

[인천 공항 방금 도착했어. 오늘은 얼굴 보기 어려울 것 같고, 일단 내일 연락할게.]

문자 메시지 한 통이 전부였다. 혹시나 하는 마음에 전화를 걸었더니, 듣기 싫은 멘트만 반복될 뿐이다.

— 전화를 받을 수 없어…….

사랑 참, 사람 우습게 만든다. 결국 밤을 꼬박 새우고 아침이 밝았다.

정보화 시대는 왜 온 거냐며, 인터넷은 대체 누가 발명한 거냐며, 자극적인 기사는 왜 이렇게 눈에 띄는 거냐며. 실시간 검색어에 오르락내리락하는 여자 모델의 이름과 남자 디자이너 A, 그리고 연관 검색어에 오른 그의 이름을 보며 단아는 피가 마를 지경이었다.

"나가자. 어디든 가자."

개강이 며칠 앞으로 다가왔기에 단아는 도서관으로 향할 생각이었다.

"어디 가니?"

엄마의 물음이 오늘따라 유독 조심스러웠다.

"어. 도서관. 밤새 책 봤는데도, 더 찾아봐야 할 게 있어서. 금방 올게요."

일부러 밝은 목소리를 내려 노력하느라 목소리가 격한 하이 톤으로 흘러나왔다.

"그래, 아침은?"

"오랜만에 정류장에서 파는 토스트 먹고 싶어서. 나 나가요."

입맛이 하나도 없었다. 온 집 안에 풍겨 나는 카레 냄새가 역하게 느껴질 정도였다. 또다시 인터넷을 두드려 보거나 휴대전화를 쳐다보고 싶은 생각이 굴뚝같았지만, 단아는 꾹 참았다.

❖

"좀 어떠세요, 아버지?"

"괜찮다니까."

"괜찮기는요. 이번엔 정말 큰일 날 뻔하셨어요. 일 좀 줄이시라니까요, 이제."

"사람이 일을 놓으면 폭삭 늙어. 할 수 있는 일 하면서 열심히 살아야 오래 산다."

가벼운 뇌경색증으로 쓰러져서 아들을 비행기 타고 날아오게 만들어 놓고도, 강의 아버지 상을은 고집을 부렸다.

"부르지 말라니까, 얘는 왜 불러 가지고 한 소리 듣게 만들어?"

"당신 쓰러졌는데, 하나밖에 없는 아들을 안 불러요?"

"불효막심한 놈. 비싼 호텔 밥에 해외여행같이 돈으로 생색내는 거 다 필요 없다. 이렇게 누워 있을 때 손주 얼굴 한 번 보면 싹 가시겠구만. 나중에 드러누워서 죽을 날 기다리는 노인네 돼야 봬 줄래? 멋진 할애비 모습 보이고 싶은데, 하나밖에 없는 아들놈은 애비 속도 모르고. 일 줄이라는 소리나 해 대고."

언제나 강의 입을 틀어막는 건 결혼 이야기라는 것을 알기에 상을은 쉴 새 없이 떠들어 댔다.

"당신 흥분하면 안 된다고 했어요. 진정해요."

상을을 다독이며 이불을 매만진 임 여사는 아들에게로 천천히 시선을 돌렸다.

"아버지 말씀 그른 거 없어."

잔소리가 쏟아지려는 찰나, 강이 입을 열었다.

"어머니, 아버지."

"심각하게 부른다고 겁 안 먹는다."

"저 장가가고 싶어요. 되도록 빨리."

강에게로 두 개의 시선이 동시에 몰렸다.

"곧 인사드릴게요. 조금만 기다려 주세요."

"그때 그 인사동에서 마주친 그 아가씨?"

강이 고개를 끄덕이려는 찰나였다.

"그 아가씨 한국어는 좀 하냐?"

상을의 질문으로 이번에는 두 개의 시선이 환자용 침대로 향했다.

"그게 무슨 소리예요, 여보. 당연히 한국어 하죠. 뭐 별난 놈이 데려온다고 외계어라도 할까 봐서요?"

"노란 머리 아가씨가 한국어는 언제 배웠데."

"아버지, 노란 머리 아가씨요?"

"아까 잠깐 보니까 인터넷에 난리가 났더구만."

강은 재킷 주머니를 더듬거려 휴대전화를 찾아보았다. 아버지께서 응급 시술에 들어가셨다는 연락을 받은 뒤, 단아에게 문자를 보내고 휴대전화를 차에 놓고 온 기억이 그제야 떠올랐다.

"어머나, 세상에."

화들짝 놀란 얼굴을 하고 있는 임 여사가 들고 있던 휴대전화를 강이 조심스레 건네받았다. 강의 얼굴이 심각하게 굳어 갔다.

"어머니, 저 잠시 어디 좀 다녀올게요."

"오긴 뭘 와? 며느리 인사시킬 거 아니면 오지 마."

상을의 으름장을 뒤로하고 강은 상기된 얼굴로 병실을 나섰다.

❖

이런 날 날씨는 더럽게 좋다. 기분도 더러운데, 날씨도 더럽게 좋은 거다. 공부도 더럽게 안 된다. 애초에 이런 기분으로 도서관에 온 것부터가 잘못된 거다. 또 하필 이런 날, 마주친 친구가 얼마 전 남자친구와 헤어졌다는 지원이다.

"낮술 할래?"

"애미 애비도 못 알아본다는 그 술? 그래, 하자. 까짓것."

십수 년 전 유행했던 노래 가사처럼 지원은 요즘 맨날 술이란다.

"내가 군대 갔다 오는 것도 기다려 줬고, 취업 준비할 때 뒷바라지도 했고, 심지어 인적성 시험 준비도 도와서 취직까지 시켜 놨더니만."

"그랬더니만?"

"신입 사원 연수 들어가서 딴 년이랑 눈 맞았어. 같은 업계에 있어서 말이 통한다나, 어쩐다나."

단아의 입에서 한숨이 흘러나왔다. 허우룩해진 가슴을 채우려 단아는 소주를 들이켰다.

"나쁜 새끼네."

"야, 그래도 걔가 얼마나 착했는지 알아? 군대에 있을 때, 건빵 별사탕 안 먹고 상자에 모아서 준 애야, 걔가."

갑자기 울음을 터뜨린 지원의 어깨를 단아는 가만히 다독였다.

"내가 요즘 깨달은 게 있는데 말이다."

"뭔데?"

"지나간 남자를 끝까지 착한 남자라고 여기는 거, 그거 되게 처절한 자기 위안이다. 그러지 말고, 그냥 다른 남자 만나. 세상에 좋은 남자는 널리고 널렸어."

"한단아, 근데 넌 왜 울어?"

"몰라. 너무 슬퍼. 어떡해."

두 여자는 소주잔을 붙들고 울었다가, 웃었다가, 화를 냈다가, 깔깔거렸다가를 반복했다.

"단아야, 고마워. 네 일처럼 같이 울어 줘서."

단아는 입을 양옆으로 찍 늘이며 웃었다. 눈앞이 흐릿했다. '맨날 술이야!'를 외치던 지원은 말술이었지만, 단아는 여전히 소주 석 잔에 정신줄을 충분히 놓을 수 있는 사람이었다.

"화장실 좀!"

"나 전화 한 통만 쓰자, 단아야."

"가방 앞주머니에 있어."

잔뜩 꼬인 혀를 겨우 가누며 단아는 화장실로 향했고, 지원은 아직도 미련이 남았던지 헤어진 남자에게 전화를 걸기 위해 단아의 휴대전화를 꺼내 들었다.

"모르는 번호니까 받겠지? 받아라, 착했던 별사탕."

'탕.'과 함께 마지막 번호를 눌렀는데, 전화가 걸려 왔다. 지원은 그게 헤어진 남자와 통화가 연결되었다고 착각하며 전화를 받았다.

"여보세요?"

— 목소리가…… 왜 그래?

"술 마셨어…… 아주 많이."

— 오해야.

"오해라고? 네가 딴 년이랑 눈 맞아서 나 찬 게 오해야? 그게 오해니? 말이 되니?"

— 한단아.

"어, 그래. 나 지금 한단아랑 있어…… 어?"

— 단아랑 같이 있습니까?

지원은 두 눈을 껌뻑거리며 휴대전화 너머 목소리에 집중했다.

— 단아도 많이 취했습니까? 지금 어디 있습니까?

들려온 목소리는 별사탕이 아니었다. 지원은 정신이 번쩍 들어서 장소를 읊어 댔다.

― 지금 바로 갈 테니까, 단아 좀 부탁할게요.

둘이 소주를 다섯 병은 마신 것 같은데, 지원은 강의 목소리를 듣자마자 술이 확 깨 버렸다. 그런데 같이 술을 마신 단아는 화장실에서 변기를 끌어안고 잠이 들어 있었다.

"단아야? 일어나. 누가 너 데리러 온대. 강준? 최강준 씨? 그 사람이 너 데리러 여기로 온대."

"강준 씨가? 정말?"

그리 되물으면서도 단아는 꼼짝도 하지 않았다. 정신은 들었지만, 술기운은 남아 있었기에 지원이 단아를 옮기는 건 불가능했다. 결국, 호프집 주인에게 양해를 구하고 여자 화장실에 강이 들어섰다. 단번에 단아를 안아 든 강은 곧장 차로 향했다.

"타세요. 댁까지 모셔다 드릴게요."

"아니에요. 택시 타면 돼요."

"단아랑 같이 계셔 주셨는데, 제가 모셔다 드릴게요. 타세요."

중저음의 목소리가 은근히 설득력 있어서 지원은 하는 수 없이 강의 차에 올라탔다.

"나아쁘은 노옴."

뒷좌석에 늘어진 단아의 입에서 흘러나온 소리에 지원은 초조하게 입을 열었다.

"아, 제가 남자 친구랑 헤어졌거든요. 그래서 단아가 술기운에 역성드나 보네요."

"노오란 머뤼가 뭐가 조타고. 나아쁘은 노옴."

지원이 운전석을 흘끔 쳐다보았다. 어디서 본 듯도 싶은데, 누군지 퍼뜩 생각이 나진 않았다.

"췌강즈은. 이 나쁘은 쉐끼……!"

"단아야. 너 많이 취했어! 좀 자, 응?"

지원은 단아의 입을 막으며 수습하려 애썼다. 강은 그저 조용히 운전대를 움직일 뿐이었다.

지원을 집에 내려 준 강은 같은 동네에 있는 단아의 집으로 향했다. 단아를 등에 업은 강은 초인종을 누르기 전, 심호흡을 한 번 했다.

— 누구세요?

"저, 최강입니다. 단아 데리고 왔습니다."

대꾸 없이 대문이 열렸고, 그와 동시에 안쪽에서 현관문이 철컥 열리는 소리가 들려왔다.

"단아 이리 주고 가 봐요."

이 여사의 목소리에서 찬바람이 쌩쌩 불었다.

"어머니."

"누굴 보고 어머니래?"

"저, 여기서 재워 주십시오. 오늘."

이 여사는 벙찐 얼굴로 강을 올려다보았다. 여전히 단아를 업고 있는 그의 이마에는 땀이 송골송골 맺혀 있었다. 결국 술에 떡이 된 단아를 방에 눕히고 나온 강은 단아의 부모님 앞에 무릎을 꿇었다.

"우연히 찍힌 사진입니다. 지나가면서 서로 모델이고, 디자이너인 것은 알았지만 인사도 나누지 않았습니다. 우려하시는 일 절대 아닙니다. 심려 끼쳐 드려 죄송합니다."

"유명하다고는 들었는데, 이런 스캔들에 휘말릴 만큼 유명한지는 몰랐네요."

고까운 말투를 한 이 여사에게 강은 고개를 조아렸다.

"죄송합니다, 어머니."

"어머니 소리 듣기 좀 거북하네요."

팔은 안으로 굽는다고, 아무 사이 아니라고 무릎까지 꿇은 강이 괘씸한 이 여사였다.

"거 참, 사람."

단아의 아버지 창호는 인색하게 구는 아내를 나무라듯 헛기침을 한 번

했다.

"편히 앉게나. 잘못한 거 없다며 무릎은 왜 꿇고 있어?"

창호의 물음에 강의 얼굴이 긴장감으로 굳어 갔다. 두 사람은 비장함마저 풍기는 강을 말끄러미 바라봤다.

"어머니께서 서두르지 말라고 하셨는데, 서두르고 싶습니다. 이런 일로 두 번 다시 단아에게 상처 주고 싶지 않습니다."

"그래서요?"

이 여사의 물음에 강은 어깨가 들썩일 정도로 크게 숨을 들이마셨다.

"단아한테 청혼할 수 있게 허락해 주십시오."

절을 하듯 엎드린 강을 두 사람은 놀란 얼굴로 바라보았다.

"못 박고 싶습니다. 앞으로 평생 제 인생에 여자는 단아뿐이라고 빨리 세 상사람 전부한테 알리고 싶습니다."

"내가 서두르지 말라는 말 했다고, 우리 단아한테 청혼하기 전에 나한테 먼저 묻는 거예요? 청혼해도 되냐고?"

그리 묻는 이 여사의 목소리는 이미 반은 화가 풀린 상태였다.

"예, 어머니."

"사람 참 지나치게 예의 바른 건지, 고지식한 건지. 그러다 우리 단아가 결혼하기 싫다고 하면 어쩌려고 그래요?"

"설득해 주십시오."

"그러니까 스물여섯 된 우리 단아한테…… 그쪽이랑 결혼하라고 설득하 라고요?"

이 여사의 뾰족한 물음에 강은 고개를 끄덕이며 답했다.

"예, 어머니."

"호칭부터 바로 해요. 장모님이지, 그럼."

산들산들 불어오는 바람이 목덜미를 간질였다. 목덜미에서만 바람이 느껴지는 이유는 대체 뭘까? 눈을 감고 있는데도 눈앞 세상이 빙글빙글 돌았다.

"으."

신음과 함께 한숨이 튀어나왔다. 그 순간 누군가 단아의 상체를 꼭 끌어안았다. 모로 누운 단아의 뒤에 누군가 있었던 것!

심장이 쿵쾅거렸다. 이마에서 식은땀이 흘러내렸다. 미친 거야, 한단아? 막 뭐 원나잇 이런 거야?

또다시 목덜미에서 바람이 느껴졌다. 뒤에 누워 있는 남자가 입으로 '후우.' 하고 바람을 불고 있었다. 단아는 슬그머니 눈을 떠 보았다. 간절한 마음에 헛것이 보이나? 방 안 풍경은 너무나도 익숙한 곳이었다. 책상 의자 위에 아무렇게나 벗어 놓은 옷이며, 던져 놓은 백팩까지.

그럼, 나 설마 집으로 남자를 들인 거야? 대체 어떻게? 돌아 버리겠네.

파들파들 몸이 떨려 왔다. 숙취 때문인 것도 같고, 뒤에 있는 남자의 존재감 때문인 것도 같고.

"괜찮아?"

"어?"

단아는 화들짝 놀라 뒤를 보았다. 분명히 제집, 제 방 안인데 새하얀 드레스셔츠를 입은 강이 누워 있었다. 그는 팔로 머리를 괴며 빙그레 웃었다.

"하아……. 꿈인가 보네."

단아는 이불 끝을 잡아당겨 뒤집어쓰며 도로 누워 버렸다. 그러자 이불에 싸인 그대로, 강이 단아를 끌어안았다.

"꿈 아닌데. 한단아 내가 여기로 데리고 왔는데."

"……"

"술은 왜 이렇게 많이 마셨어, 또."

"……"

자꾸 눈물이 솟구쳤다.

"연락하려고 했는데, 그럴 겨를이 없었어. 그리고……."

심장이 콩닥콩닥 뛰었다.

"……기사를 나중에야 봤어. 미안해."

이불 밖에서 잔잔히 울리는 목소리에 단아는 울컥 목이 메어 왔다.

"어제 하루가 지옥 같았어요. 아닐 거라고 생각하면서도 자꾸 신경이 쓰여서…… 그래서 딴 거에 집중하려고 하면 이유 없이 눈물이 나는 거예요. 아닐 거라고 아무리 생각해도……."

울먹이는 목소리에 강은 이불을 걷어 냈다.

"미안해."

커다란 눈에 눈물이 그렁그렁 맺혔다.

"빨리 연락해서 오해 풀었어야 했는데, 미안해."

"근데…… 왜 연락 안 됐던 거예요? 일정보다 빨리 귀국하고……."

"나중에…… 말해 줄게."

"알겠어요."

걱정할까 싶어서 나중에 이야기해 주겠다는 말에 단아는 더는 묻지 않고 나긋이 대답했다. 강은 사랑을 가득 담은 눈으로 단아를 내려다보았다. 연락 안 되던 하루 동안 얼마나 마음을 졸였을까.

"나 강준 씨 못 믿어서, 의심해서 술 마시고 그런 거 아니에요. 그냥 믿는데, 그런데도 막 속상하고 그래서."

강은 가만히 고개를 끄덕거렸다. 그런 상황에서도 믿음은 굳건했지만, 속은 상했다는 그녀의 솔직함이, 강은 무척이나 사랑스럽게 느껴졌다.

이렇게 사랑스러운 모습을 보일수록, 난 왜 너를 놀려 먹고 싶을까?

"어제 너 나한테 막 나쁜 새끼라고 욕하더라."

"저 욕 같은 거 안 해요."

"지원이라는 친구한테 물어봐. 최강준, 나쁜 새끼! 하고 욕했는지 안 했는지."

단아는 얼굴이 새빨개진 채로 미간을 구겼다. 귀엽기는.

"나쁜 새끼 최강준은 어제 한 번으로 끝. 앞으로 나 너한테 좋은 남자만 할 거야. 내가 혹시나 서운하게 하면 괜찮은 척 넘어가지 말고 다 말해. 한단 아가 말하는 건 다 들어줄 거니까."

단아의 얼굴에 옅은 미소가 피어올랐다. 사랑스러워 죽겠다는 얼굴을 한 그는 단아의 이마에 입술을 쪽 찍어 냈다. 콧잔등을 따라 내려오는 입술을 느끼며 단아는 두 손으로 입을 틀어막았다. 단아가 고개를 절레절레 내젓자 강은 빙그레 웃었다.

"그래, 씻어. 어서."

"근데 여긴 어떻게 들어왔어요?"

"담 넘어 들어왔지."

"거짓말하지 말고요! 어떻게……!"

똑똑똑.

언제나 노크 후에 방문을 여는 가족들이었지만, 오늘따라 노크 소리가 새 삼스러웠다.

"단아 깨웠으면 나오게."

"네, 나가겠습니다."

문을 사이에 두고 이 여사와 강이 나누는 자연스런 대화에 단아의 눈이 휘둥그레졌다.

"먼저 나가 있을 테니까, 씻고 부엌으로 와. 어머니 아침 일찍부터 해장국 끓이셨어."

처갓집에서 하룻밤을 보낸 사위도 아니고, 자연스럽게 행동하는 그의 모 습에 단아는 기가 막혀 왔다. 그런데 그보다 더 기가 막힌 건 욕실 거울에서 마주한 자신의 얼굴이었다.

"이게 뭐야. 마스카라 국물 죄 흘리고, 눈곱에. 침도 흘리고 잤나 봐!"

숙취로 퉁퉁 부어서 노랗게 뜬 얼굴이 가관이었다. 그런데 미친 여자처럼 웃음이 흘러나왔다.

"이런 얼굴을 그렇게 꿀 뚝뚝 떨어지는 눈빛으로 본 겁니까? 내가 그렇게 좋아? 내가 그렇게 막 막 사랑스럽나?"

거울 속 미친 몰골을 바라보며 킥킥거리고 있을 때였다.

"누나, 얼른 나와. 누나 기다리느라 아직 아침도 못 먹었어."

지금 아침이 문제냐, 이 자식아? 판다 눈 왕 눈곱 침쟁이를 예뻐 죽겠다는 눈으로 보는 남자가 내 말은 다 들어주겠다는데?

"알았어, 얼른 나갈게."

마음과 달리 순순히 대답이 흘러나왔다. 어제가 단테의 지옥이었다면, 오늘은 타락한 대천사가 천국의 문을 열어 준 아침이니까.

식탁 앞에 둘러앉은 가족과 단아 그리고 강.

"들어요, 입맛에 맞을지 모르겠네."

"어머니 음식 엄청 맛있습니다."

강은 빙그레 웃으며 이 여사를 바라보았다.

「그럼 그렇게 하겠습니다, 장모님. 근데 단아한테 청혼하기 전까지는, 단아 앞에서 어머님이라고 부르겠습니다.」

「사람 참 한결같네. 그래서 우리 단아한테 프러포즈는 어떻게 할 건데?」

「비밀입니다.」

이 여사도 흐뭇한 눈으로 강을 바라보기는 마찬가지였다.

"어, 그러니까."

단아가 어렵사리 입을 떼려는 순간.

"누나가 술이 떡이 돼서 형님이 업고 들어왔어. 내 방에서 주무셨고."

"왜……."

"왜 집에 안 가고 여기서 주무셨냐면, 내가 못 가시게 했어. 내가 친형이 없잖아? 형 같은 분한테 인생강의라도 들어 볼까 하고."

강은 묘한 미소를 지으며 단정을 흘끔 보았다.

어젯밤, 단정의 방에 누워 있던 강이 슬그머니 단아의 방으로 건너갔다는 사실을 단정은 모른 체했다.

「동생 몸이 좋네. 우리 옷 괜찮은 편인데, 이번에 신상 나온 거 보내 줄게. 한 번 입어 볼래요?」

「말씀 낮추세요. 엄마가 장모님이면, 저는 이제 처남이죠. 그렇죠, 매형?」

「그럼 그럴까, 처남? 누나 앞에서는 당분간 그냥 형님이라고 부르고.」

그렇게 지난밤부터 두 남자는 처남, 매형 하는 사이가 되어 있었다.
대체 얼마나 엄청난 청혼을 하려고 저러는 걸까?
가족들은 서로 눈치만 보며 단아와 강을 흘끔거릴 뿐이었다.

카페에 마주 앉은 두 사람은 각기 다른 일에 몰두하고 있었다. 강은 태블릿을 켜고 디자인 작업 중이었고, 단아는 개강과 동시에 불어닥친 프로젝트에 정신이 없었다.

"좀 쉴까?"

"그럴까요?"

쉬자는 말에 단아는 테이블 위에 놓여 있던 잡지를 한 권 집어 들었다. 밀크 티를 홀짝이며 패션잡지를 뒤적이는 단아를 강은 물끄러미 바라봤다.

"그건 쉬는 게 아니라 나한테는 일인데."

"잡지 보지 말까요?"

"봐. 그 대신 키스 한 번만 해 주고 봐."

자리마다 낮은 칸막이가 있고, 뚫린 문 쪽으로는 반투명 커튼이 묘한 위치에 달려 있어서 연인들에게 인기가 많은 카페였다. 강은 턱을 괸 상태에서 입술을 쭉 내밀었다.

"어우, 진짜."

"앙탈 부리지 말고 빨리 해."

"뭐, 키스는 나 혼자 해요? 왜 자꾸 나보고 하라고…… 읍!"

손을 뻗어 단아의 목덜미를 감싼 강은 상체를 일으키며 잽싸게 그녀의 입술을 머금었다. 그냥 해도 되지만, 앙탈을 부리고 귀엽게 눈을 흘기는 모습이 보고 싶어서 강은 단아를 놀려 먹곤 했다. 잔잔히 흐르는 음악과 카페 안 소음에 은밀한 소리는 묻혔다.

말을 하지 않아도 알 수 있는, 입을 통한 연인의 언어.

밖에서 쉼 없이 왔다 갔다 하는 사람들 때문에 짜릿함은 배가 되었다. 그리고 그에게서 야릇한 희열을 배운 단아는 금세 몸에 힘이 빠져 나른해지는 것만 같았다. 이미 인정했다시피 그의 키스는 말도 못하게 달콤했다.

추읍 하는 아쉬운 마찰음과 함께 입술이 떨어졌다. 강은 빨갛게 달아오른 단아의 입술에 자잘한 입맞춤을 더했다.

"여기 밀크 티 잘하네."

"안티구아도 맛있네요. 처음 먹어 봤어요."

강은 핸드드립 안티구아 커피가 담긴 잔을 들며 빙긋이 웃었다.

"근데요. 이렇게 맛보면, 양잿물도 달겠다."

"그럴 리가."

단아는 양손으로 곱게 꽃받침을 해서 턱을 괴고 물었다.

"있잖아요. 예전부터 물어보고 싶었는데요."

"뭘?"

"그러니까요."

"본론. 빨리."

"으, 진짜. 사귀나 안 사귀나 성격 까칠한 건 여전해요?"

"아니거든. 네가 그렇게 뜸 들이면 내가 안달이 나서 미칠 것 같아서 그러는 건데, 그걸 몰라? 그러니까 뭔데, 빨리 말해. 사람 속 다 타서 재가 되기 전에."

눈을 흘기던 단아는 금세 함빡 웃음을 지었다.

"키스를 왜 이렇게 잘해요?"

"나 키스만 잘해?"

"어우, 야해."

단아가 턱을 받치고 있던 손으로 얼굴을 가려 버렸다.

"뭐가 야해? 디자인도 잘하고, 사람 관리도 잘하고. 뭐 요리도 좀 하고. 한단아는 요즘에 사고가 그런 쪽으로밖에 안 되나 봐?"

강은 부러 미간을 찌푸리며 단아를 바라봤다.

"이제 보니 머리도 엄청 길었네? 대체 야한 생각을 얼마나 많이 하는 거야?"

머릿속에 리플레이되는 므흣한 장면의 횟수를 세어 보라면 유튜브 조회수 1위를 능가할 수도 있습니다만. 단아는 자연스레 화제를 돌리는 척, 잡지를 뒤적였다.

"우와, 이거 예쁘다. 요즘은 남자 드레스셔츠도 레이스가 많네요."

"한단아 레이스 좋아해?"

"자꾸 정 없게 한단아, 한단아 하지 말라니까요. 그럼 저는 다시 코치님이라고 부릅니다?"

발끈하는 단아를 보고 강은 작게 웃음을 터뜨렸다.

"레이스 좋아하냐고."

"그냥 뭐. 특별히 좋지도 않고, 싫지도 않고. 으악!"

레이스 관련 특집 기사를 보던 단아는 기겁을 하며 잡지를 덮어 버렸다.

"이런 건 정말 싫어요."

"뭐가?"

"저렇게 동그란 모양이 무한히 반복되는 거요."

강은 단아가 보던 페이지를 펼쳐 보았다. 동그라미가 무한 반복되고 있는 레이스 원피스.

"이게 왜?"

"저 환 공포증 있거든요. 적당히 간격 있는 도트 무늬 같은 건 괜찮은데,

그렇게 다닥다닥 붙어 있는 동그라미는 너무 징그러워요."

단아는 식은땀까지 흘리며 파르르 떨었다. 그리고 그런 단아를 바라보는
강의 얼굴도 새하얗게 굳어 갔다.

❖

이튿날 디자인 하우스, 강의 집무실 바로 옆 소회의실에 걸려 있는 드레
스를 바라보는 강의 얼굴은 어두웠다.

"하아……. 환 공포증이라……. 닭발도 먹는 애가 무슨 동그라미를 징그
러워해?"

둥근 꽃잎을 모티브로 삼은 레이스가 무한히 반복되는 드레스. 이 드레스
를 완성하느라 그동안 수많은 밤을 하얗게 지새운 강이었다.

"똑똑똑. 최 대표 여기서 뭐 해?"

땅이 꺼지고 하늘이 무너져라 한숨을 쉬는 강을 제이슨은 별스럽다는 눈
빛으로 바라봤다.

"왜? 무슨 일인데."

"드레스 폐기."

"뭐? 이걸로 프러포즈하겠다고 몇 달을 준비해 놓고, 이걸 없애면 어떡
해?"

"단아 환 공포증 있대."

"그거 동그란 모양이 막 모여 있는 거 무서워하는 거잖아."

"어. 그러니까."

"그러니까, 이 드레스가 왜? 이건 꽃잎이잖아."

"꽃잎도 동그랗잖아. 프러포즈했는데, 비명 지르고 도망가거나 쓰러지면
어떡해."

"걱정도 팔자다, 정말. 이건 아니거든? 누가 봐도 꽃잎처럼 보여."

"리스크가 있으면 피해야지."

강은 차가운 얼굴로 회의실을 나섰다.

"그래서 다시 만들게?"

뒤따라 나온 제이슨이 뜨악한 얼굴로 물었다.

"생각 좀 해 보고."

디자이너에게 새로운 정체성을 심어 준 여자에게 선물하는 단 하나의 웨딩드레스.

강이 심혈을 기울여 작업에 임했던 걸 누구보다도 잘 아는 제이슨이었다. 또 강이 끔찍한 완벽주의자라는 사실은 디자인 하우스뿐 아니라 패션계 전체가 알고 있는 사실.

고객의 니즈에 완벽하게 부합하는 디자인이 아니면 과감히 포기하는 그였다. 그런 데다가 더욱이 사랑하는 여자가 평생에 한 번, 여자로서 가장 행복한 날에 입을 드레스이니 더 완벽하게 만들고 싶을 수밖에.

"최강×탐미(耽美) 쇼도 얼마 안 남았잖아. 저 드레스 충분히 완벽해."

"안 완벽해."

"아, 그럼 프러포즈를 미루든가! 쇼는 어쩔 거야?"

답답한 마음에 제이슨은 소리를 빽 지르고 말았다. 평소 업무 처리에서는 사이다를 펑펑 터뜨리는 강인데, 한단아만 엮이면 삶은 밤고구마가 되어 버린다.

"생각 좀 해 본다고."

강은 집무실 문을 쾅 닫고 들어가 버렸다. 제이슨이 벙찐 얼굴로 문을 바라보고 있을 때였다.

"그 드레스로 프러포즈 안 하신대요?"

어디선가 나타난 유리가 두 눈을 반짝거렸다. 그녀가 강과 단아 사이에서 무슨 일을 벌였는지 들었을 때, 제이슨은 경악을 금치 못했다. 그런데 그런 유리가 단아랑 친구 먹기로 했단다. 강과 자신처럼 기가 막힌 친구 관계다.

최강도 드문 캐릭터지만, 한단아도 참 독특한 여자다. 그래서 둘이 저렇게 됐나 싶기도 하고.

"어, 안 한대."

"아오, 또 쫄았네, 또 쫄았어. 단아가 뭐 싫다고 했는데, 그거랑 연관 지어서 오버하는 거죠, 또?"

정확하다. 완벽한 드레스니, 어마어마한 프러포즈니, 고객의 니즈니 하는 고급진 단어보다 더 확실한 표현. 최강은 지금 쫄아 있는 거다. 한단아가 마음에 안 들어 할까 봐. 그걸 환 공포증이라는 그럴 듯한 핑계에 비비고 있는 것인지도 모른다.

"어떡할까요? 제이슨 CD님은 보고만 계실 거예요?"

디자인 하우스 근처 공원, 추억이 깃든 곳에서 두 사람은 손을 붙잡고 나란히 걷고 있었다. 해가 제법 짧아져서 하늘은 어둑어둑했다. 낮엔 여전히 무더운데, 저녁때는 제법 선선한 바람이 불어왔다.

"에취."

"옷을 왜 이렇게 얇게 입었어?"

얇은 흰색 시폰 블라우스와 카디건에 연회색 플리츠 미니스커트를 입은 단아를 보고 강이 나무랐다.

"예쁘게 보이고 싶어서 그랬죠."

"그래 봐야 잠깐 보는 게 다인데. 이렇게 꾸밀 시간에 더 빨리 나오라니까."

"빨리 와도 얼굴 보기 힘들잖아요. 겨우 이렇게 보여 주는 게 다면서."

다음 주, 최강×탐미의 첫 SS 쇼를 앞두고 있었다. 그 바람에 강은 눈코 뜰 새 없이 바빴다.

"데이트다운 데이트 해 본 게 언제더라?"

"글쎄요. 극장 가서 영화 본 것도 피렌체 전이니까. 우리 사귀기 전이네요."

강은 머쓱한 듯 웃으며 물었다.

"안 추워?"

"뭐 견딜 만해요. 치. 예전에는 재킷도 벗어 주더니."

단아가 입을 쭉 내밀며 가볍게 눈을 흘겼다. 그러자 강이 단아를 와락 안아 버렸다. 트렌치코트 안으로 낭창한 몸이 쏙 들어갔다. 강은 코트를 여미며 단아를 더욱 꼭 끌어안았다.

"이렇게 하면 되지."

"이렇게 하면 어떻게 걸어요?"

"기다려 봐, 그럼."

강은 품 안에서 단아를 풀어 준 뒤, 구두를 벗어서 손에 들었다.

"뭐 하세요, 지금?"

"너도 구두 벗어 봐."

"구두를 왜 벗어요?"

"어서 벗어."

옷을 벗으라는 것보다 더 당황스러웠다. 하지만 한단아가 이런 거에 쫄면 한단아가 아닌 거다. 스틸레토 힐을 벗어 든 단아는 조심스레 스타킹을 신은 발로 공원 바닥을 내디뎠다.

"이리 와."

강은 구두를 들지 않은 손으로 단아의 허리를 끌어당겨 품에 안았다.

"아까랑 뭐가 달라요, 이게?"

"내 발등 위에 올라 서."

단아는 가만히 강을 올려다보았다.

"내 오른 발등 위에 네 왼발 올리고, 내 왼 발등 위에 네 오른발 올리고. 서 보라고."

빙그레 웃어 보인 단아는 강이 시키는 대로 그의 발등 위로 올라갔다.

"허리 꽉 잡아. 떨어지지 않게."

"이런 건 또 시키는 대로 잘하니까요."

단아는 강의 허리를 꼭 끌어안았다. 그러자 그가 걷기 시작했다.

한 발짝, 두 발짝.

"이렇게 하면 걸을 수 있잖아."

머리를 기대고 있는 그의 가슴에서 그의 목소리가 나지막이 울렸다. 그리고 그의 심장도 쿵쾅쿵쾅거렸다.

"이거 좀 미친 짓 같은데요."

"아, 내가 미쳤나? 이 사람이 미쳤나? 싶은 게 연애다."

"좋아서 미쳐 버릴 것 같은 게, 제가 연애를 하긴 하나 보네요."

단아는 강의 허리를 더 꼭 끌어안으며 그의 가슴에 얼굴을 비벼 댔다.

"근데 누가 보면 어떡해요?"

"아무도 없어, 걱정 마. 근데 안 되겠다. 가자, 집에 데려다줄게."

한참을 걷던 그가 우뚝 멈춰 섰다.

"왜요? 보는 사람도 없는데, 이렇게 더 걸으면 안 되나요?"

"얼른 신발 신어."

강은 어서 신발을 신으라며 재촉을 했다.

"알겠어요. 신을게요. 좋았는데……."

아쉬움을 실은 목소리에 강의 나지막한 목소리가 더해졌다.

"더 좋은 거 하러 가자."

차에 오르자마자 강은 단아의 얼굴을 끌어당겨 키스를 퍼붓기 시작했다. 인적이 드문 공간에서 그저 품에 한번 안아 보고 싶었던 거였는데. 그러다 걸을 수 없다는 말에 장난처럼 발걸음을 맞춰 본 것뿐인데. 바싹 마른 장작에 불이 붙듯 타올라 버리고 말았다.

짧은 만남이 계속되고 있었기에 불같이 그녀를 품어 본 게 언제인가 싶었다. 다급한 손길이 단아의 등허리를 빠르게 오르락내리락했다. 카디건 자락이 어깨를 넘어갔다. 얇은 시폰 블라우스 사이로 부드러움이 느껴졌다.

"하아, 하아."

격한 숨을 토해 내는 단아의 입술을 강은 또다시 다급하게 머금었다.

"강준 씨, 잠깐만. 여기 강준 씨 회사 지하 주차장이에요."

강은 단아의 목덜미에 입술을 묻으며 읊조렸다.

"걱정 마."

"누구 오면 어떡해요!"

"안 와."

"올지 안 올지 어떻게 알아요?"

"지하 주차장 점검한다고 앞으로 1시간 동안은 들어오지 말라고 긴급 공지 했으니까."

"미쳤어, 미쳤나 봐!"

단단한 어깨를 단아의 손이 팡팡 내리쳤다. 그와 동시에 조수석 의자가 뒤로 젖혀졌다. 솜방망이질 하던 작은 손은 자연스레 강의 목을 휘감았다.

"대표 닮아 가지고 진짜, 오라 가라 하는 데 뭐 있다니까. 디자인 하우스 터가 안 좋은가."

"왔어? 대표님은 외부 회의 가셨어."

"알아. 오는 길에 통화했어."

"대표님께는 비밀로 한 거 맞지? 여기 오는 거?"

두 눈을 동그랗게 뜨며 묻는 이는 유리였다. 단아는 유리의 하늘색 머리칼을 바라보며 대꾸했다.

"그래, 어디 가느냐고 물어보는데, 둘러대느라고 내가 얼마나 힘들었는지 알아? 그 사람, 내가 거짓말하면 귀신같이 알아챈단 말이야."

"하긴 뭐, 네가 거짓말하면 나라도 알아보겠더라."

단아는 눈을 가늘게 뜨며 유리를 쏘아보았다.

"눈 풀어. 순하게 생겨 갖고 눈에 힘줘 봤자 안 무서워."

"그래서 왜 불렀는데?"

"한단아 씨, 아직 우리 디자인 하우스 경영 자문이신 거 맞죠?"

"네, 수당은 못 받고 있습니다만. 인사과에서 명함은 하나 파 줍디다. 혹시 필요하면 쓰라고요."

"와! 치사하다. 대표님이 수당 안 줬어?"

"치사하긴 뭐가 치사하냐? 내가 하고 싶어서 한 일인데."

"어우, 역성은."

이번에는 유리가 눈을 가늘게 뜨며 단아를 쏘아보았다.

"아, 그래서 경영 자문이니 뭐니, 왜 그러는 건데? 무슨 일 있어?"

걱정스러운 얼굴을 한 단아를 올려다보며 유리는 생각했다. 걸려들었어, 한단아.

"일단 네가 봐야 할 게 있어. 따라와."

단아는 한숨을 폭 내쉬며, 유리를 뒤따랐다. 그렇게 해서 도착한 곳은 언젠가 모델 오디션을 봤던 쇼룸이었다.

"여긴 왜?"

"보여 줄 게 여기 있어서."

문을 열고 들어서자 쇼룸 한가운데 서 있는 보디에 입혀진 드레스가 눈에 들어왔다. 꽃잎을 흩뿌려 놓은 듯한 레이스, 가슴부터 엉덩이를 타고 유려하게 떨어지는 곡선. 꽃잎 하나하나마다 작은 보석이 박혀 있었다.

"참깨 다이아? 뭐 그런 거라더라."

"다이아? 다이아몬드가 박힌 드레스라고?"

단아의 되물음에 유리는 그렇다며 고개를 끄덕였다.

"엄청나다."

"예쁘지?"

"예쁜 정도가 아닌데? 근데 이건 왜?"

"대표님이 이거 폐기한대."

"뭐? 왜?"

"고객의 니즈에 부합되지 않아서."

"대체 어떤 고객인데? 누가 이걸 마다해?"

유리의 입가에 미소가 번져 갔다. 하지만 유리는 애써 심각한 척 미간을 구기며 입 안쪽 말캉한 살을 깨물었다.

"그래서 말인데, 단아야. 이거 폐기하면 우리 좀 어려워질 것 같은데. 다이아가 이렇게 많이 들어갔는데, 원재료 값이 얼마나 많이 들었겠어? 그리고 봐라? 이거 한 땀 한 땀 수작업한 레이스다? 그것도 대표님이 직접."

"강준 씨가 직접?"

"어, 직접."

단아의 얼굴이 뾰루퉁하게 변해 갔다.

"어떤 고객인데 이걸 한 땀 한 땀 직접 짜서 만들어?"

"그건 나도 잘 모르겠고."

"그래서 하고 싶은 말이 뭐야? 본론. 빨리."

"어유, 누가 커플 아니랄까 봐, 말투도 비슷하네."

"또 뭐 프레젠테이션 같은 거라도 준비해야 해? 그 고객 설득하려면?"

"프레젠테이션 비슷한 거를 준비해야 해. 도와줄 수 있지?"

"한단아, 못 와?"

— 네, 죄송해요. 갑자기 교수님이 부르셔서 못 갈 것 같아요. 정말 죄송해요.

"무슨 일로 부르시는 건데?"

— 제 석사 논문 때문에요.

강은 한숨이 새어 나오려는 입을 꾹 다물었다. 최강이 론칭하는 여성복의 첫 쇼에 한단아가 참석하지 못한다니.

"교수님 잘 만나 뵙고, 여기 못 오는 거 너무 마음 쓰지 말고. 이따 끝나면 연락할게."

― 네, 마음속 깊이 응원하고 있을게요. 늦게라도 갈게요. 쇼장 어딘가에 제가 있다고 생각하세요!

허우룩해졌던 가슴이 그녀의 응원으로 따뜻하게 차올랐다. 긴장감에 더해진, 한단아가 준 산뜻함.

"고마워. 이따 밤늦게라도 보자."

― 네, 그땐 볼 수 있을 것 같아요. 그럼 끊어요.

통화를 마친 강은 곧장 백스테이지로 향했다. 리허설을 앞두고 모두들 초긴장 상태였다.

"최 대표, 얼굴이 왜 그래? 어디 안 좋아?"

"아니, 괜찮아."

"괜찮기는. 얼굴이 말이 아닌데."

요 며칠 수면 시간은 하루 평균 3시간에 불과했다. 일이 많으면 많은 대로 자지 못했고, 일이 없으면 잡생각에 잠을 이루지 못했다.

"물 좀 마셔."

강은 제이슨이 건넨 물병을 붙들고 허탈한 웃음을 지었다.

"못 온대."

"누가?"

"한단아."

한숨처럼 이름 석 자가 공기 중으로 흩어졌다.

"뭐? 왜?"

"뭐 논문 때문에 교수님이랑 논의할 게 있대. 갑자기 불렀다고 안 갈수가 없다고 하네."

제이슨은 뭐라 형언할 수 없는 눈빛으로 강을 바라보았다. 첫 쇼는 한단아 헌정 쇼라고 해도 과언이 아니었다.

한단아의, 한단아에 의한, 한단아를 위한 쇼.

그런데 이 쇼에 그녀가 참석할 수 없다는 것은 강에게 말도 못할 허탈함을 안겨 줄 게 분명했다.

"힘내, 최 대표. 여기서 무너지면 안 돼. 그렇다고 단아 씨 원망해도 안 되고. 단아 씨 덕에 여기까지 왔잖아, 우리."

"알지, 알아."

강은 머리를 가리키며 말했다.

"여기로는 알겠는데."

제이슨은 물끄러미 강을 바라봤다. 강의 손가락이 왼쪽 가슴을 향해 갔다.

"여기는 참 쓰리다."

"쇼 아예 못 본대?"

"늦게라도 오기는 하겠대. 쇼장 어딘가에 자기가 있다고 생각하래."

제이슨은 강의 어깨를 다독이며 걱정스러운 얼굴을 했다.

"제이슨."

"어?"

"아무리 안타까운 순간이어도 이런 스킨십은 바람직하지가 않다."

"도움이 안 돼?"

"응, 전혀."

제이슨은 얼른 손을 떼며 콧방귀를 뀌었다.

"누가 뭐 아직도 자기만 바라보고 있는 줄 아나?"

"뭐?"

강은 저도 모르게 헛웃음을 흘리고 말았다.

"내가 아직도 최강 못 잊어서 이런다고 생각하는 거야? 이건 명백하고, 순수한 의도의 위로거든!"

"왜 믿음이 안 가지?"

"믿어. 믿어야 해. 나 연애해."

"뭐?"

강은 화들짝 놀라 목소리를 높였다. 헤어와 메이크업 손질을 받던 모델들, 아티스트들, 어시스턴트, 쇼 스태프 등등. 모든 이의 눈빛이 강과 제이슨에게로 향해 왔다.

"별일 아닙니다. 일 봐요."

제이슨의 짧은 설명에 사람들은 다시 각자의 일로 시선을 거두어 갔다.

"이게 왜 별일이 아냐? 뭘 해? 연애? 누구랑? 어떤 여…… 아니 남자랑?"

"한단아가 날개 잃고 떨어진 천사라고 했던 사람이랑. 진짜 천사더라."

꿈꾸는 듯한 표정을 하고 있는 제이슨을 보고 강은 떡 벌어진 입을 다물지 못했다.

"내가 망설이니까, 단아 씨가 뭐라고 했는지 알아?"

"뭐라고 했는데?"

"남자가 여자를 사랑하고, 여자가 남자를 사랑하고. 결국 그건 한 사람이 다른 한 사람을 사랑하는 거라고. 남녀 간의 연애에서도 똑같이 겪는 기쁨, 슬픔, 분노 그리고 사랑. 한 번뿐인 인생에서 사람 대 사람으로 가질 수 있는 가장 값진 시간을 포기하려 하지 말라고. 용기 내어 고백하시라!"

"단아가 그런 말을 했어?"

"최 대표 코치님, 잘 가르쳐 놓으셨던데요?"

"원래 본바탕이 좋았던 여잡니다."

제이슨은 강에게 눈을 가볍게 한 번 흘겼다.

"축하할 일 맞지?"

"왜? 모델이 덤빈다니까, 내가 이용당할까 봐?"

"그런 걱정 안 한다면 거짓말이고."

"미쳤나 봐, 나. 지금 같아서는 그냥 이용당해도 좋겠단 생각이 들 만큼…… 그래."

"그래……"

'그래.' 라는 짧은 두 음절이 주는 울림에 두 남자는 소란스러운 현장에서 아무런 말없이 얼마간을 앉아 있었다.

"리허설 시작하겠습니다!"

쇼 스태프의 목소리가 들려왔다.

"고마워, 제이슨. 덕분에 긴장 많이 풀렸다."

"그래, 그럼 됐고."

최종 리허설이 끝나고 마치 보고 있다는 듯이 단아에게서 문자가 왔다.

[강준 씨는 언제나 멋져. 아마 지금은 최고로 멋질 거야.]

입가에 저절로 미소가 번져 갔다. 쇼 한 번 하고 끝낼 사업도 아니고, 이번 시즌이 아니면 다음 시즌 쇼라도 함께하면 되는 거다. 평생을 함께하기로 한 여자가 잠시 곁에 없다고 해서 이렇게 의기소침할 필요는 없는 건데. 강은 빙긋이 웃으며 답문을 적어 보냈다.

[우리 단아는 언제나 사랑스러워. 아마 지금도 무척이나 사랑스럽겠지.]

문자를 바라보는 단아의 시선에 사랑이 가득 담겼다.

기다려요. 나 곧 가요.

단아는 빙긋이 웃으며 휴대전화를 핸드백 안에 집어넣었다.

쇼가 시작되고 강은 평정심을 유지하려 애썼다. 런웨이로 나가는 모델들을 바라보며 격려하고, 돌아 들어온 모델에게는 아낌없는 박수를 보냈다. 그렇게 쇼가 마무리되어 가고 있었다.

"대표님 차례입니다."

강은 고개를 한 번 끄덕이며 재킷 라펠을 매만졌다. 얼마 전 옴므 바이 최강 쇼에서는 제이슨과 나란히 런웨이를 걸었지만, 오늘은 강 혼자였다.

오롯이, 강이 단아를 위해 만든 쇼.

눈부시게 환한 단아의 미소를 떠올리며 강이 런웨이로 걸어 나갔다. 쏟아지는 박수갈채 속에 런웨이 끝까지 걸어 나갔을 무렵. 갑자기 사위가 어두워지며, 음악이 바뀌었다.

머릿속이 아득해졌다.

사고다.

강이 두 눈을 질끈 감으며 당황하지 않은 척 평정을 유지하려 애쓰던 그 순간. 스포트라이트가 런웨이 반대편을 비추었다. 그곳에 그녀가 서 있었다.

숨이 턱 막힐 정도로 아름다운 모습으로.

제17장 인연

꽃잎이 흩날리는 정원에 천사가 내려앉기라도 한 듯, 단아는 영롱하게 반짝였다. 그녀가 천천히 걷기 시작했다.

"어떻게……."

꿈이라도 꾸는 듯 강은 멍한 얼굴로 런웨이를 걷는 단아는 바라보았다. 마침내 단아가 강의 앞에 섰다. 현장 스태프와 소통하기 위해 귀에 꽂은 인이어 리시버에서 유리의 목소리가 들려왔다.

『여기서 키스 못 하면 남자도 아니다잉.』

장난스러운 유리의 말투 때문에 강의 얼굴에도 웃음기가 어렸다. 단아는 말간 눈동자로 강을 올려다보았다. 강은 그녀의 얼굴에 드리운 베일을 천천히 뒤로 넘겼다. 눈이 부실 정도로 아름다운 두 사람의 모습을 담기 위한 카메라 플래시가 쉴 새 없이 터졌다.

강은 오른손 검지와 엄지로 단아의 턱을 부드럽게 잡았다. 핑크빛으로 상기된 두 볼, 긴장했는지 파르르 떨리는 기다란 속눈썹 그리고 맑게 빛나는 까만 눈동자. 강은 단아의 모든 순간을 눈에 담으려 애썼다. 그리고 천천히 얼굴을 내렸다. 파르르 떨리던 속눈썹이 살포시 내려앉았다.

연핑크색 립스틱을 바른 도톰한 입술에 강의 입술도 내려앉았다. 수많은 사람이 두 사람을 보고 있었고, 수많은 카메라가 두 사람의 모습을 담아내고 있었다. 강은 한 땀 한 땀 정성스레 짜 낸 레이스가 휘감긴 가녀린 허리를 바짝 끌어당겨 안았다.

모두의 주목을 받는 런웨이 위에서 강은 마치 이 세상에 두 사람만이 존재한다는 듯 진하디진한 키스를 퍼부었다. 단아는 떨리는 손으로 카라 부케를 움켜잡았다.

그저 가벼운 입맞춤일 거라 생각했는데. 마치 온 세상에 이 여자가 내 여자라고 공표라도 하려는 것처럼, 키스는 강렬했다. 단아는 부케를 들고 있던 손을 올려 강의 목덜미를 살짝 끌어안았다. 그러자 허리가 획 뒤로 넘어갔다.

여기저기서 탄성이 쏟아져 나왔다. 강은 단아의 등허리를 받쳐 안은 채로 달콤한 입술에 취했다. 영화 속 키스신에서 왜 남자가 여자를 뒤로 젖혀 버리는지 여태껏 이해할 수 없었다. 그런데 이제는 알 것 같다. 당장에 그녀를 넘어뜨리고 싶은 마음이랄까?

『어이, 최 대표. 정신 차려. 이제 마무리해야지. 거기서 이불 펼래?』

귓가에서 제이슨의 목소리가 들려왔다. 강은 마치 연출되었던 이벤트인 것처럼 천천히 단아를 일으켜 세웠다. 그리고는 카메라 앵글이 가장 좋은 쪽에 서서 그녀의 이마에 가볍게 입맞춤을 더했다. 용기 내어 걸어 나오기는 했는데, 수많은 사람들 앞에서 엄청난 키스를 견뎌 내느라 넋이 나간 단아를 강이 이끌었다.

강은 그녀의 손을 자신의 팔에 살포시 얹었다. 마치 신랑, 신부가 행진하듯 두 사람은 런웨이를 돌아서 퇴장했다. 백 스테이지로 들어서자 박수갈채가 이어졌다.

"수고 많았습니다, 그럼."

강은 평소처럼 간단한 인사로 마무리한 뒤 단아의 손을 잡아끌었다. 강은 서 있던 곳에서 가장 가까운 대기실 안으로 단아를 밀어 넣은 뒤 문을 닫아 버렸다.

"강준 씨!"

단아를 벽으로 밀어붙여 세운 강은 거친 숨을 몰아쉬었다. 단아는 손을 뻗어 강의 뺨을 부드럽게 어루만졌다. 강은 아스라이 드러난 가녀린 어깨에 이마를 기댔다.

"어떻게 된 거야? 기절하는 줄 알았잖아."

"유리가 도와 달라고 했어요. 강준 씨가 심혈을 기울여 만든 드레스를 고객이 리젝해서 엄청난 위기에 처해 있다고. 꼭 입고 런웨이에 서 달라고."

"뭐?"

강은 허탈한 웃음을 흘렸다. 프러포즈에 큰 공을 들이고 있는 강이었다. 그녀가 드레스를 입고 나타난 순간, 형언할 수 없는 아름다움에 숨이 턱 막혀 버렸다. 그리고 프러포즈를 역으로 당한 건 아닌가 하는 생각도 들었다.

"그러니까, 그 까다로운 고객한테 보여 주라고 유리가 부탁했다?"

단아는 가만히 고개를 끄덕거렸다.

"이 예쁜 걸 왜 폐기해요? 왜 마음에 안 들었대요? 대체 누가 그랬어요? 강준 씨가 처음 만든 드레스인데? 어? 아……. 처음……이구나……. 첫 드레스."

갑자기 그녀의 목소리가 잦아들었다.

"한단아."

단아의 눈동자에 눈물이 핑 돌아 있었다. 도와주기는 했는데, 정신을 차리고 보니 무언가 억울해서. 강은 손끝으로 조심스레 단아의 가슴께를 흐르고 있는 꽃잎 모양 레이스를 훑어 내렸다.

"뭐 하는 거예요?"

울음을 감춘 목소리가 이리저리 떨렸다.

"왜 울려고 해?"

"서러워서요."

"뭐가?"

강은 동그란 꽃잎을 따라 손가락을 굴리기 시작했다. 울먹이던 단아의 볼이 새빨갛게 물들어 갔다.

"환 공포증 있다며?"

"그 얘기가 지금 왜 나와요?"

"여기 봐."

강의 손끝이 머물고 있는 곳에 단아의 시선이 닿았다.

"아……!"

"내 평생 고객 한단아. 네 말 한 마디에 나는 천국과 지옥을 오가고, 네 말한 마디에 나는 몇 달 동안 밤잠 설쳐 가며 만든 드레스도 포기하게 된다고."

"이렇게 예쁜데, 정말 마음에 드는데……."

"그래, 이렇게 예쁜데. 내 한계를 넘어서는 드레스를 만들었다고 생각했는데. 환 공포증이 있다는 네 한마디에 꽃잎이 원망스럽더라."

"마음에 들어요. 너무 예뻐."

단아가 고운 미소를 지으며 강을 올려다보았다.

"얼마나 입혀 보고 싶었는지 알아?"

단아는 가만히 강을 바라보기만 할 뿐이었다.

"그런데 미치겠다."

강이 미간을 구기자, 단아의 눈빛이 흔들렸다.

"……왜요?"

"네가 이 드레스를 입을 날만 손꼽아 기다렸는데, 지금은 벗기고 싶어서 돌아 버리겠다."

강의 입술이 단아의 목덜미에 닿았다. 뜨거운 숨결에 단아는 지그시 두 눈을 감았다. 보드라운 키스가 목을 타고 올라와 단아의 입술을 머금으려는 순간이었다.

『저기 미안한데, 최 대표. 그거 인이어 마이크 겸용이다. 그쪽 소리 여기 스

257

태프들한테 생중계 되고 있어. 이쪽에서 일일이 끄면 서로 소통이 안 돼서 철수에 문제가 좀 있네. 미안하지만 전원 좀 끄고, 입히든지 벗기든지…… 하면 안 될까?』

귀에 꽂은 리시버 줄에 마이크도 달려 있다는 사실을 깜빡하고 말았다. 강은 단아의 허리를 감고 있던 손을 풀어 제 허리 뒤로 향했다.

"왜, 왜요?"

제이슨의 목소리를 듣지 못한 단아는 멀뚱한 시선으로 강을 올려다보았다.

딸깍. 전원 버튼을 내린 강은 의뭉스러운 얼굴을 하고 있는 단아의 입술을 잽싸게 파고들었다.

그런 얼굴 하지 마. 내가 만든 드레스 입고 그렇게 불안한 얼굴을 하고 있으면 네가 죽도록 만족할 때까지 채워 주고 싶잖아.

강은 단아의 등에 있는 진주 단추를 하나씩 푸르기 시작했다.

"하아, 하아."

격한 키스 때문에, 단아는 가쁜 숨을 몰아쉬었다.

"이 드레스는 말이야."

똑, 똑, 똑.

단추가 풀리는 미세한 감각에 강의 손끝에 전율이 흘렀다. 단아는 열에 달뜬 눈동자로 강을 올려다보았다.

"등을 타고 내려오는 진주 단추가 채워질 때마다 아름다운 몸의 곡선이 드러나서 입히는 맛이 있는 드레스야. 그런데."

꼬리뼈가 시작되는 부분, 마지막 진주 단추가 풀어지는 순간.

"단추가 풀릴 때마다, 이 후엔 무슨 일이 일어날까 하는 기대감을 주는…… 벗기는 맛도 있는 드레스라는 거."

은하수를 흩뿌려 놓은 듯 반짝이는 드레스 자락이 바닥으로 쏟아져 내렸다.

"계약이 흘러넘칩니다, 대표님."

진석원 이사의 보고에 강은 평소와 같이 굳은 얼굴이었다. 최강×탐미가 말 그대로 대박을 치고 있었다.

"한단아 씨가 이번에도 한 건 했네요. 트렌드를 간파한 디자인도 훌륭했지만, 사랑하는 여자를 위해 만든 옷이라는 스토리가 시장을 완벽하게 집어삼켰습니다."

강은 피식 웃음을 터뜨렸다.

"최 대표님."

강은 석원이 건넨 계약서들을 훑어보는 중이었다.

"팔불출이십니다."

"뭐요?"

"아니, 그렇게 많은 계약을 따 왔는데, 지금 한단아 씨 이야기에만 웃으셨습니다."

"그래서요?"

"보기 좋다고요. 그래서 말인데, 한단아 씨와 함께 인터뷰를 요청하는 여성지가 늘고 있습니다. 언론에 적당히 대응을 하시는 게 어떨지……."

"생각 좀 해 볼 테니까, 일 봐요."

석원은 산뜻한 미소를 지으며 고개를 끄덕거렸다. 강이 여성지 인터뷰에 생각 좀 해 보겠다는 대답을 한 것만으로도 큰 수확이었으니 말이다.

석원이 집무실에서 나간 뒤, 강은 휴대전화를 바라보며 한숨을 내쉬었다. 강과 단아의 숨겨진 러브 스토리를 오매불망 기다리는 곳이 여성지에만 국한된 것은 아니었다. 하필 아버지 생신이 코앞이었다. 지난번 병원에서 며느리 데리고 올 거 아니면 얼굴 비치지 말라고 하셨던 분이셨다.

「제대로 프러포즈하고 데려갈게요. 얼렁뚱땅 인사드리고, 평생 서운하게 만

259

들고 싶지 않아서 그래요.」

진지한 강의 말에 아버지는 원망 섞인 목소리를 내시면서도 은근히 기대감을 내비치셨다.

「그렇게 똑똑하다며? 회사 일으킬 정도면 말 다 했다. 꼭 붙들어서 늦어도 내년 봄에는 식 올리거라.」

집에는 이렇게 일단락을 지어 놨는데, 문제는 생전 연락 없던 동창 모임이었다. 요즘 SNS이니, 뭐니 생기면서 돌고 돌던 이야기들이 그룹 채팅방에 화젯거리로 뜨기 시작하면 온 국민이 아는 이야기가 되어 버리니까. 그냥 넘어가려 했는데, 그룹 채팅방이 얼토당토않은 치정으로 뒤엉켰다.

[최강, 저거 쇼하는 거 아냐? 데리고 나와 봐.]

[최강이 여자를? 너넨 그걸 믿었냐? 내연남 속이려고 쇼했나 보지.]

[나간다. 기대해라. 이번 주 금요일 저녁 8시. 너네 맨날 죽치고 있다는 압구정 정한이네 일식당.]

그리고 마침내 문제의 금요일이 오고야 만 것이다.

집무실을 두드리는 소리, 강의 얼굴에 미소가 걸렸다.

"들어가도 돼요?"

"벌써 반은 들어왔다, 한단아."

"헤헤. 이제 다 들어왔지요?"

강은 손목에 있는 시계를 한 번 확인했다.

이제 오후 3시, 지금부터 시작이다.

"뭐야? 마사지는 왜요?"

"조용히 하고 받아."

강은 대체 무슨 일이냐고 두 눈을 부릅뜨는 단아를 마사지 숍으로 밀어

넣었다.

"머리는 또 왜요? 내 머리가 그렇게 이상했어요?"

"오늘따라 한단아 왜 이렇게 말이 많지? 다른 건 입 꾹 다물고 잘하더니? 이도현한테 잘 보이고 싶었을 때는 별의별 짓을 다 했으면서? 너, 그놈이랑 나랑 차별해?"

단아는 입을 꾹 다물고 씩씩거리며 뷰티 숍 의자에 앉았다. 한단아의 아킬레스건, 지나간 짝사랑 이도현. 그때 받았던 스트레스를 강은 요즘 간간이 풀고 있는 중이다.

"쪼잔하긴······. 맨날 이도현이 어쩌고저쩌고······."

"한단아, 다 들린다?"

단아의 바로 옆자리에 앉아 머리 손질을 받고 있던 강이 나지막이 읊조렸다. 단아는 흥! 하는 소리를 내며 고개를 돌려 버렸다.

"손님, 가만히 계세요. 기계에 머리카락 다 뽑혀요."

단아는 미용사에게 미안하단 눈짓을 한 번 보내고는 거울을 통해 보이는 강을 얄미운 듯 쏘아보았다. 마사지 숍에서 때 빼고, 뷰티 숍에서 광낸 단아는 뷰티 숍 한편에 마련된 탈의실에서 강이 건넨 드레스로 갈아입었다.

유려한 곡선에 완벽하게 맞아떨어지는 드레스 라인, 금빛 물결이 흘러내리는 듯한 반짝임.

"와, 맥주 광고 모델 같다! 완전 예뻐요!"

뷰티 숍을 나서는데, 직원들이 호들갑을 떨어 댔다. 반면 단아를 그렇게 만든 강은 예의 무심한 얼굴이었다.

"오늘 무슨 날이에요?"

"내 친구들한테 내 여자 처음 소개하는 날."

단아는 떡 벌어진 입을 다물지 못하고 강을 바라보았다. 갑작스럽기는 하지만, 남자가 자신의 주변인에게 여자를 소개한다는 건······?

심장이 말도 못하게 두근거렸다.

뷰티 숍 주차장을 빠져나온 그의 차는 압구정 어느 건물 앞에 멈춰 섰다.

자주 오는 손님이라는 듯 발레 파킹 담당자도 강을 알아보았다.

"여기 어디예요?"

"친구……라고 하기엔 그렇게 안 친했고. 고등학교 동창이 하는 일식당. 오늘 나올 친구들도 다 동창이고."

단아는 가만히 아랫입술을 깨물었다.

"긴장할 거 없어. 매너 없이 짓궂게 굴 친구도 없고. 그나마 친했다는 친구들이 널 너무 궁금해해서."

"친구 만나러 오는 거라고 먼저 이야기해 줬으면 마음의 준비라도 했을 거 아녜요."

"한단아가? 에이, 아마 긴장해서 잠도 못 자고, 밥도 못 먹고. 너 논문 준비도 못 하고 온 종일 비 맞은 강아지처럼 파들파들 떨고 있었을걸?"

강은 커다란 손으로 단아의 보드라운 볼을 쓰다듬었다.

"인정!"

"또 뭘 그렇게 순순히 인정해?"

"어차피 이렇게 된 거 즐겨야지. 어쩌겠어요?"

강은 반짝반짝 빛나는 단아의 얼굴을 물끄러미 바라봤다. 어느 순간부턴가 그녀는 강이 생각했던 것보다 훨씬 더 밝고 아름답게 빛나기 시작했다. 바뀐 외모 때문이 아니었다. 깊은 곳에서 우러나는 자신감과 자존감이 고운 마음과 조화를 이루어 그녀를 더욱 아름답게 만들었다.

"들어갈까?"

"혹시……."

강은 미간을 구기며 심각한 표정을 짓는 단아를 사랑스럽다는 눈길로 바라봤다.

"고등학교 동창이면, 강준 씨 첫사랑도 오나?"

"왜? 연애 코칭 때문에 내가 이도현 갖고 맨날 놀려 먹는 게 억울해서, 뭐 하나 건져 보게?"

단아는 아랫입술을 삐죽 내밀며 어깨를 한 번 으쓱했다.

"친했던 놈들 서너 명 모이는 거야. 별거 없을 거야."

"하긴 친구 많을 성격은 아니죠, 강준 씨도."

"너 요즘 은근히 내 성격 디스하더라?"

"아닌데요. 그냥 저랑 비슷해서 좋은 건데요? 넓고 얇은 인간관계가 아니라 좁지만 깊게 사람을 사귄다는 뜻이었어요."

해사하게 웃는 단아를 내려다보며 강도 웃음이 터지고 말았다. 그런데 불길한 예감은 틀리는 법이 없는 법이다.

티격태격하며 식당 안에 들어선 두 사람은 얼이 빠진 얼굴로 홀 안을 둘러보았다.

"세상에, 최강! 진짜네?"

"이야. 남자 모델 데리고 사는 건 아닌가 했더니, 여신을 데려왔네?"

홀 안에 모인 인원만 족히 서른 명은 되어 보였다.

"서너 명이라면서요?"

단아가 어금니를 꾹 다물고 복화술하듯 읊조릴 때였다.

"최강? 오랜만이다?"

고개를 돌린 곳에는 아리따운 미소를 짓고 있는 여자가 서 있었다. 갑자기 들려온 여자의 목소리에 단아의 심장이 콩닥거렸다.

"그래, 한 달 만에 보는 건가?"

단아의 시선이 강과 마주 선 여자 사이를 왔다 갔다 했다.

"이쪽은 한단아. 이쪽은 고등학교 동창 기태희."

아담한 키, 오밀조밀한 이목구비가 한눈에 들어오는 미인이었다. 한 달만에 보는 거면, 한 달 전에 둘이 만났다 이건데.

"우리 디자인 하우스 담당 플로리스트야. 너한테 천리향 화분 보냈던."

단아의 표정을 보고 무언가 알아챘는지 강이 설명을 덧붙였다.

"아……. 감사합니다."

뭐라 말을 건네야 할지 당황스러워서 단아는 대뜸 감사하단 인사를 해 버리고 말았다.

"저한테 감사할 거 있나요. 꽃은 강이가 보낸 건데."

강이? 왜 그렇게 친근하게 부르는 건가요…….

어차피 친구니까 이름을 부르는 건 당연한 거고, 자신은 강이 아닌 강준이라는 특별한 이름으로 부르고 있는데도 여자가 친근하게 부르는 강이라는 이름 때문에 갑자기 속이 부글부글 끓어오르는 것만 같았다.

"원래 사귀었다 헤어진 애들은 좀 서먹하지 않냐? 근데 최강이랑 기태희, 너희 둘은 여전히 다정하다?"

식당 주인이라는 동창, 정한의 말에 단아의 눈이 휘둥그레졌다. 강은 단아의 귓가에 자그맣게 속삭였다.

"쟤가 좀 짓궂어. 농담하는 거야. 우리 놀리려고. 새겨듣지 마."

단아는 미소를 머금으려 애썼다. 그런데 입술 끝이 파르르 떨렸다.

사귀었던 사이라고요? 근데 지금도 다정해요?

"앉자, 어서. 오랜만에 만났는데, 술이나 한잔해야지."

나서서 상황을 정리하는 동창의 말에 강은 단아의 손을 이끌어 홀 중앙 테이블에 자리를 잡고 앉았다. 그런데 왜 하필 이 여자는 제 앞에 앉는 걸까요?

어쩐지 눈이 떼어지질 않았다. 단정한 미소, 사심 없는 친절함, 묘한 매력이 흘러넘치는 여자였다.

"강이가 잘해 줘요?"

"네."

단아가 조용히 대꾸하자, 그가 서운하다는 듯이 말했다.

"대답이 시원찮다? 그냥 '네.'가 끝이야?"

"얘는 뭐 그런 걸 강요하고 그래? 그럼 '네.'가 끝이지. 얼마나 잘해 준다고. 대체 어떤 대답을 바라는 거야?"

강은 대답 대신 보란 듯이 단아를 챙기기 시작했다.

"많이 먹어. 여기 어죽 되게 맛있어. 초밥은 참치 뱃살이 정말 맛있고. 참치 뱃살 초밥 좋아하잖아."

다정한 속삭임에 단아는 금세 마음이 녹아드는 것만 같았다. 그런데 둘이 사귀네, 어쩌네 했던 정한이 세 사람이 앉아 있는 테이블로 다가왔다.

"아이고, 나도 좀 먹자."

"어떻게 된 거야?"

강은 정한을 보자마자 대뜸 쏘아붙였다.

"나도 좀 먹자고 앉은 거 안 보이냐?"

"너까지 서너 명이었던 모임이 어쩌다가 이렇게 된 건데?"

"뭐 알음알음."

사케 한 잔을 들이켠 정한은 강에게 술잔을 권했다.

"오늘은 안 해."

"왜? 너 한잔하고 싶은 날 아냐? 와. 최강 능력 있는 디자이너라더니 진짠가 보다? 과거의 여자와 현재의 여자라."

"적당히 해라. 죽는다, 진짜."

도끼눈을 뜨고 노려보는 강을 향해 정한은 피식 웃음을 터뜨렸다.

"진짠가 보네."

"몇 번을 말해?"

"믿을 수가 있어야지. 첫사랑이었던 태희 못 잊어서 여자 안 만난 거 아니고? 오늘 정말 쇼 마무리하려고 온 거 아냐?"

"이놈이 하는 말 듣지 마. 다 헛소리야."

강은 걱정스러운 얼굴로 단아를 바라보며 단언했다.

"어떤 첫사랑이었는데요? 얼마만큼 좋아했는데, 다른 여자를 못 만났을 까요?"

단아는 정한을 바라보며 물었다.

"둘이. 그러니까 둘이 고등학교 1학년 때 짝이었는데. 어…… 태희가 그 때 담임한테……."

"담임이 가정환경 조사서를 써 오라고 했는데, 내가 쓰기 싫다고 덤볐어 요. 거기에 뭘 쓸 수 있을 만한 게 없었거든요. 부모님이 일찍 돌아가셔서 친

척 집에 얹혀살았으니까. 그때 내 편 들어 줬어요. 강이가 유일하게."

"그런 거였어? 니네 둘이 사귀다가 걸려서 불려간 거 아니고? 우리 학교 그런 거에 엄청 엄했잖아?"

"아무리 학교여도 부모 학력, 직장, 직급부터 집이 월세인지, 자가인지까지 써서 내야 하는 건, 프라이버시 침해라고. 교무실에서 우연히 강이 만났는데, 같이 따져 준 거야. 그게 와전된 거고."

태희의 설명에 강은 아무 말도 않고 잠자코 있었다.

"그래서 난 최강도 말 못할 사정이 있나 했는데, 알고 보니까 이 자식 은근히 금수저잖아. 부모님 두 분 다 그 업계에선 유명하시고. 그래서 솔직히 더 멋져 보이기는 했어."

"맞는 말 했네요. 그런 가정환경 조사서는 대체 무슨 목적으로 쓰는 걸까요? 학생 본인의 자아가 아닌 껍데기만 적어 오라는 건데. 교육청에서 그만하라고 해도, 재량껏 작성해 오라는 학교도 여전히 있다고 하더라고요. 그리고 우리 오빠가 언제부터 이렇게 멋있었나 했더니 열일곱부터 그렇게 멋있었나 보네요. 게다가 어린 나이에 정의롭기까지 하고."

단아는 빙그레 미소 지으며 강을 바라봤다. 두 눈 가득 꿀물이 뚝뚝 떨어져서 정한은 뜨악한 얼굴을 했다.

"졌다! 인정!"

정한은 두 손바닥을 들어 보이며 어깨를 으쓱거렸다.

"더 알려 주셔도 되는데……. 정말 첫사랑은 아니에요?"

"아, 아니 그게."

이제는 정한이 당황한 듯 보였다.

"내가 일방적으로 좋아했어요, 아주 잠깐. 근데 정한이가 말한 것처럼 애먼 소문 돌아도 꿈쩍도 안 하던 놈이어서."

"솔직히 말씀해 주셔도 돼요. 남자 나이 서른둘에 첫사랑이든 뭐든, 연애 경험 없는 게 말이 안 되잖아요."

단아가 내뱉은 말에 앞에 앉은 두 사람의 얼굴이 파리하게 굳어 갔다.

"제가…… 뭐 말실수라도……. 혹시 모태 솔로시거나…… 하하, 하하핫! 모태 솔로가 흠은 아니죠. 좋은 사람 만나려고 내공 쌓는 기간일 수도 있고. 저처럼 손오공이 원기옥 모으듯 해서 한 방에 이렇게 좋은 사람 만날 수도 있는 거고."

망치로 뒤통수를 얻어맞은 것 같은 얼굴을 했던 정한이 크게 웃음을 터뜨렸다. 첫사랑이 어쩌고 했던 태희도 크게 터져 나오려는 웃음을 참고 있는 것처럼 보였다.

"단아 씨, 최강 만나기 전에 연애해 본 적 없어요?"

단아는 세차게 고개를 끄덕였다.

"에이, 거짓말. 남자가 줄줄 따랐을 것 같은데?"

"아니에요. 오빠가 처음이에요."

"어떤 의미에서 처음?"

"김정한. 그만해라."

강의 으름장에 정한은 사케 한 잔을 마저 비우고는 자리에서 일어났다.

"그럼 즐거운 시간 보내세요. 난 저쪽으로 좀 가 보게."

정한이 자리를 뜨고 나자, 태희는 누군가의 전화를 받고 심각한 얼굴을 했다.

"강아. 잠깐 얘기 좀 할래? 일 때문에."

일 때문이라고는 했지만, 무언가 사인을 주고받는 것 같은 낌새가 이상했다.

"그래."

그리고 강은 태희에게 아주 심플하게 답했다.

"잠깐 있어. 금방 이야기하고 올게."

"네, 다녀오세요."

좀 전에 대인배 코스프레를 했던 게 무색하리만큼 심장이 오그라들었다. 나 여기 남겨 두고 그 예쁜 언니랑 무슨 얘기 하러 가요?

멀어지는 두 사람의 뒷모습을 물끄러미 바라보고 있을 때였다.

"반가워요. 나 강이랑 제일 친했던 친구. 윤호재."

"안녕하세요? 한단아입니다."

"이야기 대충 들었어요. 정한이가 짓궂게 굴었죠? 말은 저래도 나쁜 놈은 아녜요."

단아는 그저 옅게 미소를 머금을 뿐이었다. 마주하고 있는 이는 강의 친구인 호재였지만, 신경은 온통 밖에 나가 있는 두 사람에게 쏠려 있었다.

디자인 하우스 경영 고문이라고 할 때는 언제고? 나 두고 이러기예요?

가슴이 답답해서 터져 버리려는 순간.

"강이 연애 같은 거 처음이라 아마 많이 서툴 거예요."

"네에?"

가슴 대신 단아의 목소리가 크게 터지고 말았다.

"몰랐어요?"

호재는 웃음기 어린 얼굴로 되물었다.

"몰랐는데요."

친구분이 베테랑 연애 코치 행세를 해서 전혀 몰랐습니다만? 어이가 없네?

"강이가 뭐 하나에 꽂히면 끝장을 보는 스타일이에요. 그게 공부든, 지 커리어든. 근데 곧 죽어도 여자한테는 안 꽂혀서 친구들끼리는 농담 반, 진담 반으로 쟤 남자한테 관심 있는 거 같다, 조심해라, 했거든요."

단아는 그저 두 눈을 깜빡거리며 호재를 바라봤다.

"최강 잘 부탁해요. 뭐 들어 보니까 회사 일도 도와주고 한다던데. 한번 꽂힌 거에 절대 물러서는 법 없는 놈이에요. 단아 씨가 힘들게 하면 저놈 진짜 죽을지도 몰라요."

심장이 쿵쾅거렸다. 그러니까요. 그 대단하신 코치님이 죽으라면 죽는 시늉까지 해 보였던 저인데, 그 연애 코치님이 가짜인 것도 모자라서…….

"무슨 이야기 하고 있었어?"

이 남자 연애 경험이 정말 전무하다고요? 일 얘기 때문에 밖으로 향했던 두 사람이 자리로 돌아왔다.

"그냥 너 잘 부탁한다고."

"무슨 헛소리 한 거 아냐?"

"진심만을 이야기했다고, 내가 한단아 씨 미모에 맹세한다."

"그럼 100% 진심이었겠네."

"최강 적당히 해라. 죽겠다, 아주."

강은 호재를 향해 빙그레 웃으며 눈을 흘겼다.

"웬일이야. 최강 웃는 것 봐. 저놈 저렇게 웃을 줄도 아네."

"내가 그랬잖아. 최강 완전히 딴 놈 됐다고."

어느새 술이 거나한 정한이 호재를 끌어당기며 말했다.

"한 잔 해요, 단아 씨도."

호재가 단아에게 술잔을 내밀자 강이 완강히 고개를 내저었다.

"그럼, 한 잔만 하겠습니다."

단아는 넙죽 사케 한 잔을 받아 홀짝 넘겨 버렸다.

"내 잔도 한 잔 받아요. 정말 무지하게 반갑네. 최강이 만나는 분이시라니."

"내가 대신 마실게. 한단아 그만 마셔."

"무슨 소리야, 최강? 너 차 가져온 거 아니야? 단아 씨 댁까지 모셔다 드리려면 너는 술 한 방울 입에 대면 안 되지. 그리고 단아 씨가 애도 아니고, 네가 왜 마시라 마라야? 그죠, 단아 씨? 그리고 우리가 마시기 싫은데 강요하는 거 아니죠?"

"어우, 절대 아니에요. 저도 친구분들 봬서 무척 반갑답니다!"

뭐가 그리 기분이 좋은지 단아는 넙죽넙죽 친구들이 주는 술을 잘도 받아 마셨고, 강은 자포자기한 심정으로 그 옆을 지켰다.

"적당히 마셔, 한단아."

강은 단아의 귀에 대고 낮게 읊조렸다.

"걱정 마요. 페이스 조절하고 있어요."

단아는 발그레한 볼이 예쁘게 솟아오르도록 빙그레 웃었다.

"자, 취중진담이라고. 우리 강이 어디가 좋아요?"

단아는 미간을 구기며 옆에 앉은 강을 게슴츠레한 눈으로 관찰했다.

"글쎄요. 저는 이 남자가 뭐가 그렇게 좋은 걸까요?"

"얼씨구."

강이 어이없다는 듯 툭 내뱉은 말에 호재는 또다시 사케 병을 집어 들어 단아의 잔을 채워 주었다.

"에이, 아직 덜 마셨네. 취중진담이 안 되는 걸 보니까."

저기, 호재야. 한단아 지금보다 더 마시면 '취중진담'이 아니라, '취중진상' 된다. 강은 속에 있는 말을 내뱉지는 못하고 끙 하고 한숨을 집어삼켰다.

"그럼, 최강. 너는 단아 씨 어디가 그렇게 좋으냐? 아니, 여태 망부석처럼 살던 놈이 어떻게 꽂힌 거야?"

강은 입을 꾹 다물고 대꾸할 생각 없다는 듯이 눈썹을 한 번 치켜 올렸다가 내렸다.

"제가 뭐 도자기……!"

강은 얼른 단아의 입을 손으로 막아 버렸다. 그녀는 눈이 초승달 모양으로 휘도록 웃고 있었다.

"자기? 뭐래? 왜 말 못 하게 해?"

"비밀이다. 우리 이만 가야겠다. 단아, 술 약해. 벌써 많이 취했다. 간다. 나중에 보자."

"나중에 어디서? 식장에서?"

"또 봐요, 제수씨!"

"네, 안녕히 계세요. 반가웠습니다."

이제껏 발그레한 미소를 지으며 앉아 있던 모습과 달리 단아의 말투는 제법 멀쩡한 것처럼 들렸다. 운전석에 오른 강은 조수석에 기대앉아 있는 단아를 걱정스러운 눈으로 바라봤다.

"한단아, 괜찮아? 왜 술을 주는 대로 마셨어?"

"주는 대로 안 마셨는데요? 물 마시는 척 옆에 물 잔에 조금씩 뱉었어요."

"그런 건 또 어디서 배웠어?"

강은 기특하다는 듯 단아의 머리를 한 번 쓰다듬었다.

"고마워."

"뭐가요? 친구들 장단 잘 맞춰 준 거?"

"그래. 더 뒀다가는 한단아가 장단에 맞춰서 깨춤 추고, 상모도 돌릴 것 같더라."

단아는 싱그럽게 웃음을 터뜨리며 강을 나무랐다.

"에이, 그건 너무 심하다."

"심했어?"

고개를 한 번 끄덕인 단아는 한숨을 폭 내쉬었다.

"하긴 뭐 그럴 수 있죠……. 후우…….."

"웬 한숨을 그렇게 쉬어?"

"이해해요. 그럴 수 있어. 서툴겠지. 여자가 그런 말 들으면 어떤 기분일지 알 리가 없지."

한탄하듯 내뱉은 말에 강은 단아의 볼을 살며시 어루만졌다.

"내가 한 말이 그렇게 서운했어?"

"괜찮아요. 뭐 그럴 수 있죠. 처음인데…… 그럴 수 있는 거죠."

"뭐?"

순간 친구들 앞에서 '오빠가 처음이에요!' 하고 사나이 가슴 떨리는 고백을 했던 목소리가 떠올랐다.

"그래, 오빠가 처음이어서 우리 단아는 좋은 것도 많고, 서운한 것도 많구나?"

강답지 않은 오글거리는 물음을 던졌는데도 단아는 심각한 얼굴이었다.

"이해해요."

"대체 뭘?"

내내 앞 유리창을 바라보고 있던 단아의 시선이 강을 향해 갔다. 까만 눈동자에 어린 매혹은 강렬했다. 단아의 입가가 호선을 그리며 뺨을 타고 올랐다.

"오빠도, 내가 처음이라며?"

순간 당황한 강은 하마터면 손을 대고 있던 클랙슨을 세게 울릴 뻔했다.

"와…… 세상에 믿을 놈 하나 없다더니, 진짠가 보네."

말은 이렇게 하면서 단아의 얼굴엔 함빡 웃음이 걸려 있었다.

"누가 그래?"

"호재 씨가요. 내가 막 남자 나이 서른둘에 연애 경험 없으면 이상한 거 아니냐고 하니까 정한 씨가 정신 못 차리고 웃던데요?"

"그래서?"

"그래서 뭐."

단아는 입술을 삐죽 내밀며 강의 팔뚝을 끌어안았다.

"좋다고요, 그래서."

키득키득 웃는 소리가 듣기 좋았다.

"깜빡 속았네. 처음인데 왜 그렇게 능숙해요?"

"그런 건 타고나는 거야. 많이 해 봤다고 잘하나 뭐."

"뭘요? 대체 뭘까? 내가 뭘 능숙하다고 한 줄 알고 그렇게 대답하실까?"

"적당히 해, 한단아."

"아, 오늘 적당히 안 하려고 했는데……. 아직 밤 9시밖에 안 됐네요? 나 통금 11신데. 오늘은 그냥 적당히 일찍 들어가야겠다."

"한단아."

"왜요오."

"통금은 그거 딱 지키라고 있는 거야."

주차장을 빠져나온 차는 곧장 강의 집으로 향했다.

현관에 들어서자마자 강은 단아의 입술을 머금었다.

"음."

그녀의 입에서 달콤한 벚꽃 향이 느껴졌다. 커다란 손이 그녀의 옆구리를 스치자 드레스 자락이 바닥으로 후드득 떨어졌다. 단아는 강의 드레스셔츠 단추를 하나씩 풀어 내려갔다. 처음엔 손끝에서 미끄러져서 풀기 어려웠던 단추 풀기에 이제는 제법 능숙해진 그녀였다.

강은 단아를 번쩍 안아 들고 소파로 향했다. 침실 문을 열고 들어가 침대까지 갈 여유도 없었다. 가죽 소파에 살갗이 쓸리는 소리는 충분히 야릇했다.

"강준 씨."

달뜬 목소리에 강은 그녀의 목덜미에 입술을 묻은 채로 대답했다.

"음?"

"생각해 보니 억울하네."

"뭐가?"

"나 예전에 엄청 혼났었잖아요. 강준 씨 막 나한테 '내가 뭐 연애도 안 해 보고, 사랑도 안 해 보고 그런 맹물 같은 인생을 살아온 놈으로 보여?' 하고 화냈었잖아요."

강은 대답 없이 피식 웃었다.

"맹물 맞았었네, 뭐."

"그래서, 이제 와서 어쩌게?"

"나한테 고마워해요."

"뭐?"

어이없는 웃음이 터져 나왔지만, 강은 단아의 목덜미에 입술을 붙였다 떼기를 반복했다.

"맹물 같은 인생, 진국 만들어 줬으니까 나한테 감사하라고요."

본인이 말해 놓고도 웃긴지 그녀가 키득거렸다. 듣기 좋은 웃음소리에 강의 심장이 달아올랐다. 그와 더불어 몸속 열기도 치솟는 건 당연했다.

"잠깐, 근데 나 사기꾼 잡아야 하는데?"

"나중에 생각해."

"내일 당장 알아봐야겠어요. 디자인 하우스 일에, 논문에 정신없어서 잊고 있었어요."

"그럼 지금은 좀 마저 잊어 주면 안 될까?"

강은 단아의 품을 파고들며 가녀린 허리를 꽉 끌어안았다.

"하아……."

금세 단아에게서 감탄이 흘러 나왔다.

[안녕하세요, 한단아 고객님. 연애 코칭 전문 업체 '올 유 니드 이즈 러브'입니다. 사내 네트워크 구축 과정에서 고객님들의 정보가 손실되어 연락이 어려웠습니다. 먼저 연락드리지 못하고, 고객님의 연락을 통해 다시 인사드리게 된 점 깊이 사과드립니다. 말씀하신 환불 건은 담당 코치님께서 진행해 주실 예정입니다.]

"사기가 아니었나 봐요."

"진짜 그런 업체가 있대?"

"와. 나한테 사기 친 건 강준 씨뿐이었어."

"얘가 진짜!"

단아는 구겨진 강의 미간에 입을 쪽 맞췄다.

"인상 쓰지 마요. 잘생긴 얼굴에 주름 생겨."

"여우."

"코치랑 내일 만나기로 했어요. 환불은 받아야 하니까."

"무슨 환불을 직접 만나서 해?"

강의 목소리가 영 떨떠름했다.

"뭐 확인이 필요하다나, 어쩐대나."

확인이 아니었던 거다. 환불을 막으려는 그들의 영업 정책인 것이었다.

강과 단아가 처음 만났던 경리단길, 아틀리에 퍼플. 코치라는 남자와 마주 앉은 단아의 얼굴은 이미 넋이 나간 듯했다.

"너무 오랫동안 연락이 안 닿아서 걱정했어요."

어깨 깡패, 잘생긴 공룡상, 매혹적인 중저음 목소리가 취향을 제대로 저격해 주셨다.

"아, 제가 정신이 없었거든요. 무지 바빠서……."

"아름다우시네요. 연애 코칭 왜 받으시는지 의문이 들 만큼."

영업용 멘트인 줄 알겠는데, 립서비스가 쏙 마음에 드는, 잘생긴 공룡상의 완벽한 코치였다. 시작부터 딱딱하고 강렬했던 강과의 만남하고는 차원이 달랐다.

"실은 제가 연애를 하고 있거든요, 지금은."

"만약 연애 중이셔도, 코칭은 가능해요. 사귀기 시작했다고 해서, 연애가 종착점에 도달한 건 아니니까요. 연애 자체가 과정인 거잖아요."

하마터면 홀라당 넘어가 버릴 뻔했다.

"즐겁고, 유쾌하고, 좀 더 친밀감 있는 연애를 위한 수업도 가능하다는 뜻입니다."

'친밀감'이 유독 섹시하게 들리는 건 기분 탓만은 아닌 것 같았다. 순간 연애 코칭 실라버스에 있던 스킨십 수업이 떠올랐다. 그리고 머릿속에 오만 가지 생각이 자리했다.

이 남자는 그럼 얼마나 능숙할까 하는 부적절한 생각부터, 아무리 학구열에 불타도 이제 그런 수업은 안 될 말이지 하는 정숙한 다짐까지. 단아가 골똘히 생각에 빠져 있을 때였다.

"자기야, 여기서 뭐 해?"

소름 돋도록 매혹적인 중저음의 주인공은 강이었다.

"뭐 환불 받는다더니, 아직이야?"

"여기 어떻게 왔어요? 회의 있다고 하지 않았어요?"

단아는 휘둥그레진 눈으로 옆자리에 앉는 강을 바라보았다.

"회의 일찍 마쳤지. 우리 자기 근처에 왔다고 해서."

논현동 디자인 하우스와 경리단길이 근처는 아닙니다만. 단아는 빙그레 미소를 머금으며 다소 당황스러운 얼굴을 한 코치에게 시선을 옮겨 갔다.

"이거 양도 된다고 했죠?"

"네, 양도도 가능합니다."

결국 연애 코칭 수업은 '맨날 술이야!'를 부르짖는 지원에게 양도하기로 했다.

"그럼, 친구분께는 제가 직접 다시 연락드리겠습니다. 두 분 행복하십시오."

진짜 코치는 강과 단아의 행복을 빌며 작별 인사를 하고는 디저트 카페를 나섰다.

"와, 여기서 강준 씨 안 만났으면 나 저 코치랑 도현 씨 꼬시는 수업했을 텐데, 그쵸?"

"한단아. 지금 상당히 아쉬운 얼굴이다. 저놈한테 코칭받았으면 이도현이랑 잘됐을 것 같다고 하는 거야, 지금?"

"에이, 말은 바로 해야죠. 도현 씨랑은 아마 안 됐을 거예요. 내가 저 코치를 꼬셨겠죠."

강은 입에 물고 있던 얼음을 와그작 씹어 삼켰다.

"농담이에요, 발끈하기는. 근데요. 나 아까 뭐라고 불렀어요?"

"뭐가?"

"아까 나한테 엄청 달달하고, 엄청 사랑스러운 목소리로 뭐라고 불렀잖아요."

서늘한 목소리로 '한단아, 한단아.' 하는 게 입에 밴 남자였다.

"뭐랬더라? 맨날 정 없게 성이랑 이름 꼭꼭 붙여서 부른 던 사람이 갑자기 그래서 제가 되게 당황했거든요. 잘못 들었나?"

"어, 잘못 들었어."

단아는 자리에서 벌떡 일어나 가방을 챙기기 시작했다.

"안 되겠어요. 연애 중이어도 코칭 가능하다고 했는데, 저 다시 그 코치 불러야겠어요. 친밀감 있는 연인 사이를 만들기 위해 친밀한 코칭이 필요할 것 같네요."

"앉아, 자기야."

참아야 하는데, 단아의 얼굴에 미소가 만개했다.

"뭐라고요?"

"앉으라고, 우리 자기."

빙그레 미소를 머금은 강은 단아의 손을 잡아끌어 앉혔다.

"앉으라면 앉아야지, 뭐."

"한단아, 나 놀리는 거 재미있어?"

"재미없다고는 못 하겠고요."

"앞으로 남자랑 단둘이 이런 데 앉아 있으면 혼난다. 어디서 다른 남자랑 함부로 친밀하게?"

"자꾸 회사 내팽개치고 저한테 달려오면 혼나요!"

"어? 말 돌리네? 누가 뭘 내팽개쳐. 다시 바로 디자인 하우스로 들어갈 거야. 같이 가자, 상의할 것도 있고."

디자인 하우스에 도착하자, 로비에 낯익은 얼굴이 있었다.

"안녕하세요?"

"어, 단아 씨. 또 보네요."

무슨 험한 작업을 했는지, 앞치마를 두른 태희가 쓰레기가 가득 담긴 100리터 쓰레기봉투를 옮기고 있었다.

"디자인 하우스에서 작업하셨나 봐요."

"네, 강이가 중요한 일이 있다고 해서 어제부터 꼬박 밤새서 작업했어요. 그럼, 난 먼저 가요. 호텔에 들어가 봐야 해서. 강아, 나 간다."

"그래. 잘 가라."

"안녕히 가세요."

작별인사를 하고 사라지는 태희의 뒷모습을 단아는 물끄러미 바라봤다.

"호텔 일도 하시나 봐요?"

"어, 호텔 내에 숍을 가지고 있어."

"우와, 멋지네요."

그리 말하는 단아의 얼굴이 삽시간에 어두워졌다.

"왜 그래, 표정이?"

"아니에요. 그냥 요즘 생각이 많아서 그래요."

"무슨 생각?"

"석사 끝내고 나면 뭐 하나 하는 생각이요."

"계속 공부하려던 거 아니었어?"

"단정이도 있는데, 제가 너무 오래 돈 드는 공부 하는 건 아닌가 싶기도 하고. 갑자기 요즘 들어서 제가 뭘 하고 싶었던가 싶은 생각도 들고, 그래요."

"한단아 사춘기야?"

강의 장난스런 물음에 단아는 씁쓸한 미소를 머금었다.

"저 사춘기 되게 조용하게 지나갔거든요. 그래서 지금 격하게 오려나 봐요. 저 어떡하죠? 제 뒤늦은 질풍노도의 시기를 감당할 수 있겠어요?"

미간을 구기는 모습이 귀여워서 강은 웃음이 터지고야 말았다.

"뭐야, 난 심각한데. 개그로 받아들이네."

"일단 집무실에 가 있어. 좀 이따가 갈 테니까."

"네, 그럴게요."

집무실로 향하던 길, 단아는 복도에 서서 누군가와 닭살스런 통화를 하고 있는 제이슨을 발견한다. 왠지 그 옆을 지나기가 부담스러워서 단아는 쭈뼛거리며 벽 쪽으로 고개를 돌렸다.

"그래요. 우리 이따 봐요. 응, 그래 거기. 응."

달콤한 목소리로 속삭이는 소리에 귓바퀴가 녹아내릴 것 같았다.

"한단아 씨, 거기서 뭐 해?"

"강준 씨 집무실 가던 길이었어요."

"그럼 가던 길 가지? 왜 그러고 있어?"

"누구 때문에 다리가 오그라들어서 걷는 법을 잊어버렸거든요."

"와, 한단아 완전 여우 됐다고 최강이 그러더니."

제이슨은 제법이라는 듯 흐뭇한 미소를 지으며 단아를 바라봤다.

"보기 좋아요."

"그래, 그쪽도 보기 좋아."

"제이슨 CD님이 그렇게 부드럽게 말씀하시는 거 처음 봐요."

단아는 제이슨의 팔뚝을 손가락으로 콕콕 찌르며 웃었다.

"어딜 찔러? 나 이제 임자 있는 몸이야."

집무실에 들어선 제이슨은 소파에 앉자마자 휴대전화로 메시지를 주고받느라 정신이 없었다. 고개를 돌리다 실수로 흘끔 본 화면을 보고 단아는 경악을 금치 못했다.

[베이뷔♡]

휴대전화에 저장된 이름이 무려 '베이뷔♡'였다. 단아는 핸드백에서 휴대전화를 꺼내 들었다. '최강준'이라고 저장된 이름에 하트 하나라도 추가해야 할 것 같아서.

"와, 최강준이 뭐야? 무드라고는 눈곱만큼도 없는 사람이네?"

"한번 저장해 놓고 신경 못 쓴 거예요. 저도 분위기 잡을 줄 아는 여자거든요!"

"여자가 잡는 분위기에는 별로 관심이 없어서."

얄밉게 대꾸하는 제이슨을 단아는 눈을 가늘게 뜨고 쏘아보았다.

"뭐야? 둘이 분위기가 왜 이래?"

연애 처음 하는 티 팍팍 내는 것도 아니고, 단아는 마치 제이슨네 커플과 경쟁하듯 강에게 물었다.

"강준 씨, 휴대전화에 나 어떻게 저장돼 있어요?"

사실 아무것도 아닌데, 괜히 이런 거에도 다른 커플을 이기고 싶은 유치한 생각이 들기 시작했다. 연애, 참 유치한 거구나.

"보나마나 뻔하지, 뭐. 한단아."

제이슨이 옆에서 단아를 놀리듯 속삭였다.

"제이슨 CD님한테 물어본 거 아니거든요!"

"안 봐도 뻔하거든요. 최강이 그런 거에 크게 신경 쓰는 성격인 줄 알아?"

지금 내 남자에 대해 더 잘 안다고 떠드신 겁니까?

단아는 약이 바짝 오른 얼굴로 강의 휴대전화에 전화를 걸었다. 그리고는 강이 서 있는 쪽으로 손을 뻗어 휴대전화를 내놓으라는 시늉을 했다.

"둘 다 진짜 유치하다."

강은 재킷 주머니에서 휴대전화를 꺼내서 단아에게 건넸다.

[다나]

강의 휴대전화에 저장된 이름은 한단아도 아니고, 단아도 아니고, 다나였다.

"푸하하하핫. 뭐야? 오타 난 것 아냐? 어쩌니. 무슨 애인 이름을 오타 내서 저장해 놔?"

단아는 열패감 어린 얼굴로 강을 올려다보았다.

"오타 아냐."

"그럼 무슨 뜻인데요?"

"무슨 뜻인데, 최 대표?"

"꼭 들어야겠어?"

"들어야겠어요!"

"들어야겠어. 오타 맞지?"

강은 단아의 정수리를 쓰담쓰담 매만지며 말했다.

"한단아 너의 모든 게 전부 다 나였으면 하는 의미야. 너의 기쁨도, 행복도, 슬픔도…… 네가 화내는 순간까지도. 가장 큰 애정을 갖고 화를 내는 상대까지도 나여야 한다는 의미. 다나."

"뭐 그런 고백을, 나도 있는데 그렇게 아무렇지 않게 해?"

"듣고 싶다며? 제이슨, 앞으로 한단아 도발 금지. 애 공부 무섭게 하는 거 몰라? 지는 거 죽어라 싫어해. 승부욕이 무시무시할 정도라고. 덤비지 마, 다쳐."

강은 빙그레 미소를 머금고 있는 단아를 바라보며 자상한 미소를 머금었다.

"어우, 진짜 별꼴이야. 마무리됐대. 보고 끝. 오타가 분명한데."

단아는 집무실을 나서는 제이슨을 물끄러미 바라봤다.

"무슨 보고가 저렇게 간단해요?"

"그러게."

짧게 대답하는 강에게로 단아는 천천히 시선을 옮겨 갔다. 그의 얼굴에 초조한 기색이 어려 있었다.

"무슨 심각한 일 생긴 거예요?"

"어? 아, 아니."

묘한 긴장감을 숨기고 있는 분위기. 임시 주총을 함께 겪었음에도, 심각한 일에 대한 이야기는 되도록 아끼는 그였다.

「우리 연애만 하자. 일하지 말고. 나 너랑 달짝지근한 것만 골라서 할 거야.」

이렇게 나오는 남자에게 꼬치꼬치 물어볼 수도 없는 노릇이어서 되도록 일 이야기는 묻지 않았었다. 그런데 갑자기 상의할 게 있다며 디자인 하우스로 데려온 게 이상하다 싶었다.

"답답해서 바람 좀 쐬고 싶은데, 먼저 옥상 정원에 올라가 있을래? 전화 한 통만 하고 금방 따라 올라갈게."

"그럼, 그러죠. 뭐."

"좀 이따 보자."

평소와 같은 인사인데, 오늘따라 그의 목소리에서 미세한 떨림이 느껴졌다. 그리고 강은 단아를 굳이 엘리베이터까지 배웅했다. 좁은 문틈으로 사라지는 그의 미소에는 뭔지 모를 떨림이 가득했다.

엘리베이터에서 내린 단아는 옥상으로 가는 계단참으로 향했다.

"어? 이게 뭐야."

계단마다 붉은 장미 꽃잎이 하나둘씩 떨어져 있었다.

"옥상 정원에서 날아왔나?"

천천히 계단 끝까지 오르자 옥상 문이 활짝 열려 있었다.

"와……."

감탄이 절로 흘러나왔다. 옥상 전체가 붉은 장미로 뒤덮여 있었다. 마치 이 길을 따라오라는 듯 머리 위에는 아치형 장미 터널이 자리했다. 아찔한 꽃향기에 머리가 어질어질한 것도 같았다.

단아는 천천히 걸음을 옮기기 시작했다. 한 발짝, 두 발짝 발걸음을 내디딜 때마다 심장은 쿵쿵, 그 울림을 더해 갔다. 터널 끝에는 아치형 육각 정자가 자리했고, 정자 역시 둥글게 올라가는 기둥이 전부 장미로 뒤덮여 있었다.

정자 한가운데 놓인 허리 높이의 하얀 테이블. 테이블 위에는 진주색 봉투 하나가 올려져 있었다.

직원 휴게 장소치고는 너무 로맨틱한 거 아닌가?

심장이 터질 듯한 긴장감을 가라앉히고 싶었는지, 단아는 딴생각을 하며 무심히 봉투를 집어 들었다. 하지만 카드를 펼치는 손끝은 파르르 떨렸다.

【A lover may bestride the gossamer. That idles in the wanton summer air, And yet not fall. — William Shakespeare, Romeo and Juliet - Act 2, Scene 6】

"사랑하는 이의 걸음은 무척이나 가벼워서 변덕스러운 여름 바람에 흔들리는 거미줄 위에서도 떨어지지 않고 거닐 수 있다. 윌리엄 셰익스피어 로미오와 줄리엣 2막 6장."

단아의 목소리가 천천히 울려 퍼졌다. 그리고.

"네가 나에게 오는 발걸음은 언제나 그렇게 가볍고 유쾌했으면 좋겠다.

그리고 앞으로 나와 함께 걸어갈 너의 발걸음도 그렇게 즐거웠으면 한
다……. 한단아."

단아는 강의 목소리가 들려온 쪽으로 천천히 시선을 옮겨 갔다. 자신이
걸어온 반대편 아치에서 강이 걸어 나오고 있었다. 마침내 강이 단아의 앞에
마주 섰다.

아찔한 꽃향기도 느껴지지 않았고, 스산한 바람 소리도 들리지 않았고,
환한 조명에 비친 멋진 장미 정원도 눈에 들어오지 않았다. 오직 강의 존재
만이 단아에게 가득 들어찼다.

"꽃길만 걷게 해 줄게."

두 손이 저절로 입가에 모였다. 눈물이 핑 돌아서, 단아는 두 눈을 빠르게
깜빡거렸다.

"행복할 땐 함께 즐거워하고, 아플 땐 따스하게 감싸 안아 줄게. 내 전부,
내 사랑. 단아야."

목이 꽉 메어서 대답이 흘러나오질 않았다. 가만히 그를 올려다보고 있을
때였다. 꽃잎이 흐드러진 바닥에 강이 무릎을 꿇었다. 그리고는 단아의 왼손
끝을 잡고 만지작거렸다.

"지난번 쇼 드레스보다 훨씬 더 예쁜 드레스 만들어 줄게. 나랑 결혼할
래?"

빙산처럼 뾰족하고 단단했던 남자가 꽃밭 위에 무릎 꿇고 프러포즈를 하
고 있었다. 그의 손끝에서 떨림이 느껴졌고, 그의 물음 끝도 파르르 떨렸다.
단아는 크게 숨을 한 번 들이마시고 입을 열었다.

"……네."

눈가에서 또르르 눈물이 흘러내렸다. 강은 재킷 주머니에 손을 넣어 붉은
장미색 벨벳 상자를 꺼내었다. 금빛 테를 두른 뚜껑을 열자 영롱하게 빛나는
반지가 있었다. 커다란 다이아몬드를 둘러싸고 있는 가드링 세팅 역시 활짝
핀 장미 모양이었다.

"평생 꽃길 위를 걷게 해 주겠다는 내 다짐이 담긴 거야."

강은 단아의 왼손 네 번째 손가락에 반지를 끼워 주었다. 가늘고 긴 단아의 손가락에 강은 단정히 입을 한 번 맞추었다. 이제 일어날 타이밍인 것 같은데, 그는 여전히 무릎을 꿇고 있었다.

"하아. 다리가 풀려서 못 일어나겠다."

강은 단아를 바라보며 빙긋이 미소 지었다. 단아는 얼른 그의 앞으로 가 무릎을 꿇었다.

"나도 강준 씨 행복할 때 함께 웃을 거고, 아플 때 감싸 줄 거예요. 그리고 살면서 서로가 아닌 다른 이유로 힘들 때 노여워하지 않을게요."

"너 노엽게 할 일 없어."

"누가 그랬어요. 결혼은 배우자로 인해 힘든 일보다, 다른 이유로 힘든 일이 더 많다고. 우리 서로가 아닌 다른 이유로 서운해하거나 노여워하지 말아요."

강은 부드럽게 흘러내리는 단아의 머리카락을 쓸어내렸다.

"어쩌다 이렇게 지혜로운 여자를 만났을까. 내가 무슨 복을 타고나서."

단아의 볼이 예쁘게 솟아올랐다. 강은 핑크색 장미 봉오리처럼 피어오른 단아의 볼에 살짝 입을 맞췄다. 그리고 활짝 핀 붉은 장미처럼 매혹적인 단아의 입술을 머금었다. 밀캉한 윗입술과 도톰한 아랫입술을 차례대로 머금은 강은 뜨겁고 말랑말랑한 곳을 파고들었다.

몸도, 마음도 전부 제 것인 여자. 그리고 자신의 전부를 내줄 수 있는 이 세상 하나뿐인 그녀.

그 어느 때보다 강렬한 전율이 두 사람을 휘감았다.

강은 단아의 등허리를 바짝 끌어당겨 안았다. 무릎을 꿇고 있는 그녀가 불편해 보여서였을까. 아니면 이겨 낼 수 없는 욕망의 발산이었을까. 강은 그녀를 번쩍 안아 들어 꽃밭에 살포시 눕혔다. 그 바람에 딱 붙어 있던 입술이 살짝 떨어졌다.

거칠게 숨을 몰아쉬며 강을 올려다보는 그녀는 수만 송이 장미보다 훨씬 더 아름다웠다. 다른 때 같으면 강의 가슴을 슬쩍 밀어내며 싫어하는 시늉이라도 할 단아인데, 그저 가만히 근사한 강의 얼굴을 올려다볼 뿐이었다.

"사랑해요."

강은 단아의 이마에 자신의 이마를 살포시 기대었다.

"한 번만 더 말해 줘."

"사랑해요."

강은 고개를 비틀어 단아의 목덜미에 입술을 묻었다.

"한 번만 더."

"사랑해요, 강준 씨."

커다란 손이 가녀린 발목을 움켜잡았다.

"한 번 더."

"사랑해요."

강의 어깨에 올라 있던 단아의 손이 그의 목덜미를 끌어안았다. 그리고 가녀린 발목을 잡고 있던 커다란 손은 긴 치맛자락을 걷어 낸 뒤 유려한 선을 따라 오르기 시작했다.

"흣, 강준 씨. 누가 오면……."

"걱정 마, 안 와. 아무도. 다 퇴근시켰어."

꽃잎이 켜켜이 쌓인 푹신한 꽃밭 위에서 두 사람은 서로의 향기에 취하고, 소리에 홀리고, 몸짓에 빠져들었다.

"어우, 날씨 왜 이래? 금방 덥고, 금방 춥고. 가을은 어디 간 거야? 대체."

커피숍 의자에 털썩 걸터앉은 고등학교 시절 친구 유정은 몸을 부르르 떨며 단아가 마시던 커피를 가져다 홀짝였다.

"민경이랑 지원이는 아직이야?"

"어, 거의 다 왔대."

단아는 유정이 홀짝이던 커피를 도로 제 앞으로 가져왔다. 잔을 옮기는 단아의 손목이 유정에게 덥석 잡히고 말았다.

"한단아. 이 블링블링하고 샤방샤방한 반지는 뭘까, 대체?"

단아의 얼굴에 발그레한 미소가 번졌다.

"뭐야, 뭐야? 뭔데? 너 혹시?"

유정은 눈을 가늘게 뜨고 가늠하듯 단아를 바라봤다.

"네 돈으로 반지 샀냐?"

꽤나 심각한 유정의 물음에 단아의 미간이 와그작 구겨졌다.

"맞구나. 야, 솔직히 귀걸이, 목걸이, 팔찌……. 다 내 돈으로 사는 거 안 이상한데, 반지만 사러 가면 그렇게 점원들이 측은하게 본다? 너도 그랬지? 아니, 내 손가락에 낄 반지 산다는데, 그게 이상해?"

열을 올리는 유정의 질문에 대답을 한 건 지원이었다.

"안 이상해. 하나도 안 이상해! 근데 한단아는 지 돈 주고 산 거 아니야, 이거."

"아, 그럼 뭐 대학원 동기랑 우정반지라도 맞췄어?"

"이거 다이안데? 1캐럿보다 조금 클 것 같고."

단아의 왼손을 끌어다 보석감별사 버금가는 평가를 내린 이는 이제 막 커피숍 의사에 자리를 잡고 앉은 민경이었다.

"내가 예물 빡세게 보러 다녔잖아? 이거 다이아야. 야, 이거 커팅 죽인다? 어디서 이런 걸 구했어?"

세 친구의 시선이 단아에게 꽂혔다. 반짝반짝 빛나는 그녀들의 눈동자는 다이아몬드 저리 가라였다.

"빨리 말해, 한단아."

민경이 황당했던 신혼여행 썰을 풀러 나오겠다고 했는데, 결국 어마어마한 썰을 푼 이는 단아가 되어 버렸다.

"그러니까 옥상을 백만 송이 장미로 뒤덮었는데, 그 위에서 무릎을 꿇고, 이 장미 세팅 다이아 반지를 주면서 프러포즈를 했다?"

민경의 간략한 정리에 단아는 고개를 끄덕거렸다.

"꾼이네, 꾼이야. 우리 순진한 한단아 꼬신 꾼이야."

"그런 것 같지는 않던데?"

지원의 반문에 민경의 눈동자가 반짝 빛났다.

"너 봤어? 국보급으로 순진한 우리 한단아 꼬신 남자를?"

"어, 지난번에 단아랑 술 한잔했는데 데리러 왔었어. 나 집에도 데려다주고."

"옷차림은 어땠어?"

"무슨 잡지 화보에 나올 것 같은 차림이었어."

민경은 손가락으로 딱 하는 소리를 내며 확신에 찬 목소리로 대꾸했다.

"것봐!"

"그런 사람 아니야."

"허이구. 한단아 너 고등학교 때부터 은근히 호구였거든? 너 좋다고 따라다녔던 놈, 너한테 수학 과외받듯이 하고 시험 끝나고 딴 년이랑 노래방 간 거 나한테 딱 걸렸었지? 그리고 그 영어 교생! 수업 자료 만든다고 너 엄청 부려먹었지. 안 되겠어. 언니가 검사를 해 봐야겠어. 고기도 먹어 본 놈이 잘 먹는다고, 결혼도 해 본 언니가 한번 봐 줄게."

고등학교 때부터 말 하나는 정말 끝장나게 잘하는 민경이었다. 작년 말에는 최연소 보험 판매왕을 먹었다던 그녀였다.

"후딱 불러 봐."

한달음에 달려오는지 안 오는지 보자며 민경은 빙그레 웃음을 머금었다. 그런데 생각해 보니, 그도 느닷없이 친구들에게 단아를 인사시키지 않았던가? 강을 불러내라는 민경의 말에 주춤한 것도 잠시, 어디선가 뜻 모를 오기가 생겨났다.

하지만 민경이 하는 것을 보니 오늘 곤란한 일 제대로 겪겠다 싶었다.

"됐어, 나중에 보자. 그 사람 정말 바빠. 꾼도 아니고. 나 이제 그런 호구도 아니니까 걱정 마."

웬일로 민경이 순순히 고개를 끄덕였고, 네 사람은 커피숍에서 호프집으로 자리를 옮겼다.

"야, 그래서 그 연애 코치가 뭐래?"

지원이 연애 코치를 만났던 이야기를 이어갔고, 술자리가 무르익었다.

술이 거나한 민경의 외침에 네 여자는 500cc 맥주잔을 부딪쳤다.

"원샷!"

지원의 외침에 '여기 맥주 왜 이렇게 시큼해?' 하는 생각을 하며 꿀떡꿀떡 맥주를 삼키던 순간이었다.

"하아……. 한단아."

낮고 깊은 음성에 뒷목이 쭈뼛 섰다.

네? 저를 부르셨나요, 설마…… 여기서? 저 매력적인 보이스가 들려오는 건, 왜죠?

단아는 맥주잔을 입에서 떼지 못하고 천천히 고개를 돌렸다. 달려왔는지 헝클어진 머리카락, 상기된 두 볼, 위험한 얼굴을 한 그가 그곳에 서 있었다.

"어머, 단아야. 괜찮아?"

민경은 사레들린 단아의 등을 두드려 주며 다정히 물었다. 강은 크게 한 번 숨을 내쉬며 천장을 올려다보았다. 딱딱하게 굳은 얼굴에서 심상치 않은 분위기를 감지할 수 있었다. 그가 내뿜는 사가운 열기에 네 여자는 숨을 죽였다.

단아를 발견한 순간부터 멀찍이 떨어져 서 있던 그가 다가왔다.

"걱정했잖아……."

커다란 손이 단아의 머리를 끌어다 품에 안았다. 그의 단단한 복근에 단아의 얼굴이 파묻혔다. 다정한 음성, 부드러운 손길, 걱정 가득한 얼굴.

민경은 신이 잘생김 한 스푼, 잘빠진 몸매 한 스푼, 훤칠한 키 한 스푼을 넣으려다 무조건 멋짐을 실수로 쏟아부어 버린 남자를 눈앞에서 마주했다.

"어떻게 된 거예요?"

단아는 자신의 머리를 감싸고 있는 강의 커다란 손을 잡으며 물었다. 그의 손은 땀으로 흥건히 젖어 있었다.

"내가 그랬어."

민경이 멍한 얼굴로 읊조렸다.

"얼굴 좀 보여 달라는데, 네가 자꾸 안 된다고 해서. 진짜 한단아가 뭐에 홀렸나 싶어서. 걱정이 돼서. 내가 그래서."

라임이 쩌는 구나, 친구야. 쇼 미 더 머니라도 나가 보지 그러니.

"민경이가 아까 너 화장실 갔을 때 문자 보냈어."

"뭐라고?"

"한단아 술 취해서 여기서 다 죽어 간다고."

나지막한 음성에 웃음기가 어려 있었다. 단아는 고개를 들어 강의 얼굴을 올려다봤다.

"그래서 나 걱정돼서 달려왔어요?"

단아의 입은 이미 귀에 걸리다시피 했다.

"달려와서 목마르시죠? 시간 되시면 저희랑 맥주 한잔해요."

정신을 차린 민경은 맥주 500cc 한 잔을 재빠르게 주문했다. 강은 얼결에 단아의 옆에 자리를 잡고 앉았다.

"지난번에 뵀었죠? 공교롭게 술자리에서만 뵙네요."

지원과 강이 인사를 나누는 사이, 이제껏 잠잠하던 유정이 입을 열었다.

"혹시 디자이너 최강 씨?"

강은 슬며시 고개를 끄덕이며 덧붙였다.

"소개가 늦었네요. 최강이라고 합니다. 친구분 말씀처럼 직업은 디자이너고요."

유정의 얼굴에 오묘한 미소가 번져 갔다.

"저 기억 안 나세요?"

유정의 물음에 테이블 위로 어색한 정적이 흘렀다. 강은 기억을 더듬는 듯 눈을 가늘게 떴고, 유정은 은은한 미소를 머금고 있었다.

"왜 그래. 대체 뭔데?"

고까운 목소리를 낸 건 민경이었다. 친구의 남자가 인사를 왔는데, 그 자리에 다른 친구가 얽혀 있는 상황이 썩 유쾌하지만은 않다는 듯이.

"죄송하지만, 기억이 나질 않는데요."

강은 깍듯이 예의를 갖춰 대답했다.

"부모님께서 유명한 한복 장인이시죠?"

가족 이야기가 나오자 단아는 더욱 입을 떼기가 어려웠다.

친구와의 우정과 강과의 사랑 중 하나를 택해야 하는 극한의 상황이 온다면, 대체 어떡해야 할까?

머릿속에 생각은 이미 한 다리, 두 다리 건너 태평양을 건너고 있는 듯했다.

"네, 그렇습니다만."

"어우, 이 기집애는 맨날 이렇게 뜸을 들여? 넌 단아 애인을 어떻게 아는데?"

민경의 대찬 질문에 단아와 강의 시선이 그녀에게로 향해 갔다.

애인이랬다?

제3자의 입에서 정의된 '애인' 이라는 관계에 두 사람의 볼은 동시에 붉게 달아올랐다. 유정은 목이 탄다는 듯 맥주를 벌컥벌컥 들이켰다.

"후우……."

깊은 한숨을 쉬는 유정 때문에 분위기가 말도 못하게 서먹해졌다.

"나 좀…… 울어도 되냐?"

유정이 던진 질문에 단아의 손이 움찔 떨렸다. 그러자 작은 손을 잡고 있던 커다란 손에 악력이 더해졌다.

"떠올리시기 곤란한 기억인 것 같은데, 천천히 말씀하세요. 저를 어떻게 아시는지."

강의 목소리는 여전히 차분했고, 그의 표정은 진중하기만 했다.

"나 고2 때, 우리 아빠 돌아가신 거 기억해?"

세 친구는 그저 고개만 끄덕거렸다.

"아버지가 돌아가신 순간인데도, 부끄럽단 생각에 말을 못 했어. 병으로 돌아가신 것도 아니었고…… 공사장에서 막일 하시다가 지지대 부실 공사로 축대가 무너지면서 많이 다치셨었어."

순간 분위기가 숙연해졌다.

"병원에서 마음의 준비를 하라는데, 엄마가 우리나라에서 최고로 한복 잘 만든다는 두 분 찾아가셔서 수의를 지어 달라고 조르셨어. 평생 좋은 옷 한 번 못 입어 보고 가는 사람 불쌍해서 못 보낸다고 울고불고 하소연하시고. 두 분 무지 바빠 보이셨는데도, 엄마 이야기 다 들어 주시면서 다독여 주셨거든."

유정의 눈가에 어느새 눈물이 고여 있었다.

"사실 그때 우리한테 시간이 많지도 않았어. 중환자실에 계셨는데, 그게 그렇다. 가족은 느낌이 와. 아……. 이제 정말 가실 때가 됐구나 하고. 마지막으로 아빠한테 뭐든 해 주고 싶어 하는 마음은 알겠는데……."

민경은 가만히 손을 뻗어 유정의 손을 꼭 잡아 주었다.

"그런 줄도 몰랐네, 우리는."

"내가 말을 안 했으니 알 리가 있냐? 그때 엄마 손 잡고 이 비싼 수의 맞춰서 뭐 하느냐며 아빠는 알지도 못한다고, 정신 차리라고, 우리는 이제 어떻게 살아야 하느냐고 한복집에서 끌고 나오는데."

내내 테이블에 닿아 있던 유정의 시선이 강에게로 향해 갔다.

"8년 전에…… 그때 대학생이셨죠?"

강은 무언가 기억이 났는지 가만히 고개를 끄덕였다.

"양복은 어떻겠냐고. 아직 학생이어서 완벽하지는 못하지만, 직접 만들어 드리고 싶다고……. 그래서 우리 아빠, 생전 한 번도 입어 보신 적 없는 멋진 슈트 입고 입관하셨어."

네 여자의 눈가에 눈물이 고여 있었다.

"그때 장례식 끝나고 정신없어서 바로 연락을 못 드렸어요. 너무 어렸고, 먹고사는 데 바빠서 사례도 제대로 못 했고……. 고맙고 죄송했어요. 얼마 전에 TV 보니까 나오시더라고요. 성공하신 모습 봐서 제가 얼마나 뿌듯했는지 몰라요."

네 여자는 이제 티슈를 뽑아서 눈을 훔치고 훌쩍이기 시작했다. 그런 그들을 조심스레 힐끗거리는 주변의 시선이 느껴졌다.

"야, 누가 보면 한단아 애인 더럽게 나쁜 놈인 줄 알겠다. 우리 다 울어서."

술이 과했던 민경이 크게 울음을 터뜨렸고, 급기야는 유정과 얼싸안고 울기 시작했다.

"나쁜 기집애……. 엉. 나는 그런 줄도 모르고……."

"알면 네가 양복값 줬을까?"

"뚝! 양복값 받을 생각 없으니까, 그만 울죠?"

강의 서늘한 목소리에 두 여자는 딸꾹질까지 해 가며 울음을 멈췄다.

"인성 갑이시네요. 한단아, 너 땡 잡았다."

코를 훌쩍이던 민경이 엄지를 척 들어 보였다.

"근데 우리 단아랑 어떻게 만나셨어요? 얘 패션 쪽하고는 좀 거리가 있던 앤데?"

민경의 질문에 강이 빙그레 미소 지으며 입을 열었다.

"아, 그게 제가 연애 ㅋ……!"

단아는 작은 손으로 얼른 강의 입을 막고는 그를 노려보았다.

친구들 앞에서 연애 코치 사기 행각을 다 불 셈입니까? 나의 사회적 지위와 명예는 좀 지켜 주시죠, 인성 갑님아!

강은 손바닥을 펼쳐 보이며, 알겠다는 시늉을 해 보였다.

"잠깐만! 나 완전 소름 돋았어, 지금!"

유정은 자신의 팔뚝을 쓸어내리며 입을 다물지 못했다.

"단아야, 두 사람 어디서 처음 만났어?"

"경리단길 카페에서. 왜?"

"에이, 거짓말! 우리 아빠 장례식장에서 처음 만났지!"

비가 참 많이 오는 날이었다. 반 친구들과 함께 빈소를 찾은 담임은 애써 담담한 표정으로 유정을 달랬다.

"유정이 아버지는 유정이를 무척 사랑하셨나 보다. 이렇게 친구들 다 올 수 있는 연휴에……."

유정의 아버지는 광복절 바로 전날 돌아가셨다. 광복절은 금요일이었기에, 삼일장 내내 친구들은 유정과 함께 있을 수 있었다. 상조 회사를 부를 형편도 되지 못했고, 유정의 어머니는 먹고사는 데 바빠서 친구들과 데면데면했기에 일손이 턱없이 부족했다.

"우리가 도울게, 걱정 마! 유정아."

나이가 어려도 손이 야무진 친구들은 밤새도록 유정의 곁을 지키며 조문객들을 맞았다. 커다란 스테인리스 쟁반에 차려진 상을 나르고, 조문객이 떠나고 나면 상을 비우고. 부모 잃은 슬픔은 그 무엇에도 비할 수 없었지만, 곁에서 다독이며 위로의 말을 건네는 친구들 덕분에 유정은 살 수 있다는 희망을 얻었다.

장례식장은 시끌벅적해야 좋은 거라며 민경, 지원, 보영 그리고 단아는 밤새도록 유정을 붙들고 도란도란 이야기도 나누어 주었다. 그들은 유정에게 정신을 붙들 수 있게 해 준 친구들이었다.

둘째 날 저녁, 유정과 함께 밤을 새운 친구들은 이미 녹초가 된 상태였지만 여전히 친절한 얼굴로 조문객을 맞고 있었다. 그때, 양복을 잘 차려입은 남자 세 명이 장례식장으로 들어섰다.

"단아야, 세 분 상!"

민경의 외침에 단아는 고개를 끄덕이며 국을 퍼 담았다.

"엄마얏!"

식사를 나르던 중 누군가 바닥에 흘리고 간 일회용 라이터를 밟은 단아는 쟁반을 든 채로 고꾸라지고 말았다. 철퍼덕 소리와 함께 눈을 떠 보니 누군가의 허벅지 위에 얼굴을 박고 있었다.

단아는 천천히 고개를 들어 올리며 재빨리 읊조렸다.

"죄송합니다, 정말 죄송합니다."

"야, 너 괜찮아?"

"세상에 어떡해. 국을 다 뒤집어썼네."

민경과 지원이 단아를 부축하기 전에, 남자가 단아를 일으켜 세웠다.

"국 뒤집어쓴 건 그쪽 친구뿐만이 아닌데? 얘도 육개장 뒤집어썼어요. 그것도……."

기가 막히게도 그의 사타구니에 시뻘건 국이 흥건히 쏟아져 있었다.

"괘, 괜찮으세요?"

"어떡해요? 이 친구 책임져야겠는데? 어우, 너 거기 다 벗겨졌겠다, 괜찮냐? 책임져요. 장가도 안 간 총각 어쩔 거야?"

"그만해. 어린 학생들 같은데."

서늘한 목소리가 사타구니 육개장에게서 흘러나왔다.

"걱정 말고, 가서 일 봐요. 옷은 갈아입으면 되니까. 국 하나도 안 뜨겁네요. 학생도 가서 옷 갈아입어야겠네."

강은 티슈를 집어나 국물이 튄 바지를 대강 닦아 냈다. 괜찮다는데도 여고생은 계속해서 사과를 해 왔다.

"발인이 내일 새벽이라고 했죠? 내 친구들이랑 같이 도울 거니까, 걱정 말라고 그쪽 친구한테 좀 전해 줘요."

"감사합니다, 정말 감사합니다."

안경 너머로 커다란 눈망울이 쏟아질 듯했다. 오동통한 볼은 민망함 때문인지 발갛게 물들어 있었다.

"가 봐요. 학생이 여기서 이러고 있는 게, 난 더 불편하니까."

친구 차에 비상용으로 걸어 두었던 검은색 양복으로 갈아입은 강은 친구들과 함께 빈소를 지켰다. 남자들이 해야 하는 일도 분명히 있는데, 여고생 네 명이 똘똘 뭉쳐서 서로 돕고 있었기에 강은 가만히 그들의 모습을 지켜볼 뿐이었다.

"되게 착하다, 쟤네."

호재의 말에 강은 고개를 끄덕거렸다.

"난 쟤 말 많은 여자애 말고, 안경 낀 애 말고. 쟤가 제일 괜찮은 것 같다."

"왜, 안경 낀 애도 괜찮은데?"

강의 서늘한 되물음에 정한은 뜨악한 얼굴로 되물었다.

"야! 너 쟤 때문에 고자 될 뻔했어!"

"안 됐거든, 고자."

티격태격하고 있는데, 문제의 안경 낀 여학생이 무언가를 들고 쭈뼛거리며 다가왔다.

"저 유정이 어머니께서 감사하다고, 이거라도 드시게 갖다 드리라고 해서요."

"고마워요. 잘 먹을게요."

강은 눈도 마주치지 못하고 떡과 과일이 담긴 쟁반만 들어 올리고 있는 그녀를 물끄러미 내려다보았다.

"학생?"

"네, 고2요."

정한의 질문에 강은 눈을 한 번 흘겼다. 또 무슨 헛소리를 하려거든 죽을 줄 알라는 듯이.

"큰일 날 뻔했어요. 내 친구 그쪽 때문에 지옥 볼 뻔했어. 그럼 그쪽이 어린 나이에 내 친구 책임졌어야 했을걸?"

친구 아버지 장례식을 살뜰히 챙기는 모습이 어여쁘고 곱다는 표현을 저렇게 삐뚤어지게 하는 정한이었다.

"이 새끼는 진짜 여고생한테 못 하는 말이 없어. 학생. 이제 이 근처로 얼씬도 하지 마요. 이 친구 멀쩡하니까."

"네, 알겠습니다."

호재의 말에 여학생은 부리나케 자기 친구들이 있는 쪽으로 달려갔다.

"귀엽다."

서늘한 목소리가 스산하게 흘러나왔다.

"와! 최강! 그런 말, 네 입에서 처음 나온 거다. 철컹철컹! 정신 차려! 나는 잡아먹을 듯이 쏘아보던 놈이 여고생 보고 귀엽다고 했어! 철컹철컹!"

정한이 두 손을 모아 강의 얼굴 앞에 흔들어 대며 키득거렸다.

"넌 대체 머릿속에 뭐가 들어 있으면, 귀엽다는 말이 철컹철컹으로 연결되냐? 이 음험한 자식아! 넌 입도 뻥끗하지 마, 생각도 하지 마. 네 뉴런의 움직임이 아깝다."

정한을 나무라는 강의 시선은 여고생이 사라진 문 밖 너머까지 닿아 있었다.

❖

"설마 그 육개장?"

"우리 단아는 언제부터 웃겼나 했더니 열여덟부터 그렇게 웃겼구나."

강은 단아의 머리를 쓰다듬으며 빙긋이 웃었다. 열여덟부터 예쁜 것도 아니고, 열여덟부터 웃겼다는데도 강을 바라보는 여자들의 동공은 이미 하트 모양이었다.

"얘가 몸 개그에 일가견이 있죠."

단아는 민경에게 슬쩍 눈을 흘겼다.

"그 몸 개그도 사랑스러우니까 괜찮습니다."

이번에는 민경이 강을 뜨악한 얼굴로 바라봤다.

"나도 신혼인데, 두 사람은 정말 손발이 오그라들어서 미치겠다."

"근데……."

궁금한 건 못 참는 지원이 눈알을 요사스럽게 굴리며 입을 뗐다.

"유정이 도운 거 보면, 그때 마음은 유정이한테 있었던 거 아녜요?"

"넌 이제 와서 왜 그런 걸 물어보고 그래. 저들은 불편하겠지만, 우리는 재미있게!"

민경은 지원을 나무라듯 쏘아붙이고는 장난스럽게 웃었다. 이 정도 짓궂은 장난에 흔들릴 두 사람이 아니라는 것쯤은 이미 눈치챘다는 듯이.

"내 입으로 말하긴 좀."

강은 서늘한 성격답지 않게 얼굴을 붉히며 말끝을 흐렸다. 순간 단아의 손끝이 또 움찔 떨렸고, 당연한 순서인 듯 강은 떨리는 단아의 손을 꼭 움켜잡았다.

"왜요? 뭔데요? 나 아무렇지도 않아요."

담담한 척 목소리를 내려 애썼지만, 목소리가 이리저리 떨렸다.

"에이, 여기서 말 안 하고 넘어가면 그게 더 이상한데요?"

눈치 빠른 민경이 뭔가 다른 낌새를 알아차리고 캐물었다.

"사실."

"사실?"

"그 당시에……. 아니 지금도……."

"……지금도요?"

단아의 되물음이 흔들렸다.

"제가 만든 턱시도를 입고 결혼식을 올리거나, 수의로 이용하시는 분들이 계십니다. 제가 누군가를 진심으로 도울 수 있는 최선은…… 마음을 담은 옷을 짓는 일이라는 생각에서 꾸준히 하고 있는 일입니다."

강은 쑥스럽다는 듯 조용조용 말을 이어 갔다.

"육개장 뒤집어쓴 일 아니었으면, 그날 일 기억해 내기 어려웠을 겁니다."

"리빙 갓이네."

민경은 박수를 짝짝 쳐 대며 고개를 끄덕거렸다. 인간계를 뛰어넘어 신계의 그것을 탑재한 마성의 쓰리피스였다. 우월한 외모, 불세출의 디자이너인 것도 모자라 올바른 인성까지 갖춘 남자.

"인연은 인연인가 보네. 그때 같이 오셨던 친구분 말처럼 한단아가 책임졌네요, 결국?"

친구들은 모인 김에 더 마시고 들어갈 거라며 다른 술집으로 향했고, 단아는 강과 함께 거리를 걸었다.

"차는요?"

"손이 떨려서 운전대를 못 잡겠더라. 택시 타고 왔어."

"미안해요. 친구들이 괜한 장난을 쳐서."

"……단아야."

깊은 밤, 자동차 소리, 행인들의 소음 속에서도 매혹적인 그의 목소리는 귀에 쏙 들어왔다. 괜히 미안한 얼굴하지 말라는 듯 그는 잡고 있던 손을 놓고 단아의 어깨를 꼭 감싸 안았다.

"근데요."

"응?"

"강준 씨는 날 찾고 있었나 봐요?"

강은 무슨 뜻이냐는 듯 고개를 기울였다.

"도자기 인형 닮은 사람이 아니라, 육개장 국물 엎어서 인생 종 치게 만들 뻔했던 여고생을 찾았던 거 아녜요? 그러니까, 도자기 인형도 날 닮아서…… 으읍!"

행인이 많지 않았지만, 지나다니는 차들이 분명히 있었다. 강은 단아의 몸을 휙 돌려세우고 끌어당겨 입술을 머금었다. 갑작스러운 키스에 단아는 어쩔 줄 모르고 강의 팔뚝을 꽉 움켜잡았다.

진한 키스 끝에 아쉬움이 담긴 몇 번의 입맞춤이 오고 갔다. '지나가는 차들도 있는데.' 하는 생각은, '밤인데 안 보이겠지.'로 바뀌어 갔다.

"그걸 꼭 그렇게 말로 해야겠어?"

강의 얼굴이 여느 때와 달리 새빨갛게 달아올라 있었다. 단아는 엄지손가락으로 그의 입술에 묻은 연분홍색 립스틱을 닦아 내며 답했다.

"말 안 하면 모르는 거라면서요?"

"꼬박꼬박 한 번도 안 지지. 한단아."

"이기고 지는 게 어디 있어, 치."
"알겠어? 내 마음이 얼마나 깊은지?"
단아는 고개를 끄덕거렸다.
"그럼, 한단아도 보여 줘."

제18장 출국

"어, 어떻게요?"

얼굴뿐 아니라 귓불까지 새빨갛게 물든 단아를 보고 강은 피식 웃음이 터졌다.

"또 이 작은 머리로 무슨 생각을 하기에 얼굴이 이렇게 빨간까?"

강의 도발에 발끈한 단아는 눈을 가늘게 뜨며 쏘아붙였다.

"다시는 안 하는 수가 있어요!"

"뭘?"

그걸 그렇게 단도직입적으로 물어보십니까?

평생 쥐여 살겠다더니, 단아의 손에는 그를 좌지우지할 칼자루가 아닌, 자신의 무덤을 파고 들어갈 삽자루가 들려 있는 듯했다.

"단아야."

단아의 옆에 서 있던 그는 걸음을 옮겨 그녀와 마주 섰다. 두 손으로 그녀의 양어깨를 감싸 안은 강은 나지막한 목소리로 속삭였다.

"어머니, 아버지께서 보고 싶어 하셔."

단아는 갑자기 가슴이 훅 차오르는 기분이었다. 진작에 단아의 부모님께는 인사드린 그였고, 서로의 친구들도 만났고, 이미 프러포즈도 받은 그녀였다. 당연한 수순인데, 심장이 말도 못하게 떨려 왔다. 이제 진정 인생의 가장 중요한 순간을 목전에 두고 있는 듯한 기분.

"강준 씨가 우리 집에 와서 우리 부모님께 진심을 다했던 것처럼, 나도 그럴게요."

얼핏 긴장감이 감돌고 있던 강의 얼굴에 그제야 미소가 번져 갔다.

"오고 있대? 다시 전화 좀 해 봐, 강준이한테."

남편 상을의 물음에 임 여사는 나무라듯 대꾸했다.

"그러게 왜 이렇게 서둘러 나왔어요. 아까 단아 양 데리고 출발한다고 했어요. 오고 있겠지. 아직 약속 시간까지 15분이나 남았어요. 애들 불편하지 않게 우리가 5분 정도 늦는 게 낫지."

"흐흠."

상을은 아내의 핀잔에 전혀 개의치 않는다는 듯 휴대전화를 만지작거렸다.

"전화하지 마요. 우리 이렇게나 빨리 와 있는 거 알면, 애들 불편해."

"아, 누가 전화한대? 시계 보는 거야, 시계."

아내의 말마따나 아직 약속 시간까지 15분이나 남아 있었다.

상을은 밖에서 누군가 지나는 소음만 들려와도 엉덩이를 들썩였다.

"아니 이제 15분이면 볼 걸. 뭘 그렇게 안달해요."

"아니, 당신은 봤으니까 그렇게 여유 부리는 거지. 그것도 두 번이나."

우연이 필연이 되려고 그랬는지 이미 두 번이나 단아를 만나 본 임 여사는 그 덕에 제법 여유로웠다.

"평생 혼자 살면서 부모 속 썩이는 건 아닌가 했더니, 잔소리한 보람은 있네."

"애들 오면, 당신 말 좀 줄여요. 너무 떠들지 말고. 알겠어요?"

젊을 때는 제법 서늘함도 풍기는 멋이 있는 남자였는데, 나이를 먹어 갈수록 상을은 말이 많아졌다.

"으흠. 다 해야 할 말 하는 거지, 무슨."

상을이 열없이 물 잔을 집어 든 순간이었다.

"어떡해……. 너무 긴장돼요. 나 괜찮아요? 화장 안 떴어요? 실수하면 어떡하죠?"

"한단아, 심호흡. 진정해."

"심장이 터질 것 같아요."

슬쩍 열린 한식당 VIP실 문 밖에서 이야기 소리가 들려왔다. 내내 굳어 있던 상을의 얼굴에 반가운 기색이 어리는가 싶더니, 자리에서 일어나지도 앉지도 못하고 안절부절못했다.

"우리 늦은 거 아니죠?"

"응, 정확히 13분 빨리 왔어."

"뭐야, 뭔가 불길해. 왜 하필 숫자가 13이에요? 12도 아니고, 14도 아니고!"

"한단아, 정신줄 잡아."

"저 진짜 졸도할 것 같아요. 나 쓰러지면 어떡해요? 예비 시부모님께 처음 인사드리는 자리에서 쓰러진 예비 며느리 되는 거 너무 끔찍한데요?"

두 사람의 대화를 듣고 있던 상을과 임 여사의 얼굴에 더없이 흐뭇한 미소가 번져 갔다.

예비 시부모님, 예비 며느리라니!

혼자 살겠다고 버티는 것도 아니고, 그렇다고 남자를 데리고 온 것도 아니고, 멀쩡하다 못해 훌륭한 규수를 데려온다는데, 버선발로 뛰어나가 절이라도 넙죽 하고 싶은 두 사람이었다.

안 그래도 상을이 자리를 털고 일어서려는 찰나.

"가만히 있어요. 체통을 좀 지켜요, 예비 시아버지 되실 분."

"허, 허허허허허허허!"

기분이 좋았던 나머지 상을은 호탕하게 웃음을 터뜨렸고, 그 웃음소리가 식사실 밖으로 새어 나갔다.

"아버지, 벌써 오셨어요?"

드디어 식사실 문이 열렸다.

"어허허, 차가 하나도 안 막히더구나."

상을은 어색하게 미소를 한 번 머금고는 강의 옆에 다소곳이 서 있는 단아에게로 시선을 옮겨 갔다.

"오느라 고생 많았어요. 나 강준이 애비."

"안녕하세요? 한단아입니다."

단정히 인사를 하는 단아에게서 상을은 눈을 떼지 못했다.

"우리도 일찍 왔는데, 빨리 왔네?"

"단아가 어디 늦는 성격이 못 돼요. 앉으세요."

상을과 임 여사는 흐뭇한 눈길로 단아를 바라보았다. 부담스러울까 싶어서 시선을 다른 데로 돌려 보아도 자꾸만 눈길이 가서 어쩔 수가 없었다.

"다시 봐서 반가워요. 예전에 봤을 때보다 훨씬 더 고와졌네."

"감사합니다."

단아는 시선을 내리깐 채로 단정히 대답했다.

"새아가."

상을의 다정한 부름에 임 여사는 남편의 허벅지를 쿡쿡 찌르며 나무라듯 미간을 찌푸렸다. 부담을 줘도 너무 주는 건 아닌가 싶어서.

당황스러운 얼굴을 한 건 강도 마찬가지였다. 그런데.

"네, 아버님."

단아에게서 곱고 맑은 대답이 흘러나왔다. 그러자 상을은 여봐란듯이 우쭐한 얼굴을 했다.

"일단 식사부터 하자꾸나. 새아가."

"네, 아버님."

칠절판, 건구절, 메로구이, 신선로, 활전복찜에 한우 등심구이까지 곁들인 한정식이 순서대로 서빙되었다.

"기분도 좋은데, 술 한잔해야지?"

"당신 또 병원 신세지고 싶어요? 술은 무슨."

상을은 아쉬움에 입맛을 쩝쩝 다셨다.

"우리 새아기는 술 한잔할 수 있지?"

"아버지."

강이 말리고 나섰지만, 단아가 그러지 말라는 듯 테이블 아래서 강의 손을 한 번 꾹 잡았다가 놓았다.

"네, 잘은 못하지만 주시면 감사히 받겠습니다."

분명 단아는 '술을 잘 못한다.' 덧붙였는데, 상을은 '감사히 받겠다.' 에만 초점을 맞춘 듯했다. 그렇게 술잔이 오고 갔다. 상을을 제외한 세 사람은 인삼주 석 잔씩을 마신 상태였다.

"우리 아들 어디가 그렇게 좋은가?"

술은 입에도 대지 않은 상을의 볼이 가장 발그레했다.

"너무 잘생겼어요. 이제 보니까 아버님 닮아서 이렇게 잘생겼나 봐요."

어쩐지 넙죽넙죽 잘 받아먹는다 싶었다. 혀가 약간 꼬부라진 단아의 말투에 애교가 철철 흘러넘쳤다. 그런 단아를 아버지는 예뻐 죽겠다는 얼굴로 바라보다가, 단아의 빈 술잔을 또 채워 주셨다.

"둘이 어떻게 처음 만났나?"

"아, 아버지 그게요."

"나는 우리 아들이라도 얘 참 잼 없어! 쟤는 말을 어찌나 지루하게 하는지 듣다 보면 하품이 다 난다니까? 완전 노잼. 핵노잼."

"그래요? 아버님? 저는 처음에 완전 무서웠어요. 올해 처음 만났을 때, '와, 잘생겼다.' 했었는데, 알고 보니까 그게 첫 만남이 아니었더라고요. 처음 만났을 때 생각하면 정말……."

단아는 소름이 돋는다는 듯 몸을 한 번 부르르 떨었다. 상을과 임 여사는 동시에 강을 쏘아보았다.

저기, 어머니? 아버지? 여기 핏줄은 저 아닙니까?

"첫 만남이 왜?"

상을은 울상을 짓고 있는 단아를 달래듯 물었다.

"제가 고2 때 친구 아버지가 돌아가셨는데, 그때 수의로 강준 씨가 슈트를 맞춰 드렸대요. 빈소에 강준 씨가 친구들이랑 왔었는데, 제가 상을 나르다가 그만."

"그만?"

"급하게 움직이느라, 바닥에 누가 흘리고 간 일회용 라이터를 밟고 쭈욱 미끄러졌는데."

"졌는데?"

"육개장 국물이 강준 씨 거기에 와르르!"

상을과 임 여사의 눈동자는 혼이 나간 사람처럼 텅 비어 버렸다.

"아, 아들."

"강준아, 우리 잠시 이야기 좀 하자."

상을이 자리를 박차고 일어나 아들을 내려다보았다. 측은하고, 걱정되고, 화가 난 얼굴로 내려다보는 아버지의 얼굴을 강은 황망한 눈빛으로 올려다보았다. 본래도 감수성이 예민하시지만, 예비 며느리 본다는 긴장감에 술기운이 더해진 어머니께서 갑자기 울음을 터뜨리셨다.

"아이고, 세상에! 나는 그런 줄도 모르고…… 우리 아들이…… 세상에 착한 일만 골라서 하고 사는 우리 아들한테! 아이고, 세상에!"

"강준이, 너 이 녀석!"

"아, 아버지!"

"아무리 그래도 그때 그 여고생 찾아내서 망가진, 어? 그러니까. 망가진 물건 책임지라고 한 게냐? 그래서 이제껏 여자도 못 만나고…… 하이고."

상을은 그만 의자에 털썩 주저앉고 말았다.

"가엾은 놈, 아이고. 가엾은 놈."

내내 단아를 예뻐 죽겠단 눈으로 바라봤던 상을은 애절한 눈빛을 했다.

"단아 양, 내 단아 양에게 대체 무슨 말을 해야 할지 모르겠네. 내 아들 책임져 줬으니 고맙다고 해야 하나? 미안하다고 해야 하나? 아니면 이렇게 만들어 놨으니 당연하다고 해야 하나?"

"아버지, 왜 이러세요."

"손주는……? 금쪽같은 내 손주한테 한복 한 벌 못 지어 줄 팔자인가 보다, 내가. 전생에 무슨 죄를 그리 많이 지어서."

상을은 훌쩍이는 아내의 어깨를 끌어다 품에 안고 다독였다.

"하아……. 애비가 돼서 자식이 그렇게 된 줄도 모르고……. 허이구……."

"아, 저 고자 아니라고요!"

쩌렁쩌렁한 강의 목소리가 식사실 문 너머 복도에까지 울려 퍼졌다. 임 여사는 눈물을 훔쳐 내다 멈췄고, 상을의 애절한 눈빛은 또다시 텅 비어 버렸다. 단아의 얼굴은 새빨갛게 달아올라 곧 터지기 직전이었다. 육개장 한 사발이 이런 사달을 만들 줄이야.

"손자, 손녀 아주 골고루 낳아 드릴 테니까, 걱정 마세요."

"뜨거운 육개장이 와르르 했다는데?"

"미지근했어요. 펄펄 끓는 육개장 내오는 장례식장 보셨어요?"

밥상 위에 찬물을 끼얹은 듯 조용해졌다.

"다 네 탓이다."

갑자기 상을이 단호한 얼굴로 아들을 나무랐다.

"평생 연애 한 번 안 하고, 여자 한 번 제대로 안 만나고. 남자들 옷 만드는 데만 빠져 있던 아들놈이 갑자기 결혼한다는데."

"그럼 그냥 좋아하시면 되잖아요."

"근데 이상한 생각도 드는 걸 어째? 그것도 이렇게 선녀 같은 아가씨를 데려와서.”

상을의 얼굴에 이내 웃음기가 어렸다.

“새아가.”

“네, 아버님.”

“앞으론 발밑 조심하고. 우리 강준이랑 인연이 되려고 그랬나 보다.”

“그런가 봐요, 아버님. 강준 씨 스페인에서 육개장 엎은 여고생 닮았다고
도자기 인형도 샀대요. 그거 닮은 모델 찾으려고 대한민국을 다 뒤졌다지 뭐
예요.”

상을은 해맑은 얼굴로 대답하는 단아를 흐뭇한 눈빛으로 바라봤다. 조곤
조곤 말하는 솜씨가 마음에 쏙 들도록 어여뻤다.

“우리 새아기, 아주 블록버스터급 꿀잼이다. 인생 별거 없어. 둘이 알콩달
콩 재미있게 살면 그만이야.”

보통 예비 시부모님께 인사 가면 아주 통속적인 칭찬을 가뭄에 콩 나듯
받기 마련이거늘. 단아는 블록버스터급 꿀잼 예비 며느리로 등극했다.

“단아 술 잘 못해요. 이제 그만 주세요, 아버지.”

“왜? 새아기 술 취하면 진상 되냐?”

“어머니, 요즘 아버지 TV 뭐 보세요? 말투가 왜 이렇게 바뀌셨어요?”

“새아기 인사 온다고 한 후로 젊은 사람들 보는 건 다 챙겨 보시더라.”

“애비, 랩도 할 줄 안다.”

“어머! 정말요? 아버님! 세젤멋!”

“세젤멋?”

강의 되물음에 대꾸를 한 건 상을이었다.

“세상에서 젤 멋지다고! 욘석아.”

단아는 박수까지 치며 까르륵 웃었다.

“우리 새아기 한 잔 더 받아라. 진상 돼도 이쁠 거야, 우리 새아기는.”

아버지, 설마요. 납치범으로 몰려서 마포대교 전력 질주하고 나면 생각이
달라지실걸요?

"감사합니당, 아버님!"

"죽이 척척 맞네, 아주."

임 여사는 흐뭇한 얼굴로 남편과 예비 며느리인 단아를 바라봤다.

"셋이 모이면 맨날 절간같이 조용했는데…… 좋구나, 참."

단아를 바라보는 부모님의 얼굴에 더없이 행복한 미소가 걸려 있었다.

어려운 자리일 텐데, 애교까지 부려 가며 분위기를 맞추는 단아는 지금 이 순간, 취중진상이 아닌 취중진주(眞珠)였다.

— 정말 혼자 가도 괜찮겠어?

"걱정 마세요, 괜찮아요."

— 주말에 나 시간 될 때 같이 가자, 응?

"어른이 부르셨는데, 어떻게 기다리시게 해요. 그리고 강준 씨 부른 거 아니고, 저 부르신 거잖아요."

— 그렇긴 한데……. 불편할 거 아니야. 아직 상견례 전인데, 이렇게 왔다 갔다 하시는 거 알면 상모님 서운해하시는 거 아냐?

"강준 씨는 우리 집에 왔다 갔다 안 하나, 뭐? 잘 말씀드렸어요. 걱정 마요."

— 그럼, 내가 퇴근하자마자 바로 갈게.

통화를 마친 단아의 얼굴에 긴장감이 어렸다. 괜찮다고는 했는데, 전혀 괜찮지 않은 것 같기도 하고. 이제 가족이 될 사이니 자주 얼굴 보고 해야 하지만, 또 다른 한편으론 급작스러운 것 같기도 하고.

'시' 자가 들어가면 무조건 아리송해진다는 민경의 말이 떠올랐다. 단아는 강의 어머니가 운영하신다는 한복 연구소 앞에 서서 한숨을 한 번 몰아쉬었다. 미색으로 마감된 건물 전면은 색색의 나비 조형물로 장식되어 있었다.

'시'로 복잡해진 마음이야 고이 접어 나빌레라.

하얀 단조가 있는 유리문을 밀고 들어가려는 순간, 등 뒤에서 귀에 익은 목소리가 들려왔다.

"어? 단아 씨?"

"주미 씨?"

이번에는 등 뒤에서 또랑또랑한 풍경 소리가 들려왔다.

"어떻게 두 사람이 같이 왔네? 들어와요, 어서."

디자인 하우스가 모던하고 심플한 미니멀리즘의 절정이라면, 한복 연구소는 화사하고 은은한 로맨티시즘이었다. 단아는 휘둥그레진 눈으로 연구소 이곳저곳을 살폈다. 분위기는 많이 달랐지만, 어딘지 모르게 강의 디자인 하우스를 연상케 했다. 누군가의 열정이 고스란히 담겨 있는 곳이어서 그런지, 아니면 모자간의 유대감이 깊어서 그런지.

"이쪽이에요."

임 여사는 해사한 미소를 지으며 단아와 주미를 자신의 집무실로 안내했다.

"와, 이모 너무한 거 아녜요? 나 올 때는 싸구려 오렌지 주스만 줬으면서, 단아 씨 오니까 어떻게 직접 간 인삼 마 주스가 나와?"

"그럼 시착 모델이랑, 내 식구 될 사람이랑 같니?"

"어오, 배 아파. 내가 강이한테 시집가서 가족 할 걸 그랬네! 시착 모델이 몇 년인데, 서운하다. 이모!"

단아의 눈동자가 쏟아질 듯 커다래졌다. 안 그래도 어려운 자리에 주미까지 거드니 좌불안석이었다.

"아, 어떻게 아는 사인지 말을 안 했네? 이모가 우리 엄마 둘도 없는 친구. 어릴 때부터 강이랑 같이 자랐어요."

"너는 너보다 나이도 많은 우리 애한테 말끝마다 강이, 강이 하지."

"뭐, 강이는 나 사람 취급 하나? 십수 년을 봤는데, 사람을 소 닭 보듯 하는데?"

인삼 마 주스를 빨대로 호로록 빨아들인 주미는 빙그레 웃으며 단아에게 시선을 돌렸다.

"임 여사님이 도와 달라고 해서 내가 한복 시착 모델 몇 번 했어요. 그리고 맹세하건대 내가 강이한테 눈독 들였던 일은 맛소금 알갱이만큼도 없으니까 안심하고."

단아는 빙그레 미소 지으며 고개를 끄덕거렸다. 자연스레 행동하려 노력했지만, 미소를 머금은 입술 끝은 파르르 떨렸다.

"아니, 근데. 크림치즈 같은 이도현한테 안 가고, 왜 바게트 껍데기 같은 최강이야? 누가 봐도 이도현 아닌가?"

"마음은 바게트 속처럼 부드러워요."

"냉동실에서 꽝꽝 얼어붙은 바게트 속 같은 말 하고 앉았네. 강이가 부드럽긴, 어디가 부드러워?"

"흐음."

임 여사가 목을 한 번 가다듬었다.

"이모, 목 상해. 그러지 마. 난 솔직히 우리 단아 씨 걱정돼서 그러지. 이 아가씨가 얼마나 착하고 순진한데."

때리는 시어머니보다 말리는 시누이가 더 미운 상황이 이런 거 맞나?

단아는 입만 열었다 하면 핵폭탄을 투하하는 주미에게 어설피 웃어 보였다.

"이번에 삼성동 호텔에서 하는 결혼 박람회 쇼에 너네 회사 모델 좀 쓰자. 포트폴리오부터 보내 줘 봐."

"알겠어요. 이번에는 어떤 스타일 원하시는지 알려 주시고."

"그건 공 비서가 알아서 보내 줄 거야."

"근데 주미 씨, 회사 그만뒀어요? 평일 낮인데⋯⋯."

주미는 고개를 한 번 끄덕이며 대꾸했다.

"얼마 전에 그만두고, 남편이랑 같이 일해요. 남편이 모델 에이전시 열었거든요. 컴패니언 모델 쪽은 내가 관리해."

주미의 얼굴에서 반짝반짝 빛이 났다.

"근데 단아 씨는 왜 부른 거야?"

주미의 경쾌한 물음에 임 여사는 한숨을 한 번 몰아쉬었다.

"빨리도 물어본다. 너 때문에 정신이 쏙 빠졌잖아, 이모도."

"언제는 내가 재잘재잘 떠드는 게 좋다며?"

임 여사는 주미에게 가볍게 눈을 한 번 흘기고는, 고운 눈길로 단아를 바라보았다.

"단아 양. 이른 줄은 아는데, 나도 시간이 많지 않아서. 지금부터 손바느질하려면 시간도 많이 걸리고. 고운 한복 한 벌 지어 주고 싶은데, 어때요?"

"좋아요."

단아의 얼굴에 해사한 미소가 떠올랐다.

"그럼 치수 먼저 잴까요?"

나비 문양이 들어간 돋보기안경을 내려 쓴 임 여사는 한복 제작에 필요한 단아의 치수를 재기 시작했다.

"언제부터 한복 짓는 일 하셨어요?"

"글쎄요. 기억할 수 있는 어린 시절부터. 우리 어릴 때는 하고 싶은 일 하면서 사는 건 꿈도 못 꿨지. 해야 하는 일을 하면서 살았으니까. 팔 좀 들어 볼래요?"

단아가 가만히 팔을 들어 보이자, 주미가 휘파람을 불며 박수를 쳐 댔다.

"와오. 최강 좋겠다. 회사에서도 느꼈지만, 우리 단아 씨 몸매 환상이네!"

볼이 새빨갛게 물든 단아는 조심스레 속삭였다.

"어머님, 멋있으세요."

치수를 재다 말고 임 여사는 단아를 물끄러미 바라봤다. 듣기 좋으라고 하는 입에 발린 소리가 아니었다. 다소곳이 눈을 내리깐 채로 수줍지만 강단 있게 흘러나온 목소리로 임 여사의 얼굴에 미소가 번져 갔다.

"우리 이모 좋겠다. 예비 며느리한테 멋있다는 말도 듣고."

"고마워요."

단아가 고개를 끄덕이려는 찰나, 어디선가 휴대전화 벨소리가 들려왔다.

주미는 테이블 위에 올라 있던 단아의 휴대전화를 흘끗 보았다.

"한창진 교수님이라고 뜨네?"

"잠시 실례하겠습니다."

양해를 구한 단아는 임 여사의 집무실 밖 복도로 나와 전화를 받았다.

"네, 교수님."

— 긴히 할 이야기가 있는데, 내일 수업 끝나고 시간 어떤가?

"괜찮습니다, 교수님."

— 그럼, 내일 수업 끝나고 내 연구실에서 보지.

수업 끝나고 잠깐 이야기를 나눌 거라면 굳이 전화를 하실 필요가 없는데, 휴대전화 너머 한 교수의 음성에는 비장함마저 어려 있는 듯했다.

"왜 나와 있어? 전화받는 것 같던데? 누구야?"

세 가지 질문을 한 번에 던진 이는 서늘했던 성격이 어디 갔나 싶은 강이었다.

"교수님 전화요. 내일 수업 끝나고 잠깐 연구실로 올라오라고요."

"들어가자. 어머니 안에 계시지?"

단아를 이끌고 임 여사의 집무실에 들어선 강은 미소를 띤 얼굴로 인사를 건넸다.

"저 왔어요, 어머니. 주미도 와 있었네. 오랜만이다."

"헐! 대박. 오늘 해 동쪽으로 지는 거야? 지금 최강이 나한테 인사했어? 대박!"

"저녁 같이하시죠? 주미도 같이 가자."

"이모, 최강 완전 이상해졌어. 쟤 언제부터 저렇게 자연스럽게 말 걸었지, 나한테? 설마 어디 아프거나 한 건 아니지?"

"그래, 병 걸려서 그래."

세 여자의 시선이 강에게로 일제히 몰렸다.

"이 여자 때문에 온 세상이 변한 것 같은 이상한 병."

"어우! 손발이 오그라들어서 없어질 지경이야! 이모 쟤 미쳤나 봐!"

"미쳐도 보기 좋게 미쳤으니 다행이지."

임 여사는 흐뭇한 미소를 지으며 아들을 바라봤다.

"저녁은 둘이서 해. 같이하고 싶은 마음 굴뚝같지만."

임 여사는 돋보기안경을 접으며 해사한 미소를 지었다.

"결혼해서 돌복 맞추러 온 부부들이 하는 말 들어 보면, 연애 시절이 그렇게 짧았다더라. 한평생 놓고 보면, 정말 길지 않은 시간이지. 할 수 있는 거 최대한 다 해 봐. 아들, 이제 자기 사람 돼 간다고 소홀히 하면 안 돼. 그게 제일 나쁜 거야."

"그럴 리가 있겠습니까, 어머니."

강은 단아의 어깨를 꽉 감싸 쥐며 빙그레 웃었다.

"나 더 이상은, 바른 생활 교과서에 나올 법한 이 가족 못 보겠다. 나 가요, 이모. 저녁은 알아서 드셔."

"너 가면 나도 우리 오빠랑 먹어야지, 뭐."

귀엽게 입을 삐쭉거리는 임 여사의 모습에 주미는 '아악!' 하고 소리 지르며 집무실을 나섰다.

"그럼, 저희도 들어가 볼게요. 아버지 곧 여기로 오신댔어요."

단아와 강이 연구소를 나가고 난 뒤 얼마 지나지 않아, 상을이 체통을 지키지 못하고 헐레벌떡 뛰어 들어왔다.

"뭐야? 우리 꿀잼 며느리 어디 갔어?"

"핵노잼 아들이 데이트한다고 데리고 갔어요."

"나아쁜 자식. 애비 기다리라고 그렇게 일렀는데."

"오랜만에 우리도 오붓하게 데이트할까요? 며느리만 챙길 거예요, 계속? 마누라도 좀 챙기지."

임 여사의 책망에 상을은 괜히 헛기침을 해 댔다.

"인상을 왜 그렇게 써?"

귀엽다는 듯 강이 얼굴을 잔뜩 찌푸린 단아를 바라봤다.

"귀가 너무 간지러워서요."

"우리 일찍 나왔다고 아버지가 뭐라고 하시나 보다."

"그럼 다시 갈까요?"

"됐어. 너무 그렇게 애쓸 필요 없어. 그러다 지친다."

"어머님 무척 멋있으세요."

"어머니가?"

가만히 고개를 끄덕이는 단아의 얼굴에는 얼핏 수심이 어린 듯 보였다.

"한단아, 왜 그래?"

"그냥. 인지 부조화 같은 거랄까요."

"인지 부조화?"

"사춘기가 그렇다잖아요. 몸은 성인이 되어 가고 있는데, 마음의 크기와 생각의 깊이가 그걸 미처 따라잡지 못해서 오는 인지 부조화라고."

"한단아 정말 사춘기야?"

단아는 가만히 고개를 저었다가, 다시 끄덕거렸다.

"강준 씨 만나고, 나 많이 변했죠? 학교에서 책만 파던 내가 세상 밖으로 나온 기분이랄까요? 근데 막상 나와 보니 내가 뭘 해야 할지 아직 잘 모르겠어요. 스물여섯이나 됐는데, 한심하게. 큰 세상 속에 있는 나. 거기에서 오는 인지 부조화랄까요."

"서두르지 말고 천천히 생각해 보자."

프러포즈하던 날, 단아는 자기한테 때늦은 사춘기가 온 것 같다며 고민을 털어놓았었다. 그땐 감동에 젖은 그녀의 모습을 살피느라 헤아리지 못했는데, 지금 보니 고민이 꽤 깊어 보였다.

"내가 옆에서 고민하는 한단아 지켜 줄게. 걱정 말고, 맘껏 방황해."

"고마워요, 그렇게 말해 줘서."

강은 이리 봐도 저리 봐도 어여쁜 단아의 머리를 가볍게 한 번 쓸어내렸다.

"우리 리스트 만들자."

무거워진 분위기를 환기시키려 강은 일부러 가벼운 목소리를 냈다.

"무슨 리스트요?"

"결혼하기 전 연애하면서 해 보고 싶은 거. 일종의 연애 버킷 리스트? 어머니가 연애하는 동안 해 보고 싶은 거 다 하라고 하셨잖아."

"음, 좋아요! 근데 강준 씨 은근히 마마보이다."

"자꾸 까불어, 한단아."

"보기 좋다고요. 어머님 말씀 잘 듣는 효자니까, 나중에 피 한 방울 안 섞인 내가 하는 말도 잘 들어줄 것 같아서 좋아요. 불효자가 마누라 말 잘 듣는 경우는 못 본 것 같아서요."

"꼭 결혼 열댓 번 해 본 여자처럼 말 하네?"

"뭐 꼭 해 봐야 아는 거냐고 했던 사람 어디 갔나?"

능숙한 강의 키스를 논했을 때, 타고났다고 했던 강의 대꾸를 그대로 빌려 온 단아를 강은 졌다는 얼굴로 바라봤다.

오랜만에 문제의 닭발집에서 식사를 마친 두 사람은 커피숍에 머리를 맞대고 앉았다.

"책 한 권 같이 읽기요."

"책?"

"응. 같이 앉아서 한 페이지 내가 읽고, 한 페이지 강준 씨가 읽고."

"그래. 그럼 나는 한단아가 나한테 오빠라고 부르기."

"갑자기 또 오빠에 집착한다."

"왜 이래? 해 보고 싶은 거 다 적는 거잖아?"

"뭐 일단 적어 보자고요, 그럼. 밤새도록 어딘가로 달려가서 해돋이 같이 보기."

"좋아."

"그리고 못 본 우리 오빠들 공연도 풍선 들고 같이 봐 주기."

"그럼, 나랑 걸 그룹 콘서트 같이 가 주기."

"언제부터 걔네 팬이었어요?"

"너는 그럼 어떤 오빠들은 풍선 들고 응원하고, 나한테는 오빠 소리도 못해?"

유치하게 티격태격하던 두 사람은 서로를 물끄러미 바라보다 웃음이 터지고 말았다. 눈에서 눈물이 찔끔 나오도록 웃어 젖힌 두 사람은 다시 리스트에 집중했다.

"제일 현실적인 거 먼저 하자."

"뭐요?"

"밤새도록 어딘가로 달려가서 해돋이 같이 보기."

지금 이 자리에서는 책 한 권 같이 읽기가 가장 현실적일 수도 있지만.

"좋아요. 그럼 이번 주말?"

"가고 싶은 데 생각해 둬."

"아, 벌써 초조하다. 어디 가죠?"

"그건 주말까지 열심히 생각하고. 자, 그다음 거 받아 적어 봐."

단아는 받아쓰기에서 100점 맞기 위해 혈안이 된 초등학교 1학년생처럼 눈을 부릅뜨며 펜을 움켜잡았다.

"한난아는"

"한. 단. 아. 는?"

"통금 20분 전까지는 최강준 집에 있기."

"그게 뭐야?"

"뭐긴 뭐야? 새삼스럽게."

"아직 초저녁이거든요!"

"아, 한밤중이 아니면 한단아 나랑 아무것도 안 할 건가?"

"그런 뜻이 아니잖아요."

"가자."

"어딜 가요?"

"현실적인 것부터 지켜야지, 얼른 일어나."

커피숍을 나선 두 사람은 곧장 강의 집으로 향했다.

"하아, 강준 씨."

끈적끈적하고 야릇한 마찰음이 방 안 가득 울려 퍼졌다.

"한단아."

"응?"

"실천하는 삶이 얼마나 중요한지 알아?"

사랑을 나누다 말고 칸트의 '실천 이성 비판'을 논하자는 건 아닐 테고.

"그러니까 불러 봐."

"뭘요."

"아까 리스트에 적었던 대로."

예전에 강을 놀리려고 오빠라고 불렀던 적이 있기는 했다. 그런데 자꾸만 재촉을 하는 그를 보니, 순순히 오빠라고 부르기가 꺼려진다.

강은 넘실거리던 움직임을 멈추고 단아를 내려다보았다. 붉게 상기된 볼, 정염에 젖은 눈빛, 살짝 벌어진 입술 사이로 보이는 분홍빛 혀는 미치도록 섹시했다. 그 농염함에 취해 저절로 움직이려는 몸을 강은 억지로 붙들어 맸다.

"왜, 왜요?"

"얼른 해 봐, 한 번만."

단아는 열에 들떠 몸을 바르작거렸지만, 강은 꿈쩍도 하지 않았다.

"부르면 계속할 거야. 어서 한 번만."

"……오빠."

그녀의 아쉬운 손길이 강의 목덜미를 쓸어내렸다. 순간 목덜미에 소름이 오소소 돋아났다. 멈춰 있던 몸을 크게 움직이자, 단아에게서 야릇한 음성이 터져 나왔다.

"한 번만 더."

"하아…… 오빠……."

안달하는 단아의 모습에 강은 정수리부터 전율이 흘러넘치는 기분이었다. 작은 손으로 어깨를 꽉 끌어당기며 파르르 떠는 단아를 품에 안은 강은 속으로 리스트에 한 줄 더 추가했다.

침대 위에서 한단아 약 올리기.

"어? 도현 씨."

"오랜만이다. 교수님이 부르셨어?"

"네."

학기가 바뀌면서는 통 얼굴을 보지 못했던 도현이었다.

"잘 지내셨죠?"

"그럼. 한단아는 잘 지냈나? 최강은 여전히 재수 없게 다정하고?"

"이젠 재수 없게 야해요."

눈을 가늘게 뜨고 조용히 속삭이는 단아를 도현은 뜨악한 얼굴로 내려다봤다.

"나한테 너무 심한 거 아냐?"

"재수 없다는 말은 도현 씨가 먼저 했거든요?"

티격태격하는 두 사람 뒤에서 한 교수의 목소리가 들려왔다.

"두 사람 벌써 와 있었어? 기다리게 해서 미안하네. 수업 끝나고 학생들이랑 잠깐 이야기 좀 하느라."

"괜찮아요, 교수님. 잘 지내시죠?"

도현의 인사에 한 교수는 사람 좋은 웃음을 지으며 고개를 끄덕였다.

"일단 들어가지."

세미나 때문에 교수 연구실에 불려 왔던 게 딱 6개월 전인 것 같았다. 단아는 그사이 달라진 상황에 차분히 미소를 머금었다.

"자네 둘을 부르면 꼭 무슨 일을 시키지, 내가?"

한 교수의 얼굴엔 기대감 가득한 미소가 흘러 넘쳤다.

"자, 한번 읽어 볼 텐가?"

공문처럼 보이는 A4용지 한 장이 각각 단아와 도현에게 건네졌다. 공문을 꼼꼼히 읽어 내려가는 단아의 미간이 어렴풋이 좁아졌고, 도현은 간략한 내용을 확인한 뒤 테이블 위에 종이를 내려놓았다.

"죄송하지만, 교수님. 저는 못 갈 것 같습니다."

도현은 제안을 말끔히 거절하겠다는 듯 정중히 말했다.

"사업한다는 이야기는 들었네. 그래도 믿을 만한 사람을 보내야 할 것 같아서……."

한 교수의 목소리에서 아쉬움이 가득 묻어났다.

"단아는 어때? 가 볼 만하겠지?"

선뜻 대답을 내놓지 못하고 단아는 한 교수를 말끄러미 바라봤다.

"생각할 시간을 좀 주시겠어요?"

"하긴, 뭐 외국 생활 시작하는 걸 쉽게 결정할 수는 없겠네만."

말은 저렇게 하지만, 한 교수는 생각하고 자시고 할 것도 없다는 뉘앙스로 덧붙였다.

"두 번 올 수 있는 기회는 아니야. 만약 내년에 이런 기회가 온다고 하면 나는 아마 내년에 만날 또 다른 학생들에게 이걸 권하게 되겠지."

"좋은 경험을 쌓을 수 있는 자리임은 잘 알고 있습니다."

"굳이 한국에서만 공부할 생각 하지 말고. 박사는 미국에서 해도 되지 않을까? 그리고 나중에는 우리 학교로 돌아오면 되고. 어떤가?"

"교수님 말씀처럼 생각해 볼 시간이 필요할 겁니다. 아시잖아요, 단아 성격."

역성드는 도현의 말에 한 교수는 영 시원찮은 대답을 얻었다는 듯 마뜩잖은 표정으로 고개를 끄덕거렸다.

"나도 다음 주에는 회신을 줘야 하니까, 딱 일주일 고민해 보고 다시 보자고, 그럼."

교수 연구실을 나서는 단아의 발걸음이 무거웠다.

"듣자하니까 최강이 결혼 서두르는 거 같던데……."

조용한 복도, 도현의 목소리가 왕왕 울렸다.

"것봐. 나한테 왔으면 지금 상황에서 둘이 앗싸! 하고 떠날 수 있는 상황인데? 늦지 않았어, 아직. 단아, 네가 원한다면 내가 같이 가 줄게."

"여러모로 어울리지 않는 장난 그만하세요. 말투나, 이 상황이나."

단아의 목소리는 제법 서늘하고 진지했다.

"단아야."

도현의 목소리도 장난기를 거둬 내고 이내 진중해졌다.

"고민해 볼 가치 있는 일이야. 무작정 배제시키고 안 되는 이유부터 찾으려고 노력하지 말고. 열심히 고민해 봐, 한번."

"고마워요."

"그리고 미안하지만 같이 가 달라고 해도 이제 나는 못 가."

다소 뜬금없는 고백에 단아는 실소를 터뜨렸다.

"절대 같이 가자고 안 할 건데요?"

"아님 말고."

도현은 어깨를 한 번 으쓱하며 피식 웃었다. 무거웠던 분위기가 순식간에 어이없게 반전되었다.

"나는 대체 뭐에 씌어서 도현 씨 쫓아다녔을까요?"

"그때 한단아는 뭐에 씐 게 아니라 지극히 정상이었지. 나 같은 마성의 매력을 가진 남자를 어떻게 안 좋아해? 지금이 뭐가 씌어도 단단히 씌었지."

단아는 혀를 내두르며 눈동자를 한 바퀴 굴렸다.

"생각 잘 해 보고, 조심해서 가."

뒤돌아서 성큼성큼 앞서가는 도현의 뒷모습을 바라보며 단아는 한숨을 한 번 내쉬었다.

"집에는 뭐라고 하고 나왔어?"

"팀플한다고요."

"그랬더니 뭐라셔?"

"그 팀플은 강준이랑 하냐고요."

단아는 키득키득 웃으며 강이 건넨 따뜻한 아메리카노를 홀짝였다.

"그래서?"

"아니라고 펄쩍 뛰었죠! 봐요. 그래서 나 학교 갈 때 들고 다니는 백팩에 랩톱까지 들고 나온 거."

"뭐 굳이 이런 걸 들고 왔어. 어머님도 다 아시면서 그냥 넘어가 주신 것 같은데."

"설마요. 우리 엄마가 그럴 리가."

강이 진작부터 장모님이라고 부르고 있는 걸 단아는 아직도 모르는 눈치였다.

"자, 이제 달려 볼까?"

강은 고개를 비스듬히 기울이며 빙긋이 웃었다. 단아는 함빡 웃음을 지으며 고개를 세차게 끄덕였다.

뻥 뚫린 도로를 시원하게 내달리고, 조수석 차창을 내리고 손을 내밀어 보면, 겨울 내음 물씬 풍기는 바람이 손가락 사이사이를 스치고, '그만 달아, 그러다 감기 걸려.' 하는 매혹적인 중저음의 핀잔이 들려올 줄로만 알았다.

그럴 줄로만 알았다. 그런데 서울 시내를 빙빙 돌던 차가 한 호텔 앞에 멈춰 섰다.

"여긴 왜요?"

단아는 '설마!' 하는 표정으로 강을 바라봤다.

"한단아, 운전해 봤어?"

"면허증은 있어요."

"운전 오래해 봤어?"

"아뇨."

고개를 절레절레 휘젓는 단아를 보고 강은 짐짓 심각한 얼굴을 했다.

"운전을 오래하면, 허리가 되게 많이 아파. 그리고 막히거나 할 때는 다리가 막 저릿저릿할 때도 있어. 운전대 계속 붙들고 힘주고 있으면 막 손목도 시큰거리고."

"그래서요?"

단아의 눈초리가 뾰족해지기 시작했다.

"잘 생각해 봐."

"대체 뭘요?"

이제 단아는 반쯤 접어 뜬 게슴츠레한 눈으로 강을 쏘아보았다.

"무슨 꿍꿍이예요, 대체! 밤새 달려서 두둥 떠오른 둥근 해 보는 게 내 소원이라니까요!"

"밤새 운전하느라 내 허리가 아프고, 내 다리가 아프고, 내 손목이 아프면…… 우리 둘 중 누가 더 손해일까?"

진지한 얼굴로 하는 말이 야릇하게 들리는 건 기분 탓일까.

"내가 손해라고 하는 거예요, 지금?"

강은 얄밉도록 잘생긴 얼굴로 시무룩한 표정을 지으며 어깨를 한 번 으쓱거렸다.

"굳이 도로 위를 밤새 달릴 필요 있나?"

그는 대뜸 조수석 쪽으로 몸을 기울이고 단아의 귓가에 슬며시 속삭였다.

"침대 위에서의 행위는 전력 질주 한 것과 칼로리 소모가 비슷하다지, 아마?"

"어우, 정말. 그런 생각만 하나 봐! 해 보고 싶다고요, 나는."

"그래, 나도 해 보고 싶어. 많이."

"의미가 다르잖아요!"

"가슴 벅차오르는 감동이 있다는 점에서는 같지."

"아아, 정말."

못 당하겠다. 연애 코치 시절에도 서늘한 목소리로 온갖 독설을 퍼붓던 그였다. 그런데 연애 중인 지금은 매혹적인 얼굴로 사람을 들었다 놨다 하고 있었다.

뭐 어쩌겠나. 답삭 들려 파닥파닥거리다가, 못 이기는 척 넘어가 주는 수밖에.

호텔 방문이 열리자, 단아는 탄성을 자아냈다.

"이게, 또, 다."

"한단아 나랑 연애하기 전에 꽃에 한 맺힌 여자처럼 꽃 사 달라고 졸랐잖아."

방 안 곳곳에 장미가 한 아름씩 꽂힌 화병이, 침대 헤드보드 위에는 커다란 장미 리스가, 침대 위에는 붉은 장미 꽃잎이 하트 모양으로 흩뿌려져 있었다.

"근데 왜 맨날 장미예요?"

"장미는 실패하는 법이 없다고 태희가 그러더라. 이런 건 전문가의 의견을 따라야지. 여기 태희 숍 있는 호텔이야."

"태희 씨는 무슨 죄예요?"

"죄는 무슨? 걔는 그게 지 하는 일인데. 그리고 내가 얼마나 많이 팔아 주는데?"

"앞으로는 장미꽃 한 다발만 사요."

"한단아, 벌써부터 가계부 관리 들어가는 거야?"

강은 단아를 내려다보며 빙긋이 웃었다. 좋아 죽겠다는 얼굴로 앞으로는 장미꽃 한 다발만 사라는 말을 하면, 다음엔 정말 그래야 하는지, 아니면 지금처럼 해야 하는 건지. 강은 얼른 고개를 내려 그녀의 달콤한 입술을 머금었다.

쫀득쫀득 말캉말캉한 젤리 같은 느낌. 아무리 입에 물고 빨아도 사라지지 않는 자신만의 분홍색 젤리. 슬쩍 입술을 떼어 낸 강은 나지막한 목소리로 읊조렸다.

"핑크 젤리."

"음?"

농염한 눈빛으로 올려다보던 그녀는 무슨 뜻이냐는 듯 눈썹을 들썩였다. 그리고 키스에 젖은 입술이 요염하게 달싹거렸다. 눈치는 챈 듯했지만, 알은체하기 부끄러운지 그녀는 눈동자를 굴리며 읊조렸다.

"대체 뭐라는 거래."

강은 샐쭉거리는 젤리 덩어리를 다시 한 번 머금었다. 손발이 오그라들도록 닭살스러운 말을 사랑스러워 미치겠다는 눈빛으로 아무렇지 않게 내뱉은 강 때문에 단아는 십이지장까지 간질간질한 기분이었다.

"흐음."

손목 아프면 누구 손해냐고 물었던 그의 말마따나, 커다란 손이 뒤통수를 한 번 쓸어내려 가더니 단아의 허리를 바짝 끌어당겨 안았다.

그래, 손해야. 내가 손해지.

단아는 뒤늦게 대꾸하듯 손을 올려 강의 목을 감싸 안았다. 단단한 가슴에 부드럽고 말캉한 어체가 딱 달라붙었다. 부스럭거리는 소리와 함께 두 사람의 코트가 바닥으로 무너져 내렸다.

"하아…… 하아……."

입술이 떨어지자 단아는 다음 키스에 대비하듯 격하게 숨을 내쉬었다. 단아는 몽롱한 눈빛으로 강의 입술 끝을 바라보았다. 강은 아랫입술을 지그시 깨무는 그녀의 목덜미에 자잘하게 입을 맞추었다.

숨소리가 점점 차오르기 시작했다. 목덜미를 스치는 감질나는 입맞춤에 발끝이 오그라들었다. 부드러운 그의 머리카락 사이사이로 손가락을 집어넣은 순간, 두 발이 허공으로 떠올랐다.

단아를 번쩍 안아 든 강은 성큼성큼 걸음을 옮겨 욕실로 향했다.

"왜, 왜요?"

아무리 일심불란하여 혼연일체하였다고 한들, 지금 같이 씻자는 거예요?

욕실에 들어선 강은 타일 바닥 위로 깔린 푹신한 아이보리색 러그 위에 그녀를 내려 주었다.

"여기서 혼자 씻으면 되게 청승맞을 것 같지 않아?"

완벽한 동그라미 모양을 하고 있는 욕조 주변으로 높낮이가 다양하고 크기도 각기 다른 초가 뜨겁게 타오르며 촘촘하게 줄지어 있었다. 두 사람이 드러눕고도 남을 크기의 욕조 안에는 생크림 같은 거품이 가득했고, 그 위로 장미 꽃잎이 흩뿌려져 있었다. 그리고 조도를 낮춘 욕실 안에는 매혹적인 장미 향과 함께 스무스 재즈 선율이 흐르고 있었다.

붉은색 와인이 찰랑이는 크리스털 와인 잔 안에 갇힌 기분.

분위기에 취해 몽롱해지는 것만 같았다. 차오른 숨을 고르며 가만히 서 있는 단아의 뒤에 선 강은 그녀를 살포시 끌어안았다. 그리고 그의 커다란 손은 단아의 블라우스 단추를 하나씩 풀어 내려가기 시작했다.

아스라이 드러나는 살갗에서 욕실의 습기가 느껴졌다. 끈적끈적 공기마저도 분위기를 고조시키는 듯했다. 단아는 붙박인 듯 그 자리에 서 있었다. 감히 움직일 수 없는 에로틱한 분위기에 파르르 떨리는 주먹을 꼭 움켜쥘 뿐.

블라우스가 바닥으로 떨어지고 강의 입술이 단아의 어깨 위에 내려앉았다. 움푹 팬 등줄기를 타고 그의 입술이 내려갈수록 단아의 심박동 수는 치솟아 올랐다.

"아아……."

야릇한 교성이 터져 나옴과 동시에 블랙 테일러드 크롭 팬츠가 바닥으로 떨어졌다. 몸을 일으켜 세운 강은 다시금 단아를 번쩍 안아 들었다. 아래위로 하얀색 레이스 속옷만 걸친 매혹적인 모습의 그녀를, 강은 욕조에 풍덩 빠뜨렸다.

"어푸!"

거품 범벅이 되어 작은 손으로 얼굴을 쓸어내리는 단아를 내려다보며 강은 웃음을 터뜨렸다.

"이러는 법이 어디 있어요? 갑자기!"

빽 하고 소리를 지른 단아는 겨우 얼굴에 묻은 간지러운 거품을 걷어 낸 뒤, 욕조 밖에 서 있는 강을 바라보았다.

허리까지도 차지 않는 거품 욕조에 빠져 허우적대는 동안 양복 입은 신사는 태초의 신비를 간직한 남신의 모습을 하고 있었다. 강은 얕은 숨을 몰아쉬는 단아를 응시하며 욕조 안으로 들어섰다. 하얀 거품이 내려앉은 뽀얀 살결과 물에 젖어 아스라이 비치는 하얀색 레이스는 숨이 턱 막히도록 자극적이었다.

강은 커다란 손으로 거품이 내려앉은 작은 어깨를 한 번 쓸어내렸다. 아스라한 조명으로 물에 젖은 어깨가 반짝거렸다. 어깨 위에 또다시 강의 입술이 내려앉았다.

끝내 손끝이 물에 불어서 쪼글쪼글해지도록 두 사람은 욕실 밖으로 나오지 못했다.

가슴을 간질이는 숨결에 눈이 뜨였다. 강은 자신의 가슴을 베고 어린아이처럼 소록소록 사고 있는 단아를 바라보았다.

몇 번이나 했더라.

세상이 끝나 가기라도 하는 것처럼, 마치 둘에게 주어진 마지막 날인 양, 두 사람은 서로에게 매달렸다.

"으음."

천천히 몸을 일으키려는데 잠투정하는 소리가 들려왔다. 그런데 바르작거리며 잠투정을 하는 귀여운 소리에도 몸이 동하고 말았다.

"미치겠네, 정말."

강은 단아의 이마에 쪽 입을 맞췄다.

"한단아, 일어나. 해 보기로 했잖아, 아침에."

"벌써 떴어요?"

"아니, 아직."

"지금 몇 시예요?"

"6시."

"더 잘래. 우리 4시에 잠들지 않았어요?"

"일어나, 아침에 해 봐야지."

강은 단단한 허벅지로 그녀의 다리 사이를 파고들었다. 단아는 슬며시 눈을 뜨고 강을 바라보았다. 다리 아프고, 허리 아프면 내 손해라더니.

인상을 찌푸리던 그녀는 이내 손을 뻗어 강의 목을 끌어안았다.

크게 손해 볼 뻔한 거 맞네.

아침 햇살에 오렌지빛으로 반짝이는 한강을 내려다보며, 하얀 배스 가운을 걸친 채로 두 사람은 룸서비스로 올라온 아침 식사를 했다.

"이제 뭐 해요? 아직 8시밖에 안 됐는데."

크루아상을 우물거리며 묻는 단아의 볼에 강은 귀엽다는 듯 입을 쪽 맞췄다.

"밤새도록 달려서 해 보는 게 한단아 소원 아니었어?"

"어우, 진짜. 사람이 어떻게 이렇게 변해요? 얼음덩어리 같던 사람이."

"너 때문이야, 한단아."

"맨날 내 탓이라더라?"

강은 입술을 삐죽 내미는 단아의 허리를 끌어당겨 앉았다.

"네가 나 녹였잖아."

손발이 오그라드는 말도 이렇게 들으면 미치도록 로맨틱한 거구나.

입술을 쭉 내밀고 입을 맞추려는 순간, 크루아상 사이에 있던 소스가 범벅된 햄이 단아의 허벅지 위로 떨어졌다.

"으으, 저 이것 좀 씻어 내고 올게요."

"굳이 뭘 씻으러 가?"

강은 혀로 윗입술을 핥으며 단아에게 야릇한 시선을 보냈다.

"씻을 거야!"

단아는 장난스럽게 얼굴을 구기고는 욕실로 향했다. 새벽 내내 교성을 터뜨리며 매달려 놓고, 새치름하게 발걸음을 옮기는 단아를 강은 한 번 봐준다는 눈빛으로 바라봤다.

"강준 씨, 나 가방에서 하늘색 구름 모양 파우치 좀 갖다 줘요."

"하늘색 구름 모양 파우치? 갖다 드려야죠, 누구 분부신데."

자리에서 벌떡 일어난 강은 단아의 백팩 지퍼를 열고 안쪽에 자리한 구름 모양 파우치를 꺼내 들었다. 그런데 파우치와 함께 A4용지 한 장이 딸려 나왔다.

바닥으로 떨어진 종이를 집어 든 강의 얼굴색이 돌연 어두워졌다.

"파우치 찾았어요?"

"찾았어. 가, 지금."

강은 빠끔히 열린 문 사이로 내민 그녀의 손 위에 파우치를 쥐여 주었다. 욕실에서 단아가 나오기까지 강은 우두커니 그 자리에 서서 기다렸다.

"앗! 깜짝이야, 왜 문 앞에 서 있고 그래요?"

그냥 지나쳐 가려는 그녀를 강이 붙잡았다.

"이건 뭐야?"

강은 손에 들고 있던 A4용지를 내밀었다. 고민의 흔적이 오롯이 묻어나는 종이. 종이를 받아 든 단아의 얼굴에 당황스러운 기색이 어렸다.

"한단아."

"……"

"이게 뭐냐고."

아직 생각을 정리하지 못한 단아였다. 당황스러운 나머지 대답이 이상한 방향으로 튀어 나갔다.

"이건…… 왜 봤어요?"

의도치 않게 말투가 고까웠다.

"파우치 꺼내다가 딸려 나와서 봤어. 이게 뭐냐고, 대체."

단아는 한숨 쉬듯 대꾸했다.

"신경 쓰지 마요. 아무것도 아니에요."

"인쇄 면에 네 글씨가 빼곡한 거 보면, 이면지는 아닌 것 같고. 추천서를 회신해야 한다는 날짜가 아직 남아 있는 걸 보면, 과거의 일도 아닐 거고. 어떻게 신경을 안 쓰지?"

강의 얼굴에 얼마간의 노기가 어렸다.

"얼마 전에 교수님이 추천해 주신 자린데, 거절할 생각이었어요. 그러니까 신경 쓰지 말라고 한 거죠!"

욕실에 들어가기 전까지는 생글생글 미소 가득했던 단아의 얼굴도 딱딱하게 굳어 있었다.

"한단아."

"왜요?"

단아의 목소리에서 짜증이 묻어났다.

"가고 싶은 생각 정말 눈곱만큼도 없어서 그렇게 결정한 거야?"

교수가 추천했다는 자리는 미국의 한 마케팅 회사였다. 빅 데이터의 효율적 마케팅에 관한 한국 회사와의 프로젝트가 진행될 예정인데, 그곳에 한국인 연구원을 구한다는 내용이었다.

결론적으로 미국에서 1년 동안 연구원으로 일해야 하는 것.

강의 질문에 단아는 대답을 망설였다.

"묻잖아! 정말 가고 싶은 생각 없어서 그렇게 결정한 거냐고!"

"가고 싶었어요! 정말 너무너무 가고 싶었어요. 근데, 나 강준 씨한테 프러포즈받은 지 얼마나 됐어요? 우리 서로 부모님께도 인사드리고. 그랬는데, 내가 거길 가면."

단아는 한숨을 몰아쉬며 머리카락을 한 번 쓸어 넘겼다.

"그거 꼭 내가 네 앞 길 막고 있다는 소리처럼 들린다?"

"어떻게 그런 말을 해요? 내가 지금 강준 씨 때문에 안 간다고 했어요?"

"네가 한 말이나, 그 말이나! 같은 거 아냐?"

"어떻게 같아요? 우선순위를 따지자면 강준 씨가 먼저라는 거예요, 나한 테는 지금!"

강의 얼굴이 더 무섭게 굳었다.

"내가 했던 말은 귓등으로도 안 들었나, 한단아?"

단아는 억울하단 얼굴로 한숨을 토해 냈다.

"뭐라고요?"

"내가 했던 말은 그냥 흘려들은 거야?"

"대체 뭘요! 무슨 말을 흘려들었는데요, 내가?"

강은 마른세수를 하며 한숨을 한 번 몰아쉬었다. 감정이 격해지고 나니 쉽게 나올 말도 나오질 않았다.

"오늘은 그만 얘기해요."

단아는 갈아입을 옷을 들고 욕실 안으로 들어가 버렸다.

「큰 세상 속에 있는 나. 거기에서 오는 인지 부조화랄까요.」

석사 학위 취득을 앞둔 그녀는 고민이 많아 보였었다. 그 고민이 인생의 중요한 결정이든, 하루를 마치고 터져 나오는 소소한 투정이든 전부 자신과 함께할 거라 여겼던 강이었다.

「내가 옆에서 고민하는 한단아 지켜 줄게. 걱정 말고, 맘껏 방황해.」

빈말이 아니었다. 고민의 흔적이 엿보이는 추천 안내서를 읽은 순간 그녀 의 심정을 먼저 헤아렸어야 했는데, 서운함이 앞서갔다. 멀리 떨어져 있어야 한다는 사실에 관한 것이 아니었다.

강이 수심에 빠져 있는 동안, 단아가 욕실 문을 벌컥 열고 나왔다. 부산스 레 가방을 챙기는 그녀는 테이블 위에 올려놓은 추천 안내서로는 눈도 돌리 지 않았다.

"단아야."

단아가 잠시 욕실에 들어갔다 나온 사이 주위가 환기된 탓인지 강의 목소리는 누그러져 있었다. 단아는 가방 지퍼를 올리다 말고 강에게로 시선을 옮겨 갔다.

강은 성큼성큼 그녀가 서 있는 곳으로 다가섰다.

"울었어?"

옷을 갈아입으러 들어간 게 아니라 설움을 감추기 위해 욕실로 향했던 사람처럼 그녀의 눈가가 새빨갰다.

"안 울었어요."

"또 거짓말한다."

"내가 언제 또 거짓말했는데요!"

"사실 내가 그 종이 내밀기 직전까지도 고민하고 있었잖아. 지금 방금 울고 나온 것도 맞고."

아까 으르렁대던 사람이 맞나 싶을 정도로 강은 정돈된 모습이었다. 단아의 입에서 한숨이 저절로 흘러나왔다.

"미안해, 화내서."

"나도 미안해요. 신경질 부려서."

단아를 부드럽게 끌어안은 강은 그녀의 등을 슬며시 쓸어내려 주었다.

"같이 고민해야지. 이런 일을 왜 너 혼자 고민해. 맘껏 방황하라고 했던 말 잊었어?"

강이 서운했던 이유였다. 인생의 반려자로 결정된 이상, 고민을 나눌 상대는 서로가 되어야 맞는 거다.

"그 방황이 어디까지 해도 되는 건지 몰라서요."

"한단아. 나 네가 생각하는 것보다 훨씬 스케일이 큰 남자야."

단아는 강을 빤히 올려다보았다.

"네가 방황할 수 있는 세상은 무지막지하게 넓고."

강은 단아의 이마에 가만히 입을 맞췄다.

"다녀와. 까짓것 1년. 한단아 군대 갔다고 생각하지, 뭐."

"고무신 거꾸로 신으면 나 어쩌라고요?"

"군화 거꾸로 신는 경우도 많다?"

장난스럽게 되물은 강은 부드러운 목소리로 덧붙였다.

"고민하는 한단아 곁에서, 방황하는 한단아 옆에서 내가 꼭 지켜 주겠다고 했던 말 잊었어?"

단아는 가만히 고개를 가로저었다.

"그럼 왜 혼자 고민하고 있었어?"

품속에 있는 그녀가 훌쩍거리기 시작했다.

"가라고 할까 봐……. 가고 싶은데…… 정말 가라고 할까 봐."

강은 웃음 섞인 목소리로 다그쳤다.

"그게 무슨 소리야, 대체."

"가고는 싶은데, 떨어지기는 싫으니까."

"한단아, 완전 욕심쟁이네?"

작은 주먹이 강의 단단한 가슴을 가볍게 내리쳤다.

"우리 처음 싸웠다, 그죠?"

"그러게. 한단아가 이렇게 바락바락 대든 건 또 처음인 것 같네?"

"내가 또 언제 바락바락 대들었어요?"

"한단아, 혹시."

"혹시, 뭐요."

"그 날이야?"

흠칫 놀란 듯 단아의 눈썹이 꿈틀거렸다.

"어, 어떻게 알았어요?"

"찍었어. 파우치 갖다 달라기에. 그리고 엄청 예민하게 굴어서."

"연애 처음 한다는 거 거짓말이죠? 여자에 대해 왜 이렇게 잘 알아요?"

"말은 바로 해. 여자에 대해 잘 아는 게 아니라, 한단아에 대해 잘 아는 거지. 그리고 내 여자 주기 정도는 알고 있어야 하는 게 남자의 도리 아닌가?"

"어우, 음흉해."

"음흉하긴? 바람직한 거지. 스트레스 많았나 보네. 한 사나흘 빨리 시작한 것 같은데?"

세심하게 단아의 얼굴을 살피는 강의 눈빛에는 걱정이 어려 있어서 뭘 그렇게 자세히 묻느냐는 핀잔도 줄 수가 없었다. 그리고 따지고 보면 그의 말처럼 연인 사이에 이런 건 당연히 알아야 하는 건지도.

"별걸 다 알아, 정말."

"아까도 말했잖아. 난 스케일이 큰 남자라고. 그리고 나, 네가 알고 있는 것보다 훨씬 더, 속 깊은 남자다."

안다. 그래서 말 못 했던 거였다. 그렇게 뻑적지근한 프러포즈를 해 놓고도 기다리겠다고 말할 남자라는 것을 알아서.

"나 정말 가도 돼요?"

"여태 내가 한 말은 뭐로 들었어? 다녀와."

"어머님, 아버님께는……."

"걱정 마. 내가 잘 말씀드릴게."

그의 어머니에게서 전화가 걸려 온 긴 금요일 늦은 오후였다.

— 단아 양, 우리 잠깐 볼까요? 강준이한테는 이야기하지 말고.

그가 부모님께 말씀을 드렸다고 한 뒤 며칠이 지나고 나서였다. 그의 어머니를 기다리며 단아는 가만히 커피숍 유리창 밖을 바라보았다. 낙엽이 스산하게 나뒹구는 거리가 괜히 쓸쓸해 보였다.

"일찍 와 있었네요?"

상냥한 목소리에 단아는 얼른 자리에서 벌떡 일어났다.

"오셨어요?"

"그래요, 앉아요. 뭐, 커피 할래요?"

"저는 따뜻한 밀크 티 하겠습니다."

임 여사는 밀크 티 두 잔을 주문한 뒤, 옅은 미소를 지을 뿐이었다. 주문한 밀크 티가 나올 때까지 테이블 위에는 날씨 이야기 같은 일상적인 이야기가 오고 갔다.

밀크 티 두 잔이 나오고 난 뒤에도, 이야기는 진척이 없었다.

"흐음."

임 여사의 낮은 한숨 소리에 단아는 어깨를 움찔 떨었다.

"단아 양."

"네, 어머님."

"나 한번 결정 내린 일에는 질질 끄는 성격이 못 돼요. 돌다리도 두드려 보고 건너라고 중요한 일 결정하기 전에 밤낮으로 두드리는 건 강준이나, 강준이 아버지가 하는 일이고."

말을 마친 임 여사는 테이블 위에 흰 봉투를 하나 올렸다. 그리고는 검지와 중지로 봉투를 짚은 뒤, 단아를 향해 밀어 보였다. 휘둥그레진 단아의 커다란 눈이 임 여사를 한 번, 흰 봉투를 한 번 번갈아 보았다. 입은 벌어졌는데, 말문이 턱 막혀서 목소리가 흘러나오질 않았다.

그러니까, 이게…… 이 봉투를 지한테 왜…….

"부담 갖지 말고 받아요."

단아는 빠르게 눈을 깜빡거렸다.

"어머니, 저 이거 못 받아요."

울먹이는 목소리가 겨우 흘러나왔다.

"죄송해요. 죄송한데 저 이거 못 받겠어요. 아니, 제 손에 기어코 쥐여 주시겠다면요, 저 이걸로 강준 씨랑 맛있는 거 사 먹고요, 좋은 데 구경 가고요, 데이트 비용으로 다 써 버릴 거예요. 저 그럴 거예요. 절대 못 헤어져요, 어머니!"

임 여사는 터져 나오려는 웃음을 참으려 입 안쪽 말캉한 살을 슬쩍 깨물었다. 그런데 이미 흰 봉투에 정신이 팔린 단아는 그 모습을 전혀 알아차리지 못하고 눈물을 글썽거렸다.

"딱 1년이에요. 결혼 서두르길 바라셨다는 거 잘 알아요. 그렇지만 기다려 주세요. 더 나은 모습으로 돌아올게요. 저 강준 씨 없으면 정말 안 돼요."

애절한 단아의 고백에 임 여사는 '크흡.' 하고 웃음을 터뜨렸다.

"단아 양, 아침 드라마를 너무 많이 봤나 봐."

"네?"

울상을 한 단아는 또다시 흰 봉투 한 번, 임 여사의 얼굴 한 번, 번갈아 보았다.

"이거 단아 양에 대한 내 투자예요. 외국 가서 생활하려면 여비가 필요할 텐데, 거기에 보태요. 내 아들에 대한 절절한 고백은 잘 들었는데…… 마음 고쳐먹어야 할 것 같네?"

"네에?"

잠시 가라앉았던 단아의 얼굴이 다시 달싹거리기 시작했다.

"단아 양, 본인 길 찾기 위해서 떠나는 거 맞죠?"

단아는 가만히 고개를 끄덕거렸다.

"근데 강준이 없으면 안 될 것 같다느니 하는 말은 단아 양 같은 재원한테 어울리지 않아요. 강준이가 아니어도 홀로 설 수 있는 온전한 모습일 때, 단아 양은 비로소 우리 강준이 바로 볼 수 있을 거예요. 그리고 이건 내가 단아 양한테 주는 뇌물이나 다름없어요."

"뇌……물이요?"

"내가 결혼해서 강준이를 낳았을 때 우리는 한 울타리 안에 사는 가족이었어요. 그런데 강준이가 단아 양과 결혼하고 나면, 강준이는 단아 양과 가족을 이루고 다른 울타리 안에 살게 돼요. 시모인 내가 그 울타리 안에 함부로 들어가려고 하면 안 되겠죠? 그건 가택 침입이니까. 그건 강준이나 단아 양도 마찬가지예요. 두 사람 결혼하고 나면 몸이든, 마음이든, 물질이든…… 그 어떤 것이든 그 울타리 안에서 해결해야 하는 거예요. 근데 살아가면서 한 번쯤 우리가 강준이한테 기대고 싶을 때, 강준이가 우리 울타리가 그리울 때, 딱 한 번만 넘게 해 달라는 뜻의 뇌물."

단아는 가만히 임 여사가 하는 말을 듣기만 했다.

"반려자라는 게, 그 사람에게 무슨 일이 생기든 내가 함께하겠다는 의지가 있어야 하는 자리인데, 단아 양 혼자 고민 많았다면서요?"

"……네."

"강준이가 겉으론 딱딱해 보여도, 속 깊은 애예요. 앞으로 강준이도 모든 고민은 단아 양과 나눠야 하고…… 단아 양도 고민은 강준이와 나누도록 해요. 두 사람 인생이 달린 고민을 혼자 싸매고 있거나, 다른 이에게 털어놓고 위안받으려고 하면 안 된다는 뜻이에요. 그 위안의 대상이 서로가 되어야 한다는 거, 잘 알죠?"

"……네."

"그리고 우리가 결혼을 서두른 건 강준이 놈이 평생 혼자 살 것처럼 굴어서, 부모 된 입장에서 잔소리 좀 한 거지."

임 여사는 해사한 미소를 지으며 단아를 바라봤다.

"그럼, 감사히 받겠습니다."

"열심히 경험 쌓고 와서 나중에 우리 한복 연구소에도 무슨 일 생기면 와서 좀 도와줘요?"

"네."

그제야 단아의 얼굴에 미소가 떠올랐다.

"마크 트웨인 알아요?"

"톰 소여의 모험 쓴 미국 소설가요?"

"그래요. 마크 트웨인이 그런 말을 했어요. 20년 후에 당신은 했던 일보다 하지 않았던 일을 후회하게 될 것이다. 좋은 기회 놓치고 평생 우리 강준이 원망하면서 살지 말고, 1년이라고는 하지만 일이 좀 길어지더라도 괘념치 말고, 무사히 마치고 돌아와요. 두 사람 아직 창창하잖아요?"

외골수인 아들의 성격상 단아를 절대 놓칠 리 없다는 것을 임 여사는 알았다. 그리고 겉으론 유해 보여도 속은 꽉 찬 단아가 변심할 리 없다는 것도.

"이만하면 나 꽤 좋은 예비 시모 역할 한 것 같은데? 나 너무 말이 많았나? 꼰대처럼 보이지는 않았어요?"

"전혀요. 좋은 말씀 감사합니다."

그 시각 단아가 임 여사를 만나고 있는 동안, 강은 단아의 어머니인 이해라 여사를 마주하고 있었다.

"여자애가 혼자 어딜 가겠다고 하는 건지, 대체. 석사도 장학금에 아르바이트에 지가 다 알아서 해 놓고, 어학연수 가서도 한국인 집에서 시터로 일하면서 집에 손 한 번 안 벌렸으면서. 집에 무슨 부담을 줬다고, 이역만리 타국 땅에 가서 일을 한다고 해."

"장모님."

"그래, 최 서방이 좀 말려."

"저는 나중에 장모님 손녀딸이 태어나면요, 할 수 있는 모든 일을 다 해 보라고 할 겁니다. 여자라서 혼자 가지 못할 곳은 없습니다. 여자라서 혼자 하지 못할 일도 없고요. 지금 단아는 제 응원보다, 어머님 응원이 더 간절할 겁니다."

이 여사는 울컥해서 눈물을 억누르며 대꾸했다.

"아들이 귀한 집이라, 어렸을 때 단아가 설움이 많았어. 단아 친할머니 살아 계실 때 단아는 집에서 입도 뻥끗 못 하는 애였고, 단정이만 그저 오냐 오냐. 어미인 내가 보기에 가슴이 미어지는 일이 한두 개가 아니었지. 하루는 우리 단아 안고 다니지도 않는 교회 마당에 숨어서 엉엉 운 적도 있다니까. 어휴……. 근데 내가 우리 단아한테 돌아가신 양반이랑 똑같은 소릴 했네."

"장모님, 걱정하시는 거 단아도 잘 알아요. 그렇지만 단아 잘하고 올 겁니다."

"고마워, 최 서방."

"아닙니다, 장모님."

❖

그렇게 출국일이 다가왔다. 공항의 분위기는 어수선했다.

떠나는 사람, 돌아온 사람, 아쉬운 사람, 반가운 사람.

떠나는 단아를 배웅하러 나온 이들은 단아의 부모님과 강이 전부였다.

"도착하자마자 전화해. 그리고 밤에는 되도록 돌아다니지 말고, 끼니 거르지 말고. 영상 통화 어떻게 하는 거였더라? 단정이도 이거 할 줄 아니?"

이 여사의 질문이 우다다다 쏟아져 나왔다.

"어, 단정이도 할 줄 알아."

"어휴, 그놈 새끼는 뭐 알려 달라고만 하면 짜증을 내서."

"제가 알려 드릴게요, 장모님."

"그래, 그래. 최 서방만 믿을게. 단아야, 최 서방한테도 전화 자주 하고. 알았지?"

"어우, 걱정 마. 엄마. 당연히 자주 하지."

대화는 나누고 있지만, 서로 눈을 바라보지는 않았다. 겨우 1년인데, 자꾸만 눈물이 앞을 가리려고 발버둥 쳐서.

"이제 나 들어가야겠다. 강준 씨 태워다 줘서 고마워요. 들어가요."

"그래. 조심히 가고. 도착하면 전화해."

"엄마, 아빠. 저 다녀올게요."

1년 동안 못 볼 얼굴이었다. 화상 통화는 할 테지만 단아 부모가 미국으로 가지 않는 이상, 그 안에 단아가 한국으로 나오는 일도 없을 터였다.

"그래, 몸조심하고. 얼른 가."

무거운 짐은 이미 탑승 수속을 밟으며 부쳤고, 기내 반입용 캐리어와 랩톱 백팩 등에 멘 단아는 아쉬운 발걸음을 돌려 걷기 시작했다. 다시 뒤돌아보면 엉엉 울어 버릴 것 같았다.

좋은 경험 쌓자고 가는 일이지만, 사랑하는 이들과 떨어져 지내야 한다는 건 마음이 아프니까. 공부를 핑계로 도서관에서 수일 밤을 새웠던 적도 많았고, 어학연수차 영국에 잠시 나갔다 온 적도 있었지만. 딸이 결혼해서 알콩달콩 살 거라 했던 부모님의 기대감을 유예시키고, 프러포즈한 남자를 두고 가는 발걸음은 무겁기만 했다.

"한단아!"

등 뒤에서 내내 평정을 유지하던 그의 다급한 목소리가 들려왔다.

그가 달려오는 구둣발 소리가 가까워 온다 싶은 순간, 어깨가 홱 돌아갔다.

와락, 강은 으스러지도록 단아를 품에 꽉 끌어안았다.

"강준 씨."

대답 대신 그의 입술이 다가왔다. 강이 성큼성큼 달려가는 것을 본 창호는 얼른 이 여사의 손을 잡고 뒤돌아서서 걷기 시작했다.

"아, 왜요? 단아 들어가는 건 봐야지."

"이 사람이 왜 이렇게 눈치가 없어? 최 서방이 우리 단아랑 잡기놀이라도 하려고 달려간 줄 알아?"

이 여사는 남편 손에 끌려가며 슬그머니 뒤를 돌아보았지만, 듬직한 등에 가려져 딸의 모습은 더 이상 보이지 않았다.

강은 할 수만 있다면 그녀의 모든 것을 빨아들여 버리겠다는 기세로 키스를 퍼부었다.

부모님이 보고 계실 텐데, 사람이 이렇게나 많은 공항에서······.

그런 생각을 하던 단아도 어느새 강의 등허리를 꼭 끌어안은 채로 그에게 매달렸다. 진한 키스 끝에 자잘한 입맞춤이 아쉬운 만큼이나 오래도록 계속되었다.

"단아야."

"응."

"절대 그럴 일 없겠지만, 내가 네 전화 못 받는 일 생겨도 서운해하지 말고. 나도 네가 연락 한 번 안 된다고 불안해하지 않을 테니까."

단아는 고개를 끄덕거렸다.

"떨어져 있으면 사소한 서운함과 작은 오해가 힘든 법이야. 알지? 나 믿지?"

"응……. 강준 씨도 나 믿죠?"

"그럼. 믿지, 우리 단아."

커다란 손이 단아의 뒷머리를 자상하게 쓰다듬었다.

"이제 들어가자."

길게 늘어선 출국장 게이트 줄에서는 같이 서 있다가, 낮은 펜스가 있는 곳에서는 손을 붙잡고 서 있다가. 결국 유리 벽 안으로 들어오고 나서야 두 사람은 서로의 모습을 더 이상 바라볼 수 없게 되었다.

"단아 씨, 잘 갔어?"

월요일 아침, 강의 표정은 평소와 같았다.

"잘 갔어." ,

일요일이었던 어제 오후 단아는 미국으로 떠났고, 그 바람에 혹시나 강이 또 예전처럼 비교할 수 없을 정도로 차가운 남자가 되어서 출근하는 건 아닌가 노심초사했던 제이슨이었다.

"의외로 담담하네. 걱정 안 돼?"

"내가 걱정하는 건 딱 하나야."

"그 딱 하나가 뭔데?"

강은 집무실 의자에서 일어나 제이슨을 등지고 서서 창문 너머를 바라보았다.

"한단아가 돌아왔을 때, 내가 그 여자 눈에 여전히 만족스런 남자일지."

뭐래? 자존심 빼면 시체인 천하의 최강이 하는 말을 제이슨은 전혀 못 알아듣겠다는 듯이 되물었다.

"뭔 말이래?"

"아주 짧은 시간 동안 한단아는 눈부시게 성장했으니까, 나와 떨어져서 그곳에 있는 동안 분명히 더 성장해서 올 여자인데. 1년 후 단아가 돌아왔을 때 내가 그 여자 눈에 더 이상 차지 않으면 어쩌지?"

"잡았다 놓아준 물고기가 고래상어가 되어 나타날까 봐 걱정인 거야, 지금?"

"비유가 좀 그렇다? 잡았다 놓은 물고기라니. 암튼 그래서 말인데. 제이슨."

다정하게 부르는 목소리에 제이슨은 오금이 저려 왔다. 꼭 무슨 사고 치기 전에 최강은 저렇게 다정해지니까.

"왜? 뭐? 알지? 나 이제 그런 다정함에는 안 통하는 거?"

"우리 최강×탐미도 대박 치고 있고, 이도현 덕분에 투자도 활발하고."

"그래서?"

"최강의 집."

"뭐어?"

제이슨은 못 알아듣겠단 얼굴로 되물었다.

"침구, 카펫, 러그, 쿠션 등의 홈 패브릭 아이템부터, 배스 타월, 배스 로브 같은 욕실 아이템 그리고 조명, 아트워크, 방향제에 이르는 데코 아이템, 식탁 위에 놓이는 식기류를 아우르는 다이닝 아이템까지."

"저기 최 대표 지금 미쳤니? 단아 양 어제 출국했어. 혹시 뭐 신접살림 준비를 1년 동안 혼자 하겠다는 건 아니지?"

강은 빙그레 미소를 머금으며 돌아섰다.

"만들어 보자고, 그런 브랜드."

남성복만 들입다 파던 남자가 갑자기 엄청나게 스케일이 커져 버렸다. 한단아가 별 따다 달라고 하면 우주선도 만들 기세다.

"진심이야?"

"최소한 한단아 돌아왔을 때, 나도 이만큼 해 놨다 하고 자랑할 거리는 있어야지?"

"말은 바로 해. 본인 취향대로 한단아랑 같이 살 신혼 집 꾸미고 싶은데, 성에 차는 게 없어서 직접 만드는 건 아니고?"

"뭐, 아니라고는 못 하겠고."

❖

"다나, 한국 드라마는 왜 남자 주인공이 다 재벌이야? 한국 재벌 많지 않잖아? 그리고 재벌 중에 그렇게 어리고 젊은 남자가 어디 있어?"

한국에서 인턴으로 일할 때는 시계처럼 일하다가 미국 회사 중에서도 분위기가 자유분방한 편에 속한다는 이 마케팅 회사에 적응하는 게 쉽지만은 않았다. 정해진 점심시간이 있는 것도 아니고, 출퇴근 시간이 한국처럼 9 to 6로 명확한 것도 아니었다. 그런데 회사에 적응해서 이제 '혼자서도 잘해요!'에 익숙해질 무렵 복병이 나타났다.

"저기, 제이슨. 나 이서 해야 하는데요."

하필 이름도 제이슨인 이 남자는 한국 드라마를 통해 한국어를 배웠다고 했다. 단아가 한국에서 왔다는 소식을 듣고, 두 달의 휴가 중 한 달만 사용하고 회사로 복귀했다고.

"아니지. 제이슨이 아니라. 실장님."

"여기 실장이 어딨어요?"

"있잖아. 여기, 나. 나는 다나 팀 매니저고, 다나는 내 직원이야. 시키는 대로 해야지!"

난 선생이고, 넌 학생이야. 눈물 흘리며 매질하던 김하늘의 고운 얼굴이 떠올랐다.

"네, 실장님."

"아니지, 발음이 틀렸어. 네, 실땅님! 해야지."

"그 실땅님은 10년 넘게 우려먹었으면 그만할 때도 됐죠. 실땅님 사골곰탕 되시겠어요."

"그거 10년이나 된 드라마야? 난 얼마 전에 봤쉬!"

한국 드라마와 영화에 미친 이 남자는 호들갑을 떨다 말고 정색하더니 눈을 부라렸다.

"한단아. 나랑 밥 먹을래, 나랑 살래? 밥 먹을래, 아님 나랑 소 잡으러 갈래!"

감히 우리 소간지가 능욕당하는 꼴은 내가 못 보겠다. 그리고 헷갈리니까 앞으로 미국 제이슨은 제이슨 실장이라고 부르기로 하자.

"밥 먹죠. 밥. 어우, 진짜."

급기야 단아가 자리에서 벌떡 일어났다.

"일어났네요, 단아 씨. 이 어려운 걸 내가 자꾸 해냅니다. 가죠, 돈은 각자 내는 걸로."

그만하라고 화도 내 보고, 빌어도 보고, 애원도 해 보았지만 소용없었다.

"제발요. 한국 드라마 대사 드립 좀 자제해 주시면 안 될까요?"

"감히 드립이라니! 이건 한국 드라마에 대한 내 사랑이 담긴 오마주야! 날이 좋아서, 좋지 않아서, 나는 한국 드라마를 본다."

오마주라는 거창한 이름을 빌린 제이슨 실장의 한국 대사 드립은 이후로도 계속되었다.

"근데 있잖아. 단아 씨. 단아 씨도 출생의 비밀 같은 거 있어?"

연어 샌드위치가 목에 탁 걸리고 말았다.

"천천히 먹어. 누구 안 쫓아와."

"없어요. 그런 거. 출생의 비밀은 무슨."

"아니, 한국 드라마 주인공들 보면 출생의 비밀 하나씩은 꼭 가지고 있잖아."

"드라마잖아요."

"그리고 왜 드라마 여주 주변 남자들은 다 그렇게 잘생겼어? 왜 막 설정이, 그런 남자들이 연애 한 번도 안 해 본 고자 같은 설정이야? 정말 한국 남자들은 연애 한 번 하고 결혼해?"

"그런 남자가 세상에 어디 있어요?"

사실 있다. 최강 같은 남자. 미치도록 보고 싶은 내 남자.

미국 캘리포니아주, 멘로파크로 건너온 지 벌써 4개월. 죽도록 외로운 향수병에 끙끙 앓다가 한국행 비행기 티켓 발권 직전까지도 갔었고, 한국마트 사장 아줌마랑은 절친이 되었으며, 이제 깍두기도 담가 먹는 경지에 이르렀다.

수년 전, 어학연수로 갔던 영국 요크시는 그 당시 해리포터에 미쳐 있었던 덕분이었는지 모험과 신비가 가득한 세상처럼 보였는데. 학생과 직장인의 차이일까? 세상에서 공부가 제일 쉬웠다는 말을 절감하고 있는 단아였다. 이역만리 타국 땅에 와서 하는 직장 생활이 녹록치만은 않았다.

"그럼 단아 씨는 여주 같은 라이프였어, 여조 같은 라이프였어? 아니 그리고 여자주인공은 왜 잘 때도 화장하고 자? 처음 시작할 때는 뚱뚱하고 못생겼다가, 왜 다 예뻐져? 돈 없다는 가정부 딸이 왜 명품 가방 메고 나와!"

"왜 그럼 미국은 유전자 이상 종족이 그렇게 많아요? 거미 인간에 초록색 괴물에! 그리고 외계 생명체가 있는지 없는지도 모르는데, 왜 미국은 맨날 지구 연합군 만들어서 외계인이랑 싸워요? 그리고 지구를 구하는 건 왜 항상 미국 대통령인데요!"

"그건 판타지니까."

"한국 드라마도 판타지예요. 세상에 그렇게 멋진 재벌 2세, 3세는 없고요! 오히려 재벌 세습으로 빈부 격차가 심해지고, 더 이상은 개천에서 용 나는 일도 어려운, 눈에 보이지 않는 계급이 생겨 버린 사회란 말입니다."

"아, 결국 한국 드라마도 판타지 장르였구나."

단아는 기가 쏙 빠지는 기분이었다.

"한국 관련 일 하시면, 드라마만 보지 마시고 시사 뉴스도 좀 챙겨 보세요."

아주 나중에야 알았다. 제이슨 실장은 한국 대학에서 학사 과정을 마치고 미국에서 사회학 박사 학위를 딴 인물이라는 것을. 그리고 한국에서 외로운 객지 생활을 했을 때, 자신을 도와주었던 한국인 생각에 단아에게 신경 쓰기 시작했다는 것을 말이다.

"아울렛 세일 들어갔어. 갈래?"

"실땅님이 가자면 가야죠."

금요일 오후 퇴근길, 단아는 아울렛으로 향하기 위해 제이슨 실장의 차에 올라탔다.

깜짝 놀라게 해 줄 생각이었다. 그녀가 놀라는 모습을 떠올릴 때마다 미친 사람처럼 웃음이 터져 나왔다. 그런데 그녀의 회사 주차장에서 마주한 두 사람의 모습에 세상이 뒤집어지는 기분이었다. 공항에서 빌린 렌터카 운전석에 앉은 강은 단아가 올라탄 차의 뒤를 은밀히 뒤따르기 시작했다.

"와! 이 아울렛은 처음 와 봐요."

"애기야, 가자!"

남자의 유창한 한국어에 단아는 까르륵 웃음을 터뜨리며 그의 뒤를 따랐다. 강은 성큼성큼 두 사람이 있는 곳으로 걸어갔다.

"한단아!"

강의 목소리가 쩌렁쩌렁 울렸다. 아울렛 상점 앞을 지나던 사람들의 시선이 강에게로 몰렸다.

"강준 씨?"

"누구야, 이 남자? 우리 애기 나 몰래 한국에 남자 숨겨 놨니?"

"아, 가만히 좀 있어 봐요! 미쳤어요?"

이미 강의 눈은 뒤집어져 있었고, 단아는 분위기 파악 못하고 한국어 대사 드립을 치는 제이슨 실장을 말렸다.

"여기 어떻게 왔어요? 우, 우리 어디 들어가서 이야기하죠."

세 사람은 아울렛 푸드 코트 안 곰돌이 얼굴 모양 테이블 앞에 마주 앉았다. 하필 저녁 시간이어서 남아 있는 자리가 아이스크림 전문점 앞 유아틱한 자리밖에 없었다.

강은 굳은 얼굴로 제이슨 실장을 쏘아보았고, 강의 차가운 태도에 제이슨 실장도 기분이 상한 듯 보였다.

"이쪽은 제 남자 친구."

"약혼자."

"네, 제 약혼자입니다. 그리고 이쪽은 저희 회사 팀 매니저."

"실땅님."

"네……. 실장님이고요."

"그러니까 한단아 씨 약혼자시라고? 이분이?"

강을 바라보는 제이슨 실장의 눈빛에서 느껴지는 기시감은 착각일까?

"그렇습니다만. 두 사람 왜 이렇게 친해 보입니까?"

강의 목소리가 음산하게 울렸다.

"그랬군요……."

반면 제이슨 실장의 목소리는 축 가라앉았다.

"미안하다고 할까요, 사랑한다고 할까요?"

단아와 강은 얼이 빠진 얼굴로 제이슨2를 바라보았다.

"미안하지만 난 한단아 씨한테 전혀 그런 감정 없는데, 있다면 그쪽이 더 내 취향에 가깝고."

툭 건드리면 바사삭 부서질 것처럼 강의 얼굴이 굳어 갔다.

"하, 하하하하하하하!"

어색하게 웃음을 터뜨린 단아는 어디서부터 수습을 해야 할지, 머리를 굴리기 바빴다.

"그럼, 저는 이만 일어나 보겠습니다. 남조는 느닷없이 들이닥친 남주를 피해 갑자기 찌그러져 사라지는 게 한국 드라마다운 거죠?"

제이슨 실장이 사라지고 나자, 강은 허탈한 얼굴로 단아를 바라봤다.

"어떻게 왔어요? 디자인 하우스는 어쩌고요? 나 깜짝 놀라게 해 주려고 온 거예요?"

그제야 단아는 강의 손을 붙들고 울먹거렸다.

"그래. 한단아 깜짝 놀라게 해 주려고 했는데, 내가 놀라 자빠질 뻔했다. 뭐야, 저 빨간 머리는?"

"한국 드라마에 미쳐 있는 팀 매니저요. 저래 봬도 나쁜 사람은 아니에요."

강은 아스라한 미소를 머금은 얼굴로 단아를 내려다보았다.

"이런 재회를 바랐던 건 아닌데."

"내가 막 달려가서 안길 줄 알았구나? 이런 재회 아니면 다시 할까요?"

"저 팀장인지, 실장인지 밑에서 못된 것만 배웠네. 다시 하긴 뭘 다시 해. 드라마 찍어? NG 났어?"

단아는 머쓱한 듯 웃으며 되물었다.

"근데 연락도 없이 어떻게 된 거예요? 마지막으로 통화할 때, 그럼 공항이었어요?"

강은 가만히 고개를 끄덕였다.

"내일 한단아 생일이잖아."

"내일이 내 생일인가?"

단아는 휴대전화 화면을 활성화하고 날짜를 확인했다.

"그러네……"

"생일인 것도 몰랐어?"

"달력 보면 날짜가 더 느리게 가는 것 같아서요. 시계도 계속 보면 더 느리게 가는 것 같고. 그래서 안 봤어요."

강은 단아의 목덜미를 감싼 뒤 부드럽게 끌어당겼다. 작은 입술에 강의 입술이 닿기 직전.

"생일 파티 하자, 우리."

제19장 너로 인한 작품

강은 생긋한 미소를 머금고 있는 단아의 작은 입술을 조심스레 머금었다. 몇 개월 만의 키스인지. 달콤하고 말랑한 그녀의 입술에서 미세한 떨림이 느껴지자, 등줄기를 타고 전율이 흘렀다. 곰돌이 테이블을 사이에 두고 음험해질 수야 없지.

강은 슬며시 입술을 떼어 내고 단아를 바라봤다. 끈끈한 시선이 쉼 없이 오가고 있을 때였다.

똑똑똑똑.

누군가 곰돌이 귀 부근을 두드려서 보니 열 살쯤 되어 보이는 남자아이가 아이스크림을 들고 서 있었다. 그 옆에는 또래로 보이는 여자아이도 있었다. 아이스크림 먹을 거 아니면 일어나라는 듯이 주근깨 가득한 주황 머리 남자아이는 의미심장한 눈빛을 보내왔다.

강은 빙긋이 미소를 머금으며 단아의 손을 잡고 자리에서 일어났다.

"Hey!"

뒤돌아서 가려는 강을 남자아이가 일부러 낮게 깐 듯 들리는 목소리로 불러 세웠다. 강은 왜 불렀냐는 듯이 남자아이를 바라봤다. 남자아이는 입 모양으로 잘 보라고 이야기하는 듯했다.

'Take a look.'

제 손에 들고 있던 초콜릿 아이스크림을 물끄러미 바라보던 남자아이는 대뜸 아이스크림을 여자아이의 입술에 가져다 댔다. 여자아이가 뭐 하는 거냐는 제스처를 취함과 동시에 남자아이의 입술이 여자아이의 입술에 닿았다. 화들짝 놀란 듯한 여자아이는 이내 달콤한 표정으로 눈을 꾹 감았다.

"강준 씨."

옆에 서 있던 단아의 얼빠진 목소리가 들려왔다.

"어."

"우리 지금 뭔가 쟤들한테 진 것 같아요."

"애들 이기자고 여기서 지금 딥 키스를 할 수는 없잖아?"

'키스'라기보다 입술을 맞댄 '뽀뽀'에 가까운 입맞춤을 한 두 아이는 강과 단아를 향해 우쭐한 시선을 보내왔다. 강은 여유롭게 주근깨 소년에게 엄지를 척 들어 준 뒤 단아를 데리고 아울렛을 나섰다.

"여기가 내가 지내는 곳이에요."

회사에서 마련해 준 곳이라는 이층집, 1층에는 부엌 겸 거실이 있고, 2층에는 침실과 화장실이 있는 아주 작은 집이었다.

"작아도 있을 건 다 있어요."

"의외로 깨끗하네? 옷 여기저기 벗어 놓고 난리일 줄 알았는데."

"한국에서는 내가 어질러도 엄마가 치워 주실 때가 있으니까, 그러기도 했는데요. 여기선 어차피 내가 어지른 거 내가 치워야 하니까 최대한 안 어지르려고 노력해요."

그녀의 목소리에서 괜한 쓸쓸함이 느껴졌다. 옷 늘어놓지 말라는 엄마 잔소리도 그리울 테고, 특별한 일이 있지 않는 이상 밥도 혼자 먹어야 할 거고.

늘 이 집에 돌아오면 혼자 있었을 텐데.

"기특하네."

강은 단아의 머리를 부드럽게 쓰다듬었다.

"배고프죠? 저녁 나가서 먹어요."

신이 나서 입꼬리가 귀에 걸린 단아를 강이 포근히 끌어안았다.

"저녁, 내가 해 줄게."

"정말요? 해 먹을 거 아무것도 없는데요?"

"일단 씻고 나와."

단아가 장난기 어린 미소를 지으며 계단을 오르는 모습을 보고, 강은 차 트렁크에 실어 두었던 짐을 날랐다. 단아의 퇴근 시간까지 여유가 있었기에 미리 한국 마트에서 장을 봐 둔 강이었다. 혹시나 식재료가 상할까 싶어 커다란 아이스박스까지 사서 실어 두었다.

냄비에 쌀을 씻어서 안치고, 레토르트 미역국을 냄비에 부어 끓였다.

"흐음, 좋은 냄새."

샤워를 마치고 나온 단아는 발그레한 얼굴로 배시시 웃었다.

"나 근데 생일 내일인데?"

"한국 날짜로는 오늘이 네 생일이니까. 오늘은 한국 날짜로 파티하고, 내일은 미국 날짜로 파티하고."

"뭐야, 생일 한 번에 두 살 먹는 기분인데요? 썩 좋지만은 않은데?"

미간을 구기고 장난을 치는 단아의 모습에 강은 피식 웃음을 터뜨렸다. 미역국에 밥 한 공기를 뚝딱 해치운 단아는 행복해 죽겠단 얼굴이었다.

"여기서 강준 씨랑 마주 앉아서 밥 먹을 줄은 꿈에도 몰랐다."

식탁은 두 사람의 무릎이 닿을 정도로 작았다.

"그럼, 그것도 몰랐겠네?"

"뭘요?"

"좁은 침대에서 나랑 둘이 꼭 끌어안고 자는 거."

단아의 얼굴에 수줍은 듯 발그레한 미소가 걸렸다.

샤워를 마치고 나온 강은 침대에 누워 있는 단아를 서늘한 목소리로 불렀다.

"한단아, 양치질 안 하고 잘 거야?"

"와, 울 엄마가 가서 잔소리하라고 시켰어요? 예전에 한국에서 내 방 처음 왔을 땐, 완전 설레는 표정이었으면서. 오늘은 의외로 깨끗하단 소리나 하고."

"얼른 양치질하고 나와. 이 썩어."

단아는 토라진 표정으로 욕실로 들어갔다. 그런데 이불 안에서 튀어나온 단아를 보고 강의 입에서 '뜨악.' 하는 소리가 튀어나왔다. 그녀가 입고 있는 잠옷이 말도 못하게 야릇했다.

주요 부위만 실크로 가려져 있는 레이스 슬립 원피스.

"내가 이거 짜잔 하고 한국에서 보여 주려고 했던 거 지금 입었는데. 나빴어, 진짜."

양치질을 마친 단아는 뾰로통한 얼굴로 욕실 문을 열었다. 그런데 욕실 문 앞에 그가 하트 모양 케이크를 들고 서 있었다.

"나와 함께하는 첫 번째 생일 축하해. 앞으로 너의 모든 생일은 내가 책임진다. Make a wish. 소원 빌어."

단아는 두 눈을 꾹 감고 마음속으로 소원을 빌었다. 그리고는 예쁘게 꽂혀 있는 하트 모양 초를 입으로 후 불어 껐다.

"자, 그리고."

강은 붉은색 크림을 손으로 푹 떠 보였다.

"뭐, 뭐 하는 거예요? 나 씻었어요. 그러지 마요."

"Take a look."

강은 단아의 입술에 붉은 크림을 슬쩍 묻혔다.

"이건 15세 미만 관람가용."

그리고 여전히 크림이 흥건한 그의 손가락이 단아의 목덜미를 타고 아래로 내려가기 시작했다.

"이건 19세 미만 관람 불가용."

단아의 심장이 단번에 달아올랐다. 그는 뼛속까지 찌르르한 느낌이 들 정도로 달콤한 미소를 지으며 손가락에 남아 있는 크림을 입으로 쪽 빨았다.

케이크 크림 먹는 남자가 이렇게 섹시할 수도 있는 거구나.

넋을 놓고 그를 바라보고 있는데, 그가 욕실 앞 작은 테이블에 케이크를 올리더니 단아에게 가까이 다가섰다. 그리고 천천히 입술이 내려왔다.

체리크림 맛이 느껴지는 달콤한 키스. 곰돌이 테이블 앞에서 강을 도발한 남자아이에게 감사해야 할까.

"흐음."

인정사정없는 달콤함에 목울대가 저절로 떨렸다. 그러자 그의 부드러운 입술이 목덜미에 묻은 체리크림으로 옮겨 갔다. 심장이 두근거렸다.

"한단아."

열정으로 가득한 그의 목소리가 약간 쉬어 있었다.

"응?"

대답하는 단아의 목소리가 몽롱했다.

"이런 잠옷은 대체 어디서 났어?"

"뭘 그런 걸 물어요."

한창 좋은 분위기 깬다는 듯 단아는 강을 나무랐다.

"앞으로는 이런 거 사 입지 마."

단아는 목덜미에 붙어 있는 강의 얼굴을 슬쩍 밀어내며 물었다.

"왜요? 이상해요?"

타오르는 눈빛을 보면 절대 이상하지는 않은 것 같은데. 이 남자 왜 이럴까, 또?

"남이 만든 거 말고 내가 만든 거 입어, 앞으로는."

"란제리 시장 진출도 하게요? 그건 싫은데. 그럼 맨날 여자 벗을 몸 볼 거 잖아요."

"누가 다른 여자 입을 거 만든대? 한단아 것만 만들어 준다고. 한단아 맞춤, 내 전용."

"나한테 맞추는 건데, 왜 강준 씨 전용이에요?"

"나만 벗길 수 있으니까."

"어우, 응큼해. 날이 갈수록 야해져."

단아는 미간을 슬쩍 찌푸리며 주먹으로 강의 가슴을 콩 때렸다.

"그래서 싫어?"

딱히 싫다고는 대답하지 못하는 단아였다. 대답 대신, 단아는 강의 목을 꼭 끌어안았다. 강은 단아를 번쩍 안아 들었다. 단아의 가느다란 두 다리는 그의 허리에 감겼다. 떨어져 있는 동안 미치도록 갈구했던 열기, 서로를 향한 갈증에 두 사람의 손길이 다급해지기 시작했다.

옷자락이 침대 아래로 떨어졌고, 작은 침대 위에 두 사람의 몸이 겹쳐졌다. 늘 적막했던 방 안이 더운 숨소리로 채워졌다. 그와 동시에 단아를 채운 강은 크게 숨을 들이마셨다가 내쉬었다. 너무 오랜만에 느끼는 열기에 숨이 턱 막히는 듯해서.

단아는 가만히 멈춰 있는 강의 뺨을 부드럽게 어루만졌다.

"보고 싶었어."

눈물이 왈칵 쏟아질 것처럼 가슴이 벅차올랐다.

"나도 많이 보고 싶었어요."

떨리는 손끝으로 매끄러운 뺨을 따라 내려가 그의 어깨를 꼭 끌어안았다. 쿵쾅거리는 그의 심장 박동이 오롯이 느껴졌다. 그리고 격렬하게 움직이는 심장만큼이나 그의 몸짓도 타오르기 시작했다.

놀라운 것은 그가 미국까지 날아왔다는 사실뿐만이 아니었다.

"얼마나 있는다고요?"

"휴가도 없었고, 3월 초에 있었던 FW 쇼도 잘 마무리했고. 좀 쉬고, 답사도 할 겸."

단아는 소리도 지르지 못하고 두 눈만 끔뻑거렸다.

"그리고 너랑 같이 있으려고."

그가 미국에서 2주 동안이나 체류할 예정이라는 사실이 그저 꿈만 같았다.

"보니까 우리, 네 생일 2주일 후에 만난 거더라?"

"그랬나?"

"한단아 고등학교 시절까지 거슬러 올라가지는 못해도, 1주년은 기념해야지."

잊고 있었던 생일에, 생각지도 못한 1주년 기념일을 지키러 왔다는 남자.

"1주년이라고 하기엔 좀 그런 거 아닌가? 우리가 그때부터 연인 사이였던 것도 아니고."

좋으면서 괜히 투정을 한번 부려 보는 단아다.

"한단아."

"왜요."

"내가 너 이도현이랑 잘되라고 그랬을까?"

비스듬히 고개를 기울이고 빙그레 웃는 그의 얼굴을 마주하고 있다는 사실만으로도 가슴이 떨렸다.

"근데 나 출근해야 하는데, 안타깝게도 난 휴가가 없는데요?"

"괜찮아. 회사 가 있는 시간만 빼고 계속 같이 있으면 되지."

"그래요, 그럼 되지."

강은 빙긋이 웃는 단아의 뺨에 쪽 소리가 나도록 경쾌하게 입을 맞추었다.

엄청난 데이트를 즐길 수 있을 줄 알았지만, 퇴근하고 나면 녹초가 되어 돌아오는 단아 때문에 주로 단아의 숙소에서 시간을 보내거나, 가까운 쇼핑몰을 가는 게 데이트의 전부였다.

"이건 어때?"

유명 미국 브랜드에서 만든 홈 데코 매장 앞을 지나는데, 강이 단아를 붙잡아 세웠다.

"예뻐요."

"대답이 그게 다야? 표정은 별론데?"

"예쁜데, 내가 쓰고 싶지는 않아요."

"왜?"

"백발이 성성한 미국 할머니가 벽난로 앞에 앉아서 뜨개질을 하고 있는데, 거기 벽난로 위에 놓여 있을 법한 데코랄까요?"

"아."

강은 고개를 끄덕이며 단아를 아이스크림 가게로 이끌었다. 당중진담이 취중진담보다 훨씬 유용할 때도 있으니까.

"그럼, 요즘 유행하는 북유럽 스타일은 어때?"

"가구 밑에 다리가 있어서 청소하기 편하다고 친구들이 그러대요. 근데 너도나도 집집마다 다 북유럽이니까."

"아, 흔해서 별로다?"

"뭐 딱히 별로라는 것도 아니고요. 그렇다고 막 좋다는 것도 아니고."

애매모호한 그녀의 대답에 강은 한숨을 집어삼켰다. 옷 입는 스타일이야 자신이 잡아 줬다고 쳐도, 홈 스타일링은 그녀만의 기호가 있을 거라는 생각을 했었다. 그래서 평소처럼 쇼핑몰을 돌며, 인테리어 소품에 대한 의견을 물으려고 했었다.

"그럼 한단아는 뭐가 좋아?"

"우리 강준 씨 지금 뭐 하는 걸까요? 나 몰래 살림 차려요? 나 한국 가면 짜잔 하고 보여 주려고?"

단아는 두 눈을 반짝이며 물었다. 강은 미간을 구기며 물었다.

"내가 그렇게 스케일이 작은 남자로 보여?"

"그럼, 설마!"

강은 마른침을 꿀꺽 삼켰다. 몰래 만들어서 짜잔 하고 보여 주고 싶은 건, 인테리어가 아니라 새 사업이었는데.

"혼자 땅 사서 집 짓고 있는 건 아니죠?"

바다라도 메워 없는 땅 만들어서 집이라도 지어야 할 것 같은 분위기다. 강은 대답 없이 아이스크림을 베어 물었다.

"그런 거 있잖아요. 네모반듯한 가구 말고, 나뭇결이 그대로 살아 있는 가구 같은 느낌? 일부러 노력해서 꾸미지 않은 것처럼 보이는데, 사실 그거 만드느라 엄청나게 노력한 그런 거!"

감은 오는데, 그게 뭔지 정확히는 모르겠다.

"아, 그런 거!"

단아는 검지를 치켜들며 설명을 덧붙였다.

"있잖아요, 그런 거."

"내가 네 머릿속에 들어갈 수도 없고, 그런 게 대체 뭐야?"

"우리나라 전통 가옥 느낌이요, 한옥. 일본은 뭐랄까 돌 하나까지 예쁘게 꾸며 놓으려고 가열차게 노력한 느낌이고, 중국은 그 당시에 이 담을 어떻게 쌓아 올렸지? 하는 생각이 들 만큼 고압적인 분위기잖아요. 근데 한옥은 최대한 자연스럽게 만든 느낌이에요. 억지스러운 게 없는 느낌? 그렇지만 자연과 어우러지는 아름다운 선이 살아 있는 것 같은."

"한옥?"

단아는 가만히 고개를 끄덕였다.

"어릴 때 할머니 방에 자개 장식 경대가 있었는데, 그걸 볼 때면, 아, 우리 할머니도 여자구나 싶었어요."

"서럽게 구박하고, 무지하게 엄하셨다는 할머니?"

"그건 맞는데, 그래도 우리 할머니 욕하지 마요."

단아는 눈을 가늘게 뜨며 입을 쩍 내밀었다.

"그래, 한옥. 자개. 경대……."

강은 단아가 했던 말을 가볍게 읊조렸지만, 머릿속은 복잡해지고, 마음은 무거워지기 시작했다. 전혀 고려하지 않았던 영역이었다. 한옥이라……. 한국식 인테리어.

하지만 한단아를 향한 강의 사랑에 자비란 없는 법.

강은 한국으로 돌아가 연락해야 할 사람들의 얼굴을 떠올려 보았다.

"무슨 생각을 그렇게 골똘히 해요?"

"음? 아, 아니."

"와, 이제 나랑 있을 때 딴생각도 하네? 변했어. 어떻게 사랑이 변해요?"

"한단아. 사랑이 변하는 게 아니라 사랑을 바라보는 시점이 변하는 거라고 했던 말 기억해?"

"당연하죠. 누가 한 말인데."

"근데 아닌 것 같아."

단아의 미간이 삽시간에 좁아졌다.

"그럼, 사랑이 변한다는 말이에요?"

"변하나 봐. 더 많이, 더 깊게 사랑하는 쪽으로."

좁아졌던 미간이 풀어지고 만족스러운 미소가 떠올랐다.

"근데 그거 알아? 그냥 더 많이, 더 깊게 사랑하는 쪽으로 변해 가는 건 아냐. 영원한 것 없는 세상에서, 시들해질 수도 있는 사랑을 영원하게 만들려는 노력. 그 노력이 있어서 사랑은 아름다운 거, 좋은 거다."

강은 가만히 단아의 머리카락을 쓸어 넘겼다.

"한단아. 난 너를 더 많이, 더 깊게 영원히 사랑할 거야."

단아는 벅차오른 감정을 주체할 수 없다는 듯 살포시 눈을 감았다가 떴다.

"기대해. 내일은 우리 1주년이다."

"1주년은 뭐 나 혼자 맞았나? 강준 씨도 딱 기대하고 있어요!"

딱 기다리고 있으라고 했는데, 아침부터 일어나서 멋진 이벤트를 하려고 했는데.

회의가 잡혀 버렸다.

"금방 올 거예요. 한국 쪽에서 급하게 회의를 잡아서……. 거기 퇴근 전에는 끝날 거니까, 앞으로 한두 시간? 그 정도면 될 거예요."

"천천히 하고 와."

침대 헤드보드에 등을 기댄 채 앉아 있던 강은 두 손을 깍지 껴서 머리 뒤로 넘겼다. 그 바람에 안 그래도 넓은 그의 가슴이 활짝 벌어졌다.

"아침부터 그러기 없기."

"내가 뭘?"

강은 고개를 갸우뚱 기울이며 이불 속에서 다리를 한 번 꼬았다. 그러자 허리춤에 걸려 있던 이불 한쪽이 내려가고 그의 골반 근육이 아스라이 드러났다.

"침 닦아, 한단아."

"누구요? 나요? 내가 언제 침을 흘렸다고?"

"잠깐 이리 와 봐."

강은 손깍지를 풀며 심각한 얼굴로 단아를 불렀다. 단아는 머뭇거리며 수상하다는 표정을 지었다.

"아까 보니까 등에 뭐 묻었어. 이리 와 봐. 떼어 줄게."

사뭇 진중한 그의 얼굴에 단아는 경계심을 풀고 다가섰다.

"얼른 떼 줘…… 엄마야!"

단아의 가녀린 허리를 끌어안은 강은 그녀를 단번에 침대에 눕혔다.

"이럴 땐 엄마 찾는 게 아니라 오빠 찾는 거라니까. 회의 몇 시?"

"8시 시작이요."

"회사까지 몇 분?"

"15분이요."

"지금 몇 시?"

"7시 15분이요."

"5분 전까지 회의실 도착할 수 있게 해 줄게."

놀란 눈을 휘둥그레 뜨는 단아가 뭐라 입을 열려는 찰나, 강은 그녀의 입술을 머금었다. 방금 양치질을 하고 나온 그녀의 입에서 상쾌한 민트 맛이 느껴졌다. 민트 맛 사탕을 빨아먹듯 달콤하게 혀를 굴리자, 그녀의 목울대에서 야릇한 소리가 터져 나왔다.

"으음."

강은 슬쩍 입술을 떼어 내고 그녀를 내려다보았다. 얼굴을 붉힌 채 가늘게 눈을 뜨고 올려다보는 모습이 새치름했다. 그녀는 손목을 들어 시계를 확인하고는 단호하고 낮은 목소리로 명령하듯 말했다.

"15분. 더는 못 써요."

허락이 떨어진 순간 강은 단아의 입술을 파고들며 그녀의 연갈색 H라인 스커트 끝자락을 움켜잡았다.

2시간이면 넉넉할 거라 생각했던 회의는 점심시간이 다 되어서야 끝이 났다.

"어이."

등 뒤에서 들려오는 제이슨 실장의 목소리에 단아는 미간을 구겼다.

「우린 단순한 직장 동료가 아니잖아! 단아 씨 여기서 절친은 나 아냐?」

강과 대면한 이후 절친 코스프레를 하더니 격한 관심을 보내오는 제이슨 실장이었다.

"아, 실땅님. 그럼 살펴 가세요."

단아는 고개를 꾸벅 숙이며 정중히 인사를 건넸다. 책잡히고 싶지 않아서, 실땅님! 이라는 발음에 유의하며.

"한단아 씨."

"네?"

"밤낮 죽을상이더니. 얼굴이 확 폈네, 폈어."

"와, 실땅님! 한국어 실력 진짜 좋아지셨네요!"

단아의 칭찬에 그는 어깨를 으쓱하며 되물었다.

"진짜?"

"그럼, 저는 먼저 들어가 보겠습니다."

쏜살같이 달려가는 단아를 바라보며 제이슨 실장은 헛웃음을 터뜨렸다.

"디자이너 최강이라……."

제이슨 실장은 아쉽고 허우룩한 눈빛으로 단아의 뒷모습을 좇을 뿐이었다.

"나 왔어요!"

집에 도착한 단아는 현관에서 하이힐을 벗어 던지고 맨발로 섰다.

"아, 살 것 같네. 강준 씨, 나 왔다고요. 집에 없어?"

아무리 불러도 그는 대답이 없었다.

"어디 나갔나."

단아가 흐트러진 하이힐을 바로 세워 놓고 걸음을 옮기려던 순간, 무언가 달라진 실내 모습이 눈에 들어왔다. 거실 겸 주방 벽면을 빼곡하게 채우고 있는 스케치들. 싱크대 선반 위, 식탁 위, 작은 안락의자에도. 그가 그린 그림이 가득했다.

피렌체에서 봤던 그 스케치북에 있었던 것들도 있었고, 그때 보지 못했던 것들도 많았다. 작은 포스트잇에 그린 그림, 프랜차이즈 카페 냅킨에 그린 그림. 제각각인 스케치의 화재(畫材)는 전부 단아였다.

포스트잇이 주르륵 붙어 있는 계단 난간을 손가락으로 훑으며 올라가자, 침실 한가운데 그가 서 있었다. 베이지색 면 팬츠와 하얀색 시어서커 남방을 입고 있는 그의 뒷모습만으로도 마음이 사르륵 녹아들었다.

"뭐야, 있으면서 왜 대답 안 했어요?"

단아는 천천히 걸음을 옮겨 그와 마주 보고 섰다.

"대답했으면, 내가 2층으로 바로 올라올까 봐 그랬구나?"

그는 정확히 맞췄다는 듯, 미소를 머금었다.

"이게 다 뭐예요?"

"지난 1년간의 기록."

"나 완전 감동받았어요. 그때 그 스케치북 봤을 때도, 완전 감동이었는데. 지금은 더 해."

단아는 폴짝 뛰어 강의 목을 끌어안았다. 커다란 손이 등을 포근히 감싸 안는 게 느껴지자, 두 눈에 눈물이 핑 돌았다.

내일 그는 한국으로 돌아간다. 꿈만 같았던 2주.

같이 잠들고, 같이 눈뜨고, 같이 웃고 떠들고. 이 좁은 집이 다시 적막해질 거라고 생각하니 벌써부터 가슴 한구석이 허우룩해지는 듯했다.

"지난 1년, 하루하루가 나한테는…… 너로 인한 작품이었어."

가슴 벅찬 고백에 단아는 강의 목을 더 꼭 끌어안았다.

"난 지난 1년, 하루하루가 진짜 나를 찾아가는 것 같은 시간이었어요. 강준 씨 덕분에."

강은 단아의 허리를 커다란 손으로 감싸 안으며, 그녀의 얼굴을 마주했다. 커다란 눈망울에 눈물이 그렁그렁 맺혀 있었다.

"앞으로 딱 7개월 2주 남은 건가?"

떨어져 있어야 하는 시간이.

단아는 가만히 고개를 끄덕였다.

"나 또 오지는 못해. 그 피렌체, 피티 워모도 또 준비해야 하고 FW 쇼도 준비해야 해서……. 여름휴가도 같이 못 보낼 것 같고……. 첫 크리스마스 때도 같이 못 있었고, 첫 새해맞이도 같이 못 했는데……. 미안해. 계속 혼자 둬서."

눈물이 후드득 떨어질 것만 같아서 단아는 인상을 찌푸렸다.

"강준 씨가 나 혼자 두는 거 아니잖아요. 여기 오겠다고 한 건 난데……."

연인으로 당연히 함께해야 할 날들을 함께해 주지 못해 미안하다며 그는 안타까운 얼굴을 했다.

"앞으로 평생 같이할 거잖아요."

"아쉬워서. 너무 아쉬워서 그러지."

"우리 앞으로 평생 이 아쉬움 기억하고, 아껴 주면서 살아요."

눈물은 그렁그렁한 채로 예쁘게 미소 짓는 단아를 강은 꼭 끌어안았다.

"당연한 소릴."

그가 돌아간 뒤, 하루를 보내는 게 더 힘겨워졌다. 회사 일을 마치고 집에 돌아가면 불 꺼진 적막한 공간이 어색했고, '강준 씨.' 하고 부르면 그가 다정한 미소를 지으며 다가올 것만 같았다.

그렇게 힘겨운 하루를 보내던 어느 날.

새벽부터 진행된 회의는 점심이 다 되도록 진척이 없었다. 빅 데이터의 활용 범위와 실정법 사이에서 충돌하는 문제들을 해결할 수 있는 뾰족한 방법이 나타나지 않아서. 겉도는 이야기들은 계속되었고, 한국 상황을 가장 잘 알고 설명해야 하는 단아의 어깨가 무거워졌다.

점심은 카페라떼 한 잔이 전부였고, 저녁 식사는 햄버거 한 입과 콜라 두세 모금.

일을 마치고 집에 돌아가는 길, 짜증은 머리끝까지 나고, 몸은 천근만근이었다.

그때 하필 그에게서 전화가 걸려 왔다.

"여보세요?"

— 아까 일어날 시간 다 돼서 전화했는데, 안 받더라.

"회의했어요."

— 무슨 회의를 그렇게 일찍부터 해? 근데 이제 퇴근하는 거야? 늦었네.

거기 지금 밤 11시 넘은 거 아냐?

"내가 그렇게 일찍부터 회의하고 싶어서 했겠어요? 그리고 내가 밤 11시 넘어서 퇴근하고 싶어서 했겠어요? 일이 많아서 일찍 시작한 거고, 또 한국 시간 맞춰서 회의하다 보니까 늦게 퇴근한 거고!"

종로에서 뺨 맞고 한강에서 눈 흘긴다고, 괜한 신경질을 부리고 말았다. 단아는 아랫입술을 꾹 한 번 깨물었다. 짜증스럽게 쏘아붙인 순간, 후회가 물밀 듯이 밀려왔다.

— 얼른 들어가서 쉬어. 나중에 통화하자.

전화가 끊겨 버렸다. 왜 화가 났는지, 대체 무슨 일이 있었던 건지 묻지도 않고, 그는 평소와 다른 모습으로 전화를 끊어 버렸다. 갑자기 설움이 북받쳐서 울음이 터져 나왔다.

"안 해, 다 때려치울래. 한국 갈 거야."

커다란 캐리어를 꺼내 놓고 옷장 안에 있던 옷을 쓸어 넣다가, 바닥에 주저앉아서 허망하게 방 안을 훑어보던 단아의 시선이 침대 헤드보드 위로 향했다. 피렌체로 달려갔던 날, 그날 자신의 모습을 그린 그의 그림이 그곳에 걸려 있었다.

"내가 지금 부슨 짓을 한 거야……."

단아는 무릎을 꼭 끌어안으며 휴대전화를 집어 들었다.

— 응.

짧은 대답에 목이 왈칵 메어 왔다.

"미안해요."

휴대전화 수화기 너머에서 나지막한 웃음이 섞인 한숨 소리가 들려왔다.

— 힘들어?

힘드냐는 그의 물음에 뚝 그쳤던 울음이 폭발했다.

누군가한테 기대서 하소연이라도 하고 싶은데, 그럴 수 없으니까. 여기 오겠다는 결정은 스스로 내린 거니까.

그동안 꾹꾹 눌러 왔던 설움이 폭발했다.

— 한국 올래?

"아니요."

— 그럼, 내가 갈까?

정말, 얼굴 딱 한 번만 봤으면.

커다란 손으로 잘하고 있다고 머리 한 번만 쓰다듬어 줬으면.

너른 품에 안겨서 쿵쿵 울리는 가슴에 코를 박고 마음껏 그의 향기를 들이마실 수만 있다면.

"괜찮아요."

하나도 괜찮지 않은데, 괜찮다는 대답이 흘러나왔다. 힘들어서 짜증을 부렸는데도, 마음을 헤아려 주고 다독여 주는 그의 존재가 무척이나 고마웠다.

— 미안해, 못 가서.

미안해야 할 건 단아인데, 그가 미안하다고 말했다. 할 말이 없어져 버렸다. 이런 남자한테 사랑받고 있다는 사실이 그저 감사할 뿐.

— 2층이야?

"네."

— 1층 싱크대 개수대 옆에 첫 번째 서랍 열고, 커트러리 오가나이저 한번 들어 봐.

"네?"

손등으로 눈물을 쓱 닦아 낸 단아는 그의 대답을 기다리듯 잠자코 있었다.

— 나 지금 회의 들어가야 해서 길게 통화 못 해. 일단 거기부터 열어 봐.

통화를 마친 단아는 1층 싱크대 앞으로 향했다. 서랍을 열고, 커트러리 오가나이저를 들어내자, 반듯하게 접어 놓은 종이 한 장이 눈에 들어왔다.

【창밖을 한번 봐 볼래? 지금 뭐가 보여?】

짧은 질문 아래에는 길에 서서 두리번거리는 단아의 모습이 그려져 있었다.

【난 우연히 창밖을 봤을 때, 내 이름이 쓰인 티셔츠를 입고 있는 너를 발견했어. 한단아가 지금 바라보는 창밖에는 뭐가 보여?】

단아는 천천히 고개를 돌려 개수대 바로 위에 있는 작은 창문 밖을 내다보았다. 서울보다 훨씬 공기가 맑은 곳이어서 그런지, 까만 하늘 위에 빛나는 밝은 별이 눈에 들어왔다.

단아는 피자 배달 전화번호가 적혀 있는 볼펜을 들고 그에게 이야기하듯 써 내려갔다.

【까만 하늘에 코딱지만 한 별이 보여요. 쟤도 혼자 있어요. 나도 혼자 있는데…… 근데 아주 멀리 떨어진 곳에 다른 별도 보이기는 해요. 보이지는 않지만, 내 곁에 강준 씨가 있는 것처럼.】

짧은 글을 적고 난 뒤, 마음이 편안해지는 기분이었다. 종이를 다시 곱게 접으려는데, 귀퉁이에 적힌 그의 글씨가 보였다.

【내일, 집 근처 놀이터 가운데 벤치를 잘 살펴보도록.】

다음 날, 퇴근 시간이 미치도록 기다려졌다. 어제와 마찬가지로 스트레스 가득한 하루였지만, 벤치 생각만 간절했다.

퇴근길, 놀이터 벤치를 샅샅이 뒤진 단아는 등받이와 팔 받침 사이 공간에 돌돌 말린 채 박혀 있는 검은색 종이를 찾을 수 있었다.

【어릴 때 놀이터에 오면 제일 먼저 뭐부터 탔어? 요즘엔 시간이 나면 제일 먼저 뭐부터 해?】

【그네부터 탔어요. 시원한 바람을 얼굴로 맞는 기분이 좋아서. 지금은 시간 나면 자요. 잠이 너무 부족해서.】

하루에 꼭 하나씩만 찾아보라는 그의 지시에 따라 단아는 한국에 돌아가는 날까지 매일 보물찾기를 했다.

【동물로 하루를 살아 볼 수 있다면, 어떤 동물이 좋을까?】

【요즘 제일 무서운 건?】

【최근 이불 킥하게 만들었던 일은?】

【이 편지는 영국에서 시작되었으며…… 놀랐지? 어릴 때, 행운의 편지 받아

본 적 있어? 어떻게 했어?】

　싱크대 서랍, 놀이터 벤치, 심지어 제이슨과 자주 가는 커피숍 사장한테 서까지.

　단아는 하루에 하나씩 보물을 찾아냈다. 그리고 하루에 한 가지씩 오롯이 삶을 바라볼 수 있는 기회를 얻었다.

「마지막 메모는 캐리어 가장 안쪽 주머니에 있어.」

　단아가 힘들어할 순간을 기다리며 만들고, 숨겨 놓은 메모였기에 아직 여분의 메모들이 남아 있다고 했었다.

「정확히 내가 돌아오고 일주일 만에 신경질을 부려서 일곱 개의 여분이 있기는 한데…… 그냥, 빨리 와라. 한단아, 보고 싶어 죽겠다.」

　그리하여 마지막 메모.
　【내일이면 한국에 오네. 뭐가 제일 아쉬워?】
　【이 메모와 메모에 담긴 당신의 그림.】
　방점을 찍은 단아는 메모를 모아 둔 상자에 고이 접어 넣었다.
　1년 동안 쌓인 커리어만큼이나 값진 것들.
　뭘 어떻게 해야 할지 몰라서 온 미국에서 단아는 그의 메모를 통해 그동안에는 미처 생각해 보지 못했던 삶에 대해 깊은 고민도 해 볼 수 있었다.
　'사랑하는 이와 함께 행복하게 살았답니다!' 는 동화적 결말을 넘어설 수 있는 그녀의 꿈.
　한국에서의 새로운 시작을 꿈꾸며 가슴이 벅차오른 순간, 휴대전화가 울리기 시작했다.
　"여보세요?"

발신지는 한국인데, 모르는 번호였다.

— 새아가.

"아, 아버님!"

— 내일 한국 오지?

"네, 아버님."

— 마음 같아서는 공항에 마중 나가서, 거기서 상견례라도 하고 싶다
만……. 그동안 전화하고 싶은 거 참느라 혼났다, 아주. 돌아오면, 바로 보는
거다. 우리 새아가.

"누나, 내 선물은?"

공항으로 마중 나온 단정은 다짜고짜 선물을 내놓으라며 어리광을 부렸
다.

"징그럽다, 이 자식아!"

단아는 면세점에서 산 헤드폰을 던져 주며 빙그레 웃었다. 아무리 웬수
같은 동생이라도 핏줄은 엄청나게 반가웠다.

"근데 매형은 왜 못 나와? 뭐가 그렇게 바빠? 누나가 1년 만에 미국에서
왔는데, 너무하는 거 아니야, 진짜?"

반가움도 잠시. 이건 걱정인지, 시비인지.

"지금 한국에 없다고. 이따 저녁때 대만에서 돌아온다고. 대체 몇 번을 말
했냐?"

강은 대만 현지 백화점 진출 건으로 출장 중이었다. 일정이 하루 더 잡혀
있었지만, 빠듯하게 처리하고 빨리 돌아오겠다는 그였다.

"에잉. 내가 그걸 몰라서 묻나? 누나 보니까 반가워서 시비 걸고 싶어서
그러지."

"너는 나한테 시비 걸고 싶어서 1년을 어떻게 참았냐?"

"그러게. 누나한테 시비 걸고 싶은 거 참느라 몸에서 사리 나올 지경이었다."

단아는 손바닥으로 단정의 뒤통수를 후려갈겼다.

"너는 언제 철들래?"

"누나."

"왜?"

"상견례 날짜 잡혔다더라."

기특하게도 단정의 목소리에서 바늘구멍만큼의 아쉬움이 느껴졌다.

"어. 다음 주 토요일."

"그럼. 나, 누나 시집가면 누나 방 써도 돼? 누나 방이 더 넓잖아!"

기특하기는 개뿔!

"야, 너는 어떻게 시집가는 누나 방을 홀랑 정리해서 집어 잡술 생각부터 하냐?"

누구 동생은 시집가는 누나 아까워서 매형이 그렇게 미웠다는데, 저건 매형한테 슈트 얻어 입을 생각이나 하고 앉았고. 단아가 고개를 절레절레 저을 때였다.

"건조기 사 줄게."

"뭐?"

"요즘 빨래 건조기 잘 나온다더라. 누나 공부하면서 맨날 어깨 아프다고 했잖아. 누나 시집갈 때, 내가 빨래 건조기 사 줄게. 엄마가 빨래 널 때, 어깨가 제일 아프다고 하셨어."

"네가 돈이 어디 있어?"

"그 정도는 나도 있다."

센 척하며 어깨를 으쓱해 보이는 단정의 얼굴에 평생 보지 못한 진중함이 어려 있었다.

"동생이 되게 아쉽나 봐. 누나 걱정 엄청 하더라."

"단정이가요?"

11월 말, 하얀 입김이 새어 나왔지만, 단아와 강은 오랜만에 도심 공원을 걸었다. 집에서 저녁 식사를 하고, 피곤해서 잠시 눈을 붙이려는데 막 인천 공항에 도착했다는 강의 연락을 받은 단아는 한달음에 달려 나왔다.

"아프면 닭죽 먹어야 하고, 공부하느라 밤새우고 난 다음 날은 안 깨우면 30시간도 자고, 컨디션 안 좋을 때 게 요리 먹으면 두드러기 나고."

"걘 뭐 먹는 거 얘기만 그렇게 했네요."

"아, 그리고 그 날일 때는 식빵 봉지를 끼고 산다고. 짜증내면 식빵 한 봉지 사다 주라고. 식빵에 잼도 아니고 케첩 발라서 먹는다고."

괜히 눈물이 핑 돌려고 하는 순간.

"술이 과하면 가끔 거울 보고 싸우기도 한다고."

"이 자식이 진짜!"

"어? 진짜였어? 난 또 이건 단정이가 농담한 건 줄 알았지?"

"상견례 장소는 예약된 거죠?"

"한단아, 말 돌리네? 예약했다고 열댓 번도 더 말한 것 같은데?"

"으으, 떨린다."

상견례를 앞두고 떨리는 이는 단아뿐만이 아니었다.

"단아야, 엄마 이거 입을까? 아니면 이거 입을까?"

이 여사는 하루에도 골백번씩 뭘 입어야 하나, 머리를 어떻게 해야 하나 고민했다.

"어제 보여 준 원피스 입으신다는 거 아녔어?"

"어휴. 엄마는 집에서 살림만 했잖아. 사부인은 계속 바깥일 하셨던 양반이고. 게다가 디자이너면 얼마나 세련됐겠어. 엄마가 촌스럽게 하고 나가서 우리 딸 기죽이면 안 되는데."

"괜한 걱정을…… 그렇게 하시고 그러셔."

갑자기 목이 꽉 메어서, 단아는 말을 하다 말고 목소리를 한 번 가다듬어야 했다. 거울 앞에 선 엄마의 얼굴이 갑자기 무척이나 낯설었다.

엄마도 여자였어.

당연한 사실을 불현듯 깨달았을 때의 낯선 기분.

애교가 철철 넘치는 성격도 아니었고, 집에서 말이 많은 딸도 아니었다. 단아는 가만히 엄마 뒤에 다가서 축 늘어진 어깨를 살포시 끌어안았다.

"우리 엄마, 뭘 입어도 예뻐. 어떻게 해도 고우니까, 걱정 마. 못 들었어? 강준 씨가 했던 말? 나 엄마 닮아서 예쁘다고 했잖아."

"나 한창때 비하면 너는 아무것도 아니다."

물기 어린 목소리로 장난스럽게 건넨 말에 단아는 엄마의 어깨에 얼굴을 묻었다. 눈가에서 눈물이 배어 나와 엄마의 어깨를 적셨다. 깐깐한 시어머니, 얄미운 세 시누이, 그들 사이에서 무슨 일만 생기면 입을 꾹 다무는 아버지. 모진 세월을 견디면서도 엄마는 항상 딸 걱정만 했다.

「단정이 저놈은 걱정해 주는 사람 많으니까, 엄마는 우리 단아 걱정만 하련다.」

남동생 때문에, 혹은 오빠 때문에 설움받은 딸이 단아 하나뿐이겠느냐마는.

"그 원피스 입을까, 그냥?"

"어, 그게 제일 나아."

"아니다. 그냥 연녹색 투피스 입자."

시집가는 딸보다 옷 걱정이 더 많았던 엄마, 상견례 날까지도 묵묵부답 별말이 없으셨던 아버지. 극구 말렸음에도 불구하고, 한 자리 차지하게 된 단정이.

그렇게 상견례 날이 되었다.

"안녕하세요, 사부인."

"단아 양이 사부인 닮아서 이렇게 고운가 보네요. 반갑습니다, 사부인."

경복궁 돌담 옆, 한식당 VIP 식사실 안에 양가 어머니의 우아한 웃음소리가 울려 퍼졌다.

"아이고, 반갑습니다. 사돈어른. 새아가, 보고 싶었다."

단아를 향해 '새아가'라고 부르는 소리에 단아의 아버지 창호의 얼굴이 굳어 갔다. 사위 될 놈이 성품, 능력, 외모 등등 뭐 하나 빠지는 거 없이 완벽하다지만, 귀한 딸 빼앗아 가는 놈이라는 생각이 들기 시작해서 여간 착잡한 게 아니었다.

"안녕하세요? 저는 동생 한단정입니다."

"아, 반가워요. 훤칠하니 잘생겼네."

이산가족 상봉이라도 한 듯 반갑다는 얼굴로 체면을 차리며 아주 어색하게 인사를 나누고 나니, 인사만큼이나 어색한 정적이 흘렀다. 모두 긴장한 눈치였다.

"식사부터 하시죠."

강의 나지막한 목소리를 반긴 건, 강의 아버지 상을이었다.

"그러시죠. 여기 한정식이 넘나 훌륭해서 돌아간 조선 왕들이 원통해한답디다."

임 여사가 남편에게 뭐라 눈치를 주려는 찰나, 강이 먼저 입을 열었다.

"약주는 어떻게 할까요?"

"이런 날 한잔해야지요."

단아의 아버지 창호의 대꾸에 이번에는 단아 어머니가 눈치를 주려 했다. 평소엔 과묵한 사람이 술만 마시면 한 얘기 또 하고, 계속하고, 말이 많아지니까.

"아버님은 드시면 안 되는 거 아니에요?"

단아의 물음에 임 여사가 거들고 나서려는데, 상을이 더 빨랐다.

"그래, 새아가. 내 새아가 말이면 들어야지. 사돈어른 저는 분위기만 맞추겠습니다."

상을이 맞추겠다던 분위기가 과열되기 시작한 건 창호의 뜬금없는 고백 때문이었다.

"참, 이거. 딸내미 결혼시키는 것도 처음이고, 무슨 선 자리 나선 것처럼 애타고, 괜히 부끄럽고, 그렇습니다."

술이 어느 정도 들어간 창호의 얼굴은 벌겋게 물들어 있었다.

"아이고, 사돈어른. 저도 그렇습니다. 우리 새아가 만났을 때는 그냥 마냥 좋았는데, 또 이렇게 새아가 통해서 남은 인생 좋은 동반자 얻을 것 같아 서……."

무슨 말을 꺼내려는지 상을은 머뭇거렸다.

"사돈을 만나니까 샤샤샤!"

"여보!"

임 여사는 남편을 나무라며 미간을 찌푸렸고, 강준은 그동안 근엄했던 아버지는 어디 가신 거냐며 벙찐 얼굴이었고, 단정은 눈치도 없이 웃음을 빵 터뜨리고 말았다. 단정의 커다란 웃음소리에 다 같이 한바탕 웃어 젖히고 난 후, 창호가 심각한 목소리로 물었다.

"근데 그거 무슨 뜻입니까?"

"아이고, 사돈어른. TV 좀 보셔야겠습니다. Shy, Shy, Shy! 부끄럽고 수 줍다는 뜻입니다."

"아……아!"

인생에 있어 대단한 비밀을 풀기라도 한 양 창호는 큰 깨달음을 얻은 얼 굴이었다.

"와, 엄청 신세대시네요."

단정의 감탄으로 상을의 얼굴이 봄볕 맞은 소녀처럼 붉게 물들었다.

"사돈어른. 내가 참 강준이 키우면서 얼마나 무심했는지 모릅니다. 우리 네 세대가 거의 그렇다고는 하지만, 따뜻한 말 한마디 한 번 못 해 주고 키웠 습니다. 아들놈은 그래도 되겠지, 하는 생각에요. 근데요. 덜컥 겁이 나는 겁 니다. 자랄 때 부모가 일만 하느라, 너무 소홀해서 이 녀석이 가정 이루기 싫어하나…… 하는 자책도 해 봤습니다."

"부모 마음 다 똑같지요. 방귀 냄새만 이상해도, 내가 뭐 잘못 먹었나 싶잖습니까."

"그래서요. 새아가 인사 온다고 한 날부터, 저 요즘 애들한테 인기 좋다는 TV 프로그램은 다 봤습니다. 친해지고 싶은데, 도무지 어떻게 해야 하는지 모르겠어서요."

"아버지도 매형 인사하고 간 다음 날, 패션 잡지 사 보셨어요. 남성복 트렌드는 이제 저보다 아버지가 더 많이 아실걸요?"

창호는 헛기침을 한 번 하며 강의 눈치를 보았고, 강은 믿음직한 미소를 머금었다.

"저희는 한복 한 벌 해 주고, 결혼은 알아서 준비하라고 할 생각이에요. 허례허식 차리지 말고, 애들이 하고 싶다는 대로 하라고 할 생각인데…… 어떠세요, 사부인?"

"그렇게 하시죠, 사부인."

"그럼, 식은 내년 봄이 어떨까 싶은데요."

"저, 말씀 중에 죄송합니다."

단아가 단정한 목소리로 끼어들었다. 시사실 안에 모인 시선이 전부 단아에게로 향했다.

"식은 내년 가을이었으면 좋겠어요."

단아는 용기를 불어넣듯 크게 숨을 들이마셨다.

"강준 씨 만나기 전에는 사실 저 막연히 책만 팠어요. 할 줄 아는 게 그거밖에는 없었거든요. 그런데 강준 씨 만나고, 연구원 일도 하고……. 정말 해 보고 싶은 일이 생겼어요. 결혼하기 전에 일에서 먼저 자리 잡고 싶어요."

결혼을 바라셨던 양가 부모님께 양해를 구하는 건 자신의 몫이라며 강준에게 미리 말해 두었던 단아였다.

"그렇게 해요, 그럼."

"죄송합니다."

곧바로 결혼할 것처럼 굴었다가 1년을 훌쩍 나갔다 왔는데도, 결혼을 두 계절이나 미루겠다는데도, 임 여사는 해사한 미소를 머금을 뿐이었다.

"결혼 후에 강준이 외조받으면서 하면 더 좋겠단 생각도 들지만, 일과 가정 사이에서 무너지지 않고 균형 잡기란 무척이나 힘들죠. 결혼해서 서로 맞춰 가는 과정도 서툰데, 일까지 함께 시작하려면 단아 양이 많이 힘들 거예요. 뭐라도 익숙해지고 나서 해도 늦지 않아요."

"……사부인. 고마워요."

단아의 어머니 이 여사는 테이블 위로 손을 뻗어 임 여사의 손을 꼭 붙들었다. 이제야 제 길을 찾아 나서겠다는 딸의 의지를 북돋워 주는 이는 자신이어야 하는데, 오히려 시모 자리가 그 역할을 대신해 주고 있었다.

상견례 자리는 더할 나위 없이 훈훈했다.

"맙소사. 여긴 하나도 안 변했어!"

"1년 사이에 그렇게 급격히 변할 리가."

강의 집에 들어선 단아는 폴짝폴짝 뛰며 좋아했다.

"그대로여서 너무 좋아요."

"아랫집에서 올라온다니까."

나무라는 강의 허리를 단아는 답삭 끌어안았다. 향긋한 내음이 코끝을 간질였다. 동그란 이마에서 보드라운 앞머리를 걷어 낸 강은 매끄러운 살결에 쪽 하고 입을 맞추었다.

"요기둥!"

입술을 쭉 내밀고 애원하는 표정으로 애교를 부리는 단아의 모습에 강은 피식 웃음을 터뜨렸다.

"뽈리이!"

강은 달싹거리는 분홍빛 입술을 능숙한 솜씨로 머금었다. 그와 동시에 능숙한 손놀림으로 단아의 허리를 끌어당겨 안았다.

바쁘고, 바빠서, 짜증나게 바빴으므로. 단아가 미국에서 돌아온 이후로 이렇게 끈적끈적한 둘만의 시간은 처음이었다.

"으음."

단아가 강의 가슴을 슬쩍 밀어내자, 강은 그녀의 목덜미로 입술을 옮겨 갔다.

"누가 디자이너 아니랄까 봐, 손놀림이 왜 이렇게 빨라졌어요?"

"빨라지기만 했나? 섬세해지기도 했지."

강은 블라우스 단추를 단 한 번의 실수도 없이 풀어 내려갔다.

"그래서 한단아가 하고 싶은 일은 뭐야?"

블라우스에서 팔을 빼낸 단아의 숨소리가 얕아졌다.

"한 가지만 하면 안 돼요?"

"뭐, 내가 지금 가지가지 하나?"

목덜미에 머물던 입술이 다시 단아의 뺨을 타고 올랐다.

"입을 닫든지, 손을 멈추든지. 으음."

옆구리를 따라 오르는 손에 단아는 저도 모르게 감탄하고 말았다.

"대답해, 어서. 먼저 물어보고 싶어 죽겠는 걸 얼마나 참았는지 알아? 그리고 7개월이 얼마나 긴 시간인지 몰라서 이러는 거야?"

끝까지 한꺼번에 두 가지를 다 얻겠다는 강이었다.

"날…… 필요로 하는 사람을 돕고 싶어요."

강은 단아의 뺨에 자잘하게 입을 맞추다 말고 그녀를 내려다보았다.

"어떻게?"

"경영 컨설턴트요. 디자인 하우스에 내가 보탬이 되었던 것처럼. 그렇게."

강의 입가에 미소가 번져 갔다.

"지금 네가 가장 필요한 건 나니까, 당장은 나부터 도와."

단아를 번쩍 안아 든 강은 침실로 성큼성큼 발걸음을 옮겨 갔다.

"잠깐만요."

"왜, 또."

성마른 대꾸가 거칠게 흘러나왔다.

"나 그럼 강준 씨 디자인 하우스 살린 거, 홍보할 때 써먹어도 되죠?"

"써먹어라, 써먹어. 마음껏 써먹어. 그러니까 이제 집중, 한단아!"

자꾸 사업 이야기로 튀려는 단아를 강은 다그치듯 노려보았다.

"내가 뭐 언제 집중 안 한 적 있나?"

단아는 강의 목을 꼭 끌어안으며 빙그레 웃었다.

"근데요, 강준 씨. 하나 더 허락받아야 할 게 있는데……."

그녀가 진중하게 설명을 이어 갔다. 강은 잘못 들은 줄 알고 제 귀를 의심
했다.

"진심이야?"

"나 빈말하거나, 누구 간보는 성격은 못 되는 거 알죠?"

단아는 절대 그런 사람 아니라는 듯 미간을 구기며 심각한 얼굴을 했다.

"글쎄. 여우 짓은 좀 하던데?"

"해 줘요, 응?"

"맨 입으로?"

"와. 옛말에 앉아서 주고, 서서 받는다더니. 치사하게! 내가 강준 씨 회사
살리려고 임시 주총도 가고, 심지어 런웨이에도 섰는데!"

단아는 주먹을 불끈 쥐고 부르르 떨었다.

"완전 못돼 먹었어!"

"계속해 봐."

"뭐라고요?"

"계속 그렇게 부르르 떨면서, 나 디스해 봐. 내가 어디 해 주나."

강은 안고 있던 단아를 침대 위에 살포시 내려놓았다.

"대만에 전화해야 하는 걸 깜빡했네. 통화 좀 하고 올게."

단아만 거짓말에 소질이 없는 건 아니었다. 강도 이런 순간에 포커페이스
안 되기는 마찬가지였다.

"대만 지금 밤 9신데요? 토요일 밤 9시에 누구랑 무슨 통화를 해요?"

이럴 때 모른 척 돌아가도 되련만, 단아는 짓궂게 굴었다.

"나보고 못돼 먹었다며! 기다려! 한단아가 못됐다고 해서 나 못된 남자 할 거야."

단아는 침대 위에 무릎 대고 앉으며, 요염하게 몸을 꼬았다.

"그 못된 거, 침대 위에서 하면 안 되는 건가?"

과한 콧소리를 내며 '요염한 여자 코스프레'를 하고 있는 단아를 강은 힐 끗 내려다보았다. 동공이 잔뜩 확장된 장화 신은 고양이 같은 표정을 하고 요염을 떨고 있는 모습이 가관이었다.

"나 나쁘면 되게 나쁜 남자야. 쓴 맛이 보고 싶은 거야?"

"보고 싶어, 보고 싶어! 완전 보고 싶어요!"

"나 무지 나쁘게 굴 거야. 한 번만 봐 달라고 애원해도 소용없어, 이제."

세상에서 제일가는 악당이라도 된 양 강은 귀엽게 얼굴을 구기며 단아를 넘어뜨렸다.

"자, 최 대표님 여기 보시고요. 같은 포즈로 미소 세 번 가겠습니다. 1번은 입 다물고 은은한 미소, 2번은 입 살짝 벌리고 짓는 약한 미소, 3번은 활짝 웃는 거요!"

블랙과 그레이의 조화가 절묘한 깅엄체크 무늬 슈트를 입은 강은 포토그래퍼의 요구에 따라 세련된 움직임을 보였다.

가죽 소파에 다리를 꼬고 앉은 그는 1번 미소, 2번 미소, 3번 미소를 완벽하게 소화해 냈다.

「모델 서 줘요. 내가 차릴 회사.」

믿음직스러운 경영 컨설턴트의 이미지를 강조하는 회사 홈페이지에 강의 진중한 미소가 담긴 얼굴과 단아의 상냥한 미소가 담긴 얼굴이 걸릴 예정이라고, 단아는 그에게 거짓말을 했다.

그리고.

"자, 그럼 단아 씨 일은 마무리됐고. 이제 우리 거 가죠."

강을 지켜보던 마케팅 팀 진석원 이사는 포토그래퍼를 불러서 그날 콘셉트에 대해 다시 한 번 더 점검하는 듯 보였다. 단아는 얼른 강에게로 달려가 그의 이마를 닦아 주는 시늉을 했다.

"완전 멋있어요. 너무 멋있어. 전문 모델 같아요."

"한단아 너 때문에 내가 진짜!"

강은 한마디 하려다 그만두었다. 생글생글 웃으며 비위를 맞추는 모습이 만족스러워서.

"자, 최 대표님 옷 갈아입으시고요. 바로 가겠습니다!"

포토그래퍼의 목소리가 들려오자, 강의 얼굴이 떨떠름하게 굳어 갔다.

진짜, 모양 빠지게.

아무리 자신이 입고 싶어서 만든 옷이라고 한들, 스스로 모델을 서는 일은 우스꽝스럽다는 생각을 했었다.

「아니, 한단아 씨 회사 홍보 모델을 하신다고요? 단아 씨가 우리 디자인 하우스 살린 공이 있기는 하지만 공과 사는 구분하셔야죠. 디자인 하우스 룩북(Look-book) 모델은 고사하셨으면서⋯⋯. 디자인 하우스 시작부터 함께한 마케팅 담당 입장에서 상당히 불쾌합니다.」

「그럼, 강준 씨가 룩북 촬영도 하면 되는 거 아닌가요?」

단아를 등에 업고 천군만마라도 얻었다는 듯, 진 이사는 의기양양했다. 둘이 저렇게 진을 치고 나오는데, 항복하는 수밖에.

결국 강은 단아의 회사 홍보 모델과 디자인 하우스 룩북 촬영을 동시에 진행하게 되었다.

"단아 씨, 훌륭해."

팔짱을 낀 석원은 모델로 선 강을 바라보며 나지막이 읊조렸다.

"근데 어떡하죠? 나중에 제가 차리는 회사 모델이 강준 씨 아닌 거 알게 되면."

"그건 그때 가서 단아 씨가 좀 알아서 해 줘요. 최 대표, 단아 씨가 하는 말에는 꿈뻑 죽잖아."

"아, 그래도 이건 너무 초조한데."

아무리 결혼할 사이라고 한들, 전문 모델도 아닌 강이 홈페이지 모델로 나서는 건 그 모양새가 이상했다. 의심받으면 어쩌나 했는데, 강은 한 치의 의심도 없이 단아를 믿고 따랐다. 사실 오늘 촬영은 강을 디자인 하우스 룩북 모델로 세우기 위해 석원과 단아가 꾸민 일이었다.

"저렇게 잘하면서. 그동안 내가 만든 옷을 어떻게 내가 입고 개폼 잡느냐고 얼마나 고집을 부렸는지."

"우리 강준 씨는 개폼도 잘 잡네요. 와, 저 남자는 못하는 게 없어. 인간미 없게."

석원과 단아는 멋들어진 강의 포즈를 보며 키득거렸다. 둘이 친한 척 붙어 있는 게 고까웠던지 강의 서늘하고 뾰족한 목소리가 들려왔다.

"둘이 무슨 이야기를 그렇게 하실까? 언제부터 그렇게 친했다고?"

"대표님, 모델보다 훨씬 더 멋지다고 단아 씨가 계속 칭찬해요. 못 들어 주겠네요, 정말."

석원의 칭찬에 단아는 쌍 엄지를 척 들어 보이며 배시시 웃었다. 차마 개폼에 일가견이 있다고 솔직히 말할 수 없으니 말이다.

[와, 룩북 모델이 디자인 하우스 대표야?]

[얼굴이 열일한다.]

[몸매도 열일한다.]

[그래서 저 옷 사면, 저런 남자도 줍니까?]

강이 모델로 나선 룩북 중 일부 컷이 인터넷에 공개되자마자 반응이 엄청 났다.

"뭐야? 이 댓글은?"

단아는 인상을 구기며 모니터를 쏘아보았다.

"왜, 뭐라는데? 옷은 필요 없어요. 이 디자이너를 사고 싶습니다. 얼마면 되겠니?"

강은 피식 웃음을 터뜨리며 단아의 어깨를 꼭 끌어안았다.

"뭐 내가 어디 팔려간대? 여기 이런 댓글도 있네. 예전에 쇼에서 키스한 여자가 이미 산 걸로 알고 있음. 그 여자가 반품하길 기도하겠음. 한단아 나 반품할 생각 있어?"

"하자 있으면 해야죠."

혀를 날름거리는 단아에게 강은 얼른 입을 맞췄다. 짧고 강렬한 키스가 마무리된 뒤에도 단아는 가만히 눈을 감고 무언가를 음미하는 듯한 표정을 지었다.

"뭐 해?"

"아직까지는 하자 없이 완벽한 걸로."

강은 단아의 볼을 가볍게 꼬집으며 미소 지었다.

"얼른 가야지. 오늘 면접 보기로 한 거 아니야?"

컨설팅 사무실에서 함께 일할 직원 면접을 보기로 한 날이었다.

"아, 지금 몇 시예요?"

"이제 9시 반."

"10시 반부터 면접 보기로 했는데, 나 얼른 갈게요."

"단아야."

"왜 또 이렇게 자상하게 부르실까?"

디자인 하우스 건물에 컨설팅 사무실을 차리라며 방 하나 내주겠다는 말을 할 때도 그는 무척이나 다정한 목소리로 단아를 불렀었다. 설득하고 합의해서 겨우 디자인 하우스 반경 1km 안에 사무실을 구하기까지 우여곡절이 대단했다.

1년 동안 연구원으로 일하며 악착같이 모은 돈에 대출받은 돈을 더해서 사무실을 구한다는 말에 강은 사무실 정도는 자신이 해 줄 수 있게 해 달라며 애원했다. 결국 사무실 보증금은 단아가 모은 돈과 대출 대신 투자라는 명목하에 강이 대 주기로 했다.

이 남자, 이렇게 찰거머리 같은 집착과 소유욕을 장착한 남자일 줄은 꿈에도 몰랐다.

"오늘 면접 몇 명이나 봐?"

"오늘은 총 여덟 명이요. 취업이 어렵기는 한가 봐요. 서류가 엄청나게 많이 들어왔어요."

"여자는 몇 명?"

별로 중요한 질문은 아니라는 듯 연기하는 강이었지만, 순간을 캐치한 단아의 눈동자는 장난기로 반짝 빛났다.

"없는네요?"

시치미를 뚝 떼고 거짓말을 하자, 그가 눈을 부릅뜨며 발끈했다.

"뭐?"

"남자만 여덟 명인데요?"

"같이 가자."

"어디요?"

"어디긴 어디야? 면접 보는 데 같이 가자는 거지."

"미쳤나 봐. 내 직원 면접을 왜 강준 씨가 봐요?"

"한단아, 너는 내 모델 오디션 안 들어갔었어?"

찰거머리 같은 집착과 소유욕에 질투와 유치함도 겸비한 남자다.

"멀리서 지켜보기만 해요. 참견하지 말고."

강은 맹세하듯 고개를 끄덕거렸다.

사무실 인테리어 공사가 이제 막 착수해서 면접은 사무실 근처에 있는 비즈니스호텔 소회의실에서 진행되었다. 30분 단위로 여덟 명을 보아야 하는 면접, 꼬박 4시간 동안 자리를 지켜야 하는 두 사람이었다.

별 볼 일 없던 세 명의 면접자들이 방을 나서고, 네 번째 면접자로 들어온 여자의 독한 향수 냄새가 코를 찌르는가 싶더니 강에게 과한 관심을 보이기 시작했다

"면접은 사장님이 보신다고 했는데, 그럼 그쪽은 먼저 뽑힌 비서예요?"

이런 당돌한 질문을 막힘없이 던지는 저 당참을 가장한 싸가지 없음이란!

"내가 사장인데요. 이쪽은 투자자이면서 현재 유일한 사업파트너."

"그럼 동업인가요?"

일부러 저러는 건지, 본능인 건지 여자는 사장인 단아가 아니라 투자자인 강을 바라보며 질문을 해 댔다. 단아의 어금니가 빠직 갈리는 소리가 들리는 듯했다.

"동업은 아닙니다. 결정권은 전부 이쪽 사장님한테 있습니다. 저는 속 좋은 착한 사장이 당신처럼 애면 사람 뽑을까 봐 여기 앉아 있는 거고요. 앞으로 다른 회사 면접에 임할 때는 면접관에 대한 예의는 지키도록 하세요. 경영 컨설턴트는 경영상 어려움을 겪고 있는 이들의 마음도 헤아릴 줄 알아야 합니다. 이 회사하고는 맞지 않는 것 같군요. 면접은 이것으로 마치겠습니다. 연락은 기다리지 마세요. 떨어졌으니까."

서늘한 목소리로 내뱉는 말이 계속될수록 여자의 표정은 썩어 갔다. 여자가 나가고 난 뒤 단아는 '오올.' 하는 표정으로 강을 바라봤다.

"명심해. 기선제압. 압박 면접까지 할 필요는 없지만, 한단아 네가 데리고 있을 직원이면 절대로 기가 눌려서는 안 돼지."

"나 아까 그 여자한테 기 눌린 거 아니었는데?"

"그럼 왜 그렇게 벙찐 얼굴을 하고 있었어?"

"그 여자가 자꾸 강준 씨만 쳐다보니까 짜증나서 그랬죠."

강은 손목시계를 한 번 확인하고는 근엄한 목소리로 나지막이 속삭였다.

"이번 면접 일찍 끝나서 다음 면접까지 20분이나 남았네?"

"그래서요?"

단아가 눈꺼풀을 깜빡거렸다.

"아는 거 계속 물어봐? 한단아 자꾸 감 떨어지네?"

강은 얼른 단아의 입술을 머금었다. 시도 때도 없이 쪽쪽 입을 맞춰 오는 강을 나무라면서도 싫다고 밀어내지는 않는 단아였다.

똑똑똑.

그때 갑자기 들려온 노크 소리에 화들짝 놀란 단아는 얼른 강을 밀어냈다.

"네, 들어오세요."

시계를 보니 다음 면접까지 15분이나 남아 있었다.

"저, 안녕하세요? 제가 약속 시간보다 일찍 다니는 버릇이 있어서요. 방금 제 앞에 면접자가 일찍 끝나고 나가는 것 같아서…… 실례를 무릅쓰고 문을 두드렸습니다."

경영학과 졸업, 해군 병장 제대, 무려 토익 만점, HSK 5급, 인턴 경력 다수.

"저 뭐든 배워서 열심히 하는 데는 자신 있습니다. 뽑아만 주시면 정말 열심히 하겠습니다."

강과 단아의 입에서 동시에 피식 웃음이 터져 나왔다. 말은 하지 않았지만, 두 사람은 같은 생각을 하고 있었다.

'남자 한단아다!'

패기 돋는 발언이 과거 단아의 모습과 오버랩되었다.

"나랑 나이가 같은데, 괜찮겠어요?"

"사장님께서 불편하지 않으시면, 저는 괜찮습니다."

긴장했는지 면접자의 이마에는 땀이 흥건하게 배어났고, 앞머리는 땀에 젖어 마치 미역 줄기처럼 보일 정도였다.

다리가 부러졌는지 셀로판테이프로 살짝 붙인 두꺼운 안경테, 누구에게 빌려 입었는지 잘 맞지 않는 양복. 세련된 복장과 외모는 아니었지만, 건실해 보이는 그의 태도에서 면접에 충실하려는 마음은 충분히 보였다.

몇 가지 질문이 더 오고 갔고, 대답을 들을수록 단아의 얼굴에 걸린 미소는 짙어져만 갔다.

"연락드릴게요."

"네, 꼭 연락 주세요. 기다리겠습니다."

면접자가 나가고 난 뒤, 단아는 그의 이력서에 별 다섯 개를 그렸다.

"와, 별이 다섯 개야?"

"이 사람 괜찮죠?"

강은 슬쩍 고개를 끄덕거렸다.

"역시 사람 보는 눈은 다 비슷한가 봐요."

"난 남자 한단아 보는 줄 알았어."

"와, 나도 그런 생각 했는데."

이미 마음을 정해서 그랬는지 나머지 면접자들은 눈에 들어오질 않았다.

결국 미역 줄기 앞머리 면접자가 단아가 차릴 사무실의 유일한 직원으로 채용되었다.

"어? 저 되게 빨리 왔는데, 사장님 벌써 와 계셨네요?"

목소리가 들려온 쪽으로 고개를 돌린 단아의 눈이 휘둥그레졌다.

"윤준수 씨?"

"네, 사장님."

"못 알아봤어요, 미안해요."

"아, 라섹 수술 했거든요. 그때 수술 이틀 앞두고 있었어서, 안경다리가 부러졌는데도 다시 못 맞추고 면접에 갔었어요."

"아, 그랬군요."

영혼 없는 대꾸를 한 단아는 준수를 아래위로 한 번 훑어보았다.

이렇게 준수한 외모를 어떻게 그렇게 감쪽같이 숨기고 있었답니까?

사무실 집기류를 정리해야 하니까, 편한 복장으로 나오라는 말에 준수는 하얀색 피케 셔츠에 카키색 면바지, 컨버스 운동화를 신은 모습이었다.

"연락 올 줄 몰랐었어요. 이렇게 합격 소식 들을 줄도 몰랐고요. 다른 데 면접 갔다가 한 벌뿐인 양복에 뭐가 묻는 바람에 하필 세탁소에 맡겼었거든요. 형 양복 빌려 입었었는데, 저 그날 이상했죠?"

"옷이야 깔끔하게만 입으면 되는 거죠."

그날 키스에 정신이 팔려 있다가 노크 소리에 놀라 준수가 걸어 들어오는 모습을 제대로 보지 못했고, 나갈 때는 별 다섯 개를 그리느라 보지 못했다.

이렇게 훤칠한 직원을 뽑았네, 내가! 나지만 정말 잘했어, 기특해!

준수는 하나를 시키면 열을 하려는 의지를 보였고, 단아는 감탄해서 박수라도 쳐 주고 싶은 심정이었다. 흐뭇하게 준수를 바라보고 있는데, 누군가 활짝 열린 사무실 유리문을 두드렸다.

"점심 아직이지?"

강은 손에 든 도시락 봉투를 흔들며 빙긋이 웃었다. 개업을 2주일 앞두고 사무실을 정리하는 단아에게 짬을 내어 들른 참이었다.

"어, 왔어요? 여긴 그때 봤죠? 우리 사무실에 투자해 주신 최강 대표님. 여긴 우리 직원 윤준수 씨."

강은 짐짓 놀란 얼굴로 준수를 살펴보았다. 물론 남들 앞에서 표정 변화가 격한 강이 아니었기에 미세한 미간 주름은 단아만 알아볼 수 있었다.

"안녕하세요? 윤준수입니다. 잘 부탁드립니다."

긴장했던 면접 날과 달리 시원시원하게 인사하는 준수에게서 20대만이

가진 찬란한 빛이 나는 듯했다.

"반갑습니다. 아까 한 사장이 말했듯이 난 여기 투자한 최강."

"네, 잘 알고 있습니다. 제가 가진 유일한 슈트가 옴므 바이 최강이거든요."

자신의 고객이라는데, 강의 표정이 또다시 묘하게 변해 갔다.

"일단 밥부터 먹죠, 배고픈데."

단아는 두 남자를 회의용 둥근 탁자 앞으로 이끌었다. 어제 손톱을 짧게 깎은 탓에 캔 콜라를 따지 못하고 단아가 끙끙거리는 순간.

"아, 제가⋯⋯!"

"이리 줘."

준수는 캔 콜라의 아랫부분을, 강은 캔 콜라의 윗부분을 움켜잡았다. 그리고 허공에서 두 남자의 눈빛이 묘하게 부딪쳤다.

빨간색 콜라 캔 옆에는 기막힌 메시지가 프린팅되어 있었다.

[오늘도 짜릿하게]

열심히 흔들어서 뚜껑을 따면 폭발해 버리는 콜라처럼 일촉즉발의 상황이었다. 준수는 무슨 이유 때문인지 콜라 캔 밑동을 잡고 놓지 않았고, 강은 당연하다는 듯 단아의 손과 콜라 캔 윗부분을 움켜잡고 꿈쩍도 하질 않았다.

"아, 콜라 먹지 말아야겠다."

단아는 어설피 웃으며 콜라 캔을 테이블 아래로 내려놓으려 했다. 그제야 두 남자의 손이 멀어지기는 했는데. 분위기가 묘하게 꼬여 버렸다.

밥알이 입으로 들어가는지 코로 들어가는지.

식사를 하는 동안 세 사람은 아무 말도 없었다. 도시락을 비우고, 테이블 위를 깨끗이 치웠는데도 강은 여전히 사무실을 지키고 앉아 있었다.

"최 대표님, 안 들어가세요?"

강은 서늘한 눈초리로 준수를 노려보았다. 어떻게 감히 투자자에게 그런 질문을 하느냐는 눈빛. 그런데 준수는 전혀 주눅 들지 않은 목소리로 다시 되물었다.

"디자인 하우스 오래 비우셔도 괜찮으세요? 오픈 전에 오셔서 도시락까지 사 주신 건 감사한데……."

준수가 말을 미처 마치기도 전에 강의 휴대전화가 울리기 시작했다. 발신지를 확인한 강의 얼굴이 굳어 갔다.

"어…… 그래……. 지금 들어가. 알았어."

통화를 마친 강은 자리에서 일어나 고압적인 얼굴로 단아를 바라보았다.

"이따 퇴근할 때 올게. 전화해."

"그래요."

강의 서늘한 뒷모습이 사라지자, 준수가 입을 열었다.

"사장님."

앤 왜 또 이렇게 심각할까?

"부당한 일 당하시는 거 있으면 말씀하세요. 투자자라고 무조건 용인하지 마시고요. 투자했다는 이유만으로 사장님께 혹시 애먼 짓 하려고 들면, 저한테 꼭 말씀하세요."

"아, 준수 씨 그게."

앤 뭔가 단단히 오해했네.

'내가 회사 차리는 데, 울 오빠가 투자해 줘떠!' 하고 방방 날뛸 것도 아닌데, 결혼을 앞두고 배우자의 투자를 받아 회사를 차렸다는 사실을 이제 막 뽑은 직원에게 어떻게 말해야 할까 고민하는 찰나. 사무실을 나섰던 강이 다시 되돌아왔다.

"어? 왜 다시 왔어요?"

강의 굳은 얼굴에는 '저.돌.'이라는 두 글자가 쓰여 있는 듯 보였다. 성큼성큼 다가온 그는 커다란 손으로 단아의 얼굴을 감싸 쥐더니 대뜸 입을 맞췄다. 단아의 눈이 커다랗게 뜨였고, 준수는 '지금 뭐 하시는 거예요?' 하고 소리를 질렀다. 짧고 강렬한 입맞춤을 마친 강은 준수에게로 시선을 돌리며 말했다.

"이 작은 머리로 생각이 어찌나 많은지, 윤준수 사원이 사실관계 들으려면 한참 걸릴 것 같아서."

강은 단아의 왼손을 들어 보이며 덧붙였다. 네 번째 손가락에서 다이아몬드 반지가 반짝 빛났다.

"보이지? 봤지? 우리 둘이 무슨 관계일지 이해되지?"

고압적이고 차가운 물음에 준수는 고개만 끄덕거렸다.

"일만 해. 딴맘 먹지 말고. 알겠어?"

잠시 잊고 있었다. 다정다감하고 꿀물 뚝뚝 떨어지는 달콤한 그의 모습에 현혹되어 그의 예전 모습을 완전히 잊어버리고 만 것이다.

순식간에 세상을 얼려 버릴 수 있는 차갑고, 차가운 매력을 가진 마성의 최강을.

"네, 넵! 열심히 하겠습니다!"

준수는 당황한 얼굴로 고개를 숙이며 힘차게 소리쳤다. 만족스러운 대답을 들었다는 듯 강은 미간을 한 번 구기며 고개를 까딱하더니 어깨가 귀밑까지 솟아오른 우쭐한 뒷모습으로 사무실을 나섰다.

부끄러움은 오롯이 남겨진 자들의 몫.

두 사람은 퇴근 전까지 입 꾹 다물고 사무실 정리에 몰두했다.

"내가 천천히 이야기하려고 했는데, 다짜고짜 돌아와서 그러면 어떡해요? 나중에 컨설팅 의뢰인하고 상담할 때도 들이닥쳐서 그럴 거예요?"

"한단아."

"왜요?"

"사업 꼭 해야겠어?"

일의 특성상 새로운 사람을 많이 만나야 했다. 어떤 사람을 어떻게 만나게 될지 모르는 자리, 준수를 보고 나니 괜히 걱정이 앞서는 강이었다. 단아는 새치름한 눈빛으로 강을 올려다보았다.

"또 왜 그래요, 갑자기?"

강은 아련한 미소를 머금은 채 단아를 내려다보았다.

"왜 또 그런 눈빛인데요."

최강을 긴장하게 만드는 용한 재주를 타고난 건지, 아니면 이 남자가 지나치게 걱정이 많은 건지.

"몇 번을 말해야 알아. 강준 씨밖에 없다니까요."

"자꾸 잊어버리니까, 계속 말해 줘."

꿀물 뚝뚝 떨어뜨리며 티격태격하는 두 사람이 탄 차가 멈춰 선 곳은 남대문 시장이었다.

"근데 남대문 시장은 갑자기 왜?"

"사무실에서 쓸 찻잔 같은 것 좀 보려고요."

단아는 금테가 둘러지고, 화려한 나비 문양이 새겨진 찻잔을 들었다 놨다 했다.

「그릇은 남대문 시장 가서 사. 난 거기가 제일 나은 것 같더라. 없는 브랜드 없고, 싸고.」

결혼 준비를 알차게 했다는 민경이 권해 준 곳이었다.

사무실에서 쓸 찻잔을 보러 왔다고는 했지만, 단아는 밥공기를 흘깃 보며 두근거리는 심장을 잠재우려 애썼다. 결혼하면 이 남자랑 둘이 밥 먹고, 이 남자랑 한 이불 덮고 자고, 이 남자랑 같이 사는 거다.

단아가 부부 수저 세트를 멍하니 바라보고 있는데 강의 목소리가 들려왔다.

"한단아."

"응?"

"혼수 안 해 와도 되는데."

들켰다.

단아는 딱 걸렸단 표정으로 강을 올려다보았다. 그 모습에 강은 피식 웃음을 터뜨렸다.

"그럼, 뭐 강준 씨 집에 있던 거 써요? 부부 수저 세트나 밥 그릇, 국그릇은 사야죠!"

"가자, 일단."

"아, 나 저거 더 보고 싶은데!"

진청색 밥그릇을 보며 입맛 쩝쩝 다시는 단아를 데리고 강은 논현동으로 향했다.

"여기가 어딘데요?"

이제 막 공사를 마친 듯한 10층 높이의 빌딩.

"들어가 보면 알아."

프랑켄슈타인을 연상케 했던 그의 디자인 하우스와는 외관부터 완전 딴판이었다. 모양과 크기가 각기 다른 우드 패널이 건물 전면에 배치되어 있어, 마치 숲속에 지어 놓은 거대 오두막집 같은 모습이었다.

로비 안으로 들어서자 따스한 느낌이 나는 오렌지색 조명이 비추는 연미색 실내와 헤링본 무늬로 마감된 나무 바닥이 눈에 들어왔다.

"와, 여기 느낌 되게 좋다."

로비를 두리번거리는 단아를 강은 희미한 미소를 머금은 채로 내려다보았다.

"좋아?"

"근데 여기 어디예요?"

강은 통나무 모양을 그대로 살려서 만든 문 앞에 섰다.

"여기가 대체 어딘데요?"

"들어가 보면 안다니까."

무거운 나무문을 밀어서 열자, 커다란 응접실 같은 공간이 나타났다.

"이게 뭐예요? 여기 뭐 모델하우스예요?"

"맞아."

"어디 분양받게요? 난 지금 강준 씨 집도 좋은데."

강은 단아의 어깨를 꼭 감싸 안은 채로 걷기 시작했다. 모델하우스 응접실 안으로 들어선 단아는 쿠션 한가운데 쓰인 글자를 보고 눈이 휘둥그레졌다.

[端雅 — 단아]

탁자용 전등 받침에 새겨진 글자도 그랬다.

[DANA]

모델하우스를 채운 물건이 온통 그녀의 이름을 달고 있었다. 심장이 쿵쿵 울렸다. 단아는 말도 안 된다는 얼굴로 빙그레한 미소를 지으며 강을 올려다보았다.

"뭘 그렇게 감동하지? 다나. 다 내가 만들었다는 뜻인데?"

풋 하는 웃음이 터짐과 동시에 눈물이 찔끔 나왔다. 단아는 가만히 그가 설명해 주길 기다렸다. 강은 크게 숨을 한 번 들이마셨다. 단아를 내려다보는 그의 눈빛은 진중하고 다정했다.

"네가 내 쉴 곳이니까. 내 평생의 안식처니까."

지금 죽어도 여한이 없다는 말이 딱 어울리는 순간이다. 스케일 큰 남자라고 큰소리 떵떵 치더니, 결혼할 여자를 위해 라이프 스타일 브랜드를 만들 줄이야.

"고마워요."

"이리 와 봐. 더 보여 줄 게 있으니까."

모델하우스 부엌으로 향한 강은 탁자 위에 오른 커다란 상자 앞에 섰다.

"자귀나무 꽃은 부부 금슬을 상징한대. 장모님이 그러시더라."

라면 상자 크기의 짙은 색 나무 궤에는 분홍색 꽃이 소담히 그려져 있었다.

"열어 봐."

"무섭게 왜 이래요. 뭐 시체 같은 거 들어 있거나, 갑자기 뭐 튀어나오거나 하는 건 아니죠?"

강은 신소리하지 말라는 듯 고개를 내저었다. 상자 앞쪽에 있는 자물쇠를 돌려 열고, 뚜껑을 젖히니 도자기 그릇이 눈에 들어왔다.

도자기 그릇의 한쪽 귀퉁이에는 한자로 화할 해(諧) 자가 새겨져 있었다.

"근데 그릇 이름은 왜 '해(諧)'라고 지었어요?"

"결혼 준비 간소화하자고는 했지만, 장모님께서 신경이 쓰이셨나 봐. 주방 집기류는 좋은 걸로 직접 해 주고 싶다고 하셔서. 그 대신 디자인에 참여해 주십사 하고 내가 졸랐어. 어머님 함자에서 따온 거야. 화할 해."

"우리 엄마요?"

"네 식습관이나, 식탁 위에서의 취향은 장모님께서 가장 잘 아실 것 같아서. 살림 제대로 하신 장모님 경력 멋지게 살려 드렸지, 내가."

"울 엄마 되게 좋아하셨겠다."

「사부인은 계속 사회생활 해 오신 분인데, 엄마가 너무 처지면 어쩌니.」

그런 걱정 안 하셔도 된다고 그렇게 말씀드려도 엄마는 딸이 기 못 펼까 괜한 염려를 하셨었다. 그런 엄마의 마음을 헤아려 이렇게까지 신경을 써 준 남자에게 고마운 마음을 어떻게 전해야 할지 감이 서질 않았다.

"이거 판매도 한다는 거죠?"

"그럼. 강남 한복판에 있는 백화점에 매장 계약도 벌써 했어. 거기에 걸릴 장모님 프로필 사진도 벌써 촬영했고. 대신 나중에 못 본 척, 놀란 척해야 한다! 장모님이 보여 주실 때?"

단아는 고개를 뒤로 젖혀 천장을 한 번 바라봤다. 눈물이 또르르 흘러내릴 것만 같았다.

"아, 난 정말 전생에 나라를 구했나 봐."

"스케일이 작아."

"그래요. 지구, 아니 우주를 구했나 봐요. 어떻게 내가."

당신 같은 남자를.

눈꺼풀이 저절로 내려앉았다.

결혼 날짜를 잡은 이후로 엄마와 괜히 데면데면했었다. 그런 이야기를 민경에게 하자, 시집가기 전에 정 떼려고 그러는 건지, 사이좋던 모녀지간도 괜한 걸로 다투게 된다는 이야기를 민경이 해 주었었다.

이제 가족 품을 벗어나 한 남자에게 시집가서 가정을 이루어야 하는 딸의 입장에서 엄마의 품을 벗어나는 게 힘겨워 발악을 하는 것일지도.

마음을 숨기고 묵묵히 곁을 지켜 주던 코치 시절보다, 절절한 사랑 고백을 내뱉던 순간보다, 백만 송이 장미로 뒤덮였던 프러포즈보다, 미국행을 북돋아 주었던 응원보다 엄마의 마음을 헤아리고 살펴 준 지금이 훨씬 더 감동적이었다.

"고마워요. 나 강준 씨한테 평생 잡혀 살게! 나 완전 잘할 거야."

"지금도 잘하고 있어, 우리 단아. 그리고."

커다란 손이 단아의 뺨을 부드럽게 감쌌다.

"내가 하는 말은 계속 귓등으로 듣네, 한단아? 평생 쥐여 살겠다고 한 건 나야."

단아는 발꿈치를 들고 미소를 머금은 그의 입술을 달콤하고 부드럽게 머금었다. 말랑말랑한 단아의 뺨을 감쌌던 커다란 손이 가녀린 어깨를 타고 내려와 등허리를 감싸 안았다. 가볍게 머금고 있던 입술 사이가 벌어지고 말캉하고 뜨거운 찌릿함이 몰려왔다.

셀 수 없을 만큼 많이 주고받은 키스였지만, 그 짜릿함은 여전히 옳았다.

풀썩, 단아의 등이 소파 쿠션에 닿았다. 그리고 시도 때도 없이 자빠뜨리는 강 때문에 여전히 당황스럽기는 마찬가지였다. 단아는 고개를 비틀어 입술을 떼어 내고 물었다.

"근데 여긴 어디예요? 이런 모델하우스 만들려고 빌린 거예요?"

"아니. 디자인 하우스 신축 사옥."

단아의 두 눈이 커다랗게 뜨였다.

"신축 사옥이요?"

"사업 확장하면서 기존 사옥은 너무 좁아져서."

"그럼 그 프랑켄슈타인은요?"

"프랑켄슈타인?"

강의 미간이 설핏 구겨졌다. 머릿속에 있던 말을 그대로 내뱉은 단아는 재빨리 강의 입술을 머금으려 고개를 바짝 들었다.

"대답해. 프랑켄슈타인? 디자인 하우스 건물이 그렇게 끔찍했어?"

"아, 아니 뭐. 철근이 막 삐죽삐죽 나와 있고 그래서."

"아름다움을 추구하는 미완성의 공간. 아름다움은 영원히 완성될 수 없는 거니까. 알겠어?"

강의 얼굴이 무섭게 굳어 있었다. 그가 디자인 하우스에 갖는 자부심은 대단해서 그걸 잘못 건드렸다가는 단아도 큰 대가를 치러야 했다.

"그럼 여긴요?"

"한옥처럼 자연스러운 게 좋다며."

곰곰이 생각해 보니 그가 미국에 왔을 때 했던 질문의 답이 그대로 반영되어 있는 공간이었다.

"남성복은 거기 남아 있을 거고. 여성복 라인이랑 홈 데코 라인은 여기서 작업할 거야."

"와! 우리 서방님 완전 멋있다!"

단아는 아양을 떨며 강의 목을 끌어안았다. 그러자 잔뜩 굳어 있던 강의 표정이 미묘하게 변해 갔다.

"뭐라고?"

"멋있다고요."

"그 전에."

"글쎄요. 내가 뭐라고 했나?"

"어우, 이 여우 진짜."

강은 단아의 목덜미에 얼굴을 묻으며 빙그레 웃었다. 그리고 커다란 손은 그녀의 바지춤에서 블라우스 자락을 빼내고 있었다.

"왜 이래요. 누구 오면 어떡하라고."

"오긴 누가 와?"

블라우스 안으로 들어온 손이 성마르게 움직였다.

"뭐 하는 거예요?"

"신사옥에 대한 일종의 영역 표시?"

"어우! 짐승!"

나무라는 목소리와 달리 단아는 강이 자세를 편히 할 수 있도록 소파 깊숙이 밀고 들어갔다.

"강준 씨."

벅차오르는 숨을 고르며 이름을 부르는 여린 목소리에 강은 곧 숨이 멎을 것처럼 가슴이 뛰는 것 같았다. 강은 그녀의 쇄골 언저리에 입을 맞추며 나지막이 대꾸했다.

"음?"

"부탁 하나만 들어줄래요?"

"뭐든 들어줄 테니까, 지금은……."

흐려진 말끝 대신 옷깃이 스치고, 더운 숨소리가 터져 나왔다.

커다란 나무 문 밖에선 두 사람은 얼굴을 붉히며 돌아섰다.

"사부인, 나중에 다시 오시죠. 공사가 아직 덜 끝났나. 나무문이 영 안 열리네요."

"그러게요. 어디 가서 차나 한잔하시죠, 사부인."

모델하우스가 완성되었다는 소식을 듣고 한달음에 달려온 이해라 여사였다. 예비 사위가 만들어 준 거지만, 사돈댁이 보고 싶다고 하셔서 같이 온 참이었다.

발걸음을 돌리는 이해라 여사의 마음은 미안하기도 하고 뿌듯하기도 하고. 평생 딸에게 잡혀 살겠다는 사위에 대한 고마움과 뿌듯함, 그리고 마주

선 사부인에 대한 미안함.

"사부인, 오늘 차는 제가 거하게 살게요."

이 여사의 낭랑한 목소리가 조용히 울렸다.

제20장 당신을 존경합니다

요 며칠 제이슨의 얼굴이 좋지 않았다. 부쩍 말수도 줄었고, 멍하니 허공을 응시하는 일도 많았다. 강은 그런 제이슨을 걱정 어린 눈으로 바라볼 뿐이었다. 그리고 실연의 상처를 끄집어내서 엉엉 울기 전에, 일에 치여 죽기 직전까지 내모는 것밖에는 해 줄 수 있는 일이 없었다.

"새로 오픈하는 신선 호텔 한정식당에서 우리 그릇을 쓰고 싶어 한대. 제이슨이 가서 좀 만나 봐. 레스토랑 납품 건은 처음이니까."

"알겠어."

요즘은 일을 시켜도 토를 다는 일도 없다. 우려했던 바와 같이 신인 모델이었던 남자는 제이슨이 런웨이에 세우고 난 뒤 유명세를 타자 뒤도 안 돌아보고 달아나 버렸다.

「죄송해요. 제가 제 성향을 착각했나 봅니다.」

제이슨에게 말은 하지 않았지만, 그 모델이 더 이상은 활동할 수 없도록 이미 손을 쓴 강이었다.

감히 최강이 데리고 있는 디자이너를 능욕하다니.

큰 상처를 받은 제이슨은 그날 이후 일부러 덤덤한 척 노력하는 듯 보였다. 강이 사겠다는 위로주도 거절하고, 무너지지 않으려 발악하는 모습이 안쓰럽기까지 했다.

"내가 아주 최강 싸모님 때문에 돌겠다."

그러는 중에도 제이슨에게 활력을 불어넣는 이는 단아였다.

"우리 단아가 왜?"

꼭 '우리'를 붙여서 사람 서럽게 해야겠느냐며, 제이슨은 두 눈을 부릅떴다.

"미국에서 같이 일하던 사람인데, 최 대표 바쁜 것 같으니까 나한테 디자인 하우스 견학 좀 시켜 달래. 별걸 다 해 달래, 진짜!"

"아, 그 실장인지 실땅인지 왔나 보네."

"실땅님!"

"다아나아!"

인천 공항 입국장, 두 손을 맞잡고 방방 뛰는 두 사람에게로 사람들의 시선이 집중되었다. 단아의 결혼 소식을 듣고 한달음에 달려온 제이슨 실장이었다.

"더 예뻐졌네? 완전 예뻐졌다!"

"저 결혼식 두 달이나 남았어요. 왜 이렇게 빨리 오셨어요?"

"아니, 오랜만에 서울 구경도 하고, 다나 사무실 개업도 코앞이고 겸사겸사."

호들갑을 떨던 제이슨 실장은 특별할 거 없다는 듯 덧붙였다.

"연구소 한국 지사장으로 발령도 났고."

단아는 휘둥그런 눈으로 그를 바라보았다.

"정말요? 축하드려요!"

"응. 말이 한국 지사장이지, 사실 서울에 생긴 연구소는 한국에 있는 투자 회사랑 공동 출자한 거라 한국 회사나 마찬가지야. 지분이 75대 25로 한국 회사 비율이 더 높아."

"앞으로 잘 부탁드립니다. 제가 도움을 청할 일이 많을 것으로 사료되옵니다."

"맨입으로는 안 됩니다, 한 사장님. 건당 수수료는 짤 없이 받겠습니다."

제이슨 실장이 운영할 연구소의 빅 데이터를 활용해서 경영 컨설팅에 응용할 수 있다면 금상첨화였다.

"한국 투어는 됐고. 단아 씨 사무실은 다음 주 개업식 때 보면 되고. 나 디자인 하우스 구경시켜 주면 안 될깡?"

"헤헤. 거기 외부인 출입이 좀 제한된 공간이어서요."

단아는 미안하다는 듯 어설피 웃었다.

"치, 그 냉미남이 치사하게 구는구나?"

"치사하다뇨? 아니에요! 예전에 디자인 도용 관련해서 일이 좀 있었거든요. 그래서 그 이후로 좀 예민해요."

제이슨 실장이 부루퉁한 얼굴로 투덜거렸다.

"내가 뭐 디자인 보자고 했나? 그냥 방문객 머무는 공간만이라도 보고 싶은 건데."

한국 대사 드립질이 좀 심하긴 했어도, 뭘 우기거나 하는 후안무치한 성격은 아닌 제이슨 실장이었다.

"그럼, 거기 CD님한테 한번 여쭤볼게요. 강준 씨는 요즘 주로 신사옥에서 근무하거든요. 학생용 견학 비슷한 거 있다고 들은 것 같아요."

택시에 오른 단아는 곧장 제이슨에게로 전화를 걸었다.

"네, 제이슨 코치님! 네…… 있잖아요. 부탁이 있는데요."

해사한 얼굴로 전화 통화를 하는 단아를 제이슨 실장은 아련한 눈빛으로 바라봤다.

거기 정말 있었구나.

"어우, 짜증나. 정말. 최강 대표 싸모라고 이런 식으로 들이닥쳐도 되는 거야? 바빠 주욱겠는데, 뭐 누굴 데려온다는 거야?"

투덜거리며 디자인 하우스 로비를 나서던 제이슨이 우뚝 멈춰 섰다.

택시에서 내려 단아의 옆에 선 남자. 붉은 곱슬머리, 장난기 가득한 미소.

그가 돌아왔다.

제이슨은 두근거리는 심장을 잠재우려 한숨을 몰아쉬었다. 머리가 어질어질한 것만 같았다.

저 남자가 단아를 어떻게……

해맑게 웃는 단아의 옆에 서서 디자인 하우스 건물을 올려다보는 남자의 얼굴에는 아련한 미소가 번져 가고 있었다.

제이슨은 뚜벅뚜벅 걸음을 옮겼다. 다리가 후들후들 떨려 왔지만, 중심을 잃지 않기 위해 노력했다. 건물을 올려다보던 그의 눈빛이 입구에 선 제이슨에게 옮겨 왔다.

"찾았다."

그의 어눌했던 한국어가 정확해져 있었다.

"한국 디자이너랑 알콩달콩 잘 살 줄 알았더니, 이런 꼬맹이한테 뺏겼어?"

비아냥거리는 제이슨 실장의 말에 단아가 화들짝 놀라 변명했다.

"아하하. 코치님. 이분은 제 미국 연구소 시절 사수고요, 한국 드라마를 많이 보셔서 시도 때도 없이 드라마 대사가 튀어나오곤 하신답니다."

"단아 씨, 잠깐만."

짧게 대꾸하는 제이슨의 얼굴이 백지장처럼 하얗게 질려 있었다. 그리고 그런 제이슨을 바라보는 제이슨 실장의 눈빛은 감히 표현할 수 없을 만큼 아련했다.

집무실로 헐레벌떡 뛰어 들어온 단아는 벅차오른 숨을 고르며 횡설수설했다.

"그러니까요. 제이슨이 제이슨한테 예전에 고백을 하려고 했는데요. 이제이슨은 그 제이슨이 자길 좋아하는지 모르고."

급기야 울먹이기까지 하는 단아였다. 강은 얼른 집무실 의자에서 일어나 그녀가 서 있는 곳으로 다가갔다.

"정신 차려, 한단아. 너 왜 이래?"

"우리 제이슨 코치님 첫사랑 만났어요!"

그러니까 정리를 하자면, 한국인 이제순 씨의 특별한 취향을 깨닫게 해준 장본인이 바로 제이슨 실장이라는 거다.

동대문 시장에서 아르바이트하던 시절 손님으로 자주 오던 제이슨 실장과 마음을 나누는 사이까지 된 것. 그런데 미국으로 돌아간 제이슨 실장의 고백이 엇갈렸고, 이제순 씨는 실연의 상처를 달래기 위해 강에게 빠졌다고. 그런데 차마 그를 완전히 잊을 수는 없어서 이제순 씨는 디자이너로 데뷔하며 '제이슨 리'라는 예명을 쓰기 시작했단다.

기막힌 이야기를 듣고 있던 강의 얼굴은 새파랗게 질린 것처럼 보였다. 남녀 사이의 치정극도 아니고 남남 사이의 치정극에 얽혔으니 당황스러울 만도. 싫다고 아득바득 우겼지만, 단아에게 끌려나온 강은 두 제이슨과 함께 저녁 식사를 해야만 했다.

"제이슨, 거기 나 냅킨 좀 주세요."

"여기."

"이거?"

두 사람이 동시에 대답하는 바람에 단아는 당황스럽게 대꾸했다.

"저기 두 분 중 한 분은 이름을 좀 어떻게 바꾸시면 안 될까요?"

"JB라고 불러, 그럼."

그리 말한 사람은 제이슨 실장이었다.

"제이슨 본드의 약자. JB."

이름 참 거시기하다. 한국 드라마에 푹 빠진 남자가 미국 첩보 영화 주인공 이름의 짬뽕이라니.

"제임스 본드, 제이슨 본, 잭 바우어. 날고 기는 남자는 전부 JB네. 그중 젤 멋진 남자는 우리 JB고."

애교스러운 제이슨의 말에 단아는 흐뭇한 눈으로 두 사람을 바라보았다. 그리고 그런 단아를 강은 사랑을 가득 담은 눈으로 응시했다.

넌 어쩜 이래?

편견 없이 사람을 있는 그대로 받아들이는 모나지 않은 모습에 강은 아련한 미소를 머금었다. 이런 성정 때문에 그녀는 아마도 자신을 스스럼없이 연애 코치라고 여겼을 것이다. 순수한 그녀의 마음 덕분에 그녀를 얻을 수 있었다는 생각이 들었다.

강은 앞으로 평생 그녀의 순수한 성정을 지켜 주겠노라고 다짐했다.

9월인데도 불구하고, 날은 무척이나 더웠다. 뉴스에서는 지구 전체가 고온현상에 시달리고 있다고 떠들어 댔다. 더운 날씨에도 좁은 사무실 안에는 개업을 축하하기 위해 모인 사람들로 가득했다.

"와, 한단아 이제 사장님이야?"

민경은 꽃바구니를 건네며 빙그레 웃었다.

"사장이란 말 너무 어색해. 이거 익숙해지려면 오래 걸릴 것 같아."

"어떻게 사장이란 말이 어색하니? 하루만 지나 봐. 집에서도 사장님 소리 듣고 싶을걸?"

장난스럽게 대꾸하는 민경과 함께 온 보영, 유정, 지원이 키득키득 웃었다.

"근데 단아야."

대뜸 목소리를 낮춘 이는 보영이었다.

"저 사람이 여기 직원?"

"어, 아직은 하나뿐인 직원."

"대박. 결혼도 앞둔 애가 저런 특급 직원을 옆에 두고 있는 건 반칙이다."

그리 말하는 보영의 볼이 발그레한 것은 기분 탓만은 아닌 것 같았다.

"성실하고, 능력 좋아서 뽑은 거야."

"아, 이 기집애 진짜."

민경의 핀잔에 보영이 움찔 떨었다. 그런데 민경의 시선은 단아를 향해 왔다.

"지금 중요한 건 그게 아니잖아? 그래서 솔로야?"

"아직 그런 것까지는 모르고."

"와. 뭐지? 한단아. 지금 친구 앞에서 직원 보호하는 거임?"

으름장을 놓는 민경을 향해 나무라듯 입을 연 건 보영이었다.

"야, 너는 친구한테 너무한 거 아냐? 단아야. 사업 흥하길 빌게. 그래야 우리 그이 연봉도 많이 올려 주지."

"못 말려, 정말."

친구들 곁에서 웃음을 터뜨리고 있는 단아를 부르는 목소리가 들려왔다.

"축하해, 단아야."

고개를 돌려 보니, 그곳에는 역시나 환한 미소를 짓고 있는 강이 서 있었다. 진회색 슈트에 연한 핑크색 니트를 입은 그의 모습은 언제나처럼 완벽했다. 자신이 사업주인 자리는 아니어서인지, 다소 부드러운 이미지의 옷을 입고 있는 그에게서 외조 킹의 향기가 물씬 풍겼다.

"저녁 식사는 근처 한식당에서 하시면 됩니다. 이건 한단아 사장 명함이고요."

강은 방문객 한 명 한 명에게 인사를 하며 단아가 미처 챙기지 못하는 부분까지 세심하게 살폈다.

"자네였구만."

날카로운 눈으로 강을 살피는 이는 한창진 교수였다. 강은 무어라 입을 떼지 못하고 머뭇거렸다. 대뜸 자네였다고 말하는 이의 아우라가 심상치 않아 보였다.

"아, 교수님! 와 주셔서 감사합니다."

헐레벌떡 달려온 단아에게 한 교수는 이내 인자한 미소를 머금었다.

"축하하네. 이렇게 번듯한 사무실을 금세 열 줄은 몰랐네."

"다 교수님 덕분이에요."

해사한 미소를 지어 보인 단아는 얼른 강을 한 교수에게 소개했다.

"이쪽은 저랑 결혼할 사람이고요."

"안녕하세요? 교수님. 미리 찾아뵙지 못해서 죄송합니다. 최강입니다."

한 교수는 가늘게 뜬 눈으로 강을 바라보았다.

"내 우리 단아 딸처럼 아끼는 제자요."

당부하듯 내뱉은 한 교수의 어조에는 아쉬움이 어려 있었다. 그렇게 도현과 잘되라고 밀어줬건만 제 짝은 다 따로 있는 것인가 보다. 공부만 하겠다고 하던 단아가 박사를 포기하고 사무실을 차리지 않나, 곧 결혼을 앞두고 있다고 하지를 않나.

순진한 제자 꼬셔서 데려가겠다는 남자가 여간 궁금했던 게 아니었다. 디자이너라고 듣기는 했는데, 영화배우 부럽지 않은 외모를 마주하고 있노라니 옆에 선 단아 걱정이 이만저만이 아니었다. 얼굴값 한다고 여자 깨나 울렸을 것 같이 생겼는데.

한 교수는 여전히 마뜩잖은 눈빛으로 강을 올려다보았다.

"사장님, 전화받아 보셔야 할 것 같은데요?"

"어, 그래. 알았어. 준수 씨."

"교수님, 그럼 잠시 실례하겠습니다."

직원의 부름으로 단아가 시야에서 떠나고 나자, 한 교수의 눈빛은 더욱 매서워졌다.

"저 교수님. 긴히 드릴 말씀이 있는데요. 괜찮으시면 잠시 시간을 내어 주실 수 있는지요?"

강의 정중한 물음에 한 교수는 그저 고개만 끄덕거렸다.

단아의 사무실이 있는 빌딩 1층, 커피 전문점에 한 교수와 강이 마주 앉았다. 강은 마치 제2의 장인어른을 마주하고 앉기라도 한 양 긴장한 모습이었다.

"단아가 무척이나 존경하는 교수님이라고 들었습니다."

입에 발린 소리가 아니라 진심이 느껴지는 목소리였다. 한 교수는 막내딸 보쌈해 가는 도둑놈 바라보듯 했던 눈빛을 한 꺼풀 걷어 냈다.

"뭐 단아가 나를 잘 따르기는 했지."

강은 테이블 위에 진주 빛 봉투를 내려놓았다.

"이거 양가 부모님 보여 드린 거 외에는 처음 드리는 겁니다."

한 교수는 손을 뻗어 테이블 위에 놓인 봉투를 집어 들었다. 봉투 안에는 곱게 프린팅된 두 사람의 청첩장이 들어 있었다.

"결혼식의 주인공은 신랑 신부 두 사람이 아닌, 신부라는 말을 많이들 하더라고요. 그래서 그날 주인공인 단아가 가장 존경하는 분을 주례자로 모시고 싶습니다."

"나한테 주례를 부탁하는 거요?"

"네, 교수님. 시간 되실 때, 디자인 하우스에 들러 주시면 멋진 양복도 한 벌 지어 드리고 싶습니다."

"우리 단아 단점이 뭐요?"

둘이 어디가 그렇게 좋아서 결혼하느냐고 묻는 게 보통인데, 한 교수는 단아의 단점이 뭔지를 물었다.

"생각이 많습니다. 생각이 많아지면 입을 다물고 말을 하지 않고요. 마음이 결정되기 전까지는 입도 뻥끗 안 합니다. 그래서 미국으로 가기 직전까지 전 몰랐고요."

"그래서 그 단점 고쳐 줄 생각이요?"

한 교수의 물음에 강은 희미한 미소를 머금었다.

"교수님, 어린 왕자 아시죠?"

"알지, 알다마다."

"어린 왕자에서 서로 길들인다는 것에 대한 에피소드가 나옵니다. 하지만 저는 길들이는 게 사랑이라는 생각은 하지 않습니다. 생텍쥐페리가 말한 길들인다는 말에서 서로에 대한 배려는 가져오고 싶지만, 있는 그대로의 모습을 이해하고 받아들이는 게 사랑이라고 생각합니다. 지금도 단아의 있는 그대로를 사랑하고, 앞으로도 그럴 겁니다."

한 교수는 가만히 고개를 끄덕거렸다.

"주례사는 너무 길면 안 되겠지?"

산부인과 복도를 서성이는 예비 아빠라도 된 양 강은 초조한 얼굴로 디자인 하우스 복도를 왔다 갔다 했다.

"진짜 미치겠네."

잔뜩 긴장한 강을 보며 직원들은 인사를 할까 말까 고민하다가 슬슬 피해 갔다. 괜한 불똥이 튀면 곤란하니까.

한단아에게는 달콤하고 말랑말랑한 마시멜로 같은 남자지만, 디자인 하우스에서의 그는 여전히 얼음처럼 차가운 대표였다. 참다못한 강은 쇼룸 문을 세차게 두드렸다.

"왜요? 왜 자꾸 두드리세요?"

안에서 들려온 목소리의 주인공은 유리였다. 단아랑 친구 먹더니 대표 놀려 먹는 솜씨가 일취월장하는 그녀였다.

"아직 멀었어?"

"거의 다 됐어요!"

"나 들어간다!"

강이 문고리를 잡고 흔들어 댔다.

"안 됩니다. 대표님은 여기 절대 들어오시면 안 됩니다."

"어차피 내가 디자인한 드레스잖아!"

"단아가 입은 건 못 보셨잖아요! 그건 결혼식 날 보세요."

강이 디자인한 웨딩드레스 가봉이 있는 날, 유리는 가봉 작업은 본인이 하겠다며 단아를 데리고 쇼룸 안으로 들어가 버렸다. 어차피 강이 단아를 위해 디자인한 웨딩드레스인데, 유리는 절대 결혼식 전에는 볼 생각 말라며 으름장을 놓았다.

"최 대표, 여기서 뭐 해?"

등 뒤에서 들려온 목소리는 제이슨이었다.

"뭐야, 뭐야? 단아 씨 드레스 가봉하는 거 안 보여 준대? 치사하게?"

"미치겠다. 문 좀 열라고 해 봐."

제이슨은 비장한 얼굴로 쇼룸 문을 두드렸다.

"은유리 대리."

유리는 승진해서 어느새 대리를 달았다.

"네, CD님!"

"한단아 양 옷 다 갈아입을 때까지 이 문 절대로 열지 마! 알았지?"

"넵! 분부 받잡겠습니다."

"아주 죽이 척척 맞네. 쇼를 해라."

강은 잔뜩 심통이 난 얼굴로 제이슨을 바라보았다.

"최 대표는 나 좀 따라오고."

"이제 막 대표한테 명령이네?"

"빨리 와, 어서."

제이슨은 강을 끌고 가며 넋두리를 해 댔다.

"왜 이렇게 눈치가 없니? 최강?"

"뭐가 또?"

"단아 씨가 결혼식 날 보여 주고 싶다잖아. 깜짝 놀라게 해 주고 싶은 여자 마음을 모르겠어?"

"어차피 쇼에서 한 번 봤잖아."

"그건 다른 드레스고. 그리고 결혼식 날이랑 그 쇼랑 같니? 내가 누누이 이야기했지. 그 결혼식 주인공은 신부인 단아 씨라고."

"알아. 안다고. 그래서 내가 직접 가봉하고 틀어진 데는 없는지 보겠다잖아."

"최강."

"자, 생각해 봐. 다른 남자들은 예비 신부가 드레스 짜잔 하고 입으면 와! 이뻐, 완전 이뻐! 이러고 감탄할 거란 말이지."

"당연히 그러겠지."

"근데 우리 최강은 단아 씨 드레스 가봉하러 들어가서, 여긴 라인이 별로군. 여기 박음질 다시. 새틴이 이따위 소재밖에 없었나? 이게 최선이야? 하고 직업 정신 투철한 디자이너 할 거잖아!"

"그야!"

"됐고! 가봉은 유리 씨한테 맡겨. 지난번 쇼에서 단아 씨 몸에 딱 맞게 손 본 거 은유리 대리라는 거 잊었어?"

강은 알겠다는 듯 손바닥을 활짝 펴 보였다.

"지금 보고 싶어 죽겠는 그 마음도 알겠는데, 결혼식 때까지 기다려 봐. 그 기대감으로 하루하루를 버텨 보란 말이야."

"안 그래도 충만한 기대감에 심장이 두근거리다 못해 너덜거릴 지경이야."

"심장이 너덜거려? 어떻게 내가 박음질 좀 촘촘하게 해 줄까?"

제이슨이 강의 가슴팍에 손을 올리려 하자 강은 정색하며 뒤로 물러섰다.

"정신 차려, 제이슨!"

"암튼 따라와."

제이슨은 회심의 미소를 지으며 앞장서 갔고, 강은 몸서리를 치며 그 뒤를 따랐다.

"따라오라니까 가긴 하는데……. 뭐 하자는 거야, 대체?"

강이 도착한 곳은 제이슨의 집무실이었다. 집무실 한가운데, 하얀 천이 드리운 보디가 서 있었다.

"뭐야, 무섭게."

"내 선물. 풀어 봐, 한번."

강은 조심스런 손길로 하얀 천을 걷어 냈다. 그곳에는 최고급 원단으로 지은 턱시도 한 벌이 있었다.

"내 선물. 단아 씨 리허설 드레스, 본식 드레스, 피로연 드레스 디자인하느라, 본인 턱시도는 생각도 안 했지?"

강은 한숨을 한 번 내쉬며 미소를 머금었다.

"다음 시즌 신상 슈트 입으려고 했지."

"결혼식 주인공이 단아 씨면, 여주인공 옆에 선 최강도 남주잖아? 멋져야지, 최대한. 100% 핸드메이드야! 이거 만드는 데 꼬박 200시간 넘게 걸렸어."

"고마워."

"고마우면!"

제이슨은 왼쪽 볼을 검지로 톡톡 가리켰다.

"뭐?"

"그냥 입 닥지 말고, 그 입으로 딴 거 해 보라고."

"그래, 까짓것. 외국에서는 인사로 하루에 수십 번씩 쪽쪽거리는 거. 내 턱시도 만들어 준 제이슨한테 내가 못 하겠어?"

강이 성큼성큼 다가와 제이슨의 어깨를 부여잡았다.

"꺄악! 미쳤나 봐, 최강! 진짜 하게? 나 임자 있는 몸이야. 우리 JB한테 이른다?"

"왜 이래? 해 달라고 할 때는 언제고? 내 진한 키스를 받을 수 있는 마지막 기회일 수 있어! 이리 와, 제이슨!"

제이슨이 비명을 지른 순간, 집무실 문이 열렸다.

"두 분 지금 뭐 하시는 거예요?!"

소리를 빽 지른 유리 옆으로 넋이 나간 단아가 서 있었다. 강은 얼른 턱시도 앞을 막아섰다.

"뒤에 뭐예요?"

미간을 찌푸린 단아의 질문에 강은 얼른 고개를 내저었다.

"아무것도."

"아무것도 아닌데 왜 숨겨요?"

당황해서 어버버거리고 있는 강을 한심하게 쳐다보던 제이슨이 대신 입을 열었다.

"최강 웨딩드레스."

"네에?"

놀란 단아의 목소리가 튀어 올랐다.

"아, 내가 우리 최 대표 턱시도 만들었어. 근데 단아 씨가 웨딩드레스 입은 모습 안 보여 주겠다고 해서, 최 대표도 안 보여 주겠다고 가리고 섰나 봐."

잔뜩 구겨져 있던 얼굴에 비상한 미소를 머금은 단아는 성큼성큼 강이 서 있는 곳으로 다가갔다.

"보여 줘요."

"안 돼."

"왜요? 난 입은 것만 안 보여 준 거잖아요. 디자인 정도는 보면 안 돼요? 그리고 내 드레스랑 안 어울리면 어떡해요?"

"어머! 단아 씨! 그게 무슨 소리야? 완전 어울리거든! 날 뭘로 보고. 이래 봬도 내가 최 대표랑은 디자인적으로다가 소울메이트나 다름없다고!"

"아, 그래서 두 분이 뽀뽀라도 하려고 그렇게 붙어 계셨어요?"

단아가 가늘게 뜬 눈으로 강과 제이슨을 번갈아 가며 노려보았다.

"장난이었어, 장난."

"와, 유리야. 완전 어이없다. 그치? 나 지금 결혼 앞둔 남자가 외간 남자랑 뽀뽀하려는 현장 잡은 거야."

"완전 어이상실!"

유리는 단아의 말에 맞장구를 쳐 댔다.

"봐라, 봐."

강은 자포자기한 얼굴로 눈동자를 한 바퀴 돌리며 비켜섰다.

"우와! 멋지다!"

오직 한 남자를 위한 비스포크 핸드 메이드 턱시도.

까만색 재킷과 완벽한 대비를 이루는 드레스 셔츠, 그리고 우아하게 떨어지는 드레스 팬츠가 가히 예술이었다. 그리고 예상했던 대로 타이가 있어야 할 자리는 비어 있었다.

"난 참을 수 있어. 절대 입은 모습 먼저 보여 달라고 조르지 않을 거야."

단아는 유유히 돌아서 제이슨의 집무실을 나섰다.

높고 푸른 하늘을 스치는 바람에서 가을 향기가 물씬 풍겼다. 북한강이 내려다보이는 잔디 마당에는 그네와 미끄럼틀을 비롯한 친환경 원목 놀이터가 자리했다. 그리고 마당 한쪽에 심어진 아름드리나무 아래에는 성인 대여섯 명이 드러누워도 남을 만한 크기의 원목 마루가 놓여 있었다.

2층 응접실에서 마당을 내려다보던 단아의 얼굴에 미소가 자리했다. 단아가 서 있는 2층 응접실은 얼마 전 강의 디자인 하우스에서 론칭한 라이프 스타일 브랜드 '단아'로 꾸며져 있었다.

"이제 들어가실 시간입니다. 대표님 준비 다 되셨답니다."

"네."

단아는 안내하는 사람의 뒤를 조용히 따랐다. 새로 지은 건물임에도 불구하고 독한 냄새가 전혀 나지 않았다. 특별히 신경 써 달라는 단아의 부탁에 따라 친환경 자재를 쓴 덕분이었다.

안내인이 커다란 나무문을 밀어 열자, 단상 위에 오른 강의 모습이 눈에 들어왔다. 단아는 가슴께로 손을 올리고 강에게 가만히 손을 흔들어 보았다. 강은 이제 왔느냐는 듯 고개를 까딱했다.

"꽃날 아동 청소년 복지원 신축을 위해 힘써 주신 최강 후원자님의 준공 축사가 있겠습니다."

사회자의 목소리에 이어 낮고 감미로운 강의 목소리가 강당을 채웠다. 단아는 가만히 눈을 감고 그의 목소리에 귀를 기울였다. 절대 축사에 자신을 언급하지 말라는 말에 강은 아쉬운 소리를 해 댔었다.

「그럼 할 얘기가 없어. 이 일 시작해 보는 게 어떻겠느냐고 한 것도 단아 너고, 여기저기 인맥 끌어와서 후원 펀드 만든 것도 넌데…… . 네 이야기를 안 하면 내가 대체 무슨 이야기를 해?」

「좋은 물건 만들다 보니, 좋은 일을 하고 싶어서 그랬다고 하면 되죠.」

강의 친구인 태희가 어릴 적 생활했던 곳이라고 했다. 시설이 낙후되었으나, 어디서부터 손대야 할지 몰라 공사를 망설이고 있다는 이야기를 들은 단아는 그 길로 펀드를 만들었다. 모델하우스에 데려갔을 때, 뜨거웠던 소파 위에서 단아가 했던 부탁이 바로 복지원 신축 공사 건이었다.

"……행복하시길 바랍니다."

강이 청중에게 인사를 마치고 강단에서 내려와 문 옆에 서 있는 단아의 곁으로 다가왔다. 가만히 단아의 손을 잡은 강은 그녀의 귓가에 조용히 속삭였다.

"앞에 앉기라도 하지."

"일이 늦게 끝나서 좀 늦었어요. 미안해요."

시작한 지 얼마 되지 않았는데, 그녀는 수완 좋은 경영 컨설턴트 소리를 들으며 성장하고 있었다. 짧은 행사를 마치고 강과 단아는 기념 촬영은 꼭 하고 가라는 복지원장의 말에 따라 잔디 마당으로 향했다. 아이들이 뛰어노는 모습을 바라보는 강의 눈가에는 흐뭇한 미소가 어려 있었다.

"오늘 강준 씨 정말 멋졌어."

"한단아가 시키는 대로 했을 뿐인데?"

"내키지 않는 일을 내가 시킨다고 억지로 한 건 아니잖아요. 스케일 큰 남자라며? 이 정도는 내가 말 안 해도 할 생각 있던 거 아니었어요?"

끝까지 강에게 공을 넘기는 단아였다.

"패션지 기자들은 최강 콧대 높고 차갑다고 욕하는데, 사회부 기자들이나 착하다고 소문내고 다닌다더라?"

강의 너스레에 단아는 웃음을 터뜨렸다.

"한단아 덕분에 개과천선한 느낌인데?"

"개과천선은 무슨. 강준 씨는 착한 일 몰래 해 왔던 거고, 나는 내 남자 착하다고 자랑하고 싶어서 소문내는 것뿐인데?"

경영 컨설턴트답게 내조의 스케일부터 자기 남자 치켜세워 주는 스킬까지 남다른 한단아다.

"이거 기다렸다가 주려고 했는데, 너무 멋져서 오늘 줘야겠다."

따사로운 가을 햇살 아래 단아의 미소가 반짝반짝 빛났다.

"뭘?"

단아를 내려다보는 강의 얼굴도 눈부시기는 마찬가지였다. 단아는 핸드백에서 정사각형 모양의 진남색 가죽 상자를 꺼냈다.

"열어 봐요, 선물. 나 생각해 보니까 그동안 염치없이 강준 씨한테 받기만 했더라고요."

"무슨 소리야, 염치없다니? 경영 컨설팅 평생 무료 보장받는 거 아냐?"

"어우, 꼭 있는 사람이 더한다니까? 얼른 열어 보기나 해요."

커다란 눈망울에 기대감이 잔뜩 어려 있었다.

결혼을 딱 일주일 앞둔 시점.

단아가 건넨 선물 상자를 내려다보는 강의 심장이 쿵쿵 울렸다. 그런 강을 올려다보는 단아의 심장도 두근거리기는 마찬가지였다.

"연다, 그럼?"

강은 조심스레 가죽 상자 뚜껑을 들어올렸다. 하얀색 벨벳 쿠션 사이에 와인색 실크 보타이가 놓여 있었다. 보타이 오른쪽 아랫부분에는 은색실로 새겨진 강과 단아의 이니셜이 자리했다.

"제이슨 코치님한테 부탁했었거든요. 턱시도 만들면서 타이는 만들지 말라고."

"이거 단아 네가 만든 거야?"

고개를 끄덕거리는 단아의 볼이 가을 하늘에 진 노을처럼 예쁜 선홍빛으로 물들어 있었다.

"강준 씨는 내 드레스도 만들어 줬는데, 나도 뭔가 해 주고 싶어서. 유리 도움 받아서 만들었어요. 마음에 들어요?"

커다란 눈망울에 초조함이 어려 있었다. 강은 가만히 단아의 어깨를 끌어안았다.

"마음에 들지, 당연히."

그제야 단아의 얼굴에 어렸던 긴장감이 가셨다.

"타이 선물이 어떤 의민지 알아요?"

"꽁꽁 묶어 놓겠다는 뜻으로 당신을 갖고 싶다는 의미가 있지. 이렇게 프러포즈라도 하고 싶었던 거야?"

단아는 가만히 고개를 내저었다.

"당신을 존경합니다."

나긋한 목소리가 조용히 울렸다.

"이거 결혼식 끝나면 우리 집에서 가장 잘 보이는 곳에 걸어 둬요. 난 이 보타이 보면서 그런 생각을 할 거예요."

"무슨 생각?"

강은 손가락 등으로 가만히 단아의 볼을 쓸어내렸다. 당장에 품에 안고 입을 맞추고 싶은데, 잔디 마당을 뛰어노는 아이들 때문에 참느라 손끝이 파들파들 떨렸다.

"남몰래 좋은 일 많이 하는 따뜻한 남자, 내가 평생 존경하며 살기로 했다고. 살면서 힘든 순간이 와도 이 보타이 보면서 결혼하기 전 먹었던 이 마음 절대 잊지 않을 거예요."

"그러니까 나는 한단아가 평생 존경할 수 있는 남자가 되기 위해 노력해야겠네?"

"참, 바람직해. 하나를 말하면 열을 알아듣는 남자야."

너스레를 떠는 단아를 내려다보며 강이 피식 웃음을 터뜨린 순간이었다.

"공 좀 던져 주세요!"

저 멀리서 아이가 소리쳤고, 강은 서너 발자국 떨어진 곳까지 굴러온 축구공을 아이들이 있는 곳으로 뻥 차 주었다.

"감사합니다!"

크게 소리치는 아이들을 향해 강은 가만히 고개를 끄덕일 뿐이었다.

"강준 씨."

단아의 심각한 부름에 강은 흠칫 긴장한 얼굴로 그녀를 내려다보았다.

"왜 또 이렇게 심각하게 부르실까?"

"아동복 만들 생각은 없어요?"

"새 브랜드 론칭한 지 얼마나 됐다고. 안 그래도 여기 아이들 옷 때문에 적당한 후원처 알아보고 있는 중이야."

단아가 어깨를 으쓱한 순간, 뒤에서 복지원장의 목소리가 들려왔다.

"이제 촬영하시죠, 모이세요!"

그리고 단아는 아주 작은 목소리로 읊조렸다.

"우리 애들은 뭘 입히나?"

성큼성큼 앞서 나가는 단아의 뒷모습을 바라보며 강은 돌처럼 굳어 버렸다. 직업정신 투철한 디자이너 최강에게 일생일대의 미션이 떨어진 순간이었다.

"어우, 한단아 얼굴 보기 진짜 힘들다."

민경의 너스레에 유정이 미간을 구기며 대꾸했다.

"야, 너만큼 얼굴 보기 힘들까?"

"뭐, 그렇잖아. 고등학교 졸업하고, 뿔뿔이 흩어져서 대학 가고, 취업하고, 결혼하고…… 그러다 보면 진짜 경조사 말고는 얼굴 보기 힘들지."

"그래서 우리 단아 예비 신랑이 이렇게 자리를 마련해 준 거 아니겠어?"

유정의 입가에 음흉한 미소가 번져 갔다. 반짝반짝 빛나는 야경을 머금고 있는 서울 시내가 한눈에 내려다보이는 호텔 스위트 룸. 서로 시간이 맞지 않았던 탓에 결혼식 나흘 전이 되어서야 브라이덜 샤워 파티가 진행되었다.

스위트 룸 예약부터, 세미 뷔페 형식의 음식과 호텔 방 안을 세심하게 꾸며 놓은 장식까지!

게다가 여자 마음을 어찌나 이렇게 잘 아는 건지 칵테일 드레스 다섯 벌이 행거에 걸려 있었다.

"한단아. 너 진짜 시집 잘 가는 것 같다. 이 언니가 넘나 뿌듯해서 눈에서 땀이 다 나네."

"그러니까 이 블랙 미니 드뤠스를 우리 췌강 드좌이너 쌤이 만드셨다는 거잖니?"

"그러게나 말이다. 내가 친구 잘 둬서 디자이너 맞춤 드레스를 다 입어 본다."

친구들의 칭찬에 단아는 얼굴만 붉힐 뿐이었다.

"근데 이거 입고 우리 뭐 해?"

민경이 일부러 목소리를 깔고 힘주어 물었다.

"이거 입고, 공주 방처럼 꾸민 호텔 방 안에서 셀카나 찍고, SNS에 올리고."

보영의 순수한 대답에 지원의 눈가에 한심함이 어렸다.

"이 호텔 꼭대기에 있는 루프 탑 바 분위기가 아주 사람 잡는다더라? 한단아, 너 그런 데 가 본 적 있어?"

친구의 물음에 단아는 가만히 고개를 내저었다.

"너 시집가기 전에 그런 데 안 가 보면 억울하지 않겠어?"

안 억울하다고 하면 되게 이상한 사람이 될 것 같은 분위기다.

"가자!"

남편에게 하룻밤의 소소한 일탈을 허락받고 왔다는 민경은 가장 신이 난 눈치였으나, 루프 탑 바에 도착하자마자 그녀는 죄인이라도 된 양 굴었다.

"어오, 민경이 저 기집애 입만 살아 가지고."

"아니, 외박 허락을 받기는 했는데, 또 이렇게 분위기 야릇한 데 와 있으니까 찔리는 게 당연한 거 아니겠냐?"

칵테일을 홀짝이는 다섯 여자들이 앉아 있는 테이블을 뭇 남성들이 흘깃거리기 시작했다. 기품 있고 아름다운 칵테일 드레스 차림이 그녀들에게 우아한 분위기를 한층 더하고 있을 때였다. 대각선으로 보이는 테이블에 앉아 있던 남자들 무리 중 한 명이 벌떡 일어나서 단아와 친구들이 앉아 있는 테이블로 다가왔다.

"저, 실례가 안 된다면."

"어?"

유정과 눈이 마주친 남자는 턱이 내려앉은 듯 보였다. 그리고 주위를 둘러보던 그는 단아를 발견하고 이번에는 눈알이 빠질 듯 커다래졌다.

"단아 씨!"

"아, 안녕하세요, 호재 씨."

"누구신데……?"

보영의 질문에 단아는 어설피 웃으며 대꾸했다.

"어, 강준 씨 친구분이셔."

"아, 그러시구나. 반가워요. 저희 단아 친구들이에요. 예비 신랑 되실 분이 브라이덜 샤워 파티 하라고 여기 예약해 주셔서, 잠깐 바람 쐬러 올라온 거예요."

"최강, 그놈 속도 좋네요."

호재는 사람 좋은 미소를 지어 보였다.

"제수씨, 내가 저기서 다 지켜보고 있을 거예요. 결혼 전 마지막 일탈이라고 다른 놈한테 눈길 주고 그러시면 안 됩니다."

"아, 설마요."

아무런 잘못도 한 게 없는데 괜히 심장이 콩닥콩닥거렸다.

"농담이에요. 그럼 즐거운 시간 보내세요."

무언가 의심을 걷어 내지 못했다는 듯, 호재는 께름칙한 얼굴로 돌아섰다. 그리고 무언가에 쫓기듯 다급한 유정의 목소리가 흘러나왔다.

"어휴, 우리 얼른 들어가자, 응?"

"유정아, 너 왜 그래?"

"들어가서 말해 줄게. 응? 얼른 들어가자. 얼른!"

호텔 방에 다시 모인 그녀들은 유정에게서 엄청난 이야기를 듣고 만다. 다들 벙찐 얼굴을 하고 있는데, 겨우 입을 열어 상황을 정리한 건 민경이었다.

"그러니까, 사학재단의 비리를 밝히기 위해서 고등학교에 잠입 취재 중이다? 근데 아까 봤던 단아 신랑 친구 호재 씨가 거기 음악 교사다?"

"대박. 너 그럼 요즘 교복 입고 고등학교 다녀?"

"다니는 게 아니지. 엄연한 취재라니까."

"무슨 수로?"

"자세히 알려고 하지 마, 다쳐."

"그래서 아까 그 남자 자기네 학교 학생이랑 비슷한 얼굴 있어서 놀란 거야?"

"아, 몰라. 나 어쩌냐?"

"어쩌긴 뭘 어째? 시치미 떼야지."

민경이 재미있다는 듯 웃었다. 그러자 단아가 묘한 얼굴로 입을 열었다.

"근데 호재 씨 너희 아빠 장례식 때도 왔었다는데? 강준 씨랑 같이."

"그때 잠깐 보고 어떻게 알아봐? 아, 그래. 네 예비 남편은 너를 운명이라고 생각하고 알아봤다고 치고."

"유정아, 절대, 네버! 18세 유정하고 28세 유정은 다르지."

민경의 너스레에 유정만 빼고 모두들 웃음이 터지고 말았다.

"어쨌든 유정이 일은 네가 알아서 처리하고. 우리 한단아 시집가서 잘 살아라."

"근데 유정이 때문에…… 완전히 잊고 있었어! 나 바에 앉아 있던 거 호재 씨가 본 거잖아! 설마 강준 씨한테 얘기 안 하겠지? 암것도 안 했는데……. 뭔가 되게 켕기고 억울해!"

"잠깐 얼굴이라도 볼까?"

— 그, 그래요, 어디서 볼까요?

"사무실 앞으로 데리러 갈게. 이제 퇴근할 거지?"

— 응, 오면 전화해요.

결혼식 하루 전날까지 서로 일 때문에 바빠서 복지원 준공식 이후로는 얼굴을 보지 못한 두 사람이었다. 이제 하루만 지나면 서로의 사람이 되는데, 안달이 나고 초조해서 강의 심장은 사정없이 내달렸다.

단아의 사무실이 있는 건물 앞에 다다르자, 길가에 서 있는 그녀의 모습이 눈에 들어왔다. 조수석 차 문을 열고 올라타는 단아에게서 가을 내음과 함께 익숙하고도 두근거리는 체향이 느껴졌다.

"왜 나와 있었어? 전화하면 나오지."

"여기 불법 주차 단속 구역이에요. 카메라 찍히면 어떡해. 그래서 나와 있었죠. 얼른 출발해요."

채근하는 단아 때문에 강은 서둘러 차를 출발시켰다. 바에서 칵테일 한 잔 한 거 외에는 별달리 뭐 한 게 없는데도 단아는 괜히 찔려서 미쳐 버릴 지경이었다.

「어오, 우리 솔직한 한단아. 또 앞에 가서 다 불지 말고 입 다물고 있어라. 이 정도도 이해 못 해 주는 남자가 여자들끼리 놀라고 했을까?」

그리 말했던 민경의 목소리가 단아의 귓전을 왕왕 울렸다. 차는 도로에 다시 들어서자마자, 신호 대기로 멈춰 섰다.

"얼굴 좀 보자."

강은 얼른 조수석 쪽으로 시선을 돌리며 단아의 손을 꼭 움켜잡았다.

"내일부터 원 없이 볼 텐데요, 뭐."

"내일은 내일이고, 오늘은 오늘이고."

가만가만 단아의 얼굴을 바라보던 강의 입가에 미소가 번졌다.

"오늘 일찍 자. 좋은 꿈 꾸고."

단아가 가만히 고개를 끄덕거린 순간이었다. 미약하게 쿵 하고 울리는 소리가 들려왔다. 신호 대기 중이던 강의 차를 뒤에서 누군가 들이받고 만 것이다.

"어떡해!"

화들짝 놀라서 심장이 내려앉는 기분이었다. 가벼운 접촉 사고임에도 불구하고 단아의 손끝이 파르르 떨렸다.

"일단 차에 있어. 내리지 말고, 알았지?"

얼굴색이 새하얗게 질린 단아를 조수석에 남겨 둔 채, 강은 운전석 문을 열었다. 차 뒤쪽을 살펴보니 흠집 하나 나지 않았을 정도로 가볍게 부딪힌 수준이었다.

"죄송합니다. 정말 죄송합니다. 아직 제가 초보라서 감이 잡히질 않아서요."

뒤차 운전석에서 내린 여자는 연신 죄송하다고 말하며 고개를 조아렸다.

"괜찮아요. 다친 사람도 없고, 차도 멀쩡하고. 혹시 모르니까 사고 사진 찍고, 연락처만 교환하죠."

강의 서늘한 목소리에 30대 초반으로 보이는 여자는 얼굴을 붉히며 명함을 건넸다. 여자가 얼굴을 붉히건 말건, 명함을 재킷 주머니 속에 집어넣는 강의 신경은 온통 자신의 차 조수석을 향해 있었다.

안 그래도 걱정을 짊어지고 사는 성격인 한단아, 자기 데리러 왔다가 사고 났다고 본인 탓을 하고 있는 건 아닌지 신경이 쓰여서 미칠 것만 같았다.

"저, 이렇게 접촉사고 난 것도 인연인데, 나중에 차라도 한잔⋯⋯."

"여보, 아직 멀었어요? 가벼운 접촉 사고인 것 같은데, 수리할 정도도 아니고. 얼른 가요. 뒤에 차 밀려요."

나긋한 목소리로 적절한 타이밍에 기가 막힌 문장으로 끼어든 이는 단아였다.

"위험하게 왜 내렸어? 그냥 차에 있으라니까. 사고 사진 한 장만 더 찍고 갈게. 얼른 타."

"네, 얼른 오세요."

일부러 저러는 건지 단아는 깍듯이 예의를 갖춘 존댓말로 대꾸하며 빙긋이 미소 지었다.

그 바람에 결혼을 앞둔 이들의 차를 박아 놓고도, 분위기 파악 하지 못하고 차 한잔 드립을 치던 여자의 얼굴은 아까보다 더 새빨갛게 달아올라 있었다.

"사고를 내셨으면, 사고 수습부터 생각하셔야죠."

강은 서늘한 목소리로 여자를 다그쳤다. 그리고 단아는 조수석 차창을 빠끔히 내린 채로 뒤에서 들려오는 강의 목소리에 귀를 기울이고 있었다. 요즘 부쩍 다정다감해진 강의 모습에 개미 눈곱만큼 불안한 마음이 들었던 건 감정적 사치였다.

최강은 오로지 한단아에게만 다정다감한 남자니까.

차에 오른 강의 얼굴은 방금 접촉 사고를 당한 사람치고 무척 밝았다.

"뭐야? 뒤에 운전자하고 뭐 했어요? 얼굴이 왜 이렇게 밝아?"

다 듣고 있었으면서 새치름하게 묻는 단아를 향해 강은 피식 웃음을 터뜨렸다.

"한단아는 그럼 호텔 방에서 안 놀고 한밤중에 루프 탑 바까지 올라가서 뭐 했을까? 재미있었어?"

"그, 그냥 칵테일 한 잔 하고 바로 내려왔어요."

억울함으로 뾰루퉁한 표정을 짓고 있는 단아를 바라보며 강은 환한 미소를 머금은 채로 나직이 물었다.

"계속 그렇게 부를 생각이야?"

"내, 내가 또 뭘 어떻게 불렀다고요?"

눈앞이 뱅글뱅글 도는 안경에 '최강'이라 쓰인 티셔츠를 입고 경리단길을 헤매던 여자는 이제 눈을 씻고 찾아봐도 없었다.

"강준 씨, 그거 알아요?"

"뭘?"

"강준 씨 의외로 오지랖 되게 넓은 거?"

"뭐?"

강은 어이없다는 듯 웃음을 터뜨렸다.

"생각해 봐요. 아주 안타까운 사람이 있으면 그냥 지나치질 못해서 안달이잖아요. 몰래 돕는 게 어디 한둘이야? 나도 그랬던 거 아녜요? 그 경기단길 카페에서 코치 아니라고 할 수도 있었는데, 나 불쌍해서 그런 거죠? 내가 그래서 강준 씨가 여자들 마주할 때마다 얼마나 불안한지 알아요? 또 그 오지랖 발동할까 봐?"

아…… 한단아. 네 꼬리로 우주를 정복해라, 그냥.

"그래. 내가 우주 최강 오지라퍼긴 하지, 또."

이런 대답을 바랐던 게 아니라는 듯 단아의 미간이 구겨졌다.

"으이그. 그거랑, 그거랑 같아? 한눈에 알아본 거지, 내 여자를."

강은 단아의 말랑한 볼을 살짝 꼬집으며 키득거렸다.

"꼭 듣고 싶은 말은 나중에 해 주더라."

단아는 입술을 샐쭉 내밀어 보였다.

"나중에라도 해 주는 걸 다행으로 여겨. 이런 거 눈치 없이 못 알아먹는 남자들이 얼마나 많은데?"

"어머! 강준 씨는 되게 잘 알아먹는 척한다? 그러면서 왜 내가 계속 꼬셨을 때 안 넘어왔어요? 내가 막 그 야한 운동복 입고 한강에서 그 난리를 치고, 막 앞치마까지 두르고 부엌에서 생쇼를 했는데! 그땐 넘어 왔어야죠!"

"진작 넘어갔는데, 네가 눈치를 못 챈 거지."

결혼을 하루 앞둔 저녁, 과거의 삽질은 달콤한 추억이 되어 있었다.

"제이슨 코치님이 우리보고 프로 9단 삽질러래요. 우리 삽질은 알파고도 절대 못 이길 거래요."

피식 웃음을 터뜨린 강이 짐짓 진지한 목소리로 물었다.

"근데 제이슨은 언제까지 코치야?"

"한번 스승은 영원한 스승. 제이슨 코치님 덕분에 삽자루 집어 던졌는데, 평생 스승 해야죠. 우리 신혼여행 가서 제이슨 코치님 선물 근사한 거 하나 사 와요."

삽질의 추억을 되짚는 사이 강의 차는 어느새 단아의 집 앞에 멈춰 서 있었다.

"오늘이 마지막이다."

강의 진중한 목소리에 단아는 의뭉스러운 얼굴을 했다가 이내 미소를 머금었다.

"이렇게 헤어지는 거요?"

가만히 고개를 끄덕인 강은 떨리는 손으로 단아의 뺨을 부드럽게 쓸어내렸다.

"얼른 들어가. 푹 자. 좋은 꿈 꾸고."

"강준 씨도 운전 조심해서 가요. 내일 봐요."

조수석에서 내린 단아는 차창 너머로 보이는 강의 근사한 얼굴을 열심히 두 눈에 담았다.

어쩐지 아쉬워서. 이제 내일부터는 이런 연애 감정을 다시는 느낄 수 없을 테니까.

"단아야."

"응? 왜요?"

"다시 타 봐."

단아는 얼른 다시 조수석에 올라탔다.

"왜요? 왜 다시 타라고 했어요?"

대답 대신 강의 입술이 단아의 입술 위로 살포시 내려앉았다. 단아는 자연스레 강의 목을 끌어안았다.

익숙한 설렘.

서로를 향한 끝없는 두근거림.

마지막이 될 아쉬움.

단아가 느끼는 감정을 강도 오롯이 느끼고 있다는 듯 키스는 오래도록 계속되었다. 깊은 입맞춤 끝에 강은 단아의 탐스러운 입술에 자잘한 입맞춤을 더했다.

"아쉽다."

결혼을 앞두고 밑도 끝도 없이 좋아야 하는데, 앞으로 다시는 느껴 보지 못할 연애 시기가 끝난다는 사실도 아쉬웠다.

"이 아쉬움 간직하고 우리 평생 연애하듯 살아요."

예쁜 말만 골라서 하는 한단아.

강의 입가에 진한 미소가 번져 갔다.

❖

강을 보내고 집에 들어선 단아는 전과 다른 집안 공기에 마음이 싱숭생숭했다. 다들 거실에 모여 앉아 TV 예능 프로그램을 보고 있었지만, 웃고 있는 이는 아무도 없었다. 썰렁한 분위기에 되지도 않는 농담을 쏟아 내곤 했던 단정도 오늘따라 입을 꾹 다물었다.

그저 '누나 왔어?' 하고 무심히 물을 뿐, 시선도 마주치지 않았다. 단아는 '어, 왔어.' 하고 방으로 쏜살같이 들어왔다.

그동안 잘 참고 있었는데, 갑자기 눈가에 눈물이 핑 고였다. 연애 감정만 아쉬운 게 아니었다. 방을 둘러보니 평소보다 더 휑하게 정돈되어 있는 풍경이 눈에 들어왔다. 이미 책과 옷을 신혼집으로 옮겨 놓았기에 책장과 옷장은 텅 비어 있었다.

단아는 가만히 고개를 들어 천장을 바라보았다. 공부가 막혀서 풀리지 않을 때, 동생과 한심한 싸움을 벌이고 방에 들어와 답답했을 때, 할머니의 구박을 받고 남몰래 울려고 들어왔을 때.

그때마다 올려다봤던 천장 벽지 무늬가 오늘따라 유난히 도드라져 보였다. 어릴 적 할머니의 존재가 무척이나 컸을 때, 아무도 자신을 좋아해 주지 않는 것 같아서 지긋지긋한 집을 빨리 벗어나고 싶어 했던 적도 있었다. 그러다 시집살이하시는 엄마를 보고 숨죽여 울기도 하고, 단정을 보며 쟤가 여동생이었어도 내가 이렇게 서러웠을까, 하는 생각도 했다.

불과 2년 전만 해도 할 줄 아는 게 공부밖에 없어서 책만 들입다 파고 앉아 있을 정도로 어수룩했었는데. 수많은 일들이 머릿속을 스치고 지나갔다.

똑똑똑.

등 뒤에서 문을 두드리는 소리가 들려왔다.

"네!"

"엄마야. 자니?"

"아니, 아직."

딱 일주일 전부터 단아는 엄마와 눈조차 마주칠 수 없었다. 괜히 미안하고, 괜히 고맙고, 괜히 서러워서 엄마와 눈만 마주치면 울컥 속이 차올랐다.

"엄마 들어가도 돼?"

"어? 어!"

단아는 얼른 문에서 비켜서며 문고리를 돌려 열었다.

"우리 딸 방 깔끔해졌네."

이 여사는 가만히 방 안을 둘러보았다.

"시집가서는 옷 아무 데나 벗어 놓지 말고, 읽었던 책은 꼭 책꽂이에 꽂아 놔. 볼펜 같은 거 방바닥에 굴러다니지 않게 하고. 밟아서 다친 적 많잖아. 머리끈 풀어서 침대 머리맡에 두지 말고, 바로 치워."

단아는 가만히 이 여사의 허리를 끌어안았다.

"……엄마."

"어휴…… 이게 언제 이렇게 커서 시집을 간다고."

이 여사는 단아의 작은 손을 가만히 쓰다듬었다. 공부만 하던 세상 물정 모르던 딸, 시집 안 가고 평생 품에 끼고 살 줄 알았던 딸이 어느덧 제 짝도 만나고, 제 길도 찾았다는 사실에 가슴이 벅차올랐다.

"울지 말어. 내일 눈 퉁퉁 붓는다."

"엄마도 울지 마. 우리 엄마 눈 빼면 볼 데 없는데, 눈 부으면 어떡해."

"요게 정말!"

쌍꺼풀 진 커다란 눈은 엄마를, 오뚝한 코는 아빠를 닮은 단아였다. 때아닌 장난에 이 여사도 작은 웃음을 터뜨렸다.

"잘 살아라, 우리 딸."

"걱정 마, 나 잘 살게."

꼭 끌어안고 서 있는 모녀의 애틋한 분위기를 깬 건 언제나처럼 단정이었다.

"엄마, 라면 없어?"

"싱크대 옆에 열어 보면 있잖아."

"옆에 어디?"

"어우, 진짜 저놈은 누나 시집가기 전 날에도 사람 귀찮게."

"아, 뭐 누나가 어디 달나라에라도 시집가? 매형이 누나 적응하기 힘들면 어떡하느냐고, 신혼집도 이 근처에 지었잖아."

강이 살던 집만으로도 충분하다 못해 차고 넘친다고 했는데도 불구하고, 강은 단아의 집 근처에 있는 낡은 2층 양옥집을 매입해 싹 뜯어고쳤다.

"걸어서 3분도 안 걸려. 세상에. 매형은 대체 무슨 생각으로 신혼집을 처갓집 근처로 구해? 어우, 여자들한테 시월드가 있으면, 남자들한테는 처월드라는 게 있는 거야. 누나, 매형한테 잘해라. 그런 사람 또 없다."

"단정아."

단아는 심각한 얼굴로 단정의 이름을 불렀다.

"너만 잘하면 될 것 같아."

"뭐?"

"너 매형한테 면접 보러 간다고 슈트 맞춰 달라고 했다며? 언제 가니? 무슨 면접? 서류 통과 얘기 못 들었는데?"

"어우, 물 끓은 지 한참 됐겠다."

시치미를 뚝 떼며 돌아서는 단정의 뒷모습을 단아는 고개를 절레절레 저으며 쏘아봤다.

"일찍 자, 딸. 알았지?"

"네, 엄마도 얼른 주무셔."

"그래. 근데 딸, 왜 자꾸 배를 긁어?"

"몰라. 모기 물렸나?"

"10월에 무슨 모기야. 약 갖다줄게, 바르고 자."

새벽녘 온몸이 간지러운 나머지 단아는 잠에서 깨어났다. 목구멍이 턱턱 막히고, 콧속까지 간질거렸다. 얼른 방 불을 켜고 거울 앞에 선 단아는 빽 비명을 질러 댔다.

"왜, 왜? 무슨 일이야? 왜?"

비명 소리에 놀란 부모님과 단정이 바로 단아의 방으로 달려왔다.

"엄마, 내 얼굴 왜 이래?"

새벽 3시, 결혼식 10시간 전.

짙은 쌍꺼풀은 없어져 뒤집어지고, 코는 딸기처럼 부풀어 올랐으며, 단아의 입술은 곧 터질 것처럼 새빨갰다.

"119 불러, 119!"

결혼식 10시간 전, 단아는 119 들것에 실려 구급차에 올랐다. 집에서 가장 가까운 병원 응급실에 가는 동안 오만 가지 생각이 다 들었다.

결혼식은 어쩌지?

강준 씨는 지금 자겠지?

나 시집 못 가는 거야?

갑자기 두 눈 가득 서러운 눈물이 가득 찼다. 어쩐지 스펙터클한 한단아 인생이 너무도 잔잔하게 흘러간다 했었다. 재미라고는 하나도 없었던 단아의 인생사에서 달콤하고 쌉쌀한 사랑이 완벽하게 찾아오다니. 로또를 맞아도 너무 심하게 맞은 거였다.

"어제저녁에 사고도 났었어. 가만히 있는데 뒤차가 와서 들이받았어. 가벼운 접촉 사고였는데…… 뭔가 불길해! 나 이 결혼해도 되는 거지? 그치?"

들것에 누운 단아는 숨을 헉헉거리며 눈동자를 이리저리 굴렸다. 어쩐지 손발이 말려들어 가는 기분이었다. 갑자기 호흡이 가빠지고 눈앞이 흐려졌다.

"단아야! 한단아! 우리 딸 정신 차려!"

스르륵 눈이 뒤집히는 단아를 보고 단아의 모친 이 여사는 아연실색했다.

시간이 얼마나 흘렀을까?

혈관을 타고 차가운 약기운이 밀려들어 오는 게 느껴졌다. 코끝에서 싸한 약 냄새도 났다. 크게 숨을 들이마셨는데, 목구멍 안이 말라 있었는지 마른

기침이 튀어나왔다.

"콜록, 콜록."

단아의 기척에 이 여사가 얼른 의자에서 일어나 앉았다.

"정신 드니?"

"……엄마."

탁한 목소리가 갈라져 나왔다.

"최 서방 아니었으면 큰일 날 뻔했어. 최 서방이 너 저녁에 간장게장 정식 먹은 것 같다고 해서. 갑각류 알레르기 같다고 주사 맞고 거의 바로 깨어난 거야, 지금."

"게 먹으면 가끔 두드러기 나기는 했어도, 이렇게 심하지는 않았었는 데……."

"갑자기 심해질 수도 있다더라. 날 잡아 놓고 이게 무슨 일이니, 대체. 기다려 봐. 보호자 한 명밖에 못 들어온다고 해서 최 서방 밖에서 발 동동 구르고 있을 거야."

커튼을 걷어 내고 응급실 밖으로 향하는 이 여사를 단아가 붙잡았다.

"엄마, 거울 있어? 나 얼굴은? 멀쩡해? 부었던 거 가라앉았어?"

이 여사는 딸이 묻는 말에 그저 괜찮다는 대답만 남기고 뒤돌아서 나가 버렸다. 이윽고 이 여사가 목에 걸고 있던 보호자 패찰을 목에 건 강의 모습이 응급실에 나타났다.

"괜찮아?"

단아는 얼른 담요를 머리끝까지 뒤집어썼다.

"어떻게 왔어요?"

"장모님이 너 쓰러졌다고 하셔서 왔지."

그의 목소리에서 걱정과 안도가 뒤섞인 감정이 느껴졌다.

"……이제…… 어떡해요?"

단아가 뒤집어쓴 이불이 파르르 떨렸다.

"그러게, 이제 어떡할까?"

강의 목소리가 스산하게 가라앉았다. 단아는 빠끔히 이불을 내리고 강을 바라보았다.

"나 강준 씨한테 시집 못 가요, 오늘?"

커다란 눈망울 가득 흘러내리지 못한 눈물이 고여 있었다.

"안타깝게도⋯⋯."

강이 고개를 떨어뜨리자, 단아의 두 뺨 위로 눈물이 또르르 흘러내렸다.

"이 결혼에 대해 다시 한 번 신중히 생각해 보라는 신이 주신 기회인가 했는데⋯⋯ 링거 다 맞고 퇴원하래."

단아는 카디건 소맷부리로 눈물을 슥 닦아 냈다.

"뭐야? 왜 울려요! 눈 부으면 어떡하라고?"

"거기서 더 부을 수도 없을 것 같은데?"

강의 커다랗고 차가운 손이 뜨겁게 젖어 있는 단아의 눈가에 닿았다.

"놀랐잖아요. 나 그럼 오늘 시집갈 수 있는 거죠?"

"그래, 걱정 마. 신혼여행 가서도 갑각류는 조심하라더라. 만지지도 말래."

단아는 명심하겠다는 듯 고개를 끄덕였다.

아침 7시가 다 되어서야 단아는 응급실을 벗어날 수 있었다. 혼자 걸을 수 있다는데도 강은 굳이 단아를 부축하려 들었다. 나란히 응급실을 빠져나오는데, 뒤에서 수군거리는 소리가 들려왔다.

"역대급 응급실 환자였다고 간호사들이 그러데."

"그러게, 엄마. 아까 막 제발 시집가게 해 달라고 흐느끼던 여자가 저 여자지?"

단아의 어깨가 움찔했고, 걸음이 점점 빨라지기 시작했다.

"저기, 강준 씨."

"음?"

강은 최대한 자상한 소리로 대꾸했다.

"내가 또 막, 마포대교 때처럼 막 엄청난 짓을 저지른 건 아니죠?"

"걱정 마. 그거에 비하면 아무것도 아니었어."

단아는 영혼 없는 눈동자로 강을 올려다보았다.

"그렇게 내가 좋아?"

장난스러운 물음에 단아의 얼굴이 당황스러움으로 물들어 갔다. 혹시 정신을 잃었을 때 스펙터클한 고백이라도 한 걸까.

"우리 아버지 혜안을 누구나 인정하는 이유가 있어."

"자꾸 놀리지 마요."

"블록버스터급 꿀잼 한단아."

강은 빙긋이 웃으며 단아를 내려다보았다. 의식이 없는 와중에도 단아는 수없이 강준의 이름을 불렀다.

「강준 씨……. 강준 씨…….」

안타깝게 갈라진 탁한 음성으로 이름을 부르는 모습에 가슴이 갈기갈기 찢기는 기분이었다. 그러다 나중에는 흐느끼는 단아가 내뱉은 말에 터져 나오는 웃음을 참느라 혼이 났다.

「나 부었다고 버리지 마……. 부은 내 얼굴 보고 웃지 마……. 나한테 장가 안 오면 지금 나처럼 될 거다…….」

강은 가만히 단아의 이마에 입을 맞췄다.

"사랑한다."

강의 부드러운 고백에도 단아는 혼이 나간 듯 중얼거렸다.

"뭐야. 내가 응급실에서 대체 무슨 일을 저지른 거야!"

"신혼여행 가서 내 소원 하나 들어주면 이야기해 줄게."

묻고 싶은 게 한두 가지가 아니었지만, 결혼식 진행을 위해 단아는 발걸음을 재촉할 뿐이었다.

단아의 신부 치장은 디자인 하우스 쇼룸에서 이루어졌다. 최강 디자인 하우스가 구성한 최고의 쇼 메이크업과 헤어 담당 팀이 단아를 전담했다.

"부은 눈에는 이게 직방이에요."

메이크업 아티스트가 내민 건 냉동실에 얼린 스테인리스 숟가락 두 개였다.

"이걸……?"

눈의 부기가 많이 가라앉기는 했지만 온전한 상태로 돌아온 것은 아니었다.

"울트라 맨처럼 눈에다 붙이고 있어 봐요. 금방 가라앉을 테니까."

단아는 메이크업 아티스트가 시키는 대로 숟가락을 눈가에 가져다 댔다.

"웃 차거!"

"차가워도 참아요. 숍에 한 번 들르라니까, 그렇게 바쁘다고 안 오더니. 손볼 게 한두 군데 아니네. 제모부터 합니다!"

그들은 아주 민망한 부분까지 왁싱을 해 주는 기염을 토해 냈다.

메이크업에 머리 손질에 본식용 드레스를 입고 나니 정신이 쏙 빠지는 기분이었다.

"자, 이제 신부 대기실로 갑시다!"

디자인 하우스 건물 옥상 한쪽으로 하얀 시폰 천이 한가운데 세워 둔 기둥을 중심으로 방사형으로 드리운 곳이 단아의 신부 대기실이었다. 가족과 친지, 가까운 지인을 모시고 디자인 하우스 옥상 정원에서 결혼식이 진행될 예정이었다.

"와, 한단아! 완전 예뻐!"

민경, 보영, 지원, 유정이 신부 대기실에 들어선 단아를 보고 함빡 웃음을 지었다. 결혼식 사회를 호재가 본다는 말에 유정은 가발에 선글라스까지 쓴 이상한 변장을 한 상태였다.

"두 사람 대단해. 오늘 기사도 떴더라?"

"기사? 무슨 기사?"

"축의금 대신 쌀 화환 받아서 기부하는 거."

강은 매스컴과 밀접한 연관이 있는 일을 하고 있다지만, 그런 것과는 거리가 멀었던 단아는 자신에 관한 기사를 발견하면 굉장히 부끄러워했다.

"잘됐네."

"웬일이야? 한단아가 잘됐다는 말을 다 하고?"

"좋은 일 하는 거는 알려도 돼. 그거 보고 좋은 일 하는 사람이 한 사람이라도 더 많아지면 좋잖아."

"우리 한단아는 어쩜 이렇게 미운 구석이 하나도 없을까?"

전혀 얄밉지 않은 친구. 민경은 레이스 장갑을 끼고 있는 단아의 손을 꼭 잡았다.

"완전 좋은 남자한테 시집가는 건데, 나 왜 주책없게 눈물 나냐?"

지원이 단아에게 애틋한 시선을 보내고 있을 무렵이었다.

"한단아, 축하한다."

신부 대기실 입구에서 귀에 익은 목소리가 들려왔다. 한때 젖과 꿀이 흐르는 목소리라고 칭송했던 그 목소리, 도현이었다. 가슴 깊이 아련함이 차올랐다. 우여곡절이 있었지만, 이제 도현은 강의 가장 든든한 사업 파트너가 되었다. 단아가 후원 사업을 거하게 벌일 때마다 앞장서서 거한 후원금을 내놓는 도현이기도 했다.

"와 줘서 고마워요."

도현은 다정한 미소를 머금은 채로 아리따운 모습으로 앉아 있는 단아를 물끄러미 바라봤다.

"생각했던 것보다 조금 덜 예쁘네."

일부러 삐뚜름하게 말했지만, 진심은 숨길 수가 없었다.

눈이 부시도록 아름다운 여자. 자신의 곁에 머물 수도 있었던 착한 사람.

도현은 눈빛에 드러나려는 감정을 애써 숨기려 고개를 한 번 떨어뜨렸다가 올렸다.

"저, 축하드립니다."

주위를 환기시키려 그랬는지, 도현의 등 뒤에 서 있던 다은이 모습을 드러냈다. 단아는 깜짝 놀란 얼굴로 다은과 도현의 얼굴을 번갈아 보았다.

"정 비서님 맞으시죠?"

"네."

늘 딱딱했던 모습을 했던 도현의 비서 다은이었는데, 오늘은 수줍은 얼굴을 하고 있었다. 도현은 일부러 오른쪽 손으로 다은의 어깨를 슬쩍 감쌌다. 그 순간 다은의 얼굴이 붉게 물드는 모습이 단아의 눈에 들어왔다.

"우린 나가 있을게. 축하한다."

"고마워요."

단아의 목소리를 들으며 돌아선 도현은 나지막이 속삭였다.

"고마워, 정 비서. 같이 와 줘서."

"주말 특근 수당 주신다고 했잖아요."

"그래, 줘야지. 특근…… 수당……."

두 사람이 말하는 특근 수당이 핑크빛으로 물들어 있는 건 화사한 결혼식 분위기 탓일까.

프러포즈할 때 백만 송이 장미로 옥상을 뒤덮었던 강이었다. 이번에는 톤이 살짝 다운된 빈티지 장미, 빈티지 리시안셔스로 식장을 꾸몄다. 순백의 드레스를 입은 단아를 돋보이게 하기 위해 모든 장식품은 한 톤 다운된 색감을 사용했다. 그렇다고 분위기가 축 처질 정도는 아니었고, 차분하고 단아한 결혼식 분위기가 확연히 돋보이는 공간이었다.

"신랑 입장!"

사회를 보는 호재의 목소리가 울려 퍼지자, 강은 소수의 하객들에게 일일이 눈을 맞춰 인사를 건네며 버진 로드를 걸어 들어갔다.

"우리 최 대표 또 저런다. 직업병이야. 디자이너가 런웨이 걷는 폼하고 똑같잖아."

강을 바라보는 제이슨의 입가에 미소가 걸려 있었다.

"표정은 완전 딴판인데요? 대표님 달콤하게 웃을 수도 있는 사람이었네요."

유리가 제이슨의 귀에 나직이 속삭이자, JB가 얼른 두 사람 사이를 가로막고 섰다. 쓸데없는 빗장수비라며 유리가 고개를 절레절레 저을 때였다.

"시월의 가장 멋진 날, 오늘의 주인공, 신부님을 모셔 보도록 하겠습니다. 신부 입장!"

신부 대기실 입구에 드리웠던 시폰 커튼이 걷히고, 창호의 팔에 손을 얹고 있는 단아의 모습이 드러났다. 쇄골 바로 밑 라인부터 팔목까지 아스라한 레이스가 뒤덮여 있었고, 아름다운 여체의 선을 따라 드레스 라인이 자연스레 떨어져 내렸다. 수줍은 얼굴 위로는 순백의 베일이 드리웠다.

강은 멀리서 빛나고 있는 단아의 모습에 숨이 턱 막혀 오는 듯했다. 자신이 디자인하고 손수 만든 드레스였지만, 그녀가 입으니 또 새로웠다.

"예쁘네, 내 아내……."

한 걸음, 두 걸음. 그녀가 다가올수록 가슴이 벅차올랐다. 따사로운 가을 햇살만큼이나 눈이 부셨고, 그녀의 눈빛에 걸린 감정은 꾀꼬리단풍만큼이나 다채로웠다.

마침내 단아가 강의 앞에 마주 섰다.

강은 예를 갖추어 장인어른께 고개를 숙였고, 창호는 이 순간까지 와서도 아쉬움에 머뭇거리다가 단아의 손을 사위에게 건네주었다.

"아빠."

단아는 입 모양으로 가만히 아빠를 불렀다. 창호는 고개를 끄덕끄덕하며 미소를 짓고는 혼주석으로 걸음을 옮겼다. 가슴속에서 커다란 파도가 일렁거렸다.

부모님에 대한 죄송함과 그럼에도 불구하고 옆에 선 남자를 향해 내달리는 심장.

그런 기분을 잘 안다는 듯이 강은 자신의 팔에 오른 단아의 손을 가만히 다독여 주었다. 차분한 분위기에서 성혼선언문이 낭독되었고, 두 사람은 반지를 주고받았다. 프러포즈 링과는 별개로 영원을 상징하는 뫼비우스 띠 모양으로 강이 새로 디자인한 반지가 웨딩 링이 되었다.

베일이 걷힌 단아의 뺨에 강은 가벼이 입을 맞추었다.

"사랑해."

강의 입술에서 느껴진 떨림에 단아는 슬며시 미소를 머금었다.

간단한 성혼식이 끝나고 난 뒤 신랑 신부를 비롯한 모든 이가 테이블에 자리를 잡고 앉았고, 피로연을 겸한 결혼식 2부 순서가 진행되었다. 그리고 강이 손수 제작한 슈트를 입은 한 교수가 자리에서 일어섰다.

"이렇게 멋진 분위기의 결혼식에서 내 목소리를 낼 수 있어서 영광입니다. 먼저 두 사람 결혼 진심으로 축하합니다."

한 교수는 단아와 강을 향해 예를 갖춰 고개를 끄덕였다. 그에 답하듯 단아와 강은 한 교수를 향해 꼭 닮은 미소를 지었다.

"신랑 최강 군이 저한테 주례사를 부탁했을 때, 저는 최 군이 생각하는 단아 양의 단점이 뭔지 물었습니다. 뭐라고 했을까요?"

"없다고 했겠죠."

민경의 대찬 대답에 한 교수를 눈을 반짝 빛냈다.

"그렇게 생각하시죠? 그런데 말입니다. 우리 최 군은 단아 양이 너무 생각이 많고, 본인 생각이 정리될 때까지는 입을 열지 않는 게 단점이라고 콕 집어서 이야기하더군요. 그건 지도 교수였던 저도 같은 생각이긴 했습니다만. 아, 신부 흉보려는 건 아닙니다. 단아 양 성격이 진중하고 차분한 건 여기 모인 분들 다 아시는 거 아닙니까?"

한 교수의 질문에 단아는 강을 향해 나지막이 속삭였다.

"왜 난 은근히 내 흉보시는 것 같지?"

강이 빙긋이 미소를 머금으며 단아의 손을 꼭 움켜잡았을 때, 한 교수의 목소리가 이어졌다.

"그 단점 결혼해서 고쳐 줄 생각인가? 하고 물었더니."

"고쳐 주겠대요?"

그리 물은 건 제이슨이었다. 제이슨은 그리 되물으며 강을 한 번 노려보았다. 직원들 나쁜 버릇 콕콕 집어내는 습관이 거기서도 나오는 거냐며, 제이슨은 입술을 실룩거리고 있었다.

"아뇨. 고칠 생각 없답니다. 있는 그대로의 모습을 평생 사랑할 거라고 자신 있게 말하더군요. 저도 제 안사람한테 양말 뒤집어 벗어 놓는다, 물 먹은 컵 개수대에 안 넣어 놓는다, 잔소리 듣기 일쑤인데, 내가 뭐라고 남의 결혼식 주례를 서겠느냐며 여태껏 고사를 했습니다. 그런데 이토록 바람직한 최 군 결혼식에는 꼭 한 번 서고 싶더군요. 사람을 있는 그대로 받아들이겠다는 그 마음이 얼마나 아름답습니까? 제 식대로 바꾸지 않고 사랑하겠다는 마음이요. 멋지지 않습니까? 그렇지, 단아 양?"

한 교수는 자연스레 마이크를 신부인 단아에게로 넘겼다.

"사실 저는 제 신랑이 된 남자한테 큰 사기를 당했어요."

강은 화들짝 놀란 얼굴로 단아를 바라보았다.

이 여자 설마, 연애 코칭 이야기를 하려는 건가?

어느새 하객들은 호기심 가득한 눈망울을 반짝거리고 있었다.

단아는 호기로운 눈빛으로 하객의 표정 하나하나를 살폈다.

"스물여섯 살이 되도록 제대로 된 연애 한 번 해 보질 못해서 연애 코칭 업체를 찾았어요. 근데 제가 저희 신랑을 연애 코치로 착각한 거죠. 근데 이 남자는 무슨 생각이었는지 감쪽같이 연애 코치 행세를 한 거예요."

어이없다는 얼굴, 재미있다는 얼굴, 기가 막힌다는 얼굴, 믿을 수 없다는 얼굴. 하객들의 표정을 제각각이었다.

"최 군 왜 그랬어요?"

한 교수의 질문에 강은 아랫입술을 한 번 지그시 깨물었다가 놓으며 입을 열었다.

"놓치기 싫어서 그랬습니다. 제가 연애 코치 아니라고 하면 이 여자 그냥 가 버릴 것 같아서요."

망설임 없이 솔직한 발언에 하객들 사이에서 환호와 야유가 동시에 터져 나왔다.

"그럼 한두 번 만나고 자기 사실 코치 아니라고 하면 됐을 텐데, 얄밉게도 끝까지 코치 행세를 하더라고요."

함께 뜨거운 첫 밤을 보낸 순간까지도, 단아는 강이 코치인 줄로만 알았다.

"사람이 하는 말을 곧이곧대로 믿는 성향이 있는 여자라 제가 여기 디자인 하우스로 그렇게 불러 댔는데도, 여기를 연애 코칭 사무실로만 생각했다는데 답답하죠."

"유유상종, 초록은 동색, 도긴개긴."

갑자기 끼어든 이는 강의 친구인 정한이었다.

"있는 그대로 사랑하겠다는 남자나, 말하는 그대로 믿는 여자나. 천생연분이네요."

정한의 덧붙임에 한 교수는 샴페인 잔을 집어 들었다.

"앞으로는 둘의 삶에 그런 답답한 일이 없기를 바라며, 샴페인처럼 톡톡 터지는 유쾌한 일들만 가득하기를 빕니다."

샴페인 잔이 챙그랑 하고 경쾌한 소리를 내며 부딪쳤다. 샴페인을 시작으로 와인이 오고 가며, 파티가 무르익기 시작했다. 가을 하늘은 선홍빛으로 물들어 갔고, 재즈 밴드의 스윙 재즈에 맞추어 신랑과 신부는 마주 안은 채 춤을 추었다.

강은 단아의 이마에 자신의 이마를 기댄 채로 속삭였다.

"단아야."

"응?"

"나 죽겠다."

"결혼식 날 왜 죽어요? 이렇게 좋은데?"

"너 빨리 안고 싶어서."

단아의 두 뺨이 빨갛게 달아올랐다.

"파티 같은 결혼식 하고 싶다고 했잖아요."

"그래, 그랬는데. 내가 이걸 생각 못 했네. 얼른 끝났으면 좋겠어."

"느긋하게 즐겨요. 우리 인생에 다시 안 올 순간인걸."

"한단아. 내가 다 할 수 있는데, 네 앞에서 어려운 게 뭔지 알아?"

"뭔데요?"

"여유를 가장하는 것."

강은 단아의 허리를 더 바짝 끌어당겨 안았다. 춤 핑계라도 대고 단아를 품에 안고 있을 수 있다는 사실만으로 가슴이 벅찼다.

그런데.

"최 서방. 잠깐 자네 안사람 좀 빌려도 되나?"

등 뒤에서 들려온 음성은 단아 아버지, 창호의 것이었다.

"네, 장인어른."

강은 얼른 뒤로 물러섰다. 단아는 빙그레 미소 지으며 창호의 손을 살며시 잡았다. 두 사람이 리듬에 맞춰 천천히 발을 움직이기 시작하자, 다른 이들도 둘씩 짝을 지어 홀처럼 만든 공간으로 걸어 나왔다.

"아빠."

"살면서 고단하면 언제든 아빠한테 기대러 오거라."

할머니의 꾸짖음에도 언제나 침묵으로 일관하시던 분이었다. 그 무거운 침묵이 원망스러웠던 적이 없었다면 거짓.

단아는 애써 눈물을 참으며 빙긋이 웃었다. 창호는 오른손 엄지로 딸의 눈 아래를 지그시 눌러 주었다. 그러자 눈 안 가득 고여 있던 눈물이 또르르 흘러내렸다.

"울고 싶을 땐 울고, 웃고 싶을 땐 웃고. 속에 담아 두지 말고 그때그때 이야기하고 푸는 게 서로 서운한 일 만들지 않는 법이란다. 이 애비가 그런 거 잘 못한다고 우리 딸도 그러는 건 아니지?"

자꾸만 미안한 기색을 내비치는 아빠 때문에 단아의 눈가에 투명한 눈물이 끊임없이 고였다.

"너한테는 별로 해 준 것도 없는데, 어떻게 이렇게 예쁘게 컸을까. 최 서방이 아무리 잘났다고 해도, 우리 딸내미 아까워서 죽겠다. 지금이라도 아빠 손잡고 도망갈까?"

그제야 단아가 작게 웃음을 터뜨렸다.

"대답이 없네? 싫은가 봐?"

"그럼, 최 서방 큰일 나. 나 없으면 아무것도 못 한다고 맨날 노래 부르는데?"

창호는 가만히 딸의 얼굴을 바라보았다. 눈에 넣어도 안 아플 고운 딸이 숨죽여 지냈던 시간을 생각하면 가슴이 미어졌다.

아들이면 최고고, 그저 딸에게는 냉대하던 어머니가 살아 계시던 시절에는 제 딸인 단아에게 살가운 말 한마디 못 해 준 창호였다. 이제 부모 품을 벗어나는 날, 더 공들여 키우고, 애틋하게 품어 주지 못한 아쉬움에 가슴이 미어졌다.

"그거 알아요, 아빠?"

"뭘?"

"단정이가 어릴 때 아빠한테 그랬잖아. 파워레인저보다 멋진 아빠라고."

"그랬었지."

"단정이한테 아빠는 첫 영웅, 나한테 아빠는…… 딸인 나한테 아빠는……."

단아는 눈물을 삼키려 목을 한 번 가다듬었다.

"딸한테 아빠는 첫사랑이다? 아빠 나한테 무척 멋진 아빠였어요. 자꾸 미안한 얼굴 하지 마요. 그럼 시집가는 나도 미안하잖아."

창호의 얼굴에 뿌듯한 미소가 머물렀다.

"단아야, 잘 살아라."

"네, 잘 살게요."

바르고 착하고 성실하게 사는 모습 몸소 보여 주신 엄마, 아빠 따라서 잘 살게요.

결혼식을 마치고 강과 단아는 곧장 인천 공항으로 향했다. 두 사람의 웨딩카 운전은 제이슨이 맡았다.

"부럽다, 결혼……."

제이슨은 운전대를 잡은 채로 앞 유리창을 응시하며 조용히 속삭였다.

"내가 부러운 만큼 두 사람 잘 살아."

"걱정 마. 더 부럽게 해 줄 테니까."

강의 짓궂은 대꾸에 단아는 그의 가슴팍을 팔꿈치로 쿡 찔렀다.

공항에 도착한 두 사람은 트렁크에 실어 두었던 여행용 가방을 내리고 제이슨에게 가볍게 작별 인사를 했다.

"고마워, 운전 조심해서 가."

"그래. 즐거운 시간 보내고 와."

강과 제이슨이 인사를 나누는 사이 단아의 표정이 묘하게 굳어 갔다.

"어?"

"왜?"

"어? 으어어?"

"왜에?"

순식간에 단아의 얼굴이 사색이 되었다.

"왜 그러는데?"

"나 여권 놓고 왔나 봐요."

강과 제이슨의 입이 떡 벌어졌다.

새벽부터 119를 부르고 난리를 치더니, 시집도 참 요란하게 간다. 단정은 혀를 끌끌 차며 아버지 차 운전석에 올랐다.

"얼른 가. 누나 발 동동 구르고 있겠다."

"총알같이 날아가겠습니다, 어머니!"

약속 시간보다 항상 일찍 도착하는 습관이 있는 누나였다. 그렇기에 공항에도 훨씬 빨리 도착했을 것이다. 그런데 여권을 두고 가다니. 새벽에 쓰러지고 바로 디자인 하우스로 가면서 정신이 없기는 했나 보다고 단정은 고개를 주억거릴 뿐이었다.

공항에 도착하자 엄마 말마따나 사색이 된 얼굴로 발을 동동 구르고 있는 누나와 그런 누나를 한없이 다정한 눈길로 안심시키고 있는 매형이 눈에 들어왔다. 분명하다. 매형은 전생에 나라를 파는 데 일조했을 것이다. 그게 아니고서야 어떻게 저렇게 남자가 보기에도 완벽한 남자가 누나같이 허술한 여자와 결혼을 한단 말인가?

"어이구, 진짜. 신혼여행 가서 매형 두고 오지 말고, 꼭 챙겨 와라."

"와! 한단정! 완전 고마워. 네가 뭐라고 날 디스해도 고마워. 무조건 고마워. 진짜 진짜 고마워."

반색하는 단아를 보며 단정은 미간을 슬쩍 찌푸렸다.

"고마워, 처남. 우리 이제 들어갈게. 가자, 단아야."

단정의 어깨를 강이 토닥거리며 감사 인사를 전했다. 그러고는 단아의 어깨를 감싸고 얼른 가자며 빙긋이 웃었다. 그런 두 사람의 모습을 바라보는데, 갑자기 단정은 가슴 한구석이 찌르르하고, 허우룩해지는 것 같았다.

「단정아, 일닭 할래?」

「그럼! 치킨은 1인 1닭이지!」

밤에 치맥 함께할 누나가 이제 집에 없다.

「탕수육은 찍먹이지. 부먹은 그릇 놓을 자리 없을 때나 하는 거고.」

「와, 역시 누나.」

탕수육 배달이 오면 소스를 부어 버리는 엄마를 말려 줄 누나가 이제 집에 없다.

「누나 이거 대체 무슨 뜻이야?」

「내가 워킹 딕셔너리냐?」

핀잔을 주면서도 하나하나 세심하게 가르쳐 주던 누나가 이제 더 이상 집에 없다. 갑자기 눈물이 쏟아질 것처럼 눈동자가 따끔거렸다.

"저기, 매형! 잠시만요."

단정은 돌아서 가려는 두 사람을 붙잡아 세웠다.

"누나 추위 되게 많이 타요. 여름에도 가끔 차렵이불 덮고 자곤 했었어요. 더운 데로 신혼여행 가신다고 에어컨 바람 너무 많이 쐬지 마세요. 기관지도 약해서 목 금방 쉴 거예요. 아, 들어가기 전에 마스크 하나 사 주세요. 비행기 안이 건조해서 누나 마스크 하고 있어야 할 거예요."

철없음의 상징 한단정이 어느새 닭똥 같은 눈물을 뚝뚝 흘리고 있었다.

"누나 고생 안 시킬 테니까 걱정 마, 처남."

단아는 내내 입을 꾹 다문 채로 단정을 다독이다 한숨 쉬듯 입을 열었다.

"운전 조심해서 가. 고맙다. 선물 좋은 거 사다 줄게."

"어, 누나. 나 향수."

이런 순간에도 제 실속은 챙겨야 한단정답지.

철없지만 애틋한 동생 단정을 뒤로하고 단아는 비행기에 올랐다.

거의 24시간에 걸쳐 비행기를 두 번이나 갈아타고 도착한 곳은 아프리카 세이셸이었다.

"와!"

물속이 훤히 들여다보이는 연푸른 바다 빛깔에 단아는 입을 다물지 못했다. 바다와 맞닿아 있는 인피니티 풀은 당장에라도 몸을 풍덩 빠뜨리고 싶은 충동이 일 정도였다.

"나 카약 타고 싶어요!"

단아가 폴짝폴짝 뛰며 강을 올려다보았다.

"그전에 다른 거 먼저 타야 하지 않을까?"

"뭘?"

"몰라서 묻는 거야?"

수영장을 멀거니 바라보는 단아를 강은 번쩍 안아 들었다.

"꺅!"

단아가 새된 비명을 지르자, 강은 몸속 열기가 훅 치고 올라오는 듯했다. 결혼식 전에 아끼느라 못 안고, 결혼식이 늦게 끝나서 중간에 키스 한 번 제대로 나눌 여유도 없었고. 세이셸까지 날아오는 동안에는 결혼식으로 인한 긴장이 풀린 탓인지, 둘 다 지쳐 잠들었었다.

강은 커다란 침대 위에 단아를 살포시 내려놓았다.

"뭐 이렇게 급할까?"

"한단아는 또 뭘 하려고 이렇게 여우 짓일까?"

"신혼 첫날밤인데, 분위기는 제대로 잡아야 하지 않아요?"

아랫입술을 삐죽 내미는 모습에 강은 두 눈을 지그시 감았다. 분위기는 앞으로 딱 1시간만 잡으리라 다짐하며 강은 그저 고개를 끄덕거렸다.

"거품 잔뜩 있는 욕조에서 씻고 싶다."

혼잣말처럼 읊조린 말에 강은 얼른 욕실로 들어가 버블 배스를 욕조에 넣고 물을 틀었다. 상큼한 레몬 향이 욕실 가득 풍기며 세모난 모양의 욕조 안에 거품이 차올랐다.

"거품 다 됐……!"

욕실에 나온 강은 바로 눈앞에 서 있는 단아를 보고 숨이 멎을 듯했다. 언제 갈아입었는지 살구색 슬립을 입고 있는 그녀는 정수리가 쭈뼛 설 정도로 아름다웠다.

"다 부질 없다. 디자이너여서 좋은 옷 만들어 입히면 뭐 해."

강의 한숨 어린 반응에 단아의 두 눈이 휘둥그레졌다.

"왜요? 왜 갑자기 이 순간에 그런 직업적 한탄을 늘어놓지? 나 강준 씨 커리어에 흠집 나는 거에는 약한 거 알면서!"

강은 음흉한 미소를 머금으며 단아를 또다시 번쩍 안아 올렸다.

"최대한 벗겨 놓는 게 내 취향 저격이라."

단아는 부끄럽다는 듯 강의 목덜미에 얼굴을 묻었다.

얼마나 고대해 왔던 순간인가.

강은 욕실 바닥에 단아를 바로 세우고는 그녀와 마주 섰다. 가만히 이마를 마주 대자, 단아의 따스한 숨결이 느껴졌다.

"사랑한다."

나지막이 속삭인 말에 단아는 수줍은 듯 어깨를 좁혔다.

"대답 안 하네. 결혼식부터 지금까지 나 혼자 계속 사랑 고백하고 있네?"

단아는 발뒤꿈치를 들고 강의 귓가에 입술을 가져다 댔다.

"사랑해요."

달콤한 목소리에 숨 쉬기조차 버거울 정도로 왼쪽 가슴이 뻐근해졌다. 강은 한숨을 몰아쉬며 그녀의 어깨에 오른 슬립 끈을 살짝 밀어냈다. 실크 더미가 단아의 발등 위로 부드럽게 미끄러져 내려갔다. 밭은 숨이 저절로 터져 나왔다.

"하아."

그 숨소리가 신호탄이 된 것처럼 강은 단아의 입술을 부드럽게 파고들었다. 말랑말랑한 촉감에 온몸의 신경이 곤두서는 듯했다. 강은 매끄러운 단아의 등허리를 꼭 끌어당겨 안았다. 단아의 작은 손이 강의 티셔츠 아랫부분을 잡고 들어 올렸다.

강이 셔츠를 벗어 던지느라 잠시 입술이 떨어진 순간에는 마치 세상이 끝나기라도 한 듯 절망감마저 느껴지는 것 같았다. 한번 불이 붙고 나니 절대 꺼지지 않겠다고 발악을 하는 것처럼 두 사람은 타오르기 시작했다.

욕조의 거품 안에 들어선 단아는 강의 가슴에 등을 기대고 앉아 뜨거운 키스를 받아 냈다. 그의 커다란 손은 거품을 쓸다 단아의 살갗을 부드럽게 문질렀다. 간질간질한 거품이 주는 자극과 커다란 그의 손이 쓸어내는 동작으로 몸속 깊은 곳부터 찌릿한 열감이 차오르기 시작했다.

줄 듯 말 듯, 할 듯 말 듯. 아슬아슬한 거품 목욕을 마친 두 사람은 푹신한 침대 위에 나른한 몸을 누였다.

"단아야."

단아의 목덜미에서 열망으로 젖은 강의 목소리가 울렸다.

"강준 씨."

서로 이름을 부르고, 곁에 존재하는 것만으로도 충분했다. 바닷가에서 불어온 바람이 침대 기둥에 걸린 캐노피를 살랑살랑 흔들어 댔다. 서로를 간절히 원하던 바람이 온전히 이루어진 순간, 그 귀중함에 심장이 일렁거렸다.

남자가 했던 무수한 고백을 단아는 또렷이 기억하고 있다.

사랑은 변하지 않는다는 말, 사랑을 바라보는 시점은 변하지만 한단아를 바라보는 최강의 시점은 절대 변하지 않을 거라고 했던 가슴 떨리는 고백.

사랑은 변하기도 한다는 말, 하지만 변할 수도 있는 사랑을 영원하도록 지키기 위한 노력이 있기에 사랑은 아름다운 것이라며, 영원히 사랑한다 했던, 더 많이 사랑하기 위해 평생을 노력할 거라 했던 벅차올랐던 고백.

있는 그대로의 모습을 받아들이겠다는 그의 고백까지.

"근데요, 강준 씨."

테라스를 통해 그림처럼 아름다운 아프리카 해변의 노을 지는 풍경을 침대 위에 누워 바라보는 두 사람의 얼굴은 평온했다.

"음?"

"나의 있는 그대로의 모습을 받아들이겠다며. 그러기엔 나 처음하고 너무 많이 다르잖아요. 많이 변했잖아."

"내가 했던 말 잊었어? 아무것도 바꾸지 않기 위해 전부를 바꾼 것뿐이야. 한단아가 한단아이기 위해서."

단아는 감탄하는 듯한 표정을 지었다가 새치름하게 대꾸했다.

"티에리 에르메스가 한 말이죠?"

"제법인데?"

"그럼. 이제 디자이너 안사람인데, 그 정도는 알죠."

강은 단아의 맨 등을 부드럽게 쓸어내리며 빙긋이 웃었다.

"한단아가 뭐가 변했어, 똑같지. 그때처럼 선하고, 곱고."

동그란 이마에 자잘한 입맞춤이 내려앉았다.

"강준 씨."

"음."

"아동복 만들면 캠페인 하나 만드는 게 어때요? 특정 옷을 구입하면, 그 판매수익으로 똑같은 옷을 아프리카 아이들에게 선물하는 거."

세이셸까지 날아오면서 잠시 들렀던 곳에서 단아는 힘든 삶을 살아가는 아이들을 보고 안타까운 얼굴을 했었다.

"와, 한단아 어떻게 하면 나 부려 먹을지 궁리만 하는 사람 같아."

"뭐요?"

단아는 강의 가슴을 가볍게 내리쳤다. 내조에 도가 튼 건지, 아니면 고운 심성이 흐르는 방향이 그러한 건지. 단아 덕분에 강은 기업의 사회적 책임을 가장 이상적인 형태로 이행하는 수준 높은 경영 철학을 가진 CEO로 평가되고 있었다.

"뭐긴 뭐야. 사랑한다고."

강은 얼른 새치름해진 단아의 입술을 가볍게 한 번 머금었다.

"사랑한다, 한단아."

"나도 많이 사랑해요, 강준 씨."

사람들은 세상에서 가장 흔한 게 사랑이라고 한다. 하지만 셀 수 없이 많은 사랑이야기 중에 똑같은 이야기는 단 하나도 없다.

오늘도 이들처럼.

혹은

이들보다 더 특별하게.

아름다운 사랑이 계속되기를.

에필로그1 판타스틱 신혼

【이 편지는 영국에서 시작되었으며, 1년에 지구 한 바퀴를 돌며 사람들에게 행운을 줍니다. 1930년 이 편지를 받은…….

쫄았니, 강블리?

나야 나, 제이슨. 그래, 알아.

편지 시작부터 당신이란 남자가 뒷목 잡고 발끈하고 있을 거라는 걸.

뒷목 잡은 데다가 헛웃음까지 치면서 지금 들고 있는 연분홍빛 종이를 찢을까 말까 고민하고 있다면 반은 성공이야. 크크.

아, 혹시 편지에서 장미 향 나지 않아? 이거 내가 특별히 강블리한테 쓰는 손 편지여서 신경 좀 썼어. 한정판 로즈 잉크 넣은 만년필로 한 자 한 자 정성들여 쓰고 있는 거라고!

어? 편지 귀퉁이 찢는 소리가 들려! 그러지 마.

나는 지금 당신이 특급 연수 겸 휴가로 보내 준 파리에서 아주 로맨틱한 오후를 보내고 있어. 샹젤리제 거리에 있는 노천카페에 앉아서 나는 화이트

와인을, 우리 JB는 맥주를 들이켜고 있지.

근데 말이야, 우리 최강 싸모, 단아 씨 술버릇은 여전해?

아까 센강 유람선 타고 퐁 네프 아래를 지나는데, 그날 한밤중에 마포대교 질주했던 일이 불현듯 떠오르는 거야.

내가 지금 와서 하는 말이지만. 그날 한단아 씨 그대로 집에 들어가면 정말 죽을 것 같더라. 그리고 넘나 괘씸한 거야. 감히 우리 귀한 강블리를 꼬나보던 이도현부터 납치범으로 몬 단아 씨까지! 지금도 그때만 생각하면 손끝이 부들부들거려!

그래서 내가 주제넘지만, 한마디 해야겠다 싶어서 단아 씨 집엘 갔었지.

뭐, 단아 씨가 떡실신 된 상태라고 해서 남동생한테 숙취 해소제랑 전화번호 넘기고 오는데. 되게 께름칙하데?

나중에 최 대표 처남 되시는 분 만나면 좀 물어봐 줄래? 그날 날 왜 그렇게 그윽한 눈길로 봤는지? 완전 나 오해할 뻔했쉬!

허억! 설마 내가 한단아 씨 마음에 두고 있다고 오해한 건 아니겠지? 그럼 그림이 넘나 이상해지는데?

오해는, 우리 최 대표 아니 우리 강블리가 꼭 좀 풀어 줘. 나 그런 남자 아니라고.

그리고…… 나 사실.

우리 강블리 장가가는 날, 엄청 울었다. (사람들이 나 엄청 쳐다봤어, 부끄럽게. 혹시 강블리 처남이 나 오해한 건 아니겠지? 단아 씨 뺏겨서 우는 줄 알고?)

딸을 바라보는 강블리 장인어른의 애틋한 눈빛과 그런 두 사람을 바라보는 강블리와 그리고 그런 강블리를 흐뭇하게 바라보는 장모님.

근데 신혼여행 떠나기 전에 장모님이 강블리 손에 몰래 쥐여 주신 거 뭔지, 나 다 봤다? 오호호호호.

사위 사랑은 장모라더니 어쩜, 신혼여행 떠나는 사위 손에 떡하니 그런 걸! 어우! 우리 강블리 부끄러워할 테니 내가 굳이 뭔지는 밝히지 않겠지만…….

첫날밤에 눈은 좀 붙였니? 한숨도 못 잤지? 단아 씨 기절시킨 건 아니고?

아니, 뭐. 첫날밤 이야기를 그렇게 아껴? 그 유명한 말 몰라? 아끼면 똥돼! 그런 썰은 바로바로 풀어야 재미있는 거다.

근데 신혼여행 갔다 와서 단아 씨 살이 2킬로나 빠졌다며? 살 빼려면 신혼여행 가야 하는 거야? 하긴 뭐 결혼식 날 보니까, 내가 보기에도 단아 씨 정말 사랑스럽더라. 그러니 신랑 눈에는 오죽했겠어?

근데 아무리 그래도! 세이셸까지 갔으면 작열하는 아프리카 태양도 좀 구경하고, 바다 수영도 하고 그래야지. 쥔 종일 호텔 방 안에만 있었다는 게 사실이야?

아니, 근데 방 안에만 있으면서 대체 뭘 해야 살이 2킬로나 빠져서 올 수 있는 거야?

ㅇㅎㅎㅎㅎㅎㅎㅎ.

우리 강블리가 이렇게나 왕성한 남자인 줄 내가 또 몰랐네?

알다시피 프랑스가 상당히 개방적인 나라잖아? 내가 우리 왕성한 강블리 주려고 좋은 거 하나 사 놨어.

ㅇㅎㅎㅎㅎㅎㅎㅎ.

뭔지 궁금하지? 절대 안알랴줌.

그렇지만…… 사용 후기 빡세게 들려주겠다고 하면 뭔지 미리 알려 주고.

ㅇㅎㅎㅎㅎㅎㅎㅎ.

관심 돋지? 막 땡기지? 뭔지 궁금해 죽겠지?

내가 이렇게나 사려 깊은 고용인이다. 대표의 성스러운 고품격 신혼 생활까지 고민하고 있잖니.

그래, 알아. 두 사람 신혼 생활은 충분히 성스럽다는 거.

안 그래도 여기 일정 조율하는 것 때문에 좀 전에 이 비서랑 통화했는데. 강블리 그 고운 얼굴에 다크 서클 내려앉았다며? 막 회의시간에 퀭한 얼굴로 들어와서 다들 기함했다며?

어제 오후에는 이 비서가 기절할 뻔했다잖아. 집무실 문을 아무리 두드려도 기척이 없어서 열고 들어갔더니, 소파에 누워서 기절한 듯 자고 있었다고 하더라?

작작 좀 해라. 잠은 집에서 자야지. 잘 시간에 딴짓을 너무 열심히 하니까 그러는 거 아니야?

아, 그래. 알아, 알아. '최강×탐미'도 엄청나게 잘나가고, 거기다가 라이프 스타일 브랜드 '단아'도 잘돼서 지금 눈코 뜰 새 없이 바쁜 거. 그래서 외국 바이어들이랑 밤샘 회의를 밥 먹듯이 해서 집에 들어갈 시간도 없다는 거, 안다고 알아.

그래서 요즘 그렇게 단아 씨가 회사에 온다며?

아니, 집무실 문 잠그고 둘이 뭐 하니?

으ㅎㅎㅎㅎㅎㅎㅎㅎ.

아주 철야 회의만 잡혔다 하면 이 비서를 잡아먹을 듯이 굴다가, 단아 씨 다녀가면 강블리 야들야들해진다고 파리까지 소문 다 났다! 오죽하면 이 비서가 회의 스케줄 잡기 전에 단아 씨한테 먼저 스케줄 확인차 연락해 본단다.

"네, 사모님. 혹시 오늘 시간 괜찮으시면, 잠시 들르실 수 있을까요? 7시부터 8시까지는 시간이 빕니다만……."

근데 또 불행 중 다행이라고 해야 할까? 우리 단아 씨가 이런 건 또 기가 막히게 알아듣는다더라.

"네, 이 비서님. 7시면 저도 괜찮을 것 같아요. 그 사람 저녁은 제가 챙겨 갈게요."

키햐. 우리 강블리 배부르시겠어?

집무실에 밥도 먹고, 꿩도 먹고, 알도 먹고.

그리고 이건 이 비서가 나한테 넌지시 운 좀 떼 달라고 한 건데. 이런 건 대놓고 이야기해야 재미있는 거 아니겠어?

아까 통화하는데 이 비서가 그러더라고.

"CD님, 대표님 방에 방음시설 설치해야겠어요."

으흐흐흐흐흐흐흐흐.

대체 왜 디자이너 집무실에 방음시설이 필요한 건지 좀 알려 주실 분?

우리 이 비서, 지난달에 남자 친구랑 헤어졌대. 신혼인 건 알겠는데, 실연의 상처를 끌어안고 있는 이 비서 앞에서 그러는 거 아니다. 그거 되게 나쁜 거야.

아. 그러고 보니까, 최 대표 완전 나쁘네? 우리 JB 휴가기간이랑 맞출 수 있게 해 달라고 그렇게 말했는데, 결국 내가 일주일 먼저 파리 뜨게 생겼잖아!

아니야, 안 나빠. 하나도 안 나쁘다, 우리 최강. 무지무지하게 고맙다. 이렇게 엄청난 연수 보내 준 것도 고맙고. 연수 끝나고 맘껏 즐기다 오라고 휴가를 2주일이나 챙겨 준 것도 고맙고.

그래서 말인데, 나 일주일만 더 놀다가 가면 안 될까? 그럼 내가 아주 재미있는 이야기 하나 해 줄게. 엉? 안 된다고 하면 재미있는 이야기는 없는 거야.

아, 맞다! 그러고 보니까, 재미있는 이야기는 내가 유리 씨한테 들었네?

우리 강블리 왕성해진 것뿐 아니라 회춘했니? 사춘기 소년이야? 얼마 전에 디자인 하우스 앞에서 주먹 날렸다며?

아이고야! 당신 손이 어떤 손인데, 그 손을 함부로 날려?

하긴 뭐 유리 씨 얘기 들어 보니까 강블리 눈이 뒤집힐 만도 하더만.

여자는 사랑받아야 예뻐진다는 말이 맞나 봐? 강블리의 격한 사랑을 받고 있으니 우리 단아 씨는 당연히 날이 갈수록 예뻐지겠지.

예쁘기만 한가? 디자인 하우스 살린 실력으로 소기업 살리는 일에 앞장서 있는 능력자에다가 미혼모부터 결손가정, 독거노인 등등 도움의 손길을 필요로 하는 사람들 위해서 기막힌 스토리 펀딩으로 사람 마음 움직일 줄 아는 똘똘한 천사지.

그러니 반할 만도.

단아 씨가 결혼했다고 여러 번 이야기했다는데도, 단아 씨 따라온 뭐 국

제 구호 단체 돕는 독지가가 그랬다며?

"단아 씨처럼 아름답고 마음씨 고운 분이 흔히 대는 아주 상투적이고 진부한 핑계죠. 상대방 마음 아프지 않게 단념시키는 좋은 방법이잖아요. 결혼했다고 하면 쉽게 물러서니까요. 하지만 제가 그렇게 쉽게 물러설 거라고 여기셨다면 큰 오해십니다."

단아 씨는 그날 철야하는 우리 강블리 보러 디자인 하우스 앞까지 왔고, 그 남자는 눈치도 없이 단아 씨가 탄 택시를 쫓아왔고!

택시에서 내린 단아 씨 붙들고, 눈치라고는 개미 눈곱만큼도 없던 그 남자가 저런 말을 씨불이는 걸 최강이 듣고야 말았고. 세상 점잖던 우리 강블리가 아주 저돌적으로 달려들어서 단아 씨 허리를 끌어당겨 안으며 백허그를 따!

근데 또 개미 코딱지만큼도 눈치 없는 그 남자가 최강한테 어퍼컷을 따!

그래서 우리 최강도 레프트 훅으로 그 남자 오른쪽 안면 강타를 따!

아니 말로 하지. 그걸 왜 달려가서 끌어안고 한 대 맞고, 한 대 치고. 쯧쯧. 뭐 말이 안 통하는 인간들이 더러 있기는 하다만. 그렇다고 그렇게 액션을 취할 건 또 뭐야.

결국 남자가 미안하다고 사과하고 끝났다며?

얌전한 강블리를 최강 파이터로 만들다니, 단아 씨 정말 대단하다. 다큐멘터리 같았던 한 남자의 인생을 로맨틱 코미디로 만들더니, 이번엔 액션극이구나.

좋겠다, 최강. 예뻐, 능력 있어, 심성 고와. 게다가 인생 꿀잼으로 만들어 주는 재능 있는 반려자랑 살아서. 그래도 주먹질은 아서! 그러다 손 다치면 어쩌려고 그래? 디자인 하우스는 누가 먹여 살리니?

암튼 듣자하니 요즘 단아 씨한테 운전 가르친다며? 아니, 우리 JB 말 들어 보니까 미국에서 운전 잘만 하고 다녔다던데, 뭔 운전을 가르쳐?

어머나, 세상에! 깜찍한 단아 씨, 운전 배우는 척 우리 강블리 휘어잡으려고 하는 거 아냐?

그렇잖아. 운전은 부부 사이에도 절대 가르치는 거 아니라고 하는데, 강 블리 뒷목 안 잡고 잘 가르치고 있어? 뭐 임파서블한 운전 코칭 미션 때문에 애먹고 있는 거 아니야? 마음 같아서는 당장에 한국으로 날아가고 싶다만.

안 될까? 일주일 휴가 연장?

뭐 어쨌든, 단아 씨가 또 뭔가 꿍꿍이가 있나 본데, 영 께름칙하면 이 제 이슨 코치를 찾도록 해. 에헴.

어라, 웃어? 헛웃음 소리 여기까지 들렸어! 생각해 봐. 내가 옆에서 훈수 두지 않았으면 두 사람 잘됐겠니? 택도 없다!

후우. 두 사람 보면서 사실 내가 느낀 게 참 많아.

난, 사랑은 타이밍이라는 말을 절대적으로 믿어 왔던 사람이야. 우리 강 블리 만나기 전에는 패션도 타이밍이라고 생각했지. 적절한 때에 유행이 터 지는 패션 트렌드를 보면서, '아, 디자인은 타이밍, 사랑도 타이밍, 인생은 타이밍이구나.' 하는 생각을 했지.

그런데 아니더라. 강블리가 나한테 했던 말 기억해?

어제 입었어도, 오늘 입어도, 내일 또 입을지라도.

패션은 타임리스(Timeless)라고.

크흐. 멋진 건 강블리, 너 혼자 다 해 먹으셔라, 그냥.

언제였더라? 단아 씨 만나고 얼마 안 돼서 내가 그런 말을 했었어. 얼른 고백하라고. 그랬더니 당신이 그랬지.

"세상 모든 사람이 날 나쁜 놈으로 몰고, 거짓말쟁이 사기꾼으로 손가락 질해도 지금 한단아한테 만큼은 좋은 사람이고 싶어. 사랑? 그 여자가 마음 에 품은 사람은 따로 있는데, 나 혼자 좋다고 욕심 부려 고백하는 게 사랑이 야?"

나중에야 그 말뜻을 알겠더라.

한단아를 향한 최강의 사랑은 타임리스구나. 고백할 타이밍을 잡고 있는 게 아니라, 언제까지나 열렬히, 숭고한 애정을 바칠 남자구나.

그래, 그렇게 온 정성 다 바쳐 얻은 사랑 보면서 나도 용기를 얻었지. 다시 온 사랑 절대 놓치지 않겠다고 말이야.

　그러니까, 내 공도 있고 하니까, 휴가 일주일 만 더 안 될까?

　파리에서 강블리를 격하게 애정하는 제이슨.

　추신: 내가 아까 재미있는 이야기 해 준다고 했잖아. 내가 꿈을 하나 꿨는데……
　일주일 휴가 승인해 주면, 해 주고. 아님 말고!】

　아날로그 감성과 아재 감성은 한 끗 차이인가?

　강은 장미 향이 폴폴 풍기다 못해 역겨울 정도로 강하게 느껴지는 편지를 쏘아보았다. 이런 격한 애정이 담긴 편지는 단아한테 받아야 하는 건데. 아무리 제이슨이라지만, 애정이 뚝뚝 묻어나는 편지에 괜히 속이 좋지 않았다.

　"이 비서, 나 소화제 좀."

　강은 가슴을 퉁퉁 치며 비서가 들고 들어온 액상 소화제를 벌컥벌컥 들이켰다.

　"대표님, 식사하시고 소화제 찾으신 지 벌써 일주일째인데요. 병원을 다녀오시는 게 어떨까요?"

　요즘 뭐만 먹었다 하면 속이 매스껍고 소화가 되지 않는 강이었다. 강은 손끝으로 명치를 지그시 누르며 한숨을 내쉬었다.

　"오후에 병원 갔다가 바로 퇴근할 테니까, 그렇게 알아요."

　강은 재킷을 집어 들고 집무실을 나섰다. 증상을 들은 의사는 스트레스성 위염 같다며 3일 치 약을 처방해 주었다. 그런데 약을 먹어도 속은 가라앉지 않았다.

　집에 먼저 들어갈까 하다가 강은 단아의 사무실로 향했다.

　"어? 어떻게 이 시간에 와요?"

언뜻 놀란 얼굴을 하는 단아를 바라보는 강의 얼굴에 미소가 번졌다. 약 따위 듣지도 않는 병, 이건 상사병임에 분명하다. 단아의 얼굴을 보고 나니 매스꺼움이 싹 가시는 강이다.

"일찍 들어가려고. 바빠?"

단아는 옆에 선 준수를 흘끔 보았다.

"들어가세요, 대표님. 재무제표 분석은 제가 마저 해 놓을 게요."

"고마워, 준수 씨. 그럼 부탁할게."

단아는 얼른 핸드백과 재킷을 집어 들고 사무실을 나섰다.

"무슨 대표가 직원 눈치를 그렇게 봐?"

강은 단아의 어깨를 포근히 감싸 안으며 넌지시 물었다.

"지금 4시밖에 안 됐어요. 아무리 내가 사장이어도 이건 엄연한 땡땡이고, 나 아니면 준수 씨가 일해야 하는 건데. 당연히 눈치 보이죠."

강은 단아의 콧잔등을 검지로 가볍게 튕겼다.

"세상에 한단아같이 착한 대표가 어디 있을까."

취업하자마자 직원 준수의 부친께서 편찮으시다는 말에 한 달 유급 휴가를 준 단아였다.

"저렇게 손발 잘 맞는 직원 찾기 힘드니까, 잘해 줘야 해요. 그런 의미에서 나도 내 애마랑 손발 좀 맞춰 보고 싶은데."

아직 저녁을 먹기엔 이른 시간, 강과 단아는 건물 지하 주차장에 주차되어 있는 단아의 차로 향했다.

"서울 시내는 충분히 돌았으니까, 외곽으로 한번 나가 볼까요?"

"그래, 그럼."

제이슨 말대로 대체 무슨 꿍꿍인지 단아는 운전을 곧잘 하면서도 강한테 가르쳐 달라며 애원했다. 강은 빗길 운전에 집중하고 있는 단아를 물끄러미 바라봤다.

"이제 그만 배워도 되지 않나? 나랑 결혼하고 나니까, 뭐 코칭받던 시절이 그리워? 이렇게 잘하면서 왜 운전을 가르쳐 달라고 난리야?"

"아직 배울 게 남아 있다고요."

서울을 벗어난 차는 경기도 장흥 어귀에 들어서고 있었다. 나무가 울창하게 우거진 숲 한가운데 갑자기 차가 멈춰 섰다. 서울을 떠나올 때부터 내리던 비가 이제는 앞이 안 보일 정도로 거세어졌다.

딸깍하는 소리와 함께 움직이던 와이퍼가 멈췄고, 앞 유리창은 어스름한 빛과 물줄기가 어우러진 수채화처럼 보였다.

"여기에 그냥 세우면 어떡해?"

강은 운전석에 얌전히 앉아 있는 단아를 물끄러미 바라보았다.

"이런 데 차를 세워야 배울 수 있는 거라."

나른한 목소리는 낸 단아는 운전대에 가만히 옆 이마를 기대며 천천히 눈을 감았다 떴다.

"차 안에선 어떻게 하는 건지…… 잘 모르겠네요?"

강은 손을 뻗어 단아의 얼굴을 감싸 쥔 뒤 앙증맞은 입술을 뜨겁게 머금었다. 운전대를 잡고 있던 단아의 손이 강의 목덜미를 끌어안자마자, 강은 단아의 등허리를 감싸 안고는 조수석 쪽으로 끌어당겼다.

단아의 구둣발이 센터페시아에 있는 카 오디오 시스템에 닿았고, 잔잔히 흘러나오던 첼로 선율이 갑자기 웅장하게 울려 퍼졌다. 빗물에 가려진 유리창은 두 사람만을 위한 완벽한 밀실을 만들어 주었고, 음악 소리가 커짐과 동시에 두 사람의 움직임은 대범해지기 시작했다.

단아는 구두를 벗어서 뒷좌석으로 던지고는 두 다리로 그의 허리를 감싸며 허벅다리 위에서 자세를 잡았다. 작은 손이 드레스셔츠 단추를 한 개씩 풀어 내려가자, 강의 손 역시 단아의 재킷 단추와 블라우스 단추를 풀어 내려갔다.

"하아. 하아."

잠시 입술이 떨어지자, 오랜 잠수 끝에 수면 위로 박차고 올라온 사람처럼 단아는 급히 숨을 골랐다. 강은 엄지손가락으로 붉게 부풀어 오른 촉촉한 입술을 한 번 가볍게 쓸어 보고는 다시 한 번 뜨겁게 머금었다.

교외로 차를 돌려 와 이렇게 깜찍한 유혹을 하리라고는 정말이지 생각도 하지 못했다. 곰곰이 생각해 보니 단아가 운전 강습을 해 달라며 조를 때마다 비가 왔다. 하지만 올해 유독 가물었던 탓에 비는 잠시 지나는 소나기였을 뿐이었다.

슬며시 입술을 떼어 낸 강은 몽롱한 시선을 한 단아에게 나지막이 물었다.

"한단아, 비 오길 기다렸어?"

"기우제라도 지내야 하나 고민했었어요. 어쩜 그렇게 비가 안 와?"

강의 입에서 키득키득 웃음이 새어 나왔다.

"아니 이게 대체 뭐라고. 집에서 맨날 하는 것도 부족해?"

"뭐 그런 걸 그렇게 꼬치꼬치 물어요? 내 판타지였어요. 왜요?"

"와! 연애할 때 버킷리스트 작성할 때는 밤새 달려서 두둥실 떠오르는 해를 보자는 둥 내숭 떨더니. 결혼하고 나니까 막 나가네?"

"하기 싫음 말아요!"

단아가 운전석 쪽으로 몸을 기울이려는 순간, 지잉 하는 소리와 함께 조수석 시트가 뒤로 움직였다.

"다음번엔 내 판타지도 들어주기다?"

차가운 조수석 유리창을 뜨거운 열기로 데워진 손바닥으로 쓸어내리며, 고개를 끄덕였을 때만 해도 전혀 알지 못했다.

그의 판타지가 그렇게 어마어마할 줄이야.

"네가 먼저 퇴근하는 날 말이야. 현관에서 날 맞을 때, 내가 원하는 복장으로 있었으면 좋겠어."

"좋아요, 어렵지 않네! 콜!"

"콜?"

"응, 콜."

내가 뭘 시킬 줄 알고?

호기롭게 콜을 외치는 그녀의 모습에 적잖은 장난기가 발동하고야 말았다.

어쩔 거야, 판타지인데. 판타스틱한 미션을 내려 줘야지.

[나 오늘 퇴근 늦어. 어스름한 새벽 해변에 홀로 산책 나와 분위기 잡는 여인으로.]

남편이 보낸 문자를 마주한 단아의 미간에 깊은 주름이 팼다.

어마어마한 과제를 받은 듯한 이 기분은 대체 뭘까, 미션 컴플릿을 하지 않으면 시련과 고난이 동반될 것 같은 불길함은 대체 뭐지?

제 버릇 개 못 준다고, 과제가 떨어진 이상 완벽하게 해내야 직성이 풀리는 단아였다. 단아는 퇴근해서 집에 도착하자마자 드레스 룸을 뒤지기 시작했다.

예정되었던 것보다 회의는 훨씬 늦게 끝났고, 강은 밤 10시가 다 되어서야 귀가할 수 있었다.

[나 지금 논현동에서 출발해.]

[저녁은요?]

[대충 먹었어.]

[알았어요, 얼른 와요.]

점심 무렵 미션을 내린 사실을 까마득히 잊어버린 강은 여느 때와 같은 평범한 귀가 보고 문자를 주고받고는 집으로 향했다. 그런데, 현관에서 단아의 모습을 마주한 강은 터져 나오려는 웃음을 막으려 어금니를 꽉 깨물어야 했다.

자잘한 꽃무늬가 하얀색으로 수놓아져 있는 민트색 민소매 롱 원피스에 라피아 햇을 눌러쓴 그녀가 이렇게 말했다.

"혼자 산책 나왔는데, 당신이 올 줄은 몰랐어."

단아는 초조한 눈빛으로 강을 살폈다. 현관에 들어서자마자 입을 꾹 다물고 무서운 눈빛으로 머리부터 발끝까지 샅샅이 살피는 통에 머릿속에 번쩍 떠오른 어설픈 대사까지 쳤는데, 그래서 지금쯤 뭔가 반응이 터져 나와야 하는데, 그는 묵묵부답이었다.

심장이 콩닥콩닥 뛰었다. 눈앞에 선 남자가 남편인지, 디자이넌지, 나는 지금 아내인지, 옷 입은 거 심사받는 모델인지. 단아가 뭐라 말을 덧붙이려는 순간, 강의 입술이 앙증맞게 벌어진 도톰한 입술을 베어 물었다.

"흐응."

입술을 배회하던 그의 숨결이 턱을 따라 목덜미로 내려갔고, 라피아 햇은 현관 대리석 바닥 위로 아스라이 떨어져 내렸다.

"누가 이렇게 예쁘게 하고 혼자 다니래?"

낮게 울리는 목소리에 단아의 입가에 미소가 번졌다.

뭔가 임파서블한 미션을 성공하고 의미심장한 미소를 짓는 톰 크루즈가 된 기분이랄까?

적진을 관통하고 들어가 적장을 꼬셔 낸 스파이라도 된 양 심장이 두근두근, 콩닥콩닥 말도 못하게 떨렸다.

"당신이 올 줄 알았죠."

희미하게 덧붙인 목소리에 발끝이 허공으로 떠올랐다. 강의 품에 답삭 안겨서 그의 목을 와락 끌어안은 단아는 관능적인 머스크 향을 풍기는 그의 가슴에 얼굴을 묻었다. 숨을 크게 들이마시자 익숙하고도 두근거리는 향기에 가슴이 차올랐다.

그는 당연한 순서인 듯 단아를 침대 위에 내려놓았다. 침실 안에는 단아가 틀어 놓은 기가 막힌 음악이 흐르고 있었다.

스탠딩 에그가 부른 '여름밤에 우린'.

비록 겨울이 다가오는 11월 말이었지만, 두 사람의 침실은 뜨거웠던 여름으로 되돌아간 듯했다. 단아는 물끄러미 침대 밖에 서 있는 강을 올려다보았다. 거사를 앞둔 순간에 올려다보는 그의 눈빛은 언제나처럼 뜨거웠고, 단단했고, 날카로웠으며, 그와 동시에 따뜻했고, 부드럽고, 자상했다.

그가 왼손 검지와 중지를 넥타이에 걸어 매듭을 끌어 내리자, 침이 꼴깍 넘어갔다. 매듭을 움켜쥔 그의 손등에 불거진 핏줄은 치아가 간질거려 절로 어금니를 꽉 물게 할 만큼 섹시했다. 이윽고 조각 같은 그의 몸이 한 조각씩 그 모습을 드러내기 시작했고, 민트색 원피스는 침대 아래로 스르륵 미끄러져 내려가 바닥에 고였다.

체온이 오르고, 숨이 차올랐다. 격한 감정이 흘러넘치고, 거친 숨소리가 침실 안을 아찔하게 울렸다.

산소가 부족하기라도 한 듯 혀뿌리까지 차오른 숨을 고르며, 단아는 나지막이 물었다.

"통과?"

엄청난 에너지를 쏟아부은 탓에 잠시 눈을 감고 있던 강은 터져 나오려는 웃음을 참으려 어금니를 꾹 깨물었다. 한단아는 가끔 자신이 결혼을 했는지, 여전히 코칭을 받고 있는지 헷갈리나 보다.

"Fail."

당연한 걸 물어, 한단아. 내가 언제 너 테스트 통과시킨 적 있던가? 또 얘가 이렇게 은근히 헛똑똑인 면이 있어, 사랑스럽게.

"뭐야? 왜 Fail이에요?"

"아무리 해변의 외로운 여인 콘셉트라고 해도 너무 빨리 넘어왔잖아."

황당한 얼굴로 쏘아보고 있을 게 분명해서 강은 감은 눈을 뜨지 않은 채로 한숨만 폭 내쉬었다.

"뭐야? 그럼 다음 복장은 빨리 알려 줘요! 미리 준비하게!"

뭘 또 어떻게 준비하려고? 강은 고심하는 척 미간을 좁혔다.

"나 내일도 늦는데? 지금 말해, 그럼?"

"말해요, 빨리!"

"모험을 떠나기 전 친구들과 티타임을 갖는 동화 속 요정."

상체를 세우고 있던 그녀가 침대 위로 풀썩 쓰러지는 느낌이 났고, 동시에 구시렁거리는 소리가 들려왔다.

"요정, 요정하더니. 그게 다 이유가 있었네, 있었어."

투덜거리는 그녀는 무언가를 찾아보려는 듯 휴대전화를 집어 드는 것 같 았다. 강은 잠이 든 척 그저 눈을 꼭 감고 있을 뿐이었다.

귀여운 한단아, 내가 너 때문에 아주 미치겠다.

오늘은 그녀가 어떤 복장으로 현관에 서 있을지 궁금해서 강은 하마터면 넋을 놓을 뻔했다. 이 비서가 계속 대표님 무슨 일 있으시냐고 물어 대서 정 신 줄을 붙잡느라 혼이 났다. 머릿속에서는 터무니없이 음험한 요정으로 분 한 한단아의 모습이 활개를 쳐 댔다.

"대표님, 모처럼 일찍 끝났는데, 칼퇴근 하실 거죠?"

"아, 이 비서 먼저 들어가요. 난 더 할 일이 남아서."

쏜살같이 집으로 향할 줄 알았던 강이 칼퇴를 마다하자 이 비서의 표정이 붉으락푸르락 이상한 색을 띠기 시작했다.

"저, 대표님. 제가 노파심에 드리는 말씀인데요. 신혼 초는 원래 부부싸움 이 많다고 해요. 다투셨어도, 댁에는 들어가셔야 합니다."

본의 아니게 결혼식에서 연애 한 번에 결혼까지 골인했다는 이야기를 밝 히게 된 강이었다. 그 이후 이 사람, 저 사람 훈수를 두기 시작하더니 하다못 해 이 비서까지 겉으로 보기엔 얼음으로 삼시 세끼를 해결할 듯 보이는 강에 게 감히 참견하기 시작했다.

하필 이 비서는 강의 스케줄뿐 아니라 단아의 스케줄도 훤히 꿰고 있어 서, 단아가 오늘 일찍 퇴근했다는 사실마저 알고 있는 듯했다.

"내 사생활까지 간섭하라고 월급 주는 거 아닌데, 내가?"

강은 애써 미소 지으며 읊조렸지만, 자연스러운 미소는 단아에게만 허락 되는 것이었기에 이 비서가 보기에 그의 표정은 섬뜩한 공포 영화 속 등장인 물처럼 괴기스러워 보이기까지 했다.

"먼저 들어가, 이 비서."

"그, 그럼! 저는 먼저 들어가 보겠습니다!"

이 비서가 퇴근하고 난 뒤, 강은 하릴없이 인터넷 기사를 뒤적이며 시간을 보냈다. 귀가를 약속한 8시까지 집에 도착하려면 딱 1시간만 집무실에서 버티면 되는데, 시간이 죽어라 가질 않았다.

온갖 가십을 섭렵한 뒤, 7시 정각을 가리키는 시계를 보며 사무실을 나서는 강의 얼굴에는 소름 돋을 만큼 비장한 미소가 자리했다.

현관문을 열고 들어선 강은 눈앞에 선 단아를 발견하고 놀라지 않으려 어금니를 꾹 깨물었다.

연한 핑크색 튤 원피스는 발레복인 듯 했고, 그녀의 손엔 아이들이 가지고 노는 조악한 디자인의 플라스틱 요술봉이 들려 있었다.

치링 치링 치리링!

단아는 갑자기 재생된 애니메이션 주제가에 화들짝 놀라 얼른 요술봉 전원 버튼을 한 번 눌렀다. 딱딱하게 굳은 무서운 얼굴로 내려다보는 강의 얼굴을 올려다보다, 저도 모르게 요술봉을 한 번 흔들었더니 속절없이 발랄한 노래가 흘러나온 것이었다.

마치 요정의 언어처럼 느껴지는 스와힐리어로 기가 막힌 대사도 준비해 놨는데, 타이밍을 놓치고 말았다.

"웃어라, 뿅!"

엉거주춤 서 있던 그녀는 갑자기 요술봉을 흔들며 심오하게 외쳤다. 피식 웃음이 터진 강은 정수리가 쭈뼛 서도록 사랑스러운 단아를 품에 꼭 끌어안았다.

그다음은 당연하다. 침실이 아닌 소파로 간 게 어제와 다르기는 했지만.

소파 아래에서 또다시 '치링 치링 치리링!' 하는 밝고 경쾌한 음악이 울려 퍼졌다. 단아는 요술봉 전원을 끄려고 소파 아래로 손을 뻗으며 물었다.

"이번엔 통과?"

"Fail!"

"아, 왜요?"

강은 자신의 가슴에 얼굴을 기대고서 몽롱한 눈빛을 하고 있는 단아의 맨
등을 쓸어내리며 타이르듯 대꾸했다.

"한단아. 문제 제대로 안 듣네? 난 분명 동화 속 요정이라고 했는데? 동화
에서 이러면 큰일 난다."

"그래요, 까짓것. 삼 세 번 가요!"

"미션은 내일 아침, 문자로 주겠다."

집무실 책상 위에 올려놓은 휴대 전화가 진동하는 소리에 단아가 흠칫 놀
란 얼굴로 휴대전화를 응시했다. 오늘의 미션이 도착했음을 알리는 문자를
확인하기에 앞서 심장이 쿵쾅거리기 시작했다.

단아는 달달 떨리는 손을 뻗어 휴대전화를 집어 들었다.

[귀여운 동물을 활용한 복장. 바니걸은 식상하니 피할 것.]

"아! 진짜 하다 하다 별!"

분에 겨운 목소리가 지나치게 컸던지, 준수가 힐긋거리는 시선이 느껴졌
다.

"대표님, 무슨 일 있으세요?"

저 질문이 왜 '대표님, 부부 싸움 하셨어요?' 로 들리는 걸까.

"아니, 일은 무슨. 하던 일 마저 해, 준수 씨."

단아는 방긋 미소 짓고는 강에게 보낼 답문을 입력하기 시작했다.

[동물을 어떻게 활용해요? 그거 동물 학대예요!]

[누가 날짐승을 뒤집어쓰라고 했어, 아니면 밍크코트를 입으라고 했어? 나 모
피코트 반대 운동 하는 디자이너인 거 몰라? 똑똑한 머리 안 쓰고 뭐 하는 거
지?]

디자이너 전공을 한껏 살린 그는 요즘 유행하는 스마트폰 코디 게임을 증
강현실 게임도 아닌 그냥 현실 게임으로 만든 양 미션을 내리기 시작했다.
그리고 기분 탓인지 모르겠지만, 그날 이후 그의 퇴근은 항상 단아보다 늦었
다.

[오늘 몇 시쯤 들어오는데요?]

[7시 반쯤.]

퇴근 시간을 전송한 강의 입가에 미소가 번져 갔다. 그냥 한번 해 본 말이었다. 퇴근하고 집에 돌아갔을 때, 단아의 따뜻한 온기가 집 안 가득 퍼져 있다는 사실만으로 날아갈 듯 행복한 강이었다. 그런데 장난스러운 요구를, 그녀는 퍽이나 심각하게 받아들인 것 같았다.

바니걸은 식상하다고 했으니, 미니마우스 머리띠라도 하고 생쥐로 변신해 있으려나?

오늘은 무조건 Pass를 외치리라 다짐하며 현관문을 열어젖힌 순간 강은 눈앞에 펼쳐진 광경에 넋을 놓고 말았다.

까만색 가죽 레깅스, 빨간색 튜브 탑, 고양이 귀 모양 머리띠를 한 그녀의 손에는 채찍이 들려 있었다.

"하, 한, 한단아?"

"니야옹!"

그녀는 앙칼진 소리를 내며 손에는 채찍을 한 번 가볍게 휘둘렀다.

"먼저 씻어요!"

뭔가 큰 결심이라고 한 듯 단호하게 명령하는 그녀의 말에 홀린 듯 강은 욕실로 향했다. 욕조 안에는 이미 강한 장미 향을 풍기는 거품이 가득 들어차 있었다.

마른침이 꼴깍꼴깍 넘어가고, 등줄기에서 식은땀이 흘러내렸으며, 심장이 입 밖으로 튀어나올 것처럼 날뛰었다.

한단아, 왜 이상한 포인트에서 목숨을 걸고 그러냐. 인생 긴데.

강이 에라 모르겠다며 욕조 안으로 몸을 풍덩 빠뜨린 순간, 욕실 문이 살그머니 열렸고, 발끝을 세운 단아가 살금살금 들어왔다. 단아는 까만 가죽 채찍을 반으로 접어서 양손으로 바짝 잡아당겨 끝을 잡은 다음 가슴 앞으로 모았다가 단번에 쫙 잡아당겼다.

가죽이 부딪치는 소리가 '짝' 하고 귀에 감겼다. 그 소리에 강이 흠칫 놀라 눈을 둥그렇게 떴다.

"놀랐어요?"

"하, 한단아. 이런 데 취미 있어?"

"으음."

단아는 가볍게 도리질 쳤다.

"이런 데 취미 있는 건 당신 아닌가?"

단아가 허리 아래로 채찍을 늘어뜨리며 욕조 가까이 다가서자 강의 눈가에 공포 비슷한 감정이 어렸다.

"왜, 왜 이래?"

"뭐야? 내가 설마 이걸로 때릴 거라 생각한 건 아니죠?"

"하하. 하하하."

강은 어색하게 양손을 들어 내저으며 아니라는 시늉을 해 댔다.

"그런데, 어쩌나. 고양이는 변덕스러운 동물이라…… 때리지는 않아도 다른 건 한번 해 보고 싶네?"

단아는 부드러운 가죽으로 강의 손목을 돌돌 감아 묶어 버렸다.

이쯤 되자 공포를 가장했던 강의 눈가에도 음험한 기운이 자리 잡기 시작했다.

"이번엔 통과?"

배스가운을 입고 핫초코가 담긴 머그잔을 움켜잡은 단아가 눈썹을 치켜 올리며 물었다.

"그래, 통과. 무조건 통과!"

"웬일이에요? 평생 통과 안 시켜 줄 줄 알았는데? 아쉽다, 재미있었는데."

"그럼."

"그럼?"

"앞으로 내 생일 때마다 해 줘. 생일 선물로."

단아는 키득키득 웃으며 달콤한 핫초코를 홀짝거렸다.

"그게 무슨 뜻인지 알아?"

"음?"

혀끝에서 달콤한 초코 맛이 번져 갔다.

"난 생일에도 한단아만 있으면 된다는 거지. 다른 건 다 필요 없고."

귓바퀴에서 달콤한 그의 숨결이 번져 갔다.

"너무 달아요."

"내가?"

"아니, 핫초코. 다음부턴 물에 타지 말고 우유에 타야겠어."

핫초코에게 밀렸다는 억울함이 서린 표정으로 강이 단아를 가볍게 노려보았다.

"그런데 핫초코 벌써 다 마셨어요?"

"어, 저녁을 대충 먹어서."

"아직도 밖에서 밥 먹으면 속 부대껴요?"

"조금."

"안 되겠다. 내일 나랑 같이 병원 가요."

"속이 메스껍고, 소화도 잘 안되고, 이제 음식 냄새 맡으면 헛구역질까지 나온다고요?"

증상을 다시 한 번 확인하는 의사의 심각한 물음에 강은 고개를 끄덕였고, 단아는 그저 걱정스런 눈으로 의사를 바라볼 뿐이었다.

"위 내시경 검사는 언제 하셨어요?"

"작년에 하고 안 한 것 같은데요."

"일단 위 내시경 검사부터 한번 해 보죠. 오늘 저녁부터 금식하시고요. 내일 아침에 내원하세요."

병원을 나서는 단아의 얼굴이 어두웠다.

"별일 아닐 거야. 스트레스 때문일 거야, 아마."

몸이 좋지 않은 사람은 강인데, 위로의 말을 건넨 이도 강이었다.

"왜 그래? 얼굴이 왜 이렇게 어두워?"

"걱정돼서요. 결혼 전에 신경 쓰이는 일 있으면, 식사 자주 거르곤 했잖아
요."

조심스레 대답을 내뱉은 단아의 목소리가 울먹거렸다.

"그냥 가벼운 위염이겠지, 걱정 마."

가볍게 내뱉기는 했지만, 강의 마음도 무겁기는 마찬가지였다.

단아를 사무실에 데려다주고 다시 디자인 하우스로 돌아온 강은 메스꺼
운 속을 잠재우려 탄산수를 들이켰다. 이상하게 단아와 헤어지고 나면 이 세
상 온갖 냄새가 다 느껴지는 듯 후각이 예민해졌다.

한단아 체취를 짜 내서 산소통에 담아 호흡기에 연결해서 다닐 수도 없
고.

강이 한숨을 푹 내쉬며 다 마신 탄산수 병을 쓰레기통에 집어 던질 때였
다.

"최 대표웅!"

간드러지는 목소리를 내며 요란하게 집무실 문을 열고 들어온 이는 제이
슨이었다.

"프랑스에서 향수 통 삶아 먹고 왔어? 왜 이렇게 독해?"

"무슨 소리야? 오늘 늦잠 자서 급하게 나오느라 향수 못 뿌렸어!"

어제 프랑스에서 귀국한 제이슨의 얼굴은 활짝 펴 있었다.

"고마워. 일주일 연장해 준 거."

"알면 됐고."

"그래서 말인데. 내가 재미있는 이야기 해 준다고 했잖아!"

제이슨이 몸을 앞뒤로 흔들 때마다 풍겨 오는 시트러스 향이 역겹게 느껴

졌다.

"이야기는 들어 주겠는데, 몸은 가만히 좀 두고 말하지?"

"최 대표, 어떻게 장가가더니 더 까칠해졌어? 단아 씨랑 싸웠어? 뭐 기 싸움이라도 해? 오늘 출근 왜 늦은 거야?"

괜히 대표가 아프다는 일을 떠들어 대서 직원들 사기를 죽이는 일은 없어야 했다.

"그냥 좀 일이 있었어."

제이스는 의심 어린 묘한 눈초리로 강을 이리 살피고, 저리 살폈다.

"아, 별일 없으니까 용건만 간단히 하고 나가. 시답잖은 이야기로 괜히 시간 끌 거면 지금 그냥 나가고."

"절대 시답잖은 거 아니거든? 있잖아, 내가 꿈을 꿨는데 말이야."

"결국 꿈 얘기야?"

"끊지 마! 나 심각해, 지금. 단아 씨가 형형색색의 꽃이 흐드러지게 핀 꽃밭을 거니는 거야. 그래서 내가 '단아 씨, 어디 가?' 했더니 빙긋이 웃으면서 '보물 찾으러 가요.' 하는 거야. 그러더니 집채만 한 호랑이 위로 답삭 올라타는 거야. 근데 이 호랑이가 만면에 미소를 띠면서 단아 씨 손길에 갸르 릉거리더니 커다란 복숭아가 주렁주렁 열린 나무 아래로 가더라? 단아 씨가 목이 마르다니까, 어디선가 눈망울이 선하게 생긴 꽃사슴이 나타나서는 단아 씨한테 복숭아를 따서 건네주는 거야. 단아 씨가 고맙다면서 빙그레 웃는 순간에 갑자기 맑은 물이 단아 씨 곁에서 용솟음치더니 진짜 거짓말 안 하고 벤츠만 한 비단잉어가 단아 씨 치마폭을 막 감싸더니 복숭아 더미 위에 주먹만 한 보석을 뿌려 주는 거야. 단아 씨가 너무 행복하게 활짝 웃으면서 호랑이, 복숭아, 꽃사슴, 비단잉어를 훑어보더니 '다 좋은데, 어떡하지? 못 고르겠어!' 이러는 거야."

"그래서?"

"단아 씨가 뭘 고르는지 모르고 깼는데."

강은 어지럼증이 갑자기 일어서 이마를 짚으며 다시 되물었다.

"그래서?"

"궁금해 죽겠어! 단아 씨가 뭘 골랐는지! 뭘 골랐을 것 같아? 최 대표, 단아 씨라면 그중에 뭘 골랐을 것 같아?"

"낸들 아냐?"

강은 한심한 소리를 늘어놓는 제이슨을 내쫓고 집무실 문을 닫아 버렸다.

다음 날, 수면 위 내시경을 마치고 강이 깨어나길 기다리며 단아는 회복실에 가만히 누워 있는 강을 내려다보았다.

"환자분 정신 들어도 30분은 누워 있다가 일어나시는 게 좋고요. 선생님 다시 보고 가기로 하셨죠?"

간호사의 질문에 단아는 고개를 끄덕이며 조용히 대답했다.

"네."

"그럼 환자분 정신 드시면 여기 전화기 들고 0번 눌러서 말씀해 주세요."

간호사가 자리를 뜨고 난 뒤, 단아는 보호자용 의자에 조용히 앉았다.

그렇게 끼니 거르지 말라고 이야기를 해도 조금만 신경 쓰이는 일이 있으면 음식 넘기는 것을 꺼리더니.

다행히 결혼하고 난 이후에는 비교적 규칙적인 식사를 하는 편이었는데, 이렇게 안쓰러운 모습으로 누워 있는 걸 내려다보고 있자니 가슴 한편이 따끔거렸다. 단아는 강의 뺨을 부드럽게 쓸어 보았다. 그러자 정신이 돌아오는지 그의 눈꺼풀이 파르르 떨렸다.

"단아야."

"음, 나 여기 있어요. 정신 들어요?"

"있잖아."

"어, 말해요. 뭐 필요해요? 물이라도 줄까요?"

"너어……."

그는 말을 내뱉기 힘겨운 듯 미간을 찌푸렸다.

"천천히 말해요."

어딘가에 통증이 이는 걸까, 고통스러운 그의 표정에 단아의 미간도 절로 좁아졌다.

"짝⋯⋯."

"짝? 안 들려요. 뭐라고요?"

"너 짝궁둥이라고! 설마⋯⋯ 몰랐어? 그래⋯⋯ 몰랐을 수도 있지. 홀딱 벗은 자기 엉덩이 거울에 비춰 보는 사람이 세상에 어디 있겠어? 그런데 너 짝궁둥이다. 그러니까 정확히 말하자면 왼쪽이 약간 더 커. 그걸 내가 어떻게 알았느냐면 그 엉덩이 골이 시작되는 방향 있잖아! 읍!"

단아는 얼른 손을 뻗어 강의 입을 틀어막았다. 회복실은 1인실이 아닌 다인실이었고, 그 덕에 지금 단아에게로 몰려 있는 시선이 한두 개가 아니었다. 입을 꽉 틀어막고 나서 몇 분이 지나도 그는 눈을 뜨지 않았다.

"새댁, 가끔 수면내시경 하고 깨기 전에 헛소리하는 사람들 있대요."

옆에서 중년의 아주머니께서 웃음을 참으시며 단아에게 넌지시 건넨 말에 여기저기서 소리를 죽인 웃음이 터져 나왔다.

그리고.

"단아야! 난 네가 짝궁둥이여도 사랑해!"

방심한 순간 크게 당했다. 게다가 마치 영화처럼 그는 '사랑해!'를 외침과 동시에 눈을 번쩍 떴다.

"단아야."

좀 전과는 목소리 톤과 말투가 완전히 다른 다정한 부름에, 단아는 강이 깨어났음을 인지했다.

"일어났어요?"

"나 마취 중에 너한테 사랑 고백한 것 같은데?"

잘생긴 그의 얼굴에는 달콤한 미소가 걸려 있었다. 그런데 이를 어쩌나, 그다지 로맨틱한 고백은 아니었는데.

"깨어났어도 30분은 누워 있어야 한대요. 정신 완전히 들 때까지 조금만 더 누워 있어요."

"그래, 고마워."

여느 때처럼 자상한 목소리로 읊조린 그는 커다란 손으로 단아의 손을 꼭 움켜잡았다.

아프다고 검사받고 누워 있는 남편, 멱살 잡을 수도 없고.

단아는 '짝궁둥이'라는, 마음씨 고운 새댁 욱하게 만드는 단어를 집어삼키며 동시에 울분도 삼켰다.

최강준, 너 멀쩡하면 내 손에 죽는 거다!

위 내시경 검사 결과를 듣기 위해 다시 찾은 진료실.

"위 내시경 결과는 좋은 편입니다. 아주 경미한 위염이 있는데, 한국 사람이면 누구나 이 정도는 가지고 있고요. 피 검사, 소변 검사 등에서도 이상소견은 없고요. 그런데 한 가지……."

"네?"

"스트레스가 많은가요, 요즘?"

"스트레스 정도를 물으시는 거라면 종전하고 달라진 게 없는데요."

"두 분 결혼하신 지 얼마나 되셨죠?"

그 질문이 마치 강이 받는 스트레스의 원인이 자신이라고 말하는 것 같아서 단아의 미간에 실금이 그어졌다.

"한 달 넘었고, 두 달은 아직 안 됐습니다."

의사는 심각한 표정으로 두 사람을 향해 물었다.

"아내분 혹시 임신 중이신가요?"

"아뇨."

강은 단호한 대답을 내놓았지만, 단아는 손가락을 꼽아 가며 '17, 18, 19, 20.' 하고 날짜를 계산해 댔다.

"근데 임신은 왜요?"

한참 동안 날짜 계산을 하던 단아가 의미심장하게 물었다.

"아, 임신이 아니시라면, 뭐 그냥 알아만 두세요. 쿠바드 증후군이라고,

아내의 임신 사실을 안 남편이 심리적 요인으로 인해 입덧을 하는 경우가 있는데요. 환자분 지금 증상이 사실 입덧과 굉장히 비슷한 양상을 보이고 있거든요."

내과를 나선 두 사람은 곧장 산부인과로 향했다.

임신 7주.

그러니까 허니문 베이비.

"엄마, 다음 검사 때 산모 수첩 꼭 들고 오시고요."

산부인과 간호사가 부르는 '엄마'라는 호칭도 낯설었고, 손에 들린 산모 수첩은 엄청난 학술서보다도 더 어려워 보였다.

병원을 나서는 길, 강의 표정은 눈을 뜬 채로 꿈이라도 꾸는 듯 몽롱했다.

"맙소사. 그게 태몽이었나 보네."

"태몽? 태몽 꿨어요?"

"아니. 나 말고, 제이슨이."

강은 어제 제이슨에게 전해 들은 어마어마한 꿈 이야기를 단아에게 들려주었다.

"내가 뭘 골랐는지는 모른대요?"

"어, 꿈속에 네가 있었다면 뭘 골랐을지 꼭 물어봐 달라고 하더라."

키득키득 웃던 단아는 신기하단 표정을 지으며 물었다.

"근데 어떻게 내가 임신한 줄도 몰랐는데, 입덧을 시작해요?"

질문을 해 놓고 우스운지 단아는 푸핫 하고 크게 웃음을 터뜨렸다.

"너무 사랑해서 그랬나 보지. 아까 수면내시경 마취 깨어나면서도 나 너한테 고백했잖아, 사랑한다고."

정신없이 산부인과를 들렀다 나오느라 회복실에서 그가 외친 문장들을 완전히 잊고 있던 단아의 표정이 돌연 어두워졌다.

"있잖아요."

"음?"

강은 자상한 표정으로 단아를 내려다보았다. 눈에 넣어도 아프지 않을 것 같다는 말은 이럴 때 하는 건가 보다. 사랑의 결실을 품고 있는 그녀는 그 어느 때보다도 어여쁘고, 아름다웠다.

"우리 애가 내 궁둥이는 안 닮았으면 좋겠네요."

"뭐?"

강은 헛웃음을 터뜨리며 단아를 내려다보았다. 내내 신기하다며 내려다보던 초음파 사진을 향해 단아가 낮은 소리로 속삭였다.

"아가, 엉덩이는 꼭 아빠 닮아서 나와라. 안 그럼 아빠가 너 짝궁둥이라고 놀릴 거야."

그 순간 강의 머릿속에 어마어마한 문장들이 스치고 지나갔다. 술 마시고 필름 끊겼던 다음 날, 기억하고 싶지 않은 주사가 머릿속에서 넘실대는 것과 비슷했다.

아무 말도 없이 굳어 있는 강을 단아가 노려보듯 올려다보았다.

"기억났죠?"

"무, 무슨?"

당황하니 말도 더듬거리는 강이었다.

"와, 시치미 떼는 것 봐."

"무슨 소릴 하는 거야, 대체? 나는 뭔 소린지 도통 모르겠네."

강은 단아의 어깨를 살포시 끌어당겨 안으며 빙그레 웃었다.

"기특한 한단아. 예쁜 짓만 골라서 하는 한단아. 얼른 양가에 연락드려야지."

— 어휴, 잘했다. 어이구, 잘했다. 우리 단아. 예뻐 가지고 예쁜 것만 골라서 하네.

강의 부모님은 한복 관련 행사 때문에 미국에 계셨기에, 전화로 임신 소식을 알려야 했다. 휴대전화 너머에서 들려오는 어머니의 밝은 목소리에 강의 얼굴 위로 진한 미소가 그려졌다.

— 우리 단아, 고맙다. 잘했다. 몸조심하고. 우리 돌아가면 맛있는 거 먹자꾸나.

시모인 임 여사는 단아를 항상 '새아가, 며늘아가' 가 아닌 단아로 불러 주셨다.

「여자는 시집오면 이름을 잃는다. 아이 하나 낳고 나면 평생 누구 엄마라는 호칭으로 살아야 하지. 단아라는 예쁜 이름 아까워서, 나는 손주 태어나도 누구 어멈이라고 안 부르고 단아라고 부르련다. 괜찮지?」

일을 하는 며느리를 적극 응원해 주시는 것도 감사한 마당에 임 여사는 살갑게 단아의 이름을 불러 주시며 없던 딸이 생긴 것처럼 아껴 주셨다.

— 단아야. 단아가 스스로 행복하고 즐거워야 행복한 엄마가 되는 거고, 행복한 아이로 키울 수 있는 거란다. 그러니까 매일 행복하렴, 우리 단아.

친정엄마만큼이나 다정하고 다감한 말씀에 단아의 눈시울이 붉어졌다.

"네, 어머님, 감사합니다."

— 아, 거 좀. 나도 좀 바꿔 달라니까. 새아가!

"네, 아버님!"

— 물에 손 한 방울 묻히지 마라.

— 손에 물 한 방울이겠죠, 영감 주책이야.

시모가 부드럽게 나무라는 소리가 들려왔다.

— 단아야, 이해해라. 네 아버님 지금 울음보 터뜨리기 직전이시다.

다시 시모가 그리 덧붙이는 소리가 들려왔고, 곧 이어 시부의 목소리가 이어졌다.

— 우리 새아가, 고맙다. 까칠한 강준이 성격 달고 나오지 말고, 우리 새아가같이 고운 심성 안고 태어나라고 내가 날마다 기도하마.

"아버지, 아들 섭섭해요. 그래도 아버지 손주 될 아이 아버진데요, 저."

— 그래, 아들. 우리 아들 그 더러운 성격에 장가간 것도 기특한 마당에,

애아버지까지 된다니 감개무량하다아아아아아.

강의 아버지 상을은 아들을 디스하다 말고 크게 울음을 터뜨렸다.

"아버님, 초음파 사진 메신저로 보내 드릴게요."

— 그래, 얼른 끊자. 얼른 보내라.

가까스로 통화를 마친 단아는 시부모와 함께 있는 그룹 채팅방에 초음파 사진을 올렸다.

"이제 처갓집으로 가야지?"

강의 물음에 단아의 눈동자가 흔들렸다.

"어떡해."

갑자기 단아가 울먹이기 시작했다.

"왜?"

"나 엄마한테 말 못 하겠어."

커다란 눈에 눈물이 한가득 고였다.

"왜?"

"그냥. 너무…… 그냥…… 나 엄마한테 좋은 딸이었나? 엄마한테 나도 엄마가 된다는 말…… 그 말 하다가 나 엉엉 울면 어떡해요?"

"내가 말할게. 그럼 됐지? 가자."

시부모님께는 웃으면서 했던 말이 친정부모님께는 눈물이 앞서는 말이 될 줄이야.

자꾸만 목이 메어서 단아는 숨 쉬는 것조차 힘들어지는 것 같았다.

"너 이제 엄마야. 배 속에 아가 있다. 엄마가 그렇게 울면 아가도 울상 지을걸."

강의 말에 단아는 눈물을 닦아 내며 이내 미소를 머금었다.

저녁 퇴근 시간도 멀었는데, 친정에 단아와 강준이 나타나자 어머니 이해라 여사는 화들짝 놀라 두 사람을 맞이했다.

"왜? 오늘 최 서방 검사한다더니, 무슨 일 있어? 안 그래도 전복죽 끓인 거 가져가라고 연락하려고 했지. 점심은?"

"아직요."

생각해 보니 정신없는 하루에 점심도 먹지 못한 두 사람이었다.

"기다려 봐, 내 금방 차릴게."

말릴 새도 없이 이 여사는 부엌으로 향했고, 단아는 울컥 차오르는 감정을 가라앉히려 숨을 골랐다.

"우리 엄마는 항상 저렇게 급했어요. 자식 밥 굶었다고 하면 안타까워서 코끝이 빨개지는 분이셨어."

여자인 단아가 임신을 하고, 자신의 어머니 앞에서 그 사실을 밝히기에 앞서 느끼는 복잡하고 미묘한 감정을 강이 다 이해할 수는 없었다.

강은 그저 울먹이는 단아의 기분이 나아지도록 장난스럽게 다독일 뿐이었다.

"시집가고 애 가지면 철든다더니. 우리 단아 의젓해졌네?"

"뭐예요."

단아는 피식 웃으며 강에게 슬쩍 눈을 흘겼다.

"얼른 와서들 먹어. 시장할 텐데."

식탁 위에는 대접 한가득 담긴 전복죽과 물김치, 깍두기, 소고기 장조림 등이 올라 있었다.

"잘 먹겠…… 읍!"

강은 참기름 냄새에 코와 입을 동시에 틀어막았다.

"이게 무슨 일이라니. 단아야, 최 서방 아침은 먹여서 출근하니? 아니, 너는 바깥사람 몸이 이렇게 되도록 대체 뭘 했어."

"장모님. 그게 아니고요."

가까스로 호흡을 고른 강이 눈물을 가득 머금고 있는 단아를 대신해 입을 열었다.

"제가 입덧을 합니다."

"뭐? 무슨 뚱딴지같은 소리야?"

"제가 단아 대신 입덧을 시작했거든요."

"그, 그럼…… 대신 입덧이면……."

금세 이 여사의 눈가에 눈물이 가득 차올랐다. 한동안 뭐라 말을 잇지 못하던 이 여사는 얼른 자리에서 일어나 싱크대를 뒤지기 시작했다.

"엄마, 뭐 하셔?"

"물김치 싸려고 김치 통 찾아. 가만 그러지 말고 새로 담가야겠다. 이거 너무 쉬었어. 뭐 먹고 싶은 거 없니?"

정신없이 움직이는 이 여사의 손을 단아가 가만히 끌어다 잡았다.

"아직 없어, 엄마. 생기면 말할게요."

모녀는 식탁 의자 등받이 너머로 손을 잡은 채 가만히 서로를 바라보기만 했다.

"단아야."

"응, 엄마."

"엄마는 단아 네 엄마여서 무척 좋다. 근데 단아 너도 한 아이의 엄마가 된다니까, 엄마 기분이 더 좋네. 단아 네가 엄마한테 주었던 기쁨을 너도 느낄 수 있을 테니까."

에필로그2 너는 모른다

내가 하던 입덧은 아무것도 아니었어. 임신 9주 차에 접어들면서 나는 아무렇지 않아졌는데, 그때 시작된 단아 너의 입덧은 내 가슴을 짓이기는 듯했어.

갑자기 속이 좋지 않다며 욕실로 뛰어 들어간 네가 샴푸 냄새가 역하다며 다른 걸로 바꿔 달라고 했지.

너는 모른다. 내가 냄새 안 나는 샴푸 구해 보려고 마트, 백화점, 뷰티숍 등 온 세상을 다 뒤지고 다닌 걸. 그러다 냄새가 비교적 약하다는 '샴푸 바'를 손에 넣었을 때, 그 희열을 너는 절대 모른다.

샴푸 바를 구한 지 이틀쯤 지났을까?

욕실에 들어가려던 네가 욱 하고 코를 틀어막았어.

"물에서 냄새가 나요."

"뭐? 수돗물에서 냄새가 나? 소독약 냄새 같은 거 나?"

"아뇨. 물 냄새. 물 냄새가 나."

세상에 대체 물 냄새가 뭘까?

물은 무색무취잖아?

너는 모른다. 대체 물 냄새가 뭔지 알아보려고 내가 얼마나 기를 쓰고 공부했는지를.

그 무렵 너는 식음을 전폐했어. 물에서 냄새가 난다는데 오죽했을까.

갓 지은 밥 냄새는 그렇게 구수할 수가 없는데, 너는 그 냄새가 세상에서 제일 구역질 난다며 욕실로 기어갔지. 세상 밥심으로 사는 거라고, 밥 잘 챙겨 먹고 다니라던 한단아가…….

그러다 다행스럽게도 네가 먹고 싶다는 게 생겼어.

"자두, 자두가 먹고 싶어."

하필 저장이 어려운 여름 과일을 내놓으라는 너 때문에 나는 전국 방방곡곡을 다 뒤졌다. 그러다 결국 자두를 손에 넣지 못하고 포기해야 한다는 것을 인정했을 때, 나의 그 열패감을 너는 모를 거야.

입덧하는 네 앞에서 밥 차려 먹기는 그렇고, 요기라도 하고 들어가야겠다 싶어서 들어간 편의점에서 나는 구세주를 만난 것만 같았어.

편의점 한편에 진열되어 있는 그거.

네가 닭발 먹을 때마다 찾는 그거.

자두 맛 쿨피스.

1000ml 쿨피스 한 팩을 품에 안고 집에 들어간 그날, 너는 내 앞에서 쿨피스 1000ml를 원샷했지. 아무것도 넘기질 못해서 볼이 해쓱해진 너를 보며 이거라도 넘길 수 있어서 정말 다행이라고 생각했어.

너는 모른다. 나 쿨피스 만든 회사에 감사 전화도 했어. 이상한 놈이라고 생각해도 상관없었다.

내 아내와 내 아이를 살릴 귀한 물건을 만든 회사인데 마음 같아선 거기 사장님께 슈트라도 한 벌 보내 드리고 싶었다니까……. 사실 보냈어…….

임신 12주 차에 접어들었을 때부터 본격적인 겨울이 시작되었고, 눈이 내리기 시작했어. 여름에는 지겹도록 덥더니, 겨울에는 눈이 왜 그렇게 많이 오는지.

너는 모르지. 군대에 있을 때보다 눈이 더 싫어졌던 걸.

아, 내일 아침에 일어나서 마당부터 저 앞에 골목길까지 눈 쓸어야겠네. 우리 단아 혹여 산책이라도 하려고 나왔다가 미끄러지면 큰일이니까.

산책할 만큼 기운을 차린 게 다행이기도 했지만 말이야.

쿨피스로 연명하던 어느 날, 네가 말했어.

"나 먹고 싶은 게 생겼어요."

"뭐?"

"아니에요. 이건 도저히 못 구할 것 같아. 그 비슷한 것도 찾기 힘들걸요?"

"뭔데, 말해 봐. 응?"

"비행기…… 기내식이요."

때마침 내가 디자인한 유니폼이 항공사 유니폼으로 결정되었고, 나는 유례없는 제안을 하고야 말았어.

"유니폼 멋지게 만들어 드리는 대신, 기내식 좀 부탁드립니다."

그날 이후 집으로 기내식이 배달되어 왔는데.

우리 신혼여행은 프레스티지석 타고 갔잖아. 근데 네가 그러는 거야.

"아니요, 이코노미석 기내식. 이건 읍! 그냥 스테이크랑 다를 게 뭐야. 읍!"

하늘이 노래지는 것 같았어.

나는 항공사에 다시 한 번 부탁했지. 프레스티지석이 아닌 이코노미석 기내식으로 달라고 말이야.

그렇게 이코노미석 기내식이 집으로 배달되는 대신, 나는 죽을 때까지 항공사 유니폼 디자인을 책임진다는 계약서를 내놓으라는 항공사 사장의 연락을 받았지.

농담이라지만, 뭔가 되게 섬뜩하더라.

아무튼 너는 기내용 물에서는 이상하게 냄새가 나지 않는다며 식사를 시작했어.

너는 모르지, 나 그때 울었다. 기내식단 짜는 셰프한테 감사 인사도 했어.

이렇게 바람직한 아내라니.

세상에 감사하는 법을, 남편한테 이렇게나 격한 방법으로 가르치다니……. 후우, 그런데 갑자기 한숨이 나오는 건 왜일까?

아무튼 난 방금 전에도 나가서 눈을 쓸고 들어왔어. 새벽에 눈이 오지게 많이 와서 마당을 다 덮고, 저 앞길까지 난리도 아니야. 열심히 치우기는 했는데, 그래도 오늘은 네가 밖에 안 나갔으면 좋겠다.

너는 모르지. 난 지금 네 발이 내딛는 땅이 되고 싶은 거.

겨울의 찬 대기가 아닌 따뜻한 봄바람이 되어 너를 에워싸고 싶은 거.

잦아들기는 했지만, 여전히 고생 중인 네 입덧도 끝까지 대신해 주고 싶은 거.

"언제 일어났어요? 또 눈 치우고 왔어요?"

눈을 가늘게 뜨고 묻는 너의 물음이 얼마나 사랑스러운지도 너는 몰라.

"눈 많이 왔어. 오늘 사무실 나가는 날 아니지? 준수 씨가 준 결제 요청 자료는 내가 거실 테이블 위에 올려놨어."

"고마워요."

임신하고도 여전히 일을 이어 가고 있는 네가 기특하고 대견하면서도, 한편으로는 안타깝고.

타들어 가는 내 마음을 너는 알까?

"표정이 왜 그래요? 무슨 걱정 있어요?"

"요즘 내 걱정이 뭐겠어?"

"나?"

어라? 아네. 모르는 줄 알았는데. 슬쩍 미소를 지었더니, 너도 웃는다. 그러더니 내 손을 끌어다가 얼굴에 대고 마구 비벼 대.

"손이 너무 차다. 손 다치면 어쩌려고 이 추운 날씨에 삽 들고 나가서 눈을 치우고 그래요."

"나 삽질 잘해. 알파고도 이길 솜씨라며?"

어설픈 농담에 네가 피식 웃음을 터뜨려. 키득키득 웃는 모습이 너무 예뻐서 심장이 벅차올라.

"근데 강준 씨, 협탁 위에 있는 드로잉 노트는 뭐예요? 나 보면 안 되는 거야?"

넌 참 이런 데는 눈치가 빨라.

"봤어?"

"아뇨."

"진짜?"

"응."

"별거 아냐."

벌써 또 내가 뭔가를 그리기 시작했다는 걸 넌 눈치챈 것 같은데, 모른 체하는 거지?

다 알아. 한단아.

네가 진짜 모르는 것과 모른 체할 때는 얼굴 표정이 완전히 다르거든.

이 드로잉 노트는 뭐랄까. 일종의 그림일기랄까.

어디선가 그런 이야기를 들었어. 여자는 말이야, 아이가 생겼다고 하는 순간부터 엄마가 된대. 배 속에 있는 아이를 생각하면서 열 달 동안 성실히 아이를 맞을 준비를 한다는 거야.

그런데 남자는 말이야.

아이가 태어나 봐야, '아, 내가 아빠가 됐나?' 싶대.

그러다 애가 커서 '아빠!' 하고 불러야 '아, 내가 아빠구나.' 깨닫고.

아이의 성장 속도에 맞춰서 아빠가 되지 못하고 남편 자리에만 머물러 있는 남자가 마누라한테 애 취급당하는 거라고 하더라.

알지? 나 자존심 센 거. 한단아가 날 애 취급 하면, 나 억울해서 미쳐 버릴지도 몰라.

농담이고. 마누라 고생시키는 남편이 되고 싶지는 않아서. 정말 좋은 남편이 되고 싶어서. 그리고 더불어 좋은 아빠가 되고 싶어서.

남자인 내가 배 속에 아이를 품고 아빠가 되는 과정을 겪을 수는 없으니, 너의 임신 기간을 글과 그림으로 남기면서 아빠가 될 준비를 하려고.

이 드로잉 노트는 네가 아이를 낳고 나서, 내가 탯줄을 자르고 난 뒤에 보여 주려고 해.

❖

임신 21주, 널 데리고 오랜만에 공원 산책을 나왔어.

그래, 그 공원이야. 내가 너한테 고백하려고 했던 그 공원.

"목말라요. 딸기 주스 먹고 싶어."

"여기 있을래, 같이 갈래?"

"여기 있을래요. 오랜만에 상쾌한 공기 마시니까 좋아."

배시시 웃는 너를 뒤로하고 나는 딸기 주스를 구하러 공원 반대편까지 빙 둘러 전력질주를 했지. 그렇게 달려가서 사 온 딸기 주스를 마신 너는 감동받은 얼굴로 말했어.

"이상해!"

"뭐가 이상해? 맛이 이상해? 먹지 마!"

"아뇨, 배가!"

"뭐? 배가?"

화들짝 놀라 물은 말에 너는 배시시 웃으며 대꾸했어.

"뭐가 쑥 미끄러지더니 몽글몽글거렸어요. 태동인가 봐."

태동이래, 태동. 배 속에 있는 아가가 움직인다는 거야.

"어디, 어디?"

"여기 배꼽 아래 어딘데. 지금은 왜 가만히 있지?"

입을 샐쭉 내민 너는 딸기 주스 한 모금을 쪽 빨아들이더니 빙그레 웃었어.

"와, 우리 리카 딸기 좋아하나 봐요! 이거 마시면 움직여! 자, 봐 봐요!"

태명 이야기를 잠시 하자면, 아프리카에서 생긴 아이라며 너는 태명을 리카라고 짓자고 했고, 우리 아이의 태명은 리카가 되었지.

사실, 강력한 태명 후보에 둥이도 있었지만, 그건 좀 너무하잖아? 짝궁둥이로 태어나지 말라는 뜻이라지만…… 처음 임신 사실을 알게 된 날 들은 가장 충격적인 단어를 태명으로 짓자는 너의 생각은…… 날 놀리기 위함이었지?

근데 날 놀리려고 들수록 어두워지는 네 표정을 보면서 나는 이렇게 생각했어.

아! 한단아, 뭐로 봐도 한 수 위인 내가 너 봐주면서 사는 거구나— 하고 말이야.

왜 봐주냐고? 예뻐서 봐준다, 요것아!

암튼 다시 태동으로 돌아와서 네 아랫배에 손을 한참 동안 대고 있어도 나는 뭐가 쑥 미끄러지고, 몽글몽글거리는 게 느껴지지 않는 거야.

내가 말을 안 해서 그렇지.

너는 모를 거야. 내가 얼마나 서운했는지.

리카랑 너랑 단둘이 교감하는 느낌이랄까?

아빠 삐질 거다! 하고 리카한테 협박이라도 하고 싶었어.

임신 25주 차. 와, 우리 한단아가 임신을 하기는 했나 봐?

배가 동그란 모양으로 잡히기 시작했어. 볼록 튀어나온 배가 어찌나 앙증맞은지 온종일 네 배만 쳐다보고 있어도 심심하지 않을 것 같아.

그렇게 네 배를 쓰다듬으며 태담을 하고 있을 때, 이 녀석이 올록볼록 움직이는 느낌이 손끝을 스치고 지나는 거야.

"완전 신기해!"

그날 이후 태동은 더더욱 심해졌고, 너는 그랬어.

"가만히 서 있는데 멀미하는 것 같아요. 누가 자꾸 몸을 흔드는 기분이야."

그러다 36주가 넘어갈 무렵, 나는 지진이라도 난 줄 알았어.

"뭐지? 방금 침대 흔들리는 거 못 느꼈어?"

"그거 리카예요."

"뭐?"

너는 모로 누워서 침대와 닿아 있는 배 아래로 내 손을 불쑥 집어넣었어. 쿵쾅쾅 현란한 발차기가 손바닥 안에서 오롯이 느껴지는 거야.

"이 녀석 축구 선수시켜야 하나?"

"몰라, 어지러워. 나 멀미나."

나는 나지막이 속삭였어.

"리카야, 엄마 힘드셔. 놀고 싶어도 조금만 참으렴. 밖에 나와서 실컷 놀게 해 줄게."

신기하게도 내 목소리만 들리면 리카는 잠잠해졌어. 그 핑계를 대고 나는 네 옆을 밀착 마크하기 시작했어.

"출근 안 해요?"

"왜 이래? 나 이래 봬도 디자인 하우스 대표야. 집에서 업무 처리해도 되니까 걱정 마. 리카는?"

"잘 놀아요. 씩씩하게."

임신 38주, 너는 자던 나를 흔들어 깨웠어. 나 진짜 심장 멎는 줄 알았어! 리카 나오는 줄 알았잖아.

그런데 네가 날 묘하게 쏘아보고 있는 거야.

"왜 그래?"

"리카가 기지개를 켜는 것처럼 배가 뒤틀릴 때가 있는데, 당신 잘 때 하는 거랑 똑같아요!"

원망의 눈길로 나를 바라보는 너에게 나는 아무런 말도 할 수 없었어.

이거 자다가 벼락 맞은 기분이랄까?

"내 새낀데 나 닮았겠지."

"그럴 때마다 배가 얼마나 아픈데!"

이럴 땐 무조건 저자세를 취해야지.

"리카야, 아빠 따라서 기지개 켜지 말기."

가만히 배를 쓰다듬어 줬더니 네 굴에 은은한 미소가 번져 갔어.

둥글게 부푼 배를 쓰다듬을 날도 얼마 안 남았구나.

출산예정일이 일주일 앞으로 다가왔어.

리카가 아래로 묵직하게 내려오는 것 같은 느낌이 난다고, 이제 좀 숨 쉬기가 편해진 것 같다고 네가 그러네.

나는 고운 네 피부에 튼 살이라도 생길까 걱정돼서 임신 4개월 때부터 하루도 빠지지 않고 네 배에 튼 살 크림을 발라 줬지.

꼼꼼히 튼 살 크림을 바르고 있는데, 네가 말했어.

"기분이 너무 좋아. 당신 손이 내 배 위에 올라 있을 때, 우리 세 식구가 하나가 되는 것 같아."

세상에. 세 식구래. 나 울 뻔했잖아. 이제 약 일주일 후면 우리 곁에, 너와 내가 섞인 아이가 생긴다는 거잖아.

"그런데 병원에서는 성별 말 안 해 줬어, 아직?"

어느 순간부턴가 너는 병원 진료실에 날 들어오지 못하게 했어.

"나 아는데."

"어떻게?"

"의사가 말 안 해 줘도 초음파로 보이던데?"

"뭐야? 나한테는 왜 말 안 해 줘?"

너는 빙긋이 미소를 머금으며, 장난기 어린 표정을 지었어.

"뭐야, 한단아? 너 내가 아들인지, 딸인지 모르게 하려고 진료실 못 들어오게 한 거야?"

"아!"

"한단아. 아직 예정일 일주일 남았어. 엄살 피우지 마."

"엄살 아냐! 아파!"

누구 닮아서 성질이 이렇게 급한 거지?

출산예정일 일주일을 앞두고 진통이 시작되었어. 초산은 평균 11시간이 걸린다잖아. 그래서 느긋하게 기다리기로 했는데, 리카야, 해도 너무한 거 아니니? 지금 24시간째야.

네 엄마 자다가 진통하다가 자다가 진통하다가, 난리도 아냐. 마지막으로 먹은 밥이 벌써 27시간 전이란 말이야. 제발 나와 줘, 부탁이야.

종교도 없는데 어디 가서 죄를 고해야 하나 싶은 순간이었어. 내가 무슨 죄를 지어서 단아 네가 이렇게 힘들까 하는 생각부터, 불안감에 제정신이 아니었지.

"아빠, 정신 차리고 엄마 뒤에 자리 잡으세요."

간호사가 아빠라고 불러서, 그 와중에 나 당신 아빠 아니라고 정색할 뻔했어. 웃기지?

암튼 나는 네 뒤에 자리를 잡고 앉아서 네가 내 품에 기대서 힘 줄 수 있도록 도왔어.

"하나, 둘, 셋! 단아야 힘! 후우."

"자, 한 번만 더 하면 나올 것 같아요. 아빠, 엄마 잘하고 있어요."

뭔가 느낌이 왔어. 나올 것 같았어.

그렇게 마지막이다 생각하고 힘을 주는 너를 받쳐 안은 순간, 울컥거리는 소리와 함께 저 아래서 뭔가 쑥 빠져나오는 게 보였어.

그런데 눈물이 앞을 가려서 중요한 걸 못 봤어. 우리 리카 아들이야, 딸이야?

외전1 며느리와 비서

보고도 못 본 척 3년,
들어도 못 들은 척 3년,
알아도 모르는 척 3년.

이 회장의 비서실, 수습 비서로 갓 입사한 정다은이 비서 교육에서 들은 이야기다.

"다은 씨, 그거 알아?"

눈초리를 이상한 모양으로 휘며 말을 건넨 이는 다은보다 2년 먼저 입사한 조선희 비서였다.

다은은 문서 작성 작업을 멈추지 않고 선희를 흘끗 보았다. 한 치의 오차도 허용되지 않는 오와 열을 완벽하게 맞춘 워드 파일은 이 회장의 주치의가 건네준 식단이었다.

풍문으로 들려오는 바에 의하면 요즘 이 회장은 아들 이도현과의 기나긴 기 싸움으로 기력이 많이 쇠한 상태라고.

"뭘요?"

"보고도 못 본 척, 들어도 못 들은 척, 알아도 모르는 척한, 민담에 나오는 어린 며느리 말이야. 부모 말을 곧이곧대로 들은 어리숙한 딸은 시집가서 순진하게 입도 뻥긋 안 했대. 그래서 벙어리를 멀쩡하다고 속이고 시집보낸 거냐고, 친정으로 내쫓았다지?"

다은은 그저 예의상 반응을 보이기 위해 고개를 한 번 끄덕거렸다.

현미밥 반 공기, 등 푸른 생선 반 마리, 싱겁게 무친 시금치, 조미 없이 구운 김, 배추 된장국……. 아, 배고프다. 오늘도 점심은 내가 꼴찌로 먹어야겠지? 먹고 살자고 하는 짓인데, 점심 순서도 직급순이냐?

다은이 이 회장의 식단을 보며 군침을 꼴깍 삼키고 있을 때였다.

"그러니까 입 닫고, 귀 닫고, 안 본 척하는 게 능사는 아니라는 거야. 시집가는 어린 딸에게 그런 말을 한 건, 시집살이는 원래 말이 많은 법이니까 입 단속하거라, 거슬리는 일을 보아도 모른 척해라, 마음 상하는 말은 그냥 못 들은 척해라. 이런 뜻인 거라고."

2년 동안 막내였다가 수습인 다은이 들어와서 그런 걸까. 선희 비서는 다은 위에 군림하며 뭔가 가르치려 애쓰는 것처럼 보였다.

"오후에 첫 보고지? 이따 지켜볼 거야."

뭘요? 다은은 황망한 눈빛을 선희에게 옮겨 갔다. 선희는 검지와 중지로 자신의 눈을 가렸다가 다은을 가리키기를 반복했다. 선희가 지켜본다고 했던 일은 이 회장에 대한 다은의 첫 보고였고, 그에 앞서 선희는 또다시 훈수를 두기 시작했다.

"눈 똑바로 쳐다보는 거 되게 싫어하시는데, 그렇다고 아예 안 보면 안 되고. 회장님 콧잔등에 작은 점이 있거든? 그걸 봐. 그리고 인사 여러 번 길게 하는 거 안 좋아하시니까, 짧게 간단히. 목소리 크게, 발음은 또박또박. 처음엔 이름 되게 헷갈려 하시거든? 이름 기억 못하신다고 서운해 말고."

처음 유치원에 가는 아이한테 선생님께 어떻게 인사해야 하는지 가르치는 엄마도 아니고, 극성맞고 호들갑스럽게 다그치는 선희 때문에 다은은 정신이 쏙 빠진 상태에서 회장실 문 앞에 섰다. 지문을 입력해야 하는 자동 유리문이 열리고, 사원증을 넣고 개인 비밀번호를 입력해야 하는 호두나무 문이 나타났다.

갑자기 손이 덜덜덜 떨려 오고, 다리가 후들거렸고, 이마에서는 식은땀이 배어났으며, 등줄기를 타고 오스스 소름이 돋아났다.

"자, 사원증을 꽂고, 내 비밀번호가…… 뭐였더라?"

3초간 화면을 터치하지 않은 탓에 삐삐거리는 요란한 경고음이 울리기 시작했다.

"아, 맞다, 맞다! 학번, 학번."

다은은 침착하게 12자리 숫자를 눌러 내려갔고, 마지막 번호를 누름과 동시에 숨이 멎어 버렸다.

왜앵 하는 요란한 경고음이 울림과 동시에 유리문 앞으로 철문이 내려앉았고, 호두나무 문 앞에도 커다란 창살이 쿵 하는 소리를 내며 끌려 내려왔다.

"침착하자, 침착해. 나 잘못한 거 하나도 없어. 정다은 정신 차려."

다은은 비서 교육 때 받은 보안 교육 내용을 상기하며 보안 팀에 연락하기 위해 LCD 화면에서 콜 버튼을 눌렀다.

"안녕하세요? 회장님 비서실, 수습 직원 정다은입니다. 회장님 방으로 들어가는 길에 방어문이 내려왔습니다. 해제 조치 부탁드립니다."

— 정다은 비서, 꿈이 뭡니까?

작은 스피커를 통해 들려온 목소리에 다은은 아연실색해서 선 채로 굳어 버렸다. 눈앞에서 어지러이 돌아가고 있는 경고등은 위험하니 빨리 이 회사를 벗어나라는 신호처럼 보일 정도였다.

하지만 물리적으로 도망갈 수 없는 상황, 그리고 현실적으로 절대 놓칠 수 없는 회사였다. 취직하는 과정에서 청년 실업의 심각성과 끔찍한 일자리난을 몸소 체험했기에 다은의 입은 저절로 열렸다.

"부모님 모시고 제주도로 여행 가는 게 꿈입니다."

— 보안 경고 해제되었습니다. 들어가세요.

아주 작게 덜덜덜거리는 소리와 함께 철문이 올라가고, 기적처럼 호두나무 문이 열렸다. 다은은 마치 이상한 나라의 앨리스가 토끼라도 본 양 얼이 빠진 얼굴로 회장실에 들어섰다.

"안녕하십니까, 정다은입니다. 오늘부터 회장님 식단 보고를 맡았습니다."

다은의 목소리를 들은 이 회장은 오른손을 한 번 들어 보였다. 그게 계속하라는 의미인지, 아니면 잠시 멈추라는 의미인지 다은이 찰나의 고민을 할 때였다.

"왜 그런 꿈을 갖고 있는지 대답해 보세요."

이런 이야기는 면접 때 영어나 제2외국어로 답하라는 질문의 한 가지이거늘.

그래도 또박또박 대답하라는 선희의 말을 떠올리며, 다은은 입을 열었다.

"아버지께서 오래 아프셨습니다. 어머니는 병 수발 하시느라 지치셨고요. 병원비로 집에 빚이 좀 많습니다. 아버지가 건강을 되찾으시고, 빚을 청산하면 함께 제주도로 여행 가는 게 제 가장 큰 꿈입니다."

"보통 이런 자리에서는 회사에 대한 개인의 포부와 비전을 밝히는데, 너무 개인적인 이야기를 상사에게 털어놨다고 생각하지 않나?"

"소설 같은 원대한 포부를 늘어놓으라고 하시면 얼마든지 그럴 수 있습니다. 하지만 허울뿐인 포부는 제 꿈에서 비롯된 절박함에 비하면 아무것도 아닙니다. 저는 아버지의 건강과 가족의 행복이 달린 간절함으로 이 자리에 섰습니다."

"한마디로 한 가정을 책임지는 가장의 마음으로 이 자리에 섰다는 말인가?"

"비슷합니다."

"가족을 지키기 위해서는 무슨 일이든 하는 게 가장이지."

"……"

이 회장의 눈초리가 어쩐지 종전보다 훨씬 날카로워 보여서 다은은 이렇다 할 대답을 내놓지 못하고 머뭇거렸다.

"대답해 보시게."

"회사의 이익과 비전, 제 안위와 의지에 문제가 없는 한, 그렇습니다."

이 회장은 빙그레 미소를 머금은 채로 고개만 끄덕거렸다.

그날 이후, 다은이 이 회장을 마주할 일은 없었다. 미리 알려 주지 못해서 미안하다며 철문이 내려앉는 소동은 회장님식 테스트였다는 말은 나중에서야 선희에게 전해 들을 수 있었다.

절대 끝나지 않을 것만 같았던 3개월간의 수습 기간이 끝나고, 드디어 정식 인사 발령을 앞둔 아침. 다은과 함께 입사한 타 부서 수습 직원들은 며칠 전부터 발령 소식을 들었다는데, 다은은 정식 근무일 아침이 되었는데도 아무런 소식도 듣지 못했다.

설마, 난 정식 발령 안 나는 건가?

수습 기간 업무 능력 평가에서 거의 만점을 받았다고 인사과 직원의 칭찬도 받은 다은이었다. 그런데 아침부터 비서실 분위기가 굉장히 께름칙했고, 선배 비서들은 전부 죽을상을 하고 있었다.

"저, 선배님. 무슨 일 있나요? 저 정식 발령이 아직……."

"다은 씨, 여기 말고도 좋은 회사는 많아. 회장님 심기가 좀 불편하셔서 오늘 발령 취소 건이 좀 있나 보네."

심장이 쿵 내려앉은 순간 누군가 자동 유리문을 열고 저벅저벅 걸어 들어왔다. 칼같이 선을 정리한 진회색 슈트와 와인색 넥타이 차림의 남자는 훤칠하고, 잘생긴 사람이었다.

"아버지 안에 계십니까?"

남자의 차가운 질문에 바늘로 찔러도 피 한 방울 나지 않을 것 같은 비서실장이 쩔쩔매며 난색을 표했다.

"저, 오늘은 회장님께서 몸이 좋지 않으셔서요."

"그러니까 몸이 좋지 않으신데, 안에는 계시냐고 물었습니다."

"안에는 계십니다만, 화상 회의에 참석 중이십니다."

"그럼 기다리죠."

남자는 항상 그래 왔다는 듯이 비서들이 반원형으로 앉아 있는 곳과 마주 보고 있는 곳의 대기 소파에 걸터앉았다. 비서들이 회장실 밖에 있는 대기실로 안내하려는 움직임도 없었고, 서로 눈치만 볼 뿐이었다.

다은은 이상하게 사람 시선을 끌어당기는 남자를 저도 모르게 물끄러미 바라보았다.

"그. 만. 봐."

선희가 유리 파티션 아래로 상체를 낮추고 목소리를 낮춰 다그쳤다.

"누구예요?"

"회장 아들. 완전 망나니래. 잘못 찍히면."

선희는 오른손을 들어 목을 베는 시늉을 하며 부르르 떨었다.

갑자기 고용주의 심기를 불편하게 만든 원인이 개아들 놈이었단 결론인가?

다은은 무심히 시선을 옮겨 남자를 다시 한 번 바라봤다.

선하고 잘생긴 얼굴로 사람 후리는 전형적인 나쁜 남자 타입이신가 봐? 정말 나쁘다. 재벌 2세 왕자님, 그대의 등장 때문에 내 정식 발령이 날아간 건가요?

다은이 눈을 가늘게 뜨고 남자를 쏘아보고 있을 때였다. 오늘 자 월스트리트 소식지를 훑어보던 남자의 시선이 다은에게로 옮겨 왔고, 정면으로 눈이 딱 마주치고 말았다. 다은은 마치 남자를 바라보는 게 아니었던 양 눈동자를 굴렸다.

"그러다 사시 됩니다."

딱딱하게 비꼬는 말투에 다은은 얼굴을 붉혔고, 남자는 피식 웃음을 머금으며 월가 이야기에 다시 집중했다. 발령은 나지 않았지만, 일말의 기대를 저버리지 못한 다은은 자리를 지켜야 했다. 수습은 끝났지만, 여전히 막내였기에.

다들 점심 식사를 하러 나간 시각. 다은은 텅 빈 비서실에서 굳게 닫힌 회장실 문과 이제는 피터 드러커의 프런티어의 조건을 읽고 있는 남자 사이에서 눈치를 봐야 했다.

"아버지 식사하셔야 할 것 같은데, 이제 그만 나 좀 들여보내 주죠? 기력 쇠한 어르신 쓰러지는 꼴 보고 싶지 않으면."

잠시 벽에 걸린 무소음 시계에 한눈판 사이, 남자가 다은의 앞에 서 있었다.

"들어가라는 뜻으로 알고, 나 들어갑니다."

혼자 있는 막내 비서, 아니 발령도 나지 않았으니 수습 비서에게 굳이 동의를 구하는 모습을 보니 소문처럼 회장에게 패악을 부리는 나쁜 놈은 아닐 거란 생각도 문득 들었다. 하지만.

다은은 얼른 달려가 회장실 문 앞을 가로막아 섰다.

"실장님 허락이 떨어지거나, 회장님 지시가 따로 내려오기 전까지는 들어가실 수 없습니다."

망나니 아들이든, 아니든 알 게 뭔가. 다은은 본업에 충실할 뿐이었다. 자신의 고용주는 앞에 선 서슬 퍼렇지만 어딘지 모르게 공허해 보이는 남자가 아닌 방에 있는 이 회장이니까.

"비켜. 다치고 싶지 않으면."

기골이 장대한 그가 다은의 손목만 답삭 잡아 끌어내면 키가 작고 왜소한 그녀는 힘없이 나가떨어질 수도 있다. 그런데 그는 완력을 쓰는 대신 경고만 할 뿐이었다.

"해 보세요."

"뭐?"

"엎어진 김에 쉬어 간다고, 회사에서 가입한 단체 보험금 좀 타 먹고 병원에 누워서 좀 쉬죠, 뭐. 해 보세요."

남자는 어이가 없다는 듯 헛웃음을 흘렸다.

"말로 할 때 비켜."

남자가 한 발자국 성큼 다가와 다은의 앞으로 바짝 붙어 섰다. 그의 관능적인 향수 냄새가 코끝을 찌르고 들어왔다.

"말로 할 때 물러서세요."

다은은 비서 유니폼 조끼 주머니에 꽂혀 있던 유성 볼펜을 꺼내 들고 보란 듯이 주먹을 꾹 움켜쥐었다.

"뭐야? 그 볼펜으로 뭘 어쩌겠다는 거야?"

자신을 깔보듯 내려다보는 남자의 고압적인 태도에 다은은 미간을 잔뜩 모으고 조용히 읊조렸다.

"이거 볼펜 잉크가 다 돼서 안 나오거든요. 한 발자국만 더 다가오면 당신 눈알에 먹물 빼서 이 볼펜 잉크 충전할 테니까, 어디 움직여 봐요."

"쬐끄만 게 터진 입이라고 막 떠드네?"

"가죽이 모자라서 찢어 놓은 입은 아니니까, 할 말은 해야죠. 아무리 회장님 아들이셔도 이런 식으로 들이닥쳐서 회사 업무 분위기 망치고, 성실히 일하는 직원들 주눅 들게 해서 되겠습니까?"

그리고 나 지금 정식 발령 나야 하는데, 재벌 2세 왕자 놀음에 우리 아버지 다음 달 병원비가 간당간당해졌단 말이야!

간절함으로 손끝이 바들바들 떨리는 순간, 등 뒤에서 서늘한 바람이 느껴졌다.

"두 사람 다 들어와."

순간 눈앞이 새까맣게 물들었다.

정식 발령이고 나발이고 이제는 목숨마저 부지하기 어려워진 건 아닌가? 내가 저 남자 먹물로 뭘 어쩐다고 했더라. 회장 아들이라고 나대지 말라고 했던가.

아무리 사이가 좋지 않다고 한들, 회장 앞에서 아들한테 기어오르는 모습을 딱 걸리고 말았으니, 이 회사는 이제 스치듯 안녕이다.

"해."

"블라인드 내릴까요, 회장님?"

"알겠습니다."

엉뚱하게 햇볕이 내리쬐는 창문을 바라보며 물은 건 다은이었고, 만족스럽게 짧은 대답을 내뱉은 건 도현이었다. 여기서 해는 태양이 아니라, 허락을 의미하는 말이었다. 긴장한 나머지 눈치는 회장실 밖에 두고 온 다은은 아랫입술 안쪽 살을 질끈 깨물었다.

진짜 가지가지 한다.

"정 비서 데려가고."

"아버지!"

남자의 목소리는 치솟아 올랐고, 다은은 정신이 혼미해질 지경이었다.

그리고.

메아리처럼 이 회장의 목소리가 끊임없이 울려 퍼졌다.

정 비서 데려가고, 데려가고, 데려가고…….

그토록 바라던 정식 발령이 난 순간인데, 자신의 상사가 아니라고 먹물 빼서 잉크로 쓰겠다고 협박한 남자 밑으로 가라니!

회장실을 나서는 두 사람의 얼굴엔 희비가 교차했다.

"내 사무실에 올 땐 그 볼펜 버리고 와. 알겠어?"

"네, 대표님. 이 볼펜은 확 불 싸질러 버리겠습니다."

도현은 어이없는 눈빛으로 다은을 내려다보았다.

뜻을 두고 있는 일에 착수하는 대신, 정다은 비서를 2년 이상 데리고 일해야 한다라.

4차원이라고 하기엔 모자란 2.5차원쯤 되어 보이는 여자를 한심한 눈으로 내려다보던 도현은 고개를 절레절레 내저을 뿐이었다.

최강 디자인 하우스 임시주총이 열렸던 오늘, 그는 안쓰러울 정도로 피곤해 보였다. 한단아라는 여자한테 광기에 가까운 집착을 보이던 그는 모든 것을 초탈한 듯 의중을 알 수 없는 얼굴을 하고 있다.

경영권을 위협하며 궁지로 몰아간 남자를 그 여자가 감싸 안았다.

정말 나쁜 사람이었다면, 디자인 하우스에 부정적인 방향으로 의결권을 행사했을지도 모른다. 하지만 도현은 여자에게 완벽하게 설득당했다는 듯 이제껏 적대시했던 남자의 편을 들어 주었다.

내일부터 도현의 시나리오에 일조했던 세력이 움직여 더 피곤해질 수 있는 그였다.

"멋있어요."

초연한 모습에 안쓰러움마저 느낀 다은은 고배주를 사겠다며, 그를 허름한 포장마차 안에 앉혔다. 소주를 들이켜던 그의 시선이 다은에게 꽂혔다.

"무슨 의미야?"

"그 여자, 같은 여자가 보기에도 참 사랑스럽더라고요. 강단 있고, 멋있기도 하고. 남자가 여럿 미칠 만도 하겠더라고요."

"무슨 말이 하고 싶은 거야? 답지 않게 빙빙 돌리지 말고, 빨리 말해."

"대표님이 그렇게 간절했을 이유가 충분해 보일 만큼 매력 있는 사람이었고, 그 사랑에 대표님은 전부를 걸었고, 비겁하려면 더 나빠질 수도 있었는데 이렇게 물러나신 거. 멋있다고요."

"뭐지? 돌려 까는 거야? 그럼 그동안 내가 비겁했다는 말이야?"

"법적으로는 아무 문제 없는 투자였고, 투자자들이 충분히 설득당할 근거를 들어 가며 일을 진행하시기는 했지만. 솔까말, 최강 대표 입장에서는 완전 죽이고 싶었을걸요?"

"듣자 듣자 하니까, 이게 진짜!"

다은은 소주 한 잔을 말끔히 비우고는 물었다.

"대표님, 연애 안 해 봤죠? 돈으로 여자 환심 사는 건 해 봤어도, 마음 얻으려는 노력은 처음 해 보신 거죠?"

"어디 감히!"

"에휴. 내 그럴 줄 알았어요. 여자 마음을 그렇게 몰라요? 꽃바구니 보낼 줄만 알았지, 거기에 자필 카드 한 번 써 보셨어요? 여자는요. 꽃 한 송이 들고 '오다 주웠다!' 하는 남자한테 더 끌려요."

"무슨 헛소리야? 누가 오다 주운 걸 좋아해?"

"이것 봐. 또 본질은 몰라. 꽃다발은 과해 보이고, 꽃집에서 겨우 꽃 한 송이 사면서 내 생각은 얼마나 많이 했을까? 주면서 뭐라고 말해야 할지 얼마나 고민했을까. 행간에서 두근두근 설레는 진심이 느껴지잖아요. 오다 주웠다!"

"신소리 그만하고, 잔이나 비워."

도현은 투명한 소주잔에 말간 소주를 채워 주었다. 임시주총을 마치고, 본가에 들렀다가 나오는 길, 머릿속이 과부하라도 걸린 듯 터져 나갈 지경이었다.

무겁게 내려앉은 가슴이 갑갑해서 집을 나서기는 했는데 갈 곳이 마땅치 않았다. 허름한 포장마차 안을 슥 한 번 둘러본 도현은 쓴웃음을 머금었다.

'지금쯤 그 둘은 뭘 하고 있을까?'

불현듯 떠오른 생각에도 피가 거꾸로 솟지 않는다.

도현은 천천히 플라스틱 의자에서 일어났다. 파란색 플라스틱 테이블 위에는 벌써 빈 소주병이 다섯 병이나 놓여 있었다.

"이모! 여기 돼지 껍데기랑 소주 한 병 더 주세요!"

멀쩡한 목소리를 낸 다은을 한 번 흘끔 내려다본 도현은 피식 웃음을 터뜨렸다.

"돼지 껍데기를 뭔 맛에 먹냐?"

"껍데기 맛에 먹습니다! 어디 가세요?"

"화장실 간다."

"도망가면 지구 끝까지 쫓아갑니다!"

눈을 가늘게 뜨며 빙긋이 웃는 다은을 뒤로하고 도현은 스산한 밤공기 가득한 거리로 발을 내디뎠다. 도현은 재킷 속에 들어 있는 휴대전화를 만지작거렸다.

마지막으로 딱 한 번 듣고 싶은 목소리가 있는데, 그곳으로 전화를 걸 수는 없었다.

그래서 도현은 다른 방법을 택했다.

— 네.

휴대전화 너머에서 들려온 목소리는 최강이었다.

"안 받을 줄 알았는데, 받네."

— 투자자 전화를 피할 만큼 멍청하지는 않아.

여전히 강의 목소리에는 가시가 돋쳐 있었다.

"그래, 믿을 만한 경영 자문 옆에 둬서 좋겠다."

한단아가 그렇게 사랑스러운 모습으로 두둔하는 남자라니…… 부럽다는 말로도 부족하다.

— 임시주총 끝나고, 본인 마음도 꽤 고단했는지 말을 많이 하더라. 평소보다 괜히 더 많이 웃고.

일부러 단아의 소식을 전하는 저 배려심이라니, 최강 네가 다 해 먹어라, 그래!

"계속 웃게 해. 울리면 죽여 버린다."

강과의 짧은 통화를 마치고 나니, 완벽한 깨달음을 얻은 기분이었다.

한때 사랑했고, 한때 전부였고, 한때 내 미래였으면 바랐던 여자.

도현은 희뿌연 담배 연기와 함께 단아를 날려 보내려, 발아래 담배꽁초가 수북이 쌓일 때까지 포장마차 밖을 서성였다. 텅 빈 담뱃갑을 우그러뜨리며 들어선 포장마차, 다은이 플라스틱 테이블에 엎드린 채 잠들어 있었다.

"너도 참 고생 많다. 개떡 같은 대표 만나서."

"개떡이 얼마나 맛있는데요. 개떡에게 모욕감을 주지 마요."

개떡이 어쩌고 했던 말을 마지막으로 필름이 끊겨 버렸다. 술을 아무리 많이 마셔도 귀가본능은 타고난 다은이었기에 집으로 오는 길을 걱정했던 적은 단 한 번도 없었다. 그런데 다은의 귀가본능에 대한 정보가 전혀 없던 남자가 개떡 같은 일을 저지르고 말았다.

모로 누운 상태에서 슬며시 눈을 떴는데, 코앞에 눈을 꼭 감고 있는 잘생긴 얼굴이 자리하고 있었다. 이윽고 기다란 속눈썹이 파르르 떨리는가 싶더니 까만 눈동자가 다은을 마주했다.

"깼네?"

"으아악!"

"아, 왜 소리를 지르고 그래. 귀청 떨어지겠다!"

"뭐예요?"

"뭐긴 뭐야?"

다은은 허둥지둥 일어나 제 몸을 살폈다. 다행스럽게도 어제 입고 있던 옷 그대로 입고 있었고, 도현 역시 아주 평범한 트레이닝복 차림이었다.

"이게 술자리에서 뻗어 있는 거 업고 와서 재워 줬더니 어디 감히 치한 취급이야? 너 여기 처음 와? 왜 그렇게 소리를 질러?"

도현의 비서로 일하면서 그의 오피스텔은 자연스레 드나들게 되었다. 하지만 보고와 수행 등 비서 업무의 연장이었지, 동침은 해당사항이 없었다.

"그래도 여기서 같이 주무시면 어떡해요?"

"이 집에 침대가 이거 하나밖에 없는데 어쩌라고!"

"제가 분명히 말씀드렸죠! 침대 데워 줄 여자가 아니라 마음 데워 줄 위로가 필요한 순간이면 그 정도는 해 드릴 수 있다고! 누가 침대 데운댔어요?"

질문을 내뱉을수록 도현의 얼굴이 굳어 가는 게 눈에 들어왔다.

그리고.

"엄마야!"

도현이 다은을 침대 위로 밀어 눕히며 무서운 얼굴로 내려다보았다.

"너 침대 데우는 게 뭘 의미하는지는 알아?"

"……."

"침대는 이거 하나고, 소파도 없고, 집무용 의자에 앉아서 엎드려 잘까? 아니면 맨바닥에서 잘까?"

"집에 이불 더 없어요?"

"없어! 이 오피스텔 서비스 관리비는 누가 내지?"

다은은 아랫입술을 꾹 한 번 깨물었다. 베딩을 포함한 룸 컨디션 관리, 호텔처럼 집안 관리를 해 주는 빌어먹을 고급 오피스텔 같으니. 그가 침대에서 자야만 했던 여러 가지 이유를 알아먹은 다은은 조용히 입을 열었다.

"……죄송합니다. ……감사합니다."

"비서가 빠져 갖고 감히 술자리에서 고용주보다 먼저 뻗어?"

도현은 침대에서 몸을 일으키며 귓불까지 새빨갛게 달아올라 당황한 얼굴을 하고 있는 다은을 내려다보았다. 그 순간, 그녀의 배 속에서 꼬르르륵 하는 소리가 웅장하게 울려 퍼졌다.

"아이고. 가지가지 한다. 배고프냐?"

"하하하. 어제 과음을 했더니, 해장을 해야 할 것 같네요. 그럼 대표님, 저는 이만 가 보겠습니다. 심려 끼쳐드린 점 죄송하고, 폐 끼친 점 머리 조아려 사과드립니다."

슬금슬금 현관으로 뒷걸음질 치는 다은을 향해 도현은 헛웃음을 터뜨렸다.

"어울리지 않는 예의는 차리지 마시고요. 내뺄 생각하지 말고 앉아."

다은은 입을 꾹 다물고 도현이 가리키는 2인용 식탁에 자리를 잡고 앉았다.

"나가서 순댓국 사 올 테니까, 씻고 있어."

현관문 밖으로 사라지는 도현의 뒷모습을 바라보며 다은은 빙그레 미소를 머금었다. 말만 거칠게 할 뿐 도현은 꽤 자상한 상사였다.

"어, 벌써 오셨어요?"

샤워를 마치고 나오자, 식탁 위에 일회용 용기에 담긴 순댓국밥과 반찬이 펼쳐져 있었다.

"얼른 먹어. 해장해야 한다며."

그는 다은에게 일회용 숟가락과 나무젓가락을 건네며 귀찮다는 듯 미간을 찌푸렸다. 어디서 사 왔는지, 맛이 기가 막힌 순댓국밥을 게 눈 감추듯 먹어 치운 다은은 국물을 깨작거리고 있는 도현을 물끄러미 바라보다 그의 밥 숟가락 위에 깍두기 하나를 올려 주었다.

"뭐 하는 짓이야?"

"국물만 드시지 말고, 밥도 드세요."

도현은 다은의 얼굴을 물끄러미 바라보다 숟가락을 입안으로 욱여넣었다. 숙취 때문인지, 아니면 실연 때문에 허우룩해진 마음 때문인지 영 입맛이 없었는데, 다은은 억지로라도 입을 벌려 밥을 먹일 눈빛이었다.

도현의 시선이 오이고추에 머물렀다가 이내 옮겨 가는 것을 본 다은이 조용히 물었다.

"왜 오이고추 안 드세요?"

"너무 커서."

"잠시만요."

다은은 자리에서 일어나 부엌에 뭐가 어디 있는지 잘 안다는 듯 싱크대 서랍을 열었다. 서랍에서 꺼내 온 가위로 오이고추를 알맞게 자른 그녀는 쌈장을 곱게 찍어서 도현의 밥숟가락 위에 얹었다.

"내가 알아서 먹을 테니까, 그만해라. 이런다고 술 먹고 꽐라 된 거 봐줄 생각 없다."

도현은 툴툴거리면서도 다은이 올려 준 반찬에 순댓국밥 한 그릇을 말끔히 비워 냈다. 만약 오늘 아침 혼자였다면, 아직도 침대에 누워 신세 한탄이나 하고 있을지도 모를 일이었다.

"좋은 사람 만나실 거예요."

다은은 빙그레 웃으며 덧붙였다.

"마음이 맞는 좋은 사람 만나시면, 이번에 못 했던 것까지 온 마음 다해서 예쁜 사랑하세요. 그런 사랑할 자격 있는 분이세요, 대표님."

괜히 쑥스러워서 다은은 장난스럽게 덧붙였다.

"그런 분 나타나시면 저도 적극적으로 서포트해 드릴게요."

두 주먹을 불끈 쥐는 다은을 도현은 물끄러미 바라보기만 했다.

지난 1년, 도현은 무섭도록 일에만 몰두했고, 다은도 묵묵히 그의 곁을 지키며 보좌했다.

1년 동안 기업 M&A에서 두각을 나타낸 그는 얼마 전 이 회장의 지시로 그룹 내 조직 개편을 위한 태스크포스 팀 책임자로 내정되었다.

한 여자의 마음을 얻기 위해 시작했던 일이 그의 인생을 위한 일로 전환된 것.

그 모든 과정을 지켜본 다은은 제 일인 양 뿌듯했다. 그리고 역시나 나쁜 사람이 아닐 거라는 다은의 감은 틀리지 않았다.

각종 후원 사업에 남모르게 참여하는 그의 모습을 볼 때면, 벅차오르는 감정을 주체하지 못하고 가슴이 두근거리기도 했다. 하지만 그는 그 누구에게도 마음을 열지 않았다.

그가 반응을 보이지 않아 다은의 실없는 농담도, 입바른 소리도 줄어들었고 두 사람은 상사와 비서, 딱 그런 관계였다.

"정 비서, 주말에 출근 좀 해 줘. 토요일 아침 9시에 사무실에서 보지."

토요일 아침, 사무실에서 마주한 그의 모습에 다은은 심장이 멎는 줄 알았다. 검은색 잔 체크가 들어간 진회색 양복과 은색 스티치가 고급스러운 진남색 넥타이를 한 그의 모습은 그 어느 때보다도 근사했다.

"나가자, 일단."

차에 오른 그는 다은에게 청첩장을 하나 내밀었다.

"아, 오늘이었네요. 최 대표랑 한단아 씨 결혼식이. 이렇게 일찍 가시게요?"

"신부만큼은 아니어도, 치장은 해야지. 그러고 갈 건가?"

가만히 고개를 돌려 자신을 바라보는 도현의 다정한 눈빛에 다은은 괜히 심장이 왈칵 치솟아 올랐다.

이것 봐, 다정하다니까. 오해할 만큼.

청담동 뷰티숍에 도착하자 마치 약속이라도 한 듯 사람들은 일사불란하게 움직였다.

진하지 않고 자연스럽게 화사한 화장, 물 흐르듯 흘러내리는 반 묶음 스타일의 웨이브 머리, 그가 입으라고 한 진남색 원피스와 진회색 쁘띠 스카프.

치장을 마치고 뷰티숍 엘리베이터 거울에 비친 모습은 잘 어울리는 한 쌍의 연인 같았다. 심장이 두근거리다 못해 뻐근했다.

다은은 아무 말도 없는 도현을 물끄러미 올려다보았다. 한단아는 무척이나 심성이 고운 사람이었다. 그가 혼자 결혼식에 간다면 분명 그것조차 신경 쓰고 마음 아파할 사람이었다.

그래서 같이 가자고 했구나. 옆에 누가 있는 것처럼 보이고 싶어서.

다은은 쓸쓸한 기분을 거둬 낼 길이 없어서 애꿎은 손톱 끝을 핸드백 고리에 꾹꾹 눌러 댔다.

신부는 아름다웠고, 신랑은 멋졌고, 모인 사람 모두가 행복해 보였다.

단 한 사람, 신부대기실에서 애써 쓸쓸함을 감추고 축하 인사를 건네던 남자만 빼고.

하필 파티 형식의 결혼식은 오래도록 이어졌고, 그는 끝까지 자리를 지킬 생각인 듯 보였다. 다은은 가슴 한구석이 따끔거려서 이제는 그의 얼굴을 제대로 바라볼 수도 없었다.

"정다은."

"네?"

"표정 좀 풀어. 누가 보면 신랑 마음에 둔 여잔 줄 알겠다."

실없는 농담에 다은이 피식 웃음을 터뜨렸다.

"대표님도 얼굴 좀 펴세요."

"그게 마음대로 안 되네."

조용히 속삭이는 다정한 목소리에 심장이 조여 왔다.

"신부보다 예쁜 여자가 자꾸 신경이 쓰여서."

뒤이어 흘러나온 목소리에 다은은 화들짝 놀란 얼굴로 도현은 바라봤다.

"누구요? 어디 있어요? 누군지 제가 한번 알아볼까요?"

"됐어, 내가 알아서 할게."

내내 굳어 있던 그의 얼굴에 부드러운 미소가 번져 가는 모습을 바라보며 다은은 애써 미소를 머금었지만, 가슴 한가운데 구멍이 뻥 뚫린 듯했다.

결혼식이 끝나고 돌아가는 차 안은 그저 적막하기만 했다. 평소 같았으면 그를 응원하며 재잘재잘 떠들었을 다은은 그저 입을 꾹 다물고만 있었다.

"집으로 가지?"

"네."

내내 조용히 달리던 차는 금세 다은의 낡고 허름한 원룸 건물 앞에 멈춰 섰다.

"그럼, 안녕히 가세요."

"2층 산다고 했나?"

뜬금없는 질문에 다은은 그저 고개만 끄덕였다.

"그래, 들어가."

그의 차가 좁은 골목을 빠져나가는 모습을 바라보던 다은은 어깨가 축 내려앉아 버렸다. 집 현관문을 열고 들어서자 익숙하고 편안한 공기에 눈물이 쏙 빠졌다. 다은은 신발도 벗지 않은 채 현관에 주저앉아 눈물이 흘러내려가도록 내버려 두었다.

　마음이 얄을 때 펑펑 울어 버리고, 빨리 접으면 그만이다. 그동안 그 누구보다 가깝게 붙어 있던 사이였지만, 그는 하늘 높은 데 있는 상사였다. 그룹 조직 개편을 위한 태스크포스 팀 총 책임을 맡았다는 의미는 그가 노쇠한 이 회장의 사업을 물려받을 준비를 본격적으로 시작한다는 뜻이었다.

　"그래, 감히 좋아하기도 두려운 사람이었는데, 옆에서 알짱거리다가 주제 파악이 안 된 거야. 애초에 클라스가 다른 인생인걸."

　다은은 휴대전화를 집어 들고 고향 여수에 계신 부모님께 전화를 걸었다.

　"엄마. 아빠는?"

　— 방금 병원 한 바퀴 돌고, 이제 막 잠드셨어.

　"병원비 어제 보냈는데, 확인했지?"

　— …….

　휴대전화 너머 엄마는 아무런 대꾸도 하지 않았다.

　"엄마, 우리 대표님 다음 주부터 본사 출근이다? 대박이지! 그래서 나도 다시 본사 입성이야! 회장실 비서들이 벌써부터 나한테 차기 회장 정통 비서라고 막 문자 온다? 나 대단하지?"

　— 기특하다, 우리 딸.

　"엄마 근데 점심은? 아빠 챙기느라 못 드신 거 아냐?"

　— 먹었어. 엄마 걱정 말고.

　잠시 어색한 정적이 흘렀다.

　— 미안하다, 다은아.

　"어우, 진짜. 하나밖에 없는 딸자식이 아버지 병원비 대는 게 왜 미안해? 미안하단 소리 하면 나 다신 전화 안 한다! 끊어!"

　엄마한테 괜한 성질을 부리고 전화를 끊고 났는데, 오롯이 직시된 현실에 서글픔이 몰려왔다. 굵은 눈물방울이 타일 바닥으로 뚝 떨어진 순간, 누군가 계단을 오르는 소리가 현관문 밖에서 들려왔고 이윽고 초인종 소리가 들렸다.

"누, 누구세요?"

"난데."

밖에서 들려온 목소리에 다은은 제 귀를 의심하며 현관문을 다급히 열었다.

"죄송해요. 대표님. 제가 집에 전화 좀 하느라. 급한 일 생겼나요? 제가 통화 중이어서 직접 올라오신 거예요?"

"울었어?"

그의 질문에 대답이 궁해진 다은은 고개를 떨어뜨렸다. 지금 그에게 듣는 위로는 독이 되어 심장을 아프게 마비시킬 게 분명했다. 입술을 지그시 깨물고 있는데, 눈앞에 불쑥 장미꽃 한 송이가 나타났고, 다은은 놀란 얼굴을 들어 그를 바라봤다.

"오다 주웠다."

머리는 이해하지 못했는데, 가슴은 알아차렸다는 듯 심장이 벅차게 두근거리기 시작했다.

"안 받을 거야?"

다은은 떨리는 손을 뻗어 장미꽃 한 송이를 건네받았다.

"네가 지금 받은 게 뭘까?"

"……"

"내 진심."

너무 놀란 나머지 헙 하는 소리가 저절로 흘러나왔다. 그리고 이내 놀란 얼굴에 미소가 번져 갔다.

"받은 거 맞지?"

"그럼 결혼식에서…… 신부보다……"

"그래, 너야."

울음이 툭 터질 것만 같아서 다은이 얼른 입술을 깨물려는 순간, 그가 얼굴을 내리는가 싶더니 다은의 도톰한 입술을 얼른 머금었다.

따뜻한 감촉, 언제나 곁에서 느끼던 근사한 향기, 허리를 감싸 안는 커다란 그의 손이 주는 위안.

현관문을 닫고 안으로 들어선 그는 다은을 품에 안고 뜨겁게 입을 맞추었다. 정신이 아득해질 만큼 짜릿한 키스에 딱딱하게 굳어 있던 심장이 녹아내리는 기분이었다.

"약속 지켜. 내가 마음이 맞는 누군가를 찾게 되면 완벽하게 서포트한다고 했던 거. 나도 네가 했던 말 그대로 따를 거야."

다은은 오르락내리락 하는 그의 목울대를 가만히 바라보다 진중한 빛을 띠고 있는 그의 검은 눈동자로 시선을 옮겨 갔다.

"이제껏 못 해 봤던 사랑에 내 진심을 다할 테니까."

다은의 입에서 대답이 흘러나오기도 전에 도현의 입술이 다시금 그녀의 입술을 머금었다. 처음보다 격렬했지만 부드러웠고, 따뜻하면서도 뜨거웠으며, 다정하면서도 다급했다.

11월 초, 경기도 안성에 있는 그룹 소유 기업 연수원에서 체육대회가 열렸다. 아직 사장단의 반열에는 오르지 못한 도현은 직원들과 같이 체육 대회에 참여하고 있었지만, 적극적으로 참여하는 모습을 보이지는 않았다.

하지만 다은은 달랐다.

2인 3각 경기의 3등 상품이 유급휴가+가족 동반 제주도 여행권이었다.

"반드시 탈 거야."

당연히 도현과 다은은 같은 조를 이루었고, 투지에 불타오르는 다은의 모습에 도현은 심드렁히 물었다.

"상품 타고 싶어?"

"네, 무지하게 타고 싶어요."

다은을 물끄러미 내려다보던 도현은 가만히 고개를 돌려 결승선을 바라보았다. 1등 상품은 2주간의 유급휴가+서유럽 5개국 여행권이었다.

도현의 얼굴에 어렴풋이 미소가 번졌다.

탕.

출발 신호와 함께 하나둘씩 사람들이 앞서 나가기 시작했다. 긴 다리 도현과 발이 느린 다은은 처음부터 합이 잘 맞지 않았다.

"다은아."

"네?"

"왼쪽 발 들어."

"이렇게요?"

박자를 맞추려는 줄 알았는데, 다은의 왼쪽 발이 떨어지자마자, 도현은 다은의 허리를 왼팔로 감싸 안아 그녀를 번쩍 안아 들더니 달리기 시작했다. 무서운 속도로 질주한 그는 당연히 1등을 차지했고, 어마어마한 상품이 다은의 손에 쥐여졌다.

그런데 다은의 얼굴은 울상이었다.

"이거 갖고 싶은 거 아니었어?"

"제주도……."

"뭐?"

"아버지가 멀리 못 가시니까…… 부모님 모시고 제주도 가고 싶었거든요."

도현은 머쓱하게 머리를 쓸어 넘기고는 나지막이 덧붙였다.

"내가 참 너에 대해 모르는 게 너무 많다."

속상하고 미안하다는 듯 속삭인 그는 다은의 손에 들려 있던 상품 봉투를 잡아채서는 3등 팀에게로 달려갔다. 다은은 멍하니 서서 그가 하는 양을 지켜보았다.

3등 팀이 꺅 하는 소리를 지르더니 방방 뛰는 모습이 눈에 들어왔다.

그리고 돌아온 그의 손에는 제주도 여행권이 들려 있었다.

체육대회가 끝난 이후, 직원들에게서 도현과 다은이 그렇고 그런 관계라는 소문이 돌기 시작했다. 당연한 수순처럼 두 사람은 이 회장에게 불려갔다.

요즘 이 회장이 회장실을 지키는 일은 드물었기에 두 사람은 도현의 본가로 향해야 했다.

"다은아."

잔뜩 긴장할 거라 생각했던 다은은 초연한 모습이었고, 그런 모습에 도현이 되레 불안해졌다. 마치 소리 없이 사라질 것만 같이 조용한 다은의 모습에 도현의 심장이 불안한 박자로 덜컹거렸다.

응접실에 들어서자 이 회장은 의중을 알 수 없는 묘한 미소를 띠고 있었다.

"점심 전이지? 식사부터 하자꾸나."

"먹다 체합니다. 하고 싶으신 말씀부터 하세요."

도현의 목소리에는 잔뜩 날이 서 있었다.

"정다은 비서."

"네."

이 회장의 부름에 다은의 차분한 대답이 흘러나왔다.

"부모님 모시고 제주도 갔다 왔으니, 꿈을 이룬 셈인가?"

첫 출근 날의 해프닝이 머릿속을 스치고 지나갔다.

"네, 이룬 셈입니다."

다소곳이 대답하는 목소리에는 그 어떤 감정도 배어나지 않았다.

"다은 양 아버님께서 가족들 고생을 많이 시키셨다지?"

"아버지!"

도현의 목소리가 치솟아 올랐다.

"경제적 능력이 다소 부족하셨을 뿐이에요. 누구보다 자상하시고 따뜻하신 분이신데, 착한 심성까지 더해져서 남 돕는 데 인색하지 않으시고, 불의로 이익을 취하는 법도 모르셔서 가족이 조금 불편하게 살았을 뿐, 힘들지 않았습니다."

도현의 입에서 한숨이 흘러나왔다. 아버지가 순순히 허락할 사이는 아니란 생각을 하기는 했지만, 시작부터 이렇게 나오시니 속이 말이 아니었다.

"사춘기 시절에 그렇게 고생을 해 놓고도 아버지를 지극 정성으로 보살피는 마음이 참 갸륵하네. 도현이 놈 방탕하게 살아왔던 이야기는 해 주던가?"

"그만하세요, 아버지!"

도현이 버럭 화를 내며 자리에서 일어서자 다은이 그의 손을 부드럽게 잡고 다독였다.

"앉아요. 아버님 말씀 아직 안 끝나셨는데, 그러는 거 아니에요."

"일어나, 정다은."

"앉아요, 도현 씨."

언제나 대표님이라고 부르던 다은의 입에서 이름이 흘러나온 순간, 도현은 잠시 머릿속이 멍해졌다.

털썩 소파에 주저앉은 도현은 잡아먹을 것 같은 기세로 이 회장을 노려보았다.

"대충 풍문으로 들어서 알고 있습니다."

"다은 양 아버님처럼 우리 도현이의 시간도 너그럽게 이해해 줄 수 있지요?"

그리 묻는 이 회장의 얼굴에 좀 전보다 더 진한 미소가 머물러 있었다. 다은은 멍해진 얼굴로 그저 가만히 고개만 끄덕였다.

"아버님 내일 서울로 올라오실 겁니다. 우리 그룹이 갖고 있는 병원 VIP 병동에 계실 거고, 내 주치의가 직접 살펴 드릴 겁니다."

도현과 다은은 얼이 빠진 얼굴로 이 회장을 응시했다.

"우리 도현이는 그 무엇보다 가족의 따뜻한 품이 그리운 아이야. 그걸 누구보다 잘 채워 줄 사람이 다은 양이라는 걸 내 진즉에 알아봤지. 아픈 부모한테 효도하는 가장 좋은 방법은 행복하게 사는 모습을 보여 드리는 거야. 다은 양 아버님 건강도 생각해서 올해 안으로 식 올리거라."

도현이 헛웃음을 흘렸다. 어이없다는 듯 웃고 있는 그의 모습에 시선을 옮겨 간 다은의 눈동자가 불안하게 떨렸다.

"아버지 정말 저랑 안 맞으시네요."

차갑게 내뱉은 도현의 목소리에 다은의 심장이 차갑게 굳어 갔다.

역시 그는 이 정도까지는 생각하지 않았던 걸까 하는 나약한 생각이 불쑥 떠오른 순간.

"멋있는 거 혼자 다 하시면 저는 뭐 해요? 겨우 연애 비슷한 거 한 달에, 나 아직 이 여자한테 프러포즈도 못 했어요."

"그건 네놈이 무능력해서지. 넌 애비 따라오려면 아직 멀었다. 시장하구나. 밥 먹자, 새아가."

정 비서, 정다은, 다은아.

세 호칭 외에 다른 걸로는 불러 본 적도 없는 도현을 도발이라도 하듯 버젓이 새아가라고 부르는 이 회장의 모습에 발끈한 듯 도현이 덧붙였다.

"예쁜이. 영감이 나 몰래 불러도 여기 혼자 오지는 마."

새아가와 예쁜이의 컬래버레이션에 다은은 잠시 멍해졌던 정신을 추스르며 대꾸했다.

"저 아직 이 집에 시집온다고 확답을 드리지는 않았는데요."

다은의 당돌한 대답에 도현은 그런 반응 오랜만이라는 듯 웃었고, 이 회장은 눈썹이 맞붙을 듯 인상을 썼지만, 입가는 못내 웃고 있었다.

외전2 도자기 인형의 비밀

살금살금 다가가 몰래 신발장 문을 열었다.

좋았어, 절반의 성공!

그런데 너무 멀다. 손이 닿질 않는다. 걸을 때마다 반짝반짝 불이 들어오는 터닝메카드 샌들이 가장 위 선반에 놓여 있다. 엄마는 지금 화장실에서 동생 배변 훈련을 돕는 중이시다.

36개월이나 된 녀석이 아직도 똥오줌을 못 가린다.

쯧쯧. 이 오빠는 24개월에 기저귀 떼고 화장실 다녔다고.

요즘 애들은 정말 철이 없다. 엄마 고생하는 줄도 모르고.

나는 얼른 방으로 들어갔다. 바퀴가 달려 있으나 무게가 가해지면 고정되는 아동용 책상 의자를 돌돌 끌어서 신발장 앞으로 향했다.

후우. 심호흡을 한 번 하고 의자 위에 올라간다.

내가 아무리 유치원에서 가장 형님반에 속해 있는 일곱 살 사내대장부라 할지라도, 바퀴 달린 의자에 올라가는 것이 위험하다는 것쯤은 안다.

조심조심 손을 뻗었더니.

"……!"

가장 윗선반에 오른손이 닿았다. 나는 얼른 왼손으로 입을 가렸다. 하마터면 째진 입 사이로 '하핫!' 하고 거만한 웃음을 내뱉을 뻔했다.

속단은 금물. 작전이 전부 성공하고 난 뒤에 웃어도 늦지 않는다.

터닝메카드 샌들을 손에 들고 조심스레 의자에서 내려왔다. 완전 범죄를 위해 의자도 얼른 제자리에 갖다 두었다.

"백경아. 코트 입었어?"

아뿔싸! 엄마가 코트 입은 뒤, 유치원 가방 메고 현관에서 얌전히 기다리라고 했는데!

나는 얼른 대답을 내뱉었다.

"어, 엄마 다 입었어!"

진남색 더플코트를 입은 뒤, 유치원 가방 안에 샌들을 욱여넣었다. 가방이 볼록해진 것 같지만, 아침에 유독 정신이 없는 엄마는 절대 알아차리지 못할 것이다.

나는 얌전히 코트 단추를 다 잠근 뒤, 가방을 메고 흰색 운동화에 발을 끼워 넣고는 얌전히 섰다. 이마에 송골송골 맺힌 땀을 닦아 내려는 찰나 엄마가 동생 백율이를 안고 나오신다.

"백율이 응가해쩌요?"

나는 일부러 백율이에게 엄마의 관심이 집중되도록 유도한다.

"해쩌! 마니! 몽키 바나나만큼 해쩌!"

그렇게 오빠한테 배밍아웃 할 필요는 없는데, 물었다고 곧이곧대로 자신의 배변량을 보고하는 아직 부끄러움을 모르는 철없는 4세 여아다.

"그래, 잘해쩌!"

그래도 나는 아빠 닮아서 자상한 남자니까 백율이의 등을 다정하게 토닥여 주었다.

"백경아, 얼른 나가자. 유치원 셔틀 놓치겠다."

"네!"

다행스럽게도 내가 셔틀에 오를 때까지 엄마는 눈치를 못 채실 것 같다.

완전 범죄란 바로 이런 것!

아니, 범죄라고 할 수 없다. 그럼 세상 트렌드세터들은 다 범죄자가 될지도 모를 일이다.

나는 유치원 셔틀에 오르자마자 터닝메카드 샌들로 갈아 신었다. 반짝반짝 빛이 난다. 내 패션이 진화한 느낌이랄까? 기분이 말도 못하게 좋다.

유치원이 가까워 온다.

오늘은 뭔가 좋은 일이 일어날 것만 같은 예감이 든다.

"겨우 잠들었네."

아들 백경이와 딸 백율이를 차례로 재우고 이제야 거실 소파에 앉아 한숨 돌리는 단아와 강이다. 뺨 위로 흐트러진 머리카락, 화장기 하나 없는 얼굴에는 피곤한 기색이 역력하다.

"이리 와 봐."

강은 빙그레 미소를 머금으며 인상을 잔뜩 찌푸리고 있는 단아의 뺨을 손등으로 한 번 쓸어내렸다.

"왜 이래, 또."

"이제 겨우 뺨 한 번 쓸어내렸어."

"지난번에도 겨우 뺨 한 번 쓸어내렸다가…… 읍!"

이렇게 됐었다.

강은 조잘거리는 단아의 입술을 얼른 머금었다. 강이 단아를 오롯이 차지할 수 있는 시간은 아이들이 잠든 직후다. 예민해서 잠투정이 심한 백율이가 뒤척이기 전까지 강은 그 시간을 십분 활용하여 단아를 품에 안는다.

"피곤해."

"잠깐만."

피곤할 만도 하지.

두 아이를 낳고 난 뒤에도 단아는 일을 그만두지 않았다. 집안일을 도와 주시는 도우미 아주머니가 계셨고, 양가 어머님들이 아이들을 돌봐 주기도 하셨지만, 오롯이 엄마가 해야 하는 일들도 있으니까.

"백율이 뒤척이기 전에 빨리."

강이 단아의 목덜미에 입술을 묻으며 속삭였다. 보채듯 조르는 목소리에 단아가 작게 웃음을 터뜨린다.

"어휴, 둘째랑 셋째 재우고 났더니. 다 큰 우리 첫째가 재워 달라고 난리네?"

장난스럽게 내뱉는 목소리에 강이 이맛살을 찌푸린다.

"누가? 내가 첫째야?"

"남자는 다 애라더니. 재워 달라고 보채고 있잖아요, 지금."

한단아가 지금 천하의 최강을 애 취급 하고 있다.

이 여자가 진짜?

갑자기 속이 뒤틀린다.

아침에는 애들한테 집중한답시고 찬밥 신세, 출근하고 나면 강이 전화하기 전까지 연락 한 통 없고, 퇴근 후에 겨우 애들 재우고 난 뒤에 남편 좀 봐 달라는데. 그게 그렇게 어려워?

열불이 난다. 한단아가 요즘 남편을 너무 등한시한다.

"누가 재워 달랬나?"

심상한 목소리를 냈더니 단아의 눈빛이 슬쩍 흔들린다. 강이 한번 강짜를 부리기 시작하면 답은 한 가지라는 것을 단아는 잘 알고 있다.

"아니, 그게 아니라."

갑자기 콧소리를 내더니 겨드랑이를 파고들며 가슴팍에 얼굴을 기댄다.

"간지럽게 왜 이래?"

강은 정색하며 팔뚝을 휘감고 있는 단아의 손을 떼어 냈다. 당황한 눈치다. 이쯤해서 그냥 넘어가 주곤 했는데, 평소와 다른 반응에 단아의 동공이 흔들린다.

"나 얼른 씻고 나올게, 응?"

"그래, 그럼 씻고 얼른 자."

소파 테이블에서 리모컨을 집어 들며 강은 얼굴을 굳혔다.

제 버릇 개 못 준다고 했던가?

연애 코치 행세 하던 시절 버릇을 아직 강은 버리지 못했다. 얘가 또 어떤 신박한 재주로 사람 녹일까 싶어서 일부러 튕겨 본다.

"나 정말 씻고 그냥 자?"

"어."

딱딱한 대답과 함께 시선은 TV 속 역사 다큐멘터리에 고정한다. 이쯤 되면 허벅지 위에 슬쩍 올라앉으며 교태를 부려야 하는데…….

"알겠어요."

음……?

씻고 자랬다고 침실로 획 들어가 버린다. 침실 안쪽에서 욕실 문이 쿵 하고 닫히는 소리가 들려온다.

쿵쿵쿵, 심장이 기분 나쁘게 뛴다. 생각해 보니 오늘 메인 고객사와 중요한 회의가 있었다고 했다. 긴 회의였다고 저녁 먹으면서 지친 목소리를 냈었는데…….

달래 주지는 못할망정 욕정이 앞서서 안사람 심기를 건드렸다.

슬쩍 욕실 문 열고 들어가 볼까? 아니다. 그랬다간 일주일 굶어야 할지도 모른다. 물론 밥을 굶는다는 뜻은 아니다.

강은 거실 쪽 욕실에서 급히 샤워를 마친 뒤 침실로 향했다. 아로마오일 마사지라도 해 주며 기분을 풀어 줄 참이었다. 그런데 단아는 어느새 침대 위에서 이불을 뒤집어쓰고 있다.

이거 진짜 일주일 굶게 생겼는데?

강은 조심스레 이불을 들추고 들어가며 물었다.

"자?"

아무리 그래도 자존심이 있지, 손발이 오그라들 정도로 비굴한 목소리 톤이 흘러나오고 말았다. 게다가 더 비참하게 대답이 없다.

"하아."

쐐기를 박듯 한숨 소리가 들려온다. 일주일 이상 굵게 생겼다.

"있잖아요."

"어."

잔뜩 가라앉은 목소리에 신경이 곤두선다.

"우리 얘기 좀 해요."

이 세상 남편들이 가장 무서워하는, 아니 세상 남자들이 제일 두려워하는 문장이다. 한숨 뒤에 이어지는 우리 얘기 좀 해.

"음? 뭐, 뭐?"

강은 갈라지려는 목소리를 애서 가다듬으며 되물었다. 침이 꼴깍 넘어간다. 은은한 간접 조명만이 불을 밝히고 있는 침실 안은 고요하다. 정면에 걸린 결혼식 사진 속 두 사람은 무척이나 다정해 보인다.

저때는 한단아가 내 손바닥 위에 있었던 것 같은데…… 아닌가?

고개를 갸우뚱 기울이는데, 이불이 획 걷힌다.

"누가 이렇게 속옷을 야하게 만들라고 했어요? 모델이 착용한 거 봤어요? 직접?"

입이 떡 벌어진다. 정적이 흐른다. 강의 시선이 단아의 목 아래를 내려와 풍만한 가슴을 훑고 점점 더 아래로 향한다.

"와!"

강의 입에서 저도 모르게 탄성이 흘러나왔다. 오로지 한단아를 위해 만든 속옷인데, 다른 여자가 입은 모습을 봤을 리가.

브래지어가 여간 불편한 게 아니라고 했었다. 여성의 건강을 생각한 친환경 소재의 브라렛과 팬티 세트를 만들어 보자고 한 게 언제였더라. 만들다 보니 욕심이 생겼고, 끊임없이 단아가 입은 모습을 상상하다가 일상생활이 불가능해질 정도에 이르렀었다. 강의 눈가가 휘어지고 입가에 미소가 머문다.

애 둘 낳고, 한 이불 덮고 잔 세월이 얼만데. 뾰로통한 표정을 하면서도 부끄러운지 단아의 귓불이 새빨갛게 달아올라 있다.

"귀엽기는."

단아는 남편의 눈길을 오롯이 받으며 마른침을 한 번 삼켰다. 이게 뭐라고 이렇게 긴장이 되는지. 여전히 남편 앞에서는 이렇게 꼬시면 넘어오려나, 이 상황에 또 안 넘어오면 어떡하지 하는 걱정이 앞선다.

"이거 보여 주려고 아까 오랄 때 안 오고 삐진 척했구나?"

좀 모른 척하고 넘어갈 수 있는 얕은수도 콕 집어서 말하는 남편의 버릇은 여전하다. 기다란 손가락이 다가와 뺨을 쓸어내린다.

"간지러워."

"하지 말까?"

"지금 안 하면 나 화내요?"

말이 떨어짐과 동시에 풀썩 덮쳐 온다. 목덜미에 닿은 입술이 보드랍다. 허리를 휘감은 손길은 뜨겁다. 단아는 손을 뻗어 강의 어깨를 꼭 끌어안았다.

"흐음."

신음성을 내뱉는 강의 목소리가 매혹적이다. 커다란 손이 등 뒤를 오가는가 싶더니 레이스가 쭈욱 찢어지는 소리가 난다.

"뭐야, 찢었어?"

놀라서 물은 말에.

"이러려고 만든 거야."

너무도 당연하다는 듯 대답한다. 더 이상의 물음은 사양하겠다는 듯 입술을 겹쳐 온다. 다디단 입맞춤에 정수리까지 쭈뼛 선다. 부드럽게 어루만지는 손길에 온종일 시달리며 받은 스트레스와 피로가 눈 녹듯 사라진다.

"너무 좋아."

꿈꾸듯 내뱉은 말에.

"아직 시작도 안 했어."

단호한 목소리가 돌아온다.

연애할 때와 달라진 게 있다면, 조금 덜 설레지만, 조금 더 편해졌다는 것.

여전히 사랑스러운 눈으로 바라보는 그의 시선에 반려자를 향한 믿음이 더해졌다는 것.

속옷의 여파였는지, 강은 새벽까지 단아를 놓아주지 못했다. 그 덕에 아이들 유치원 가는 시간이 다 되었는데도 불구하고 단아는 침대를 벗어나지 못하고 있다.

강은 침대에 걸터앉아 단잠에 빠진 단아의 얼굴을 어루만졌다. 간지러운지 입술을 꼬물꼬물 움직이는 모습이 사랑스럽다.

"몇 시예요?"

"더 자도 돼."

몸을 뒤척이며 이불 끝을 잡아당겨 끌어안고는 슬며시 눈을 뜬다. 단아의 시선이 벽에 걸린 시선을 향한다.

"9시? 미쳤어요? 9신데 왜 더 자? 오늘 유치원 상담 있는 날인데! 나 좀 깨우지!"

"내가 갈게."

아들 백경이의 유치원 상담이 있는 날이라 했다. 오전 10시까지 유치원으로 가면 된다고 들었다.

"당신이 간다고요?"

단아는 눈을 휘둥그렇게 뜨고 강을 바라보았다.

"엄마만 가라는 법 있어? 아빠가 가도 되잖아. 오늘 유치원 상담 때문에 출근 안 한다고 했지?"

이 남자는 바람직한 말을 골라서 하는 재주가 있다.

"내가 갈게. 백율이 어린이집 데려다주고, 백경이 유치원으로 바로 갈 테니까 당신은 오늘 아무것도 하지 말고 그냥 쉬어."

"당신 정말 괜찮겠어요?"

걱정이 앞서는데, 따지고 보면 유치원 상담에 엄마만 가란 법은 없는 거니까.

"안 괜찮을 게 뭐가 있어."

역시 내 남편. 자상한 미소가 사무치게 믿음직스럽다.

"나 그럼 더 자도 돼요?"

"어, 더 자."

강은 도로 침대에 눕는 단아에게 이불을 덮어 준 뒤 침실을 나섰다. 가뜩이나 요즘 일에 치이고, 육아에 치여서 잠이 부족한 아내다. 그런데 새벽까지 물고 빨고 놔주질 않았으니…….

"아빠, 엄마는요?"

"주무셔."

"주무신다고요? 오늘 나랑 유치원 같이 가야 하는데?"

아들 백경의 얼굴이 단번에 일그러진다.

"아빠가 같이 갈 거야."

"아빠……가?"

맙소사. 아빠가 다정한 건 인정한다. 엄마 대신 집안일도 척척 하시고, 나와 백율이를 챙겨 주시기도 하지만.

아빠는 뭔가 어설픈데.

엄마가 하는 거에 비해 뭔가 어설프다. 백율이 머리 묶는 것도, 내 알림장 보고 준비물 챙겨 주는 것도 그렇고. 틀린 건 아닌데 어설프다.

"왜 걱정돼?"

"아뇨! 걱정 안 돼."

기대에 찬 얼굴을 하고 있는 아빠에게 곧이곧대로 말할 수는 없으니 속은 타들어 가지만, 나는 입을 꾹 다물고 의젓한 척하기로 한다. 아빠는 어린이집에 먼저 백율이를 내려 주고, 유치원에 가자신다. 백율이는 아빠가 데려다 준다고 벌써부터 입이 찢어진다.

쯧쯧. 누구 닮았는지 포커페이스가 전혀 되지 않는 최백율.

엄마랑 똑같이 생긴 백율이를 아빠가 은근히 더 예뻐하는 것 같아서 좀 짜증이 날 때도 있지만, 백율이는 내가 보기에도 사랑스러운 아이니까, 뭐.

그렇지만 짜증이 나는 건 어쩔 수 없다. 아빠는 어린이집 문 앞에서 백율이 볼에 수십 번 뽀뽀를 하고 난 후에야 아이를 들여보냈다. 그러고도 한참을 문 밖에서 멍한 시선으로 서 계신다.

"아빠, 유치원 늦어. 안 가요?"

"어, 가!"

백율이한테 하는 거 반만 나한테 해 주면 내가 아빠를 업고 다닐 수 있지 않을까?

아니다. 아빠가 내 볼에 마구 뽀뽀하는 상상만으로 소름이 돋아난다.

"아들, 아빠가 선생님한테 비밀로 해야 하는 건 없어?"

음? 보통 엄마는 '아들, 유치원에서 말썽 부렸는데 엄마한테 비밀로 한 거 없어?' 하고 물으시는데, 아빠는 반대의 질문을 하신다.

역시 사나이끼리는 통하는 게 있는 법.

"있잖아, 아빠."

입을 떼는 순간 유치원 대문 앞에서 제 엄마 손을 잡고 환히 웃고 있는 계집애의 얼굴이 눈에 들어온다. 입안이 바짝 마른다. 심장이 콩닥콩닥 뛴다.

내가 요즘 쟤 때문에 일곱 살 평생 가장 심각한 고민을 하고 있다는 사실을 털어놔야 할까, 말아야 할까.

"없어? 아들?"

대답이 없자 아빠가 재차 물어 온다. 대답을 할까 말까 고민하다가 관두기로 한다. 괜한 말을 했다가 엄마, 아빠의 놀림을 받고 싶지는 않다. 작년에 짝꿍이 접어 준 색종이 하트를 집에 들고 갔다가 집안이 발칵 뒤집어졌던 일을 떠올리며 백경을 고개를 내저었다.

「세상에! 우리 백경이 여자 친구 생겼나 봐!」

「아빠 닮아서 인기 많구나?」

「당신 인기 많았어요? 누구한테? 어디서? 왜 아직도 최강 디자인 하우스 SNS에는 사장님 싱글이냐는 질문이 올라와요? 당신 총각 행세 하고 다녀?」

뽀로통해진 엄마를 달래는 데 아빠가 꽤 고생하신 걸로 안다. 가끔 엄마가 일부러 삐진 척하면 아빠가 막 간지럼을 태우고, 나와 백율이에게 일찍 자라고 채근하신다.

"아빠 그럼 그냥 상담실 들어간다?"

이번에는 비밀을 털어놓으라고 채근하신다. 엄마와 질문 유형이 다를 뿐 결국 숨기는 거 있으면 이실직고하라는 말이다.

"없어요. 아빠는 아들을 어떻게 생각하는 거야?"

일곱 살답지 않은 언어구사력에 강은 헛웃음을 내뱉었다. 아들 백경은 단아와 강을 교묘하게 섞어 놓았다. 예를 들면 단아의 공부 머리와 강의 잔머리?

"알았어. 오늘도 즐거운 시간 보내고, 친구들이랑 사이좋게 지내고."

강은 백경이 교실로 향하는 것을 확인하고는 상담실로 향했다.

"안녕하세요, 선생님."

상담실에 앉아 있던 담임교사의 동공이 흔들린다. 적잖이 당황한 눈치다.

"아, 안녕하세요. 백경 아버님. 사실 오늘 신학기 정기 상담은 아니고요. 제가 백경이 부모님을 뵙고자 한 이유는요……."

이번에는 강의 동공이 흔들린다. 담임의 목소리가 이어질수록 강은 할 말을 잃어 간다.

대체 어디서 저런 게 나왔을까?

상담을 마치고 집으로 향하는 길, 착잡하다. 단아가 아이들에게 소홀히 한 것도 아닌데, 백경이 그러는 걸 왜 몰랐을까. 모처럼 쉬라고 했더니, 단아는 그새를 참지 못하고 일어나 집 안을 정리 중이다.

"왔어요? 담임 선생님이 뭐래?"

곧이곧대로 알려 줄까 하다가 강은 입을 꾹 다문다. 이번 문제는 아들에게 남자 대 남자로 묻기로 한다.

"뭐, 잘 지낸다고. 좀 쉬라니까 왜 벌써 일어났어?"

"리듬 깨지면 내일 더 피곤해. 근데 당신 오늘 출근 안 해?"

"한단아가 집에 있는데, 나도 집에 있으면 안 돼?"

싱크대 앞에 서 있는 단아의 허리를 끌어안으며 어깨에 턱을 괴었다. 목덜미에서 풍기는 향긋한 내음에 정신이 몽롱해진다. 단전 아래는 벌써 단단하게 차올랐다.

"왜 이래, 또."

"내가 뭘."

"애들만 없으면 정말 시도 때도 없이, 자꾸."

"그래서 싫어?"

귀찮다는 듯 단아가 어깨를 들썩인다. 강은 티셔츠 아래로 손을 넣어 납작한 배를 순식간에 타고 올라가 풍만한 가슴을 꽉 쥐었다.

"앗, 진짜!"

"브래지어 안 했네? 나 기다렸어?"

화들짝 놀란 단아가 상체를 잔뜩 좁히며 앓는 소리를 한다.

"오랜만에 집에 둘밖에 없는데, 나 안 봐 줄 거야?"

유치원 상담이 끝나면 곧장 집으로 오려고 했다. 그래서 일부러 가사 도우미 아주머니께도 오늘은 출근하지 마시라고 연락을 해 두었었다. 오롯이 둘이 있을 수 있으니까.

"좀 기다려 봐요. 컵만 닦아 놓고."

강은 티셔츠 안에서 손을 쑥 빼내어 세정제 거품이 잔뜩 묻은 컵을 움켜쥐었다.

"그래, 옆에서 그거 헹구든가."

단아의 말이 끝나기도 전에 강은 거품 묻은 손을 그녀의 정수리에 마구 문질렀다.

"뭐 하는 짓이에요?"

"와, 한단아 머리에 세제 거품이 잔뜩 묻었네? 씻어야겠다. 그치?"

단아는 바짝 약이 올라서 강을 돌아보았다. 검은 눈동자 가득 장난기가 넘실댄다. 백경이가 누굴 닮았겠어. 강이 단번에 단아를 안아 들고는 안방 부부 욕실로 향한다.

"컵 대신 한단아 헹궈 줄게."

능청스러운 대꾸에 단아의 입에서 헛웃음이 흘러나온다.

"곱게 헹궈 줘요."

"그럴 리가."

강은 샤워기 아래 단아를 세운 뒤, 옷도 벗지 않은 채 수전을 움직였다. 쏴아 하는 소리와 함께 물줄기가 흘러내렸고, 단아가 꺅 새된 비명을 지르며 강의 가슴을 내려쳤다.

"앗, 차거! 미쳤어, 진짜!"

갑자기 쏟아진 물줄기에 당황한 단아를 강이 품에 안는다. 물기에 젖어 눈도 제대로 뜨지 못하는 단아의 입술을 머금었다. 차가운 물줄기 사이로 느껴지는 뜨겁고 말캉한 입술이 탐스럽다. 젖은 옷이 쓸리며 질척이는 소리가 더해진다.

차갑게 내리꽂히던 물줄기는 어느새 뜨거운 온도로 달아올라 있다. 온도를 높여 가는 건 물줄기뿐만이 아니었다. 얇은 티셔츠가 물에 젖은 탓에 풍만한 굴곡이 여과 없이 드러난다. 뜨거운 물줄기에 젖은 단아의 모습을 강이 물끄러미 내려다본다.

말없이 내려다보는 눈빛에 부끄러워졌는지 얼른 시선을 돌리는 모습이 사랑스럽다. 물에 젖은 티셔츠는 그대로 두기로 한다. 은근히 비치는 모습이 미치도록 매혹적이니까. 트레이닝팬츠와 속옷을 한 번에 끌어 내리자, 풍만한 굴곡이 크게 들썩인다.

"한단아."

아내를 부르는 목소리가 낮게 울린다. 저 입술을 통해 흘러나오는 이름을 셀 수 없이 많이 들었음에도 불구하고 여전히 떨린다. 단아는 가만히 남편의 젖은 눈동자를 올려다보았다. 등줄기를 타고 내리는 샤워기 물이 뜨겁다.

"네가 벗겨 줘."

강이 단아의 작은 손을 움켜잡고는 자신의 벨트 버클 위에 올린다. 단아는 느릿한 동작으로 벨트 버클을 풀어 내렸다. 뜸을 들이는 움직임에 남편의 입에서 한숨이 불거져 나온다.

"나 약 올려서 좋을 거 없다는 거 이제 알지 않나?"

"나 재촉해서 좋을 거 없다는 거 당신도 이제 알지 않아요?"

물에 젖은 드레스팬츠와 속옷이 바닥으로 떨어지며 질척이는 소리가 난다. 위험하게 빛나는 눈빛이 곧 씹어 삼킬 듯하다. 강은 마주 보고 있는 단아를 돌려세우고는 벽으로 밀어붙였다.

손바닥에 차가운 타일 벽이 닿자 오소소 소름이 돋아나서 단아의 어깨가 잘게 떨린다. 허리를 움켜잡는 손에 힘이 들어가는가 싶더니 동통과 함께 익숙한 쾌감이 느껴진다.

"흐읏."

타일 벽을 짚고 있는 단아의 가느다란 손가락 사이사이를 강의 손가락이 파고든다.

"물 좀."

세차게 쏟아지는 물줄기를 꺼 달라는 말에 강이 손까지를 낀 채 손을 뻗어 수전을 내리고는 그대로 그녀의 허리를 감싸 안는다. 물줄기가 내리꽂히던 목덜미에서 강의 입술이 부드럽게 움직인다. 조용해진 욕실 안은 질척거리는 소음으로 가득하다.

"흐음."

목덜미를 더듬던 숨결이 짙어진다. 단아는 고개를 돌려 정염에 젖은 남편 얼굴을 바라본다. 열정 어린 얼굴을 마주하자 심장이 뜨겁게 차오른다.

"강준 씨……."

부부간의 호칭을 재정비한 이후에도 뜨거운 온도가 뒤섞이는 순간에는 늘 그의 이름을 부르는 단아다. 떨리는 목소리로 남편을 부른 순간, 입술이 먹혀 들어갔다.

몸을 끌어안은 팔에 힘이 들어간다. 머릿속이 아득하게 얽힌다.

팔을 뻗어 침대를 더듬어 봐도 잡히는 게 없다. 깜빡 잠이 든 사이 품에 있던 단아가 사라졌다. 몇 번을 품었어도 잠에서 깼는데 곁에 없으면 그 상실감은 이루 말할 수 없다.

"한단아. 한단아! 어디 갔어?"

"왜 자꾸 불러요? 백율이 어린이집 셔틀이랑, 백경이 유치원 셔틀 올 시간이야."

"애들이 벌써 와?"

질문 뒤에 시계를 보니 벌써 오후 3시다.

"얼른 옷 입어요. 홀딱 벗고 애들 볼 거 아니면."

어느새 한단아는 엄마로 돌아와 있다.

아, 오늘 애들 본가나 장모님 댁으로 보내 버릴까?

애들이 온다고 하니 갑자기 속이 뒤틀린다.

"백경이랑은 당신이 얘기할 거죠?"

"뭘?"

"그러려고 나한테 입 다문 거 아냐, 당신?"

한단아는 모르는 게 없어.

강은 얼른 침대에서 일어나 옷을 챙겨 입고는 단아를 따라 현관으로 향했다.

"백율이는 당신이 챙기고, 백경이는 내가 데리고 들어올게. 같이 산책도 좀 하고."

"그래요. 그럼 킥보드 가지고 나가요. 백경이 놀이터에서 킥보드 타는 거 좋아해."

연두색 킥보드를 끌고 유치원 셔틀이 서는 곳으로 나가니 먼저 와서 기다리고 있던 아주머니들이 강을 흘끔흘끔 쳐다본다.

"백경이 아버님 맞으시죠?"

"아, 예."

강은 멋쩍게 고개를 숙이며 인사를 건넨다.

"백경이가 누구 닮아서 그렇게 멋쟁인가 했더니, 아빠 닮았나 보네. 호호 호호."

음……? 뭔지 정확히 꼬집어 말할 수 없는 묘한 뉘앙스다. 그러니까 이게 칭찬인 것 같으면서도, 놀리는 것 같고.

"감사합니다."

아주머니께 말치레를 하는 사이 멀리서 유치원 셔틀이 다가온다. 버스에서 내린 백경의 표정이 좋지 않다.

"최백경, 유치원 재미있었어?"

좋아 죽는다는 킥보드에도 눈길 한 번 주지 않는다.

"아빠랑 놀이터에서 놀다 들어갈까?"

"……피곤한데."

갑자기 급격한 피로감이 몰려온다. 아들한테 좋은 아빠 노릇 좀 하려고 놀이터 가자고 했더니 피곤하시단다.

"그럼, 아이스크림 사 먹을까?"

"추워요. 아이스크림은 무슨."

이쯤 되면 밤톨 같은 머리를 한 대 쥐어박고 싶어진다. 이 자식은 누굴 닮아서 이렇게 시크해?

"그래, 그럼. 그냥 들어가자."

"아빠."

"응?"

들어가자고 했더니 심각한 얼굴로 우뚝 선다.

"나 칭찬 스티커 10개 먼저 주면 안 돼요?"

칭찬 스티커 30개를 모으면 갖고 싶은 장난감 하나를 사 주곤 했다.

"갖고 싶은 거 있어?"

얼마나 갖고 싶으면 칭찬 스티커를 가불해 달라고 할까.

백경이 고개를 세차게 끄덕인다.

"엄마하고 상의해 봐야 할 것 같은데."

"아, 그냥 남자 대 남자로 아빠가 해 주면 안 돼요?"

이 자식 꽤 심각하다.

"뭐가 갖고 싶은데? 타당한 이유가 있으면 아빠가 사 줄게."

"타당한?"

"그걸 꼭 가져야 하는 이유를 아빠한테 설명해 봐. 엄마한테 말하면 안 되는 이유도."

"일단은요."

백경이 한숨을 몰아쉰다. 일곱 살 남아가 내쉬는 한숨이 세상 깊다.

"엄마는 패션은 1도 모르는 엄마야. 말이 안 통해."

저도 모르게 웃음이 터졌다.

"그래, 그건 인정."

강은 고개를 끄덕이자 백경이 빙그레 웃는다.

"그래서 유치원 가방에 여름 샌들을 몰래 숨겨 가서 유치원에서만 신었어?"

오늘 유치원 상담 이유는 바로 이거였다. 백경이 계절을 빗겨간 신발, 옷 등을 가져와 유치원 화장실에서 자꾸 갈아입는다고.

"자꾸 신으면 안 된다고 하잖아요. 트렌드세터는 계절을 앞서가는 거랬는데."

"그런 말도 알아, 우리 아들?"

"제이슨 삼촌이 알려 줬어."

하아, 제이슨. 이번에는 한단아가 아니라 한단아 아들한테 뭘 가르치고 있는 거야?

"어쨌든 그래서?"

"요즘 바퀴 달린 운동화 유행인데……. 엄마가 그것도 안 사 줄 것 같아요. 나 그거 꼭 있어야 해."

"그게 있어야 하는 이유는?"

이제껏 쭈뼛거리면서도 잘만 조잘대던 백경이 입을 꾹 다문다.

"아들, 그게 꼭 있어야 하는 이유는 뭔데?"

"유치원에 준호가 그거 신고 왔는데, 소율이가 그거 멋있다고 했어! 나는 그거 신으면 더 멋있게 턴도 할 수 있고, 찍 미끄러지는 것도 할 수 있을 것 같은데! 내가 더 멋있단 말이야."

"흠. 운동화에 바퀴가 달렸으면 위험할 수도 있겠는데? 아빠가 생각 좀 해 볼게."

"응, 꼭꼭!"

아들이 몇 번이고 아빠에게 다짐을 받아 낸다.

아이들이 모두 잠들고 난 밤, 단아는 오늘은 절대 안 할 거라며 선을 그어 버렸다.

"백경이 바퀴 달린 운동화 사 달라던데?"

"아, 그거? 아직 위험해서 안 돼요. 좀 더 크면."

"그래, 뭐. 근데 준호는 누구고, 소율이는 누구야?"

"어우, 당신은 몇 번을 말해 줘도 잊어버리더라. 준호는 도현 씨네 아들이고, 소율이는 라온 씨네 딸이잖아요."

"그럼 백경이랑 이도현 아들 준호랑, 김라온 딸 소율이랑 셋이 유치원 삼각관계라도 돼?"

"유치원에서 유명하대. 소율이는 눈 하나 깜짝 안 하나 봐."

그런데 눈 하나 깜짝 안 하는 소율이가 바퀴 달린 운동화 신은 준호보고 멋지다고 했다고? 그것도 걔가 이도현 아들이야? 아, 왜 그쪽 부자가 대를 걸쳐 우리 부자 연애를 방해해?

이튿날, 강은 백경에게 동화책을 읽어 주겠단 핑계로 잠자리에 들려는 아들을 불러 세웠다.

"이제 동화책 혼자 읽어도 돼요."

"아들."

"응?"

"아빠는 다 이해해."

"뭘요?"

"아빠는 아들 패션도 이해하고."

"그거야 아빠는 디자이너니까. 내가 아빠 닮아서 그런 거랬어, 엄마가."

이 여자가 은근히 백경이가 말썽 피울 땐 날 닮았다고 하더라?

"그래도 유치원에는 규칙이라는 게 있는 거야. 몰래 신발이나 옷 가져가지 않기! 약속!"

지키기 어려운 약속이라는 듯 고심하던 백경이 심상한 목소리로 대답한다.

"네."

"그리고 이건 그 약속 지키자는 선물."

"선물?"

강이 붙박이장을 열고는 신발 상자를 가리킨다.

"와! 아빠 최고! 이거 불도 들어오는 거야. 준호 거는 불 안 들어와! 와! 나 이거 신고 내일 유치원 가야지! 근데……."

"근데 뭐?"

"엄마가 보면 화내실 텐데."

"엄마는 아빠가 설득할게. 아들!"

"네!"

"사랑은 쟁취하는 거야!"

순간 백경의 얼굴이 하얗게 질린다. 이, 이게 아닌가?

"나 아니야! 나 소율이 안 좋아해!"

딱 집어서 소율이 좋아하냐고는 안 물었는데?

"이 운동화 멋있어서 그런 거야!"

그래, 그렇게 부정해 봤자, 너만 손해야. 아빠가 그 삽질 다 해 봐서 안다.

끝까지 아니라고 우기는 아들을 뒤로하고 방을 나선 강은 백율이를 재우고 나와 소파에 널브러진 단아 곁에 다가가 앉았다.

"결국 그거 당신이 사 줬구나? 하여튼 못 말려. 아직도 이도현 씨 이름만 나오면 그렇게 물불 못 가리고."

"내가 뭘!"

순간 강의 얼굴이 하얗게 질렸다.

이, 이게 아닌가? 너무 발끈했나?

"나 아니야! 이도현 하나도 신경 안 쓰여!"

"아님 말고, 왜 이렇게 정색해요?"

그래. 이렇게 정색해 봤자 손해인 거다. 아직도 이 삽질은 여전한 건가?

강은 장난기를 머금은 단아의 어깨를 꼭 끌어안았다.

"내일 인터뷰 있다면서요? 이도현 씨랑 같이?"

"어. 그 자식은 어떻게든 나 이용해 먹으려고 아주."

"서로 잘되자고 하는 거지, 이용은 무슨. 가서 자랑해요. 백경이 바퀴 달린 운동화에는 불도 들어온다고."

키득키득 웃는 한단아, 오늘 밤도 무사히 보내지는 못할 것 같다.

"자, 그럼 마지막 컷 찍고 갈게요."

저명한 국내 경제 잡지에서 인터뷰를 요청해 온 건 정확히 한 달 전이다. 강이 런던과 뉴욕에 분점 오픈을 성공적으로 치른 직후였다.

"두 분 마주 보시고 환하게 웃으실게요. 미소는 다정하지만 눈빛은 날카롭게! 여유롭게 인생 라이벌을 대면하는 느낌으로!"

마주 선 이도현이 환히 웃는다.

아, 마음에 안 들어.

단아를 차지하고 나서 가진 자의 은혜로 식사 자리를 마련해 줬던 게 엇그제 같은데. 그게 벌써 몇 년 전이더라?

"준호가 그러더라."

웃음기를 머금은 도현이 입을 연다.

"백경이랑 같은 반이라고."

"알아."

강의 짧은 대꾸가 어쩐지 불퉁스럽다.

"이번 주말에 준호 생일이라고, 키즈 카페에서 생일파티 한다더라고. 누구더라? 소율이? 걔 때문에 요즘 난리도 아닌가 봐."

그저 같은 유치원에 다니는 아들과 그 친구들에 대해 이야기하는 것일 뿐인데, 왜 이렇게 고까울까?

"뭐 나도 대충 듣기는 했어."

일일이 감정을 드러내는 캐릭터는 아니기에 강은 그저 고개를 주억거렸다.

"이번에는."

도현이 목소리를 낮춘다.

"안 뺏겼으면 좋겠네."

저 자식이 지금 뭐라고 한 거야?

남자들의 승부욕은 참 단순하다. 아들의 여자 친구 쟁탈전에까지 씨근덕거리는 모양새가 우스워서 웃음이 다 난다.

"어? 최 대표님 웃으셨어요? 내가 한 번 뺏겨 봐서 잘 알거든. 우리 아들한테는 그런 상처 절대 허락 못 하지."

"누가 뭘 언제 뺏겼는데? 한단아가 네 거였어?"

"내 거 됐을지도 모르지, 뭐."

"터진 입이라고 잘도 떠드네. 준호 엄마 보기 아무렇지 않은가 봐?"

"아, 최 대표. 웃자고 하는 말에 죽자고 덤비는 건 여전하네? 농담이야,

농담. 어쩜 사람이 이렇게 안 변해?"

도현이 킬킬 웃으며 강을 다독인다. 사람 심기 건드려 놓고 뱀처럼 기어서 빠져나가는 모습이 정말이지 꼴사납다. 강은 영 마음에 들지 않아서 고개를 내저었다.

인터뷰가 끝나고 정확히 3주 뒤, 잡지가 나왔다. 강은 자신과 이도현이 마주 보고 있는 경제 월간지 표지를 보고 하마터면 집무실 책상을 엎어 버릴 뻔했다.

[역대급 브로맨스 CEO]

도현의 투자회사가 강의 디자인 하우스에 투자를 시작한 이후로 둘은 떼려야 뗄 수 없는 사업 파트너 관계가 되었다. 그동안 종종 함께 인터뷰를 하기도 했었지만, 이런 개 같은 경우는 없었다.

"이 잡지사 미친 거 아냐?"

표지를 들추는데 집무실 전화가 울린다.

"네."

— 봤나?

수화기 너머에서 들려오는 목소리는 이도현이다.

"그래, 봤다."

— 우리 제법 잘 어울리네.

"미친놈."

— 우리 덕에 잡지 완판이래. 증쇄한다고 하더라? 온, 오프 할 거 없이 난리인가 봐.

"그래서 좋냐?"

— 좋지 않을 건 또 뭐야?

"아주 신나셨네. 용건이 그게 다야?"

— 최 대표 만나고 싶어 하는 사람이 있어. 스페인 마드리드에 있는 백화점 쪽인데…….

간단히 사업 이야기를 한 뒤 통화를 마친 강은 한숨을 내쉬었다.

도현의 안사람은 어떨지 모르겠지만, 정확히 삼각 치정의 한가운데 서 있던 단아는 잡지 표지를 보고 꼭지 돌 때까지 놀려 댈 게 분명하다.

아니나 다를까. 집에 들어갔더니 단아의 표정이 심상치 않다.

"왔어요?"

평소와 같은 얼굴을 하려 부단히 애쓰는 듯하지만 자꾸 입꼬리가 씰룩거린다. 저녁 식사를 하고, 애들을 재우고 침대에 누웠는데 폭풍 전야처럼 조용하다. 급히 찾아봐야 할 게 있다며, 드레스 룸으로 간 단아가 좀처럼 오질 않는다. 오늘은 그냥 먼저 자 버려야지 싶은 순간 나타난 단아의 모습에 강의 입이 떡 벌어진다.

"뭐야?"

"우리 처음 만났을 때, 당신이 나한테 남자 옷 입혔을 때부터 알아봤어야 했는데. 이런 데 취미 있는 거면 진작 말을 하지 그랬어요."

강이 평소 즐겨 입는 블랙 슈트를 입은 단아가 눈앞에 서 있다. 몸에 잘 맞지 않는 커다란 슈트가 묘하게 섹시하다. 헛웃음이 다 난다. 놀리는 방법도 가지가지다. 온종일 어떻게 놀려 먹을까 고민하다가 결국 남자 옷을 입기로 했나 보다.

"이리 와."

으르렁거리듯 읊조리자 장난기 어린 얼굴이 바짝 긴장한다.

"왜, 내가 이도현 씨보다 별로야?"

사람 심기를 건드릴 때는 감당할 수 있을 때까지만 하는 거다.

"벗어."

"응?"

"남자 옷 벗기는 취미는 없으니까, 내가 지켜보는 앞에서 하나하나 벗으라고."

동공이 흔들리는 게 느껴질 정도다. 그냥 놀려 먹으려고 한 건데. 남편 앞에서 남자 옷 입고 난데없는 스트립쇼를 하게 생겼다.

"어서."

명령하듯 읊조리는 목소리가 강경하다. 이대로 발을 빼자니 후한이 두렵다. 재킷과 드레스팬츠를 벗어 던진 순간, 커다란 손이 단아를 끌어당긴다. 침대 위로 몸이 풀썩 고꾸라진다.

"뭐야, 아직 다 안 벗었어요."

"드레스셔츠만 입은 내 여자. 남자들 로망이라고 가르쳐 줬던 거 같은데?"

누워 있는 단아 위로 엎드린 채 내려다보는 강의 눈빛이 이채롭다.

"그랬었나?"

시치미를 뚝 떼며 빙그레 미소를 머금자 보드라운 입술이 이마와 콧잔등을 쓸고 입술로 내려온다. 스르륵 눈이 감긴다.

지난밤에도 남편이 오래도록 놓아주지 않았다. 아침 일찍부터 중요한 회의가 있다는 말로 여러 번 회유하고 나서야 겨우 물러났다. 몸이 찌뿌듯하다. 오늘은 백경이가 유치원에서 현장학습 가는 날이다.

한 학기에 한 번 엄마가 직접 김밥 도시락을 싸 줘야 하는 날, 새벽부터 분주히 움직여야 하기에 얼른 몸을 일으켰다.

"어라?"

눈앞에 보이는 풍경이 생경하다. 화이트를 메인테마로 꾸민 모던한 인테리어의 침실이 아니다. 온갖 레이스로 치장된 침대 위에는 남편도 보이질 않는다.

"아가씨, 벌써 일어나셨어요?"

파란 눈동자, 숱이 많은 머리를 간신히 묶은 여자애가 들어와 제 머리색보다 조금 연한 붉은색 커튼을 젖힌다.

"오늘 날씨가 무척 좋아요. 아가씨. 오늘 약속 있다고 하셨잖아요."

나는 멀뚱히 빨간 머리 여자를 바라보았다.

"저, 누구."

"아이참. 우리 다나 아가씨 또 이러신다. 저요. 유리엘라."

세상에, 다시 보니 디자인 하우스 은유리랑 목소리가 비슷하다.

"어서 일어나셔요."

유리엘라는 둘뿐인 방 안에서 누가 엿들을세라 주변을 두리번거리며 조잘거린다.

"오늘 마법사님 만나는 날이에요. 서두르셔야죠."

"마, 마법사?"

나는 눈을 휘둥그렇게 뜨고 물었다.

"아이, 참. 오늘 정말 아가씨 왜 이러실까요."

나의 이름은 다나 반 한스. 후작가의 영애, 고명딸이란다. 그리고 나의 치장을 돕고 있는 이 아이는 다나 반 한스의 레이디스 메이드, 즉 몸종 유리엘라라고.

"서두르셔야 해요. 그 마법사님 성격이 보통이 아니시라면서요? 아, 궁금해라! 다녀오셔서 꼭 무슨 일이 있었는지 저에게 다 말씀해 주셔야 해요!"

"너는 같이 안 가?"

"무슨 말씀이세요? 그 마법사님은 세상에 자신을 드러내는 걸 아주 싫어하신다고, 꼭 아가씨 혼자 가셔야 하다고 하셨잖아요."

내가 그랬단다. 이쯤 되면 그 마법사가 위험해 보이는 인물은 아닐지 걱정을 해야 하는데?

뭔지 모를 기시감에 나는 유리엘라가 일러 준 약속 장소로 향했다. 어떤 수를 써 놓은 건지는 모르겠지만, 나는 호위도 없이 저잣거리 뒷골목에 있는 으슥한 상점으로 향했다.

"약속 시간도 제대로 지키지 못하면서, 대체 뭘 배우겠다는 거야?"

등 뒤에서 들려오는 차가운 목소리에 하마터면 '여보!' 하고 부를 뻔했다. 분명 이 목소리는 남편 최강의 목소리다.

아, 이 사람은 또 어떤 비주얼로 내 눈앞에 서 있을 것인가?

"죄송해요. 제가 늦었나요?"

뒤돌아선 순간, 나는 그 자리에서 얼어붙고 말았다. 금빛 머리칼이 휘날린다. 어디선가 꽃잎도 흩날린다. 검은 망토를 두른 남자의 미모는 현실 속최강 저리 가라다.

"지난번에 그놈하고 만났다며? 어떻게 됐어? 보고부터 해."

"네?"

생각이란 걸 해 보자. 그러니까 여기가 어딘지 모르겠지만, 나는 여기서도 누군가를 꼬시기 위해 마법사라는 저 남자를 찾아와 무언가를 배우고 있나 보다.

"아, 그랬죠. 그게."

"그럴 줄 알았다. 따라와."

남자는 지하로 향하는 계단으로 걸어 내려갔고, 나는 무작정 그의 뒤를따랐다. 무섭지 않느냐고? 안 무섭다. 이건 마치 수년 전 내가 남편을 만났을 때의 상황과 같아 보이니까.

그럼 이 잘생긴 금발 미남이 내 남편이 되는 건가?

내 남편의 직업은 마법사를 가장한 거상이라도 되나?

뭉게뭉게 피어오른 상상이 끝도 없이 이어질 무렵, 지하 창고 문이 끼익하고 열린다.

어! 보디다!

남편의 디자인 하우스에 같을 때, 머리는 없고 허연 몸통만 있던 보디들이 창고 안에 가득했다. 그리고 그중 한 보디는 화려한 서커스 복장을 입고있었다.

음? 서커스?

"그 남자가 서커스를 좋아한다며."

나의 짝사랑 남이 서커스를 좋아하나 보다.

"이번 주말에 있을 축제에서 공연단에 몰래 들어가 남자 마음을 훔치고싶다며."

"제가요?"

화들짝 놀라 물었다.

나 정말 심각한 몸치인데, 서커스라니!

다나 반 한스는 현실 세계의 한단아보다 더 미친 짓을 하고 있었구나!

"일단 저기 가서 이걸로 갈아입고 나와 봐."

나는 마법사가 시키는 대로 피팅룸으로 향했다. 서커스 복장으로 갈아입는 데 시간이 꽤 걸렸다.

"다 갈아입었나?"

"아직요."

"그렇게 굼떠서 서커스는 무슨 서커스야?"

와, 사람 갈구는 목소리도 최강이랑 완전 똑같다.

"저기요. 제가 서커스 복장은 처음이라 그렇거든요!"

따지듯 대꾸하며 피팅룸 문을 열어젖힌 순간, 남자가 넋이 나간 얼굴로 바라본다.

그래, 생각해 보니 남편도 딱 저런 눈빛이었다.

이 남자, 지금 나한테 반했다는 거다.

"이리 와."

손목을 잡힌 채 거울 앞으로 끌려갔다. 데자뷰도 아니고 너무 익숙해서 우스울 지경이다. 거울 앞에 선 나는 그 안에 비친 모습을 보고 또 한 번 놀라고 만다.

나는 탐스러운 갈색 머리칼에 노란색 눈동자를 가졌구나!

"세상에, 예쁘다!"

"안 예뻐."

"네?"

"이상해. 너무너무 이상해."

"전 마음에 드는데요?"

"됐어. 다시 갈아입고 나와."

아, 자기 눈에도 예뻐 보이니까, 그리고 다른 남자 앞에 가지 말라고 질투하는 거구나?

도로 옷을 갈아입고 나왔는데, 남자의 얼굴이 심각하다.

"그 서커스 꼭 해야겠어?"

"……."

대답을 망설이는 척 남자의 반응을 기다려 본다.

"어떻게 하는지는 알아?"

"아뇨."

"후우. 따라와."

한숨을 푹 내쉰 남자가 따라오라니, 또 따라가 본다. 뒷골목을 이리저리 누벼, 큰길가로 나가 그곳에 있는 그의 마차에 올라탔다. 이 마차가 현실 최강이 타는 차만큼이나 비싸 보인다.

"마법사님, 부자죠? 와. 마차 되게 비싸 보인다."

남자의 에메랄드빛 눈동자가 흔들린다. 이 남자, 내 앞에서 마법사 노릇하느라 꽤 힘들어 뵌다.

아, 우리 남편도 삽질하던 내 앞에서 얼마나 힘들었을까?

그의 노고를 헤아려 보면, 앞에 있는 남자는 괴롭히지 말아야 할 것 같은데 갑자기 장난기가 발동한다.

"마법 가르쳐서 얼마나 버세요? 이런 마차 되게 비쌀 텐데? 혹시 막 부업으로 옷 만들어 팔고 그러시는 거 아녜요? 서커스 복장 완전 예술이던데? 그런 건 어떻게 구해요?"

쏟아지는 질문에 남자의 얼굴이 딱딱하게 굳어 간다.

"우리 통성명은 했죠? 저는 다나 반 한스. 제가 마법사님 이름은 모르는 것 같아서요."

괘씸하게도 남편은 오랫동안 자신의 이름을 숨겼었다. 고백을 앞두고 회사가 기울고 일이 꼬여서 그랬다는 말에 넘어가기는 했지만, 그 거짓말에 다속아 넘어간 나도 멍청했다.

여기가 어딘지는 모르겠지만, 이번에는 당하지 않으리라!

"이름을 알 수 없는 자."

갑자기 마차 안이 물음표로 가득 찬다.

"네?"

"이름을 발설하면 안 되는 자라고 해 두지."

남자가 얼굴에 복면을 드리운다.

"다 왔어. 내리자."

누가 보면 큰일이라도 나는 건지, 남자는 망토 모자를 뒤집어쓰고 복면으로 얼굴을 가려서 보이는 것이라고는 에메랄드빛 눈동자가 전부다.

"여기가 어디……?"

남자를 따라간 곳은 휘황찬란한 금은보화로 도배된 공연장 비슷한 곳이었다. 이 세계의 정보가 미흡한 나로서는 이곳이 어딘지 도통 감이 잡히질 않는다.

"잘 봐."

남자가 손가락을 한 번 튕기자 막이 오른다. 무대 위에 서커스단이 등장하는가 싶더니, 칼을 삼키고, 불을 바지 속에 넣고, 공중 그네를 타고 날아다닌다.

"우와!"

나는 탄성과 함께 박수를 쏟아 냈다. 그네에 매달려 있던 여자가 공중제비를 빙그르르 돌아 바닥에 착지했을 때는 오금이 저릴 정도였다.

"완전 멋있어!"

"할 수 있겠어?"

"네?"

"이걸 할 수 있겠냐고."

미쳤다고 내가 공중제비를 돌아?

하지만 할 수 있다고 해야 뭔가 전개될 것 같은 예감? 나만 그렇게 느끼는 거 아니지?

"할 수 있을 것 같아요. 대신."

"대신?"

"마법사님 도움이 필요해요. 제가 몸을 잘 쓰는 편은 아니거든요. 마법사님이 저한테 주문을 걸어 주시는 거죠. 제가 저 공연단 빰치게 날아다닐 수 있도록."

복면 사이로 보이는 에메랄드빛 눈동자가 흔들린다.

"……안 되는 건가요? 그런 마법은 걸 줄 모르시나요? 그런 마법은 어려운 건가요?"

시무룩하게 묻자, 심각한 대꾸가 이어진다.

"기다려 봐. 생각 중이니까."

"네."

남자는 한참 동안 말이 없다. 텅 빈 공연장, 둘만 앉아 있으려니 심장이 콩닥콩닥거린다.

오랫동안 삽질하다가 이 남자랑 이어지는 결말일까? 아니면 현실 세계와 다른 결말이 나려나?

엉뚱한 상상을 하고 있는데, 남자가 얼굴에 드리운 복면을 내리며 묻는다.

"그대는 정녕 내가 누군지 모르겠는가?"

최, 최강이요?

머리 색과 눈동자 색만 다를 뿐 남자의 음성과 말투, 행동은 남편과 판박이였다.

그런데 정녕 내가 누군지 모르냐니, 이건 대체 무슨 뜻일까? 이 세계에도 혹시 아이돌 같은 연예인이 있나?

"글쎄요."

남자는 자신을 알아보지 못하는 것에 상당히 실망한 듯하다. 그리고 여태껏 사람 윽박지르는 말투를 구사하던 남자가 갑자기 점잔 빼고 묻는 말에 심장이 날뛴다.

"오늘은 그만 가지."

호화찬란한 그의 마차를 타고 한스 후작저로 돌아왔을 때는 점심 무렵이었다.

"아가씨!"

"뛰지 마, 유리엘라. 그러다 넘어질라."

헐레벌떡 달려오는 유리엘라의 표정이 심상치 않다.

"아가씨! 왜 저 마차를 타고 오셔요? 어떻게 되신 거예요? 혹시 그 마법사님 황실 소속이신 건가요?"

"뭐?"

"아니, 저 마차 황실 소속 마차잖아요!"

음······?

"그래?"

"그래? 그래애? 그래라니요, 아가씨! 딱 봐도 황실 마차인데! 세상에, 황실 소속 마법사한테 대체 뭘 배우고 계신 거예요! 마님 아시면 아주 큰일 나요! 아가씨 이제 혼인도 하셔야 하는데, 이거 소문나면 어떤 영식께서 아가씨랑 혼인을 하려고 하시겠어요? 어디 흑마술이라도 배워서 남편 잡아먹는 거 아닌가, 하는 이상한 소문이라도 돌아서 마녀로 끌려가면 어쩌시려고!"

얘 말하는 거 무섭다. 내가 마녀로 끌려가?

"그런 거 아냐."

"아이 참. 우리 아가씨는 순진해도 너무 순진해서 탈이라니까요. 그래서 그 마법사님 이름은 알아 오셨어요? 이름도 모르신다면서요?"

"음, 그게······."

진짜 황실 소속 마법사인 거야? 뭐 신분을 숨긴 거상 같은 거 아니고? 황실 소속 디자이너 같은 거 아냐?

"이것 봐요. 이름도 모르시잖아요!"

"아냐! 이름을 말할 수 없는 자! 라고 했단 말이야!"

순간 정적이 흐른다. 유리엘라가 뒷목을 잡으며 입을 쩍 벌린다.

"유리엘라, 왜 그래?"

얘가 무섭게 왜 이래.

"그게 무슨 뜻인지, 아가씨 정말 모르시는 거예요?"

"모르니까 묻잖니."

"황실에서 이름을 밝힐 수 없는 신분을 가진 이는 딱 둘."

하나도 아니고 둘이나 돼?

"황제의 명으로 흑마술을 부리는 검은 마법사, 그리고."

"그리고?"

"그 명령을 내릴 수 있는 자."

"황제라는 거야?"

유리엘라가 의미심장한 얼굴로 눈빛을 반짝이며 고개를 끄덕거린다.

"황제 폐하께서 황위에 오르시기 전 불리던 진명은 함부로 부를 수 없잖아요. 진명을 입 밖으로 낼 경우."

"목숨을 부지할 수 없지."

오직 그 이름을 부를 수 있는 이는 황제의 부모이거나 그의 부인.

진명을 가르쳐 준다는 것은 프러포즈와 같은 일이다. 아직 황제는 미혼이고…… 음……?

그럼 여기서는 본업이 디자이너가 아니고 무려 황제야?

"황제 폐하께서 이런 얼토당토않은 일을 벌이실 리는 절대 없고. 그리고 아가씨가 황제 폐하를 못 알아보신다는 건 말도 안 되고요. 흑마술을 부리는 위험한 마법사가 분명해요!"

"내가 황제 폐하를 뵌 적 있어?"

"그럼요! 지난겨울 황실 주관 연회에 다녀오셨잖아요."

"거기서 그럼 내가 황제 폐하 얼굴을 뵈었다는 거지?"

"그렇겠죠! 이제 그 마법사 그만 만나세요. 아가씨 또 나가시면 저 마님께 아뢸 거예요!"

지금 얘 나 협박하는 거야?

"내일 다시 만나기로 했는데?"

"안 돼요! 절대 안 돼요!"

유리엘라의 태도는 강경했다. 후작저 밖으로 한 발자국도 못 나가게 하겠다며, 마녀로 몰려서 아가씨가 죽어 나가는 꼴은 못 보겠다며 펑펑 울기까지 했다.

이래서는 최강의 판타지 버전을 다시 볼 수 없는 겐가? 여기서 내 짝남은 누군데?

옴짝달싹 못 하고 있으려니 답답해서 미쳐 버리기 직전, 후작저로 누군가 찾아왔단다.

"아가씨, 도나텔로 님께서 오셨어요."

유리엘라의 안내로 후원으로 나가니 눈부신 은발 남자의 뒤태가 눈에 들어온다.

"저를 찾으셨다고."

"잘 지내셨소?"

남자가 고개를 돌리는 순간, 깨닫고 만다. 이 남자는 이 세계의 이도현이다. 다정한 미소, 사근사근한 말투가 꼭 닮아 있다.

이 남자가 내 짝남이구나!

"네, 뭐. 그럭저럭 잘 지냈어요."

"엉뚱한 건 여전하오, 다나."

그런데 말투와 목소리가 이도현과 닮은 것도 모자란지 세상 느끼하기까지 하다.

나는 미쳤다고 이런 느끼한 남자를 짝사랑한 거냐?

"지난번 돌려받은 책에 이게 있어서……."

도나텔로는 고운 수가 놓인 하얀색 레이스 손수건을 내밀며 다정히 미소 지었다.

"아, 감사합니다. 제가 읽은 곳을 표시하려고 끼워 두었던 것인데, 깜빡했나 봐요."

손수건을 받아 드는데, 손끝이 스친다. 얼굴이 괜히 홧홧 달아오른다.

"그대 얼굴이 이 후원과 참 잘 어울리는군."

후원에는 어머니께서 좋아하는 빨간색 달리아가 가득하다.

"제 얼굴이 달리아처럼 붉다는 뜻인가요?"

"아니, 아름답다는 의미지."

세상에나, 느끼하다는 말 취소다. 마법사고 나발이고. 현실 세계에서 최강하고 한 번 살아 봤으니, 이 세계에서는 도나텔로랑 한번 살아 볼까?

"이걸 전해 주시려고 부러 여기까지 오신 건가요?"

"겸사겸사."

이것 봐라? 사람 헷갈리는 말로 어장 관리하는 기술이 이도현과 견줄 만하다. 현실에서는 이도현이 던진 낚시 바늘에 낚여서 파닥거렸지만, 여긴 다르지.

"그럼, 살펴 가세요. 제가 오늘 몸이 좀 좋지 않아서……."

나는 이마를 짚으며 눈을 한 번 지그시 감았다가 떴다. 도나텔로는 몸조리 잘하라는 인사를 남기고는 후작저를 떠났다.

"후우. 약속 시간 다 지났는데, 큰일이네."

만약 진짜 흑마술을 하는 마법사라면 감히 자신과의 약속을 지키지 않았다며 날 죽이려 들지 않을까?

생각이 거기까지 미친 순간, 나는 황급히 유리엘라를 찾았다.

"유리엘라! 유리엘라!"

"아가씨, 체통을 지키세요! 그렇게 소리를 지르시면 마님께서 경을 치십니다!"

"있잖아. 만약에 그 남자가 진짜 흑마술을 부릴 줄 하는 마법사라면, 나 약속 안 지켰다고 죽는 거 아냐?"

"흐음."

유리엘라가 고심하듯 미간을 찌푸린다. 반은 설득당한 눈치다.

"아무리 마법사라도 사사로운 감정으로 후작가의 영애를 건드릴까요?"

"황제 직속 마법사인데?"

"흐음. 그럼 오늘 나가셔서 작별을 고하고 오셔요. 꼭이요! 꼭!"

몇 번이고 그러겠다며 다짐하고는 황급히 약속 장소로 향했다.

을씨년스러운 상점 안, 이름을 가르쳐 줄 수 없는 남자는 의자에 앉아 미간을 잔뜩 찌푸리고 있다.

"저, 마법사님."

"왜 이렇게 늦게 다녀? 내가 한가해서 이러고 있는 줄 알아?"

알아요. 님이 바쁜 사람이라는 거 아는데요. 유리엘라 말마따나 이 남자와는 이제 작별을 고해야 할 것 같다.

안녕, 현실 남편.

유리엘라는 분명 내가 황제 얼굴을 알아볼 수 있을 거라 했는데, 당신은 초면인 걸 보니…… 마법사인 게 분명해 보이고…… 그런 위험한 일을 하시는 분이시라면…… 나도 좀 무섭고.

"드릴 말씀이 있어요."

"뭔데?"

"저, 마법사님과의 인연은 여기까지 해야 할 것 같아요."

에메랄드빛 눈동자가 흔들린다.

"왜?"

"혼담이 오간다고 들었어요."

있지도 않은 혼담을 끌고 와 본다.

"어느 집 누구랑?"

글쎄, 어느 집 누구를 끌어와야 안전할까. 황실 마법사의 흑마술도 너끈히 물리칠 수 있는 결계를 가진 집안이 있던가? 있어도 그런 집안을 여기로 끌고 와 봐야 좋을 게 없지.

나는 고개를 절레절레 내저으며 조용히 속삭였다.

"이름도 가르쳐 주지 않으시는 분께 어찌 제 혼담을 아뢸 수 있을까요?"

내내 나무 의자에 앉아 있던 남자가 벌떡 일어선다. 남자가 성큼성큼 걸어서 코앞까지 다가왔다.

"내 이름을 그대에게 가르쳐 준다는 게 무슨 의미인지……."

남자가 말끝을 흐린다.

이 남자 진짜 황제야……? 황제가 마법사로 분하여 귀족 영애의 짝사랑을 돕는다? 아니, 왜?

나는 한숨을 한 번 몰아쉬고는 다시 한 번 작별을 고한다.

"오늘을 우리의 마지막으로……."

내려 보는 눈빛이 따갑다. 에메랄드빛 눈동자가 진중하다.

"가자. 데려다줄게."

한사코 거절하는데도 남자는 그 호화찬란한 마차를 타고 후작저까지 동행했다.

"다나 반 한스."

"네?"

마차가 후작저 앞에 멈춰 서자, 남자가 또박또박 이름을 부른다.

"내일 서신을 보낼 테니 기다리고 있어."

"네?"

이제 그만 만나자고 했더니, 펜팔 내지는 톡 친구라도 하자는 건가요? 이 남자 꽤 질척거린다.

"그럼, 살펴 가세요."

마차에서 내려 후작저 안으로 들어서자, 어디서 보고 있었는지 유리엘라가 부리나케 달려온다.

"아가씨! 어떻게 하셨어요? 잘 마무리하고 오셨어요?"

"응? 응."

대답이 영 시원찮게 느껴졌는지 유리엘라가 눈을 가늘게 뜨고 묻는다.

"아가씨, 솔직히 털어놓으세요. 무슨 일 있으셨죠?"

"일은 무슨. 피곤하다. 들어가자."

눈을 내리깔며 일부러 고압적인 목소리를 내자 유리엘라가 깨갱 하며 따라붙는다.

서신? 무슨 서신? 기다려? 뭘?

이튿날 아침, 밤을 꼬박 새우다시피 해서 정신이 몽롱하다.

오늘 서신을 보낸다고 했다. 마법사가 서신을 보내면 부엉이가 물고 오나?

달리아가 활짝 핀 후원을 거닐며 산책을 하고 있는데, 저 멀리서 유리엘라가 부리나케 뛰어온다.

"아! 가! 씨!"

부름이 심상치 않다. 서신이 왔나 보다.

"왜? 혹시 황실에서 서신이라도 왔어?"

"허억! 아가씨 알고 계셨어요?"

체통을 지키지 못하고 알은체를 해 버렸다.

"아, 아니. 네가 보통 이렇게 나를 급히 찾는 경우는 뭔가 새로운 소식이 당도했을 경우니까."

어설프게 둘러대자.

"황실에서 왔어요, 서신이! 근데 무려! 허억!"

유리엘라가 말을 다 마치치도 않고 채근한다.

"어서 가요. 빨리요, 아가씨."

"왜? 무슨 일인데, 대체?"

갑자기 불안해진다.

사실 그 집 딸이 애먼 돈 써 가며 남자 꼬실려고 마법을 배우고 있었노라며 고자질하는 서신이 온 것인가?

유리엘라를 따라 응접실로 향했더니 딱 보기에서도 '황실 소속'이라 말하고 있는 남자가 앉아 있다.

"제이슨 실드, 다나 반 한스 님을 뵈옵니다."

어라! 제이슨? 이쯤 되면 궁금하다. 이 제이슨도 그 제이슨과 같은 성향인지.

현실 세계에서 나의 무한 실드가 되어 주었던 제이슨! 반가워요!

"폐하께서 영애님께 선물을 보내셨습니다."

"폐하께서 선물을요?"

제이슨이 테이블 위에 오른 상자를 가리킨다. 연하늘빛 상자는 금테를 두르고 있고, 고운 장미 문양이 화려하게 새겨져 있다.

"열어 보거라."

아버지의 목소리에 나는 조심스레 상자 뚜껑을 열었다.

"히익!"

상자 안에는 그날 그 허름한 뒷골목 상점에서 입어 보았던 서커스 복장을 한 내 모습을 그대로 옮긴 듯한 도자기 인형이 들어 있었다.

이, 이거 일종의 경고인가? 내가 황실 마법사 건드렸으니 각오하라는?

"그리고 이건 황제 폐하께서 한스 후작께 보내시는 혼서입니다."

혼서? 호, 혼서?

"혼서요?"

나는 놀라 되물었다.

"폐하를 언제 뵌 것이냐? 지난 연회에서는 몸살이 나서 먼저 돌아오지 않았느냐?"

"이 서신은 특별히 영애님께 전하시라 하셨습니다. 꼭 혼자만 보셔야 한다는 말씀도 덧붙이셨고요."

제이슨이 내민 서신을 나는 달달 떨리는 손으로 받아 들었다.

【아름다운 그대를 속일 수밖에 없었던 나를 용서해 주오. 이 옷을 입은 그대의 모습을 누구에게도 보이고 싶지 않았소. 다른 이의 시선이 그대를 탐한다면 그 자를 죽이고 싶을 거요. 오늘 제이슨을 따라 날 보러 오겠소?】

심장이 쿵쿵 울린다. 그러니까 그 남자가 마법사가 아니라 정말 황제였다고?

나는 제이슨을 따라 황궁으로 향했다.

"여기 계시면 폐하께서 나오실 겁니다."

붉은 장미로 가득한 비원. 황제의 비밀 정원이었다. 하늘은 맑고 햇살이 따사롭다. 살짝 더운 것도 같아서 부채질을 하려는데, 인기척이 느껴진다.

뒤를 돌아보니 태양만큼 눈부신 금발의 황제가 서 있다.

"다나 한 반스, 황제 폐하를 뵈옵니다."

예를 갖춰 인사를 건넸더니.

"그냥 하던 대로 해. 폐하는 무슨."

어김없이 또 갈군다.

"어, 어떻게 된 거예요?"

말투가 한없이 어색하다.

"어떻게 되긴 뭐가 어떻게 돼. 내가 찍은 여자가 딴 놈한테 미쳐서 공중제비를 돌겠다는데, 가만히 보고만 있어?"

오호라, 그래서 혼서를 보내셨어? 추진력이 최강보다 월등히 좋다?

"그렇다고 이리 혼서를 먼저 보내시면……."

"왜 싫어?"

"아니요. 싫다는 게 아니라."

결국 인연은 이렇게 이어지나 보다. 도나텔로가 아무리 멋있어도 그는 여기서도 서브남이었던 것!

가만히 고개를 숙이고 있는데 기다란 손가락이 다가와 턱을 부드럽게 움켜잡는다.

"그대 입술이 장미보다 붉군."

심장이 콩닥콩닥 착실하게 뛴다.

"그 향기도 궁금한데."

숨이 턱 막힌다. 잘생긴 얼굴이 다가오는가 싶더니 보드라운 입술이 내려 앉는다. 눈을 지그시 감았다. 황홀한 키스에 무릎이 탁 풀리려는 순간, 듬직한 팔뚝이 허리를 감싸 안는다.

"폐, 폐하."

숨을 고르며 올려다본 그의 얼굴은 아름다웠다.

"내가 보낸 선물은 잘 살펴보았는가?"

선물을 잘 살펴보았느냐 묻는 남자의 눈빛에는 장난기가 어려 있다.

"상자에 넣어 고이 모셔 두었는데요?"

"역시 대놓고 가르쳐 주질 않으면 영 눈치를 채지 못하는 게로구나."

성향 파악도 최강보다 빠른 것 같다.

미안해요, 현실 속 내 남편. 본의 아니게 당신을 계속 디스하고 있네요. 황제라는 남자가 이렇게 빨리 청혼할 줄은 몰랐네. 추진력도 훨씬 좋고 말이야. 그런데 나는 이번에도 속은 건가요?

그런 생각이 들자 갑자기 뾰로통해지고 만다.

"너무하셨어요. 황제 폐하인 것도 모르고 저는."

서커스를 가르쳐 달라고 했다가, 주문을 걸어 달라고 했다가. 아주 여기서도 생쇼를 했구나.

"귀여웠어."

손가락 등으로 볼을 쓸어내리는 동작이 너무도 황홀하여 나는 눈을 지그시 감았다가 떴다.

아, 이러니까 우리 최강 보고 싶네. 하는 짓이 왜 똑같은 거야?

"저를 언제부터 귀히 여기셨나요?"

당돌한 질문에 그가 피식 웃음을 터뜨린다.

"제가 너무 맹랑했나요?"

"아니."

남자가 고개를 내젓자 황금발이 찰랑찰랑 빛난다.

"글쎄. 언제부터였을까."

옛 기억을 떠올리는 그의 표정이 아련하다.

"겨울 연회에서 내 등장과 동시에 부리나케 사라지는 여자의 뒤를 캤지.

혹시나 황궁에서 이상한 짓을 벌이려는 건 아닌가 싶어서."

내 동공이 흔들리는 게 느껴질 정도다. 그때 그럼……!

"폐, 폐하 설마 그때……."

배탈이 나서 화장실로 부리나케 뛰어갔었다. 난생처음 참석한 황실 연회에서 나는 내내 화장실에 앉아 있다가 급기야 졸도해서 실려 나왔다. 아버지는 며칠 동안 나와 함께 식음을 전폐하셨다. 사교계에 뉘 집 딸이 황실 연회에서 배탈이 나서 화장실을 점령했다는 소문이 암암리에 퍼져 나갔다.

"그날 연회 음식에 누군가 장난을 쳤어. 산딸기 치즈 케이크?"

딱 한 조각 먹었다. 그랬다가 황천길 갈 뻔했던 산딸기 치즈 케이크.

나는 그 뒤로 딸기라면 질색한다.

"한 조각이 비더라. 달려 나간 자가 음식에 장난을 친 자인지, 아닌지 확인해야 했어."

"결국 아니란 걸 황제 폐하 두 눈으로 확인하셨다는 건가요?"

목소리가 떨린다. 서커스 배우겠다고 생쇼한 것도 모자라 화장실에서 떡 실신되어 실려 나오는 모습까지 보였다고?

이건 마포대교 삽질 버금간다.

나는 현실이고 이곳이고 진짜 더럽게 매력적이구나.

"맥없이 쓰러져서 실려 나오는 것만 봤어. 신경이 쓰여서 어느 집 영애인지 찾으라고 했지. 근데 이 아가씨가 참 기막히데. 후작 딸이 겁도 없이 호위 물리고 뒷골목 상점에서 마법사를 찾는다잖아."

와! 나 이거 완전 비밀이었는데? 아무도 모르게 했는데?

"어떻게 아셨어요?"

"이 나라에서 벌어지는 일 중에 내가 모르는 건 없어. 특히 그대와 관련된 건…… 전부 알아."

가만히 내려다보는 에메랄드빛 시선이 깊다. 심장이 콩닥콩닥 울린다.

"게다가 친애하는 누군가를 위해 서커스를 배워?"

내내 부드럽게 빛나던 눈동자에 날이 선다.

황제가 질투하면 어떻게 되나? 가문 하나 멸망하나? 이 세계에서 도나텔로는 멸문을 맞이하는 건가?

"그게요, 제가⋯⋯."

철이 없었고요. 사실 제가 그런 철없는 짓을 뭣 모르고 막 저질러야 님이 나랑 엮이는 거거든요. 현실 세계에서는 그래요. 그러니까 결론적으로 제가 그렇게 헛짓거리를 하지 않았다면 우린 만날 수 없었을 거다, 뭐 이런?

이렇게 설명했다가는 청혼한 황제가 저주받은 마녀라며 사형을 내릴지도 모른다. 목숨은 부지해야 하니까 첨언을 하려는데, 입술 위로 기다란 검지가 살포시 내려앉는다.

"됐어. 그대의 그런 노력이 나를 움직였으니까."

그대의 그런 삽질에 내가 반했으니까! 와, 이런 상변태!

뭐든 현실 세계의 최강보다 강력한 이 남자는 변태력도 더 뛰어난 듯하다.

"그래서 물어볼 게 있어."

나는 눈을 동그랗게 뜨고 그를 올려다보았다. 황제를 이렇게 눈 동그랗게 뜨고 봐도 되나 싶기는 하지만.

"그자에게 아직 마음이 남아 있나?"

내려다보는 시선이 애잔하다. 아련한 눈동자가 촉촉하게 빛난다. 한숨을 머금은 입술이 매혹적이다. 원래 그 서브남은 그렇게 지나가는 캐릭터이다.

하지만 그 서브남은 평생 잘난 남자의 질투심을 자극하며 내 사랑의 박카스, 레모나, 오로나민 씨, 자양분이 될 것이다.

나는 대답 없이 고개를 비스듬히 내렸다.

남자의 한숨이 이어진다. 짙은 한숨 소리에 가슴에 통증이 일 정도로 심장이 두근거린다.

"상관없어. 내가 그대의 전부를 차지할 거니까."

소유욕도 최강 버금간다.

와, 이 남자랑 '오래오래 행복하게 살았답니다!' 할 때까지 무엇이든 끝나지 않았으면 좋겠구나!

"혼인 날짜는 가급적 빨리 잡을 거야. 괜찮지?"

나는 수줍은 듯 고개를 끄덕였다. 영롱한 에메랄드빛 눈동자에 애정이 가득하다.

"대신 반지를 찾아와."

"네? 반지요?"

달랑 도자기 인형 하나 줘 놓고 반지를 찾아오란다. 이거 세계관이 변하려는 것인가?

나 혹시 호빗이랑 난장이랑 법사랑 요정 구해서 반지 찾으러 떠나야 하는 거야? 폐하, 저는 로맨스만 하고 싶은데요?

"돌아가서 그 도자기 인형을 잘 살펴보도록 해."

황제와의 비원 산책을 마치고 돌아온 나는 후작저로 돌아오자마자 아버지께 장광설을 늘어놓아야 했다.

「황제 폐하께서 연회가 있던 날, 쓰러져 나오는 제 모습을 보셨대요. 그때 한눈에 반하셨다지 뭐예요? 예쁘게 낳아 주신 아버님, 어머님께 감사드립니다! 그 후 몰래 제 모습을 지켜보셨대요. 후작가의 고명딸임에도 불구하고 열심히(?) 살아가는 모습에 또 한 번 반하셨다고 합니다. 워낙 저를 노리는 영식들이 많아서 급히 혼서를 보내셨다고. 호호호.」

어머니, 아버지는 흡족한 미소를 지으셨고, 이를 지켜보고 있던 나의 남동생 다느정 반 한스는 황제 눈이 삔 거라며, 누이의 실체를 아는 날에는 멸문을 피하지 못할 것이라는 망발을 했다가 등짝을 얻어맞았다.

한단정 버금가는 새끼. 감히 황제 욕도 서슴지 않는 무서운 놈.

너, 두고 봐. 나 시집가는 날, 네가 질질 짠다에 내 왼 손목을 걸고, 황제 하사품에 '매형!' 소리 절로 나온다는 데 내 오른 손목을 건다, 짜샤!

어쨌든 그날 이후, 이웃나라 공주들도 뚫지 못했다는 철옹성, 천하미색이 와도 마다하는 통에 남색이라는 소문이 돌았던 황제의 마음을 차지한 이가 나타났고, 혼인을 서두른다는 소문은 금세 나라 전체로 퍼져 나갔다.

그리고 그 주인공 다나 반 한스, 나는 도자기 인형을 꺼내 놓고 앉아 시름시름 앓았다.

"여기 대체 어디에 반지가 있는데?"

도자기 인형을 요리조리 살폈지만 이상한 구석이라고는 눈을 씻고 찾아봐도 없다. 혹여 놓치고 있는 부분이 있는 건 아닐까 싶어서 천천히 읊조려도 본다.

"흐음. 도자기 인형이네. 예쁘게 생겼어. 나를 쏙 빼닮았군. 고로 나도 예쁘지. 서커스 복장을 하고 있어. 그런데 어울리지 않게 화려한 목걸이를 하고 있군."

나는 도자기 인형의 목에 걸린 목걸이를 유심히 살폈다. 반짝반짝 빛나는 다이아몬드와 루비 블루 사파이어로 장식된 목걸이는 호화찬란하다.

"서커스 광대가 하기엔 심히 화려한 목걸이군."

설마?

나는 조심스레 도자기 인형을 집어 들었다.

에이, 설마! 하며 목을 돌린 순간! 드륵 소리와 함께 인형 목이 돌아간다.

나는 나사를 돌리듯 조심스레 인형 목을 돌렸다. 인형 목이 돌아가는 기괴한 광경에 오소소 소름이 돋아났다. 뽁 하는 소리와 함께 목이 뽑혔고, 인형 목에 꽉 맞물려 있던 목걸이가 데구르르 테이블 위를 구른다.

맙소사! 인형 목에 걸린 목걸이가 반지였어!

하마터면 환호성을 지를 뻔했다.

도자기 인형 목을 땄더니 반지가 나타났다.

이튿날, 나는 황제의 부름으로 다시 황궁으로 향했다.

"찾았어요."

"생각보다 빨리 찾았네?"

반지를 찾았다는 말에 그는 환히 웃으며 내 뺨에 입을 맞추었다.

"인형 목을 돌리니까 나오던걸요?"

"그게 무슨 의민지 알아?"

인형 목 따서 나온 반지……. 날 닮은 인형……. 날 닮은 인형의 목을 따서 나온 반지…….

그게 무슨 의미일까?

"목숨보다 소중한 사랑이라는 뜻이지."

내빼면 죽여 버리겠다는 뜻 같은데?

감동과 함께 이상한 공포감이 엄습한다. 이 남자는 지금 여기서 황제다. 여차하면 도나텔로고 나발이고 다 죽여 버려도 이상할 게 없다. 님이 폭군이 되면 아니 되지요. 그것도 저 때문에.

나는 감동 어린 눈으로 그를 올려다보았다.

"폐하."

"강주르."

"네?"

"내 이름."

하마터면 웃음이 터질 뻔했다. 강주르. 이름도 참.

"강주르."

나는 파르르 떨리는 입술로 겨우 그의 이름을 불렀다. 내가 격하게 감동한 나머지 떨림을 감추지 못하는 것처럼 보였나 보다. 떨리는 입술을 그가 머금는다. 향긋한 장미꽃 향기가 느껴진다.

와, 씨! 나 황제랑 결혼한다!

"강……주……르…… 강주……르……."

하염없이 그의 이름을 부르는데, 손가락 등이 부드럽게 뺨을 스친다.

"무슨 꿈을 꾼 거야? 강, 주르……?"

강주르의 달콤한 목소리가 들려온다. 달콤한 음성이 들리는 곳으로 고개를 돌려 눈을 떠 보니 남편 최강이 눈앞에 있다.

"여, 여보!"

"왜 그렇게 놀라?"

아, 이거 꿈이었어? 황비 자리에 앉을 수 있었는데, 아깝다.

"왜 이렇게 아쉬운 눈빛이야? 진짜 무슨 좋은 꿈이라도 꿨어?"

"에이, 아냐."

조수석에 앉은 채 졸면서 꾼 꿈이 이렇게 스펙터클해서야. 너무 어이가 없어서 헛웃음이 나올 지경이다.

"잠깐 사무실 좀 들러야 할 것 같은데?"

"당신 사무실?"

"응."

"그래요, 그럼."

본가에 아이들을 맡기고 모처럼 만에 둘만의 주말 저녁을 즐기려던 참이었다. 그런데 요즘 일이 많은지 남편은 사무실에 들러야 한다며 미안한 얼굴이다.

남편이 콘퍼런스 콜을 위해 회의실로 향한 뒤 나는 집무실에 앉아 테이블 위에 놓인 잡지를 뒤적였다.

"다음 시즌에는 뭐가 유행인가?"

밀랍인형에 옷을 입혀 놓은 지면 광고를 마주한 순간, 꿈에서 보았던 도자기 인형이 퍼뜩 떠오른다.

"맞다! 그거!"

나는 얼른 소파에서 일어나 남편의 집무용 책상으로 향했다.

"그게 여기 어디 있었는데……."

항상 책상 위에 올려 두던 도자기 인형이 온데간데없다. 남편이 그 인형을 하도 애지중지해서 이상한 꿈을 꾼 걸까? 집에 두면 애들이 깰지도 모른다며 도자기 인형을 회사에 모셔 둔 남편이다.

"대체 어디다 숨긴 거야?"

책상을 살피던 나는 고개를 들어 집무실을 둘러보았다.

앗싸! 찾았다!

유리 장식장 안에 고이 모셔 둔 인형이 눈에 들어온다. 성큼성큼 장식장 앞으로 다가선 나는 하마터면 비명을 지를 뻔했다.

"모, 목에! 목에!"

얼른 유리문을 열고 도자기 인형을 집어 들어 꿈에서처럼 목을 돌려 보았다.

돌아간다! 와, 이거 뭐지? 내 전생인가? 내가 너무 착하게 살아서 전생의 내가 꿈에 나타나 보물이 숨겨진 곳을 알려 준 건가?

뽁 하는 소리와 함께 목이 빠졌고, 세월이 내려앉은 반지가 나타났다.

"세상에!"

나는 환희에 찬 눈빛으로 인형을 내려다보았다.

남편이 이 인형을 보고 날 닮았다고 했었다. 닮은 구석이 하나도 없는데, 대체 어딜 닮았느냐고 따져 물었었는데…… 내 전생이랑 닮은 건가?

"이거 유럽에서 샀다고 했었나?"

목이 댕강 뽑힌 인형을 보며 히죽거리고 있는데, 집무실 문이 열린다.

"뭐 하고 있는 거야? 지금?"

남편이 버럭 소리를 지르며 들어온다. 인형 목이 뽑힌 걸 보고 아연실색한다.

"있잖아…… 여보……."

"당신 지금 뭐 하고 있었어? 인형 목을 지금?"

공포에 질린 하얀 얼굴이 볼만하다.

남편 사무실에 앉아 있다가 그가 아끼는 도자기 인형 목을 뽑아 버린 아내가 된 거니까. 내가 좀 미저러블해 보일지도.

"우리 부자 될 것 같아."

"지금 우리 버는 걸로 부족해? 누가 이 인형에 부적이라도 붙이면 남편이 돈 잘 벌 거라고 헛소리라도 한 거야? 당신 뭐 도를 아십니까 하는 사람들 만났어?"

연애 코치 찾아 나섰을 때의 마누라를 떠올리는 듯 남편의 얼굴이 점점 볼썽사나워진다.

"아니, 그게 아니라."

나는 오른손으로 꼭 쥐고 있던 반지를 내밀었다.

"이게 뭔데?"

미친 소리처럼 들릴지 모르는 꿈 이야기를 털어놓아 본다. 이 여자가 정말 미쳤나? 하는 표정으로 내려다보던 남편의 얼굴이 점점 심각하게 변해 간다.

"그래서 이게 그 황제가 자기 부인한테 프러포즈할 때 썼던 거다, 이거야?"

나는 의기양양하게 고개를 끄덕였다.

"당신 이거 어디서 샀다고 했었죠?"

"스페인 발렌시아."

"우리 이거 팔자. 어디 소더비 경매 같은 데 알아보자, 응?"

나는 두 눈을 반짝이며 남편을 올려다보았다.

이거 팔면 우리 평생 부자로 살 수 있어! 나의 눈을 바라봐, 우린 행복해지고. 도자기 인형을 팔면, 우린 부자가 되지!

"안 돼."

역시나 남편은 단호하다.

"왜?"

"왜냐니? 몰라서 물어?"

또다시 손등으로 다정히 뺨을 쓸어내린다.

"왜 이래, 여기 당신 집무실이야."

"지금 그 말 되게 새삼스러운 거 알지?"

하긴 뭐 연애 전에 코치 시절에도 집무실에서 쪽쪽거리며 할 거 다 하기는 했지만.

"몰라서 물어요. 저거 왜 팔면 안 돼?"

"우리 인연이 깊다는 증거야. 근데 이걸 팔아?"

뭉게뭉게 경매가를 떠올리던 머릿속이 핑크빛으로 물든다.

생각해 보니 또 그런 것도 같아. 나는 참 귀가 얇지. 나는 또 남편이 하는 말이라면 잘 들어주는 편이고.

아깝기는 하지만…… 그래, 이 반지는 후대를 위해, 백경이와 백율이의 미래를 위하여!

손바닥 위에 있던 반지를 남편이 도로 가져간다.

음? 그거 도자기 인형 목으로 도로 가는 건가?

반지를 한참 동안 바라보던 그는 빙그레 웃으며 손바닥을 펼쳐 내민다. 나는 그 위에 다소곳이 내 왼손을 올렸다.

"어쨌든 이 반지 주인은 당신이라는 거지?"

반지가 생각보다 작다. 새끼손가락에 반지를 끼워 주는 남편의 표정이 귀엽다.

"근데요."

이제껏 너무 유치해서 물어보지 못했던 질문을 던져 본다.

"나랑 도자기 인형이랑 물에 빠지면 뭐부터 구할 거야?"

"그걸 말이라고."

어? 이 남자 봐라? 대답을 피해?

또다시 물으려는데 입술이 겹쳐 온다. 약 올라 죽겠다. 꼭 '당신 먼저 구해야지!' 하는 말은 안 해 주지!

연애할 때는 혀에 꿀을 발라 놓은 것처럼 굴더니, 결혼하고 나서는 은근히 사람을 골려 먹어서 안달이 나게 한다. 암튼, 최강 매력 쩔어. 키스도 잘하고 말이야.

목이 댕강 뽑힌 도자기 인형 따위 어느새 잊힌다. 나는 단단한 가슴께에 올리고 있던 손을 옮겨 남편의 목덜미를 감싸 안았다. 키스가 깊어진다. 밀어붙이는 통에 뒷걸음질 치다가 소파에 풀썩 넘어진다.

여전히 뜨거운 내 남편.

"사랑해."

귓가를 간질이는 목소리에 웃음이 난다.

"나도."

짧은 대답을 내뱉는 순간 벅차오르고 만다.

언제나 뜨겁게.

일상이 벅차오르도록.

오롯이 사랑하며.

영원히 행복하게.

그렇게.

『단아한 그녀의 최강 연애 코치』 완결.

작가 후기

길고 긴 글을 읽어 주셔서 감사합니다.

〈단아한 그녀의 최강 연애 코치〉는 카카오페이지 웹소설을 통해 2016년 봄에 처음 인사드린 글이었습니다. 글을 처음 구상한 것은 2015년 초가을 무렵이었고요.

완결을 짓고도 긴 시간이 지난 작품이랍니다. 종이책 발간을 위한 수정 작업을 하면서 몇 날 며칠 밤을 새웠습니다. 이대로 책을 발간해도 좋을지 고민도 많았고요.

수정 작업을 모두 마치고, 작가 후기를 작성하고 있는 지금 만감이 교차합니다.

작가로 글을 쓰면서 가장 오랜 시간 사전 조사를 한 글이었고, 가장 오랜 시간 집필한 글이었고, 그리고 가장 오랜 시간 수정을 한 글이랍니다.

그럼에도 부족하고 아쉽고……. 전체를 다시 손보고 싶은 생각이 들 만큼 망설여지기도 합니다. 책을 내면서 가장 많은 걱정을 하게 한 글이 이 글이 아닐까 싶습니다.

이제 제 손을 떠난 글은 독자님들을 만날 막바지 작업에 들어갈 것입니다. 모두의 사랑을 받는 글이 될 거라는 망상은 하지 않습니다. 모쪼록 재미있게 읽어 주시는 독자님이 계셨으면 좋겠습니다.

감사합니다.
2018년 겨울
요안나 드림